सही पते की खोज में

मनोरंजन ब्यापारी का जन्म पचास के दशक के मध्य में बरिशाल, बांग्लादेश में हुआ। जब वे तीन साल के थे, तभी उनका परिवार भारत के पश्चिम बंगाल में आकर बस गया। उन्हें बांकुड़ा के शिरोमणिपुर शरणार्थी कैंप में पुनर्वासित किया गया था। बाद में जबरन उन्हें चौबीस परगना के खोला-दोलताला में भेज दिया गया, जहां वे 1969 तक रहे। हालांकि ब्यापारी को छोटे-मोटे काम करने के लिए चौदह साल की उम्र में घर छोड़ना पड़ा था। अपने बीसवें दशक के प्रारंभ में वे नक्सलियों और जाने-माने श्रमिक कार्यकर्ता शंकर गुहा नियोगी के संपर्क में आए। ब्यापारी को इसी समय में जेल में डाला गया और वहां उन्होंने पढ़ना-लिखना सीखा। बाद में रिक्शा चलाते हुए उनका परिचय बंगाली की प्रसिद्ध लेखिका महाश्वेता देवी से हुआ और उन्होंने इन्हें अपनी पत्रिका बर्तिका के लिए लिखने को प्रेरित किया। तब से ब्यापारी ने बारह उपन्यास और सत्तर से ज़्यादा लघु कहानियां लिखीं। इनकी कुछ महत्वपूर्ण रचनाओं में *छेड़ा छेड़ा जीवन, इत्तिबृत चांडाल जीवन (संस्मरण), चांडाल जीवन त्रयी (उपन्यास)* और *मोटुआ एक मुक्ति सेनार नाम* शामिल हैं। 2018 तक ब्यापारी ने पश्चिम बंगाल के हेलेन केलर इंस्टीट्यूट फ़ॉर डेफ़ एंड ब्लाइंड में खानसामा के तौर पर काम किया।

2018 में उनके संस्मरण *इत्तिबृत चांडाल जीवन* के अंग्रेज़ी अनुवाद *इन्टेरोगेटिंग माय चांडाल लाइफ़* को हिंदू प्राइज़ फ़ॉर नॉन-फ़िक्शन मिला। 2019 में उन्हें द गेटवे लिट फ़ेस्ट राइटर ऑफ़ द ईयर घोषित किया गया। उनके एक और उपन्यास का अंग्रेज़ी अनुवाद *देयर'स गनपाउडर इन द एयर* को जेसीबी प्राइज़ फ़ॉर लिटरेचर 2019, द डीएससी प्राइज़ फ़ॉर साउथ एशियन लिटरेचर 2019, द क्रॉसवर्ड प्राइज़ फ़ॉर बेस्ट ट्रांस्लेशन 2019 और मातृभूमि बुक ऑफ़ द ईयर अवॉर्ड 2020 के लिए चुना गया। उन्हें 2020 में बंगाल में नई गठित, दलित साहित्य अकादमी का अध्यक्ष नियुक्त किया गया है। ब्यापारी को हाल ही में बंगाल विधान सभा के सदस्य के रूप में भी चुना गया है।

अमृता बेरा– जन्म कोलकाता, दिल्ली में रिहाईश। हिंदी, बांग्ला और अंग्रेज़ी तीनों भाषाओं में परस्पर अनुवाद एवं स्वतंत्र लेखन।

अनुवाद कार्य–हिंदी से अंग्रेज़ी में अनूदित कविताओं एवं ग़ज़लों का संग्रह, *लाईट थ्रू अ लेबेरिन्थ*। हंस पत्रिका में बांग्लादेशी लेखिका, तसलीमा नसरीन के बांग्ला से हिंदी में अनुवादित लेखों का नियमित प्रकाशन। तसलीमा नसरीन की आत्मकथा के सातवें खंड, *निर्वासन* का बांग्ला से हिंदी में अनुवाद। पश्चिम बंगाल का उल्लेखनीय बंकिम पुरस्कार प्राप्त बांग्ला उपन्यास *दोज़ख़नामा* का हिंदी अनुवाद। *शब्दों के संग रूबरू*, द्विभाषीय कविता संग्रह (हिन्दी-बांग्ला)। *लाइफ़ अमेज़ेस सीम्स टू बी इन एक्सेस*, बांग्ला कवि शुभाशीष भादुड़ी की कविताओं का अंग्रेज़ी अनुवाद। जिमनास्ट दीपा कर्मकार के संस्मरणात्मक वृतांत की किताब द *स्मॉल वंडर* का बांग्ला अनुवाद। तसलीमा नसरीन के लेखों का संकलन *शब्दवेधी-शब्दभेदी*। मनोरंजन ब्यापारी के *चांडाल जीवन त्रयी* शृंखला के पहले भाग *भागा हुआ लड़का* का बांग्ला से हिन्दी में अनुवाद।

अनुवाद कार्य के लिए, वर्ष 2012 में 'डॉ. अंजना सहजवाला' सम्मान व वर्ष 2017 में *दोज़ख़नामा* के अनुवाद के लिए कमला गोइन्का फाउण्डेशन द्वारा 'श्री प्रभात रंजन सरकार स्मृति पुरस्कार' प्राप्त।

मनोरंजन ब्यापारी

सही पते की खोज में

अनुवाद: अमृता बेरा

eka

eka

First published in Bengali in the journal *Sharadiya Hatey Bajarey Potrika* in 2009

Published in Bengali as *Thik Thikanar Sandhane* in 2022 by Eka, an imprint of Westland Books, a division of Nasadiya Technologies Private Limited

First published in Hindi as *Sahi Patey ki Khoj Mein* in 2023 by Eka, an imprint of Westland Books, a division of Nasadiya Technologies Private Limited

No. 269/2B, First Floor, 'Irai Arul', Vimalraj Street, Nethaji Nagar, Alapakkam Main Road, Maduravoyal, Chennai 600095

Westland, the Westland logo, Eka and the Eka logo are the trademarks of Nasadiya Technologies Private Limited, or its affiliates.

ISBN: 9789357762809

10 9 8 7 6 5 4 3 2 1

Typeset by Neo Software Consultants, Prayagraj (Allahabad)

Printed at Saurabh Printers Pvt. Ltd.

आज़ादी का दशक

1

कहानी का बनना

‘उत्तम भोजन उत्तम स्वास्थ्य देता है। उत्तम स्वास्थ्य उत्तम विचार उत्पन्न करता है। उत्तम विचार उत्तम कार्य का जनक है। उत्तम कार्य से उत्तम पारिश्रमिक मिलता है। उत्तम पारिश्रमिक से हर प्रकार का सुख मिलता है। सुख लंबी आयु का साधन है। सुंदर और सफल जीवन की रीढ़ है।’ प्राचीन काल के ऋषि चार्वाक ने कुछ ऐसा ही कहा था। और चूंकि उत्तम भोजन सभी सुखों का स्रोत है, तो इसे प्राप्त करने के यदि सहज, सरल और ईमानदार साधन उपलब्ध नहीं हैं, तो किसी भी तरह से इसे हासिल करना, इस पर दावा करना या एकत्र करना ग़लत नहीं है। न्याय और अन्याय किसी विधि द्वारा बनाए गए नियम नहीं हैं। इन्हें मनुष्यों द्वारा बनाया गया है। जो उसके हित में है, वह न्यायपूर्ण है और जो नहीं है, वह अन्याय है।

बहुत दिनों पहले, एक अंधेरी रात में, अपनी उम्र की तुलना में बहुत ज़्यादा परिपक्व और विचारशील, श्मशान के पास आसरा जमाए बालक मरण ने कहा था, ‘जानता है दुनिया में सबसे बड़ा पाप क्या है? भूखा रहना। शरीर में आत्मा का वास है। और आत्मा में परमात्मा का वास। जो परमात्मा को कष्ट देता है, वह महा पापी है। उस पाप के लिए उसे नर्क मिलता है।’

जन्म से लेकर युवावस्था तक पहुंचने तक, जीवन ने लगभग उन अट्ठारह सालों में परमात्मा को बहुत भूखा और अपमान से पीड़ित रखा था। उस पाप के कारण उसका शरीर पुष्ट नहीं हो पाया। वह अपूर्ण रूप से विकसित बोन्साई की तरह रह गया। लेकिन अब उसे जो करना था वह तन की शक्ति से नहीं बल्कि मन की शक्ति से करना था। मन की शक्ति के अलावा

उसके पास था ही क्या, लेकिन भूख ने उसे भी बुझा दिया था। इसलिए अब जीवन समझ चुका था कि दीपक के जलते रहने के लिए उसमें लगातार तेल डालते रहना होगा। मन की शक्ति से ही भोजन प्राप्त करना होगा और अपना विकास, विस्तार और वृद्धि करनी होगी। ऐसा करने से उसका शरीर भी ठीक होगा, साथ ही वह मज़बूत और सक्षम भी होगा।

एक दिन सुबह जीवन चलता हुआ बाघाजतिन मोड़ पर पहुंचा। उस समय वहां पेट में भूख और दिल में उम्मीद लिए, उसके जैसे हज़ारों लोगों की भीड़ जमा थी। सब दिहाड़ी मज़दूरी की तलाश में थे। दिन के आख़िर में उन्हें जो मज़दूरी मिलती उससे वे चावलों का चूरा ख़रीदकर ले जाते। उनके लौटने की राह देखते उनके परिवार को तब जाकर खाना मिलता। न जाने क्या सोचकर जीवन ठीक उसी जगह पर जाकर खड़ा हो गया जहां उसका पिता गरीब दास अपना टोकरा और फावड़ा लेकर बैठा रहता था। अचानक उसके सामने एक आदमी आकर खड़ा हो गया। उसका नाम दुखे था।

दुखे नाम का आदमी जीवन को नहीं जानता था, जीवन भी उसे नहीं पहचानता था। वैसे पहचानना चाहिए था क्योंकि वह खोला-दोलताला की नहर के किनारे कुछ समय तक रहा था। उसी खोला गांव में दुखे का घर था। उसके बाप-दादा पेशे से मछुआरे, ढोल बजाने वाले और पालकी उठाने वाले थे। लेकिन नहरें, झीलें, जलाशय सब सूख चुके थे। अब मछलियां नहीं मिलती थीं। ढोल की जगह इलेक्ट्रिक माइक ने ले ली थी और पालकी को मोटर कार ने अलविदा कह दिया था। हालांकि समय ने सब पर क़ब्ज़ा कर अलविदा कह दिया था, लेकिन कोई भी पेट की भूख को न तो विदा कर सका और न ही उसे मिटा सका। पेट के ख़ाली स्थान को भरने का कोई विकल्प आधुनिक विज्ञान अब तक नहीं खोज पाया था।

तभी, दुखे को मजबूरन काम की तलाश में जादवपुर आना पड़ा। उसे जब जो काम मिलता, वह कर लेता था लेकिन उसका पसंदीदा काम खाना बनाना था। वह उस इलाक़े के प्रतिष्ठित रसोइये नरेश चक्रवर्ती के दल का एक दक्ष सहायक था। दुखे को महीने में तक़रीबन चार-पांच दिन नरेश ठाकुर के साथ काम मिल जाता था। हालांकि दूसरे कामों की तुलना में चार-छह घंटे अधिक परिश्रम करना पड़ता था, लेकिन उसे यह काम पसंद था क्योंकि मज़दूरी के अलावा उसे कुछ अच्छा खाने को मिल जाता था। परिणामस्वरूप, उसके बच्चों को भी कुछ अच्छा खाने को मिल जाता था। इस काम का यही एक अलिखित नियम था—ज़्यादा न भी दें, लेकिन एक आदमी के परिमाण

का भोजन अवश्य दिया जाता था। काम निबटने पर सब अपने हिस्से का भोजन पोटली में बांधकर ले जाते थे। ऐसे दिनों में घर के लोग बहुत ख़ुश होते थे।

जीवन को बाघाजतिन के चौराहे पर खड़ा देख दुखे ने पूछा, '*एई काजे जाबी?* ऐ, काम पे चलेगा?'

मजूरी मिलने पर कौन काम पर नहीं जाएगा! जीवन ने पूछा, 'क्या काम है?'

'खाना बनाने का काम। कर पाएगा?'

'किस तरह का खाना बनाना होगा?'

'शादी के घर का।'

'लेकिन इतने लोगों का खाना तो मैंने कभी नहीं बनाया है।'

'तुझे थोड़े न बनाना है! खाना तो रसोइया बनाएगा, तुझे बस उसकी मदद करनी होगी—मसाला पीसना, पत्तलें बिछाना, पानी भरना, इमाम-दस्ते में ब्रेड के टुकड़े पीसना वगैरह। काम हम तुझे दिखा देंगे, कर सकता है तो बोल। साढ़े तीन रुपये मिलेंगे और साथ में खाना भी; चाहे तो वहां खाने के बजाय घर भी ले जा सकता है।'

नरेश ठाकुर के लिए आज का काम बहुत बड़ा था। पांच-छह सौ लोगों का खाना था, आठ-दस प्रकार के व्यंजन बनने थे। उसके पास जितने सहायक थे उनसे काम नहीं बनने वाला था। दुखे ने कहा था कि वह गांव से अपने दामाद को काम पर ले आएगा, लेकिन वह आ नहीं पाया। कल से बुखार में पड़ा हुआ था। तभी दुखे किसी और आदमी की खोज कर रहा था। जैसे भी हो किसी एक को तो साथ लेना ही था। वैसे भी कुछ काम ऐसे होते हैं, जिन्हें कोई भी कर सकता है। उसके लिए विशेष अनुभव की ज़रूरत नहीं होती है। अगर वह किसी को नहीं ले जाता तो उसके अपने काम का बोझ बहुत बढ़ जाता।

जीवन ने कहा, 'जब आप दिखा ही देंगे कि कैसे करना है, तो ज़रूर कर लूंगा।'

जीवन दुखे के साथ पैदल चलता हुआ महादेव डेकोरेटर्स के सामने आ पहुंचा। वहां अपने दल-बल के साथ नरेश ठाकुर इंतज़ार कर रहा था। डेकोरेटर्स के गोदाम से बड़े-बड़े बर्तन—कड़ाही, पतीले—एक वैन-रिक्शा में लादे जा रहे थे।

विदेशी 'केटरिंग' संस्कृति तब तक कलकत्ता शहर पर काबिज़ नहीं हो पाई थी। अब भी गृहस्वामी बाज़ार से सारी ख़रीदारी स्वयं किया करते थे। प्रतिष्ठित रसोइयों से वे पहले से तय किया गया भोजन पकवाते थे। घर के सदस्य ही भोजन परोसते थे और गृहस्वामी ख़ुद चारों ओर घूम-घूमकर मेहमानों की आवभगत किया करते थे। कहीं कोई भोजन की थाली ख़ाली दिखे तो खाना परोसने वालों को धमकाते थे—कैसे खाना परोस रहे हो! देख नहीं रहे थाली ख़ाली है। जो ज़रूरत है दो।

जीवन को देखकर नरेश ठाकुर ने पूछा, 'क्या नाम है?'

लापरवाही में जीवन के मुंह से अपना वास्तविक नाम और उपनाम निकल गया। यह सुनकर नरेश ठाकुर क्षणभर के लिए चौकन्ना हो गया। उसके बाद उसने जो बात कभी दुखे से कही थी, वही जीवन को कही, 'सच्चाई तुम्हें नहीं खिलाती है! तुम्हें युधिष्ठिर ने अपने वश में नहीं किया है कि तुम झूठ नहीं बोल सकते हो! नाम चाहे जो भी बताओ उससे फ़र्क़ नहीं पड़ता, लेकिन ध्यान रखो पदवी हमेशा ऊंची जाति की बताना। खाना बनाने का काम है न! चांडाल-वांडाल सुनकर लोग तेरे हाथ का छुआ नहीं खाएंगे।'

नरेश ठाकुर पश्चिम बंगाल के वर्धमान ज़िले के रायना क्षेत्र का रहने वाला था। उसकी आधी ज़िंदगी कमोबेश अच्छी गुज़री थी। बाक़ी की ज़िंदगी भी उसी तरह कट जाती, यदि उसकी और उसके भाइयों की आपस में मुक़दमेबाज़ी नहीं हुई होती तो! मामले-मुक़दमे में सबकुछ खोकर वह बेसहारा हो गया। वह एक लंबी कहानी थी। अब मजबूरन गले में जनेऊ डाल, 'चक्रवर्ती' बन रसोइये का काम करके अपना पेट पालता था। वह अपनी ज़िंदगी के तजुर्बे से जानता था कि नीची ज़ात के लोगों को ऊंची ज़ात वाले कैसे देखते हैं और किस हद तक उनसे नफ़रत करते हैं। यह सच है कि यह सब छुआछूत पहले से काफ़ी कम हुआ है। वर्तमान पीढ़ी के लोगों में कुछ उदारता नज़र आती है। लेकिन कुछ पुराने लोग अब भी बचे हैं। हिंदू-मुस्लिम दंगे, धर्म के नाम पर देश का विभाजन, इन सभी आपदाओं के बावजूद वे लोग रत्ती भर भी नहीं बदले हैं।

जीवन ने उस दिन काम ख़त्म होने के बाद अपने गमछे के उपर केले का पत्ता बिछा अपने हिस्से का रात का खाना बांध लिया। अचानक बारिश हो जाने से दूर से आने वाले मेहमान नहीं आ पाए। मुख्य सड़क के बस-स्टॉप से विक्रमनगर लगभग दो मील की दूरी पर था। सारा रास्ता कच्चा था। बारिश होते ही यहां पानी जम जाता था। कोई रिक्शा भी नहीं जाना चाहता था। दुनिया

की रीत भी अजीब है, किसी का नुकसान होने पर किसी और का लाभ होता है! मूसलाधार बारिश देख गृहस्वामी हाय-हाय कर रहा था। अपना सिर पीट रहा था। उधर दुखे, मेखा, श्रीनाथ सब चुपके-चुपके हंस रहे थे—बहुत खाना बच जाएगा!

रात का डेढ़ बज चुका था। अब यह स्पष्ट था कि किसी और के आने की कोई संभावना नहीं थी। गृहस्वामी ने सोच-समझकर कि अगले दिन क्या-क्या गरम करके खाया जा सकता है और क्या फ्रिज में कुछ दिनों तक बचाया जा सकता है, बाक़ी का बचा हुआ खाना नरेश ठाकुर को सौंप दिया, 'इस बचे खाने का क्या होगा, फेंकना ही पड़ेगा। इससे अच्छा है कि तुम लोग ले जाओ।'

जीवन देर रात में बारिश में भीगते हुए, खाने की गठरी लिए, लगभग दस दिनों के बाद राह ढूंढ़ता-ढूंढ़ता अपने घर पहुंचा। अमानवीय परिस्थितियों ने उसे वो रास्ता, वो घर, उस घर के लोग जो उसके सबसे अपने और प्रिय थे, सब भुला दिया था। वह अपने माता-पिता की नज़रों में एक नीच, धूर्त, क्रूर नर्क का जीव था इसलिए चाहकर भी वह वहां नहीं जा पाता था। अपने मन में बोझ लिए वह सड़कों पर मारा-मारा फिरता था। कहीं किसी घर की तलाश में, अपने लिए जीविका की तलाश में।

पर अब जीवन को लगा जैसे उसे उम्मीद की एक क्षीण किरण मिल गई थी। यदि नरेश ठाकुर के साथ रहकर वह काम सीख लेता है तो जैसे शहर के और लोग जी रहे थे, वह भी उनकी तरह ज़िंदा रह सकता था। वह खाने की गठरी अपने मां-बाप को देकर यही बताना चाहता था। वह कहना चाह रहा था: मां देख! मैं अब बड़ा हो गया हूं, मैंने रोज़ी-रोटी कमाना सीख लिया है! और देख, यह मेरी पहली कमाई है!

चारों तरफ़ भयंकर अंधेरा था। ऊपर से मूसलाधार बारिश हो रही थी। गरीब दास की झोंपड़ी के ऊपर बिछे प्लास्टिक के फटे हिस्सों से पानी गिरकर अंदर कीचड़ हो गया था। थोड़ी-सी सूखी जगह पर बच्चों को सुलाकर, दोनों पति-पत्नी एक कोने में शापित प्राणियों की तरह दुबके बैठे थे। घर के सामने पहुंच कर जीवन ने आवाज़ लगाई, 'मां दरवाज़ा खोलो।' उसके बाद उसने अपने भाई-बहनों को जगाया। खाने की गठरी उनके सामने खोलकर रख दी, जिसमें लूची, मटन, मछली, चाप, पुलाव, मिठाई और न जाने क्या-क्या था। ऐसा खाना गरीब दास ने अपनी पूरी ज़िंदगी में कभी नहीं खाया था।

जीवन के मंझले भाई जतन ने, चाय की दुकान पर ग़लती से अपने पैरों पर केतली से गर्म पानी गिरा लिया था और अब पैर में फफोले लिए घर में बैठा हुआ था। उसने बड़े आश्चर्य से खाने की चीज़ों को देखा, 'इसका नाम क्या है दादा?'

'इसका नाम फ़िश फ्राई है।'

'और यह?'

'इसका नाम...रुक, याद करके बताता हूं...इसे छेने का कालिया कहते हैं। यह पुलाव है। और इसे प्लास्टिक चटनी कहते हैं।'

'प्लास्टिक! जिससे मग, बाल्टियां बनती हैं!' जुगल, जीवन के सबसे छोटे भाई ने उंगली से उसे चाटते हुए कहा, 'झूठ! यह तो मीठा है!'

कई सालों के बाद, एक तूफ़ानी रात के अंधेरे में घर के पांच लोग एक साथ खाना खा रहे थे। ज़िंदगी में पहली बार वे सब इतने स्वादिष्ट भोजन का स्वाद चख रहे थे। जिसमें से कितनों के नाम तो वे जानते भी नहीं थे। लेकिन आज वे बहुत ख़ुश थे। मानो यह किसी उत्सव की रात थी। रात ने जैसे घोषणा की थी, एक व्यक्ति का नुकसान दूसरे व्यक्ति के लाभ का कारण हो सकता है। और अगर किसी के नुकसान से दूसरे का भला हो तो उसमें कोई बुराई नहीं है।

जो काम मन का न हो तो वह बोझ बन जाता है। वो काम इंसान ज़्यादा दिन तक नहीं कर पाता है। जबरन किया गया काम कभी अच्छा नहीं होता। यह जीवन की पसंद का काम था। जिस किसी घर में वह काम पर जाता, उसे लगता उस घर का अनुष्ठान, आनंद, उत्सव, हंसना-गाना सब उसका अपना है। धीरे-धीरे उसने नरेश ठाकुर से भोजन पकाना सीख लिया—करी और कालिया, कोफ्ता और कोर्मा। चर्व-चोष्य-लेह्य-पेय—वो व्यंजन जो चबाए, चूसे, चाटे और पिए जाते हैं—बनाने में माहिर जीवन, एक सिद्धहस्त पाक-शिल्पकार बन गया। फिर भी उसे लगता था कि ज्ञान के विशाल महासागर के किनारे बैठा वह सिर्फ़ कुछ कंकड़ ही चुन पाया है।

चौंसठ कलाओं में अंतिम है पाकशास्त्र कला पर इस कला का कोई अंत नहीं है। जीवन ने सुना था कि ऑमलेट, जो अंडा फोड़कर गरम तवे पर डालते ही बन जाता है, उसको बनाने के सौ तरह के फ़ॉर्मूले हैं और हर एक का स्वाद अलग-अलग है! एक ऐसा व्यक्ति है जिसे बाईस क़िस्म की बिरयानी बनानी

आती है। किसी बड़े होटल में जाकर किसी एक क़िस्म की बिरयानी बनाने के लिए वह प्लेन के किराए के अलावा पांच हज़ार रुपये मेहनताना लेता है। शायद ऐसे ही स्वादिष्ट भोजन को ध्यान में रख, श्री रामकृष्ण ने अपने किसी भक्त से कहा होगा, 'काव्य अति उत्तम है, उससे उत्कृष्ट है संगीत। संगीत से श्रेष्ठ है नारी और उससे भी उत्तम है भोजन।'

जीवन जितना हो सके सीखने के लिए उत्सुक रहता था। यदि उसके पेशे का कोई बड़ा गुरु उसे मिल जाता तो वह उनसे गंडा बंधवा लेता। नरेश ठाकुर के साथ जिस दिन उसे काम मिलता, वह करता और बाक़ी के दिनों में वह दुखे के साथ मिलकर मिट्टी खोदने, राजमिस्त्री के सहायक के रूप में या और जो भी काम मिलता, वह करता था। अब गरीब दास काम नहीं कर पाता था, लगभग हर दिन ही बिस्तर पर पड़ा रहता था। जीवन के काम करने से कम से कम अब गृहस्थी में एक समय चूल्हा जलता था। लेकिन जीवन को बहुत डर लगता था, अगर उसका बाप मर गया तो क्या होगा? उसकी इतनी कमाई नहीं थी कि श्मशान ले जाकर उनका दाह-संस्कार कर सके।

ऐसे में वह क्या करेगा? जीवन ने एक दिन देखा था कि रेलवे स्टेशन पर एक कुली की मौत हो जाने पर उसकी पत्नी और बेटा लाश को सड़क पर लिटाकर, उसके अंतिम संस्कार के लिए लोगों से भीख मांग रहे थे। यह देख जीवन अंदर तक हिल गया था। वह इस तरह किसी से कुछ मांग नहीं सकता था। वह किसी से कोई दया नहीं चाहता था। उससे क्या लाभ था? जो उनके पास नहीं था वह वे कैसे देते? दया नाम की कोई चीज़ दुनिया में है, इस पर से तो विश्वास ही उठ चुका था। ऐसे दयाहीन लोग जब किसी ग़रीब की ओर दस पैसा फेंकते हैं, तो उस पैसे में अवहेलना, घृणा, उपहास और तिरस्कार मिला होता है। जीवन को दया नाम के शब्द पर कोई भरोसा न था।

कुछ दिन पहले की ही बात थी। जीवन और उसके साथी बहुत ग़रीब थे, इसलिए किसी दयावान ने दया दिखाई। उसकी दयालुता देख जीवन के तन-बदन में आग लग गई। उसका मन किया कि वह उस 'अच्छा आदमी' बनने का नाटक करने वाले बाबू के गाल पर एक ज़ोरदार थप्पड़ जड़ दे।

जीवन अब एक-दो सहायकों को साथ लेकर सौ लोगों का खाना बना लेता था। शादी के सीज़न में, जब काम का दबाव बढ़ जाता, तो नरेश ठाकुर उसे ज़िम्मेदारी सौंपकर, कहीं न कहीं भेज देता था। इसी बीच जीवन ने, 'बच्चा ठाकुर' (बच्चा रसोइया) के नाम से अपना थोड़ा-बहुत नाम भी बना लिया था।

एक दिन जीवन और दुखे एक घर में काम पर गए। सब काम सही से निबट जाने के बाद, खाने की गठरी बांधकर लौटने का समय था। हमेशा की तरह वह अपना खाना बांधकर घर ले जाने वाले थे। उन दोनों ने अपने गमछे बिछा उस पर केले के पत्ते बिछा लिए। बाबुओं को पता था कि वे खाना बांधकर ले जायेंगे। वे इसके लिए तैयार भी थे। उन्होंने केले के पत्तों पर चावल और थोड़ा-थोड़ा सभी खाने का सामान रख दिया। खाना काफ़ी कम लग रहा था इसलिए दुखे ने कह दिया, 'बाबू थोड़ा और दे दीजिए, यह बहुत कम है।' जवाब में दयावान बाबू ने कहा, 'जो दिया है उसे पूरा खाकर दिखाओ ज़रा! हमारी बात खाना देने की हुई थी, पोटलियां भरकर देने की नहीं!'

हालांकि उस आदमी ने बाक़ी सारे व्यंजन कम मात्रा में दिए, लेकिन रसगुल्ले की हांडी ऊपर तक ठसाठस भरी हुई थी। यह काफी बड़ी मिट्टी की हांडी थी, जिसमें ढाई-तीन किलो मिष्टी दोई आ सकता था। दयावान बाबू ने बड़े उदार स्वर में कहा, 'यह पूरा रख लो। आमतौर पर रसगुल्ले का रंग सफ़ेद होता है। जिसका रंग सफ़ेद नहीं, वह रसगुल्ला नहीं कहलाता है। यह रसगुल्ले सफ़ेद कम पीले ज़्यादा लग रहे थे। इसका एक कारण था। जो आख़री बैच खाने के लिए बैठा था उनके पत्तलों में मिठाइयों की बौछार हुई थी। जिस लड़के की शादी हो रही थी, उसके दोस्त एक दूसरे पर रसगुल्ले फेंक कर मार रहे थे।

'अरे, यहां दीजिए।'

'नहीं, नहीं और नहीं, प्लीज़।'

'तुम्हारी कोई बात कान में नहीं जा रही है। एक और खाना ही होगा।'

'पेट फट जाएगा!'

'कुछ नहीं होगा।'

जो कुछ खाए गए, उन्होंने पेट में जगह बना ली। जो नहीं खाए गए वो पत्तल में ही पड़े रहे। उन्हें फेंकने के बजाय, बीन-बीनकर ख़ाली दही की हांडी में जमा किया गया। जिसे देकर अब रसोइयों का पारिश्रमिक चुकाया जा रहा था। यह देखकर जीवन के सिर पर ख़ून सवार हो गया, 'यह क्या दे रहे हैं! आपके दरवाज़े पर भीख मांगने नहीं आए हैं। सुबह सात बजे से रात बारह बजे तक पसीना बहाया है। हमें अपनी मेहनत की मज़दूरी चाहिए।'

'क्यों नाराज़ हो रहे हो? क्या हुआ है?'

'क्या हुआ है? इसमें से आप एक रसगुल्ला खाकर दिखाइये तो!' दयावान बाबू सकपका गए। चोरी पकड़े जाने की शर्म से वह घर के अंदर जाकर छुप गए। किसी और ने उनको दो-दो रसगुल्ले पकड़ाए और ग़ायब हो गया। तो अब वे उन्हें दो से ज़्यादा रसगुल्ले देने को भी तैयार नहीं थे!

जीवन को ऐसे लोगों की दया पर घोर अविश्वास था। उसने बहुत बार धोखा खाया था। उसने इस दयालुता के विपरीत भी एक घर देखा था। उस दिन भी दुखे साथ था।

आमतौर पर रात के भोजन का अनुष्ठान होने पर, वे सुबह-सुबह काटने-पीटने का सारा काम निबटा लेते थे और उसके बाद उबालने या तलने का काम निबटाते थे। फिर दिन में कुछ खाकर शाम से खाना बनाना शुरू करते थे। इससे खाना गर्म रहता और देर रात तक खाना ख़राब होने का डर भी नहीं रहता था। तो, उस दिन तलने-भूनने में दोपहर के दो बज गए। उन्होंने हाथ-पैर धोकर खाना मांगा, 'दीजिए बाबू, अब हमें खाना दीजिए।'

'खाना?' घर का मालिक चौंक उठा, 'किस बात का खाना?'

'हम खाएंगे नहीं क्या?'

'तुम खाओगे या नहीं, उससे मुझे क्या मतलब?' मालिक ने साफ़ जवाब दिया, 'नरेश ने मुझे नहीं बताया कि तुम लोगों को दिन में भी खाना खिलाना पड़ेगा।'

मिनमिनाते हुए दुखे ने कहा, 'इसमें बताने की क्या बात है। कभी किसी के घर में बताने की ज़रूरत ही नहीं पड़ती है। सब जानते हैं इसलिए उन्होंने नहीं बताया होगा।'

मालिक ने साफ़ कह दिया, 'मुझे कुछ नहीं पता।'

सुबह सात बजे से वे काम पर लगे थे। दो-एक बार चाय के अलावा उनके पेट में कुछ नहीं पड़ा था। वे भूख से बेहाल थे और सामने ढेरों खाना पड़ा हुआ था। दोनों रसोइये उस भोजन के आगे पूरा दिन और आधी रात तक भूखे बैठे रहे। आसपास कोई दुकान भी नहीं थी जहां से ख़रीदकर कुछ खा लेते। खाना चुराने का भी कोई उपाय नहीं था। वहां कुर्सी डाले हर वक़्त घर का एक आदमी बैठा पहरा दे रहा था।

आज नरेश ठाकुर गंभीर समस्या में पड़ा हुआ था। एक ही दिन में दो बड़े काम थे। अगर दोनों काम जादवपुर में होते तो भी वह संभाल लेता, लेकिन एक काफ़ी दूर दत्तबागान में था और दूसरा बेहाला में। दोनों जगहों के बीच की दूरी ऐसी, मानो दुनिया के दो छोर। और आजकल इतने काम करने वाले कहां मिलते थे। अगर मिल भी गए तो खाना पकाना जानना ज़रूरी था।

इस महीने शादियों की भरमार थी। सड़क के दाएं-बाएं जहां देखो शादी के पंडाल लगे हुए थे। जान-पहचान का कोई भी रसोइया ख़ाली नहीं था। शादी के दिनों में हर किसी के हाथ में दो-तीन काम रहते थे। नरेश ठाकुर असमंजस में था कि उसे क्या करना चाहिए।

दत्तबागान का काम उसके पास पंद्रह दिन पहले आया था। उसने एडवांस लेकर काम ले लिया था। लेकिन उसके कुछ दिन बाद ही अचानक बेहाला का काम आ गया। वह कोई ऐसा-वैसा व्यक्ति नहीं था। महादेव डेकोरेटर्स के प्रमुख पार्टनर, महादेव कुंडू के बचपन के दोस्त के घर का काम था। पहले वह दोस्त जादवपुर में ही रहा करता था। अब बेहाला में घर बनाकर रहता था। वैसे दूरियों ने उनकी दोस्ती पर असर नहीं पड़ने दिया, बल्कि दोस्ती और गहरी हो गई थी। महादेव बाबू ने नरेश ठाकुर को कह दिया था, 'मेरे दोस्त की बेटी की शादी है। सात-आठ सौ महमानों का खाना है। किसी दूसरे को भेजने से नहीं चलेगा। तुम्हें ख़ुद वहां रहना होगा नरेश। यदि तुम चालाकी से वहां नहीं जाते हो, तो याद रखना कि मेरी दुकान से कभी तुम्हें और कोई काम नहीं मिलेगा।'

महादेव डेकोरेटर्स से नरेश ठाकुर को बारहों महीने काम मिलता था। वह महादेव बाबू को किसी तरह भी नाराज़ नहीं कर सकता था। लेकिन दत्तबागान का काम कौन संभालता। वहां तीन सौ लोगों का खाना बनना था।

क्या जीवन तीन सौ लोगों का खाना बना लेगा?

खाना तो साधारण-सा बनना था। भात, दाल, बैंगन भाजा, मछली का कालिया, मटन करी और चटनी। अब जीवन का हाथ काफ़ी सध गया था, वह बना लेता। चाप या लूची होने से शायद नहीं संभाल पाता।

'क्यों रे, कर लेगा न?' नरेश ठाकुर ने जीवन से पूछा। लेकिन जवाब मेघा ने दिया, 'मैं कह रहा हूं, यह कर लेगा। बस साथ में दुखे को भेज दो।'

अगले दिन रात को भोज का अनुष्ठान था। नरेश ठाकुर ने उसी शाम को उन्हें रवाना कर दिया था, जिससे वे वहां जाकर चूल्हा, बर्तन वगैरह रख

आयें। उसने कहा, 'वहां पहुंचकर बाबू से कहना कि नरेश ठाकुर को अचानक बुखार आ गया, इसलिए वह आ नहीं पाए। हमें भेजा है। बता ज़रूर देना। काम ख़त्म होने पर पारिश्रमिक मांग लेना। दस रुपया एडवांस दिया हुआ है, बाक़ी के चालीस ले लेना।'

एक काग़ज़ के टुकड़े पर पता लिखा हुआ था। मौखिक रूप से भी वहां पहुंचने का निर्देश दे दिया गया था। एक घंटे ट्रेन का सफ़र और आगे बीस मिनट पैदल चलकर वे उस पते पर पहुंच गए। घर ढूंढ़ने में ज़्यादा परेशानी नहीं हुई। यह शहर नहीं था जहां दूसरी मंज़िल पर रहने वाले लोग यह नहीं जानते थे कि तीसरी मंज़िल पर कौन रहता है। यह गांव था। यहां सब एक-दूसरे को जानते थे। यह एक संपन्न क्षेत्र था। हालांकि यहां के लोगों के पास नक़द पैसा ज़्यादा नहीं था, लेकिन धान, जूट, तिल, सरसों आदि फसलों से बहुत समृद्ध थे। लगभग सभी परिवारों के पास डेढ़ सौ बीघा खेती की ज़मीन और पूरे साल खेती करने के लिए हल, बैल, ट्रैक्टर, मज़दूर, चरवाहे सब उपलब्ध थे। जबकि सरकार ने ज़मीन की सीलिंग का क़ानून बना रखा था, लेकिन उसमें कई ख़ामियां थीं। बेनामी ज़मीन दूसरों के नाम दर्ज करवाकर अपने पास रखना साधारण-सी बात थी।

सांझ को जीवन और दुखे समारोह वाले घर में पहुंचे। लगभग ढाई-तीन बीघा घेरकर घर का अहाता था। तालाब, फल के बाग़, सब्ज़ियों के खेत, गौशाला सब थे। पेड़ों और हरियाली के बीच कुछ पक्के और कुछ कच्चे दालान बने हुए थे। उनकी हालत जैसी भी हो बीच में एक बहुत बड़ा, सुंदर-सा लिपा-पुता आंगन था। उस आंगन में आराम कुर्सी पर घर के मालिक बैठे हुए थे। बस हाथ में हुक्के की नली नहीं थी, नहीं तो कोई भी उन्हें बंगाली फ़िल्मों का ज़मींदार समझने की ग़लती कर सकता था। पेट्रोमैक्स की रोशनी में उनका उघड़ा बदन चमक रहा था। पेशियों से भरा मांसल शरीर और सीना लंबे-लंबे बालों से ढंका हुआ था। हाथ में कड़ा और गले में सोने की चेन थी। कंधे पर अहंकारी जनेऊ पड़ा हुआ था।

घर के मालिक के सात बेटे थे इसलिए इस घर का एक और नाम था, *शात भायेर बाड़ी,* या 'सात भाइयों का घर'। एक बेटी थी। सभी का विवाह हो चुका था। पुत्रवधुओं को देखकर लगता था जैसे सब सोने की चलती-फिरती दुकानें हों। हाथ, कान, गला, माथा, यहां-वहां सोने के गहनों से लदा हुआ था। सोने की दुकान के शोकेस के अलावा जीवन ने इतना सोना एक साथ कभी नहीं देखा था।

घर को अभी सजाया नहीं गया था। या हो सकता है कलकत्ता की रोशनी और सजावट देखने की अभ्यस्त जीवन की आंखें इस घर की सामान्य सजावट को समझ नहीं पा रही थीं। अंदर आने की सड़क के दोनों ओर दो आदमी बांस का खूंटा गाड़ रहे थे। वहां प्रवेश द्वार बन रहा था।

जीवन और दुखे जैसे ही घर के मालिक के सामने खड़े हुए तो उनके हाथ की कड़छी और कड़ाही देख उन्होंने पूछा, 'नरेश कहां है, वह नहीं आया?' उनकी आवाज़ सुनते ही दुखे कांपने लगा। उसे ग्रामीण बंगाल की कहावत याद आ गई, '*जार गोलाय धान, तार कथाय टान,* जिसके अन्न भंडार में धान है, उसकी आवाज़ में शान है।' उनकी आवाज़ सुनकर समझ में आ गया कि बाबू के अन्न का भंडार बहुत बड़ा होगा।

डरते-डरते दुखे ने कहा, 'उनकी तबियत...'

'अचानक ख़राब हो गई है, है न?'

'ऐसा ही कहा है उन्होंने।'

'उधर देखो!'

'किधर?'

'अरे उधर!'

सामने ख़ाली जगह में लंबी-लंबी कटी लकड़ियों का ऊंचा ढेर रखा था। कल उन्हें जलाकर खाना बनाना था। लकड़ियों की ओर इशारा कर बाबू ने कहा, 'अगर खाना ख़राब बना तो उनमें से एक तुम्हारी पीठ पर तोड़ूंगा। अपने आपको बहुत चालाक समझता है, सोचा किसी को भी भेजने से हो जाएगा। नहीं कर सकता था तो बताना चाहिए था। यहां क्या रसोइयों की कमी है! तुममें से कौन ठाकुर (रसोइया) है?'

डर के जीवन ने दुखे की ओर और दुखे ने जीवन की ओर उंगली दिखाई। यह देखकर बाबू ने कहा, 'कौन खाना बनाएगा, यह मुझे देखने की ज़रूरत नहीं। मैं बस खाने की सूरत देखूंगा। अगर ख़राब हुआ तो सुन लो, दोनों की चमड़ी उधेड़ दूंगा।'

आंगन के एक तरफ़ तिरपाल टांगकर, नीचे खाना बनाने की व्यवस्था की गई थी। वहां आकर दुखे के हाथ-पांव ठंडे होने लगे और दिल कांपने लगा। पता नहीं क्या होगा! यह सुनकर कि खाना पकानेवाले आ गए हैं, घर के सभी लोग उन्हें देखने आ गए। मानो चोर पकड़ा हो। किसी के पास कुछ

अच्छा कहने को नहीं था। हर किसी की भाव-भंगिमा ऐसी जैसे अभी पकड़े गए चोर को पीटेंगे या फांसी पर लटका देंगे।

रात में उन्हें घर के बाहर खुले बरामदे में सोने दिया गया। जिसके सामने पाट का खेत था। कोई अगर उन खेतों में घुस जाए तो ढूंढ़ना मुश्किल। डर से दुखे को नींद नहीं आ रही थी। और थोड़ी रात होते ही वह जीवन के कान में फुसफुसाया, 'ए जीवन, चल भाग जाते हैं। खाना पकाने के मामले में कोई भरोसा नहीं होता। किसी दिन अच्छा, तो किसी दिन बुरा भी बन सकता है। मां अन्नपूर्णा न जाने कब किससे नाराज़ हो जायें। अगर खाना ख़राब बना तो इस घर से जान बचाकर भागना मुश्किल हो जाएगा।'

आत्मविश्वास से भरे जीवन ने कहा, 'कल का काम कल देखा जाएगा। खाना बुरा बनने के बाद ही तो मारेंगे। उससे पहले तो नहीं मारेंगे न! दुखे दा, चुप करके सो जाओ। मेरे ऊपर भरोसा रखो।'

'लेकिन मुझे डर लग रहा है।'

'डरने की कोई बात नहीं। सो जाओ।'

जीवन कोई दिव्य भाषा की शक्ति प्राप्त किया महापुरुष नहीं था। क्या गारंटी थी कि उसका कहना कि "डरने की बात नहीं" सच होगा। डर की बात तो थी ही। उसका डर असंख्य राक्षसों में परिणत हो उसके आसपास मंडरा रहा था। वह सो नहीं पा रहा था। लगभग जागते हुए उसकी रात बीती।

सुबह खाना बनना शुरू हुआ। दुखे ने कहा, 'हर चीज़ को तुम ख़ुद परखो। नमक-मिर्च का स्वाद पहले ही बाबू को चखवा दो। जब तक वे लोग न बोलें कि ठीक है, चूल्हे से खाना मत उतारना। देखते हैं ईश्वर की कृपा से हम इस आपदा से निकल पाते हैं या नहीं।'

भोजन काफ़ी अच्छा बना था। इतनी कम उम्र में इतने बड़े काम को अंजाम देना, जीवन के लिए एक उपलब्धि के समान था। जो अतिथि नियमित दावतों में खाते थे, उन मेहमानों ने संतुष्ट होकर खाया और भोजन की प्रशंसा भी की। एक ने तो अपने बेटे की शादी में उनसे खाना बनवाने के लिए उनका पता भी लिया। दुखे के चेहरे पर मुस्कान खिल उठी, और जीवन के युवा कंधों से भी बहुत बड़ी ज़िम्मेदारी का बोझ उतरा। लेकिन तभी, बिना किसी पूर्व सूचना के उन पर अप्रत्याशित विपत्ति आन पड़ी।

इस घर के मालिक के सात बेटे और एक बेटी थी। लड़की की शादी जादवपुर में हुई थी। दामाद का ट्रांसपोर्ट का व्यवसाय था। उसके पास दो ट्रक थे। वह पहले अपने इलाक़े का मस्तान था, जिससे लोग कांपते थे। शादी के बाद उसने अपना रास्ता बदल लिया और किसी राजनैतिक दल का कार्यकर्ता हो गया। अपने दामाद की बहन की शादी में नरेश ठाकुर के हाथ का भोजन खाकर इस घर के मालिक ने तय किया था कि अपनी पोती के अन्नप्राशन समारोह में कलकत्ता के इस रसोइये को ही लेकर जायेंगे। लेकिन अब कलकत्ता के दामाद ने दुखे को पहचान लिया था।

तब रात बहुत हो चुकी थी। गांव-देहात में रातें और भी अंधेरी होती थीं। सभी मेहमान भोजन कर, मुंह में पान दबाए विदा हो चुके थे। पेट्रोमैक्स की रोशनी बुझने को थी। उसी समय दामाद ने ग़ुस्से से अपने छोटे साले को पुकारा, और दुखे की ओर इशारा करते हुए कहा, 'तुम लोगों ने इससे खाना बनवाया है! छी: छी:!'

छोटे साले को कुछ समझ में नहीं आया, 'क्यों क्या हुआ?'

'इस भैनचोद ने परसों हमारी नालियां साफ़ की थीं। साला, केओड़ा, कटवा, जमादार न जाने किस ज़ात-बेज़ात का है। बिना जाने ही सीधा खाना बनवा लिया?'

यह एक घोर अपराध था। नालियां साफ़ करने वाला अछूत होता है। उसके लिए ब्राह्मणों का भोजन छूना तो दूर, उनकी ओर देखना भी अक्षम्य अपराध है। बात सिर्फ़ इस काम की नहीं थी, उसकी इतनी हिम्मत कैसे हुई, असल मुद्दा वह था। यह तो एक तरह की छल-चतुराई, धोखाधड़ी थी।

दामाद जी की आंखें लाल गुड़हल की तरह सुर्ख़ थीं। केले के बगीचे की आड़ में मसालेदार कलेजी मटन खाकर और देशी शराब की दो बोतल चढ़ाकर उसकी जीभ सूजी हुई थी। उसकी ज़ुबान लड़खड़ा रही थी। वह जीवन और दुखे को बुलाकर केले के बगीचे में अंधेरे में ले गया, 'इधर आओ। सीधे खड़े हो। जो पूछूंगा उसका सही-सही जवाब देना। सबसे पहले अपना नाम बताओ। बाप का नाम बताओ।'

जीवन और दुखे अनपढ़, नीची जाति के मज़दूर लोग थे। वे मिट्टी खोदना, पत्थर तोड़ना, धान काटना, ये सब काम कर सकते थे। लेकिन वे कुशल वक्ता की तरह शब्दों की माला पिरोकर सत्य को असत्य और असत्य को सत्य करना नहीं जानते थे। जो काम एक बुद्धिमान, शिक्षित कर सकता था वह काम क्या बंगाल के गांव के दो बेवक़ूफ़, साधारण इंसान कर सकते

थे? तभी पूछताछ करने और ज़रा-सा थर्ड डिग्री का दबाव डालने पर असहाय होकर उन्होंने अपना नाम-धाम सब बता दिया। पता चला कि एक केओड़ा और दूसरा चांडाल था। जाति व्यवस्था में दोनों ही अछूत, अस्पृश्य थे—ऐसे लोग जिनके हाथ का छुआ पानी भी नहीं पिया जा सकता था।

रात के अंधेरे और निर्जनता ने दामाद जी के ज़ात-पात के अभिमान को और बढ़ा दिया था। शरीर में ताक़त, दिमाग़ में दुर्बुद्धि, जेब में पैसा और पेट में शराब ने उन्हें उन दोनों बदक़िस्मतों को खींचकर केले के बगीचे के पास के ख़ाली मैदान में ले जाने को मजबूर कर दिया। उन पर जितने लात-झापड़ पड़े, वो तो नियमित जांच-पड़ताल का हिस्सा था। अब अदालत का फैसला सुनाया गया, 'ज़मीन पर नाक रगड़ते हुए उस कटहल के पेड़ तक बोलते हुए जाओ कि अब कभी ब्राह्मण की रसोई में नहीं घुसोगे।'

लौटते समय किसी ने किसी से कोई बात नहीं की। जीवन और दुखे ने एक-दूसरे की तरफ़ आंख उठाकर भी नहीं देखा। दोनों अपनी-अपनी तरह से गोपन पीड़ा से झुलस रहे थे। थोड़ी देर के बाद दुखे विलाप से फट पड़ा, '*ओरा कैनो मारलो रे जीबोन?* उन्होंने हमें क्यों मारा?'

जीवन के पास इसका कोई जवाब नहीं था। लेकिन कुछ दिनों के बाद महादेव डेकोरेटर्स के महादेव बाबू को न जाने कहां से ख़बर मिली कि वे दोनों चोरी करते हुए पकड़े गए थे और उन्हें पीटने के बाद छोड़ा गया।

2

विषैली ज़िंदगी

सन 1967 में उत्तर बंगाल के नक्सलबाड़ी नाम के गांव में एक चिंगारी भड़की, जिसकी लाल लपटें महज़ तीन साल के भीतर जंगल में आग की तरह भारतवर्ष के कोने-कोने में फैल गईं। उस आग की लपटों ने लोगों की जड़ता, कायरता और प्रतिगामिता को झुलसा दिया क्योंकि समाज के युवाओं ने अपने स्वार्थ के लिए हर तरह के मोह को दूर कर, आत्म-बलिदान में अपना ख़ून बहा दिया। एक विश्व विख्यात नेता ने उनकी तुलना 'सुबह के सूरज' से की थी।

शोषण और अभाव के विरोध में जागा विद्रोह का यह समय, बिमला जैसी एक साधारण गाँव की महिला के लिए बहुत भयानक, बेहद क्रूर और विनाशकारी था। ऐसा लग रहा था मानो मिट्टी की गहराई में ढेर सारी ज़हरीली गैस जमा हो गई हो और चारों ओर उसी का विस्फोट हो रहा हो। पुरातन समाज का लहूलुहान ढांचा चीथड़ों में बिखर गया था। अब जैसे पूरा कलकत्ता शहर डर से थरथरा रहा था। नक्सलबाड़ी की आंधी ने जादवपुर के इलाक़े को हिला दिया था। लग रहा था कि सभी ऊंची इमारतें ढहकर धूल में मिल जायेंगी। सारे शहरवासी दहशत से कांप रहे थे। चाहे वह नौकरीपेशा हो या बेरोज़गार, व्यापारी हो या ग्राहक, अमीर हो या ग़रीब, काला हो या गोरा, ऊंचे वर्ग का या नीचे वर्ग का, सभी का सीना ख़ौफ़ से धड़क रहा था। सत्तर का विनाशकारी और विद्रोही दशक डग भरता हुआ आख़िरकार शहर पहुंच चुका था। यह दशक किसी के लिए आशा तो किसी के लिए आशंकाओं से भरा था। सभी दशकों के बीच, सत्तर के दशक ने अपना विशिष्ट स्थान बना लिया था।

रात के अंधेरे की आड़ में, न जाने कौन अदृष्ट लोग, गहरे विश्वास के साथ शहर की दीवारों पर स्लोगन लिख रहे थे—*'शोत्तोरेर दशक, मुक्तिर दशक!'*

सुबह से ही शहर में रह-रहकर बमों के धमाके होते रहते थे। दिन जितना रात की ओर बढ़ता, धमाकों की आवाज़ और बढ़ती जाती। बारूद की तीखी गंध से हवा भारी हो जाती थी। अंधेरी रातों में अब सर्चलाइट जलाकर, काली-काली पुलिसवैन्स मुख्य सड़कों पर दौड़ती रहती थीं। तलाशी के नाम पर वे एक-एक इलाक़े को घेरकर बर्बाद कर देते थे। अट्ठारह-बीस साल के किसी भी युवक को देखते ही घसीटकर वैन में ले जाते थे। उनकी नज़र में अब हर युवक संदिग्ध था। सभी युवक अपराधी थे। यह बहुत अराजक समय था।

ऐसे संक्रामक समय में, बिमला का बड़ा बेटा दिन-ब-दिन बदलता जा रहा था। न वह हंसता था और न ही बात करता था। हर वक़्त ग़ुस्से में लगता था। समझ में नहीं आता था कि वह क्यों और किससे नाराज़ था। इन थोड़े दिनों में वह जैसे बहुत बड़ा हो गया था। इतना बड़ा कि उसकी ऊंचाई नहीं नापी जा सकती थी, गहराई का अंदाज़ा लगाना कठिन था। इसलिए, बिमला बहुत डरी और चिंतित थी।

समय बिल्कुल भी ठीक नहीं था। चारों ओर मानो कोई अशुभ तैयारी चल रही थी। ज़्यादातर लोगों में सांप्रदायिक दंगों के समय जैसा उन्माद नज़र आ रहा था। जिस तरह एक चींटी हवा की गंध से बारिश होने का अनुमान लगा लेती है, उसी तरह सड़कों और गलियों में, मोटी-मोटी लाठियों पर बंधे झंडे हाथ में लिए, *' लॉड़ाई लॉड़ाई लॉड़ाई चाई,* हम लड़ना चाहते हैं' की हुंकार भरते बढ़ते जुलूस को देखकर ग़रीब मांओं का कलेजा कांप उठता था। जैसे वे समझ गई थीं कि बहुत-सी मांओं की गोद सूनी होने का समय, ख़ामोशी से आगे बढ़ता आ रहा है।

जीवन आज बहुत दिनों के बाद घर आया था। आजकल उसके आने-जाने का ठिकाना नहीं था। कौन जाने वह कहां रहता था, क्या करता था, क्या खाता था। कहीं काम भी नहीं कर रहा था। जब वह काम किया करता था, तब घर की हालत थोड़ी ठीक थी। अब फिर से अभाव के ऑक्टोपस ने उन्हें जकड़ लिया था। गरीब दास को काम मिलना बंद हो गया था। उसे कोई काम पर नहीं बुलाता था। वह एक राशन की दुकान में जाकर बैठा रहता था और कभी एक आधा बोझा ढो देता था। इसके एवज़ में उसे एक-डेढ़ रुपया मिल जाता, लेकिन उससे परिवार नहीं चलाया जा सकता था।

लड़के की ओर देखकर मां का दिल रो उठा। क्या शक्ल हो गई थी उसकी! चेहरा देखकर लगता था कि वह किसी गहरी तक़लीफ़ में है। उसने कुछ नहीं खाया है, यह न बताने पर भी मां को समझने में देर नहीं लगी। घर में थोड़ा आटा पड़ा था जिससे उसने एक रोटी बनाकर उसे दे दी, साथ में नमक और हरी मिर्च। जीवन ने कुछ बात नहीं की। चुपचाप रोटी खा ली।

गरीब दास के परिवार को कुछ दिनों के लिए रहने का एक अच्छा आश्रय मिल गया था। रेल लाइन के किनारे की झोंपड़ी में सबके लिए पर्याप्त जगह थी भी नहीं, और इसके अलावा रेल अधिकारियों से भी धमकी मिली थी कि यदि वहां के निवासी स्वेच्छा से न हटे तो उनकी झोंपड़ियां तोड़ दी जायेंगी। यह नई जगह इतनी बड़ी थी कि सब एक साथ मिलकर लेट सकते थे।

एक सज्जन असम के जोरहाट में रहा करते थे। उस समय असम में '*बांगाली खेदाओ,* बंगालियों को खदेड़ो' का आंदोलन चरम पर था। असमियों द्वारा बंगालियों के घर जलाए जा रहे थे, उन्हें मारा-पीटा जा रहा था, ज़ख़्मी किया जा रहा था, यहां तक कि ख़ून-ख़राबा भी हो रहा था। यह सब देखकर वे समझ गए कि वहां रहना अब संभव नहीं था। उन्हें अपना व्यापार समेटकर बंगाल भागना होगा। लेकिन उसके लिए सबसे पहले वहां सिर छुपाने की जगह की ज़रूरत थी। कलकत्ता में उनके एक रिश्ते के समधी रहा करते थे, जिनके मार्फ़त उनका परिचय रामकृष्णपुर के हेमंत बाबू के साथ हुआ, और इन हेमंत बाबू की मदद से उन्होंने राजा मल्लिक रोड के पास, रामकृष्णपुर कॉलोनी की उल्टी तरफ़, श्यामपुर में चार काठा ज़मीन ख़रीद ली।

एक बार इन जबर दख़ल कॉलोनियों को सरकारी मान्यता मिल जाने पर, कुछ लोग, जिनके पास ऐसी और भी कॉलोनियों में क़ब्ज़ा किए प्लॉट होते थे, वे अपनी पसंद का कोई प्लॉट रखकर बाक़ी के बेच देते थे। और उन पैसों से अपना पक्का घर बना लेते थे। कुछ लोग तो अपने लिए एक घर रख, बाक़ी के तीन-चार घर किराए पर चढ़ा देते थे। इस तरह महीने के किराए की मोटी रक़म से कमाई की व्यवस्था कर लेते थे। यह बंगाली की कहावत जैसा था, '*माछेर तेले माछ भाजा,* मछली के अपने ही तेल में मछली को तलना', दो खाना और दो फ्रिज में रखना, इस तरह वे अपनी चतुरता का परिचय दे रहे थे। आख़िरकार पढ़े-लिखे, चालाक बुद्धि के जो थे!

तो उन असम के सज्जन के ज़मीन ख़रीदने के बाद घर निर्माण का मामला आया। वह व्यापारी थे, दो काठा ज़मीन छोड़कर बाक़ी के दो काठा में

दुमंज़िला घर बनाने के लिए नींव खुदवाने लगे। ख़ाली छोड़ी ज़मीन में बांस, ईंट, रेत, स्टोन-चिप्स एवं निर्माण की और सामग्रियों को रखा गया। घर बन जाने के कुछ सालों बाद वे बची हुई दो काठा ज़मीन को दोगुने दाम में बेच देंगे। संक्षेप में, अन्य लोगों की तरह, वे भी इस तरह ज़मीन की लागत वसूल करने वाले थे। लेकिन इस वक़्त कौन उनके सामान की हिफ़ाज़त करता? वह अपना व्यापार छोड़ हर वक़्त यहां पड़े नहीं रह सकते थे। उनकी ग़ैरहाज़िरी में रेत, ईंट, स्टोन-चिप्स का क्या होगा? आख़िरकार यह शरणार्थी कॉलोनी थी। लगभग सभी लोगों के मकान बनने का काम चल रहा था। रात में कोई अगर सब सामान चोरी कर लेता तो भला कौन रोकता?

हेमंत बाबू ने कहा, 'कोई चौकीदार रख दूं?'

'है कोई ऐसा नज़र में?'

'हाँ, है।'

'आदमी ईमानदार तो है न? कहीं ख़ुद ही सारा सामान बेचकर न भाग जाए! सौ दो सौ बोरियां सीमेंट की भी होंगी।'

असमवासी *भद्रलोक* की शंका दूर करते हुए हेमंत बाबू ने कहा, 'हर कोई अगर चाहे भी तो बेईमान नहीं हो सकता है। उसके लिए भी कलेजे में ज़ोर होना चाहिए। मैं जिसे यहां रखूंगा उसके अंदर वो ज़ोर नहीं है।'

गरीब दास की पत्नी बिमला हेमंत बाबू के घर बर्तन मांजने का काम करती थी। उसी से उन्हें रेल लाइन के किनारे की बस्ती के टूटने की बात का पता चला था। झोंपड़ी टूटने पर वे कहां जायेंगे? या तो वापस खोला में या फिर दस रुपया किराए के किसी कमरे में। अगर उन्हें बिना किराए के इस सज्जन की जगह पर रहने दिया जाए तो क्या वे नहीं रहते?

हेमंत बाबू ने बिमला से कहकर गरीब दास को बुलवाया और कहा, 'हम तुम्हें रहने के लिए एक कमरा दे रहे हैं। कमरे के एक तरफ़ सीमेंट की बोरियां होंगी, दूसरी तरफ़ तुम लोग रहना। बाहर पड़े स्टोन-चिप्स और रेत पर नज़र रखना। जब मिस्त्री काम पर लगेंगे तो उनके साथ तुम भी लग जाना। मुझे पता है तुम्हारी तबियत अच्छी नहीं है। तुम न कर सको तो तुम्हारा बेटा कर लेगा। जो मज़दूरी सबको मिलती है, वही उसे भी मिलेगी। तुम्हारी रेल लाइन की झोंपड़ी को वैसे ही रहने दो। अगर न टूटी तो बाद में जाकर वहां रह सकते हो।'

घर के लिंटल पड़ने तक जीवन ने वहां मज़दूरी की। बीच-बीच में वह एक-दो दिन नरेश ठाकुर के साथ खाना बनाने भी गया। फिलहाल कुछ दिनों के लिए घर के निर्माण का काम बंद था। दत्तबागान में खाना पकाने के काम से आने के बाद जीवन किसी और काम की तलाश में नहीं निकला। वह उदास घर में ही बैठा रहा। उसे क्या हुआ था, यह उसने अपने मां-बाप तो क्या अपने भाई जतन को भी नहीं बताया। इतना गंभीर तो जीवन कभी नहीं रहा था। अचानक यह गंभीरता किस बात का संकेत थी?

सत्तर का दशक तेज़ी के साथ शहर पर हावी हो रहा था। रात होते ही दिन में ऊंघने वाले शहर का चरित्र अचानक बदलकर सक्रिय हो उठता था। न जाने कौन लोग फुसफुसाते, चलते-दौड़ते, किसी का पीछा करते हुए भागते रहते थे। कुछ ही दिन पहले राजापुर नहर के किनारे गला कटी एक लाश मिली। इसी समय जीवन के अचानक बड़े होने, गंभीर हो जाने ने मां के मन को किसी मुसीबत की आशंका से भर दिया था। जीवन अब वो बचपन वाला जीवन नहीं था जो अंधेरे और भूत के डर से मां की गोद में मुंह छुपा लेता था। बरसात के दिनों में कड़कती बिजली की आवाज़ से अब वो कांप नहीं उठता था। जीवन अगर उसी पुराने वक़्त में ठहर जाता तो कितना अच्छा होता। और कुछ नहीं तो, इस घातक समय में वह चिंतामुक्त रह सकती थी।

थोड़ी देर बाद बिमला ने थकी हुई आवाज़ में कहा, 'तुम कहां रहते हो, क्या करते हो, कुछ बताते नहीं। तुम्हारे पिता की अब उम्र हो चुकी है। वह तो मुश्किल से चल पाते हैं, मेहनत-मज़दूरी क्या करेंगे। तुम भी कुछ काम नहीं करते हो, परिवार कैसे चलेगा? जब छोटे थे तब और बात थी, लेकिन अब बड़े हो गए हो। अगर तुम अभी भी बेपरवाह इधर-उधर घूमते रहे, तो मैं क्या कहूं। कितने सालों तक न जाने इधर-उधर-किधर भटककर वापस आए हो। चलो वो जाने दो, अब कुछ महीनों से कितना बढ़िया काम कर रहे थे। सब अचानक छोड़कर बैठ गए। ऐसा करने से हम कैसे ज़िंदा रहेंगे?'

जीवन ने कुछ नहीं कहा। वह क्या कहता? कहने के लिए उसके पास क्या था? मां की बातें साधारण बातें थीं, जिन बातों का कोई जवाब नहीं होता है। जवाब एक ही था, जिसे सुनकर सभी मांओं का कलेजा कांप उठता।

बिमला बंगाल के गांव की सीधी-सादी लड़कियों-सी थी। जिनके शरीर की आयु तो बढ़ जाती है, लेकिन मन अपरिणत कोमल ही रहता है। बारिश से भीगी नरम मिट्टी-सा मन हो जिसका, उसके लिए विश्व में फैली हिंसा,

जटिलता, और उसके कारणों को समझना इतना सहज नहीं था। गरीब दास को उसके पिता ने कहा था, जिसे फिर गरीब दास ने अपने बेटे जीवन से कहा, '*बाप रे, खाट, खेटे जा। काज रे भॉय कोरिश ना। जोदी खाटते पारोश, आर किछु ना होउक ना खाईया कोनोदिन थाकबि ना।* बेटा, मेहनत करो, मेहनत करते जाओ। काम करने से कभी मत डरना। अगर मेहनत कर सकते हो तो चाहे कुछ हो या न हो, कभी भूखे नहीं रहोगे।' गरीब दास ने ख़ुद कड़ी मेहनत की थी, लेकिन उसे खाने को नहीं मिला। क्यों नहीं मिला? इसका जवाब कौन देता?

जिस समय हरकुमार दास ने अपने पिता के मुंह से सुनी बात को अपने बेटे के सामने दोहराया था, अब वो दिन नहीं रहे थे। शायद उस समय लोगों के मन संवेदनशील होते थे। अब यांत्रिक सभ्यता ने मनुष्य को निर्दयी यंत्र में बदल दिया था। जिन्हें आत्मा-परमात्मा, पाप-पुण्य, स्वर्ग-नर्क किसी चीज़ का डर नहीं था। न नीति थी और न नैतिकता। केवल प्रबल आक्रामकता के प्रति आसक्ति थी। परिणामस्वरूप, जिसके पास क्षमता थी वह आसपास के लोगों और पर्यावरण से सबकुछ निचोड़कर, ऐंठ कर, फ़ायदा उठा कर अपना ख़ज़ाना भर लेना चाहता था। उसे परवाह नहीं थी कि कौन रो रहा है या मर रहा है।

पौराणिक कहानी है, देवताओं और दानवों ने मिलकर समुद्र मंथन किया। मंथन में काफ़ी कुछ मिला, अमृत भी मिला। लेकिन फिर भी उनका लोभ कम नहीं हुआ। अमृत, जिसे पीने से अमरत्व की प्राप्ति होती, इसके बाद भी उन्होंने और कुछ बड़ा पाने की आशा की। फिर से समुद्र मंथन किया और तब प्राणघातक विष मिला।

क्षमतावान, लोभी लोगों ने समाज की देह का मंथन कर, जो कुछ निचोड़कर निकाल सकते थे निकाल लिया है, फिर भी उनकी आत्मा तृप्त नहीं हुई है। संपदाओं के पहाड़ पर बैठे अब भी वे बेरहमी से समाज के शरीर को दोह रहे हैं। भूख, बेकारी, ग़रीबी के ज़हर से त्रस्त है जीवन। विष से सबकुछ क्षय होता जा रहा है। तभी, उत्तर बंगाल के तराई क्षेत्र के घने जंगलों, पहाड़ और मिट्टी से एक क़िस्म का घातक विष शहर पर क़ाबिज़ हो गया, जिसका नाम उन्होंने 'वर्ग घृणा' रखा था। लगता है, जीवन ने भी अपने अंदर उस नफ़रत की उपस्थिति को महसूस किया था।

थोड़ी देर के बाद बिमला ने फिर कहा, 'तुम्हारा मंझला भाई पहले चाय की दुकान पर काम करता था। उसे छोड़कर अब वह किसी होटल में काम

कर रहा है। पांच रुपया ज़्यादा वेतन मिलेगा। हो सके तो अपने छोटे भाई को भी कहीं काम पर लगा दो, तो उसे भी कुछ खाने को मिल जाएगा। कहीं काम ढूंढ़ो न! कुछ कहते क्यों नहीं?'

'क्या कहूं?' लंबी चुप्पी तोड़ते हुए जीवन ने कहा, 'चाय की दुकानों और होटलों में काम किया है मैंने। सारा देश घूम चुका हूं। मुझे ऐसे कामों से नफ़रत हो चुकी है।'

'इसका मतलब तुम कोई काम नहीं करोगे?' बिमला ने मासूमियत से पूछा।

'क्या काम करूं?'

थोड़ी देर चुप रहने के बाद जीवन ने कहा, 'जिस काम को करके अपने हाथ-पांव पानी में सड़ाने-गलाने के बावजूद पैसे नहीं मिले, सारा महीना टोकरियों में बोझ ढोने के बाद वेतन देते समय अंगूठा दिखा दिया, सारा दिन आग में जलकर, गर्मी में उबलते हुए काम किया और मज़दूरी देते वक़्त ज़मीन पर नाक रगड़कर घिसटना पड़ा, वो काम अब मन को अच्छे नहीं लगते हैं।'

बिमला सन्न रह गयी, 'नाक रगड़नी पड़ी! किसने तुम्हें ज़मीन पर नाक रगड़कर घिसटने को मजबूर किया?'

'और कौन!'

बिमला जीवन की कोई बात नहीं समझ पा रही थी। उसने कहा, 'काम नहीं करेगा तो क्या करेगा! ज़िंदा कैसे रहेगा!'

मन ही मन जीवन ने कहा, जीना! इसे क्या जीना कहते हैं! इस तरह कुत्ते-बिल्लियों से भी बदतर जीवन जीने का क्या फ़ायदा? हमारे पास कुछ भी नहीं, न कोई मान-सम्मान, न पेट में भात—यह जीवन न रहा तो भी क्या नुकसान है? इतने लोगों के पास इतना कुछ है, उनके भरे भंडार उमड़ रहे हैं। और हमारे पात्र बिल्कुल ख़ाली हैं। नहीं, ख़ाली भी नहीं कहा जा सकता, क्योंकि वह ढेरों अपमान और उत्पीड़न से भरे हैं। ऐसे जीवन की ज़रूरत क्या है? यह जीवन इसलिए चल रहा है क्योंकि मृत्यु नहीं आई है, ज़िंदा हैं क्योंकि मौत ने अवहेलना से मुंह फेर रखा है। एक दिन गरीब दास के मन में भी यही बात आई थी। उसने रेल लाइन पर कूदकर अपने अपमान से भरे जीवन का अंत करना चाहा था।

यह श्यामनगर आने के पांच-छह महीने बाद की बात थी। जतन होटल में बर्तन मांजने का काम छोड़कर घर चला आया था। जीवन से डेढ़-दो साल छोटा जतन अपनी मां से बहुत प्यार करता था। उसे लगता था कि वह अब बड़ा हो चुका था और दिहाड़ी मज़दूरी करके होटल की तुलना में ज़्यादा कमा सकता था। बड़ा भाई तो बेकार हो गया था। अगर उसने परिवार की ज़िम्मेदारी नहीं संभाली तो सब भूखे मरेंगे। और उसने वही किया। वह मुर्शिदाबाद के एक राजमिस्त्री के साथ काम पर लग गया। गरीब दास के घर एक बार फिर, एक वक़्त चूल्हा जलने लगा।

वह ईद का वक़्त था। जैसे हिंदुओं की दुर्गा पूजा, वैसे ही मुसलमानों की ईद थी। एक साल बाद वो राजमिस्त्री, आठ-दस दिनों के लिए अपने घर चला गया। जतन का भी काम तब बंद हो गया। आसपास के *भद्रलोक* घरों के बच्चे न उनके साथ मिलते, न खेलते थे। ज़रूरत न हो तो बात भी नहीं करते थे। जतन के पास और कुछ तो था नहीं करने को, तो वह अपने छोटे भाई जुगल के साथ गिल्ली-डंडा खेलता रहता था। काम न होने पर इधर-उधर घूमा करता था।

एक शाम रामकृष्णपुर के एकदल युवक गरीब दास के घर आ धमके। उन्हें सुनील नाम का एक लड़का बुलाकर लाया था। वे जुगल को पकड़कर अपने मोहल्ले में ले गए। क्यों? क्या किया था जुगल ने? उसने बत्तख चुराई थी! क्या उसे चोरी करते हुए किसी ने देखा था? किसी ने नहीं। तो फिर इस तरह जुगल को चोर क्यों कहा जा रहा था?

उनमें से एक ने कहा, 'हर चीज़ को देखने की ज़रूरत नहीं। अनुमान से भी सबकुछ जाना जा सकता है।' उसकी युक्ति बिल्कुल सरल थी—इतने सालों से यहां किसी का कुछ चोरी नहीं हुआ है। इन लोगों के आने के बाद से यहां चोरी-चकारी होनी शुरू हुई है। तो चोर कौन हुआ? अगर इसका बड़ा भाई यहां होता तो समझ में आता कि यह काम उसने किया है। वह नहीं है, यह है, इसका मतलब चोरी इसी ने की है। साथ-साथ वह व्यक्ति भविष्य के बारे में भी चिंतित था, 'आज बत्तख चुराई है, अगर अभी सज़ा न दी गई तो कल यह ताला तोड़ेगा, परसों डकैती करेगा। कहते हैं न, "*कौला गाछ काटते-काटते गौला काटा शेखे।* केले का पेड़ काटते-काटते गला काटना सीख जाते हैं।" इससे पहले ही कुछ करना ज़रूरी है!'

'क्या करना?'

उसे ऐसी सीख देनी थी कि फिर कभी चोरी न करे।

ये सीख देने के लिए जुगल को रस्सी से एक लैंप-पोस्ट से बांधा गया। उसकी पिटाई शुरू हुई, 'बता, कहां है बत्तख? खा गया है या बेच दी? सच बोलेगा तो छोड़ देंगे, नहीं तो सारी रात पिटेगा। बता बत्तख कहां है?'

ये वो युवा थे जो भटकते पागलों को पकड़कर बच्चा चुराने वाला कहकर पीट-पीटकर मार देते थे। बस का ब्रेक फ़ेल हो जाने पर ड्राइवर को पीटकर अस्पताल भेज देते थे। रद्दी बीनने वालों पर कुत्ता छोड़कर मज़ा लेते थे। किराया ज़्यादा मांगा है कहकर रिक्शा वालों के नाक-मुंह तोड़ देते थे। यह सब वे "समाज सेवा" के नाम पर करते थे। इन धूर्त लोगों ने बड़ी कुशलता के साथ एकदल नए अधपढ़े-लिखे, बेरोज़गार युवकों का चाल-चलन ही बदल दिया था। और अब इन नए मस्तान लड़कों को तमाम तरीक़ों से अपने दल के स्वार्थ के लिए और व्यक्तिगत स्वार्थ के लिए इस्तेमाल कर रहे थे। वो जो दीवारों पर "सत्तर का दशक मुक्ति का दशक है" स्लोगन लिखते थे, उनके ख़िलाफ़ इन लड़कों को खड़ा कर देते थे क्योंकि ये लोग मार-पीट करना पसंद करते थे। यह उनका प्रिय खेल था। बस एक बहाने की ज़रूरत होती थी। अब यह बहाना मिल गया था। जुगल ने बत्तख चुराई है, इसलिए उसे पीटा जा रहा था।

गरीब दास लेटा हुआ था। जब जुगल को दूसरे मोहल्ले के लड़के बुलाकर ले गए तो वह समझ नहीं पाया कि वे उसे क्यों ले जा रहे थे। उसके बेटे तो पूरा दिन मेहनत करते थे ताकि उन्हें खाने को मिल सके, वे किसी के साथ घूमते भी नहीं थे, ऐसे में अगर कोई उन्हें बुलाकर ले जाए तो यह कैसे समझा जा सकता था कि आगे क्या घट सकता है! ऐसे तो उसे भी कई लोग बुलाकर ले जाते थे। कुछ दिन पहले जादवपुर बस-स्टैंड में एक गाड़ी ने किसी कुत्ते को कुचल दिया था। उस मरे कुत्ते को बिना किसी ख़र्च के अपने इलाक़े से बाहर करने की प्रचलित पद्धति के अनुसार वहां के लोगों ने *गड़िया* से ईंटें लादकर आ रहे एक ट्रक के पीछे उसे चुपचाप बांध दिया। ईंटें उतारकर लौटते समय रस्सी टूट गई और वह मारा हुआ कुत्ता सुशील के घर के सामने पड़ा रहा। सुशील के बड़े भाई गरीब दास को बुलाने आए, 'गरीब कुछ इंतज़ाम कर! बिल्कुल दरवाज़े के आगे पड़ा हुआ है।' आठ आने के बदले गरीब उस कुत्ते को घसीटता हुआ रेल लाइन के किनारे, कूड़े के ढेर में फेंक आया। गरीब ने सोचा, शायद ऐसे ही किसी काम के लिए जुगल को ले गए होंगे, जिसे ब्राह्मण, कायस्थ जैसे बाबू जाति के लोग नहीं करते हैं।

लेकिन वे लोग जुगल को लैंप-पोस्ट से बांधकर पीट रहे थे। यह बात सुनते ही गरीब ने बिस्तर से ख़ुद को खींचकर उठाया। यह मोहल्ला सड़क के पार था, जिस पर बसें चला करती थीं। वह लड़खड़ाते पैरों से अपने बेटे को बचाने के लिए भागा। जुगल के कटे होंठ से ख़ून बह रहा था, उसकी बाईं आंख नील पड़कर बंद हो गई थी। गरीब दास आक्रोश से भरे लड़कों के पैरों में गिरकर रोने लगा, '*बाबूगो ओरे आर माइरेन ना। पोलाय मोर सारा दुपुर किछु खाइते पाय नाई। मारले मोइरा जाबे।* बाबू उसे और मत मारिये। मेरे बेटे ने सारा दिन कुछ नहीं खाया है। मारने से वह मर जाएगा।'

गरीब दास की बात ने जुगल को मारने के पक्ष में और मज़बूत युक्ति दी। भूखा इंसान किसी नीति, नैतिकता, नियम-क़ानून की परवाह नहीं करता है। दोपहर में खाना नहीं खाया इसलिए उसने चोरी की है। बत्तख को बेचकर वह इस वक़्त खाना खाएगा।

एक ने कहा, 'बत्तख को संध्याबाज़ार में बेचने नहीं जा पाया। उससे पहले ही उसे पकड़ लिया है। ज़रूर बत्तख को कहीं छुपाकर रखा है। उसे वापस कर दे और अपने लड़के को ले जा। नहीं तो पिटाई चल रही है, चलती रहेगी।'

जो लिया ही नहीं, उसे कैसे लौटाता गरीब दास। क्या कोई पिता अपनी आंखों के सामने अपने बेटे को पिटता देख सकता है? फिर से पिटाई शुरू होते ही वह ख़ुद जुगल के ऊपर पड़ गया। कमज़ोर सीने की आड़ कर भयानक आक्रमण से उसे बचाने की कोशिश करता रहा। जुगल रोता जा रहा था और कह रहा था, 'बाबा मैंने चोरी नहीं की। उसकी नाक से ख़ून बह रहा था। सारा शरीर ख़ून-पसीने और धूल में लथपथ था।'

वही सुशील उन उद्दंड लड़कों के दल का नेता था, जिसके पिता की जादवपुर बस-स्टैंड के मोड़ पर बड़ी-सी, चमचमाती कपड़ों की दुकान थी। चार भाइयों में वह मंझला था। उसने अपनी बलशाली भुजाओं से जुगल के ऊपर से गरीब दास को खींचकर उठाया और पक्की सड़क पर फेंक दिया। आख़िर वह दूध, मक्खन, कच्चे चनों का सेवन करने वाला, मनतोष राय के शिष्य पराण दा की व्यायामशाला में व्यायाम करता था। 'जा हट जा यहां से नहीं तो तुझे भी पीटेंगे।'

पक्की सड़क पर पड़े हुए गरीब दास के शरीर पर जो आघात लगा, उससे दस गुणा ज़्यादा आघात उसके मन को लगा था। उसे आभास ही नहीं था कि उसे इतना अपमानित होना पड़ेगा। श्यामनगर और रामकृष्णपुर, इन

दोनों कॉलोनियों से कभी भी कोई उसे किसी काम के लिए बुलाता था तो उसका स्वास्थ्य ठीक रहने पर वह अवश्य जाता था। अपनी क्षमता के अनुसार काम करके आता था। बाबू लोग उससे ख़ुश थे। इन दोनों कॉलोनियों में उसके जैसा दरिद्र और मेहनत करने वाला दूसरा कोई नहीं था। इन लोगों के पास बराबर जाते-जाते गरीब ने सोचा कि बाबू लोग उसे पसंद करते हैं, लेकिन यह कितना बड़ा झूठ था, वह अब तिल-तिल समझ रहा था। मधाई हल्दार ने कहा था, '*बाबूदेर भालोबाशा आर मोशोलमानेर मुर्गी पोशा शोमान। एई खूंद खेते देबे तो पोरोक्खने निए गलाय पोंच मारबे।* बाबू लोग का प्यार मुसलमानों के मुर्गी पालने जैसा है। एक पल खाने को दाना डालेंगे और अगले पल गला काट देंगे।'

सुशील के हमले ने उस विश्वास, उस प्यार के भ्रम को तोड़कर धूल में मिला दिया था। प्रेम रहित ऐसे अपमानित जीवन का क्या फ़ायदा था। गरीब दास ज़मीन से उठकर पागलों की तरह रेल लाइन की ओर दौड़ने लगा। रेल की पटरी पर सिर देकर आत्महत्या कर वह अपमान की पीड़ा से मुक्ति पाना चाहता था। जीवन उस वक़्त घर पर नहीं था। वह बस-स्टैंड पर किसी काम से खड़ा हुआ था। तब रात के नौ या दस बजे थे। सड़कें ख़ाली थीं। उस ख़ाली सड़क से अपने बाप को पागलों की तरह दौड़ते आते देख जीवन ने उसे रोका। सब जानने के बाद वह गरीब दास को घर वापस ले आया। पिता के छिले घुटनों की मरहम-पट्टी की। थोड़ी देर के बाद जुगल भी लौट आया क्योंकि वो बत्तख मिल गई थी। कहां मिली? राजा सुबोध चंद्र मलिक रोड के पूर्व की ओर, जो उपनगरीय जल निकासी नाला लोहार पाड़ा कॉलोनी के बीच से होता हुआ गरीब दास की पूर्ववर्ती झोंपड़ी के पास की रेलवे लाइन के नीचे से बहता हुआ धापा तक जाता था, वो बत्तख उस नाले में जलकुंभी के घने झुरमुट में बैठी हुई थी। किसी कारण से, वह डर के *पैंक-पैंक* आवाज़ करने लगी, और इस तरह वह मिल गई।

वे लोग शाम होने से कुछ पहले जुगल को पकड़कर ले गए थे। तब से लेकर रात नौ-दस बजे तक, बस शक की बिनाह पर उसे पीटते रहे। इतने लंबे समय के दौरान दोनों मोहल्लों के सैकड़ों लोगों ने उस दृश्य को देखा, लेकिन किसी ने उंगली नहीं उठाई। किसी ने नहीं कहा—बस करो! क्योंकि सब जानते थे कि गरीब दास ग़रीब था, नीची ज़ात का था, बाहर से आया हुआ था। वह इस मोहल्ले का कोई नहीं था। उसके मुसीबत में होने से किसे क्या फ़र्क़ पड़ता था!

किसी को फ़र्क़ पड़े या न पड़े, लेकिन जीवन को फ़र्क़ पड़ता था। गरीब दास उसका पिता था और जुगल उसका भाई। अपने बाप और भाई के क्षत-विक्षत शरीर को देखकर जीवन को सुशील का ख़ून कर देने का मन हो रहा था। लेकिन वो करने का सामर्थ्य कहां था उसमें!

जब उसमें वो सामर्थ्य आया, उससे पहले ही सुशील सिर में ट्यूमर होने से, अपनी नई ब्याही पत्नी को वैधव्य की पीड़ा में झोंक इस दुनिया से विदा हो, जीवन की पहुंच के बाहर चला गया था।

गरीब दास अब घर लौट आया था। राशन की दुकान से दो ख़रीदारों के चावल और गेहूं का बोझ दो खेप में नारकेलबागान तक पहुंचा, तीस और तीस, कुल साठ पैसे कमा कर लाया था। उसकी आधे दिन की कमाई को उसने अपने दाहिने हाथ की पसीने से भीगी मुट्ठी में भींच रखा था और दूसरे हाथ में गमछे में बंधे थोड़े से धूल भरे चावलों की पोटली पकड़ी हुई थी। आज एफ़सीआई के गोदाम से एक ट्रक चावल राशन की दुकान पर आया था। एक बोरी थोड़ी-सी फटी हुई थी। कुली जब उसे सिर पर उठाए राशन की दुकान के गोदाम में ले जा रहा था, तब रास्ते में कुछ चावल गिर गए। गरीब ने झट से उन्हें उठा लिया था।

जब वह घर में दाख़िल हुआ तो जीवन रोटी खा रहा था। गरीब ने झल्लाते हुए कहा, 'खिलाओ, जीवन की मां, अपने बेटे को खिलाकर और ताक़तवर बनाओ! शरीर में शक्ति नहीं होगी तो काम कैसे करेगा? मेहनत-मज़दूरी करके लौटा है। एक रोटी और दो इसे।'

जीवन को देखकर अब गरीब दास को डर लगता था। यह डर राखाल मास्टर ने उसके दिमाग़ में डाला था। 'समझे गरीब भाई, ख़ाली दिमाग़ शैतान का कारखाना होता है। यह जो तुम्हारा बेटा बिना किसी काम-काज के ख़ाली बैठा हुआ है, उसके दिमाग़ में ज़रूर दुष्ट बुद्धि काम कर रही है। देख नहीं रहे चारों ओर क्या कुछ चल रहा है? सब दुष्ट बुद्धि का खेल है। बेटों को पकड़कर काम पर लगाने से देखना इनका दिमाग़ शांत रहेगा। तुम्हारे बेटे लिखना-पढ़ना तो कुछ जानते नहीं, जो काम कर सकते हैं, उसी में लगा दो।'

जीवन को लेकर राखाल दास का डर निराधार तो नहीं था। यह डर शहर के किसी भी युवक को लेकर होना न्यायसंगत था। अभी उसी दिन की बात है, जिस दिन पूरी रात बारिश हुई थी। ज़रा और होती तो घरों में पानी घुस जाता।

उस भयानक बारिश में न जाने कौन लोग भाग रहे थे, न जाने किन की चीख़ों की आवाज़ें आ रही थीं। सुबह पानी में तैरती दो लाशें मिलीं। उनकी उम्र, चेहरा-मोहरा और कपड़े, सब जीवन की तरह के थे।

क्या होगा अगर जीवन ऐसे किन्हीं लोगों के साथ जुड़ जाए, जो मरने या मारने से नहीं डरते थे? इसी डर से गरीब जीवन को डांट रहा था।

जीवन ने रोटी ख़त्म कर घर के बाहर आ, हवा से बात करते हुए कहा, 'जाता हूं।'

'कहां जा रहे हो?' न जाने क्यों बिमला की आवाज़ में बेचैनी थी, 'अरे ओ जीवन, बेवक़्त कहां जा रहा है! मत जा!'

न जाने मां की आवाज़ में क्या था, जाते-जाते भी जीवन नहीं गया। बड़े रास्ते की ओर मुंह किए वह ईंटों के ढेर पर बैठ गया।

3

प्रतिशोधी

भारतीय सामाजिक व्यवस्था में मानो अब एक अलिखित नियम था कि कोई शक्तिशाली व्यक्ति बिना किसी बाधा के कमज़ोर, निर्बल और ग़रीब पर अत्याचार कर सकता है। वह जब चाहे कुछ भी कर सकता है। सीमा से लगे दक्षिण बंगाल के एक गाँव से, एक ग़रीब पिता अपनी दस-बारह साल की बेटी को एक बाबू के घर में काम पर लगा गया। उसने सोचा कि लड़की अच्छे से रहेगी। अचानक एक दिन घर की मालकिन के मन में लड़की को जलाने का ख़्याल आया। उसने ऐसा कर भी दिया। आग पर गरम किए चमचे से उसने उसके हाथ-पैर, चेहरा—कुल मिलकर उसके शरीर को सत्रह जगहों से जला दिया। निःसंदेह, यह सब एक दिन में नहीं किया गया था, बल्कि पूरे एक महीने तक, समय-समय पर किया गया था। जब मामला बहुत आगे बढ़ गया, यानी, जब लड़की को डॉक्टर के पास ले जाने की नौबत आ गई और कुछ लोग इसकी भर्त्सना करने की सोच रहे थे, तो एक ताक़तवर और सामर्थ्यवान भारतीय पुलिस सेवा अधिकारी ने यह कहकर सब पर पानी फेर दिया, 'देखिए, मेरी पत्नी को मानसिक बीमारी है, इसलिए उसने...'

एक घर में सुंदरवन की सुरोबाला गायेन काम करती थी। घर के मालिक को उसके साथ संभोग करने की इच्छा हुई। एक दिन दोपहर में उसने ज़बरदस्ती कर भी दी। यदि वह लड़की बाद में मुंह खोल देती तो उसका मान-सम्मान सब मिट्टी में मिल जाता। तब वह क्या करता? उसने लड़की का गला दबाकर उसे मार दिया और उसके शरीर को पंखे के हुक से लटका दिया, और ख़ुद पान चबाता हुआ अपने दफ़्तर या कहीं और निकल गया। उसे

कुछ नहीं हुआ क्योंकि यह साबित हुआ कि प्रेम में नाकाम हुई लड़कियां जो करती हैं, उस लड़की ने भी वही किया था। ऐसे ही कितने हादसे होते रहते हैं।

सिलीगुड़ी के उस अधपगले मास्टर ने तिरस्कारपूर्ण ढंग से कहा था, 'तलवार चलाने से गर्दन कट जाती है। इसलिए सिर्फ़ तलवार को दोष देने का कोई फ़ायदा नहीं। गर्दन का भी दोष है क्योंकि वो भी तो कटी। गर्दन इतनी सख़्त क्यों नहीं होती कि तलवार टूट जाए? वह क्यों तलवार के रास्ते से हट नहीं जाती है?'

जीवन बैठा-बैठा यही सब उल्टी-सीधी बातें सोच रहा था और अपने छोटे भाई जुगल को खेलते हुए देख रहा था। जीवन अपने इस भाई से बहुत प्यार करता था। बचपन में जीवन के पास खेलने के लिए खिलौने नहीं थे। खेल में मस्त रहने के अवसर और हालात भी नहीं थे। उसकी कमी अब भी थी। फिर भी जीवन ने अपने भाई को दस पैसे के दस कंचे ख़रीदकर दिए थे। जुगल उन कंचों को लेकर खेलता था और जीवन उसके चेहरे की ख़ुशी, उसकी हंसी देखकर अपने बचपन की कमी को पूरा करता था।

उनके आसपास जो लोग रहते थे, वे सभी कमोबेश धनी, शिक्षित और सम्मानित व्यक्ति थे जिनकी शिक्षा, संस्कृति और सभ्यता ने उन्हें शारीरिक श्रम पर निर्भर लोगों को नीच लोगों के रूप में देखना सिखाया था। वे उन्हें *'तुई'* (अपमानजनक व्यक्तिगत सर्वनाम) से संबोधित करते थे। वे उनके साथ मेलजोल नहीं रखते थे और जैसा एक *भद्रलोक* दूसरे *भद्रलोक* के साथ व्यवहार करता है, वैसा नहीं करते थे। इसलिए जीवन और उसका परिवार अपने पुराने गांव में रहने वाले 'बहिष्कृत' परिवार की स्थिति में ही यहां भी थे।

वे जिस प्लॉट पर रह रहे थे, वहां थोड़ी खुली जगह थी। शाम को जुगल अपनी छोटी बहन अंजु के साथ वहां खेला करता था। पड़ोस के छोटे-छोटे बच्चे भी वहां खेलने आते थे। और तब वे जुगल और अंजु को वहां से भगा देते थे। मैले कपड़े, काले-काले चेहरे, बिना तेल के रूखे-उलझे बाल देखकर वे समझ जाते थे कि वे उनकी श्रेणी के नहीं थे। वे अफ़्रीका के जंगलों से आए जानवर जैसे थे, जो बात कर सकते थे।

बंगाल की इस महान भूमि में 'नीची-जाति', 'मज़दूर' और 'निम्न लोग', सभी एक-दूसरे से निकटता से संबंधित थे। जो नीची जाति के थे वे बोझ ढोते थे, दिहाड़ी मज़दूरी करते थे, रिक्शा चलाते थे और बाबुओं के घरों में बर्तन मांजते थे। ऐसे सब काम करने वाले लोग *भद्रलोक* नहीं थे। और जो *भद्रलोक* नहीं थे, उनसे अलग रहना किसी *भद्रलोक* के लिए एक आवश्यक कर्तव्य

था। उनकी सारी चिंता और चिंतन इसी वृत्त तक सीमित थे। परिणामस्वरूप, ऐसे माहौल में बच्चे भी बचपन से ही इस तरह की सोच से संक्रमित हो रहे थे।

अभी एक दिन, पांच-छह बच्चे जीवन के घर के सामने वाले मैदान में गेंद और बल्ला लेकर खेलने आए और जुगल और अंजु को वहां से भगाकर उन्होंने पूरे मैदान पर क़ब्ज़ा कर लिया। यह सही था कि उस मोहल्ले में बच्चों के खेलने के लिए कोई मैदान नहीं था। जो बच्चे कुछ बड़े थे, वे बग़ल के टी.बी. अस्पताल के मैदान में खेलने जाते थे, लेकिन छोटे बच्चे कहां जाते? मैदान से भगा दिए जाने पर जुगल जीवन के पास आकर रो पड़ा, 'दादा उन्होंने मेरे कंचे फेंक दिए। दो कंचे न जाने कहां गुम हो गए हैं।' जीवन के सिर पर ख़ून सवार हो गया। हमेशा से अपमानित होती आई उसकी आत्मा आग के शोलों-सी भड़क उठी। हम यहां रहते हैं। जिसकी यह ज़मीन है, उसने हमें यहां रहने दिया है। जब तक हम यहां हैं सबसे पहले यहां हमारा अधिकार है। कौन उस अधिकार को छीन रहा है? किसने मेरे भाई के कंचे फेंके?

'किसकी इतनी मजाल है?'

दुनिया में ऐसी बहुत बड़ी-बड़ी घटनाएं हैं जिनकी उत्पत्ति अत्यंत सामान्य और तुच्छ घटनाओं से हुई थी। जीवन के जीवन में भी आज एक ऐसा मोड़, एक तुच्छ घटना के घटने से आया। वह दौड़कर मैदान में गया और वहां गड़े विकेटों को निकालकर फेंक दिया, 'भागो यहां से, तुम यहां नहीं खेल सकते।'

बच्चों ने यह बात जाकर अपने बड़े भाइयों को बताई, 'वो हमें खेलने नहीं दे रहा है, उसने हमारी विकेट्स उखाड़कर फेंक दीं।'

पांच-छह बड़े लड़के दौड़े चले आए। एक ने बड़े आत्मविश्वास के साथ जीवन के गाल पर ज़ोर से एक तमाचा जड़कर कहा, 'भैनचोद, तेरी इतनी हिम्मत कि विकेट्स फेंक दे! हमारे मोहल्ले में रहता है और हम पर दादागिरी करता है! जा विकेट उठाकर ला और जहां थे वहीं लगा!'

जीवन के गाल पर थप्पड़ पड़ा था। यह सिर्फ़ थप्पड़ नहीं था, मानो बहुत दिन के कटे ज़ख़्म पर किसी ने मुट्ठीभर नमक छिड़क दिया था। वह अपना होश खो बैठा। भूल गया कि वह कहां था, किनके बीच में था या कौन उसके साथ खड़ा होता। थप्पड़ के जवाब में उसने, अपने से दो-चार साल बड़े, मोहल्ले के नेता के बेटे के बाएं गाल पर थप्पड़ जड़ दिया।

यह जैसे मधुमक्खी के छत्ते पर पत्थर मारना था। वह अब कैसे बचता? पांचों-छहों ने एक साथ मिलकर जीवन पर धावा बोल दिया। लात, मुक्के,

थप्पड़ और घूसों की झड़ी लगा दी उसके शरीर पर। जब वे रुके तब तक जीवन की नाक से बलबलाते ख़ून की धार बहती हुई उसके सीने तक पहुंच गई थी। उसका पूरा चेहरा, आंखें, होंठ, माथा फूलकर ढोल बन चुका था। उसे उचित शिक्षा देकर जब वे लोग जाने लगे, तब जीवन धूल से उठकर खड़ा हो गया। मानो किसी ध्वस्त इमारत के बीच से विषधर अपना फन फैलाए उठ खड़ा हुआ हो। उसने भगवान से नहीं, बल्कि शैतान से वर मांगा—हे शक्तिमान, मुझे शक्ति दो, साहस दो, तुम्हारी गोद में मुझे आश्रय दो! इसके बाद जीवन भागता हुआ अपने घर के भीतर गया। अंदर वो कुल्हाड़ी रखी हुई थी जिससे गरीब दास बांकुड़ा के जंगल में लकड़ियां काटता था। जिस कुल्हाड़ी के बल पर वह घने जंगल में चला जाया करता था। जंगली जानवरों से भी नहीं डरता था।

अब वही कुल्हाड़ी हाथ में लेकर जीवन घर से बाहर निकला। युद्ध का ऐलान हो चुका था, अब पीछे हटने का सवाल नहीं था। वह कुल्हाड़ी हाथ में उठाए उन मनुष्य रूपी ख़ूंखार जानवरों की ओर दौड़ा। उन लड़कों ने ऐसा कुछ होने की उम्मीद नहीं की थी। अचानक हुए हमले से डरकर वे इधर-उधर भागने लगे। कोई अपने घर में जाकर छुप गया। सड़क ख़ाली हो गई। धड़ाम-धड़ाम कर घरों की खुली खिड़कियां और दरवाज़े बंद होने लगे। जीवन ने चारों ओर देखा, उसके आगे-पीछे, दाएं-बाएं पचास फुट की दूरी तक कोई भी ज़िंदा इंसान मौजूद नहीं था। पूरा क्षेत्र मुक्तांचल था। जिस क्षेत्र का वह ईश्वर था। थोड़ी देर पहले जो चक्रव्यूह लग रहा था, वह अब एक प्रहार से चूर-चूर हो गया था।

बचपन में जीवन ने कठिन बीमारी का सामना किया था। उसे कभी पौष्टिक आहार नहीं मिला, इसलिए वह बहुत दुबला था। क़द में एक औसत बंगाली से नाटा था। लेकिन अब उसे लग रहा था जैसे उसका सिर दो मंज़िला इमारत से भी ऊंचा था। और जिन लोगों से वह इतने समय से डरता था, वे उसके घुटनों तक भी नहीं थे।

आग बुझाने के दो तरीक़े हैं—एक उस पर पानी डालना और दूसरा पेट्रोल या मिट्टी का तेल छिड़क देना। पानी डालने से भविष्य में फिर से आग जल उठने की संभावना बनी रहती है। लेकिन दूसरे मामले में इसका कोई ख़तरा नहीं रहता है, सब जलकर ख़ाक़ हो जाता है। जीवन ने भी पेट्रोल डालने जैसा कुछ किया था। हालांकि, आग बुझने के बाद जो राख बची, वह काफी दिनों तक इधर-उधर उड़ती रही थी।

उन अंगारों, धुएं और राख के बीच से जीवन की एक और तरह की यात्रा शुरू हुई।

रात के क़रीब दस बजे थे। थोड़ी ही देर पहले तेज़ बारिश हुई थी। सारे दिन की असहनीय गर्मी के बाद मौसम थोड़ा ठंडा हुआ था, जो कि तन और मन को भा रहा था। ख़ाली फ़ुटपाथ पर धीरे-धीरे चलते हुए विवेकानंद बाबू सियालदह स्टेशन पहुंचे। वे बऊ बाज़ार की एक मशहूर सोने की दुकान में काम किया करते थे, जिसका विज्ञापन हर सप्ताह *आनंदबाज़ार पत्रिका* की शोभा बढ़ाता था। इसी दुकान में राष्ट्रीय ख्याति प्राप्त ज्योतिषी, महाराज भृगु सप्ताह में तीन दिन, यानी सोम, बुध और शुक्रवार को बैठते थे। आज उन्होंने अपनी मर्ज़ी से विवेकानंद बाबू से कहा था, 'आपका अच्छा समय आ रहा है।' वे बड़े ख़ुश प्लेटफ़ॉर्म नंबर बारह की ओर बढ़ रहे थे। लक्ष्मीकांतपुर की ट्रेन चलने की प्रतीक्षा में खड़ी हुई थी। वे ट्रेन पर चढ़ गए। लेकिन यह क्या, आज एक भी सीट ख़ाली नहीं थी। ऐसा किसी दिन नहीं होता था। अचानक उनकी नज़र दरवाज़े के बाईं ओर वाली सीटों पर गई। वह सीट चार जनों के बैठने के लिए थी, लेकिन पांच लोग उसमें बैठ सकते थे। इस लाइन में सब ऐसा ही करते थे। लेकिन आज वहां पांच नहीं बल्कि साढ़े चार जन बैठे हुए थे। बारह-तेरह साल का एक बहुत दुबला-पतला लड़का वहां बैठा हुआ था। देखकर लग रहा था कि वह किसी सिंदूर के कारखाने में काम करता था क्योंकि उसके कपड़े, शरीर सब लाल धूल से भरे थे। वह शायद आठ घंटे के परिश्रम के बाद थककर सीट पर बैठा सो रहा था। विवेकानंद बाबू उस ओर बढ़े। उन्होंने बड़े नरम स्वर में कहा, 'बेटा थोड़ा-सा सरक जा, मैं भी बैठ जाऊंगा।' बिना कोई शब्द मुंह से निकाले उसने सरककर उनके बैठने के लिए जगह बना दी। बाक़ी के बैठे चार लोगों ने थोड़ा विरक्त होने पर भी कुछ नहीं कहा। जब रोज़ाना सफ़र करना हो तो छोटी-मोटी असुविधाओं को सहने के अलावा कोई विकल्प नहीं होता है।

यात्रा लंबी थी। पहले विवेकानंद बाबू को चिंता सीट मिलने को लेकर थी, अब जब बैठने की जगह मिल गई थी तो उनका पूरा मनोयोग आराम से बैठने पर था। इस तरह से कि किसी को महसूस न हो, उन्होंने अपने शरीर को धीमे से दबाकर सही जगह पर टिकाया और सिर पीछे झुकाकर आंखें बंद कर लीं। उनकी अभी आंख लगी ही थी कि उस लड़के का सिर उनके कंधे से आ टकराया। उन्हें थोड़ा ग़ुस्सा आया। उन्होंने अपने बाएं हाथ से उसका

सिर हटा दिया। थोड़ी देर बाद फिर वही हुआ। इस बार उन्होंने इतनी ज़ोर से धक्का दिया कि उसका सिर बग़ल वाले के सिर से जा टकराया। वो व्यक्ति दर्द से चिल्लाया, 'ओह, ऊंह...'

वह दूसरा आदमी चुप रहने वालों में से नहीं था। उसके चेहरे के हाव-भाव से ही पता चल रहा था। ऐसी परिस्थिति में आक्रमण ही आत्मरक्षा का श्रेष्ठ उपाय होता है। वह बच्चे के ऊपर गरज उठा, 'चल, उठ जा! बार-बार सिर ठोक रहा है। घर जाकर सोना। उठ यहां से!'

कोई खड़ा हुआ, लेकिन वह वो लड़का नहीं था, बल्कि सामने की सीट पर बैठा कोई और व्यक्ति था। उसने अपने बाएं हाथ की तर्जनी विवेकानंद बाबू की नाक की ओर उठाकर अभद्र भाषा में कहा, 'तुम उठो। यह सीट तुम्हारी नहीं है। उसने तुम पर दया की और तुमको वहां बैठने दिया। तुम दया के योग्य इंसान नहीं हो। उपकारी के उपकार के बदले जब तुम उसे ही उठा देना चाहते हो, तो तुम भी यहां नहीं बैठ सकते। उठो यहां से वर्ना मैं तुमको खींचकर उठा दूंगा!'

ऐसा कुछ भी हो सकता था, यह विवेकानंद बाबू ने कभी नहीं सोचा था। महंगे कपड़े पहने लोग ग़रीबों को झिड़केंगे और वे चुपचाप सुनेंगे, यही तो नियम था। लेकिन जो पहले कभी नहीं होता था, वो अब होने लगा था। फिर भी अपना मान बचाने की कोशिश में उन्होंने कहा, 'मैं डेली पैसेंजर हूं। टिकट लेकर यात्रा करता हूं। उसके पास टिकट है? बिना टिकट के सफ़र करेगा और सीट पर भी बैठेगा, और हम टिकट लेकर भी खड़े जाएंगे?'

'किसने टिकट ख़रीदने को कहा तुम्हें? अपना टिकट अपने घर ले जाओ और उसे धोकर खाओ। फिलहाल उठो! जो कहना है खड़े होकर कहो।'

यात्रियों के दो वर्ग, एक जो टिकट ख़रीदने में सक्षम था और दूसरा जो सक्षम नहीं था, के बीच एक स्पष्ट संघर्ष उस रेल के डिब्बे में छिड़ गया। क्योंकि गाड़ी में सवार सत्तर प्रतिशत यात्री ग़रीब वर्ग के थे इसलिए वे विजयी हुए और अन्त में न चाहते हुए भी विवेकानंद बाबू को सीट छोड़कर उठना पड़ा।

अचार बनाने के आम बिल्कुल बेदाग़ होने चाहिए। ओलों से गिरे, दाग़ी, चोट खाए आमों का अचार ज़्यादा दिन नहीं टिकता है, ख़राब हो जाता है। *कोले*

बाज़ार में सस्ते हरे आम देखकर राम बाबू अपने आपको रोक नहीं पाए और पांच पल्ले आम ख़रीद लिए। लेकिन अब मुश्किल उन्हें स्टेशन तक ले जाने की थी। पच्चीस किलो आम ढोना आसान काम नहीं था। माल ढोने के लिए *कोले बाज़ार* में कुली-मज़दूर मिल जाते थे, लेकिन इतनी मज़दूरी मांगते थे कि यह लाभ, गुड़ का चीटियों द्वारा खा जाने जैसा था। फिर आम सस्ते कहां रहते। अब उपाय क्या था?

जेठ की दोपहर थी। हर तरफ़ असहनीय गर्मी पड़ रही थी। लोग कहते हैं, ऐसी गर्मी में आम और कटहल पकते हैं। लेकिन उससे पहले तो गर्मी से लोग मर जाते! आम और कटहल खाता कौन!

राम बाबू को मुश्किल से उद्धार करने वाला मिल गया। एक बच्चा, नहीं ठीक बच्चा भी नहीं, बोरी को उठाने के लिए उपयुक्त लड़का था। उसने पूछा, 'आपको कुली की ज़रूरत है?'

'तुम्हें यह स्टेशन तक पहुंचाना होगा। कितना लोगे?'

'एक रुपया दीजिएगा।'

राम बाबू ख़ुशी से झूम उठे। जो दूसरे कुली मांग रहे थे, यह उसका एक तिहाई मांग रहा था। इतने कम में कोई मिल जाएगा यह उन्होंने नहीं सोचा था। फिर भी कोशिश करने में क्या बुराई थी! देखते हैं कुछ और कम हो सके तो!

'आठ आने लेना।'

लड़के ने हिसाब लगाया, एक डबलरोटी चालीस पैसे की, एक प्लेट दम आलू या घुगनी तीस पैसों की। आठ आने में नहीं होता। उसने कहा, 'सत्तर पैसा होने से छोड़ आऊंगा।'

'तो फिर एक काम कर, मेरे घर तक पहुंचा दे। तुझे पूरा एक रुपया दे दूंगा।'

'आपका घर कहां है?'

'विद्यासागर में। ज़्यादा दूर नहीं है, जादवपुर स्टेशन उतरकर थोड़ी-सी दूरी पर है।'

'चलिए।'

राम बाबू अपनी चतुराई पर बहुत ख़ुश थे। तेज़ धूप में भारी बोझ लादकर घर तक चलना उनके लिए मुश्किल होता। जादवपुर स्टेशन से रिक्शा लेते तो कम से कम दो-ढाई रुपये लगते।

लड़का सियालदह स्टेशन तक आम की बोरी ठीक-ठाक ले आया, ट्रेन पर भी उसने ठीक से चढ़ा दिया। लेकिन जादवपुर उतरकर बोरी को सिर पर लादकर चलते हुए वह डगमगाने लगा। न जाने गर्मी या भूख की वजह से, पंद्रह मिनट चलने के बाद ही वह ठोकर खाकर गिर पड़ा। बोरी फट गई और आम सड़क पर बिखर गए। क्षतिग्रस्त आम अब अचार बनाने के लिए ठीक नहीं रह गए थे। इतनी मेहनत, इतना पैसा सब बेकार हो गया। राम बाबू के सिर पर ख़ून सवार हो गया। उन्होंने एक ज़ोरदार तमाचा उसके गाल पर मारा। लड़का गिरकर उठा ही था कि थप्पड़ खाकर फिर गिर पड़ा। उसके होंठ कट गए और उनसे ख़ून बहने लगा।

दोपहर के दो बजे थे, यह दिन का सबसे गर्म समय था। आसमान जैसे आग उगल रहा था। बस के चलने वाली सड़क गर्मी से खदबदा रही थी। सड़क पर कोई नहीं था। एक मरे पेड़ की सूखी टहनी पर एक उदासीन कौआ बैठा चिल्ला रहा था। सड़क का एक कुत्ता जीभ लटकाए नाली के पानी में बैठा हांफ रहा था। एक चाय की दुकान पर कुछ मज़दूर दोपहर का खाना खा रहे थे। और कहीं कुछ नहीं था। अचानक उस चाय की दुकान से एक आदमी निकला। उसके एक हाथ में प्याज़ और दूसरे हाथ में प्याज़ काटने का चाकू था। 'आपने लड़के को क्यों मारा?'

राम बाबू बुदबुदाए, 'मेरे आम...'

'उठाइये उसे।'

उन्हें लड़के को उठाना नहीं पड़ा, वह ख़ुद ही उठ गया। उसके होंठ से ख़ून बह रहा था। शरीर पसीने से तर था। आंखों में आंसू थे और मन में क्रोध भरा हुआ था। 'हरामी के बच्चे, मुझे क्यों मारा?'

चाकू पकड़े प्याज़ काटने वाले ने धमकी दी, 'चुप। एक शब्द भी नहीं बोलेगा। जाकर मुंह धो।' चाय की दुकान से पानी लाकर उसने लड़के का मुंह धुलाया। राम बाबू ने एक रुपया निकालकर लड़के की तरफ़ बढ़ाकर कहा, 'ले, जितना कहा था उतना दे रहा हूं। तुझे और जाना नहीं होगा। मैं रिक्शा करके चला जाऊंगा।'

प्याज़ काटने वाले आदमी ने वो रुपया चाय की दुकान के मालिक को थमा दिया। 'इसे दूध डबलरोटी दो।' उसके बाद राम बाबू की ओर देखकर कहा, 'आपने उसे क्यों मारा?'

'मेरी बोरी, आम...'

'अपने आमों को चोदो! तुम्हें मैं चोदूंगा! उसे मारा क्यों?'

चाय की दुकान के मालिक ने झगड़े में बीच-बचाव करते हुए समझाया, 'माथा गरम मत करो।'

'लड़के को पांच रुपया दो। मारने का जुर्माना। दो उसे।'

'पांच रुपया? यह तो ज़ुल्म है।'

चाकू हाथ में लिए प्याज़ काटने वाले ने घातक आवाज़ में कहा, 'मैं कह रहा हूं, अपना भला चाहते हो तो उसे पैसे दे दो। नहीं तो देख रहे हो न यह क्या है? गले की नस पर चला दूंगा।'

चाय की दुकान का मालिक भी उसके गले की आवाज़ से कांप उठा। कहने लगा, 'दे दीजिए, दे दीजिए, मुसीबत में न पड़िए, दे दीजिए।'

दुकानदार की आवाज़ में अनुनय, आशंका के साथ एक हितैषी की सुहानुभूति भी थी, जिसे अमान्य करने का साहस राम बाबू में नहीं था। उन्होंने पांच रुपये निकालकर दे दिए। अब आम का अचार नहीं बनेगा। बिना वजह उनकी मेहनत की कमाई चली गई थी।

मथुर बाबू का स्टोन-चिप्स का व्यवसाय था। वे मालगाड़ी में आए स्टोन-चिप्स के वैगन ख़रीदते और उन्हें ट्रक में भरकर बेच देते थे। उनके पास कई ट्रक थे, लेकिन मोटर कार नहीं थी। वे कभी लेते भी नहीं। धोती, फ़तुआ, कोल्हापुरी चप्पल और हाथ से खींचे जाने वाले रिक्शे में ही अपना जीवन व्यतीत करके वह संतुष्ट थे। और हां, वे बात केवल अपनी मातृभाषा में ही करते थे, यानी पूर्वी बंगाल में पद्मा नदी के किनारे रहने वालों की बोली। बोंदेल रोड रेलवे क्रॉसिंग के सभी रिक्शा-चालक उन्हें अच्छी तरह से जानते थे। लेकिन वे बदमाश किसी वजह से उन्हें ले जाना नहीं चाहते थे इसलिए वे थोड़ा आगे चलकर रिक्शा पकड़ते थे। लेकिन आज वे जिस रिक्शा में बैठे, वह उनके मन मुताबिक़ नहीं था। मानो कोई बूढ़ा घोड़ा हो। अधमरा, आगे की ओर झुका हुआ रिक्शा वाला निश्चित ही टी.बी. का मरीज़ था। दो क़दम चलकर ही हांफने लगा। वह जिस गति से रिक्शा खींच रहा था, उससे पैदल ज़्यादा जल्दी जाया जा सकता था। उन्होंने अपनी घड़ी देखी। सात बजकर दस मिनट हुए थे। आठ बजे तक मुदियाली लेन न पहुंचने से जिस ज़रूरी काम पर वे निकले थे वह नहीं होता। उन्होंने हांका, 'ज़ोर से खींच रे *माऊरा!*'

वे मुदियाली आठ बजे से पहले ही पहुंच गए, लेकिन काम निबटाते-निबटाते नौ बजकर पांच मिनट हो गए। रुपये-पैसे का लेन-देन था। समय तो थोड़ा लगना ही था। वहां से वे के.पी. राय लेन, टालीगंज गए और उसके बाद जादवपुर आए। घड़ी देखी, दस बजकर बाईस मिनट हुए थे। चलो, देर नहीं हुई थी। जादवपुर मोड़ पर उन्होंने रिक्शा रोका और गिनकर आठ रुपये अपने फ़तुए की जेब से निकाले। फिर कुछ सोचकर एक आठ आने का सिक्का और निकाला। संभवत: वह बख़्शीश था। उन्होंने रिक्शा वाले की ओर हाथ बढ़ाकर कहा, 'यह ले रे।'

मैले गमछे से अपनी गर्दन और माथे का पसीना पोंछते हुए रिक्शा वाले ने कहा, 'कितना दिया है बाबू साहब?'

'गिन के देख, कम नहीं दिया है।'

'कम है, आप बीस रुपया दीजिए।'

'दस-बारह नहीं, एक ही झटके में बीस! सत्तूखोर *माऊरा* साला क्या सोचता है, बिहार की तरह यह भी चोरों का देश है? यह ले,' और डेढ़ रुपये जोड़कर उन्होंने पूरे दस रुपये दिए, 'और कुछ नहीं दूंगा।'

रिक्शा वाले ने अपने बाएं हाथ में पैसे ले लिए, लेकिन वहां से हटा नहीं। उसके न हटने से रिक्शे से उतरना संभव नहीं था। रिक्शा वाले की भाव-भंगिमा किसी स्टेशन के गेट कीपर जैसी लग रही थी। उसने अपना दायां हाथ आगे बढ़ा दिया, 'और दीजिए।'

'कहा तो और नहीं दूंगा।'

'आप हमको भीख नहीं दे रहे हैं। मेहनत किया है, उसका क़ीमत मांग रहे हैं...और दस रुपया दीजिए।'

'ऐ साला *माऊरा,* बोंदेल गेट से जादवपुर कितना भाड़ा है?'

'गाली मत दो बाबू, ठीक से बात करो। आप वहां से यहां और यहां से वहां, तीन घंटा चक्कर लगाए हैं और भाड़ा सीधा रास्ते का दे रहे हैं। फिर गाली भी बक रहे हैं। क्या हराम का गाड़ी है? फोकट में सवारी आती है क्या? रिक्शा खींचने में मेहनत नहीं लगता है क्या?'

माऊरा कमीना कुछ ज़्यादा ही बोल रहा था। मथुर बाबू *भद्रलोक* थे। कम से कम कोई भी *भद्रलोक* इस बात का अनुमोदन करने से संकोच नहीं करता। वह थुलथुले व्यक्ति थे। जेब में उनके पिन मारा हुआ नोटों का बंडल

था। वे रिक्शा नहीं चलाते थे, रिक्शे में सवारी करते थे। वे रिक्शे में सवारी करने की औक़ात रखते थे। भला *भद्रलोक* होने के लिए किस और गुण की आवश्यकता होती है? एक रिक्शा वाला *भद्रलोक* से बदतमीज़ी कर रहा था! ग़ुस्सा आना तो स्वाभाविक था। उन्हें भी ग़ुस्सा आया और ग़ुस्से में किसी का दिमाग़ ठीक नहीं रहता है। उनका भी नहीं रहा। रिक्शे में बैठे हुए ही वे अपनी कोल्हापुरी चप्पल समेत लात उठाकर रिक्शा वाले के मुंह के पास ले गए, 'ज़्यादा बका तो लात मारकर मुंह तोड़ दूंगा। साला *माऊरा* बिहार से आकर अपने को ज़्यादा सयाना समझने लगा है!'

'गाली-वाली मत दो बाबू, पैसा दो।'

'पैसा? तेरे भाग्य में लात खानी लिखी है।' वे फिर से अपना पैर उठाकर उसके मुंह के पास ले गए। मुंह और पैर के बीच पांच इंच की दूरी थी। 'आप कैसे भद्दर आदमी हैं! पैसा नहीं था तो क्यों बैठे रिक्शा में? ऊपर से लात उठाते हैं। ले जाइए ये दस रुपया भी। अपने बच्चों को मिठाई ख़रीद दीजिएगा। और चाहिए, तो बोलिये। हम दो रुपया भीख भी दे देंगे।'

मथुर बाबू ने फिर अपना पैर उठाया और फिर वही पांच इंच की दूरी पर उसे रोक दिया। वह दुविधा में फंसे हुए थे। समझ नहीं पा रहे थे कि पांच इंच की इस दूरी को तय करें या न करें। 'एक लात में तेरा मुंह तोड़ दूंगा। जितना बड़ा मुंह नहीं, उतनी बड़ी बात! हट सामने से, कह रहा हूं हट, हट जा!'

मथुर बाबू का पैर अभी उठा हुआ ही था कि उनके कानों में किसी की आवाज़ आई, 'अगर आप एक बाप के बेटे हैं तो मारकर दिखाइए। पहले लात मारिए, फिर बात करिए।'

यह हिंदी तो नहीं, शुद्ध पद्मा तट की बोली थी। मथुर बाबू को विस्मित कर एक अवांछित चरित्र इस विवाद में घुस आया था। सड़क के किनारे फ़ुटपाथ पर एक बाल काटने की दुकान-सी थी। चूतड़ ईंट पर टिकाए यह चरित्र वहां अपने बाल कटवा रहा था। उसके गले में नाई का कपड़ा लिपटा हुआ था। कपड़े के नीचे उसके हाथ में एक तेज़ धार का उस्तरा था। उसी हालत में वह मथुर बाबू पर चिल्लाया, 'तब से आप बार-बार उस पर लात उठा रहे हैं। आपको क्या लगता है, आप अपनी मर्ज़ी से चोरी कर सकते हैं! यह बिहार से यहां काम करने आया है, चोरी करने नहीं। इसने क्या ग़लती की है? आप भी तो पाकिस्तान से आए हैं। क्यों, आए हैं न?'

मथुर बाबू हैरान रह गए। उन्होंने कभी नहीं सोचा था कि एक ही देश का आदमी इस तरह उनका विरोध करेगा। उन्होंने धीमी आवाज़ में कहा, 'यह उसके और मेरे बीच का मामला है। तुम बीच में बोलने वाले कौन होते हो?'

'मैं जो भी हूं, आपको उसे लात मारते हुए देखना चाहता हूं। चलिए, मारिए उसे!'

मथुर बाबू ने बिल्कुल नहीं सोचा था कि वे ऐसी अजीब समस्या में फंस जाएंगे। वैसे उस आदमी ने उन्हें इससे निकलने का रास्ता भी बता दिया, 'या आप इसे मारिए, नहीं तो जो किराया यह मांग रहा है वो दीजिए।'

वह आदमी अब अकेला नहीं था, उसके पीछे भीड़ इकट्ठा हो गई थी। वे चीख़ने लगे, 'बीस रुपया देना होगा।'

'ये ले,' बीस रुपये का लाल नोट निकालकर उन्होंने दे दिया। साथ में उसे तर्जनी दिखाते हुए कहा, 'देख लिया है तुझे। अब तेरे रिक्शे में कभी नहीं बैठूंगा।' यह स्पष्ट नहीं था कि रिक्शा वाले ने इस धमकी पर प्रतिक्रिया दी या नहीं।

दक्षिण बंगाल के मानचित्र में बारुईपुर शहर एक अति विशिष्ट स्थान था। रेलवे स्टेशन से निकलकर दक्षिण की ओर की सड़क पर जाने पर एक खेल का मैदान पड़ता था। इस मैदान में साल के अलग-अलग समय में विभिन्न पूजा, सभाओं, जनसभाओं का आयोजन होता था। मैदान के सामने से एक रास्ता थाने के पीछे से घूमता हुआ फलों के प्रसिद्ध बाज़ार, कछारी बाज़ार पहुंचता था। बाज़ार के सामने की सड़क पर बसें चला करती थीं।

मैदान के रास्ते के किनारे बहुत सारे बड़े-बड़े छायादार पेड़ थे। उनके नीचे टाट बिछाकर, तराज़ू लिए आठ-दस जन बैठे रहते थे। ये थोक में गेहूं ख़रीदते थे। उन गेहूंओं को पिसवाकर आटा बेचते थे। बंगाल के ग्रामीण इलाक़ों में तब चावलों का भारी अकाल था। अभावग्रस्त लोग यह आटा खाया करते थे।

हर सुबह, जिस तरह शहर में बाबुओं के घरों के बर्तन मांजने गांवों से भारी संख्या में औरतें ट्रेन में भरकर आया करती थीं, उसी तरह कुछ-कुछ महिलाएं व्यावसायिक उद्देश्यों से भी आया करती थीं। ऐसे ही व्यवसायी महिलाओं के एक दल ने शहर की राशन की दुकानों पर धरना दे दिया। जब भी कोई राशनकार्ड धारक अपने हिस्से का गेहूं छोड़ देता था, ये उनसे विनती

करती थीं, 'बाबू जी, आप जब अपने कार्ड का गेहूं छोड़ ही रहे हैं तो हमें दे दीजिए।' इसमें बाबुओं का कोई नुकसान नहीं था क्योंकि महिलाएं गेहूं की क़ीमत ख़ुद चुकाती थीं। बल्कि वह अपनी इस उदारता पर अच्छा महसूस करते थे। सभी उनकी विनती मान लेते थे। वे महिलाएं उन गेहूंओं को फुटकर व्यापारियों को बेच देती थीं। एक किलो पर पचास पैसे लाभ कमाती थीं।

अभी दोपहर थी। लुंगी और टी-शर्ट पहने एक युवक ट्रेन से उतरकर वहां एक पेड़ की छाया में खड़ा हो गया। असहनीय गर्मी पड़ रही थी। सिर के ऊपर थोड़ा पश्चिम की ओर झुका सूरज आग बरसा रहा था। धरती पर झुलसाती गर्म हवा नागराज वासुकी की गर्म फुफकार की तरह बह रही थी। युवक ने मायूसी से चारों ओर देखा। गर्मी की वजह से आसपास ज़्यादा लोग नहीं थे। ट्रेन से जो लोग उतरे थे, वे सब चले गए थे। कुछ गायें रेलिंग के किनारे, पेड़ की छाया में बैठी थकी हुई जुगाली कर रही थीं। वह युवक एक बंद चाय की दुकान देख, बाहर रखे बेंच पर बैठ गया। उसने अपनी नज़रों को सामने की ओर साधा। कोई आने वाला था। वह उसी का इंतज़ार कर रहा था।

अचानक उसकी नज़र एक महिला पर पड़ी। उसके सिर पर एक भारी बोरी थी और कांख पर एक छोटा बच्चा था। न जाने क्यों वह उससे नज़र नहीं हटा पाया। उसकी आंखों के किनारे कीचड़ जमी हुई थी। वह बहुत काली और दुबली थी। चूंकि वह लंबी थी इसलिए उसका दुबलापन और भी ज़्यादा नज़र आ रहा था। मानो कोई बिना शाखाओं का ताड़ का पेड़ हो, जिसके गले से मिट्टी की हांडी लटकी हुई थी। एक सदी की निराशा उसके धूल और मिट्टी से भरे शरीर से लिपटी हुई थी। उसका चेहरा देखकर लग रहा था जैसे उसे पैदा होने के बाद से कभी हंसने या ख़ुश होने का अवसर नहीं मिला था। उसकी ज़िंदगी के हर कोने में आंसुओं का ऐसा समंदर था जिसमें कभी भी भयानक चक्रवात पैदा हो सकता था। दुख, दरिद्रता, कठिनाई, थकान और असंख्य कष्टों ने उसे अजगर की तरह अपने शिकंजे में कस रखा था।

इन सब लोगों को देखकर लगता था कि 1943 का भीषण अकाल, जिसमें तीस लाख लोगों की जान गई थी, वो अब तक ख़त्म नहीं हुआ था। कब समाप्त होगा, कोई नहीं जानता था। ऐसा लग रहा था कि वह महिला दुनिया के तमाम भूखे बच्चों की माताओं की पीड़ा, अपनी कांख पर उठाए लिए जा रही थी। बच्चा कभी-कभी हिलडुल रहा था, जिससे पता चल रहा था कि वह अभी तक जीवित था। नहीं तो उसके सूखे, जीर्ण हड्डियों के ढांचे को देखकर किसी को भी शिशु कंकाल होने का भ्रम होता।

उस महिला के सिर पर गेहूं का बोरा था। उसने उस बोरे को एक फुटकर व्यापारी के सामने पटक दिया। वह इस श्रम से हांफ रही थी। तभी उसकी गोद का बच्चा बिलखने लगा, 'ऐ मां, ऊटी (रोटी) दे, ऊटी दे न मां। मां, ऐ मां, ऊटी दे...'

उस महिला के फटे होंठ, आंसुओं से भरी आंखें, सांस लेते वक़्त उसके सूखे स्तनों का उठना-गिरना और किसी भारवाही पशु की तरह अपने शरीर को खींचते हुए हांफना—कुल मिलाकर छवि बेहद करुण थी। उसने अपने क्षीण स्वर में बच्चे से कहा, 'थोड़ी देर चुप हो जा बेटा! गेहूं तुलवाकर दे दूं, फिर तुझे खाना दूंगी।'

व्यापारी ने बारीक़ बुनी हुई चेकदार लुंगी पहनी हुई थी और उसके गले में चांदी का आयताकार ताबीज़ लटका हुआ था। उसके दाढ़ी वाले गाल, मुंह में पान, और चेहरे से धूर्तता झलक रही थी। उसने हाथ के तराज़ू से गेहूं तौलना शुरू किया। 'यह एक, यह दो, यह तीन...' तभी अचानक बेंच पर बैठे युवक ने व्यापारी की हाथ की सफ़ाई देखी। वह ग़लत तरीक़े से वज़न तौल रहा था और इस तरह वह हर बार दो-ढाई सौ ग्राम अधिक गेहूं ले रहा था। वह साफ़-साफ़ चोरी कर रहा था। वही हुआ, पच्चीस किलो गेहूं का वज़न बीस किलो निकला।

चालाक व्यापारी हर बार गेहूं तोलकर पहले से रखे अपने गेहूंओं के ढेर में उसे मिला देता, जिससे दोबारा वज़न करने का उपाय न रह जाए। इस तरह सारा गेहूं तौलने के बाद उसने अपनी सफलता पर संतुष्ट हंसी हंसते हुए बग़ल के व्यापारी की ओर देखा। बग़ल वाले व्यापारी ने भी हंसकर अपनी बाईं आंख झपकाई, 'चाय मंगा!'

जब उस दुखी महिला ने हाथ बढ़ाकर गेहूं के पैसे लिए, वह एक निर्जीव मिट्टी की मूरत लग रही थी। 'यह क्या है? यह कैसे हो सकता है!' उसने पचास रुपये में पच्चीस किलो गेहूं ख़रीदे थे। बेचने के बाद, हिसाब के अनुसार उसे साढ़े बासठ रुपये मिलने चाहिए थे, यानी साढ़े बारह रुपया लाभ। मां और बेटे को रोटी, मुरमुरे खाने में तीन रुपये लगते। बचते साढ़े नौ रुपये, जिससे घर में सबके लिए भात और कलमी साग का रसा बन जाता। लेकिन अब जो पैसे उसके हाथ में आए थे उसमें एक रुपया कम था। उसने वो एक रुपया पहले ही सुबह कुछ खाने में ख़र्च कर दिया था।

पैसे हाथ में लिए वह सूनी आंखों से चारों ओर देखती रही। उसके पूरे अस्तित्व पर हैरानी, परेशानी और घबराहट उभर आई थी। उसकी गोद में

बच्चा अब भी खिनखिना रहा था, 'ऐ मां ऊटी दे।' मां के कानों में कोई शब्द नहीं जा रहा था। वह बिजली की चपेट में आए पेड़ की तरह खड़ी हुई थी। धूप से झुलसी, धूल से भरी हवा उसके दिल की आशा, भरोसा, विश्वास, सांसें सब उड़ा ले गई थी।

घर में उसका पति पिछले सात महीनों से बिस्तर पर बीमार पड़ा हुआ था। खजूर के पेड़ से गिरकर उसका पैर टूट गया था। दिन भर में अगर कुछ कमाई होती, तो परिवार दिन में एक बार खा लेता था। कई दिनों तक भोजन के बिना रहने के बाद महिला ने अपने पति से कहा, '*हैं गा, तुमि जोदी मॉत दाओ तो आमि ऐट्टा बैब्शा पोत्तोर कोरी।* ए जी, अगर तुम अनुमति दो तो मैं कोई व्यवसाय शुरू करूं।'

'तुम व्यवसाय करोगी?' पति ने अविश्वास से कहा, 'तुम नहीं कर पाओगी। लोग ठग लेंगे तुम्हें। व्यापार करना इतना आसान नहीं है।'

'ना मत करो जी। मैं ठीक कर लूंगी। कोशिश करने से इंसान सब कर लेता है। सुरोबाला को देखो! पति छोड़ गया है, फिर भी वह चार बच्चों को लेकर परिवार चला रही है।'

'तो तुम क्या व्यवसाय करोगी, बोलो?'

'जो सुरो करती है। इसमें कोई झंझट नहीं है। राशन की दुकान से गेहूं तोलकर लूंगी और आगे व्यापारियों को बेच दूंगी। हर किलो पर पचास पैसे का फ़ायदा। अगर मैं यह करती हूं तो कम से कम हम भात खा सकेंगे। मैं बच्चे को और भूखा नहीं देख सकती। बताओ, करूं?'

'व्यवसाय शुरू करने के लिए पूंजी लगती है, कहां से लाओगी पैसा?'

'सुरो देगी। मैं अपनी नाक की नथ गिरवी रखूंगी। वह हर महीने पचास रुपये पर पांच रुपया ब्याज लेगी। यह पैसा छह महीने में चुकाना होगा। क्या हम छह महीने में पचास रुपये नहीं चुका पाएंगे? बिल्कुल चुका पाएंगे।'

'नाक की नथ की क़ीमत जानती हो। ढाई सौ रुपये है। बाबा ने मां के लिए ख़रीदी थी।'

'बेच थोड़े ना रही हूं। बस गिरवी रख रही हूं। तुम देखना, मैं छुड़वा लूंगी।'

लेकिन अब ऐसा लग रहा था मानो उसका सबकुछ हाथ की उंगलियों की दरारों से फिसलकर धूल में मिल गया था। उस टूटी, दरकी महिला के

शरीर के ढांचे में प्राणों के कुछ लक्षण लौटकर आए। उसने फिर से रुपये गिने और उसके बाद चीख़कर बोली, 'तुमने कैसे नापा है? इतना कम कैसे हो सकता है? मैं ठीक से तुलवा कर यहां लाई थी।'

इस दृश्य को देखते हुए उस युवक को लगा जैसे दूर किसी पहाड़ की चोटी से किसी व्यथित महिला की आर्त याचना सुनाई दे रही हो। व्यापारी ने उस पर ध्यान देने की ज़रूरत नहीं समझी। उसने बेपरवाही से बीड़ी जलाकर, धुआं छोड़ते हुए बग़ल के व्यापारी से कहा, 'शो हाऊस में नाइट शो देखने चलेगा? मुमताज़ की फ़िल्म चल रही है।'

महिला ने एक बार फिर गुहार लगाई, 'ओ दादा, दादा गो। मैं बहुत ग़रीब हूं। मुझसे धोखा मत करो। भगवान तुम्हारा भला करेंगे। मेरे बच्चे की ओर देखो। सुबह से उसने कुछ नहीं खाया है।'

जैसे कोई भिखारी को संबोधित करता है, उसी तरह बीड़ी का धुआं छोड़ते हुए व्यापारी ने झुंझलाते हुए कहा, 'तेरे सामने ही तो मैंने तोलकर लिया है, है न! तूने भी गिना और मैंने भी। तब क्या तू अंधी थी? अपना पिनपिनाना बंद कर और जा यहां से। मुझे ग़ुस्सा मत दिला।'

युवक ने व्यापारी की ओर देखा। वह ख़ुद भी ग़रीब था। पर्याप्त साधन वाला या ऊंची जाति का भी नहीं लग रहा था। और वह आदमी, अपने ही जैसे किसी और दुखी व्यक्ति को धोखा दे रहा था। यानी छल, चोरी, धोखाधड़ी, दुष्टता केवल अमीर और ऊंची जाति के लोगों का रोग ही नहीं है। वह औरत तब भी गिड़गिड़ा रही थी, 'मेरे पास पच्चीस किलो गेहूं था दादा। मुझ पर विश्वास करो।'

व्यापारी भड़क उठा, 'तू जाएगी! नहीं तो धक्का मारकर हटा दूंगा! किसे कह रही है? मैंने तुझे ठगा है? ऐसे दो पैसे बचाने की मैं परवाह नहीं करता।'

युवक से और सहन नहीं हुआ। बेंच से खड़े होकर, अपनी लुंगी मोड़कर आगे बढ़ते हुए उसने कहा, '*एई भाई, कैन माइया मानुषडारे ठॉकाइते आछोस! गोरीब मानुष होइया आर एक गोरीबरे कैनो कांदाश! दिया दे ओर उचित दामटा!* ए भाई, क्यों औरत को धोखा दे रहे हो! ग़रीब आदमी होकर दूसरे ग़रीब को क्यों रुलाते हो! उसे सही दाम दे दो!'

व्यापारी अकेला नहीं था। एक ही व्यवसाय में आठ-दस लोग और थे। वे बुरे समय में एक-दूसरे के साथ खड़े होने के लिए प्रतिबद्ध थे। इसी साहस के बल पर व्यापारी ने कहा, 'सही पैसा ही दिया है।'

'नहीं दिया है। मैं तुम्हारे पल्ले का माप वहां बैठा देख रहा था। उसे साढ़े बारह रुपया और दो।'

व्यापारी गरज उठा, 'तू कौन है रे! फोकट की दलाली करने मत आ। जहां से आया है वहीं चला जा, नहीं तो अच्छा नहीं होगा।'

युवक की आवाज़ कर्कश हो गई, 'कह रहा हूं उसे पैसे दे दो।' महिला की आंखें कृतज्ञता से छलछलाने लगीं।

व्यापारी अब अपना नियंत्रण खो चुका था, 'छिनाल को देखकर मदद करने आ गया। हमारे मामले में तू कौन होता है बोलने वाला? अपना भला चाहता है तो चल निकल ले यहां से वर्ना ऐसा पिटेगा...' लेकिन उसे अपना वाक्य ख़त्म करने का मौक़ा नहीं मिला। क्योंकि उससे पहले ही तराज़ू के पल्ले पर रखा किलो का वज़न उसके कान के नीचे ऐसी जगह पर पड़ा, जहां हल्के ज़ोर से भी घूंसा पड़ जाए तो आदमी की जान जा सकती है। व्यापारी अपने गेहूं के ढेर पर लुढ़क गया। तेज़ी से गाढ़ा ख़ून बहने लगा। उसका सारा अवैध लाभ बहने लगा।

युवक अब वहां नहीं रुक सकता था। थाना मात्र दो सौ गज़ की दूरी पर था। अचानक हुए हमले पर काबू पाने के बाद अन्य व्यापारी एकजुट होकर जवाबी हमला करने की तैयारी करने लगे। युवक सामने की ओर भागने लगा। रेल लाइन, पक्की सड़क, घर, मकान-दुकान पार करने के बाद भी उसे लग रहा था कि अब यह दौड़ रोकी नहीं जा सकती थी।

4

महाप्रस्थान

रामकृष्णपुर कॉलोनी के आख़री छोर पर एक पक्का मकान था। जिसकी पश्चिमी ओर, जल निकासी के गंदे बड़े नाले के पार, टी.बी. अस्पताल था। उत्तर की ओर कुछ ख़ाली ज़मीन थी, उसके बाद सफ़ाई कर्मचारियों के क्वार्टर और उसके बाद लोहारपाड़ा था। वहां एक पक्का मकान था। सुरक्षा के लिए उस घर के मालिक के पास लाइसेंस वाली बंदूक थी। वह घर ऊंची दीवारों से घिरा था। उस जगह का पूर्व मालिक एक मुसलमान था जिसने अपनी ज़मीन छोड़ने से इंकार कर दिया था। हालांकि, सन् पैंसठ के दंगों के समय उसने वो ज़मीन पच्चीस हज़ार रुपये में इस आश्वासन पर भादुड़ियों को बेच दी थी कि वे उनकी मदद करेंगे और उन्हें सुरक्षित ट्रेन में बिठायेंगे।

भादुड़ी शरणार्थी नहीं थे। वे उत्तर चौबीस परगना की किसी जगह के रहने वाले थे, जहां उनके पास काफ़ी ज़मीनें थीं। ऐसी कृषि-भूमि के मालिकों को 'जोतदार' कहा जाता था। 'जोतदार' शब्द पुलिस, वक़ील, दलाल शब्दों की तरह नफ़रत भड़काने वाला था। खेती की ज़मीन का मालिक होना ग़लत नहीं था, लेकिन भूमि अधिग्रहण करने की प्रक्रिया और उस भूमि पर क़ब्ज़ा करने के परिणामस्वरूप व्यक्ति का मानसिक परिवर्तन बहुत ग़लत था। गांव के लोग उन्हें अपना नहीं मानते थे।

भादुड़ी अमूमन पढ़े-लिखे लोग थे। वे सोवियत रूस और चीन की क्रांतियों के बारे में जानते थे। उन्होंने देश के इस हिस्से में तेभागा आंदोलन देखा था। इन सभी कारणों से, 1960 के दशक से गांव के लोगों के बदलते व्यवहार को देखते हुए, उन्हें लगा कि निकट भविष्य में इस जगह दंगा भड़कने

की संभावना है। इसलिए उन्होंने शहर जाने के बारे में सोचा। लेकिन उनके पास इतनी पूंजी नहीं थी कि वे मध्य कलकत्ता में ज़मीन ख़रीदकर घर बना सकें। इसलिए उन्होंने दक्षिण कलकत्ता को चुना। यहां पूर्वी बंगाल के *भद्रलोक* वर्ग के लोगों के बसने की वजह से शिक्षा, संस्कृति और पूरे सामाजिक-आर्थिक वातावरण में काफी उन्नति हुई थी। जादवपुर रेलवे स्टेशन से बस-स्टैंड चौराहे तक जाने वाली सड़क के दक्षिण में जादवपुर विश्वविद्यालय था। उसके पश्चिम में जादवपुर थाना था। सुरक्षा की दृष्टि से भादुड़ियों को यह स्थान अच्छा लगा और उन्होंने भागते हुए उस मुसलमान का घर ख़रीद लिया।

विख्यात लेखक यायावर ने कहा था कि बंगाली जहां जाते हैं, सबसे पहले वहां काली मंदिर का निर्माण करते हैं। यहां भी, भादुड़ियों के घर के दाहिनी ओर, बड़े सीवेज नाले के पास एक काली मंदिर था। शाम को मोहल्ले के लड़के वहां अड्डा जमाते थे। उनमें से एक का नाम स्वपन था। स्वपन रामकृष्णपुर और श्यामनगर, दोनों जगहों का सबसे चंचल, लापरवाह और साहसी लड़का था। चौदह से अट्ठारह साल की आयु के युवाओं का वह हीरो था। वह अगर किसी काम में कूद पड़ता था तो उसे सफलतापूर्वक ख़त्म किए बिना दम नहीं लेता था। उसकी उम्र मात्र उन्नीस साल की थी। इतनी कम उम्र में भी उसने इस मोहल्ले में सबसे बड़े सांस्कृतिक कार्यक्रम का आयोजन कर सबको चकित कर दिया था। ऐसा कोई नहीं था जिसे स्वपन नहीं जानता था। बंगाली फिल्म अभिनेता चिन्मय रॉय से लेकर प्रसिद्ध जादूगर पी.सी. सरकार जूनियर, सब उसके दीवाने थे।

न जाने क्यों स्वपन जीवन को पसंद करता था। कभी-कभी वे दोनों काली मंदिर के सामने, भादुड़ियों की चाहरदीवारी के पास बैठे गप्पें मारते थे। उनके साथ सतींद्र नाम का एक और लड़का भी होता था। उसने इस उम्र में ही दो फ़र्मे की एक पत्रिका निकाली थी। हालांकि पहले अंक के बाद पत्रिका का कोई और अंक प्रकाशित नहीं हुआ।

तब नक्सलबाड़ी की लाल लपटों में कलकत्ता का पूरा शहर जल रहा था। सी.पी.आई.(एम) और नक्सलियों के बीच भयंकर बमबारी हो रही थी। एक-दो लोगों की मौत भी हुई थी। न जाने कौन लोग दीवारों पर माओत्से-तुंग के स्टेंसिल चित्र चिपका रहे थे। इस दौरान एक दिन काली मंदिर में गप्पें मारते हुए जीवन ने कहा, 'मैंने एक असली नक्सली को देखा है। असली नक्सली!' सतींद्र हैरान था। जीवन ने कहा, 'हां, एकदम असली नक्सली। उसे पुलिस ने नक्सलबाड़ी से गिरफ़्तार कर सिलीगुड़ी के कोर्ट में पेश किया था।'

उस समय, शहर की कई दीवारों पर हिंदी में एक नारा लिखा जा रहा था, 'कानू जंगल छूटेगा, जेल का ताला टूटेगा' (कानू सान्याल और जंगल संथाल उत्तर बंगाल के किसान विद्रोह के दो नेता थे)। 1970 में उन्हें पुलिस ने जूट के एक खेत में छुपकर गिरफ़्तार कर लिया था। क्या जीवन उनके बारे में बात कर रहा था?

जीवन ने कहा, 'नाम-वाम नहीं जानता। जिस दिन उन्हें कोर्ट में लाया गया, उस दिन बाप रे! हज़ारों पुलिसवालों ने उन्हें घेर रखा था। किसी को पास फटकने नहीं दे रहे थे। जब उन्हें वैन से उतारकर कोर्ट में ले जा रहे थे, तब मैंने एक बार देखा था।'

बातों-बातों में जीवन ने उन्हें अपनी बिना पैसों के भारत भ्रमण की कहानी, अपने अपमानित होने के अंशों को छोड़कर, सुना दी। बातचीत में काफ़ी देर हो गई। सतींद्र को स्कूल जाना था। वह उच्च माध्यमिक की परीक्षा देने की तैयारी कर रहा था। और स्वपन को पालपाड़ा अपने पिता की दुकान पर जाकर बैठना था। दोपहर में ग्राहक बहुत बढ़ जाते थे। उसके पिता के लिए अकेले संभालना मुश्किल हो जाता था।

सतींद्र उर्फ़ सती चला गया। स्वपन भी जाने के लिए खड़ा हो गया। उसके सामने ज़मीन पर एक लकड़ी के कोयले का टुकड़ा पड़ा हुआ था। संभवत: पिछली अमावस्या को मंदिर में जो यज्ञ हुआ था, उसी में इस्तेमाल हुआ था। न जाने क्या सोचते हुए वह उस कोयले के टुकड़े को हाथ में लेकर भादुड़ियों की चूने से पुती सफ़ेद दीवार के सामने खड़ा हो गया। उस दीवार के एक कोने में, काले रंग से अंग्रज़ी के चार अक्षर—सी.पी.आई.(एम) लिखे हुए थे। दीवारों पर क़ब्ज़ा करने का यह नया तरीक़ा था। अब इस दीवार पर किसी और पार्टी का अधिकार नहीं था। जिसने पहले क़ब्ज़ा कर लिया, वह हमेशा उसी के क़ब्ज़े में रहेगी। वे जब चाहें यहां, किसी रैली या जनसभा की घोषणा, चुनाव के दौरान नारे लिखना या अपने विचार व्यक्त कर सकते हैं। स्वपन ने कोयले के टुकड़े से उस दीवार पर लिखे 'एम' अक्षर के बग़ल में 'एल' अक्षर जोड़ दिया।

'एल'—एक कोयले की दो ख़रोंचों से लिखा गया एक अक्षर। कोई नहीं जानता था उस सामान्य ख़रोंच से कितना बड़ा ख़तरा होगा। और जीवन तो कुछ भी नहीं जानता था। वह तो अपनी मातृभाषा बांग्ला भी लिखना-पढ़ना नहीं जानता था। जब वह बच्चा था तो शिरोमणिपुर शरणार्थी शिविर में, अपने निरस्त स्कूल में प्रवेश से ठीक पहले, उसने औपचारिक रूप से पहला व्यंजन

'क' यानी 'क' लिखा था। उसके बाद उसने जीवन में एक भी अक्षर नहीं लिखा, तो फिर यह तो अंग्रेज़ी थी, समंदर पार की भाषा। लेकिन स्वपन द्वारा उस 'एल' को जोड़ने से, पूरी दीवार भारतीय कम्युनिस्ट पार्टी (मार्क्सवादी) के नियंत्रण से निकलकर उनके घोर शत्रु, नक्सलियों के दख़ल में चली गई, जिन्होंने अब तक भारतीय कम्युनिस्ट पार्टी (मार्क्सवादी-लेनिनवादी) या सी.पी.आई. (एमएल) का गठन कर लिया था।

इसका मतलब यह था कि वे अब (मार्क्सवादी) भारतीय कम्युनिस्ट पार्टी के नियंत्रण वाले इलाक़ों के अभेद्य क़िले में थे, अर्थात् लोहारपाड़ा, टी.बी. अस्पताल, चितरंजन कॉलोनी, मिस्त्रीपाड़ा, रामकृष्णपुर कॉलोनी और आनंदपल्ली, तथा उनमें इतना साहस और क्षमता थी कि वे दीवार पर लिखित रूप में अपनी उपस्थिति की घोषणा करें। इस समय व्यापक रूप से एक स्लोगन का प्रचार हो रहा था, 'एक चिंगारी से जंगल में आग लग सकती है'। कौन कह सकता था कि इस चिंगारी से भी जंगल में आग नहीं लगेगी?

रामकृष्णपुर के एक तरफ़, मुख्य सड़क के किनारे एक स्याही बनाने का कारखाना था। वहां बारह सौ मज़दूर काम करते थे। इस कारखाने के कर्मचारी और मज़दूर संघ के नेता देबेश सेन थे। वे रामकृष्णपुर में ही रहते थे। किसी वजह से उस रास्ते से गुज़रते हुए उन्होंने स्वपन को गहरी निष्ठा के साथ उस दीवार पर इस कलाकृति को बनाते हुए देखा। उन्होंने उसे नहीं रोका। यह उनका काम नहीं था। उन कामों के लिए दूसरे लोग थे। उन्होंने केवल वही किया जो एक समर्पित पार्टी कार्यकर्ता का कर्तव्य था। उन्होंने तुरंत रामकृष्णपुर के सी-ब्लॉक में पार्टी कार्यालय को सूचित किया। क्योंकि उस वक़्त पार्टी कार्यालय में इतने लोग नहीं थे कि वे उन युवाओं के समूह—जो नक्सलियों के प्रति निष्ठा रखते थे, जो आग का पर्याय थे, जिनके पास घातक हथियार हो सकते थे—का पीछा करते, उन्हें पकड़ते, और फिर उन्हें लोगों की अदालत के सामने न्याय के लिए लाते, इसलिए वह काम रात के लिए स्थगित कर दिया गया। उस दिन शाम को सी.पी.आई.(एम) की युवा शाखा, डेमोक्रेटिक यूथ फेडरेशन ऑफ इंडिया या डी.वाई.एफ.आई. का रूटीन जुलूस था, जिसके झंडे मोटी-मोटी ऊंची लाठियों पर लहरा रहे थे। क़रीब दो सौ युवकों के जुलूस का नेतृत्व साढ़े छह फीट लंबे पिनाकी सेन कर रहे थे, जिनसे पूरा मोहल्ला डरता था। जादवपुर के कई हिस्सों का चक्कर लगाने के बाद जुलूस सी-ब्लॉक स्थित पार्टी कार्यालय में लौटा। देबेश सेन ने यह ख़बर पिनाकी सेन को दी। 'हमारी सुरक्षा भंग होने वाली है। एक जंगली कुत्ता बाघ

की मांद में घुस आया है!' आसपास के सभी दस-बारह मोहल्लों में सी.पी. आई.(एम) के अलावा किसी और पार्टी का नामोनिशान नहीं था। उन सभी इलाक़ों से सबको जड़ से उखाड़कर फेंक दिया गया था। लेकिन अब वहां नक्सली घुस चुके थे! यह क़तई अच्छा संकेत नहीं था।

पिनाकी सेन दूरदर्शी नेता थे। सब सुनकर उन्होंने उसी वक़्त सोच लिया कि क्या करना है। भौतिकवादी दर्शन के दृष्टिकोण से एक उचित प्रतिक्रिया, जो पर्याप्त राजनीतिक लाभ देगी। स्वपन इस इलाक़े का स्थायी निवासी था, इसके अलावा वह युवाओं के बीच काफी लोकप्रिय था। उसको कुछ कहने या करने पर, लोगों की ओर से प्रतिकूल प्रतिक्रिया हो सकती थी। यह एक मामूली बात हो सकती है, लेकिन यह वांछनीय नहीं था। उसे एक और मौक़ा दिया जा सकता था। लेकिन वो दूसरा लड़का! क्या नाम था उसका? जीवन। वह उस मोहल्ले का कोई नहीं था। इसके अलावा, वह बहुत ग़रीब था। थाना-पुलिस भी नहीं कर पाता। उसने विभिन्न लोगों से लड़ाई-झगड़ा, मारामारी भी की हुई थी जिस वजह से वह बदनाम भी था। ऐसे किसी को कुछ करने में कोई बाधा नहीं थी।

इसी लड़के को पीटना होगा, और कोई उपाय नहीं। यह एक राजनैतिक ज़िम्मेदारी थी। सबसे पहले राजनीति थी, उसके बाद सबकुछ। उसकी ऐसी दृष्टांत मूलक पिटाई करनी होगी जिसे देखकर इस इलाक़े में कोई भी 'नक्सल' शब्द ज़ुबान पर लाने में डर से कांपे। इससे सांप भी मरेगा और लाठी भी नहीं टूटेगी। स्थानीय राजनैतिक संदर्भ में यही सही क़दम होगा। और कोई विकल्प नहीं, 'पकड़कर लाओ उसे!'

जैसे ही सेनाध्यक्ष ने आदेश जारी किया, सैनिकों का एक समूह अपने झंडों के डंडे लेकर जीवन को लेने निकल पड़ा। तब तक काफी अंधेरा हो चुका था। जीवन बस-स्टैंड के चौराहे पर मेजदा की चाय की दुकान पर बैठा हुआ था। वहां कुछ और लोग भी थे। उनमें से एक तारक बाग था, जो पालपाड़ा बाज़ार के पास सेलिमपुर बस्ती का था और जालन की लकड़ियां बेचा करता था। इससे पहले कि जीवन कुछ समझ पाता, गुरिल्ला युद्ध की तरह सिपाहियों ने उसे घेर लिया। 'सेन बाबू ने हमें तुम्हें पकड़कर लाने के लिए कहा है।' उन्होंने जीवन के हाथों को उसकी पीठ के पीछे उसके ही गमछे से बांध दिया। यह ऐसा था जैसे किसी महायुद्ध के पराजित सेनापति को विजयी राजा के न्याय के दरबार में ले जाया जा रहा हो।

इस समय एक नई चीज़ प्रचलन में थी—बिना दूध की चाय। सेन बाबू तब लाल चाय पी रहे थे। उन दिनों चारों तरफ़ बहुत 'लाल' था। क्या पता उसी का असर था! चाय का एक घूंट भरकर उन्होंने प्याली मेज़ पर रखकर जीवन की ओर देखा। जैसे शिकारी जाल में फंसे बाघ को देख रहा हो।

'नाम क्या है तेरा?'

न जाने क्यों छह फ़ीट से भी ऊंचे, कसे शरीर के सेन बाबू के पत्थर तोड़ने जैसी आवाज़ से जीवन घबरा गया। उसने अपना नाम बताया।

'कब से नक्सली बना है?'

'मैं नक्सली-वक्सली नहीं हूं।'

'तूने दीवार पर क्यों लिखा?'

'वो मैंने नहीं स्वपन ने लिखा है। क्या लिखा है मैं क्या जानूं। मैं लिखना-पढ़ना नहीं जानता।'

'तुम लोगों के बम और पाइपगन कहां रखे हैं?'

सवाल करते-करते सेन बाबू ने चाय ख़त्म की। उसके बाद उन्होंने एक गोरान काठ का डंडा उठाया। एक समय में वह क्रिकेट खेला करते थे। छक्का लगाने की मुद्रा में उन्होंने जीवन के घुटने पर डंडा मारा, 'कितने ख़ून किए हैं?' एक और डंडा, 'बता, फिर कभी नक्सलियों में शामिल होगा?' एक और वार, 'तेरे साथ और कौन-कौन हैं?'

हर सवाल के साथ गोरान लकड़ी से बने मोटे डंडे का वार। लगभग दो घंटे तक उसकी मरम्मत करने के बाद सेन बाबू को लगा कि अब काफ़ी था। उन्होंने एक रिक्शा बुलवाकर जीवन की गठरी बनी देह को उसके पायदान में रखवा दिया और कहा, 'जा, इसे श्यामनगर के चौराहे पर जो घर बन रहा है, उसके सामने फेंक आ।'

स्वपन का मंझला भाई छोटा होने के बावजूद तेज़ बुद्धि का था। ऐसे समय में उसे क्या करना चाहिए, यह समझकर वह पालपाड़ा में अपने पिता की दुकान की ओर भागा। जीवन के साथ जो-जो हुआ वो उसने स्वपन को जाकर बताया। उसने यह भी बताया कि रात बढ़ने पर और क्या हो सकता था। स्वपन घर नहीं लौटा। दो-चार दिन वह अपने मामा के घर सोदपुर में रहा। इधर स्वपन के पिता हेमंत बाबू के साथ मिस्त्रीपाड़ा में सेन बाबू के घर गए। उन्होंने सेन बाबू से कहा, 'आप तो जानते हैं कि मैं किस पार्टी का हूं।

मेरा बेटा अभी नासमझ है। उस जीवन के चंगुल में पड़कर उसने भारी ग़लती की है। इस बार उसे माफ़ कर दीजिए। मैं उसे समझाऊंगा। वह ऐसी ग़लती फिर कभी नहीं करेगा।'

सेन बाबू ने कहा, 'उसे एक बार मेरे पास ले आइये। डरने की कोई बात नहीं। मैं उसे सब समझा दूंगा।'

बाद में, किसी एक समय स्वपन को सेन बाबू के समक्ष ले जाया गया। सेन बाबू ने उसे सबकुछ समझाया। उसके बाद स्वपन सी.पी.आई.(एम) का कट्टर कार्यकर्ता बन गया और एक ऐक्शन में रामठाकुर आश्रम के पास कांग्रेस दल के लड़कों ने उसके पेट और सीने पर गोलियां चला दीं। उन छर्रों को निकालने के बाद उसे छियासी टांके लगे और वह दो महीने तक अस्पताल में रहा। वैसे यह बहुत बाद की बात थी।

आज की बात पर वापस आएं तो रिक्शा वाले ने जीवन को अपने रिक्शे से धीरे से पकड़कर उतारा और उसके घर के दरवाज़े पर उसे छोड़कर चला गया। जीवन अंदर जाकर लेट गया। वह जानता था, और उसके मां-बाप भी जानते थे कि उसे इस वक़्त डॉक्टर के पास ले जाना बेहद ज़रूरी था, लेकिन उनके पास जाने का सामर्थ्य नहीं था। बस एक ही सांत्वना थी कि जान बच गई है तो एक न एक दिन उसके सूजे, दर्द से अकड़े हाथ-पैर, छाती, पीठ अपने आप ठीक हो जाएंगे।

शहर के मध्य से धनुष के तार-सी खिंची रेल लाइन, जो कि सीधी दक्षिण बंगाल के अंतिम छोर तक जाती थी, उसमें आने वाले तीन स्टेशन—ढाकुरिया, जादवपुर और बाघाजतिन का उत्तर प्रांत—सारा का सारा नक्सलपंथी युवाओं के नियंत्रण में था। यह एक तरह से उनका आज़ाद क्षेत्र था। यदि इस रेल लाइन को मैकमोहन लाइन माना जाता तो दक्षिण की ओर का लगभग पूरा क्षेत्र, केवल विजय नगर के तेरह वार्डों को छोड़कर, सब सी.पी.आई.(एम) के अधीन था। विजय नगर के ये सभी तेरह वार्ड कांग्रेस के नियंत्रण में थे। पार्टी के सशस्त्र कार्यकर्ता अपनी पार्टी के नियंत्रण वाले इलाक़े के हर गली-नुक्कड़ पर गश्त लगाया करते थे। कभी-कभी उनके विरोधी उन पर हमला कर देते थे। हां, ऐसा भी होता था कि दिन में या रात में, एक पक्ष हमला करके दूसरे को हटाने का प्रयास करता था। लेकिन इस समय सारी लड़ाई सी.पी. आई.(एम) और नक्सलियों के बीच थी। जब यह दोनों दल आपस में लड़-लड़कर थक जाते तब कांग्रेस पुलिस के साथ मैदान में उतरती थी।

जादवपुर रेल लाइन के पार पालपाड़ा, गरफ़ा, सलामपुर, ये सब नक्सलियों के गढ़ थे। सलामपुर रेलवे कॉलोनी का तारक बाग, जिसने मेजदा की चाय की दुकान पर बैठे जीवन को पकड़कर ले जाने के दृश्य को अपनी आंखों से देखा था, ने अपने मोहल्ले में वापस जाकर अपने साथियों को, जो उसी की तरह पहले लकड़ी बेचने, रिक्शा चलाने या हैंडपंप की मरम्मत का काम करते थे और अब नक्सली बन गए थे, यह ख़बर दी। 'हमारे एक आदमी को सी.पी.आई.(एम) के लड़के पकड़कर ले गए हैं। बहुत अच्छा कॉमरेड है। सुना है वो नक्सलबाड़ी गया था और वहां लड़ाई में शामिल होना चाहता था। क़रीब दो सौ लोग उसे घेर कर ले गए हैं। लगता है वे उसे मार देंगे।'

जीवन सारी रात दर्द से कराहता रहा। उसे बुखार भी था। लग रहा था कि वह नहीं बचेगा। अगर बच भी गया तो उसके दोनों पैरों की उपयोगिता हमेशा के लिए ख़त्म हो जाएगी। कमर से नीचे उस पर गोरान लाठी के कम से कम बीस वार हुए थे। उसके निचले हिस्से में पके फोड़े-सा दर्द हो रहा था। उसमें हिलने तक की ताक़त नहीं थी।

लेकिन ग़रीबों की जान बहुत सख़्त होती है, वे आसानी से नहीं मरते हैं। जहां अमीरों की बीमारी में लाखों रुपया ख़र्च होता है, वहां ग़रीब मंत्र पढ़ा हुआ पानी पी, गले में ताबीज़ बांधकर ठीक हो जाते हैं। और इसलिए जीवन इस बार भी बच गया था। पांच दिनों के बाद वह अपने पैरों पर ज़ोर देकर खड़ा हो पाया और घर से बाहर आकर देखा कि जालन की लकड़ियां बेचने वाला तारक अपने एक साथी नकुल के साथ उसे ढूंढ़ता हुआ वहां आया है। जीवन के पास आकर हैंडपंप मरम्मत करने वाले नकुल ने धीमी आवाज़ में कहा, 'यहां सब बातें नहीं की जा सकती हैं। ज़्यादा देर ठहर भी नहीं सकते हैं। कोई हमें पहचान ले तो मुश्किल हो जाएगी। बस यही कहना है कि आशु दा ने तुम्हें मिलने को कहा है। आशु मजूमदार।'

जीवन चमक उठा, 'कौन-से आशु दा?'

तारक ने कहा, 'आसमान में एक ही चांद और एक ही सूरज है। उसी तरह एक ही चारु मजूमदार और एक ही आशु मजूमदार हैं।'

'तुम लोग उन्हें पहचानते हो? उनसे मिलते हो? बात करते हो?'

'हम उनसे बात करते हैं, उनके साथ खाते हैं, उनके साथ ही सोते हैं।'

क्या कह रहे थे तारक और नकुल! जादवपुर विश्वविद्यालय के पूर्व मेधावी छात्र, आशु मजूमदार, नक्सली नेता, जो कि अपने असाधारण साहस

के कारण एक किंवदंती थे! जिसे पुलिस पागलों की तरह ढूंढ़ रही थी, ये लोग उन्हें जानते थे! और उन्होंने जीवन को मिलने को कहा था! 'उन्हें मेरे बारे में कैसे पता चला?' जीवन ने हैरानी से पूछा।

'राणा से,' नकुल ने कहा।

बड़े लाल की चाय की दुकान में काम करते वक़्त, बिभु सांपुई और बिहारी मंडल की कुछ हज़ार बीघा ज़मीन पर जबरन क़ब्ज़ा कर, राणा चौधरी के नेतृत्व में वहां एक शरणार्थी कॉलोनी स्थापित की गई थी। राणा को जीवन चेहरे से पहचानता था, लेकिन कभी उससे बात नहीं की थी। कभी अवसर ही नहीं मिला। जीवन ने पूछा, 'आशु दा ने मुझे क्यों बुलाया है?'

नकुल बोला, 'यह जो तुझे इतनी बेरहमी से पीटा गया, बता इसका बदला लेना चाहता है या नहीं? बता, लेना चाहता है?'

'हां, चाहता हूं।'

'ये जो ग़रीबों का ख़ून चूसकर एक दल लोग रुपयों का पहाड़ खड़ा कर रहे हैं, ग़रीबों पर अत्याचार कर रहे हैं, इनका विरोध करना चाहता है या नहीं?'

'चाहता हूं।'

'अकेला कर सकता है?'

'नहीं।'

'इसलिए हम सभी को साथ आना होगा। हमें एकजुट होकर, एक छोर से शुरू कर अपने क्षेत्र का विस्तार करना होगा। हमें मुक्त क्षेत्र बनाने होंगे। इसलिए तुझे राणा दा से जाकर मिलना है। जाएगा?'

'कैसे जाऊं? अभी तो मैं चल भी नहीं पा रहा हूं।'

'रिक्शा बुला लेता हूं। वहां जाने से तेरा इलाज भी हो जाएगा।'

'क्या वहां डॉक्टर भी हैं?'

'सब हैं। डॉक्टर, इंजीनीयर, वक़ील, बैरिस्टर—हमारे पास क्या नहीं है!'

उस दिन, उसी वक़्त, नकुल और तारक के साथ शुरू हुआ जीवन का 'महाप्रस्थान'। मानो उसकी नियति ने उसे पीछे से आगे की ओर धकेल दिया था। अंदर से जीवन जानता था कि जिस रास्ते पर वह चल पड़ा है वह केवल विनाश, ख़ून और आंसुओं का रास्ता है। उस रास्ते पर चलना जितना आसान था, लौटना नामुमकिन ही था। वह रास्ता पुलिस, हिरासत, अदालतों, जेल,

अस्पताल, मुर्दाघर से होकर जाता था और अंत में श्मशान में जाकर समाप्त होता था। लेकिन अब यह सब सोचने का समय नहीं था। अतीत उसे धक्का दे रहा था—आगे बढ़ो, रुको मत!

पूरा शहर, सिर्फ़ यही शहर नहीं, बल्कि कहा जा सकता है कि पूरा देश अब दो हिस्सों में बंट गया था: एक हिस्सा, जिनके पास सबकुछ था और दूसरा हिस्सा, जिनके पास कुछ भी नहीं था। दोनों के बीच एक और गुट था, जिसके पास कुछ था। यह गुट बहुत धूर्त और अवसरवादी था। इनके पेट में विद्या थी, और इसलिए ये दोनों पक्षों की बोली बोलते और मौक़े का फ़ायदा उठाते हुए जिधर ज़्यादा लाभ नज़र आता, उस ओर झुक जाते थे। लेकिन मुख्य संघर्ष 'हैव' और 'हैव नॉट्स' के बीच था, यानी अमीरों और वंचितों के बीच। पुलिस, सेना, क़ानून, न्यायपालिका और सभी रंग के राजनीतिक दल, या एक शब्द में कहा जाए तो समूचा राज्यतंत्र ही उस वर्ग के पीछे बेधड़क खड़ा था, जिसके पास सबकुछ था। आम जनता भी अब निष्पक्ष नहीं थी। लोग खुले तौर पर या छिपकर किसी न किसी पक्ष में खड़े हुए थे।

जीवन समझ चुका था कि समय की मांग के अनुसार उसे भी किसी न किसी पक्ष में हथियार लेकर खड़ा होना पड़ेगा। कलकत्ता शहर में आकर उसने बहुत बार बहुतों के मुंह से कम्युनिस्ट पार्टी का नाम सुना था, जिनके झंडे का रंग लाल था, यह लाल रंग मज़दूरों के सीने के ख़ून का रंग था। ये लोग मज़दूर, किसान, सर्वहारा लोगों के पक्ष में लड़ते थे। इन्हीं के साथ शामिल होना चाहिए था। क्योंकि वह भी तो सर्वस्व हारा था। लेकिन वह यह तय नहीं कर पा रहा था कि उसे किस कम्युनिस्ट पार्टी में शामिल होना चाहिए, सी.पी.आई.(एम) में या नक्सल पार्टी में। इनमें से कौन-सी असली थी और कौन-सी केवल दिखने में असली थी। नक्सलबाड़ी का हादसा, जिसमें सात ग़रीब आदिवासी किसान महिलाओं की हत्या कर दी गई थी, ने कुछ हद तक उसकी आंखें खोल दी थीं। लेकिन अब, लाल-झंडे वाले गोरान लाठी के वार ने तय कर दिया कि उसे किस रास्ते पर चलना चाहिए।

नकुल और तारक से मिलने के बाद यह अगला दिन था। कालिकापुर का विशाल मैदान, जहां कभी गीदड़ों ने जीवन पर हमला किया था, अब जंगल से ढंका नहीं था। यह अब घनी आबादी वाला इलाक़ा था। हर जगह मकान, दुकान, इमारतें बनकर खड़ी हो गई थीं। वहीं शाम के अंधेरे में जीवन की मुलाक़ात आशु मजूमदार से हुई। जीवन के जैसे कुछ और लड़के भी थे।

आशु मजूमदार उन लड़कों की क्लास ले रहे थे। जीवन और कुछ अन्य लोग वहां थोड़ी देर से पहुंचे थे। हाथ के इशारे से उन्हें मैदान में घास पर बैठने का इशारा कर अपना बोलना जारी रख उन्होंने कहा, 'हम एक शोषण मुक्त वर्गहीन समाज का निर्माण करना चाहते हैं। जिस समाज में कोई असमानता और जाति व्यवस्था नहीं होगी। सब लोगों को समान अधिकार, समान सम्मान प्राप्त होगा। सभी के लिए भोजन, कपड़ा, शिक्षा, आवास, स्वास्थ्य सेवाओं की समान सुविधाएं होंगी। लेकिन यह संभव कैसे होगा? यह तब संभव होगा जब हम इस सड़े-गले समाज को ध्वस्त कर एक नए समाज का निर्माण करेंगे। इसका नेतृत्व और कर्तव्य श्रमजीवी लोग करेंगे। यानी मज़दूर, किसान और जागरूक लोग। यह विनाश और पुनर्निमाण—इसी का नाम क्रांति है। क्रांति ख़ून मांगती है। क्योंकि किसी भी देश का कोई भी शासक, शोषक वर्ग स्वेच्छा से कभी भी ताक़त के केंद्र से नहीं हटता है। उन्हें जनता एकजुट होकर बेदख़ल करती है। हमारी महान पार्टी ने बहुत कम समय में ईमानदारी, साहस और आत्म-बलिदान का जो उदाहरण स्थापित किया है, वो भारतवर्ष के राजनीतिक इतिहास में दुर्लभ है। तुम लोग इस महान पार्टी के सेनानी हो। मुझे उम्मीद है कि हमारे चेयरमैन एवं महान नेता के दिखाए रास्ते पर चलकर तुम लोगों में से हर कोई सच्चा कम्युनिस्ट बनेगा।'

उनके रुकने पर नकुल ने कहा, 'कॉमरेड, यह जीवन है।' मानो वह कितने समय से उसे जानते हों, आशु मजूमदार ने उसे अपने पास बैठने को कहा। उसके कंधे पर हाथ रखा। जीवन का सारा शरीर उत्तेजना से कांपने लगा। उसके बग़ल में बैठा आदमी और कोई नहीं, ख़ुद आशु मजूमदार थे। उनसे ऐसा अपनापन मिलेगा, यह जीवन कभी सोच भी नहीं सकता था। हमेशा से अपमानित, वंचित, लांछित हुई उसकी आत्मा ने मानो अमृत का स्वाद चख लिया था।

आशु मजूमदार ने कहा, 'मैंने तुम्हारे बारे में सुना है। अब बात करने या सुनने का समय नहीं है। युद्ध शुरू हो चुका है। तुम युद्ध के मैदान में खड़े हो। अब एक ही काम है—सीएम ने कहा है सत्तर का दशक मुक्ति का दशक होगा। उन्होंने ऐसा क्यों कहा? उन्होंने ऐसा इसलिए कहा क्योंकि जिन परिस्थितियों में क्रांति अर्थात् मुक्ति मिलती है, वो अब हमारे समाज में मौजूद हैं। चेयरमैन ने कहा है यह विश्व क्रांति का युग है। गांव-गांव में किसान, वर्ग शत्रुओं का ख़ात्मा कर रहे हैं। पुलिसवालों को मारकर उनके हथियार छीन रहे हैं और जनमुक्ति सेना का गठन कर रहे हैं। श्रीकाकुलम आज एक आज़ाद

क्षेत्र है इसलिए सीएम ने कहा है, यदि संघर्ष इसी तरह से आगे बढ़ता रहा तो सत्तर का दशक निश्चित ही मुक्ति का दशक होगा। उतर पड़ो मैदान में कॉमरेड! सीएम की बातों को सच करने के लिए अपनी पूरी ताक़त लगा दो।' थोड़ी देर रुकने के बाद उन्होंने जीवन के कंधों को झकझोरते हुए कहा, 'तुम पालपाड़ा ग्रुप के साथ रहो। तुम्हारे दल का लीडर राणा है। वह जो कहेगा तुम्हें वही करना होगा। याद रखना, एक सैनिक के लिए अनुशासन और आज्ञाकारिता सबसे महत्वपूर्ण विषय है। ठीक है?'

जीवन ने कहा, 'मैं कुछ जानना चाहता हूं।'

'क्या बात है, जल्दी बोलो, मुझे एक और मीटिंग में जाना है।'

'आपने अभी-अभी कहा है कि हम उनके ख़िलाफ़ लड़ेंगे जो ग़रीबों का शोषण करते हैं, लेकिन यह जो दो पार्टियों के बीच की लड़ाई है, जिसमें दोनों ओर ग़रीब ही हैं। यह लड़ाई फिर किसलिए है?'

'अच्छा प्रश्न है।' आशु मजूमदार ने कहा, 'यह एक ऐसा प्रश्न है जिसका उत्तर दो चार शब्दों में नहीं दिया जा सकता है। यह जो राष्ट्रतंत्र है, यह एक वर्ग द्वारा दूसरे वर्ग के शोषण का हथियार है। शोषण की व्यवस्था प्रशासनिक व्यवस्था की मदद के बिना नहीं चल सकती। इस प्रशासनिक व्यवस्था के असली चेहरे को गुप्त रखने के लिए एक दूसरा जामा पहनाया जाता है, जिसका नाम लोकतंत्र है। कोई भी राजनीतिक दल बना सकता है, चुनाव लड़ सकता है और चुनाव जीतकर क्षमता दख़ल कर सकता है। लेकिन दल गढ़ने से ही तो लोग वोट नहीं देंगे। उसके लिए पार्टी को सोचना होता है कि वह लोगों का दिल कैसे जीत सकती है। और, ज़ाहिर है इसलिए झूठे वोट, जबरन वोट, हेरा-फेरी, पैसे से ख़रीदे वोट आदि चीज़ें हैं। मैं उसमें नहीं जाऊंगा। मैं उन लोगों के बारे में बात करूंगा जो विश्वास के साथ मतदान करते हैं। ऐसे मतदानों से चुनाव जीतकर सत्ता में आने वाले अक्सर चाहकर भी लोगों की भलाई के लिए आगे नहीं बढ़ पाते हैं। क्योंकि उन्हें सभी कार्य संविधान के अनुसार पूर्व निर्धारित सीमा के भीतर रहकर करने होते हैं। इसके अलावा, जो चुनाव जीतकर सत्ता में आते हैं उनमें से अधिकांश अपने निजी जीवन में ईमानदार नहीं होते। इनमें से लगभग सभी संपन्न परिवारों से होते हैं। उनका एक ही उद्देश्य होता है, थोड़ा बहुत देकर लोगों को संतुष्ट रखना और अपने हितों की रक्षा करना। अब यह जो सी.पी.आई.(एम) दल हमारे सामने बड़ी बाधा बनकर खड़ा हुआ है, इनके हाथों में लाल झंडे और मुंह में क्रांति की बातें हैं। लेकिन ये छद्मवेष में बुर्जुवाओं के दलाल हैं, पूंजीपति

वर्ग के हाथों की कठपुतलियां हैं। चूंकि लाल झंडे पर लोगों की आस्था है, वे क्रांति चाहते हैं, तो ये लोग बड़ी संख्या में लोगों को एकजुट कर पाए हैं। वे अपने कुछ सदस्यों को गुमराह कर हमारे ख़िलाफ़ भड़काने में सफल हुए हैं। इसलिए वे हम पर आक्रमण कर रहे हैं। जबकि यह लड़ाई ठीक नहीं लेकिन आत्मरक्षा के लिए हमें यह लड़ाई लड़नी पड़ रही है। वैसे इसका एक दूसरा पक्ष भी है। चूंकि यह लड़ाई शहर में हो रही है, इसलिए यहां उन्हें भारी पुलिस बल तैनात करना पड़ रहा है। नहीं तो सब के सब गांव में भेज दिए जाते, जहां किसान ज़मींदारों और जोतदारों को ख़त्म कर रहे हैं। लेकिन अब वे ऐसा नहीं कर पा रहे हैं।'

जीवन ने कहा, 'आपने कहा, मैंने सुना और कुछ समझा भी। लेकिन जब किसी ग़रीब को कुछ होता है तो मुझे बहुत दुख होता है। कानू था, जो बाज़ार में मछलियां बेचता था। उसकी अभी तीन महीने पहले शादी हुई थी और वह अब मर चुका है।'

आशु मजूमदार ने कहा, 'पार्थेनियम पौधे के बारे में जानते हो? यह ज़हरीला है, यहां तक कि हवा को भी ज़हरीला कर देता है। यानी यदि तुम पार्थेनियम के झुरमुट को नष्ट करने के लिए उसे जलाओ तो उसके बीच तुलसी का पौधा भी जलकर राख हो जाएगा। उसे किसी तरह नहीं बचाया जा सकता है। यह जो हम पुलिसवालों को मार रहे हैं उनके हथियार छीन रहे हैं, ये पुलिसकर्मी हममें से ही तो किसी के बेटे हैं। लेकिन वे लोगों के दुश्मनों की रक्षा कर रहे हैं। उनके आदेश पर लोगों को मार रहे हैं। हमारा एक नारा है, "*होत्याकारी के बांचिए राखार ऑर्थो मृत्यु,* हत्यारों की रक्षा करने का मतलब है मौत"। जो लोग हमें मारने के लिए आ रहे हैं, साथ ही जो उन्हें पीछे से ईंधन प्रदान कर रहे हैं, यदि हम उनके ख़िलाफ़ कार्रवाई नहीं करते हैं, तो क्या हम जीवित रह पाएंगे? नहीं रह पाएंगे! तो, हमें भी ऐसे बहुत से काम करने पड़ते हैं, जो हमें दुख पहुंचाते हैं।'

कुछ सोचकर जीवन ने कहा, 'मेरा एक और सवाल है।'

'फिर सवाल! मैंने कहा न मुझे एक और मीटिंग में जाना है। काम पर लग जाओ, सारे सवालों का जवाब ख़ुद ब ख़ुद मिल जाएगा। रेड *बुक, जन युद्ध दीर्घायु हो* और हमारे चेयरमैन द्वारा लिखे तीन लेख पढ़ो। सारे सवाल और शंकाएं दूर हो जाएंगी।'

5

एक बेमेल युद्ध

कलकत्ता की हर रात अब गाढ़े तारकोल-सी अंधेरी थी। हर रात लोगों के सीने में डर पसरा रहता था। इस वक़्त जो लोग सड़कों पर हुआ करते थे, वे जीवन की लड़ाई में हारे, असहाय, कमज़ोर, भूख के ग़ुलाम थे। इनमें से कोई दुबली टांगों से रिक्शा चलाता था, कोई टूटी चटाई के बाड़े से घिरी चाय की दुकान पर काम करता था, तो कोई किसी छोटी फैक्टरी का कर्मचारी था, जो अपने काम से घर लौटते वक़्त अपने-अपने ईष्ट देवताओं से प्रार्थना करते थे, 'हे प्रभु, बस मैं अपने गंतव्य पर बिना किसी दुर्घटना के पहुंच जाऊं।' आजकल रात होते ही दल भर सशस्त्र पुलिस वाहिनी के प्रशिक्षित सैनिक, ख़ूंख़ार कुत्तों की तरह शहर की सड़कों पर उतर आते थे। जिनके दाहिने हाथ की तर्जनी स्वचालित हथियारों के ट्रिगर पर होती थी। आम लोग उनकी नज़र और सोच में बस एक टार्गेट थे। वे लोगों को गोलियों से भूनने, हत्या करने का बहाना ढूंढ़ते थे। तीन, सोलह साल से भी कम उम्र के लड़के दीवार पर माओत्से तुंग की तस्वीर बना रहे थे। इसी अपराध में उन्हें गोलियों से भून दिया। लोगों को मारने जैसा वीभत्स मज़ा और किस चीज़ में मिलता? उनके लिए यह उपभोग करने का आमिष आनंद था।

इस भयावह अंधेरे में पांच युवक रास्ता ढूंढ़ते हुए बड़ी सावधानी से आगे बढ़ रहे थे। पांचों ही भूखे थे और सभी के हाथ में *मूड़ी, तेलेभाजा* के पैकेट थे। वे चलते-चलते, थोड़े-थोड़े मुरमुरे चबाते जा रहे थे। उन्हें देखकर पता चलता था कि वे मज़दूर थे। कोई रिक्शा चलाता था, कोई हैंडपंप की मरम्मत करता था, तो कोई जालन की लकड़ियां बेचता था। हालांकि वे समाज के सबसे कमज़ोर तबके के थे, लेकिन उनके पांव कमज़ोर नहीं थे। वो सबल और

अडिग थे, मानो उनके हर क़दम से धरती फट जाएगी। उनकी आंखें शिकार खोजती क्रोधित बाघ की आंखों-सी चमक रही थीं।

वे उस तिराहे के मोड़ पर जा रहे थे जहां उन्हें पिनाकी सेन महाशय मिलने वाले थे। विश्वस्त सूत्रों से जानकारी मिली थी कि वे इस समय अपने खराद कारखाने में थे। वो रोज़ थोड़ी देर के लिए, इसी समय वहां दिनभर का हिसाब समझने जाया करते थे। उनके इस कारखाने में आठ-दस मैकेनिक काम करते थे। वे जो सामान पहले बनाया करते थे, वही आज भी बना रहे थे। लेकिन बदली हुई स्थिति की राजनीतिक मजबूरियों के कारण उन्हें कुछ अन्य सामान भी बनाने पड़ रहे थे, जैसे पाइपगन या सिंगल-शॉट गन, जिसे *छक्का* भी कहा जाता था। उनकी पार्टी के ए.जी. यानी एक्शन ग्रुप के सदस्यों को इनकी सख़्त ज़रूरत पड़ रही थी। यह कारखाना पूरे जादवपुर और दक्षिण बंगाल में भी हथियारों की सप्लाई करता था। इस हथियार बनाने वाले कारखाने के मालिक पिनाकी सेन थे। ये पांच युवक उन्हीं से मिलने जा रहे थे।

वे चल रहे थे, लेकिन एक समूह में नहीं। उनमें से दो सड़क की दाईं ओर के फ़ुटपाथ पर चल रहे थे और तीन बाईं ओर के फ़ुटपाथ पर। वे सभी एक दूसरे के बीच कम से कम बीस फुट की दूरी रखकर चल रहे थे। उन्हें इसी तरह आगे बढ़ने का निर्देश दिया गया था ताकि आगे चलता व्यक्ति किसी भी तरह के ख़तरे में पड़ जाए तो उसके पीछे वाला सतर्क हो जाए और उचित कार्रवाई कर सके।

उन पांचों पथिकों ने सलामपुर रेलबस्ती से अपनी यात्रा शुरू की। वे रेल लाइन के किनारे-किनारे लगभग पंद्रह मिनट तक चले, फिर लेवल क्रॉसिंग से दाएं मुड़ गए और आगे चौराहे को पार करते हुए बाईं ओर की सड़क पर चलते रहे जो कि रेलवे स्टेशन की ओर जा रही थी। इसके बाद उन्होंने टी.बी. अस्पताल और जादवपुर विश्वविद्यालय के बीच की सड़क ली और राजा सुबोध चंद्र मलिक रोड पहुंचकर वहां से वे एक संकरी गली में घुस गए, जहां बड़े वाहन नहीं चला करते थे; केवल रिक्शा और टैक्सी ही उसमें प्रवेश कर सकते थे। गली पूरी तरह सुनसान थी। वहां रोशनी भी नहीं थी। दोनों तरफ़ रहने वाले घरों के लोग किसी अनजान दहशत से बुझे लग रहे थे। ऐसा लग रहा था कि बंद दरवाज़ों और खिड़कियों के पीछे सभी मर चुके थे। आख़िरकार यह बहुत ही ख़तरनाक समय था। घर के दरवाज़े पर किसी की हत्या हो जाने पर भी दरवाज़े-खिड़कियां नहीं खुलते थे। मध्यमवर्गीय मोहल्ले के लोग ऐसे ही थे। पांचों युवक गली से गुज़रते हुए एक तिराहे पर पहुंच गए। वहां

किसी बिहारी की एक छोटी-सी चाय की दुकान थी। दो युवक उस दुकान के बाहर बैठे चारों तरफ़ नज़र रखे हुए थे। पुलिस का भी डर था, और विरोधी राजनीतिक दल के लोगों द्वारा हमले का डर भी। आख़िर युद्ध तो चल ही रहा था। वे दुश्मन को कम आंकने का जोख़िम नहीं उठा सकते थे। इसलिए नज़र रखे हुए थे। पिनाकी सेन इलाक़े के नेता थे। उनकी सुरक्षा की ज़िम्मेदारी उनकी पार्टी के ज़रूरी कार्यों में से एक थी। पहरे पर बैठे दोनों लोगों ने पांच युवकों को गली से गुज़रते हुए देखा। उनकी छठी इंद्रिय के गुप्त राडार ने उन्हें संकेत दिया—यह कुछ असामान्य हो सकता है। पांचों लोग अलग-अलग चल रहे थे। उनकी चाल सतर्क थी और सभी के हाथ में एक ही जैसा काग़ज़ का पैकेट था। ऐसा क्यों था? क्यों? वे यह तय नहीं कर पा रहे थे कि उन्हें दौड़कर पिनाकी दा को आगाह करना चाहिए या नहीं।

उन्हें यह फैसला लेने में थोड़ी देर हो गई। तब तक वे पांचों तिराहे के मोड़ पर पहुंच चुके थे। पांच जोड़ी आंखें अंधेरे में चमक रही थीं। उन्होंने इशारों में कुछ तय किया। चाय की दुकान की उल्टी तरफ़ ही वो लेथ का कारखाना था। आधे खुले दरवाज़े से पिनाकी सेन नज़र आ रहे थे। उनकी सफ़ेद, आधी बाज़ू की शर्ट अंधेरे में भी अलग ही चमक रही थी। वे एक कुर्सी पर बैठे मेज़ पर झुककर कुछ लिख रहे थे। एक ओर छोटा बरामदा था। दूसरी ओर एक दरवाज़ा। उस दरवाज़े के पिछले हिस्से में बड़ी-बड़ी खराद मशीनें थीं। वहां कुछ लोग काम कर रहे थे। इससे पहले कि चाय की दुकान पर पहरे पर बैठा कोई भी लड़का उठकर कारखाने में जाकर पिनाकी सेन को सचेत कर पाता, उन पांचों में से सबसे लंबे और सबसे अधिक सांवले रंग के युवक ने अपने हाथ के मुरमुरे के पैकेट को कारखाने के खुले दरवाज़े को निशाना बनाकर फेंक दिया। उसी की तरह दो और युवकों ने भी वैसा ही किया। पहला पैकेट दरवाज़े के दाहिनी ओर की दीवार से टकराया और भयानक आवाज़ के साथ फट गया। यह स्पष्ट था कि मुरमुरों के नीचे देसी बम छिपाया गया था। अगले दो पैकेट भी आंशिक रूप से खुले दरवाज़े से कारखाने के भीतर पहुंच गए। उनमें से एक फट गया, जबकि दूसरा नहीं फटा। विस्फोट के प्रभाव से कारखाने की दीवारें हिल गईं। हर तरफ़ धुआं भर गया। धुएं में घायलों और जान जाने के डर से चीख़ने वालों का आर्तनाद, और उनके भागने की आवाज़ें सुनाई देने लगीं। जब धुआं छंटा तो देखा गया कि घायल पिनाकी सेन, बाईं ओर एक कोने में कुर्सी समेत ज़मीन पर औंधे पड़े हुए थे। लेकिन वो मैकेनिक कहां था? वही, जो लेथ मशीन के सामने काम कर रहा था, जिसका नाम अमर था? वह वहां फ़र्श पर पड़ा हुआ था। बम की किरचों से उसका एक

कान और सिर का एक हिस्सा उड़ गया था। उसके चारों ओर ख़ून का सैलाब था। वह तब भी थोड़ा हिल रहा था।

उन पांचों ने देसी बम फेंकते ही मुड़कर भागना शुरू किया। वे बस-स्टैंड चौराहे को पार कर, स्टेशन रोड के किनारे, जो लगभग अंधेरे में डूबी हुई थी, पालपाड़ा की ओर भाग गए। अचानक हुए हमले से अचंभित चाय की दुकान वाले दोनों लड़कों को होश में आने में कुछ समय लगा। इसके बाद वे भी उन भागते लड़कों का पीछा करते हुए भागे। उन्होंने अपने सिंगल-शॉट गन से दो बार फ़ायर किया, लेकिन गोली किसी को नहीं लगी। जवाब में, भागते हुए दल ने अपने बाक़ी के दो और बम फेंके, जो कि बस-स्टैंड चौराहे पर फट गए।

रेल लाइन पार कर बाईं ओर की गली में भागते हुए उन पांचों में से एक ने कहा, 'साला सेन बच गया। बीच में बेचारा मिस्त्री आ गया...।'

एक ने जवाब दिया, 'कुछ नहीं किया जा सकता। पार्थेनियम के जंगल में आग लगाने से एक-आध तुलसी के पौधे भी जलेंगे।' पिनाकी सेन के कारखाने पर किन लोगों ने हमला किया है, इस बात का सुबूत मिलने की प्रतीक्षा करे बिना ही सभी जानते थे कि पुलिस बहुत जल्द पालपाड़ा पहुंच जाएगी। इसलिए कोई बीस एक लड़के पालपाड़ा के चौराहे पर, वहां की गलियों में तैयार बैठे थे। इस बार वे पुलिस को बिना किसी बाधा के इलाक़े में प्रवेश नहीं करने देंगे। रेलवे बस्ती के भी सात-आठ लोगों ने एक और समूह बना लिया था, जो रेलवे लाइन के साथ सिग्नल पोस्ट के पास तैयार थे। नोनी, आनंद, रतन, हारू, निताई, गोष्टो, नकुल, मोंटू और साथ में जीवन भी। उनमें से प्रत्येक के पास एक छोटा, दिखने में अहानिकारक, लेकिन घातक सुतली से बंधा गेंद-सा गोला था। यह देसी बम था। जब तक यह किसी के हाथ में था, तब तक निरापद था। लेकिन ज़मीन पर गिरते ही सबकुछ ध्वस्त कर सकता था।

~

रेल लाइन की बाईं ओर, बस्ती के पिछले हिस्से में जादवपुर विश्वविद्यालय की चाहरदीवारी थी और दाईं ओर संपन्न लोगों का मोहल्ला था। पालपाड़ा से जाने वाली घुमावदार गली की एक दीवार के पीछे जीवन, थोड़ी दूरी पर लेवल-क्रॉसिंग को देखते हुए, प्रतीक्षा में सतर्क खड़ा हुआ था। दुश्मनों के साथ उसकी आज पहली बार आमने-सामने, सशस्त्र मुठभेड़ होने वाली थी।

उन्होंने पूरी रात ऐसी ही कड़ी निगरानी रखी, और जैसा अनुमान था, अगली सुबह क़रीब दस बजे पुलिस का दल वहां पहुंच गया। यह बीस-पच्चीस लोगों की टोली थी। अपने वाहन को पालपाड़ा के लेवल क्रॉसिंग पर छोड़, रेल लाइन के साथ चलते हुए, ख़ाकी वर्दी का दल उत्तर की ओर बढ़ने लगा, उनकी राइफ़लों का सेफ़्टी लॉक खुला हुआ था और उंगलियां ट्रिगर पर थीं। उनमें से किसी को समझ में नहीं आ रहा था कि वे कहां जाएं। कुछ अनुमान भी नहीं लग पा रहा था कि वे अपना तलाशी अभियान कहां से शुरू करें, किसे पकड़ें और पीटें। लेकिन, जीवन के दल के नेता राणा चौधरी ने सख़्त निर्देश जारी किया था—पुलिस को किसी तरह इलाक़े में प्रवेश करने नहीं दिया जाएगा क्योंकि अगर ऐसा हुआ तो नरसंहार होगा।

थोड़ी देर पहले बारिश हुई थी। सारी सड़कें गीली थीं। पालपाड़ा बाज़ार के सामने की सड़क पर पानी भर गया था। इसीलिए शायद पुलिसवालों का दस्ता उस रास्ते से नहीं बढ़ा। उन्होंने एक पंक्ति में आगे बढ़ने का फ़ैसला किया। उसी मोहल्ले का एक नौजवान जो पुलिस की नौकरी पर लगा था, अपने दल के साथ उस गली से मोहल्ले में प्रवेश करने वाला था, जहां जीवन और उसके साथी पहरे पर तैनात थे। उसकी नौकरी अब तक पक्की नहीं हुई थी। अफ़सर ने कहा था: "अच्छा काम करके दिखाओगे, तो छह महीने में रेगुलर हो जाओगे!"

अच्छा काम! जीवन भी एक अच्छा काम करने के लिए बेसब्री से इंतज़ार कर रहा था! ऐसे ही पुलिसकर्मियों ने उसके भूखे पिता को बेरहमी से पीटा था और घने जंगल में फेंक दिया था। ऐसे ही एक पुलिसवाले ने रात की आड़ में उसके साथ इतना घिनौना और भयानक काम किया था कि उसकी याद आते ही उसे मर जाने का मन करता था, या फिर उस आदमी को मार देने का। उसी हिसाब को चुकाने आज वह एक बंकर के सैनिक की तरह इंतज़ार कर रहा था। इंतज़ार अब ख़त्म होने को था। वे आ रहे थे। ख़ाकी वर्दीधारी पुलिस का जत्था पूर्वी तरफ़ से पालपाड़ा में दाख़िल हुआ। यह वही दिशा थी जहां से सूरज उगता है। सूरज अब सीधे उनके सिर पर था। एक घटना प्राकृतिक, तो दूसरी राजनीतिक थी। कहा जा रहा था कि राजनीतिक सूरज, न सिर्फ़ इस देश का, बल्कि पूरे एशिया की मुक्ति का सूरज था। भारी बूट-पहने पांवों की आहट के साथ मार्च करते हुए पुलिसवाले गली के चौराहे पर पहुंच गए। दीवार के पीछे से उन्हें आते देख, जीवन भी हाथ में देसी बम लिए अपनी जगह पर खड़ा हो गया। बस, अब और देरी नहीं! उसने अपने साथियों को

इशारा किया—पहले मैं! उसके निशाने पर मोटा, तोंद वाला, मुच्छड़ आदमी था, जो लखनऊ के हवलदार से मिलता-जुलता था। वह सिपाही एक-एक क़दम आगे बढ़ता हुआ, जीवन से पचास फ़ुट की दूरी पर आ गया। बस! और देरी नहीं। जीवन ने अपने हाथ का बम रेल की पटरी पर फेंक दिया। बम सबल, शक्तिशाली राज्य तंत्र के सामने फट गया। यह एक ग़रीब, भूखे, निर्बल बालक द्वारा किया गया पहला घातक हमला था।

बम के फटने के साथ ही दूसरी तरफ़ से गोलियों की बौछार शुरू हो गई। और इस तरफ़ से हाथ के बने, साधारण बम, जिनकी आवाज़ ज़्यादा लेकिन नुकसान करने की क्षमता कम थी। उतनी देर में पालपाड़ा के लड़कों, जिनका लीडर कॉलेज में पढ़ने वाला आकर्षक युवा कातु था, ने अपने साथियों के साथ लेवल क्रॉसिंग की तरफ़ से हमला बोल दिया। पुलिस दल की हालत चक्की में पिसे गेहूं की तरह थी—सामने राणा चौधरी का दल और पीछे कातु का। बम दिवाली की आतिशबाज़ी की तरह बरस रहे थे। पुलिस के हाथों में आधुनिक हथियार थे, लेकिन लड़ाई तो अस्त्र नहीं मनुष्य करते हैं। और जो लोग अपने आदर्शों के बल से सशक्त हों, उनके सामने वेतनभोगी सिपाही क्या कर सकते थे। वे बेरहमी से फेंके गए बेपरवाह बमों से परेशान, विश्वविद्यालय की दीवार पर चढ़ गए और अपने घायल साथियों को साथ लेकर वहां से थाने की ओर भागे। लेकिन वे आधे घंटे बाद फिर लौटे। इस बार वे संख्या में लगभग दो सौ थे। लड़कों को पता था कि वे फिर से आएंगे, और भी भयंकर प्रहार करेंगे। लेकिन वे इससे नहीं डरे।

पुलिस अब गोलियां चलाती हुई पालपाड़ा बाज़ार के सामने वाली सड़क से आगे बढ़ रही थी। पालपाड़ा बाज़ार के पीछे एक लकड़ी का बाड़ा था। उसके दक्षिण में रेल लाइन थी और उत्तर की ओर एक बड़ी झील थी। यहीं दोनों गुटों का आमना-सामना हो गया। एक दल के हाथ में आधुनिक घातक हथियार थे, तो दूसरे के हाथ में कुछ साधारण देसी बम, पाइप गन और रेलवे लाइन पर पड़े पत्थर थे। पहला समूह अपनी नौकरी बचाने के लिए लड़ रहा था, जबकि दूसरा क्रांति के लिए लड़ रहा था। लड़ाई करीब दो घंटे तक चली। सिर्फ़ अपने साहस के बल पर, दांत पीसते हुए, कुछ साधारण युवा एक बेमेल लड़ाई लड़ते रहे। कुछ देर में उनके हथियार ख़त्म हो गए। उनके पास न ही बम और न ही पत्थर बचे थे। अब उन्हें पीछे हटना पड़ा। गोलियों की बौछार से दूर भागते हुए, पालपाड़ा दल का लीडर, कातु, लकड़ी के एक बड़े, गीले, काई से ढंके टुकड़े पर फिसल गया। वह अपने हाथ में लिए बम

समेत पछाड़ खाकर गिरा। बम फट गया और उसका दाहिना हाथ कोहनी से अलग हो गया। दो घंटे की लंबी लड़ाई में इस पक्ष में केवल यही एक हताहत होने की घटना घटी।

जीवन ने 1970 की शुरुआत में घर छोड़ा था। उसका एक साल सर्दी, गर्मी और बरसात नहीं, बल्कि ख़ून, विनाश, आंसू, तमाम ख़तरों, हंगामों और लाशों के ऊपर से गुज़रा था। कॉलेज और विश्वविद्यालयों में पढ़ रहे मध्यम वर्ग के लड़कों ने जीवन, नकुल और उनके सहयोगियों को नक्सली अख़बार, *देशब्रती* पढ़कर सुनाया था, उन्हें विभिन्न स्थानों के बारे में बताया जहां क्रांतिकारी किसान जनता ने जोतदारों और ज़मींदारों का ख़ात्मा कर, पुलिस के हथियार ज़ब्त कर, मुक्त क्षेत्रों की स्थापना की थी। उन्होंने कहा था, 'हम शहर में जो कुछ भी कर रहे हैं वह केवल किसानों के संघर्ष का पूरक है। हमें राज्यतंत्र के प्रमुख रक्षक, पुलिस और सेना पर हमला कर उन्हें यहां, शहरों में व्यस्त रखना होगा। अन्यथा वे अपनी सारी शक्ति किसानों के संघर्ष को नष्ट करने में लगा देंगे।'

नक्सली युवकों के पास कहने के लिए ऐसे कोई अस्त्र नहीं थे। फिर भी, अपनी सीमित क्षमताओं के बावजूद, वे यौवन के अदम्य मनोबल के दम पर आधुनिक हथियारों से लैस एक प्रशिक्षित बल से लड़ रहे थे। इसलिए उनका बहुत नुकसान हो रहा था। मुर्दाघर में युवकों की लाशों के ढेर लगे थे, जिनमें से हरेक आदर्शवाद और साहस का दुर्लभ हीरा था।

यह वह समय था जब पड़ोसी देश, पूर्वी पाकिस्तान में तथाकथित मुक्तियुद्ध शुरू हुआ और कई भयंकर लड़ाइयां लड़ी गईं। एक तरफ़ अवामी लीग और दूसरी तरफ़ याह्या ख़ान की सेना थी। प्रधानमंत्री इंदिरा गांधी के नेतृत्व में भारत सरकार, अवामी लीग के पूर्ण समर्थन में सामने आई और उन्हें हर तरह की सहायता प्रदान की। पाकिस्तानी नेताओं की नज़र में भारत एक हिंदू राष्ट्र एवं शत्रु देश था। भारत के अवामी लीग के समर्थन में खड़े होने के प्रतिशोध में, याह्या खान की सेना ने पूर्वी पाकिस्तान में रहने वाले बंगाली हिंदुओं पर हमले कर उनकी हत्या तथा उनके साथ बलात्कार और लूटपाट करना शुरू कर दिया इसलिए एक बार फिर भयभीत पुरुष, महिलाएं और बच्चे अपनी जान के डर से उस पार बंगाल से भागने लगे। एक बार फिर, बंगाली शरणार्थियों ने पूर्वी बंगाल के सीमावर्ती क्षेत्र बोनगां, टाकी, बशीरहाट आदि में भीड़ लगा दी।

एक शाम काम से घर लौटने के बाद गरीब दास ने भाई शशिकांत को इंतज़ार करता पाया। गरीब दास के भाइयों में शशिकांत सबसे छोटा था। भारत के विभाजन के समय जब गांव के गांव उजाड़कर लोग पूर्वी पाकिस्तान से भारत आ रहे थे, तो शशिकांत ने आने से इंकार कर दिया था। गरीब दास ने बार-बार उसकी मिन्नतें की थीं, 'हमारे साथ इंडिया चल। यहां इस देश में तू अकेला कैसे रहेगा!'

उसका जवाब था, 'तुम लोग जाना चाहते हो तो जाओ, मैं नहीं जाऊंगा।'

'हम तुम्हें पीछे छोड़कर वहां निश्चिंत कैसे रहेंगे? अगर तुम्हारे ऊपर कोई मुसीबत आ जाए तो! मियां लोग जिस तरह भड़के हुए हैं...'

'मुसीबत आती है तो आती रहे, मैं नहीं जाऊंगा।'

'ज़िद मत कर छोटे, यह देश अब हमारा नहीं है। यहां कोई हिंदू नहीं रह सकता है। ये लोग सबको मार-काट देंगे।'

अपने काले शरीर को झटकते हुए शशिकांत ने कहा, 'विदेश में राजा बनकर रहने से अच्छा है अपने पूर्वजों के घर में प्राण त्यागना।'

वही शशिकांत आज इतने सालों बाद यहां भारत में कैसे?

उसने कहा, 'हम वहां और नहीं रह सके। तुम लोगों के आने के बाद दो-एक बार दंगे हुए, लेकिन वो इतने भयानक नहीं थे। एक बार उन्होंने काली मंदिर जला दिया था और एक बार चार-छह घर लूट लिए थे। उसके बाद से लगभग सब ठीक ही चल रहा था। लेकिन इस साल से एक नई विपदा शुरू हो गई। पश्चिम पाकिस्तान से याह्या ख़ान की सेना ने आकर जो मिला उसे गोली मारना शुरू कर दिया। उनकी नज़र में हिंदू-मुसलमान में कोई भेद नहीं। सब बंगाली हैं। मामूद का बड़ा बेटा याद है तुम्हें? मर गया है। रज़ाकारों ने उसे नारियल के पेड़ से बांधकर पीट-पीटकर मार डाला।'

'रज़ाकार! ये कौन हैं?' विमूढ़ गरीब दास बस यही सवाल कर सकता था।

'रज़ाकार वे हैं जो पूर्वी बंगाल में याह्या ख़ान की सेना का समर्थन करते हैं।'

'वे अपने साथी मुसलमानों को क्यों मार रहे हैं?'

'अब विवाद हिंदुओं और मियांओं के बीच उतना नहीं है, बल्कि बंगालियों और बिहारियों के बीच एक ख़तरनाक संघर्ष शुरू हुआ है। बंगालियों

का कहना है कि वे अपने लिए एक अलग राष्ट्र चाहते हैं। दूसरा पक्ष कहता है, वो नहीं मिलेगा। बंगालियों के साथ मुक्ति वाहिनी है, जबकि बिहारियों के पास याह्या ख़ान की सेना और रज़ाकार हैं। दोनों दलों में युद्ध हो रहा है। हज़ारों-लाखों लोग चींटियों की तरह मर रहे हैं। नदी में इतनी लाशें तैर रही हैं कि नावें बिना किसी रुकावट के चल नहीं पाती हैं। हम किसी तरह जान बचाकर भाग आए हैं।'

'तुम्हारे परिवार वाले सब कहां हैं? तुम्हारा बड़ा बेटा-बेटी?'

'उन्हें टाकी के शरणार्थी शिविर में छोड़कर तुम्हें ढूंढ़ता हुआ यहां आया हूं। खोला दोलताला गया था। बड़े भैया ने तुम्हारा पता दिया।'

गरीब दास अवाक हो गया, 'क्या, टाकी में भी रिफ़्यूजी कैंप है?'

'हां, है तो सही। हज़ारों लोग वहां रहते हैं। पूर्व बंगाल में अब हिंदू बंगाली नहीं रह गए हैं। सब ख़ाली हो गया है। सभी ने यहां आकर आसरा लिया है। कह रहे हैं युद्ध रुकने पर जो वापस जाना चाहते हैं, उन्हें वापस भेज देंगे। जो नहीं जाना चाहते हैं उन्हें ज़मीन-जगह देकर दंडकारण्य में बसा देंगे। मैंने तय कर लिया है कि मैं दंडकारण्य जाकर रहूंगा। अब मुझे देश वापस जाने की कोई इच्छा नहीं।'

1956 में शुरू की गई दंडकारण्य पुनर्वास परियोजना अभी तक चालू थी। सरकार के सभी प्रयासों के बावजूद, उस विशाल क्षेत्र में आशा के अनुरूप जनसंख्या में उल्लेखनीय वृद्धि नहीं हुई। हालांकि विभिन्न शिविरों से कुछ शरणार्थियों को तरह-तरह के हथकंडे अपनाकर वहां भेजा गया था, लेकिन उनमें से बड़ी संख्या में लोग वहां टिक नहीं पाए। वे भाग आए और पश्चिम बंगाल के जन समुद्र में मिल गए। नतीजतन, दंडकारण्य का विशाल वनांचल लगभग वीरान पड़ा रहा। करोड़ों रुपयों के वन संसाधन नष्ट हो रहे थे क्योंकि उन्हें श्रमिकों की कमी के कारण एकत्रित नहीं किया जा सकता था। इसलिए इन लोगों को बड़े प्यार से वहां ले जाया जा रहा था।

इस बार सरकार ने अतीत में की गई ग़लती को नहीं दोहराया। बिना समय बर्बाद किए, शरणार्थियों को सीधे टाकी से सियालदह स्टेशन लाकर उन्हें दंडकारण्य की ट्रेन में चढ़ा दिया और मलकानगिरी, उमरकोट और परालकोट में उतार यह कहकर विदा किया कि 'जब तक चाहो यहां रहो। जितने लंबे समय तक रहोगे, उतना अच्छा है।'

थोड़ी देर बाद शशिकांत ने कहा, 'यहां आने के बाद जो कुछ भी मैं देख और सुन रहा हूं, उससे लगता है कि तुम सबकी हालत बहुत ख़राब है। मैंने बड़े भैया और मंझले भैया से कहा है, और तुम्हें भी कह रहा हूं—इस हालत में यहां रहकर क्या करोगे? इसके बजाय मेरा सुझाव सुनो! मेरे साथ दंडकारण्य चलो। मुझे इस देश में घुसने पर "बॉर्डर स्लिप" मिला है। उसे दिखाकर टाकी के शरणार्थी शिविर में अपना पंजीकरण करवा लो। जब वे हमें दंडकारण्य ले जाएंगे, हम सब एक साथ चले चलेंगे।'

'मैंने सुना है वहां तरह-तरह के ख़तरे हैं।'

'ख़तरे कहां नहीं हैं? पूर्वी पाकिस्तान में हो रही हत्याओं के डर से मैं यहां, इस पार आया हूं। यहां आकर पता चला कि यहां भी लोग एक-दूसरे को बकरियों की तरह काट रहे हैं। तो अब कहां जाएं! मैं कहता हूं, चलो दंडकारण्य चलते हैं। आगे बढ़कर देखते हैं क्या है। या तो हम मरेंगे या बचेंगे। जो सबके साथ होगा, वही हमारे साथ भी होगा। क़िस्मत में जो लिखा है उसे तो भुगतना ही होगा। अब मैं इससे आगे कुछ नहीं सोचता।'

'बड़-दा क्या कहते हैं?'

'बड़-दा, मेज-दा, सेज-दा सब राज़ी हैं। अब तुम क्या करना चाहते हो वो कहो। मैं टाकी में और ज़्यादा नहीं रुक सकता हूं। तुम्हें जो कहना है सुनकर जाऊंगा।'

यह ऐसा था जैसे शशिकांत नियति निर्दिष्ट वो पुरुष था, जो अंतिम समय में शुभ समाचार लेकर गरीब दास के दरवाज़े पर आया था। उसी सुबह हेमंत बाबू ने गरीब दास को बुलाकर श्यामनगर के घर को ख़ाली कर देने को कहा था। 'मैंने यह सोचकर तुम्हें यहां रहने की अनुमति दी थी कि तुम एक अच्छे इंसान हो। मैं यह नहीं कह रहा कि तुम बुरे हो, लेकिन तुम्हारे बेटे की हरकतें स्वीकार करने लायक़ नहीं हैं। बस तुम इंतज़ार करो और देखो कि जिस दिन वह हमारे लड़कों के हाथों पड़ गया तो उसका क्या हाल होता है। हम ऐसे किसी के मां-बाप के साथ दया नहीं दिखा सकते हैं, जिसने हमें इतना नुकसान पहुंचाया हो। मैं तुम्हें तीन दिन का समय देता हूं—कमरा ख़ाली कर दो।'

गरीब दास ने शशिकांत से कहा, 'अगर बड़-दा और मेज-दा जाने को तैयार हैं, तो मैं भी चलूंगा।'

कुछ देर के बाद शशिकांत ने जीवन के बारे में पूछा, 'जीवन के बारे में तरह-तरह की बातें सुनी हैं। वह अभी कहां है?'

गरीब दास की आवाज़ से हताशा फूट रही थी, 'कैसे बताऊं वह कहां है। मर गया है या ज़िंदा है, भगवान ही जानें। पिछले दस महीनों से उसे नहीं देखा है। कभी-कभार किसी से ख़बर मिलती है कि वह सलामपुर-पालपाड़ा इलाक़े में रह रहा है।'

गरीब दास की आंखें छलछला उठीं। वह फिर बोला, 'न जाने किस अशुभ क्षण में ऐसा कलमुंहा लड़का मेरे घर में पैदा हुआ। केवल भगवान ही जानते हैं कि वह मुझे किस पाप की ऐसी सज़ा दे रहे हैं। इससे अच्छा तो पैदा होते ही वह मर गया होता। दो-चार दिन रो-धोकर भूल जाते। लेकिन अब लगता है सारी ज़िंदगी रोना पड़ेगा। या तो उसे जेल होगी या उसका ख़ून हो जाएगा।'

गरीब दास ने अपने गमछे से आंसू पोंछते हुए कहा, 'दुनिया में सबसे बड़ा भार जो एक पिता उठा सकता है, वो है अपने मृत बेटे के शव का भार। भगवान ही जानते हैं कि क्या वो भार मुझे भी उठाना पड़ेगा!'

शशिकांत ने कहा, 'अब और समय मत बर्बाद करो। मेरे साथ चलो। जीवन को बचाने का इससे अच्छा और कोई रास्ता नहीं है। वहां कोई किसी को नहीं जानता। जैसे भी हो उसे ढूंढ़कर, समझा-बुझाकर साथ ले चलो। वहां जाकर नए तरीक़े से जीवन की शुरुआत करेगा।'

उस दिन शशिकांत गरीब दास के घर ही रुक गया। बम फटने और गोलियों की आवाज़ में दोनों भाई गहरी आशंका में डूबे पूरी रात जागते रहे। अगली सुबह शशिकांत टाकी लौट गया और गरीब दास जीवन को ढूंढ़ने। जो गरीब दास कभी दंडकारण्य जाने का विरोध किया करता था, अब उसी ने यह निश्चय किया कि वो जीवन को साथ लेकर वहां जाएगा और वहां के जंगलों के अंधेरे में अपनी पहचान छुपा लेगा। यदि कोई बाघ आपके पीछे हमला करे और सामने नदी हो तो आप नदी में कूद पड़ेंगे। आप तब पानी में होने वाले मगरमच्छों के बारे में नहीं सोचेंगे। अपने बेटे के जीवन की रक्षा के लिए, एक बेहद चिंतित और संकटग्रस्त पिता को आख़िरकार वह भयानक जंगल ही अब सबसे सुरक्षित स्थान लगने लगा। लेकिन जीवन! कहां था जीवन?

अगले तीन-चार दिनों तक गरीब दास जीवन को उन सभी गली-कूचों में ढूंढ़ता रहा, जहां-जहां नक्सलियों का गढ़ था। उसे किसी से यह पूछने की हिम्मत नहीं हुई कि, 'क्या तुम में से कोई जीवन नाम के लड़के को जानता है? वह

गहरे काले रंग का, लगभग पांच फुट-दो इंच लंबा है और उसके बाल छोटे हैं। वह बांग्ला बोलता है और उसके माथे के दाहिनी ओर एक निशान है।' उसे डर था कि जो लोग जीवन की तलाश कर रहे थे, वे उसे जीवन के पिता होने के अपराध में ही मार देंगे। और इसलिए, कंधे पर फावड़ा और टोकरी लिए, चारों ओर सतर्क निगाहों से देखते हुए वह पालपाड़ा, गरफ़ा, कालिकापुर, सलामपुर और प्रतापनगर की सड़कें छानता रहा।

उसके मंझले बेटे जतन ने कहा था, 'तुम उसे नहीं ढूंढ़ पाओगे। मैं जाकर तलाश करता हूं।' गरीब दास ने धमक लगाकर उसे चुप करा दिया, 'तू कहां जाएगा! इस समय कोई भी लड़का एक मोहल्ले से दूसरे मोहल्ले में नहीं जा रहा है। जाते ही उसे पकड़कर मार-काट देते हैं, और तू दूसरे मोहल्ले में उसे ढूंढ़ने जाएगा! मैं बूढ़ा आदमी हूं, मुझे कोई कुछ नहीं कहेगा।'

बिमला चुप थी, वह सिर्फ़ रोती जा रही थी। वह पछतावे से भरी हुई थी। इस पुत्र को पाने के लिए उसने न जाने कितने देवी-देवताओं से प्रार्थना की थी, मन्नत मांगी थी और व्रत किए थे। किसने सोचा था कि उसकी ज़िंदगी इस तरह बदल जाएगी! शायद गगन की मां ने उसके पैदा होने पर ठीक ही कहा था कि लड़के का पूरा जीवन शहद की एक बूंद के अभाव में कड़वा हो जाएगा। शहद की बूंद तो उसके किसी भी बच्चे के मुंह में नहीं पड़ी थी, लेकिन किसी का भी जीवन, जीवन की तरह कड़वा नहीं था। यदि वे उसके जन्म के समय उसे शहद की एक बूंद देने में सक्षम होते, तो शायद लड़का इतने गर्म दिमाग़ का, ज़िद्दी और दु:साहसी नहीं होता।

उसी दिन गरीब दास की मुलाक़ात राखाल मास्टर से हो गई। उन्होंने कहा, 'अरे, तुम जीवन की तलाश कर रहे हो न! तुरंत जाओगे तो वह मिल जाएगा। मेरी बेटी ने ट्रेन से लौटते वक़्त उसे सलामपुर की बस्ती के सामने रेल लाइन के किनारे खड़ा देखा है। तुम अभी चले जाओ, वह मिल जाएगा।'

गरीब दास रेल की पटरी के किनारे सलामपुर की ओर दौड़ा। लेवल क्रॉसिंग पार करके आगे बढ़ते ही उसे ग़रीबों की झोंपड़पट्टी दिखाई दी। एक झोंपड़ी के सामने लोगों की भीड़ लगी हुई थी। किसी कारणवश उस भीड़ को देखकर गरीब दास घबरा गया। फिर उसने दो मज़दूरों को रेल लाइन के साथ-साथ चलते हुए बातें करते सुना। 'सही हुआ! जैसी करनी वैसी भरनी। कई बार उसे चेतावनी दी गई थी, लेकिन उसने सुना नहीं। लो अब समझो!'

गरीब दास ने कांपते गले से पूछा, 'वहां क्या हुआ है? इतनी भीड़ क्यों है?'

उसके पास से गुज़रते हुए दोनों में से एक ने कहा, 'एक हरामज़ादा मर गया है।'

'कैसे मर गया?'

'आंखें बंद करके! समझे बूढ़े बाबा, वह अपनी आंखें बंद करके, पीठ के बल लेटे हुए मर गया!' एक व्यक्ति की मौत भी दूसरे लोगों के लिए मनोरंजन का विषय हो सकता है। वह बदक़िस्मत कौन था जिसकी मौत पर भी कोई दुखी नहीं हुआ? गरीब दास का दिल बुरी तरह धड़क रहा था। कहीं जो मर गया था, वह जीवन तो नहीं था? उसने जिस रास्ते का यात्री बनना चुना था, उस रास्ते के दोनों ओर मृत लोगों की लंबी क़तार थी। महज़ एक-दो महीने पहले, गरीब दास ने मौत की राह के एक ऐसे यात्री को देखा था। वह रो रहा था और दूसरे लोग हंस रहे थे। वह पानी मांग रहा था और लोग उसकी खिल्ली उड़ा रहे थे। 'पानी! तेरे मुंह में मूतेंगे!' उसका पूरा शरीर ख़ून से लथपथ था और फिर भी लोग उसे पीट रहे थे। वह यह नहीं पूछ पा रहा था कि उसका अपराध क्या था, या लोग उसे सड़क पर इस तरह क्यों पीट रहे थे। गरीब दास जल्दी से इस भयानक दृश्य के सामने से दूर हट गया था।

लेकिन अब ऐसा करने का कोई उपाय नहीं था। पता नहीं सामने पड़ी लाश किसकी थी! लड़खड़ाते क़दमों से वह भीड़ के पास खड़ा हो गया। तभी उसे अपने जैसा ही एक और मज़दूर, कालो उर्फ़ सोना नस्कर नज़र आया। उसी से गरीब दास को पता चला कि वो जीवन नहीं बल्कि कोई रिक्शा वाला था जो बेहिसाब शराब पीने की वजह से मर गया था। वह अकेला ही वहां रहता था। उसकी बीवी उसे छोड़कर कहीं चली गई थी। तो, उसकी मौत पर आंसू बहाने वाला कोई नहीं था।

कालो ने गरीब दास से पूछा, 'बूड़ो-दा, तुम यहां कैसे?'

एक बार गरीब ने सोचा कि वह उसे नहीं बताएगा। लेकिन अगले ही पल उसने उस नाम को लिया जिसे पुलिस और सी.पी.आई.(एम) ढूंढ़ रही थी। 'क्या तुम जीवन को जानते हो? मैं उसे ढूंढ़ रहा हूं।'

कालो ने कहा, 'कोई और पूछता तो मैं कहता कि मैं उसे नहीं जानता। लेकिन तुम्हें बताता हूं, मैं उसे जानता हूं। तुम उसे क्यों ढूंढ़ रहे हो? क्या मज़दूरी को लेकर राजमिस्त्री से झंझट हुआ है?'

'नहीं, वो बात नहीं है।'

'तो फिर क्या बात है?'

'वो मेरा बेटा है।'

'तुम्हारा बेटा! तुम किस जीवन की बात कर रहे हो?'

गरीब दास ने कुछ शर्मिंदगी के साथ कहा, 'वो जिसे सब चांडाल जीवन नाम से जानते हैं।'

'क्या! तुमने तो कभी नहीं बताया कि वो तुम्हारा बेटा है। वह इसी बस्ती में है। दामोदर ने उसे खाने पर बुलाया है। वो देखो, जिस घर की छत पर कथड़ी सूख रही है, वही दामोदर का घर है। चलो मैं तुम्हें ले चलता हूं।'

गरीब दास को वहां जीवन मिल गया। वह थोड़ा दुबला हो गया था। दरअसल वह उसको पहचान ही नहीं पाया। गरीब दास को वहां देखकर जीवन हैरान हो गया। 'बाबा तुम! घर पर सब ठीक है?'

गरीब दास कुछ देर तक रोया और फिर अपने वहां पहुंचने के उद्देश्य को बताया। 'मुझे यक़ीन है कि मेरे भाग्य में दंडकारण्य में ही जाकर मरना लिखा है। वर्ना इतने सालों के बाद तुम्हारा काका हमारे पास आकर हमें दंडकारण्य जाने के लिए क्यों कहता, जबकि मैंने दस साल पहले वहां नहीं जाने का फैसला किया था? मैं सोच रहा हूं, यहां हमारे साथ कुछ भी अच्छा नहीं हुआ है, होने की कोई सूरत भी नज़र नहीं आती। तो चलो वहां जाकर देखते हैं कि हमारा भाग्य फिरता है या नहीं। हम यहां टाकी शरणार्थी शिविर में जाकर अपना नाम दर्ज कराएंगे। एक बार पंजीकरण करा लेने पर वे हमें चावल, दाल, चिड़वा और गुड़ देंगे। कुछ दिनों के बाद वे हमें दंडकारण्य ले जाएंगे। तुम भी हमारे साथ चलो।'

'कब जाओगे?'

'जिस दिन तुम कहोगे। शशि हमारा इंतज़ार कर रहा है। ज़्यादा देर नहीं कर सकते हैं।'

जीवन एकदम से यह नहीं कह सकता था कि वह उनके साथ नहीं जाएगा। वह जानता था कि ऐसे ख़तरनाक समय में, जब राज्यतंत्र उसके दल के युवाओं पर सबसे क्रूर और हिंसक रूप से आक्रमण कर रहा था और हर दिन किसी न किसी को मारा जा रहा था, ऐसे वक़्त पर अपने साथियों को पीछे छोड़कर चले जाना ठीक नहीं होगा। यदि वह चला जाए तो सभी उसे कायर और भगौड़ा कहेंगे। लेकिन अगर वह नहीं जाएगा, तो वह अपने मां-बाप, भाई-बहनों को हमेशा के लिए दंडकारण्य के घने जंगलों के अंधेरे में खो देगा; उन्हें फिर कभी ढूंढ़ पाना शायद संभव न होगा। अगर वे उस अनजान जगह में

जाकर और किसी ख़तरे में पड़ जाएं, तो उन्हें हिम्मत देने वाला कोई पास नहीं होगा। वैसे ऐसा कोई रास्ता भी नहीं था कि जीवन उन्हें जाने से रोक सकता। वे कहां रहेंगे? इसलिए उन्हें जाना ही होगा। और जीवन को भी उनके साथ जाना होगा। यदि उसे वहां रहने का मन नहीं किया तो उन्हें वहां छोड़कर वापस लौटने में कितना समय लगेगा! उस अर्थ में जीवन मतादर्शों के प्रति समर्पित, आत्म-त्याग करने वाला निष्ठावान राजनीतिक कार्यकर्ता नहीं था, जो अपने शरीर पर बम बांधकर दुश्मन के खेमें में प्रवेश कर विस्फोट करता। वह तो बस एक भोजन का ग़ुलाम था। उसने ख़ुद को तर्क दिया, जब मुद्दा भारत में क्रांति का है तो दंडकारण्य भारत से बाहर नहीं है। वहां भी अवसर और सुविधा मिली तो वह अपना गढ़ बना सकता था। आख़िरकार, लाखों युवाओं के प्रिय चे ग्वेरा अपनी जन्मभूमि छोड़कर क्रांति लाने के लिए क्यूबा चले गए थे। इसलिए उसके जाने को आज भले ही हेय दृष्टि से देखा जाए, लेकिन भविष्य में ऐसा नहीं होगा।

जीवन ने कहा, ‘मैं कल टाकी रेलवे स्टेशन पहुंचकर तुम्हारा इंतज़ार करूंगा। तुम लोग मुझे वहां मिलना। मैं पक्का वहां रहूंगा, चिंता मत करो।’

6

दंडकारण्य

गरीब दास और उसके पांच भाइयों समेत नए पंजीकरण करवाए परिवारों को लगभग दो हफ़्ते तक उसी पुराने रिफ़्यूजी कैंप की तरह, लाल तिरपालों के नीचे, टाकी रेलवे स्टेशन के पास एक मैदान में रखा गया, जहां पहले से ही दस-बारह हज़ार परिवार रह रहे थे। वहां न साफ़-सफ़ाई की व्यवस्था थी और न ही शौच की कोई जगह। नतीजतन, आसपास मानव-मल के कारण चारों ओर भयानक दुर्गंध थी। यहां भी उन्हें वही लाल कंकड़ और धूल से भरे चावल, दाल दिए गए। जाने कितने अर्से पहले यही चावल गरीब दास को दिया जाता था। अब तक वो गोदाम ख़ाली नहीं हुए थे! यह देखकर गरीब दास हैरान था। यही वो अनाज था जिसके बारे में किसी ने बरसों पहले कहा था कि 'शायद किसी सरकारी गोदाम से एक साथ तीन ट्रक चावल और दाल से लदे निकलते हैं जिसमें से एक ट्रक चिड़ियाघर के जानवरों के खाने के लिए, दूसरा ट्रक जेलखाने के ख़ूनी, चोर, डकैतों के लिए और तीसरा ट्रक इन अभागे शरणार्थियों के लिए जाता है।'

उसके बाद एक दिन सरकारी निर्देशानुसार निर्धारित समय पर सब टाकी से ट्रेन पकड़कर सियालदह स्टेशन के नॉर्थ सेक्शन में पहुंच गए, जहां उनके लिए 'रिफ़्यूजी स्पेशल' नाम की ट्रेन इंतज़ार कर रही थी। शरणार्थियों से खचाखच भरी यह ट्रेन तीन-चार दिनों की निरंतर यात्रा करते हुए कई पहाड़ियां, जंगल, नदी, पुल, गुफ़ाएं, शहर और कस्बों को पार करते हुए आख़िर में एक सुबह मध्य प्रदेश के आदिवासी ज़िले बस्तर के प्रमुख शहर जगदलपुर पहुंची। वहां ट्रेन ख़ाली कर दी गई और शरणार्थियों को ट्रकों में लाद दिया गया। हर ट्रक अलग दिशा में आगे बढ़ गया। गरीब दास और उसके

पांच भाई अपने परिवार के सदस्यों के साथ एक ही ट्रक में सवार थे। सभी के नाम पुकार कर, परिवार के प्रत्येक सदस्य को ट्रक पर लोड कर रहे प्रभारी को उन्होंने कहा था कि 'महोदय, आप हमें जहां कहीं भी भेजें, पर हम सभी छह भाइयों को एक ही जगह भेजिएगा।'

गरीब दास और उसके भाई जिस ट्रक में जा रहे थे, वह परलकोट जा रहा था। परलकोट में एक सौ तैंतीस गांव शामिल थे। दो-एक ट्रक किसी विशिष्ट गांव में जा रहे थे। एक गांव से दूसरे गांव के बीच की दूरी दस मील से कम नहीं थी। और बीच में दंडकारण्य का भयानक घना जंगल था, जो आकाश को छूते लंबे पेड़ों से भरा हुआ था। कहीं-कहीं जंगल इतना घना और गहरा था कि आसमान भी दिखाई नहीं देता था। यहीं गोंड जनजाति के आदिवासी लोग रहते थे। उनके किसी देवी या देवता का नाम अंगा था जो रक्तदान के अलावा किसी चीज़ से संतुष्ट नहीं होता था। विशेषकर नर रक्त। इसलिए जब भी अंगा देवता के पुजारियों को अवसर मिलता, वे अंगा के सामने नर बलि दे देते थे। कब और कहां कितने लोगों की बलि दी गई, गहरे जंगलों की सारी बातें प्रकाश में नहीं आई थीं। हालांकि, कुछ घटनाओं के बारे में पता चलने पर पुलिस अधिकारियों ने जिन दो-चार पुजारियों को गिरफ़्तार किया था, उनके बारे में जानकर पहले से यहां बसे शरणार्थियों के दिल कांप उठते थे।

जगदलपुर से निकलने के चार-पांच घंटे बाद ट्रक मरोड़ा नाम की जगह पर रुका ताकि लोग शौच निपटा सकें तथा चिड़वा और पानी खा-पी लें। सदियों पहले सुना क़िस्सा था कि बादशाह अकबर के समय में एक बार राजस्थान में भयानक अकाल पड़ा था और तब, बड़ी संख्या में मारवाड़ी समुदाय के लोग अपनी ज़मीन छोड़कर अपना भाग्य आज़माने निकल पड़े थे। वे भारत के विभिन्न प्रांतों में फैल गए। उनमें से एक ने यहां परचून की दुकान खोली थी। धन्य हैं मारवाड़ी ज़ात के लोग! तब यहां दस-पंद्रह मील की दूरी तक कोई नहीं रहता था। चारों ओर केवल पहाड़ और जंगल थे। व्यापार करने की उम्मीद में वह मारवाड़ी अपना सामान सजाकर अकेला बैठा रहता था। पीछे छूटे जन्मभूमि के किसी प्रिय क्षेत्र के नाम पर इस जंगल का नामकरण किया मरोड़ा। अब वहां सप्ताह में एक दिन हाट बैठता है। उसके जैसे कुछ अन्य मारवाड़ी जीपों में तरह-तरह का सामान बेचने के लिए लाते हैं और विभिन्न वन उत्पाद, जैसे आमलकी (आंवला), हरीतकी (हरड़), बहेड़ा, कतीरा गोंद, शहद और अन्य कई चीज़ें ख़रीदकर ले जाते हैं।

अब ट्रक एक चौराहे पर स्थित वन दफ़्तर के नाके पर आकर रुक गया। जंगलों से पड़ोसी राज्य आंध्रप्रदेश में बांस, लकड़ी, तेंदु पत्तों की अवैध आवाजाही को रोकने के लिए नाके के कर्मचारी पहरे पर रहा करते थे। वे इस बात पर भी नज़र रखते थे कि इतने सरकारी प्रयास से यहां लाए गए शरणार्थी कहीं भाग न जाएं। ये शरणार्थी इस समय इस क्षेत्र के लिए अत्यंत मूल्यवान थे। इसकी वजह यह थी कि वे परिश्रम कर सकते थे, और उन्हें नाममात्र पारिश्रमिक देकर काम कराया जा सकता था।

थोड़ी देर बाद ट्रक ने जंगल के बीच ऊबड़-खाबड़ और कच्चे कीचड़ से भरे मार्ग पर रास्ता बनाते हुए फिर से चलना शुरू किया। बांस, लकड़ी और तेंदू पत्ते जैसे वन संसाधनों को शहर में पहुंचाने के लिए इस सड़क का निर्माण किया गया था। लाल धूल का बादल सड़क पर फैल गया था। ट्रक में सवार यात्रियों का पीछा कर रहे धूल के बादल से सभी धूल में ढंक गए थे।

मरोड़ा से एक ट्रक शाम से थोड़ा पहले 56 नंबर के गांव में पहुंचा। मध्य प्रदेश राज्य के दो हिस्से थे: एक बुंदेलखंड और दूसरा छत्तीसगढ़। बस्तर, छत्तीसगढ़ के सात ज़िलों में से एक था। ज़िले का लगभग नब्बे प्रतिशत घने जंगलों से घिरा था। वनाच्छादित यह क्षेत्र केरल राज्य से भी बड़ा था। परलकोट बस्तर के एक बंजर पहाड़ी क्षेत्र का नाम था, जहां की भूमि पहाड़ियों, पत्थर और बजरी से भरी थी। मध्य प्रदेश के साथ-साथ उड़ीसा के कुछ हिस्सों में फैला यह क्षेत्र, जिसे दंडकारण्य परियोजना के दायरे में लाया गया था, वह पूरे भारतवर्ष की तुलना में बहुत कम आबादी वाला था। मलेरिया, आंत्रशोथ, पेचिश और दिमाग़ी बुखार जैसी बीमारियों के कारण, यहां मृत्यु दर अधिक थी इसलिए जनसंख्या वृद्धि ज़रूरत से ज़्यादा कम थी। जबकि यहां लोगों की बहुत आवश्यकता थी। लोगों का अर्थ था—बुद्धि और शक्ति सहित श्रम करने वाले सक्षम जीवित प्राणी।

बस्तर ज़िले की मिट्टी के नीचे कई तरह के खनिज संसाधन थे। जैसे कच्चा लोहा, कोयला, चूना पत्थर, डेलोमाइट, तांबा, यूरेनियम, बॉक्साइट, कोरंडम, मैंगनीज़ आदि। और ज़मीन के ऊपर थे सैकड़ों-लाखों साल, सागौन, टीक, नील, गिरी आदि जैसे आकाश छूते पेड़। सैकड़ों मीलों तक फैले थे बांस के अनगिनत झुरमुट, जो काग़ज़ बनाने के लिए एक आवश्यक कच्चा माल था। यहां हज़ारों की संख्या में महुआ के पेड़ थे, जिनके फूलों से शराब बनाई जाती थी और फलों से तेल निकलता था। शराब और तेल पैसों

के बदले बिकते थे। और तेंदू के विशाल जंगल थे, जिनके पत्तों से बीड़ी बनाई जाती है। इस तेंदू पत्ता के कारोबार में लाखों-करोड़ों रुपयों का लेन-देन चलता था। मध्य प्रदेश की राजनीति में तेंदू पत्ता की लॉबी वालों की विशाल क्षमता थी। उनकी इच्छा से सरकारें बनती और गिरती थीं। सब मिलाकर जंगल में जो कुछ बेचा या ख़रीदा जा सकता था, जिसे सामूहिक रूप से वन संसाधन कहा जाता था—श्रमिकों के अभाव में उसका एक चौथाई भी एकत्र नहीं हो पा रहा था। आदिम जनजातियों के लोग, जो इस क्षेत्र में बिखरे हुए थे, सभ्य दुनिया के लोगों को असभ्य, बर्बर और दमनकारी के रूप में देखते थे और उनसे दूर रहते थे। वे सभ्य लोगों के पास बिल्कुल नहीं आना चाहते थे और जहां तक सभ्य दुनिया के लोगों का सवाल था, तो गोंड, मरिया, मुरिया, हल्बी, दंडमी लोकभाषाएं उनकी समझ के बाहर थीं, वैसे भी उनकी संस्कृति एवं धार्मिक समारोह भयानक और जटिल मानसिकता के थे। मन के किसी भी भाव को व्यक्त करने का प्रमुख साधन भाषा है। चूंकि दोनों पक्ष भाषा की दीवार को तोड़कर एक-दूसरे के मन में झांकने में सक्षम नहीं हुए, इसलिए दोनों पक्ष एक-दूसरे से आतंकित रहते थे।

इस प्रकार के लोगों के साथ सभ्य सरकार के आर्थिक हितों से संबंधित गतिविधियों को सुचारू रूप से संचालित करना मुश्किल था। इसलिए उन्हें ऐसे लोगों की ज़रूरत थी जिनकी सोच और मांगों से सभी परिचित थे। जो परिस्थितिवश दिशाहीन, अपने पेट में लगी आग को बुझाने के लिए ठेकेदारों द्वारा निर्धारित, बहुत कम मज़दूरी में अपना श्रम बेचने को मजबूर थे। अगर वे अपना श्रम नहीं बेचते, तो इन घने जंगलों में और क्या करते?

इसी वजह से सरकार पिछले पंद्रह वर्षों से लोगों को यहां लाकर एकत्र करने का हर संभव प्रयास कर रही थी। परंतु उनके प्रयास बार-बार विफल हो रहे थे। लेकिन, जो इतने दिनों तक हासिल नहीं किया जा सका था, वह अब संभव होता नज़र आ रहा था। पाकिस्तानी सेना और रज़ाकारों द्वारा किए गए अत्याचार, भारत सरकार के लिए एक बहुत बड़ा वरदान साबित हुए। सन 1956 के भी बहुत पहले से, समय-समय पर पश्चिम बंगाल के विभिन्न शरणार्थी शिविरों से कुछ परिवारों को यहां लाया जा रहा था। लेकिन कड़ी चौकसी के बावजूद उनको वहां रोके रखना संभव नहीं हो पा रहा था। वे पहरेदारों की आंखों में धूल झोंककर या उन्हें रिश्वत देकर जंगलों से भागकर पश्चिम बंगाल लौट आते थे और रेल की पटरियों के किनारे, नहरों के किनारे, या फ़ुटपाथ और रेलवे स्टेशनों पर शरण लेते थे। उनमें से कुछ जो भाग नहीं

पाए थे, वे दंडकारण्य में ही रह गए। वे या तो भूख से, या कुछ कुपोषण से, या फिर चिकित्सा के अभाव में, और कुछ इलाज में गड़बड़ी के कारण मर गए। यहां धूप बेहद कड़ी और मिट्टी बहुत कठोर थी इसलिए रोग भी बड़े विकट थे। उनमें से एक था आंत्रिक, जो एक जलजनित रोग था, जिसमें हज़ारों-लाखों लोगों की जान चली जाती है। यहां पीने के पानी की कोई पुख्ता व्यवस्था नहीं थी। सौ घरों के गांव में एक या दो हैंडपंप थे। यदि वे एक बार ख़राब हो जाएं तो किसी को नहीं पता होता था कि उनकी मरम्मत कब होगी। नतीजतन, पोखर और नालों का दूषित पानी पीकर लोग उसका ख़ामियाज़ा भुगतते थे।

संक्षेप में, इस क्षेत्र की आबादी बहुत कम थी। जिन शरणार्थियों को अभी यहां लाया जा रहा था, उन्हें उन लोगों के घरों में ठहराया जा रहा था जो मर गए थे या भाग गए थे। उन्हें हल, बैल, खाद, बीज, ज़मीन और मकान उपलब्ध कराया जाने वाला था। लेकिन इस सब में निश्चित रूप से कुछ समय लगने वाला था।

परलकोट, जहां गरीब दास व उसके भाई पहुंचे, वहां बंगालियों के एक सौ तैंतीस गांवों के अलावा, एक सौ बीस आदिवासी गांव भी शामिल थे। बंगालियों के गांवों को यहां अंग्रेज़ी शब्द 'विलेज' से संबोधित किया जाता था, उसी तरह आदिवासी गांवों को 'बस्ती' कहा जाता था। लेकिन हर आदिवासी बस्ती का एक नाम था जबकि बंगाली गांवों की संख्याएं थीं। गरीब दास विलेज संख्या 56 में पहुंचा था। यहां सौ घर बनाकर, सौ परिवारों को लाकर बसाया गया था; जिसमें से सत्तर परिवार जा चुके थे। गरीब दास को अब उन घरों में से एक आवंटित किया जाना था। ट्रक से उतरते ही गरीब दास ने देखा कि सुबल सुतार, जो सालों पहले शिरोमणिपुर शरणार्थी शिविर में उसके बग़ल वाले तंबू में रहता था, बैठा हुआ था। उसने कहा, 'आख़िरकार तुम सब भी आ गए! अब मैं तय नहीं कर पा रहा हूं कि मुझे क्या करना चाहिए।'

'क्या समस्या है?'

'किन-किन समस्याओं के बारे में कहूं?'

सुबल के बग़ल का घर सचिन मंडल का था। वह यहां सबसे पहले आए परिवारों में से था। सुबल ने आवाज़ लगाई, 'ओ सचि-दा, यह मेरे

शिरोमणिपुर कैंप के परिचित गरीब दादा हैं। यह पूछ रहे हैं कि यहां क्या समस्याएं हैं, ज़रा इन्हें बताओ न!'

गरीब दास ने सुबल को बताने के लिए दबाव डाला, 'क्या समस्या है, क्या उन्होंने ज़मीन-जगह नहीं दी है?'

'ज़मीन नहीं दी!' सचिन ने कहा, 'दी है न, ख़ूब दी है। यह मेरा दुर्भाग्य है कि मुझे नहीं पता उसे ज़मीन कहा जाए या नहीं। एक ओर बहुत ऊंचा है तो दूसरी ओर ढलान है। बारिश होने पर पानी रहता है और बंद होते ही पानी बहकर नाली में चला जाता है। यदि पानी ज़मीन पर न रुके तो धान की खेती कैसे हो? ऊपर से मिट्टी के एक-डेढ़ हाथ नीचे चूने जैसा सफ़ेद पत्थर है। हल चलाते ही टन्न की आवाज़ें आती हैं और चिंगारियां उड़ती हैं। ऐसी ज़मीन पर कैसे खेती हो सकती है? कैसे फसल उगाई जा सकती है?'

थोड़ा विराम देकर सचिन मंडल ने आगे कहा, 'अगर आप आदिवासियों की तरह ज़मीन पर कोदो, कुटकी, मण्डिया नाम का बाजरा और कुल्थी नाम के एक तरह के चने लगाते हो तो वे कुछ बढ़ते हैं क्योंकि ऐसी फसलों को उगाने के लिए अधिक पानी की आवश्यकता नहीं होती है, थोड़ा पानी छिड़कने से ही हो जाता है। अगर आप यह सब कूड़ा खाने की आदत डाल सकते हैं, तो आप हमारी तरह यहां टिके रह सकते हैं। यदि आप ऐसा नहीं कर सकते हैं, तो भागने के अलावा कोई चारा नहीं है।'

'जिन चीज़ों का नाम लिया तुमने, क्या यहां सब यही खाते हैं?'

'नहीं तो और क्या विकल्प है?'

'क्या तुम भात नहीं खाते हो?'

'खाता हूं, बस महीने में एक या दो बार।'

सचिन मंडल के यहां आने के कुछ दिनों बाद उसके पास एक पटवारी आया था। उसने एक नक्शा खोल, नापने वाले टेप से चार एकड़ ज़मीन नापकर सचिन मंडल को दिखाई थी। लेकिन वो एक नहीं बल्कि दो प्लाट थे। एक प्लाट ढाई एकड़ का और दूसरा डेढ़ एकड़ का। डेढ़ एकड़ के भूखंड पर लगभग आधे एकड़ में फैला एक छोटा-सा टीला था। बाक़ी की ज़मीन टीन की छत की तरह ढलवां थी। उस पर घास का एक तिनका तक नहीं था, और न ही उगने की कोई उम्मीद थी क्योंकि पूरी ज़मीन पथरीली थी। और ढाई

एकड़ का भूखंड जंगली पेड़ों से घिरा हुआ था, जो दो-तीन मंज़िले घरों के बराबर ऊंचे थे। उन पेड़ों में खाने लायक़ कोई फल या फूल नहीं उगते थे। उसकी लकड़ी का उपयोग फर्नीचर आदि बनाने के लिए भी नहीं किया जा सकता था। सिर्फ़ जलाने के लिए ही उसका इस्तेमाल हो सकता था।

ज़मीन नापने वाला पटवारी छत्तीसगढ़ के बिलासपुर का रहने वाला था। लेकिन वह बंगाली समझता था। सचिन मंडल ने उससे मिन्नतें कीं, 'यह आपने मुझे कैसी ज़मीन दी है साहब! मैं इस ज़मीन पर खेती कैसे कर पाऊंगा?'

कर्तव्य बहुत कठिन मामला है। यदि कसाई बकरे के मिमियाने पर ध्यान दे तो उसे अपना काम करना मुश्किल हो जाए। निर्विकार भाव से पटवारी ने नक्शे पर लाल रंग से उस भूखंड की रूपरेखा पर निशान लगाते हुए कहा, 'ज़मीन कैसे ख़राब है?'

'इस ज़मीन पर बड़े-बड़े पेड़ हैं और दूसरी वाली पर एक टीला है।'

चेहरे पर झुंझलाहट न लाते हुए पटवारी ने कहा, 'दफ़्तर से तुम लोगों को कटारी, कुल्हाड़े क्या मुंह देखने के लिए दिए गए हैं? जाओ जाकर उन पर धार लगाओ और काम पर उतर पड़ो। पेड़ों को जड़ से काट दो। उसके बाद उसके छोटे-छोटे टुकड़े करो और एक जगह एकत्र करके उन्हें सूखने दो। धूप में ये दस दिन में सूख जाएंगे। फिर इन्हें जला दो, ज़मीन बिल्कुल साफ़ हो जाएगी। इसके बाद छेनी, सब्बल से पेड़ों के ठूंठ निकाल दो। उसी तरह उन्हें भी सुखाकर जला दो। अब बताओ इसके बाद क्या करोगे? ज़मीन के छोटे-छोटे भागकर उन पर मेड़ बनाओ, जिससे बारिश का पानी ठहर जाए। बस, और क्या! खेती करो, खाओ-पिओ, सुखी रहो।'

'जो आपने कहा है उसे करने में कितने दिन लगेंगे साहब?'

'कितने दिन! मन लगाकर मेहनत करने से छह-आठ महीनों में हो जाएगा। जल्दी क्या है, धीरे-धीरे करो। ज़मीन पर मेड़ बनाने के बाद मुझे बताना। मैं लिख दूंगा। बीज और खाद तुम्हें मिल जाएगा।'

पटवारी ने ऐसे अंदाज़ में कहा जैसे वह कोई शुभ समाचार सुना रहा हो, 'इस काम के लिए तुम्हें मज़दूरी मिलेगी। एक एकड़ जंगल साफ़ करने के लिए डेढ़ सौ रुपया और एक एकड़ मेड़ काटने के पछत्तर रुपये। और क्या चाहिए? ऊपर से सरकार परिवार के हर सदस्य को प्रति सप्ताह दो किलो दाल और चावल दे रही है। यह पैसे तो बढ़ती कमाई है।'

इतनी अच्छी ख़बर के बावजूद सचिन मंडल गिड़गिड़ा रहा था, 'जंगल तो एक न एक दिन साफ़ हो जाएगा लेकिन वो टीला नहीं होगा। मेरी उस ज़मीन को बदल दीजिए।' नक्शे को मोड़कर सारे काग़ज़ात अटैची में रखते-रखते पटवारी ने कहा, 'उसे बदलना मेरे हाथ में नहीं है। मेरे ऊपर भी तो अफ़सर हैं। मैं तुम लोगों से एक पैसा नहीं लेता, लेकिन उन्हें राज़ी कराने में कम से कम दो सौ रुपये लगेंगे। यदि तुम दो सौ रुपयों का इंतज़ाम कर सको तो...'

'दो सौ! कहां से मिलेंगे इतने पैसे!'

'मुझे पता है तुम्हारे पास अभी इतने रुपये नहीं हैं इसलिए कहता हूं कि ढाई एकड़ वाली ज़मीन पहले साफ़ कर लो, मेड़ बना लो। मैं बिल बना दूंगा तो तुम्हें पैसे मिल जाएंगे। फिर तुम्हें दो सौ रुपये देने में असुविधा नहीं होगी।'

कुछ दिनों बाद सचिन मंडल एक और अधिकारी से मिला। उसका पद 'सेवक' था। पटवारी ने ज़मीन आवंटित कर अपनी सेवा प्रदान की थी और यह व्यक्ति बैल देकर सेवा प्रदान कर रहा था। हल और बैल कृषि-कार्य की महत्वपूर्ण आवश्यकताएं थीं। सेवक साहब अपने क्वार्टर में बैठे टेबल पर पैर ऊपर किए चाय की चुस्कियां ले रहे थे और क्वार्टर के एक कोने में लगभग बीस नए शरणार्थी, थर्ड डिग्री के मुजरिमों की तरह डरे-सहमे, सटे बैठे हुए थे। उनमें से किसी के गले में गमछा नहीं था और वे हाथ जोड़े नहीं बैठे थे, वर्ना पुराने ज़माने में ज़मींदार के दरबार का चित्र बिल्कुल फ़िट बैठता।

सेवक ने चाय पीने के बाद प्याली नीचे रखी, अपने चपरासी को नहाने का पानी लाने का निर्देश देकर कमरे में बैठे लोगों को सुस्त दृष्टि से देखा। फिर उसने कहा, 'बग़ल के शेड में बैल हैं, तुम लोगों ने देखा होगा। यदि नहीं देखा है, तो जाकर देख आओ। तुम बीस लोग हो और बैलों की जोड़ी भी बीस हैं। बिल्कुल सटीक संख्या, न ज़्यादा न कम। मैं जिसका नाम सबसे पहले पुकारूंगा, वह जाकर पहला जोड़ा चुनेगा। समझ गए? जिसका नाम मैं पहले पुकारूंगा!'

सेवक की बात सुनकर सचिन मंडल घबरा गया। क्या होगा अगर उसका नाम आख़िर में पुकारा गया तो? आते समय उसने रास्ते में पशुशाला देखी थी। वे वास्तव में बैल नहीं, बैलों के कंकाल थे। कौन जाने वे पशुशाला से चलकर विलेज तक जा भी पाएंगे या नहीं! पिछली रात को ये रायगढ़ से यहां पहुंचे थे। भूख और प्यास से कातर वे धूल से सने हुए थे। उनके मुंह से झाग निकल रहा था और आंखों के कोने कीचड़ से भरे हुए थे। ऐसा लग रहा

था कि उनमें अपनी पूंछ से मक्खियों को भगाने की भी ताक़त नहीं थी। यदि कोई उपयुक्त जोड़ी चुन सकता तो शायद किसी न किसी तरह से एक फसल उगाई जा सकती थी। जिसे वो अवसर नहीं मिला, तो लगता नहीं था कि वो बैलों को बूचड़खाने ले जाने के अलावा कुछ और कर सकता था। थोड़ा रुकने के बाद सेवक ने कहा, 'अब प्रश्न यह है कि मैं पहले किसका नाम पुकारूं। चलो देखते हैं—अपना हाथ उठाओ! हम्म...' हर कोई चाहता था कि उसका नाम पहले पुकारा जाए। 'मैं पहले उस आदमी का नाम लूंगा जो मुझे ऐसा करने के लिए राज़ी करा सके। समझ रहे हो न मैं क्या कह रहा हूं? जैसे ख़ाली हाथ मुंह तक नहीं ले जाया जाता है, वैसे ही ख़ाली मुंह नाम याद नहीं आता है। इसलिए, जो मेरे मुंह से अपना नाम पहले सुनना चाहता है—दो सौ! अगले के लिए डेढ़ सौ, उसके बाद के लिए सौ, और फिर पचास। मुझे उसके बाद कुछ नहीं चाहिए—सब बिल्कुल मुफ़्त है!'

सचिन मंडल उस दिन सिर झुकाए बैठा रहा। वह क्या करता! उसके पास आत्महत्या करने के लिए ज़हर ख़रीदने का भी पैसा नहीं था। कुछ अच्छा सोचने में असमर्थ, उसके भाग्य में जो लिखा था उसकी प्रतीक्षा करता, वह गर्दन नीची किए ज़मीन को घूरता रहा।

लेकिन सचिन मंडल को भी कुछ लोग भाग्यशाली मानते थे, जब उसका नाम बारहवें नंबर पर बुलाया गया क्योंकि उसके बाद भी आठ और लोग थे। सचिन अपनी कहानी सुनाकर नए आए लोगों का मनोबल नहीं तोड़ना चाहता था। चूंकि दो-चार दिनों में उन्हें अपने आप ही सब पता चल जाना था।

लेकिन गरीब दास जानने को अधीर था, 'अब हमारा क्या होगा? हमें कहां रखा जाएगा?'

सुबल सुतार ने उसके सवाल का जवाब दिया, 'आज अब कोई नहीं आएगा। वे सब कल आएंगे। आपको आज रात किसी तरह गुज़ारनी होगी। सचिन-दा ने मुझे बताया था कि उन्हें छह दिनों तक खुले आसमान के नीचे पड़े रहना पड़ा था। मैं उस मामले में भाग्यशाली था। मुझे आने के अगले दिन ही घर मिल गया था। आपको भी मिल जाएगा।'

पहली बार जीवन ने अपने परिवार की ओर से कोई बड़ा फ़ैसला लिया। उसने कहा, 'जब इतने घर ख़ाली पड़े हैं, तो हम इस मैदान में क्यों डेरा डालें? सभी परिवार किसी न किसी ख़ाली घर में रुकते हैं। रात वहीं गुज़ारते हैं। कल

जब वे आएंगे तो जो घर वे हमें देना चाहें दे दें।' उसके प्रस्ताव में कुछ भी ग़लत नहीं था। क्योंकि अगले दिन सुबह 10 बजे दो-तीन सरकारी कर्मचारी वहां पहुंचे और सभी परिवारों को वही घर आवंटित कर दिए जिनमें वे रुके हुए थे।

परलकोट का नज़दीकी रेलवे स्टेशन दुर्ग था। बस या ट्रक से वहां पहुंचने में आठ-दस घंटे लग जाते थे। सन 1971-72 में जब लोग दो रुपये में सूरज उगने से लेकर ढलने तक मेहनत करते थे, तब विलेज नंबर 56 से दुर्ग तक का बस का किराया पच्चीस रुपये था। दुर्ग से दल्ली राजहरा, भानुप्रतापपुर, बड़ेगांव और कापसी होते हुए एक बस विलेज नंबर 56 के रास्ते पखनजूर और केलेबंदे तक जाती थी। एक बस सुबह केलेबंदे से रवाना होती थी और दूसरी बस शाम को दुर्ग से केलेबंदे पहुंचती थी। बस यही था। हालांकि, कभी-कभी लकड़ी, बांस और तेंदू पत्ते से लदे ट्रक भी गांव से गुज़रते थे। वे यात्रियों को कुछ किराया लेकर बैठा लेते थे।

कापसी की सड़क से 56 नंबर विलेज में घुसते ही बाईं ओर का दूसरा घर सुबल सुतार का था। और गांव के आख़िरी छोर पर दाहिनी ओर के एक संकरे रास्ते पर चलकर जाने पर, आठ-दस घरों के बाद गरीब दास का घर था। गांव के चारों ओर पहाड़ियां, जंगल और कुछ खेती की ज़मीन थी। उत्तर की ओर दो मील के क़रीब जंगल के रास्ते पर चलने पर एक संकरी धारा थी, जहां पानी कहीं-कहीं घुटनों तक, तो कहीं टखनों तक रहता था, लेकिन बारिश के मौसम में यह तेज़ बहाव वाली नदी में बदल जाती थी। इस नदी के किनारे लगभग तीन मील चलने पर गोंड जनजाति के आदिवासियों का एक गांव, डोंडी था। वहां के लोग अभी भी कपड़ों के संबंध में इतने निपुण नहीं थे। रूई से धागा बना कपड़ा बुनना वे अभी तक नहीं सीख पाए थे। हालांकि वे झूम पद्धति से थोड़ी-बहुत खेती कर लेते थे, लेकिन वे यह नहीं जानते थे कि तेल और मसालों का उपयोग करके भोजन को कैसे स्वादिष्ट बनाया जा सकता है। वे मूलत: गाय, भैंस, सूअर, मुर्गी आदि घरेलू पशुओं का पालन करते, जंगल में शिकार करते और जंगली फूल और जड़ें एकत्र करते थे। राष्ट्र, राज्य या समाज से अब तक उनकी कोई मांग या शिकायत नहीं थी। वे अत्यंत शांत, सरल और निरीह लोग थे। वे सबसे दूर रहते थे।

7

कुसुम

एक शाम को दोपहर के गुस्सैल सूरज ने जब अपने क्रोध को कुछ संयत करना शुरू किया और साल, सागौन और आमलकी के हरे पत्तों को छूते हुए नरम हवा के झोंके ने हल्के स्वर में गाते हुए हाल ही में पके महुआ के फूलों की मादक सुगंध को बहाते हुए दक्षिण से उत्तर की ओर की यात्रा शुरू की, तो जीवन ने अपने क्वार्टर से निकलकर पूर्व दिशा की पहाड़ी के गंजे शिखर की ओर विस्मय से देखा। जैसे आकाश से एक लाल परी उस वन भूमि पर उतर आई थी और वह उसी की ओर देख रही थी। मानो हंसती हुई वह जीवन को बुला रही थी। उसके काले बालों की चोटी में बंधे लाल रिबन पर शाम की ढलती धूप की रोशनी छिटककर सिंदूरी आभा बिखेर रही थी। उसके चेहरे पर मोतियों जैसी पसीने की बूंदों पर सूरज की सुनहरी छटा चमक रही थी। उसकी बड़ी, काली आंखों में आमंत्रण की-सी कौंध थी। आत्महत्या के लिए एक अनिवार्य आमंत्रण!

जीवन के घर से उस पहाड़ी की दूरी ज़्यादा नहीं थी। लेकिन वहां पहुंचने के लिए कुछ खेत और झाड़ीदार जगहों को पार करना पड़ता था। लगभग एक चौथाई मील लंबी पहाड़ी का एक सिरा उस सड़क पर जाकर मिलता था, जहां बसें चला करती थीं। चूंकि आमतौर पर लोग उसी तरफ़ से पहाड़ी के ऊपर और नीचे आते-जाते थे, तो वहां एक रास्ता-सा बन गया था। पहाड़ी की चोटी पर महुआ के पेड़, कुछ आमलकी और एक बेल का पेड़ था। उन पेड़ों की वजह से भी कुछ लोग वहां आ जाते थे। पहाड़ी के पार घना जंगल था। उस जंगल में कभी-कभी हिरण, मोर और नीलगाय चरते हुए दिख जाते थे। पक्षियों का कलरव भी सुनाई देता था।

किसी रात्रि-प्रेत द्वारा अपने विनाश के लिए बुलाए गए आदमी की तरह जीवन पहाड़ी की दूसरी तरफ़ से, झाड़ियों के बीच से रास्ता बनाता हुआ, खड़ी ढालन पर चढ़ता गया। पहाड़ी बहुत ऊंची नहीं थी। आठ-दस मंज़िल इमारत की ऊंचाई बराबर होगी। उस पहाड़ी के कारण सुबह की धूप जीवन के आंगन में आठ-दस मिनट बाद पड़ती थी। हालांकि पहाड़ी छोटी-बड़ी झाड़ियों के झुरमुटों से भरी हुई थी, लेकिन पहाड़ी की चोटी का एक हिस्सा पूरी तरह से गंजा और सपाट था। वहां बच्चे शोर मचाते हुए गिल्ली-डंडा, कबड्डी और स्टापू खेला करते थे। जैसे ही जीवन हांफते-हांफते पहाड़ी की चोटी पर पहुंचा, उसने वास्तव में विलेज के कुछ दस-बारह साल के बच्चों को वहां गिल्ली-डंडा खेलते देखा। आख़िरकार, गिल्ली-डंडा एक ऐसा खेल था जिसमें किसी भी तरह का खर्चा नहीं करना पड़ता था। लेकिन वो चुटिया बंधी लाल परी कहां थी! कोई परी दिखाई नहीं दे रही थी। तो क्या उसने ग़लत देखा था? क्या वो एक युवा मन के आवेग का भ्रम मात्र था? कल्पना का विलास? नहीं, ऐसा कैसे हो सकता था! उसने उसके माथे पर सिंदूरी बिंदी, गालों पर पसीने की बूंदों के मोती और आंखों में उसकी मृत्यु के आह्वान को स्पष्ट रूप से देखा था। वह कभी भ्रम नहीं हो सकता था। जिस तरह वह हंस रही थी, लगता था मानो सदियों से पहचानी उस हंसी के रोमांच से जीवन के प्राण निकलने वाले थे।

उत्सुकता से चारों ओर देखने के बाद उसे न देख पाने के कारण, खड़ी चढ़ाई की थकान से बेदम जीवन गहरी सांस लेता हुआ उदास और निराशा से भरा, एक बड़ी चट्टान पर बैठ गया। उसके सीने में मरोड़ उठ रहा था। उसके अंदर से रुलाई फूट रही थी।

खेलते हुए बच्चे उसे देख रहे थे। उन्होंने चुपचाप एक दूसरे से इशारों में बात की। ज़ाहिर था कि बच्चे उसके आने से बिल्कुल ख़ुश नहीं थे। उनके खेल में जोश नहीं रह गया था। आख़िर में, थोड़ी देर बाद, एक बच्चे ने उससे कहा, 'तुम यहां से चले जाओ!'

जीवन ने कहा, 'तुम लोग खेलो। मैं बैठा तुम्हारा खेल देख रहा हूं, इसमें क्या परेशानी है?'

'नहीं तुम जाओ। अब दीदी की बारी है। तुम नहीं जाओगे तो दीदी बाहर नहीं आएगी।'

'कहां है तुम्हारी दीदी?'

'भाग गई है।'

'क्यों भाग गई है! मैं क्या बाघ-भालू हूं? कौन है तुम्हारी दीदी?'

'जैसे जानते नहीं हो। मेरी दीदी का नाम कुसुम है।'

कुसुम! कौन कुसुम? सुबल काका की बेटी! वो बात-बात पर होंठ उल्टाकर रोने वाली अभिमानी, उसके बचपन के खेल की साथी! जीवन को इतने दिनों में उसकी एक बार भी याद नहीं आई थी। पिछले कुछेक सालों में उसके जीवन में आए आंधी-तूफ़ान ने उसके लिए कुछ भी याद रखना असंभव बना दिया था। अब कुसुम का चेहरा याद आते ही उसके दिल के दरवाज़े पर अचानक से एक अजीब स्नेह की अनुभूति पछाड़ खाने लगी। तो कुसुम ही वो लाल परी थी, जो उसे बुला रही थी!

जीवन ने लड़कों को आश्वासन दिया, 'मैं उसे कुछ नहीं कहूंगा, बस उसे बुला दो। कहो कि मैं शिरोमणिपुर का जीवन हूं।'

लड़कों ने पुकारा, 'ओ दीदी, बाहर आओ। अब तुम्हारी बारी है। जीवन-दा तुमसे कुछ नहीं कहेंगे। बस तुम्हें देखकर चले जाएंगे।'

पहाड़ी पर ढेर सारे छोटे-छोटे झड़ियों के झुरमुट थे, और बड़ी-बड़ी काली चट्टानें थीं। कौन जानता था कि कुसुम किस झाड़ी या चट्टान के पीछे छुपी बैठी थी! जीवन ने उसे डर दिखाकर वहां से निकालने की कोशिश में कहा, 'झाड़ियों के झुरमुटों में ज़हरीले सांप और बिच्छू होते हैं। एक बार सांप ने काट लिया तो पानी मांगने का भी समय नहीं मिलेगा। कल 7 नंबर वाले किसी आदमी को काट लिया था!'

कुसुम एक चट्टान के पीछे से निकलकर आई, लेकिन वह जीवन के पास नहीं आई। दूर खड़े होकर, अपनी गर्दन टेढ़ी कर, भौहें चढ़ाते हुए उसने कहा, 'बिश्शो, उसे कह दो कि वह चला जाए। यहां उसका क्या काम है? वो जब तक नहीं जाएगा मैं नहीं खेलूंगी।'

'मैं किसका क्या नुकसान कर रहा हूं! मैं तो यहां चुपचाप बैठा हुआ हूं!'

'हां, चुपचाप ही बैठे रहो। जहां इतने दिनों तक बैठे थे, वहीं जाकर बैठो...यहां बैठने की कोई ज़रूरत नहीं।'

यह क्रोध नहीं बल्कि अभिमान था। मन ही मन हंसते हुए जीवन ने पूछा, 'अगर मुझे भगाना ही था तो तुमने मुझे यहां क्यों बुलाया?'

'मैंने तुम्हें बुलाया! ए बिश्शो, तुम लोग सुन रहे हो? ये कह रहा है कि मैंने इसे बुलाया है। मैं तो तुम लोगों के साथ खेल रही थी, तो मैं कब इसे बुलाने गई? कितना झूठा है रे बाबा! यह तो दिन-दहाड़े लोगों को चोर बना दे! मैंने अपनी ज़िंदगी में ऐसा झूठा कभी नहीं देखा!'

'सच कह रही हो? तुमने नहीं बुलाया?'

घमंड में कुसुम ने कहा, 'तुम मेरे कौन हो जो मैं तुम्हें बुलाऊं?'

'क्या मैं तुम्हारा कोई नहीं?'

बिश्शो की ओर देखती हुई अपनी चोटियां झुलाती कुसुम ने कहा, 'अगर यह कोई होता तो इतने दिन हुए हैं आए हुए, क्या एक दिन भी इसे हमारे घर की चौखट पर आने का समय नहीं मिला? कुसुम ज़िंदा है या मर गई, यह ख़बर लेने की भी कोई ग़रज़ नहीं थी? और यह मुझसे पूछ रहा है, "क्या मैं तुम्हारा कोई नहीं"!'

अब उसने जीवन की ओर मुंह घुमाकर कहा, 'तुम जाओ। अब तुम्हारा मुझसे कोई लेना-देना नहीं। सबकुछ ख़त्म हो गया है।' जैसे ही उसने बोलना समाप्त किया, उसकी आंखें चमकने लगीं। उसके आंसुओं की धार में उसके युवा हृदय की अनकही पीड़ा की लहरें थीं।

यह भाषा मुंह की नहीं, मन की थी। ग़ुस्से की नहीं, आवेग की थी। इस भाषा को शब्दकोश से नहीं, अनुभूति से अनुवाद करने पर जो निकलकर आया था, वो किसी व्याख्या के परे था। यदि युक्ति को बुद्धि की पोस्टमॉर्टम की मेज़ पर रख उसकी चीर-फाड़ की जाए, तब वह पथ भटक जाती है, प्राणहीन हो जाती है।

थोड़ी देर बाद जब कुसुम थोड़ी शांत हुई, तो जीवन ने धीरे से कहा, 'कितने साल हो गए तुम्हें देखा नहीं। मैं इतने सालों से कहां था, कैसा था, यहां आने से पहले मैं किस स्थिति में था, किन हालातों में मैं यहां आया हूं, क्यों मैं तुम्हारे घर नहीं गया—अगर तुम बिना कुछ सुने या जाने ही मुझ पर आरोप लगाती रहोगी, तो मैं क्या जवाब दूं? तुमने मुझे जाने के लिए कहा—ठीक है, तो मैं चला जाता हूं!'

जीवन जिस चट्टान पर बैठा था, वहां से खड़ा होता हुआ जैसे ही दो क़दम आगे बढ़ा, कुसुम भी कुछ क़दम आगे बढ़ आई। 'देख रहा है बिश्शो, अकड़ देख रहा है? अभी भी घमंड में कोई कमी नहीं आई है! कहते हैं न "*चोरेर मां-र बौड़ो गौला!* चोर की मां सबसे तेज़ चिल्लाती है!" तुम्हारे

जीवन-दा की भी यही दशा है। ग़लती भी करता है और अकड़ भी दिखाता है! इंसान की चमड़ी वाला आदमी अगर कुछ ग़लत करता है तो जब कोई उससे कुछ कहता है, तो वह चुपचाप सुनता है। या फिर कहता है, "मुझसे ग़लती हो गई, दोबारा ऐसा नहीं करूंगा।" अगर ग़लती होने पर उसे स्वीकार कर लिया जाए, तो क्या लोग उसे मार डालते हैं या उसे माफ़ कर देते हैं?'

'ग़लती हो गई।' जीवन ने कहा, 'इस बार मुझे माफ़ कर दो। अब कभी ऐसी ग़लती नहीं करूंगा। तीन बार क़सम खाता हूं!'

अब कुसुम बिल्कुल सामने आ गई। उसकी आंखों में, चेहरे और चाल-ढाल में एक विजेता की-सी विशिष्ट भंगिमा थी। नहीं, बचपन के खेल का वह दिव्य छलछलाता झरना सूखकर मरुभूमि नहीं बन गया था। समय की रेत के नीचे अभी भी एक धारा बह रही थी। और जीवन? वह मुग्ध दृष्टि से, सम्मोहित हो उसे देख रहा था। उसके बचपन के खेल की साथी अब वनवासी सीता नहीं थी। वह मानो राज राजेश्वरी सोने की प्रतिमा थी, राजा जनक की कन्या। जिसका पूरा शरीर वैभवशाली संपदाओं से भरा पड़ा था। उसके बाल, आंखें, गाल, होंठ, ठोड़ी, छाती, कूल्हों से लेकर पैरों के तलवों तक सबकुछ प्रकृति के उदार संभार से परिपूर्ण था। कहीं कोई अधूरापन या अधिकता नहीं थी। जहां जितनी ज़रूरत थी ठीक उसी संतुलन में किसी महान मूर्तिकार ने उसे रचकर प्रस्तुत किया था।

'क्या देख रहे हो?'

'कितने दिन हो गए तुम्हें देखा नहीं। कितनी बड़ी हो गई हो तुम। शिरोमणिपुर से गए हुए भी तो कितने साल हो गए।'

'हां, लगभग दस साल हो गए हैं।'

'कहां थे तुम इतने दिन?'

'कुछ शब्दों में मैं तुम्हें उस महाभारत के बारे में कैसे बता सकता हूं कि मैं कहां था, और मैंने क्या कुछ किया! किसी दिन मेरे पास बैठना, मैं तुम्हें सबकुछ बता दूंगा।'

कुसुम ने आश्वस्ति से भरी एक गहरी सांस ली, 'चलो, कम से कम तुम आ तो गए। मेरा मन कहता था, एक न एक दिन तुमसे ज़रूर मुलाक़ात होगी। तुम्हारा मन नहीं कहता था क्या?'

जीवन के जवाब देने से पहले ही बच्चों ने आवाज़ लगाई, 'ओ कुसुम-दी, खेलने आओ।'

'तुम लोग खेलो।' कुसुम ने कहा, 'मैंने अपनी बारी छोड़ दी।'

सूरज डूब रहा था। साल, सागौन, महुआ और आमलकी के पत्तों के बीच से कोमल रोशनी, जाली-सी छनकर आ रही थी। पहाड़ी की चोटी पर विशाल, गहरा नीला आकाश छतरी की तरह फैला हुआ था। आसमान में एक झुंड मुक्त पक्षी उड़ रहे थे। उन्हें देखते हुए जीवन के भीतर से, उसके सीने को कंपकंपाती एक तूफ़ानी झोंके-सी सांस निकली। ये कितने सुंदर हैं, कितने सुखी हैं! मनुष्यों का जीवन ऐसा क्यों नहीं होता है? उनका जीवन क्यों इतने दुख, तक़लीफ़ और अत्याचार से भरा होता है? क्यों मनुष्य, मनुष्यों के जीवन को इतना असहनीय बना देते हैं?

कुसुम ने कहा, 'कुछ तो कहो!'

'क्या कहूं?'

'जो तुम्हारा दिल कहे।'

जीवन ने कहा, 'मैं अपनी बात बाद में कहूंगा। अब तुम अपने बारे में बताओ। तुम लोग शिरोमणिपुर से कहां गए थे।'

'पहले हम गड़वेता गए। कुछ दिन वहीं रहे। फिर कुछ दिन राणाघाट में रहे। वहां से फिर यहां आ गए।'

कुसुम की कहानी जीवन की तरह जटिल नहीं थी। उसका छोटा-सा जीवन शांत था। समय की धारा के प्रहार और प्रतिघात उसे उस तरह से तोड़ नहीं पाए थे। इसलिए, उसके दिल पर किसी ज़ख़्म या ख़रोंच का निशान या ख़ून का रिसना नहीं था। केवल एक निर्दोष स्मृति थी जो पूरी तरह से गुप्त थी, अंतरंग थी, जिसे उसने सीप में मोती की तरह अपने दिल की कंदराओं में छिपाकर रखा था। यदि तेज़ हवा न चलती तो शायद जीवन भर वह छिपी ही रहती। उस हवा का नाम जीवन था।

शिरोमणिपुर कैंप में जीवन और कुसुम के तंबुओं की पंक्ति के उलटी तरफ़ की पंक्ति के एक छोर पर आभा और मिनती रहते थे। आभा बड़ी थी और मिनती उससे दो साल छोटी। एक दोपहर जब पूरा शिविर भयानक गर्मी से हांफ रहा था, आभा जीवन और कुसुम को बुलाकर स्कूल के ख़ाली कमरे में ले गई। 'आओ दूल्हा-दुल्हन का खेल खेलते हैं।' मिनती वहीं इंतज़ार कर रही थी। उसके पास ढेर सारे मिट्टी के गुड्डे-गुड़ियां थे। मिट्टी के गुड्डे-गुड़ियां की

शादी का खेल खेलकर अब उन्हें मज़ा नहीं आ रहा था। उन्होंने कहा, 'चलो आज सचमुच के गुड्डे-गुड़िया को पकड़कर लाते हैं।' आभा जीवन, यानी दूल्हे की मां और मिनती कुसुम, यानी दुल्हन की मां बनी। उसके बाद लड़के की मां ने लड़की देखी और लड़की की मां ने लड़का। दहेज, लेन-देन की बात हुई। फिर गोधूलि लग्न में गोल आकार के पत्तों की माला का आदान-प्रदान कर गंधर्व मत से जीवन और कुसुम का विवाह हुआ। दूल्हे के यहां *बोऊ-भात* यानी भोज की भी व्यवस्था हुई। केले के पत्तों में धूल के चावल और सूखे घास की *चौच्चोड़ी* यानी सब्ज़ी परोसा गया। कुछ विशेष मेहमान भी आमंत्रित थे जो नंगे बदन, बहती नाक, पीछे से फटी पैंट पहने आए थे। कुछ बिना निमंत्रण के भी आए थे। सब मिलाकर यह एक सुंदर शादी का समारोह था।

खेल ख़त्म होने के बाद लौटते हुए जीवन ने एक पति के अधिकार से कुसुम से कहा, 'आज से तू मेरी पत्नी है। यह बात याद रखना! मैं जो कहूंगा वही तुझे मानना होगा, नहीं तो मैं तुझे पीटूंगा! चलेगा न?'

सिर हिलाकर कुसुम ने कहा, 'चलेगा।'

क्या वही बात अभी कुसुम को याद आ गई थी। थोड़ा शर्माते हुए उसने हंसकर कहा, 'तुम्हें हमारे बचपन की कोई बात याद नहीं?'

'हमारे बचपन की कितनी बातें हैं। सब क्या भूली जा सकती हैं!' जीवन ने कहा।

'तो बताओ।'

'तुझे एक बार मारा था। तूने—मतलब—तुमने मेरे पिता को बताकर मुझे पिटवाया था।'

'और कुछ याद नहीं?'

'एक बार राम-सीता बनकर जंगल गए थे।'

पैर के अगूंठे से एक छोटे से पत्थर को हिलाती हुई कुसुम ने कहा, 'राम-सीता जिस जंगल में गए थे, यही वो दंडकारण्य है। जगदलपुर के उस ओर चित्रकूट पहाड़ है।'

जीवन ने कहा, 'वे चौदह साल यहां पर रहे। कैसे रहे, यह मेरी समझ के बाहर है। चारों ओर सिर्फ़ पहाड़ और जंगल। यहां अगर हम मर भी जाएं तो किसी को पता नहीं चलेगा। अगर कभी बंगाल में कोई आपदा आ जाए तो भी हमें कुछ पता नहीं चलेगा। सुना था लोगों को कालापानी जेल भेजा

जाता है। हम सब जैसे ऐसे ही जेल में बंद हैं। देश-दुनिया की कोई ख़बर नहीं जानते हैं। मैं तो इन कुछ दिनों में ही घबरा गया हूं। समझ नहीं पा रहा हूं यहां कैसे रहूंगा।'

कुसुम ने आकाश की ओर देखा और फिर धरती की ओर। इसके बाद उसने कहा, 'मेरे पिता जी भी यही कहते हैं। हम यहां कैसे रहेंगे? कैसे जीवित रहेंगे? मैं कहती हूं कि हम और कहां जाएंगे? कितने सालों से हम इधर-उधर भटक रहे हैं। जिस तरह का पागलपन उन पर फिर सवार है, पता नहीं किस दिन हमें कहां ले जाकर पटकेंगे। ज़रा गरीब काका को उन्हें समझाने के लिए कहना कि वह अब और पागलपन न करें। यहां कितने लोग रह रहे हैं, उनकी तरह हम भी रह लेंगे।' वह कुछ देर रुकी, और फिर विनती भरे स्वर में उसने जीवन से कहा, 'तुम भी कहीं मत जाना। नहीं जाओगे न?'

56 नंबर विलेज के पांच किलोमीटर के दायरे में कोई बस्ती नहीं थी। जहां तक नज़र जाती थी, सिर्फ़ जंगल ही जंगल थे। उन घने जंगलों के बीच, ऐसा लगता था मानो गांव अपने परिजन और देश को खोने के शोक में डूबा हुआ हो। हंसी, गीत, क़िस्से-कहानियां, जात्रा नाटक, कोबी गान—जो पूर्वी बंगाल के लोगों के जीवन का एक आंतरिक हिस्सा था, मानो वे सभी आवाज़ें ख़ामोश हो गई थीं। लोगों के मुंह पत्थरों से भर गए थे। कोई भी किसी के साथ दिल खोलकर हंसता या बतियाता नहीं था। दिन भर खेतों में मेहनत करने के बाद सूरज ढलते ही सभी अपने-अपने घरों को लौटकर अपने दरवाज़े बंद कर लेते थे। यहां की रातें बेहद अंधेरी थीं। रात वास्तव में यहां एक ख़ौफ़ का विषय थी, क्योंकि रात होते ही ख़ूंख़ार जंगली जानवरों का दल शिकार पर निकल पड़ता था। लगता था मानो लोग अपनी जान के डर से गुफ़ाओं में छिप गए हों। यह कैसा जीवन था, जहां बदन सिहरा देने वाला भय लगातार उनका पीछा करता रहता था!

यहां भी भीषण भूख अपना जबड़ा खोले हुए थी। कोदो, कुटकी, मण्डिया और मक्का ही था, या फिर सरकारी गोदाम से डोल में मिले दुर्गंधयुक्त, ढेलेदार चावल। इन्हीं से किसी तरह अपना पेट भरना और जानवरों की तरह ज़िंदा रहना। भले ही जान न जाए, लेकिन इस तरह ज़िंदा रहना भी तो पीड़ादायक था। जिस तरह जंतु-जानवर ज़िंदा रहते हैं...वही खाना, सोना और प्रजनन करना—ऐसे ज़िंदा रहने में मानव जीवन की क्या सार्थकता है! तभी जीवन का मन यहां नहीं टिक रहा था। लेकिन कुसुम! वह तो उसे यहीं बांधे रखना चाहती थी।

'क्या हुआ? तुम चुप क्यों हो गए? कुछ कहो!' कुसुम ने कहा।

'तुमें यहां अच्छा लगता है?'

'सच कहूं तो पहले अच्छा नहीं लगता था, लेकिन अब थोड़ा-थोड़ा अच्छा लगने लगा है।'

'क्यों?'

'क्या क्यों?'

'पहले अच्छा नहीं लगता था, अब लग रहा है।'

'कहूं? किसी को बताओगे तो नहीं?'

'नहीं बताऊंगा।'

'ऐसा इसलिए है क्योंकि तुम जो यहां आ गए हो। कहते हैं न, अगर मन अच्छा है तो सारी दुनिया अच्छी है। यहां तुम मेरे पास हो—और कहीं मेरा कौन है?'

बच्चों का खेल समाप्त हो चुका था। अब पहाड़ी से उतरने का समय हो गया था। नीचे उतरते हुए जीवन ने कुसुम के भाई से कहा, 'बिश्शो, कल फिर आना। मैं तुम लोगों को एक नया खेल सिखाऊंगा।' बिश्शो ने कुसुम की ओर देखा। कुसुम की आंखों में एक मौन स्वीकृति चमक उठी। वे चलते जा रहे थे, कुसुम ने कहा, 'मैं तुम्हारी तलाश में दो बार तुम्हारे घर गई थी। तुम्हारी मां ने तुम्हें नहीं बताया?'

'नहीं तो! तुमने उनसे क्या कहा था? क्या तुमने कहा था कि तुम मुझे ढूंढ़ रही हो?'

'मैं ऐसा कैसे कह सकती थी! मैं अब बड़ी हो गई हूं। न जाने तुम्हारी मां क्या सोचतीं!'

पहाड़ी की ढलान से उतरते-उतरते, कुसुम ने जीवन का हाथ उसी तरह पकड़ लिया जैसे बचपन में पकड़ती थी। उसने कहा, 'मज़बूती से हाथ पकड़ो, कहीं मैं नीचे न गिर जाऊं।'

यह महुआ के फूलों के खिलने का समय था। हवा फूलों की मादक सुगंध से महकती रहती थी, जो दिल में एक अजीब-सी अनुभूति पैदा करती थी, जैसे दिल को अच्छा लगने वाला कोई उदास गीत करता है। महुआ के फूल गर्मियों

में लगभग एक-डेढ़ महीने तक खिलते थे। उनसे शराब बनाई जाती थी। आदिवासी समाज में जन्म से लेकर मृत्यु तक, सुख हो या दुख, हर अवसर के लिए शराब एक अत्यंत महत्वपूर्ण सामग्री थी। इसलिए महुआ के फूलों का बहुत महत्व था। बस्तर ज़िले के हाटों पर अक्सर मारवाड़ी व्यापारी जीपों और ट्रकों में सवार होकर महुआ ख़रीदने पहुंचते थे। इस क्षेत्र के बहुत से लोग जंगल से महुए के फूलों को इकट्ठा कर, उन्हें सुखा कर इन व्यापारियों को अपनी दैनिक आवश्यकताओं की चीज़ें ख़रीदने के लिए बेचा करते थे।

जीवन के हाथ में अब दो पैसे आने लगे थे। वह अपने दोनों छोटे भाइयों को साथ लेकर महुआ के फूल चुनने जंगल में जाने लगा था। कुसुम और बिश्शो भी उनके साथ जाते थे। वे पांचों दल बना अलस्सुबह घने जंगल में चले जाते थे। यदि वे वहां तड़के नहीं पहुंचते, तो पक्षी और जानवर फूलों को चट कर जाते। या फिर कोई उनसे पहले पहुंच जाता, तो कोई पेड़ दख़ल कर लेता। यह जंगल के पेड़ थे, जो पहले दख़ल कर ले, फूल उसी के होते। वे सुबह दस बजे तक महुए के फूल इकट्ठा करते और धूप तेज़ होने से पहले ही वापस लौट आते थे। सूरज माथे पर आ जाने से मिट्टी धूं-धूं करने लगती थी और गर्म लू चलने लगती थी। लू बदन पर लगते ही चमड़ी झुलसने लगती थी। कुछ लोग लू लगने से मर भी जाते थे।

गरीब दास को अब तक ज़मीन नहीं मिली थी। उसके पास केवल वही था जो सरकारी गोदाम से डोल के रूप में दिया जाता था। उसी से उसके परिवार का निर्वाह होता था। जीवन अपनी महुआ एकत्र करने की यात्रा से घर लौटकर नहाता था और जो कुछ भी होता खाकर, कुछ देर आराम करता था। शाम को पहाड़ी की चोटी पर खेल-कूद, कहानियां और हंसी-मज़ाक़ होता। हज़ारों कठिनाइयों और अपूर्णताओं के बीच, यही एकमात्र ऐसा समय था जिसमें थोड़ी-बहुत पूर्ण शांति का अनुभव होता था।

जीवन और कुसुम के बीच कुछ चल रहा है, यह अब कोई रहस्य नहीं रह गया था। लेकिन यह एक कठिन समय था और लोग अपने आप में ही व्यस्त थे। ऐसा नहीं होता तो यह सच है कि पूरे ग्रामीण समुदाय में इस बात को लेकर हंगामा हो रहा होता। हालांकि, परिस्थितियों से मजबूर होकर, विभिन्न स्थानों के लोग यहां एक साथ रहते थे पर इसके बावजूद उन्हें इस बात की परवाह नहीं थी कि कौन किसके साथ मिलजुल रहा है। यह जीवन और कुसुम के लिए वरदान साबित हुआ; वे दोनों बिना किसी संकोच के, बेरोक-टोक इधर-उधर घूम रहे थे, एक साथ समय बिता रहे थे, सपने देख रहे थे। विलेज

में कुसुम की उम्र की कुछ लड़कियां—जिन्हें गांव के लोगों द्वारा विवाह योग्य उम्र का माना जा रहा था, लेकिन वर्तमान स्थिति के कारण उनकी शादी नहीं हो पा रही थी—वे कुसुम के भाग्य से थोड़ा ईर्ष्यालु थीं। और विलेज की युवा पत्नियों और अविवाहित महिलाओं के लिए कुसुम और जीवन के बीच संबंध, चर्चा का सबसे रसपूर्ण विषय था।

एक दिन जीवन की मां बिमला और कुसुम की मां तुलसी के बीच इस बात को लेकर अप्रत्यक्ष रूप में, भावों और इशारों में चर्चा हुई। दोनों ही पक्ष इस मुद्दे पर एक-दूसरे की राय जानना चाहते थे। उस दिन बिमला ने कुछ मक्के धोकर आंगन में सुखाए थे, जिन्हें उसने महुआ के फूल बेचकर ख़रीदा था। वह नीम के पेड़ की छाया में एक लंबी छड़ लिए बैठी पक्षियों से अनाज की रक्षा कर रही थी। तुलसी चुपचाप उसके पास आकर बैठ गई। 'बिमला दीदी, जीवन कहां है? उसकी अभी बहुत ज़रूरत है।'

'क्यों, जीवन से क्या काम है? क्या तुम्हें लगता है कि मेरा बेटा मुझे बताता है कि वह कहां जा रहा है? गया होगा कहीं!'

'दरअसल मैं कुसुम को ढूंढ़ रही थी। वह ट्रंक की चाबी न जाने कहां छोड़ गई है। उसके बाबा को चाबी की ज़रूरत है, उन्हें कुछ काग़ज़ ट्रंक में रखने हैं। कहीं दोनों पहाड़ी की चोटी पर तो नहीं गए हैं?'

'मुझे कैसे पता होगा?'

अगला प्रयास बिमला का था, जो कुछ इस प्रकार था: 'जाने कहां-कहां जाते हैं...।' तुलसी ने जवाब दिया, 'ये दोनों जब छोटे थे तब एक साथ खेलते थे, लड़ते-लड़ते एक दूसरे को काटते थे, क्या कुछ नहीं करते थे! और फिर इतने लंबे समय के लिए वे अलग हो गए। और इस बीच बड़े भी हो गए। अगर वे यहां ऐसे ही घूमते रहे तो लोग तरह-तरह की बातें करेंगे। दोनों में से कोई यह नहीं समझता है। दोनों हर जगह एक साथ जाते हैं।'

तब बिमला ने कहा, 'तुम्हारी बेटी बड़ी हो गई है। उसकी क्या उम्र है? अट्ठारह की हो गई है न? अब उसके लिए लड़का देखो।'

तुलसी ने कहा, 'हां, वह इस बैसाख में अट्ठारह की हो गई है। जिस दिन कुसुम पैदा हुई थी, उस दिन हम एक साथ शिरोमणिपुर कैंप में पहुंचे थे। वह लॉरी में पैदा हुई थी, याद है? तब जीवन तीन-चार साल का था।'

बिमला ने कहा, 'हम मुश्किल से पहन-ओढ़कर अपना पेट भर पा रहे हैं। क्या कोई किसी की बेटी को घर लाकर भूखा रख सकता है? नहीं तो मैं

अपने बेटे की शादी करवा देती। हमारे मौजूदा हालात में कौन अपनी बेटी को मरने के लिए हमारे घर भेजेगा?'

'ऐसा मत कहो, दीदी, तुम्हारा बेटा देखने-सुनने में बुरा नहीं है। उसके चारों हाथ-पैर सही-सलामत हैं। वह भैंस से मुक़ाबला कर सकता है। जब तुम कहोगी, पचास मील दूर से बेटियों के बाप कूदते हुए तुम्हारे दरवाज़े पर आएंगे! अगर तुम्हारे घर में भोजन नहीं है तो मुझे बताओ कि दंडकारण्य में किस रिफ़्यूजी परिवार के पास भोजन है!'

'तुम ऐसा कहती हो?'

'हां मैं कह रही हूं। मेरी बात मिलाकर देख लेना।' थोड़ी देर रुककर तुलसी ने फिर कहा, 'तुम लड़के की मां हो। तुम्हें चिंता करने की क्या ज़रूरत है। अगर तुम ऐसा कहोगी तो हम कहां जाएंगे? चिंता तो हमें करनी है।'

'अब और मत कहो! वैसे भी तुम्हारी बेटी कोई बदसूरत डायन नहीं, मां लक्ष्मी जैसी है। लोग बेवजह चिंता करते हैं। नहीं तो कितने लोग तुम्हारे दरवाज़े पर आकर अपने प्राणों की आहुति दे चुके होते, जिसका कोई हिसाब नहीं।'

बिमला तुलसी से जो कहना चाहती थी और तुलसी बिमला से जो कहना चाहती थी—वे बस अभी खुलकर नहीं कह पा रही थीं। वे केवल शब्दों का जाल बिछा रही थीं जो मुख्य मुद्दे को दरकिनार कर रहे थे।

8

फिर से उड़ान

जीवन और उसके परिवार के दंडकारण्य आने के कुछ दिन बाद बीड़ी के पत्ते इकट्ठा करने का मौसम समाप्त हो गया। उसके बाद महुआ के फूल इकट्ठा करने का समय आया। और उसके भी बाद महुआ के फलने का समय। इन दिनों वे दिन के दो-तीन रुपये कमा लेते थे। साथ में सरकार से मिल रही सहायता से मोटामोटी उनका गुज़ारा चल रहा था। लेकिन मौसम के जाते ही उनकी ऊपरी कमाई बंद हो गई और उन्हें फिर से कठिनाइयों का सामना करना पड़ा। उसी समय विलेज में किसी ठेकेदार का ट्रक आया। उन्हें मज़दूरों की ज़रूरत थी।

दंडकारण्य विकास प्राधिकरण के साथ-साथ कई अन्य संगठनों के तत्वावधान में बस्तर और साथ ही कई अन्य स्थानों में विकास से संबंधित हर तरह की गतिविधियां चल रही थीं। सभी काम शुरू तो हुए, लेकिन मज़दूरों की अनुपलब्धता के कारण अधूरे रह गए। कई परियोजनाएं बंद भी हो गई थीं। इन्हीं में से एक था खरखरा बांध, जिसे साठ के दशक में शुरू किया गया था लेकिन अभी तक इसका निर्माण कार्य पूरा नहीं हुआ था। अधूरे बांध को पूरा करने के लिए युद्धस्तर पर काम करने की ज़रूरत थी। और इसके लिए श्रमिकों की ज़रूरत थी। तभी वे ट्रक लेकर आए थे। क्योंकि खरखरा डैम चौदह-पंद्रह मील दूर था, इसलिए काम वहां रहकर करना था। मज़दूरी हर हफ़्ते मिलती, और हफ़्ते में एक या दो छुट्टी।

जीवन ने अपने छोटे भाई जतन से कहा, 'चल हम वहां चलते हैं।' जतन के राज़ी होते ही गरीब दास ने कहा कि वह भी जाएगा।

'तुम वहां जाकर क्या करोगे? तुम बूढ़े हो बाबा और तुम्हारी तबियत भी ठीक नहीं रहती। हम दोनों भाई जा तो रहे हैं।' जतन ने कहा।

'मैं भी चलूंगा। तुम लोगों के साथ जितना कर सकता हूं करूंगा। जब काम मिल रहा है तो करने में हर्ज क्या है। अगर काम कर आठ आने भी मिल जाएं, तो क्या कम है?'

ख़बर मिलते ही सुबल सुतार भी आ गया। देखते ही देखते बीस-बाईस लोगों का दल टोकरियां, फावड़े, कुल्हाड़ी, गैंती, सब्बल लेकर तैयार हो गया। सब ट्रक में बैठ गए। खरखरा बांध पर लाने के बाद ठेकेदार के मैनेजर ने उन्हें सारा काम समझाया—बस दस फुट लंबा, दस फुट चौड़ा और एक फुट गहरा गड्ढा खोद उसकी मिट्टी बांध पर फेंक आने की मज़दूरी पचहत्तर रुपये थे। वहां सभी बांग्लादेश के लोग थे। बंगाल की मिट्टी को वे अच्छी तरह से जानते थे। लेकिन बस्तर ज़िले की मिट्टी के चरित्र से वे अपरिचित और अनजान थे। यहां की मिट्टी बेहद कठोर और खोदने में कठिन थी। पचहत्तर रुपये मज़दूरी सुनकर जो ख़ुशी से झूम उठे थे, मिट्टी पर फावड़ा चलाते ही टन्न की आवाज़ सुनकर उनकी ख़ुशी काफ़ूर हो गई। कुदाल तो किसी काम का नहीं था, गैंती मारने पर भी आधा इंच से ज़्यादा गहरी नहीं जा रही थी। एक टोकरा मिट्टी हटाने पर जो दिखा वो सफ़ेद चूने की तरह नरम, लिसलिसे पत्थर थे जिन पर गैंती से ज़ोरदार प्रहार करने पर भी बस सौ ग्राम के बराबर मिट्टी और पत्थर निकला।

जतन ने कहा, 'दादा, यह कैसे काम पर आ गए। दिन में दो रुपये भी नहीं बन पाएंगे।'

यह बस्तर ज़िले के मई-जून का कुख्यात समय था। सूरज, सूरज नहीं आग का गोला था। त्वचा को झुलसा देने वाली लू बह रही थी। पांव के नीचे की ज़मीन तवे-सी तप रही थी। ख़ाली पैर खड़ा होना मुश्किल था। खड़े हुए बिना कोई उपाय नहीं था, आख़िर चप्पल ख़रीदने का सामर्थ्य किसमें था। ऐसी हालत में कुछ दिन काम करने के बाद जीवन बीमार हो गया। बंगाल के हवा-पानी से पोषित उसका शरीर वातावरण के परिवर्तन को सह नहीं पाया। कहा जाता है कि एक बार किसी को पेचिश हो जाए तो वह जीवन भर बनी रहती है। शरीर के भीतर रोग के कीटाणु छुपे रहते हैं और अनुकूल परिवेश मिलते ही ये फिर से बाहर निकल आते हैं। जीवन एक बार इस रोग से मरते-मरते बचा था। इस बार फिर उसी रोग ने जीवन पर आक्रमण किया। बीमार जीवन को लेकर गरीब दास विलेज लौट आया। जतन अकेला खरखरा में रह

गया। इन्हें काम पर ले जाते समय ठेकेदार ने अपने मतलब से वाहन उपलब्ध कराया था। लेकिन अब जीवन को वापस जाने के लिए अपना रास्ता ख़ुद तय करना था। लौटने के सिवा वह और कर भी क्या सकता था? जब उसे हर थोड़ी देर के बाद जंगल की ओर भागना पड़ रहा था, तो वहां बांध पर रुकने का क्या फ़ायदा था? बस्तर का इलाक़ा पानी से रहित था। पानी की किल्लत के चलते यहां के आदिवासी पखाना कर ख़ुद को पत्तों से पोंछकर साफ़ करते थे। विलेज लौटते वक़्त चौदह-पंद्रह मील का रास्ता चलते हुए जीवन को भी छह या सात बार पत्तों से काम चलाना पड़ा। लेकिन ऐसा नहीं था कि विलेज पहुंचते ही वह ठीक हो जाता। रोग का प्रकोप दिन-ब-दिन बढ़ता ही जा रहा था। आख़िरकार जीवन में बैठने या मैदान तक चलकर जाने की भी ताक़त नहीं रही। गरीब दास के पास कुछ रुपये थे। अंत में गरीब दास को बंदे जाने वाली बस में जीवन को उठाकर पखनजूर ले जाने पर मजबूर होना पड़ा। वहां एक अस्पताल था। डॉक्टर ने उसकी जांचकर उसे फ़ौरन भर्ती कर लिया। चूंकि अस्पताल में दस-बारह बिस्तरों में से कोई भी ख़ाली नहीं था, इसलिए उसे फर्श पर एक कंबल बिछाकर लिटा दिया गया, और तुरंत सलाइन की ड्रिप चढ़ा दी गई और बाएं हाथ के मांसल हिस्से में इंजेक्शन लगाया गया। पिछली रात उसे लगभग चालीस बार फ़ारिग़ होने जाना पड़ा था; इस रात वेग एक बार के बाद ही शांत हो गया था। कई अन्य मरीज़ों के रिश्तेदारों की तरह गरीब दास ने भी अस्पताल के मैदान में एक पेड़ के नीचे रात बिताई। अगली सुबह, जब डॉक्टर ने कहा कि "अभी उसको रहना पड़ेगा", तो गरीब दास ने जीवन से कहा, 'तू यहां रह, मैं घर जाता हूं। जिस दिन तुझे छुट्टी मिलेगी, उस दिन मैं तुझे लेने आ जाऊंगा। डॉक्टर ने कहा है कि वह मुझे चार-पांच दिन बाद बताएंगे।'

आठ दिन अस्पताल में रहने के बाद भी जीवन पूरी तरह से ठीक नहीं हुआ था। उसके मल के साथ अभी भी आंव के पिंड झड़ रहे थे; लेकिन डॉक्टर ने उसे छुट्टी दे दी। अस्पताल में कुल दस-बारह बेड थे, जबकि बीमार मरीज़ों की संख्या कई गुना ज़्यादा थी। जीवन को छुट्टी दिए बिना दूसरों को जगह कैसे देते। एक रात ज़मीन पर बिताने के बाद जीवन को दूसरे दिन बेड मिल गया था। अब उसे बेड ख़ाली करना था।

विलेज लौटने के बाद अस्वस्थ और कमज़ोर जीवन काम पर जाने की स्थिति में नहीं था। जाकर कोई फ़ायदा भी नहीं था। यह देखकर कि किसी की भी एक दिन में दो रुपये से ज़्यादा मज़दूरी नहीं बन रही थी, कुछ दिनों

के बाद, खरखरा गए सभी लोग विलेज लौट आए। जतन ने कहा, 'वापस न आता तो क्या करता? दिन भर गैंती से ख़ुदाई करने के बाद इतनी भूख लगती थी कि डेढ़ किलो चावल एक बार में ही हवा हो जाता था। एक किलो चावल की क़ीमत डेढ़ रुपये और उसमें नमक, मिर्च और दो आलू और जोड़ो। साला ख़ुद के खाने लायक़ भी नहीं कमा पा रहा था! भाड़ में जाए ऐसा काम...'

क़रीब एक-डेढ़ महीने के बाद जीवन का शरीर कुछ ठीक हुआ। तभी वह सुबह के समय विलेज में टहलने निकल पड़ा। इन्हीं दिनों पश्चिम बंगाल से और तीन ट्रक भरकर शरणार्थी 56 नंबर विलेज में आए थे। नए एवं पुराने परिवारों को मिलाकर विलेज में अब काफ़ी रौनक थी। जीवन का किसी के साथ परिचय नहीं हुआ था। इसलिए उन सबका चेहरा-मोहरा पहचानने, उनकी ख़ैर-ख़बर लेने की इच्छा से वह बाहर घूम रहा था। तभी अचानक बस चलने वाले रास्ते पर उसकी नज़र बंदे की ओर जाने वाली मखराल बिछी सड़क पर पड़ी। उसने देखा दो ट्रक धूल उड़ाते हुए चले आ रहे थे। ट्रक 56 नंबर के बीचोबीच आकर खड़े हो गए। किसके ट्रक थे? फिर कोई ठेकेदार लेबर इकट्ठा करने आया था क्या?

जीवन ने देखा ट्रक से सेवक, पटवारी, थाने का एक अफ़सर और अस्पताल के दो-तीन स्टाफ़ उतर रहे थे। सेवक और पटवारी विलेज के सभी को जानते थे। उन्होंने रजिस्टर से नाम पुकार कर सबको ट्रकों के आगे इकट्ठा कर लिया। उसके बाद आदेश दिया कि सबको जाना होगा।

'कहां?'

'शिविर में।'

'शिविर में क्या होगा?'

'जाते ही समझ जाओगे।'

सरकारी अफ़सर, सेवक, पटवारी के साथ वर्दी पहना थानेदार। किसकी हिम्मत थी कि 'ना' बोले। बोलने पर किसको रिहाई मिलती! यह वनराज, बस्तरराज, जंगलराज था। यहां के राजा, महाराजा तो यही सरकारी कर्मचारी थे। यहां आकाश छूती इमारतें नहीं थीं, रुपयों के ढेर पर बैठे अहंकारी धनी नहीं थे। ज़ात के अभिमानी वर्ण प्रभु नहीं थे, जोतदार, ज़मींदार नहीं थे। सिर्फ़ यही सरकारी कर्मचारी थे। यहां के बाघ ख़ूंख़ार नहीं थे, किसी बाघ ने आज तक इंसान को मारकर नहीं खाया था, लेकिन ये लोग बाघ से भी ज़्यादा भयंकर थे। कमज़ोर, ग़रीब, शरणार्थियों को ये लोग इंसान ही नहीं समझते थे। इन्हें

अपना ख़रीदा हुआ ग़ुलाम समझते थे। ये जब जो बोलें सिर झुकाकर मानना होगा। न मानने पर बस एक ही धमकी, सब सहायता देनी बंद कर दी जाएगी। नाम पर लाल स्याही से दाग़ मार दूंगा। लाल स्याही का दाग़ क्या वस्तु थी, यह किसी को मालूम नहीं था। और जो चीज़ अनदेखी और अनजान हो वही तो डर की चीज़ होती है। लेकिन इनके साथ शिविर में क्या किया जाएगा? इनकी नसबंदी की जाएगी।

उस वक़्त केंद्र में इंदिरा गांधी की सरकार थी। लेकिन प्रधानमंत्री इंदिरा गांधी की सारी क्षमताएं तब उनके छोटे बेटे संजय गांधी की मुट्ठी में बंद थीं। सभी सरकारी अफ़सर उन्हीं के इशारों पर उठते-बैठते थे। सुनने में आता है कि राष्ट्रपति जैल सिंह ने एक बार संजय के पैर से नागरा जूती उतर जाने पर अपने हाथों से उठाकर उनके पांव में पहनाई थी। संजय उस वक़्त हवाई जहाज़ की सीढ़ियां चढ़ रहे थे। उन्हें जहाज़ तक छोड़ने के लिए आए भारत देश के सम्माननीय राष्ट्रपति ने, नीचे की सीढ़ी पर खड़े होकर यह काम किया था।

संजय गांधी को लगा कि देश की आबादी बुरी तरह बढ़ गई है और उस जनसंख्या को नियंत्रण में लाने का एक ही उपाय है—नसबंदी। जिनके दो बच्चे हो चुके थे, उन्हें पकड़-पकड़कर ऑपरेशन टेबल पर लिटा देते थे। सभी सरकारी कर्मचारियों के लिए निर्देश के साथ एक कोटा निर्धारित कर दिया गया। बाई हुक एंड क्रुक कोटा पूरा करना होगा नहीं तो प्रमोशन रुक सकता था, बाद में पेंशन में झमेला हो सकता था, किसी भी बेकार जगह तबादला हो सकता था।

परिवार नियोजन नाम की वीभत्स परियोजना संजय गांधी के मस्तिष्क से उपजा कर्मकांड होने पर भी उसमें सत्तासीन पार्टी का अनुमोदन था। तभी देश के कोने-कोने में मर्दों को पकड़ने वाले दल टूट पड़े थे। वे ज़ोर-ज़बरदस्ती ऐसे लोगों का भी ऑपरेशन कर रहे थे जिनकी अभी शादी भी नहीं हुई थी।

बस्तर ज़िला भी भारतवर्ष के बाहर नहीं था। यहां भी सरकारी कर्मचारी कोटा पूरा करने के दबाव में आए थे इसलिए उन्होंने तमाम विलेजों में धावा बोल दिया था। कहने से बात न बनने पर लोगों को डरा-धमकाकर, ज़ोर-ज़बरदस्ती नसबंदी कराने के लिए मजबूर किया जा रहा था। गरीब दास ट्रक देखकर सामने आया तो उसे भी ट्रक में चढ़ा दिया। उसके शरीर की हालत, प्रजनन की क्षमता है भी कि नहीं यह बात बड़ी नहीं थी, बड़ी बात थी कोटा पूरा करना।

ट्रक में सवार गरीब दास डर से कांप रहा था, पसीने से तरबतर वह रोता हुआ असहाय जीवन की ओर देख रहा था। उसकी डरी, कातर दृष्टि को सहना जीवन के लिए बेहद कठिन था। सेवक के साथ उसकी थोड़ी-बहुत जान-पहचान थी। उसके सामने जाकर जीवन ने कहा, 'यह क्या कर रहे हैं सर!'

'क्या कर रहा हूं?'

'मेरे बाबा को ले जा रहे हैं।'

'जिन्हें ले जाया जा रहा है, वे सब किसी न किसी के बाप हैं।'

'मेरा बाप तो बूढ़ा आदमी है। पचास-पचपन की उमर है उसकी।'

'तो उससे क्या हुआ! इस उम्र में अगर तेरा कोई भाई या बहन हो जाए तो तेरे लिए ही शर्म की बात होगी ना। बता तुझे शर्म नहीं आएगी क्या?' थोड़ा रुककर उसने फिर कहा, 'अगर एक को छोड़ेंगे तो सब नाटक करने लगेंगे—मैं बुड्ढा हूं, मेरी बहुत उम्र हो गई है। कोई उपाय नहीं। किसी को नहीं छोड़ा जाएगा। सीधा दिल्ली से ऑर्डर आया है।'

बिना कुछ सुने, बिना कोई बात माने वे गरीब दास को भी ले गए। उसकी तबियत वैसे भी ठीक नहीं थी। बीच-बीच में पेट में दर्द होता था, जिसे वह खाने का सोडा फांककर दबा लेता था। ऊपर से इस ऑपरेशन ने उसके दिल पर भयानक आघात किया। तब हर तरफ़ यही धारणा प्रचलित थी कि नसबंदी कराने के बाद आदमी ज़्यादा परिश्रम नहीं कर सकता है और ज़्यादा दिन जीवित भी नहीं रहता है। परिणामस्वरूप, गरीब दास को लगने लगा कि उसके हाथ-पैरों में जान नहीं है। उसका सिर चकरा रहा है, दिल धक-धक कर रहा है। लग रहा था जैसे मौत आगे बढ़ती आ रही थी।

इन्हीं सब कारणों से अब जीवन यहां बिल्कुल नहीं रहना चाहता था। जंगल ही जंगल देखकर वह अघा गया था। जंगल के राज्य के क्षमतावान, अहंकारी सरकारी कर्मचारियों के अमानवीय व्यवहार से उसका मन खट्टा हो गया था। जीवन का मन करता था कि एक-एक को खींचकर जंगल ले जाकर उनके टुकड़े-टुकड़े कर दे। यह काम उसके अकेले के लिए संभव नहीं था। लेकिन साथी कहां से मिलता! क़िस्मत के मारे शरणार्थी अफ़सरशाहों के अत्याचार से इतने संत्रस्त थे कि उनके सामने वे अपनी ज़रूरतों और शिकायतों के बारे में ज़ोर से बोलने का भी साहस नहीं कर पाते थे। सुबल सुतार पता करने गया था कि उसे ज़मीन कब तक मिलेगी। धमक लगाकर

उसे पटवारी ने चुप करा दिया, 'तुम लोगों से ज़्यादा चिंता हमें है। काम-काज करना नहीं पड़ रहा है। बैठे-बैठे खा रहे हो, वही करो। जब समय आएगा हम ख़ुद बता देंगे।'

इतने असमर्थ और कमज़ोर लोगों के बीच रहते हुए जीवन हर वक़्त एक असहनीय पीड़ा से जल रहा था।

उसके मन के विशाल रेगिस्तान में एक छोटा-सा मरुउद्यान था—कुसुम। वह लता की भांति जीवन को जकड़े जीवित रहना चाहती थी। उसकी हर छोटी आशा, स्वप्न और इच्छाओं का केंद्र बस एक व्यक्ति था, जिसका नाम जीवन था।

एक दिन जीवन ने कुसुम से कहा, 'मेरा अब यहां मन नहीं लगता। जब बाबा ने यहां आने की बात कही थी तब मन में कलकत्ता में मुझसे जुड़े हज़ारों ख़तरों का डर था। अगर कोई मेरा ग़ुस्सा जुगल या जतन के ऊपर निकाल दे, तो क्या होगा? इससे बेहतर दंडकारण्य में आकर रहना था। कम से कम शांति से रहना और दोनों वक़्त का खाना मिलना बुरा नहीं था। लेकिन अब लगता है मुझसे बड़ी भूल हो गई। सब उल्टा हो गया है। जानती हो कभी-कभी मुझे क्या लगता है? लगता है जैसे गरम कड़ाही से बचने की कोशिश में सीधा आग में कूद गया हूं। सोच रहा हूं यहां से भाग जाऊं।'

'कहां जाओगे?'

'वापस पश्चिम बंगाल।'

'क्या तुम घर के बाक़ी लोगों को साथ लेकर नहीं जाओगे?'

'वहां हम सबके रहने के लिए जगह नहीं होगी। अभी मुझे अकेले ही जाना होगा। जाकर पहले उनके रहने की व्यवस्था करके फिर उन्हें ले जाना होगा।'

'और मैं? मुझे नहीं लेकर जाओगे?'

कुसुम का सवाल कानों में जाते ही जीवन की सारी चिंताएं गड्ड-मड्ड हो गईं। ऐसी कोई बात थी या हो सकती थी, यह उसके दिमाग़ में ही नहीं थी। कुसुम ने आगे कहा, 'तुम मुझे छोड़कर चले जाओगे तो मेरा जीवन अंधकार में डूब जाएगा। तुम्हारे बिना मैं यहां कैसे रह पाऊंगी? यक़ीन जानो मैं ज़िंदा नहीं रहूंगी।'

'तुम मुझे इतना चाहती हो!'

कुसुम रोने लगी, 'कहो, कहो कि तुम मुझे अकेला छोड़कर नहीं जाओगे। अगर साथ नहीं ले गए, तो एक दिन सुनोगे कि कुसुम फांसी लगाकर या कोई ज़हरीला फल खाकर मर गई है।'

नंगी पहाड़ी की चोटी पर हवा रुक गई थी। पहाड़ी पर गोल पत्तों वाला एक छोटा-सा झुरमुट था, जिसके फल ज़हरीले माने जाते थे। उसके पत्तों के बीच गिलहरियों का एक जोड़ा बैठा उन दोनों को आश्चर्य से देख रहा था। ऐसा लग रहा था, आपस में न जाने वे क्या कह रहे थे। कुसुम के हृदय की पीड़ा आंसू बनकर झर रही थी।

'तुम्हारे अलावा मेरा और कौन है? अगर तुम चले जाओगे तो मैं जीवित रहकर क्या करूंगी! किस उम्मीद पर ज़िंदा रहूंगी?'

जीवन ने दोनों हाथों से कुसुम को खींचकर अपने सीने में भींच लिया, 'रोओ मत। तुम रोओगी तो मेरी पूरी दुनिया डोल जाएगी।'

'तो कहो, तुम मुझे छोड़कर नहीं जाओगे?'

'मैं जाऊंगा, ऐसा मैंने कहा है क्या?'

'कहा तो, पश्चिम बंगाल जाओगे।'

'पगली लड़की, मैंने कहा कि मैं ऐसा सोच रहा हूं। सोचने और करने में फ़र्क़ होता है। हम कितने समय, कितना कुछ सोचते हैं। सोचने से ही क्या सब हो जाता है! पश्चिम बंगाल में मेरे कितने दुश्मन हैं। वहां पहुंच कर मरना है क्या!'

'तीन बार क़सम खाकर कहो, यहीं रहोगे!'

'नहीं जाऊंगा! तीन बार क़सम खाकर कहता हूं।'

जीवन ने कुसुम से एक वादा किया था। लेकिन कौन जानता था कि रात बीतते ही चीज़ें बदल जाएंगी।

सुबल सुतार यहां दंडकारण्य में आ तो गया था, लेकिन किसी तरह यहां की पथरीली ज़मीन में अपने मन की जड़ें जमा न सका। घने गहरे जंगल अच्छे लगने तो दूर, उसके मन में केवल भय पैदा करते थे। उसका दिल आम, जामुन, नारियल, सुपारी के वन, अंतहीन पानी का विस्तार, मछलियों और

बंगाल की नर्म मिट्टी के लिए रोता था। उसके मन में छुपी इच्छा थी कि अवसर मिलते ही वह यहां से भाग जाए। उसने अपनी ख़्वाहिश को किसी के सामने ज़ाहिर नहीं किया था, नहीं तो परेशानी हो जाती। अगर कहीं से यह बात सरकारी लोगों के कानों तक पहुंच जाती तो वे उस पर कड़ी निगरानी रखते। वह कुछ ज़रूरी घरेलू सामान छोड़कर, बाक़ी का सब धीरे-धीरे बेच-बाचकर, उपयुक्त अवसर की प्रतीक्षा में बैठा था। पहला अवसर मिलते ही वह किसी को बिना कुछ बताए यहां से भाग जाएगा।

अवसर उसी रात मिल गया। मारवाड़ी व्यापारियों का ट्रक रायपुर से परचून का सामान लादकर कापसी हाट में पहुंचा था। माल पहुंचाकर ट्रक को वापस रायपुर लौटना था। सुबल सुतार ने ट्रक ड्राइवर को पटा लिया, 'मुझे रायपुर ले जाओगे?' सुबल ने खरखरा बांध पर काम करके और महुआ के फूल और फलों को बेचकर कुछ रुपये जुगाड़ किए थे। उसी के बल पर वह चार जनों का सौ रुपये किराया तय कर ट्रक पर चढ़ गया। ड्राइवर ने कहा कि अगर चेक-पोस्ट पर रुकने पर दो-पांच रुपये देने हुए तो वह उसे देने होंगे, और वह सुबल को रायपुर सुरक्षित पहुंचा देने के बाद ही किराया वसूल करेगा।

रात तब गहरी थी। सरकारी पहरेदार और विलेज के सभी लोग गहरी नींद में सो रहे थे। सुबल ने चुपचाप घर के सभी लोगों को जगाया और कहा, 'उठो, हमें जाना है।' कुसुम ने नींद में पूछा, 'बाबा हम कहां जा रहे हैं? आप हमें कहां ले जा रहे हैं?'

सुबल ने उसे चुप करा दिया, 'बात मत कर, हम अपने देश जा रहे हैं।'

'लेकिन वहां हमारा कोई घर-परिवार, कुछ नहीं है!'

'कम से कम वहां पहाड़, जंगल, बाघ, भालू तो नहीं हैं।'

'बाघ, भालू तुमने कब देखा बाबा?'

'सेवक, पटवारी, तहसीलदार, वनपाल—क्या ये बाघ-भालू से कम ख़ूंख़ार हैं?' उसने कुसुम को झिड़का, 'चुप रहो, बात मत करो। जल्दी-जल्दी चलो। ट्रक हाट के पास कापसी के मैदान में इंतज़ार कर रहा है।'

कुसुम दुविधा और द्वंद्व में फंस गई। वह समझ नहीं पा रही थी कि उसे क्या करना चाहिए! एक ओर मां, बाप, भाई—उसका पूरा परिवार और दूसरी ओर उसके बचपन का साथी, उसकी जवानी का प्यार। किसे छोड़े और किसे पकड़े? अंत में आख़री बार के लिए उसने नींद में डूबे 56 नंबर विलेज की

ओर और उसकी ख़ुशियों की साथी, उस नंगी पहाड़ी की ओर देखा और गहरी आह भरते हुए, छलछलाती आंखों से अपने पिता के पीछे चलने लगी।

अगली सुबह, जीवन को पता चला की रात के अंधेरे में सुबल सुतार भाग गया था। धीरे-धीरे चलते हुए जीवन उसके घर के सामने जाकर खड़ा हो गया। घर का दरवाज़ा पूरा खुला हुआ था। घर के भीतर अनंत शून्यता थी। फ़र्श धूल से भरा था। कमरे के एक कोने में मिट्टी का घड़ा था और उसके बग़ल में खजूर के पत्तों से बनी एक फटी चटाई थी। ख़ाली कमरे में और कुछ नहीं था। वे कहां गए थे, इसका उन्होंने कोई निशान नहीं छोड़ा था।

जीवन की आंखों से आंसू छलक पड़े। आंसू अबूझ, हठी और मूर्ख थे। वे कमरे में धूल और कूड़े पर गिर रहे थे।

इस क्षेत्र की आबोहवा का एक विशेष गुण या दोष यह था कि यहां रात उतनी ही ठंडी होती थी जितना दिन गर्म होता था। जहां दिन की धूप के ताप में प्राण तड़पते थे, वहीं रात को सर्दी से शरीर कांपता था। मौसम के इस आकस्मिक परिवर्तन को शरीर सह नहीं पाता था इसलिए लोग बहुत बार बीमार पड़ते रहते थे।

आज जीवन और उसका भाई जतन, आंगन के एक कोने पर बने बांस के मचान पर लेटे हुए थे। दूर से कानों में गीदड़ों के झुंड का हुक्क-हुंआ और जवाब में कुत्तों के भौंकने की आवाज़ें आ रही थीं। पता नहीं क्यों, कुत्ते, गीदड़ों को बिल्कुल बर्दाश्त नहीं कर पाते हैं। गीदड़ों की आवाज़ सुनते ही कुत्तों का दल भौंकते हुए उनके पीछे भागने लगता है। लेकिन वे कभी जंगल में नहीं घुसते। सारा भौंकना-डराना जंगल और मानव बस्ती की सीमा तक ही सीमित था।

आसमान में बादल नहीं थे। सभी लोगों को यह उम्मीद थी कि दस जून के बाद इस क्षेत्र में बारिश होगी। लेकिन इस साल उसका कोई पता नहीं था। साफ़ नीले आसमान में लाखों गुमनाम तारे चमक रहे थे। साथ में चांदी के बड़े सिक्के-सा गोल चांद उगा हुआ था। आज रात शायद पूर्णिमा नहीं थी, लेकिन उसके आसपास का ही दिन था। चांद पर चरखा कात रही बुढ़िया को साफ़ देखा जा सकता था। चांद-तारों को देखते-देखते जीवन की रात बढ़ती जा रही थी। आज रात जीवन बिल्कुल सो नहीं पा रहा था। कुसुम के चले जाने के बाद से हर दिन उसके लिए चट्टान के समान भारी था। दिन गुज़रना ही नहीं चाहता

था। और रात निद्राहीन बोझिल थी। अगर भूले-भटके कभी उसकी आंख लग भी जाती तो उसे तरह-तरह के बुरे सपने आने लगते। जीवन को अचानक लगा कि उसके बग़ल में लेटा उसका भाई जतन भी आज सोया नहीं था। उससे दो साल छोटा उसका यह भाई, जीवन के दोस्त की तरह था। जतन से अपने दिल की बात खुलकर कहने में जीवन को कभी शर्म नहीं आई। उसने धीरे से अपने भाई की पीठ पर हाथ रखा। जतन तुरंत उसकी ओर मुड़ा और पूछा, 'तुम्हें यह जगह कैसी लगती है दादा?'

जीवन ने कहा, 'तू यह क्यों पूछ रहा है?'

'मुझे तो यह जगह बिल्कुल पसंद नहीं। भले खाने को मिले या न मिले, इससे अच्छा तो हम बंगाल में थे। वहां यह सब मनहूस अफ़सर तो नहीं थे। यहां बस हम अपना वक़्त बर्बाद कर रहे हैं। क्या फ़ायदा हुआ है हमारा यहां आकर! हम अब भी तो भूखे ही मर रहे हैं। हमें यह भी नहीं पता कि हमें कब ज़मीन दी जाएगी। बताओ, इस हाल में पड़े रहना किसको अच्छा लगता है?'

'अच्छा तो मुझे भी नहीं लगता है।'

'तो बाबा से कहो, हम यहां से भाग चलते हैं।'

जीवन ने कहा, 'यूं अचानक भाग जाने से कुछ काम नहीं बनेगा। हम सब कहां जाकर रहेंगे?'

'क्यों, खोला की नहर के किनारे वापस जा सकते हैं!'

'हमें नहीं पता वहां कौन है और कौन नहीं। किसे पता, वे सब भी हमारी तरह इधर-उधर चले गए हों। पहले मुझे जाने दो। मेरे अकेले के जाने से कोई तुझे कुछ नहीं कहेगा। किसी के पूछने पर कहना कि मलकानगिरी घूमने गया है। मैं वहां जाकर सबके रहने की व्यवस्था करके चिट्ठी भेजूंगा। चिट्ठी मिलते ही तुम सब आ जाना। अगर मुझे जादवपुर में जगह न भी मिली, तो और भी बहुत सारे स्टेशन हैं। मुझे यक़ीन है, किसी भी रेल लाइन के किनारे रहने की जगह मिल जाएगी।'

'ऐसा है तो तुम निकल जाओ। मुझे यहां एक दिन भी और रहने का मन नहीं। सुना है, लोगों को कालेपानी की सज़ा देकर जेल में डाल दिया जाता था। और हम यहां बिना किसी अपराध के जेल में बंद हैं। जितनी जल्दी हो सके चिट्ठी भेजना।'

'मां-बाबा को बिल्कुल मत बताना, नहीं तो वे मुझे जाने नहीं देंगे।'

'लेकिन तुम वहां जाकर किसी झगड़े-झमेले में मत फंस जाना।'

कुसुम के बिना यह वनवास अध्याय जीवन के लिए असहनीय था। अब जब जतन ने स्वीकृति दे दी, तो उसके मन में भागने की धुन बजने लगी। जीवन ने कहा, 'मां-बाबा को तेरे भरोसे छोड़कर जा रहा हूं। सबका ख़्याल रखना।'

'रखूंगा, तुम निश्चिंत होकर जाओ।'

भाई का समर्थन पाकर जीवन ने भागने की तैयारी शुरू कर दी। हर साल मई-जून के महीने में वन विभाग के संरक्षण में ठेका प्रणाली से तेंदू पत्ता इकट्ठा करने का काम होता था। गांव वाले जगह-जगह तेंदू पत्ता इकट्ठा कर उन्हें सुखा धूप में बैठे रहते थे। पचास पत्तियों का एक बंडल बनता था। ऐसे एक सौ दो बंडलों की मज़दूरी पांच रुपये थी। सूखे पत्तों के बंडलों को बोरियों में भर, बैलगाड़ियों में लादकर पखनजूर के गोदाम में भेजा जाता था। सब बोरे वहां पहुंच जाने पर उन्हें ट्रक में भरकर दल्ली-राजहरा भेजा जाता था, जहां से मालगाड़ी से वे देश के विभिन्न स्थानों पर पहुंचते थे।

जीवन ने इस बार निश्चय किया कि जैसे ही तेंदू पत्तों से लदा ट्रक पखनजूर से दल्ली-राजहरा शहर के लिए रवाना होगा, वह उस पर सवार होकर वहां चला जाएगा। उससे आगे जाने का कोई उपाय नहीं था। दल्ली-राजहरा से भिलाई के लिए ट्रेन पकड़नी होगी। हावड़ा जाने वाली ट्रेनें भिलाई से मिलती थीं। दल्ली-राजहरा से भिलाई जाने के लिए तब रोज़ाना सुबह नौ बजे एक ट्रेन चलती थी। वही ट्रेन रात को लौट आती थी। दिन में और कोई ट्रेन नहीं थी। इस ट्रेन से साधारण यात्री ज़्यादा सफ़र नहीं करते थे, यात्रा करने वालों में ज़्यादातर भिलाई स्टील प्लांट के कर्मचारी होते थे। मूलत: उनके लिए ही इस ट्रेन को अनिवार्य रूप से चलाया गया था।

जीवन को बिना टिकट लंबी रेल यात्रा करने का अनुभव पहले से ही था। उसे विश्वास था कि एक बार ट्रेन तक पहुंचने पर वह अपनी मंज़िल तक पहुंच जाएगा। उसे बिना टिकट ही सफ़र करना होगा, क्योंकि उसके पास इस समय मात्र पांच रुपये ही थे। इन कुछ महीनों में वह बस इतना ही जमा कर पाया था। इस वक़्त जंगल में न महुआ के फूल थे और न ही बीड़ी बनाने के तेंदू पत्ते। कहीं से रुपये मिलने की कोई संभावना भी नज़र नहीं आ रही थी। बल्कि, किसी दिन यह पैसे भी किसी न किसी कारण से ख़र्च हो सकते थे, इसलिए यदि जीवन को कलकत्ता लौटना हो तो उसे अभी जाना होगा। सिर्फ़

एक पांच रुपये के नीले नोट के बलबूते पर इतना बड़ा क़दम उठाना जोख़िम से भरा था। लेकिन जीवन के दिल में बैठा वो दूसरा जीवन—जिसकी शक़्ल, आदतें और आचरण श्मशान के उस लड़के मरण से मिलते-जुलते थे—ने उससे कहा, 'शायद यह काम थोड़ा मुश्किल और जोख़िम भरा है, लेकिन यह असंभव नहीं। दरअसल ऐसा कुछ भी नहीं है जो असंभव हो। साहस और दृढ़ संकल्प के साथ किया गया कोई भी काम, निश्चित रूप से सफल होता है!' और इसलिए, एक दिन दोपहर के बाद, बिना किसी को बताए, वह पखनजूर की ओर चलने लगा। पहले तेज़, फिर धीरे-धीरे, और अंत में लगभग गिरते-पड़ते-हांफते हुए ग्यारह मील की यात्रा पूरी कर, देर शाम को तेंदू पत्ते के गोदाम के सामने पहुंचा।

असल में गोदाम पखनजूर से भी थोड़ा आगे, एक वीरान जगह पर था। इसके चारों ओर मोटे कांटेदार तारों की बाड़ थी और प्रवेश द्वार पर कड़ा पहरा। दिन-रात वन रक्षक बारी-बारी गेट की निगरानी पर तैनात रहते थे और मुख्य द्वार के ठीक सामने हिंदी और अंग्रेज़ी में बड़े अक्षरों में नोटिस लिखा हुआ था: "बिना अनुमति के प्रवेश एक दंडनीय अपराध है"। दूर से जीवन ने देखा कि लगभग दस ट्रक बाड़े के अंदर खड़े हुए थे। उनमें से एक ट्रक पर कुली पत्तों की बोरियां लाद रहे थे। इस तरह रात भर ट्रकों पर बोरियां लदती रहती थीं और ट्रक आते-जाते रहते थे।

प्रस्थान करने वाले ट्रक अंदर से निकलकर गेट पर आकर रुका करते थे। गेट पर मौजूद गार्ड, संबंधित काग़ज़ातों की जांचकर हस्ताक्षर करते थे। फिर वहां से ट्रक आगे दाएं मुड़कर, मुख्य सड़क पर चढ़ा करते थे। परिवहन की शब्दावली में ऐसे ट्रकों को "ओवरलोडेड" कहा जाता था। वे बहुत धीमी गति से आगे बढ़ते थे, ख़ासकर जब किसी मोड़ पर घूमना हो तब। नहीं तो ट्रक के पलटने का ख़तरा रहता था। जीवन ने यह सब पहले से ही देख लिया था। वह जंगल की आड़ में, मोड़ के पास, किसी शिकारी चीते की तरह, सही मौक़े का इंतज़ार कर रहा था।

रात के क़रीब आठ बज रहे थे। चारों तरफ़ घना अंधेरा था। दो हाथ की दूरी पर भी शायद ही कुछ नज़र आ रहा था। तभी मौक़ा आ गया। एक ड्राइवर ने मुख्य सड़क पर अपना ट्रक रोक दिया और पेशाब करने के लिए उतर गया। यह अकल्पनीय भाग्य था! नहीं तो जीवन को चलते ट्रक के पीछे की रस्सी को पकड़कर झूलते हुए ऊपर चढ़ना पड़ता। ऐसा करते हुए यदि वह फिसल जाता, तो उसका ज़ख़्मी होना लाज़मी था। बिना देर किए, वह

गिलहरी की तरह चुपचाप, तेज़ी से पीछे की रस्सी को पकड़, बोरियों को ढंकने वाली तिरपाल की चादर के ऊपर चढ़ गया। उसके बाद वह युद्ध के मैदान में फ़ौजी की तरह अपनी छाती पर रेंगता हुआ, ड्राइवर की सीट के ऊपर की हुड के खोखले स्थान पर पहुंच गया, और वहां लेट गया। इस तरह उसे वहां किसी के देख पाने की संभावना नहीं थी। पखनजूर से दल्ली पहुंचने में आमतौर पर तीन घंटे लगते थे। लेकिन बीड़ी के पत्ते या बांस ढोने वाले ओवरलोडेड ट्रक बहुत सावधानी के साथ बहुत धीमी गति से चलते थे, और इसलिए उन्हें दोगुना समय लगता था। जीवन ने हिसाब लगाया था कि वह रात के डेढ़-दो बजे से पहले दल्ली नहीं पहुंच पाएगा। एक बार जब ट्रक पर चढ़ने की प्रारंभिक उत्तेजना समाप्त हो गई, तो वह भयानक अवसाद से घिर गया और थकान के कारण, चलते ट्रक के हिचकोलों में, ट्रक की छत की फरफराती हवा में सो गया।

जब उसकी नींद टूटी तब भी ट्रक चल रहा था। दूर आसमान में तारे भी जैसे ट्रक के साथ-साथ चल रहे थे। हवाई आतिश की तरह एक उल्का आसमान के उत्तर-पूर्वी कोने से तीर-सा छूटा। जीवन को अब कुसुम की याद आने लगी। कौन जाने वे कहां गए थे। उन्होंने ग़लती से भी कोई संकेत या दिशा का निशान नहीं छोड़ा था, जिसकी मदद से वह अपना खोया प्यार वापस पा सकता। यह सब सोचते हुए वह फिर से सो गया। जब उसकी फिर से आंख खुली तो उसने देखा कि गाड़ी रेलवे यार्ड में खड़ी थी। ड्राइवर या उसके सहायक का कोई नामो-निशान नहीं था। शायद अब जब कि उन्होंने यात्रा पूरी कर ली थी, वे ड्राइवर के केबिन में गहरी नींद में सो रहे थे। जीवन चुपचाप ट्रक के पिछले हिस्से से नीचे उतर गया। उसने एक लंबी सांस छोड़ी, मानो उसने कोई लड़ाई जीत ली हो, और आगे बढ़ गया। वहां से दल्ली-राजहरा रेलवे स्टेशन दिखाई दे रहा था। लेकिन अभी उस दिशा में जाना उचित नहीं था। यह हावड़ा या सियालदह जैसा भीड़-भाड़ वाला स्टेशन नहीं था। ऐसे स्टेशनों पर कोई किसी को नहीं देखता है। स्टेशन में रहने के अपने पूर्व अनुभव से जीवन जानता था कि ख़ाली स्टेशन में रेलवे पुलिस की नज़र पड़ने की पूरी संभावना रहती है। ऐसे में अगर उसे चोर या स्नैचर होने के संदेह में पकड़ लिया जाता तो वह सबसे ख़तरनाक स्थिति होती। और इसलिए, वह दूर से ही स्टेशन को देखता रहा।

स्टेशन से कुछ दूरी पर एक मंदिर था। किसका मंदिर था, यह समझ में नहीं आ रहा था। जीवन को लगा कि वही सबसे सुरक्षित स्थान था। दुष्ट और पापियों के लिए तीर्थस्थल, मठ और मंदिरों के समान सुरक्षित जगह और कहां

है! वह मंदिर की ओर चल पड़ा और उसके चबूतरे पर अपना गमछा बिछाकर बैठ गया। मंदिर का पुजारी अभी तक सोया नहीं था। वह मंदिर के चारों ओर घूमते हुए प्रार्थना और मंत्रोच्चार कर रहा था। उसका चेहरा अति भयानक था, मानो उसने अभी-अभी किसी का ख़ून किया हो, या करने ही वाला हो। लेकिन जीवन ऐसे लोगों से न तो डरता था और न ही परवाह किया करता था। थोड़ी देर बाद पुजारी ने उससे पूछा, 'कहां जा रहे हो बच्चे?'

जीवन बोला, 'मालूम नहीं मुझे कहां जाना है।'

'कहां से आए हो?'

जीवन ने हाथ उठाकर अंधेरे की ओर इशारा करके कहा, 'वहां से।'

'क्या तुम घर से भागकर आए हो?'

'घर ही नहीं है तो क्या भागूंगा।'

पुजारी ने और कुछ नहीं कहा और वहां से चला गया। वह फिर बुदबुदाते हुए मंदिर के चारों ओर चक्कर लगाने लगा। जीवन को नींद नहीं आ रही थी। जब चारों ओर थोड़ी-सी रोशनी हुई तो वह अपना गमछा उठाकर मंदिर के प्रांगण से निकल, धीरे-धीरे रेलवे स्टेशन की ओर चल पड़ा।

इस समय स्टेशन बिल्कुल ख़ाली था। बंगाल का कोई भी स्टेशन इतना उजाड़ कभी नहीं रहता था। मानो सब इस स्थान को सालों पहले छोड़कर विदा हो गए हों। न कोई चाय की दुकान, न कोई हॉकर, न कोई भिखारी, यहां तक कि कोई रेल कर्मचारी तक नहीं था। जीवन अकेला ही क़ब्रिस्तान के पहरेदार की तरह वहां बैठा रहा।

सुबह के क़रीब आठ-साढ़े आठ बजे, इक्का-दुक्का करके लोगों ने आना शुरू किया। लेकिन तब भी पचास से ज़्यादा नहीं थे। एक चाय वाला भी पीतल के बर्तन में अदरक वाली चाय लेकर आ गया। लेकिन ट्रेन नहीं चल रही थी। वो कल की खड़ी ट्रेन आज भी हिल-डुल नहीं रही थी।

यह ट्रेन रोज़ाना सुबह नौ बजे रवाना होती थी, लेकिन आज तो दोपहर का एक बज रहा था। यह ट्रेन मूलत: दल्ली-राजहरा से भिलाई के बीच यात्रा करने वाले सरकारी कर्मचारियों के लिए चलती थी। आज कर्मचारियों के वेतन का दिन था। सुबह दस बजे ऑफ़िस खुलते थे। उसके बाद ही तो वे अपना वेतन लेकर ट्रेन पर चढ़ते! इसलिए इतनी देर हो गई थी। आख़िर में ट्रेन दिन के डेढ़ बजे चली। दल्ली-राजहरा से भिलाई और फिर वहां से दूसरी ट्रेन लेकर रायपुर पहुंचने में जीवन को शाम हो गई।

रायपुर, हावड़ा-सियालदह की तरह बंद, बाड़ से घिरा, अत्यधिक संरक्षित स्टेशन नहीं था। इस समय लोगों की भी संख्या कम थी। जीवन एक ख़ाली बेंच पर बैठ गया। उसे बहुत भूख लगी थी। कुछ पैसे उसने सुबह ख़र्च कर दिए थे। बाक़ी के पैसों से उसने कुछ ख़रीदकर खा लिया था।

शाम को क़रीब सात बजे बॉम्बे-हावड़ा मेल आई। यह कोई साधारण ट्रेन नहीं थी। यह वीकली स्पेशल ट्रेन थी। इसकी हर सीट रिज़र्व थी। इसका किराया भी बहुत ज़्यादा था और आराम और सुविधा भी तुलनात्मकरूप से अधिक थी। सभी अमीर यात्रियों की सुरक्षा एवं सहायता के लिए कुछ ही क्षणों में स्टेशन पुलिसकर्मियों से भर गया। और ट्रेन के हर डिब्बे के दरवाज़े पर काले कोट पहने अनगिनत चेहरे दिखाई देने लगे। जीवन इंतज़ार में बैठा रहा कि कब ट्रेन छूटे और वह कूदकर चलती ट्रेन के किसी डिब्बे में चढ़ जाए।

ट्रेन छूटने में तब ज़्यादा समय नहीं बचा था। अचानक एक पुलिसवाले ने उसे देख लिया, 'ए साले, यहां क्या कर रहा है बे!' बोलते ही उसने जीवन के चूतड़ पर लाठी जमा दी। जीवन की शक्ल को देखकर पुलिसवाले को लगा कि वह चोर, पॉकेटमार के अलावा कुछ और नहीं हो सकता। पुलिसवाला उसे घसीटता हुआ गेट तक ले गया और ज़ोर से धक्का देकर कहा, 'भाग! फिर स्टेशन में घुसा तो अंदर कर दूंगा।'

गेट के बाहर खड़े जीवन ने पीड़ा भरी नज़रों से ट्रेन की ओर देखा। सिग्नल हरा हो चुका था। ट्रेन उसे लिए बिना ही चली जाएगी! गेट पर तैनात गेटकीपर ने जीवन के साथ हुए व्यवहार को देखा था। वह क्यों उसे अंदर जाने देता! तो क्या कोई और उपाय नहीं था? था, एक रास्ता था। अगर वह रेलिंग के ऊपर से कूद सके, तो उसके सफल होने की संभावना निश्चित थी।

कुछ देर बाद सीटी बजी और मेल ट्रेन के पहियों ने चलना शुरू किया। बस कुछ सेकंड ही बचे थे, इसके बाद ट्रेन रफ़्तार पकड़ लेती। अगर वह अब नहीं चढ़ पाया तो फिर उसके लिए चढ़ना नामुमकिन था। बिना देर किए जीवन तेज़ी से रेलिंग पर चढ़ गया और प्लेटफ़ॉर्म पर कूद पड़ा। रेलिंग के नुकीले, भाले जैसे लोहे के छड़ों में उसकी लुंगी फंस गई। नतीजतन, वह उतरने के बजाय गिर पड़ा। उसके घुटने छिल गए और उनसे ख़ून बहने लगा। लेकिन उसके पास उस पर ध्यान देने का वक़्त नहीं था। वह उठकर ट्रेन की ओर भागने लगा और किसी तरह चलती गाड़ी के एक दरवाज़े का हैंडल पकड़ने में क़ामयाब हो गया।

गाड़ी का यह डिब्बा मोबाइल रेस्तरां की तरह था। वहां एक आदमी आलू छील रहा था। जीवन को देखकर वह खिसिया उठा, 'यहां क्या है? आगे बढ़ो!' जीवन को पता नहीं था कि चलती ट्रेन में मोबाइल रेस्तरां भी होता है। न ही उसे यह पता था कि गाड़ी के एक कमरे से दूसरे कमरे में भी जाया जा सकता है। वह तीन-चार कमरों से गुज़रता हुआ अपनी पसंदीदा पुरानी जगह, दरवाज़े के पास जाकर बैठ गया। लेकिन वह बहुत देर तक चैन से नहीं बैठ सका, क्योंकि यह फ़रक्का मेल नहीं थी। आधे घंटे के भीतर, यमदूत की तरह मौत का फ़रमान लेकर एक टिकट चेकर हाज़िर हो गया। 'तेरे पास टिकट नहीं है? चार कमरा छोड़कर आगे निकल जा।' जिन चार डिब्बों की ज़िम्मेदारी उसकी थी, उनसे अवांछित उपद्रव को हटाकर वह निश्चिंत हो गया। लेकिन जिस व्यक्ति के अधिकार क्षेत्र में वह अब प्रवेश कर चुका था, वह जीवन को क्यों बर्दाश्त करता? इसलिए फिर एक बार निर्देश मिला, 'चार कमरे छोड़कर आगे...'

रात बारह बजे तक इस तरह कुत्ते की तरह खदेड़े जाने के बाद जीवन परेशान होकर थक गया। वैसे उसकी क़िस्मत अच्छी थी कि चेकरों ने उसे ट्रेन से नहीं उतारा, क्योंकि ट्रेन एक बार छूटने के बाद आसानी से नहीं रुकती थी। उतारने के लिए उन्हें डेढ़ घंटा इंतज़ार करना पड़ता। कौन यह सब झमेला करता! एक और अजीब बात यह थी कि पूरी ट्रेन में कोई भी पुलिसकर्मी नहीं था। उनकी तत्परता बस प्लेटफ़ॉर्म तक ही सीमित थी।

रात गहराने पर टिकट चेकरों का तांडव भी कम हो गया। थका हुआ, भूखा जीवन एक दरवाज़े के पास धूल-मिट्टी, गंदगी के बीच लेट गया। किसी कारण वह दरवाज़ा बंद नहीं था, पूरा खुला हुआ था। दरवाज़े से आ रही हवा से जीवन शांत हो गया और थोड़ी ही देर में वह गहरी नींद में सो गया।

जीवन को पता नहीं था कि वह कितनी देर सोया था। अचानक उसके सिर पर किसी भारी चीज़ का आघात लगा। ऐसा लगा जैसे उसकी आंखों के बीच हज़ार वोल्ट का करंट प्रवाहित हुआ हो, और फिर सब अंधेरा हो गया। उसका पूरा शरीर दर्द से कांप रहा था। ऐसा क्यों हुआ? क्या यह कोई दुर्घटना थी जो हमेशा लंबी दूरी की ट्रेनों में होती थी? क्या ट्रेन किसी हज़ार फ़ुट गहरी खाई में गिर गई थी? बड़ी मुश्किल से अपनी आंखें खोलते हुए जीवन ने देखा कि ट्रेन तो ठीक थी, लेकिन उसके सिर के सामने एक बूट वाला पैर था। और वह एक और प्रहार करने के लिए तैयार था।

'उठ साले!'

जीवन तड़ाक से खड़ा हो गया। कुसुम के आसपास रहने से उसके भीतर जो कोमल और नरम अनुभूति संचारित हुई थी, वह अब उस काली रात में, गर्जना करती ट्रेन पर पड़ी एक लात से चकनाचूर हो गई। उसने आश्चर्य से अपने चारों ओर देखा। सभी यात्री गहरी नींद में सो रहे थे। कोई चश्मदीद गवाह मौजूद नहीं था। हत्या के ऐसे मौक़े कम ही आते हैं। उसके यहां आने और जाने के दौरान उसने जितना अपमान, अत्याचार सेवक, पटवारियों और तहसीलदारों से झेला था, वह उन सबका बदला एक से ले सकता था। उसने बूटवाले की ओर देखा। वह लंबा और दुबला था। संभवत: वह जीवन को देखकर समझ गया कि वह बिना टिकट था और उसके पास रिश्वत देने की क्षमता भी नहीं थी। इसलिए शायद वह इतना ग़ुस्से में था।

जीवन की नज़र खुले दरवाज़े की ओर गई। मेल ट्रेन तेज़ रफ़्तार से भाग रही थी। बाहर भयानक अंधेरा था। इस समय अचानक लगे एक धक्के से चेकर उड़ जाएगा। दुनिया में किसी को भी उसके बारे में कोई जानकारी नहीं होगी।

जीवन ने एक शब्द भी नहीं कहा। उसने केवल एक पांव आगे बढ़ाया। लेकिन उसके शारीरिक परिवर्तन को देख—उसकी ख़ून से लाल हुई आंखें, भिंची मुट्ठियां, और गहरी सांस खींच फूली छाती को देखकर टिकट चेकर घबरा गया। उसे एहसास हुआ कि क्या होने वाला है। वह समझ गया कि इस अंधेरी रात में एक क्रोधित हत्यारा उसे मारने के लिए आगे बढ़ रहा है। वह छिटककर एक ओर हट गया और फिर पीछे मुड़, गिरता-पड़ता भाग गया। सारी रात फिर वह जीवन के पास नहीं आया।

दो जीवन

9

शहीद और पराक्रमी

पिछले कुछ दिनों से जादवपुर स्टेशन के आसपास एक अजीब से शख़्स को घूमते हुए देखा जा रहा था। कभी-कभी वह रेल लाइन के किनारे चलते-चलते पश्चिम की ओर सिग्नल पोस्ट के पास जाकर खड़ा हो जाता था। वह चिंतित होकर किसी की तलाश कर रहा था। यहां पहले बस्ती हुआ करती थी। ग़रीब लेकिन सहृदय लोग यहां रहते थे। उनमें रिक्शा वाले, दिहाड़ी मज़दूर, हैंडपंप मरम्मत करने वाले आदि थे। लगभग सभी महिलाएं बाबुओं के घरों की नौकरानियां थीं। नकुल, गोष्ठो, निताई, मोंटू, रतन और हारू नाम के कुछ लड़के यहां रहते थे जो लोगों के हमदर्द थे; जो शोषित, वंचित और ग़रीब लोगों के लिए जान की बाज़ी लगा देते थे। वे अब यहां नहीं थे। कहां गए वे सब? किसी को नहीं पता था क्योंकि कुछ दिन पहले रात के अंधेरे में पुलिस ने बस्ती को तोड़कर, झुग्गी-झोंपड़ियों में आग लगा दी थी। उनकी नज़र में कॉलोनी में रहने वाले सभी बदमाश और अपराधी थे। इसलिए, उन्हें यहां से हटाना पड़ा।

कभी-कभी वह अजनबी पालपाड़ा के सामने की सड़क पर चलते-चलते रामबाबू बाज़ार तक भी चला जाता था। एक समय यह पूरा इलाक़ा अग्नि के उपासकों के घेरे में था। कुछ लोग इसे मुक्त क्षेत्र कहते थे। यहां भी उसे कोई जानने वाला नहीं मिला। उसे सड़क के मोड़, चौराहों और गलियों के सिरों पर केवल कुछ शहीदों के स्मारक दिखे। जिन शख़्सियतों की याद में ये बनाए गए थे, वे कहा करते थे, 'हम इस गंदे, सड़े-गले समाज को बदलकर एक सुंदर समाज का निर्माण करेंगे।' इसलिए समाज ने ही उन्हें मनुष्यों से बदलकर ईंट-पत्थर का बना दिया था। उस शख़्स को न पता था, और न

ही किसी ने उसे बताया कि शहीद स्मारकों में से एक, साहसी युवक आशु मजूमदार का था। 1972 में चुनाव के दिन पुलिस को उसके ठिकाने की भनक लग गई; आशु मजूमदार कालिकापुर में किसी गुप्त आश्रय में छिपकर भूमिगत हो गए थे। उसके बाद पुलिस और अर्धसैनिक बल के संयुक्त अभियान में पूरे इलाक़े को घेर लिया गया था। लगभग दो घंटे तक मुठभेड़ चलती रही थी। उस साहसी लड़ाई के बाद, घायल आशु को पकड़ लिया गया। कुछ लोग कहते हैं कि उन्हें थाने ले जाकर, दल के साथी कॉमरेडों के बारे में पता लगाने के लिए उन पर अमानवीय अत्याचार किया गया था। वे उसी में मारे गए। वो शख़्स उन स्मारकों के शहीदों को नहीं पहचानता था, फिर भी, न जाने क्यों उसका दिल उन्हें देखकर मसोसने लगा, उसकी आंखों से आंसू बह निकले। और कुछ न भी हों, पर वे अद्भुत भले मानुष थे। वे इस मिट्टी, देश और लोगों से बहुत प्यार करते थे। आख़िर उसी प्यार की ख़ातिर ही तो उन्होंने अपनी जान दे दी।

कभी-कभी वह अजनबी जादवपुर बस-स्टॉप के चौराहे की ओर चला जाता था। वहां भी सब ख़ाली था। चौराहे पर उन युवाओं का जमघट, जिनके चेहरे वह जानता था, अब नहीं था। अब जो वहां थे, वे सभी विजयगढ़ की तिरंगा वाहिनी के योद्धा थे। उनमें से किसी को भी वह नहीं जानता था। विजयगढ़ वाहिनी पूरे पराक्रम के साथ सी.पी.आई.(एम) और नक्सल, इन दोनों ही लाल पार्टियों के आत्मघाती रण में थके हुए योद्धाओं को ख़त्म करने के लिए मैदान में उतर आई थी। उनके साथ सी.आर.पी.एफ. का ऑटोमैटिक हथियारों से लैस मारक दस्ता था। उन्हें सत्ता में बैठे वर्तमान पार्टी के नेता का आशीर्वाद और आश्वासन भी प्राप्त था। उन्होंने जादवपुर के लगभग पूरे क्षेत्र को अपनी पार्टी के नियंत्रण में ले लिया था। केवल वो क्षेत्र जिन्हें वे अपने अधिकार में नहीं ले पाए थे, वो थे टी.बी. अस्पताल के पीछे से लेकर लोहारपाड़ा, और उसके आसपास के तीन या चार मोहल्ले। दुर्भाग्य से वहां सी.पी.आई.(एम) का मज़बूत क़ब्ज़ा था।

वह शख़्स पागलों की तरह इन सभी इलाक़ों में घूम रहा था। यह बिल्कुल स्पष्ट नहीं था कि वह क्यों घूम रहा था। वह किसी से बात नहीं करता था। शायद उसे बात करने के लिए कोई मिल नहीं रहा था। लगता था काफ़ी देर तक बात न करने की वजह से, उसे जो कुछ कहना था, वह सब मर चुका था। उसे देखकर ऐसा प्रतीत होता था कि वह किसी पीड़ा के बोझ से जर्जर था, जैसे कि अपनी ही आंतरिक पीड़ा से ख़ुद कुचला जा रहा था और उससे उबर नहीं पा रहा था।

कुछ लोग कहते हैं कि इंसान की याददाश्त बहुत कमज़ोर होती है। काले बादलों-सी घिरी घटनाओं में वर्तमान समय अपरिहार्य और वेगवान लग रहा था। स्मृति और अस्तित्व, सभी कुछ मानो कमल के पत्ते पर पड़ी पानी की बूंद की तरह फिसलन भरा और लुढ़कने को था। फिर भी कुछ लोगों के मन में कुछ घटनाओं के निशान अमिट रह जाते हैं। ऐसे ही किसी निशान को झेल रहे, जादवपुर रेलवे स्टेशन के एक कुली, रघु को यकीन था कि भटकने वाला शख़्स कोई और नहीं, बल्कि जीवन—चांडाल जीवन था। पास जाकर उसे क़रीब से देखते हुए उसने कहा, 'इतने दिन कहां था भाई? तेरा चेहरा तूफ़ान की चपेट में आए कौवे-सा क्यों दिख रहा है?'

जीवन ने जवाब दिया, 'मैं लंबे समय से पश्चिम बंगाल से बाहर था। बीमार पड़ गया था। अभी पूरी तरह से ठीक नहीं हुआ हूं, शायद इसलिए ऐसा दिख रहा हूं...चलो छोड़ो, यह बताओ यहां क्या हो रहा है? कोई भी नहीं दिख रहा है?'

'क्या तुझे यहां के बारे में कुछ नहीं पता?'

'नहीं पता। क्या हुआ है?'

'बहुत लंबे समय के बाद तुझसे मिल रहा हूं। चल, तुझे एक कप चाय पिलाता हूं। चाय पीते-पीते सब बताता हूं।'

रघु अपने सिर पर मछलियों से लदी टोकरियां ढोकर जादवपुर रेलवे स्टेशन से पालपाड़ा बाज़ार तक ले जाता था। शायद अभी भी यही करता था। एक बार पैर फिसलने से वह टोकरी समेत गिर गया था और उसके टखने में मोच आ गई थी। तब जीवन ने उसके टखने की मालिश कर, उसे खड़े होने में मदद की थी। इस तरह रघु और जीवन एक-दूसरे से परिचित हो गए। उन्होंने धीरे-धीरे चाय की चुस्की ली और रघु ने अपने तरीक़े से जीवन को इलाक़े की स्थिति के बारे में सब बताया, जिसे सुनकर जीवन को गहरी पीड़ा हुई। जिन लोगों ने यह सपना देखा था कि यह दशक मुक्ति का दशक होगा, राज्य के कर्णधारों ने उनकी बेरहमी से हत्या कर दी थी। और जो लोग संगठित हमले से बच गए थे, वे अब अपने टूटे सपने का शोक मना रहे थे, जैसे बिना नाविक के नाव पर सवार यात्री, जो तैरना नहीं जानते—असहाय, अधीर, दिशाहीन। वे कहां थे या उनमें से कोई अब क्या कर रहा था, इसके बारे में कोई सुराग़ नहीं था। इनमें से एक दल को मार दिया गया था, या फिर वे पुलिस द्वारा पकड़ लिए गए थे और जेल में सड़ रहे थे। दूसरे दल का पुलिस द्वारा पीछा किया जा रहा था, और वे कहीं न कहीं छुपे हुए थे; वे वही थे जिन्हें 'अंडरग्राउंड' कहा

जाता था। तीसरे दल ने अपनी ग़लती स्वीकार कर ली और सी.पी.आई.(एम) की शरण ले ली। और चौथे दल ने स्वयं को इंदिरा गांधी के चरणों में समर्पित कर दिया, जिनकी पार्टी को एशिया की मुक्ति का सूरज कहा जाता था। रघु के विचार में सच्चे नक्सली वे थे जो आंतरिक सुरक्षा अधिनियम (मीसा) के तहत बिना मुक़दमे के जेल में पड़े थे और मौक़ा मिलते ही जेल से भागने की कोशिश करते थे, और वो, जो सी.पी.आई.(एम) या कांग्रेस के आगे आत्मसमर्पण न कर 'अंडरग्राउंड' हो गए थे। रघु की आशा-आशंकाएं उन्हीं को लेकर थीं। उसे यक़ीन था कि आज नहीं तो कल, वे ही करो या मरो की अंतिम बोली लगाएंगे।

जीवन ने रघु से पूछा, 'अब मैं क्या करूं?'

'क्या करेगा? जादवपुर में रहेगा?'

'मैं तो यही चाहता हूं।'

'उस स्थिति में, तुझे कांग्रेस या सी.पी.आई.(एम) में से किसी एक पार्टी में शामिल होना पड़ेगा। दरअसल, तू एक चिह्नित आदमी है। ऐसे तू यहां नहीं रह सकता। तुझे दोनों पार्टियों से लताड़ पड़ती रहेगी।'

'लेकिन मैं किसी दल में नहीं रहना चाहता। मेरे मां-बाप, भाई-बहन मुसीबत में हैं। सबसे पहले उनके लिए कुछ करना होगा। इसलिए मैं यहां आया हूं।'

रघु ने कहा, 'मैं इस मामले में तेरी कुछ मदद नहीं कर सकता, भाई। तू एक काम कर, तू मोना-दा को जानता है न? अरे वो कांग्रेस के मस्तान साधन-दा के भाई! पहले मोना-दा नक्सली थे। पहचानते हो न! वो टी.बी. अस्पताल में रहते हैं। उनसे जाकर मिलो। सबकुछ साफ़-साफ़ बताओ उन्हें। देखो, अगर वो कुछ व्यवस्था कर दें।'

जीवन मोना-दा को जानता था। हालांकि मोना-दा के बड़े भाई, साधन डे, एक मस्तान थे, जिनके नाम से पूरा इलाक़ा कांपता था और वे कांग्रेस नेता सुब्रत मुखर्जी के भी क़रीब थे, बावजूद इसके उन्होंने कभी कमज़ोर लोगों पर अत्याचार नहीं किया या ग़रीबों से पैसे नहीं वसूले, जो कि उस समय की कांग्रेस पार्टी की प्रचलित संस्कृति के बिल्कुल विपरीत था। इसलिए आम लोगों की नज़र में साधन डे की एक अलग छवि थी। एक अन्य कारण यह था कि उन्होंने कभी कांग्रेस और सी.पी.आई.(एम) के बीच लड़ाई में भाग नहीं लिया, बल्कि उन्होंने नेता टाइप के कई सी.पी.आई.(एम) वालों की पुलिस

और कांग्रेस के हमलों से रक्षा भी की थी। वे हर शाम टी.बी. अस्पताल की कैंटीन के बरामदे में, लोहारपाड़ा के सिद्धांतवादी, कॉमरेड शिव चौधरी के साथ बैठकर शराब पीते थे। इन्हीं सब कारणों से साधन डे सी.पी.आई.(एम) के दुश्मन नहीं, बल्कि स्वाभाविक मित्र थे। साधन डे के छोटे भाई होने के कारण, मोना डे को भी कांग्रेस के कार्यकर्ता ऐसे बैर भाव से नहीं देखते थे कि जिसे पीटकर इलाक़े से बाहर निकाल दिया जाए या उसकी लाश ग़ायब कर दी जाए।

पुलिस की नज़र में भी मोना डे कोई ख़तरनाक शख़्सियत नहीं थे, हालांकि वे उग्रवादी कार्रवाई के मुखर समर्थक थे, लेकिन उसमें सक्रिय रूप से शामिल नहीं थे। उनके जैसे बहुत से पढ़े-लिखे लड़के नौकरी पाने में असफल, चाय की दुकानों पर बैठकर क्रांति की बातें किया करते थे। लेकिन नौकरी मिलते ही वे पूरी तरह से सांसारिक विषयों में लग जाते थे। नतीजा यह था कि मोना डे मोहल्ले पर आई तमाम विपदाओं के बाद भी नक्सली छाप लिए वहीं बने रहे। सुबह उठकर मॉर्निंग वॉक और फिर नाश्ते के बाद स्टेशन पर जाकर अपने दोस्तों के साथ गप्पें मारने की दिनचर्या में उन्हें कोई बाधा या मुश्किल नहीं आती थी।

उसी शाम जीवन मोना डे से मिलने उनके रोज़ के ठिकाने पर पहुंचा, जो बिहार के आरा ज़िले के निवासी, छेचन साहू का भोजनालय था।

'आप मुझे पहचान रहे हैं न मोना-दा?'

'हां पहचान तो रहा हूं। लेकिन तू इतने दिनों से कहां था? जेल में?'

जीवन ने उत्तर दिया, 'वो एक तरह का जेल ही था। मैं वहां और रह नहीं पाया, इसलिए चला आया। मैं अब यहीं रहना चाहता हूं।'

'तो रह न! असुविधा क्या है?' मोना ने लापरवाही से जवाब दिया।

'मुझे यहां रहने के लिए, कुछ न भी हो पर दिन में कम से कम दो बार खाना तो चाहिए। और उसके लिए पैसों की ज़रूरत होगी।'

'तू तो जानता है कि मैं बेकार हूं।'

'मुझे कहीं कोई काम ढूंढ़ दो न!'

'बता कैसा काम ढूंढ़ दूं?'

'साधन-दा की बहुत पहुंच है। उनसे कहो न मुझे टी.बी. अस्पताल में किसी भी तरह के काम में लगा लें।'

‘वार्ड बॉय का काम करेगा? गुरुमोहन बाबू मेरा अनुरोध नहीं टाल सकते। कहेगा तो लगा दूंगा वहां।’

‘मुझे कहीं भी लगवा दो। चार-पांच दिन से पानी के अलावा मैंने कुछ नहीं खाया है।’

मोना डे जीवन के पहले अनुरोध का अर्थ समझ गए कि उसे नौकरी की ज़रूरत है। लेकिन उसके बाद जीवन ने जो कहा, उसका अर्थ वे ठीक से समझ नहीं पाए। बिना भोजन के सिर्फ़ पानी पीकर रहने की पहाड़-सी पीड़ा से वे अनजान थे। अगर जानते भी हों तो यह नहीं पता था कि उसके बारे में क्या करना चाहिए। आख़िर भुखमरी सिर्फ़ एक व्यक्ति की तो थी नहीं, पूरे देश में लाखों लोगों की समस्या थी। इस समस्या के समाधान के लिए क्रांति आवश्यक थी। एक बार क्रांति हो जाने के बाद, कोई भी फिर कभी भूखा नहीं रहेगा। सभी को भोजन, वस्त्र, घर, शिक्षा और स्वास्थ्य सेवा मिलती। जब तक क्रांति नहीं होती, तब तक कुछ कष्ट तो सहना ही होगा। मोना डे ने कहा, ‘मैं कल गुरुमोहन बाबू से बात करके तुझे बताऊंगा, ठीक है?’

सरकार ने अभी तक टी.बी. अस्पताल का अधिग्रहण नहीं किया था। स्वीपर, जमादार, वार्ड बॉय आदि जैसे छोटे-मोटे कामों के लिए लोगों की भर्ती करना गुरुमोहन बाबू के दायरे में आता था। इस समय एक वार्ड बॉय की तनख़्वाह एक सौ बीस रुपये महीना थी। यह निश्चित था कि मोना डे के कहने से गुरुमोहन बाबू जीवन को काम पर लगा देते। लेकिन इस समय जीवन के आगे भूख से भरी एक लंबी रात थी। मजबूर होकर उसने मोना डे से कहा, ‘ज़रा छेचन से कहिए न कि वह मुझे दिन में एक बार खाने दे। जो भी पैसा बनेगा मैं उसे बाद में चुका दूंगा।’

मोना डे ने मीठी मुस्कान के साथ कहा, ‘अभी नहीं, बाद में कह दूंगा।’

मोना डे ने कहा था कि वह छेचन को कह देगा, लेकिन उस दिन जाते समय वह कहना भूल गया और उसके अगले दिन भी फिर भूल गया। दोनों बार छेचन की दुकान से जीवन को ख़ाली पेट, भूखा वापस आना पड़ा। पहले के चार दिन और उसके साथ यह दो दिन सिर्फ़ पानी पीकर उसने गुज़ारा किया।

जब जीवन इस अंचल को छोड़कर दंडकारण्य चला गया था, तब सी.पी.आई.(एम) और नक्सलियों के बीच लड़ाई अपने चरम पर पहुंच चुकी थी। रोज़ाना देशी बम और गोलियों की बारिश होती थी और सैकड़ों युवा मारे

जाते थे। तब दोनों पक्षों के कुछ शिक्षक, प्रोफेसर, कवि, साहित्यकार जैसे बौद्धिक समुदाय के लोग एक साथ आए और दोनों पक्षों के योद्धाओं के बीच एक संधि की, कि कोई भी दूसरे दल के लोगों को नहीं मारेगा। यह जानकर जीवन को कुछ भरोसा मिला। वह जादवपुर स्टेशन में रहने में सुरक्षित महसूस कर रहा था। उसने सोचा कि अगर उसे टी.बी. अस्पताल में कोई काम मिल जाए तो उसकी सभी समस्याओं का समाधान हो जाएगा। लेकिन इसी विश्वास ने बाद में उसे ख़तरे में डाल दिया।

हालांकि मोना डे छेचन को बताना भूल गए थे, लेकिन वह गुरुमोहन बाबू से बात करना नहीं भूले। लेकिन उसने ऐसा करने में थोड़ी देर कर दी। जीवन मोना डे के क्वार्टर के सामने वाले गुरुमोहन बाबू के क्वार्टर में उनसे मिलने गया तो गुरुमोहन बाबू ने उसे अगले दिन आने के लिए कहा।

उस रात भी जीवन अपने सदासंगी गमछे को जादवपुर रेलवे स्टेशन के टिकट काउंटर और उसके सामने की चाय की दुकान के बीच की ख़ाली जगह पर बिछाकर लेट गया था। वह रात भर जागता रहा था और भोर होने से ठीक पहले सोया था। अचानक उसकी नींद कान फाड़ने वाली राइफ़ल की गोलियों की बौछार की आवाज़ से टूटी। उसने आंखें खोलकर देखा जैसे कोई समुद्री तूफ़ान स्टेशन पर उमड़ रहा हो, या बाघों का झुंड लोगों के पीछे भाग रहा हो। लोग अपनी जान जाने के डर से पागलों की तरह इधर-उधर भाग रहे थे। आमतौर पर सुबह की ट्रेनों में काफ़ी भीड़ होती थी। उनमें गांव से हज़ारों की संख्या में लोग शहर में मज़दूरी करने आते थे। लोग जिस दिशा में भाग सकते थे, भाग रहे थे। बाबुओं के घर में बर्तन मांजने वाली एक नौकरानी भागते हुए, कपड़ा पैर में लिपट जाने से औंधे मुंह गिर पड़ी और उसके हाथ-पैर से ख़ून बहने लगा। काम पर आए एक मज़दूर के कंधे से उसका फावड़ा और टोकरी छिटक गए। किसी मछली बेचने वाले का कुंड गिर गया और सारा फ़र्श पानी और मछलियों से भर गया। हज़ारों लोग एक साथ, सभी दिशाओं से चिल्ला रहे थे। "बचाओ! बचाओ! हे भगवान! मर गया!" कुछ ही पलों में सुबह स्टेशन पर आए भयानक तूफ़ान ने सब तबाह कर दिया। स्टेशन के सफ़ाई कर्मचारी विजय के पेट के निचले हिस्से में गोली लग गई और वह ख़ून से लथपथ हालत में प्लेटफ़ॉर्म के बाहर छिटक कर गिर गया। कुछ देर कटे हुए बकरे की तरह तड़पने के बाद उसकी मौत हो गई।

आख़िर माजरा क्या था! इतनी गोलियां क्यों चल रही थीं? थोड़ा संयत होने के बाद, जीवन को पता चला कि फ़ुटबॉल खिलाड़ियों के भेस में युवाओं के एक समूह ने स्टेशन पर पुलिस कैंप को लूट लिया था और वे वहां मौजूद सभी राइफ़ल, रिवॉल्वर और गोला-बारूद ले गए थे। कैंप में सात-आठ पुलिसकर्मी थे। वे स्वेच्छा से हथियार देने को तैयार नहीं थे और उन्होंने रोकने की कोशिश की थी, और इसलिए वे सभी या तो मारे गए या घायल हो गए थे। आगे क्या हुआ यह किसी के लिए अज्ञात नहीं था। लाल बाज़ार से पुलिस की एक बड़ी टुकड़ी वहां पहुंची, इलाक़े को घेर लिया और चोरी हुए हथियारों को बरामद करने के लिए तलाशी अभियान शुरू किया। बड़ी संख्या में लोगों को पकड़कर हिरासत में लिया गया। जिन पर नक्सली होने का शक था, उन्हें गोली मार दी गई। कितने मारे गए और कितने अधमरे पड़े रहे, इसका कोई हिसाब नहीं था।

जब कैंप में पुलिसवालों पर हमला चल रहा था, तब रात भर रेलवे लाइन पर गश्त कर रहे चार पुलिसकर्मियों का एक दस्ता अपनी ड्यूटी ख़त्म कर, घर लौटने के लिए, दो नंबर प्लेटफ़ॉर्म पर बैठा, सोनारपुर के लिए ट्रेन पकड़ने का इंतज़ार कर रहा था। प्लेटफ़ॉर्म नंबर एक पर अचानक हुए हंगामे को देख, राइफ़ल चुराने वालों को पकड़ने के प्रयास में उन्होंने बेतरतीब ढंग से गोलियां चलाईं और उनमें से एक गोली विजय को लग गई। इसके बाद उन्होंने पुलिस हेडक्वार्टर को फ़ोन कर हादसे की जानकारी दी। इस तरह लाल बाज़ार से पुलिस की बड़ी टुकड़ी वहां पहुंच गई।

इसी बीच जादवपुर थाने से भी एक मध्यम आकार की टुकड़ी आ पहुंची। वे अपनी क्षमता के अनुसार वही काम करने लगे जो समयोचित और क्रुद्ध पुलिस के स्वभावोचित था। पहले धक्के में संध्याबाज़ार का काना और ज्योते और राजपुर का तपन मारे गए। स्टेशन से सटी क़रीब दस दुकानें और पांच-छह साइकिल-रिक्शा टूट गए। कितने आम लोगों को पीटा गया, उसकी कोई गिनती नहीं थी।

जीवन को वहां से भागना पड़ा। स्टेशन अब सुरक्षित नहीं था। लेकिन कहां भागकर जाना सुरक्षित होता? क्या अब कोई जगह सुरक्षित थी? फिर भी जीवन दौड़ा। स्टेशन रोड पकड़कर दौड़ते हुए नौ नंबर बस-स्टॉप के क्रॉसिंग पर पहुंचा, फिर दाईं ओर मुड़कर रेल लाइन को पकड़ सीधा सलामपुर की दिशा में दौड़ा। तभी अचानक उसे याद आया कि वो युवक चोरी के हथियार लेकर इसी दिशा में भागे थे। पुलिस उनको ढूंढ़ती हुई यहीं तो आएगी। वह

वापस बस-स्टॉप पर आ गया। और थोड़ा आगे चलकर विश्वविद्यालय के परिसर में दाख़िल हो गया। स्टेशन पर हुए हंगामे की उत्तेजना अभी तक यहां नहीं पहुंची थी। जीवन ने दिशाहीन, इधर-उधर घूमते हुए काफ़ी समय बिता दिया। फिर उसे याद आया कि गुरुमोहन बाबू ने आज मिलने के लिए कहा था। वह इलाक़ा अब तक निश्चित ही शांत हो चुका होगा। उसके लिए अब वहां जाना सुरक्षित होगा। शायद गुरुमोहन बाबू अब तक जाग चुके होंगे।

टी.बी. अस्पताल का एक हिस्सा, जो कि स्टेशन के किनारे पर था, थोड़ा टूटा हुआ था। अस्पताल परिसर के क्वार्टर में रहने वाले कर्मचारियों को विभिन्न ज़रूरतों के लिए स्टेशन जाना पड़ता था। इसलिए दीवार खड़ी करने के अगले ही दिन उन्होंने कुछ ईंटों को हटा दिया था। अस्पताल के अधिकारियों ने उसकी दोबारा मरम्मत नहीं की, नहीं तो कर्मचारियों को दीवार तोड़ने का काम नए सिरे से करना पड़ता। टूटी हुई दीवार से अंदर जाकर, कुछ ही क़दम की दूरी पर बाईं ओर मोना डे और साधन डे का क्वार्टर था। असल में उनका नहीं, बल्कि उनके पूज्य पिता का था, जो अस्पताल के ही एक कर्मचारी थे। उनके क्वार्टर के सामने वाला क्वार्टर गुरुमोहन बाबू का था।

धीरे-धीरे, सावधानी से चारों ओर देखते हुए जीवन स्टेशन पर पहुंच गया। घटना को हुए क़रीब दो घंटे हो चुके थे। इस बीच प्लेटफ़ॉर्म पर लगे ख़ून के धब्बों को भले ही न धोया गया हो, लेकिन लोगों के मन से कुछ हद तक मिट चुका था। कुछ लोग फिर से सड़कों पर चलने-फिरने लगे थे। पुलिस वाहिनी अब छोटे-छोटे दलों में पूरे इलाक़े की तलाशी ले रही थी। जीवन दीवार की टूटी जगह को पार कर गुरुमोहन बाबू के क्वार्टर के सामने वाली गली की ओर की खिड़की के सामने जाकर रुक गया। 'मैं आ गया हूं,' उसने कहा।

गुरुमोहन बाबू सोकर उठ चुके थे। वे मुंह-हाथ धोकर चाय की चुस्कियां ले रहे थे। वे अभी तक इस बात से अनजान थे कि दीवार के उस पार की दुनिया ने आज की सुबह को किस भीषण रूप में देखा था। उन्होंने गोलियों की आवाज़ सुनी थी, बल्कि उसी की आवाज़ से उठे थे। जब वे अपनी प्रात:क्रिया से निबट रहे थे तब उन्होंने बाईस गोलियों की आवाज़ सुनी थी, लेकिन यह कोई नई बात नहीं थीं। यह सब सुनते-सुनते वे इसके अभ्यस्त हो चुके थे। अब जीवन को वहां देखकर उन्होंने पूछा, 'वहां क्या हुआ है रे?'

जीवन ने कहा, 'जो कुछ होना था वह हो चुका है। अब और कुछ नहीं हो रहा है। पुलिस आ गई है और गोलियां चला रही है।'

'क्या हो चुका है?'

'राइफ़ल्स छीन ली हैं।'

'किसने किया?'

'वो मैं क्या जानूं?'

'जब राइफ़ल्स छीनी गई हैं तो लगता है ये वो ही होंगे। पुलिसवालों को मारना, हथियार छीनना, यह सब उन्हीं का काम है।'

'लेकिन मुझे लगा वे अब और नहीं हैं!'

'मैंने भी यही सुना था, लेकिन अब देख रहा हूं कि वे हैं। ये रक्तबीज के वंशज हैं, क्या इनका इतनी आसानी से विनाश हो सकता है!' उन्होंने एक गहरी आह भरी, प्याले से चाय की आख़री चुस्की लेकर उसे सामने टेबल पर रख दिया। फिर उन्होंने एक छपा फ़ॉर्म उठाया और उसे खिड़की से जीवन की ओर बढ़ा दिया। 'इसे ले। जाकर एक्स-रे करवा ले। चूंकि यह टी.बी. अस्पताल है, तुझे एक्स-रे करवाना होगा। एक्स-रे रिपोर्ट मिलते ही और जो कुछ करवाना है, वो करके तुझे काम पर लगा दूंगा। अब तू जा, मुझे अभी बाज़ार जाना है। इस हंगामे में पता नहीं क्या मिलता है और क्या नहीं।'

फ़ॉर्म लेकर जीवन दक्षिण की ओर चल दिया। अस्पताल अभी बिल्कुल ख़ाली पड़ा था। रोज़ सुबह खेल के मैदान में जुटे, स्वास्थ्य के प्रति जागरूक युवक वहां नहीं थे। सुबह की शिफ़्ट में आए अस्पताल के कर्मचारियों की चहल-पहल भी नहीं थी। वार्ड के सामने मैदान में घास और बेंचों पर मरीज़ों की रोज़ की भीड़ भी ग़ायब थी। विस्फोटकों की महक से भरी इस ख़ूनी सुबह ने सभी के दिलों को बर्फ़ कर दिया था। पुलिस लोगों को मार दे, यह इतना भयावह नहीं था; यह एक नियमित घटना थी। लेकिन आज दांव उल्टा पड़ा था—लोगों द्वारा पुलिसवाले मारे गए थे। यह हड्डियां कंपा देने वाला विषय था।

गुरुमोहन बाबू के घर से निकलने के बाद, जीवन अस्पताल के मैदान को पार करते हुए, दक्षिण की ओर अस्पताल की कैंटीन, सौ बिस्तरों के वार्ड और सफ़ाई कर्मचारियों के क्वार्टर को पार कर लोहारपाड़ा की पुलिया पर पहुंचा। यदि वह बाईं ओर की तिरछी विपरीत दिशा में मुड़ता और दो-तीन मिनट चलता तो एक्स-रे विभाग में पहुंच जाता। लेकिन इससे पहले कि वह ऐसा कर पाता, एक शांत लेकिन कठोर आदेश उसके कानों में गूंजा: 'हॉल्ट! अपने हाथ ऊपर करो! भागने की कोशिश की, तो गोली से उड़ा दिए जाओगे!' सड़क के किनारे और कैंटीन के सामने और पीछे कई पेड़ और झाड़ियां

थीं। सभी पेड़ सालों पहले लगाए गए थे। उन पेड़ों के पीछे से दो छायादार आकृतियां निकलीं। जीवन के पैर पत्थर हो गए। उसने अपनी रीढ़ पर धातु की नली के ठंडे, कठोर स्पर्श को महसूस किया। ठीक वैसा ही दूसरा स्पर्श छाती के बीच में; रिवॉल्वर के सिलेंडर के छह कक्षों से छह ज़हरीले दांत झांक रहे थे।

जीवन ने उन दोनों को पहचान लिया। वे भी जीवन को पहचानते थे। पहचानते थे, इसीलिए तो उसे रोका था। लंबे समय की यह पहचान, एक ख़ूनी पहचान थी। उनमें से एक का नाम नानू था। जीवन के घर छोड़ने और पालपाड़ा आने के कुछ दिनों बाद, एक रात जीवन ने सफ़ाई कर्मचारियों के क्वार्टरों के मैदान तक जाकर नानू पर देशी बम से हमला किया था। दूसरा तापस दत्ता था। एक सुबह, नौ नंबर बस के मोड़ पर उस पर भी बम फेंका गया था। दो बमों में से एक बम फटने में विफल रहा, जबकि दूसरा अपना निशाना चूक गया और एक दुकान में घुस गया था।

'तेरा नाम जीवन है न! चल, लोहारपाड़ा चल।'

10

मौत का फंदा

लोहारपाड़ा सिर्फ़ एक मोहल्ले का नाम नहीं था, यह आतंक का पर्यायवाचक मोहल्ला था। यह एक ऐसा नाम था जो किसी अत्यंत साहसी के सीने को भी भय से कंपा सकता था। इस मोहल्ले को लेकर एक कहावत प्रचलित थी, "*लोहारपाड़ाय जे जाये हेटे शे फेरे खाटे!* जो लोहारपाड़ा में चलकर जाता है, वह वापस अर्थी पर लौटता है!" विरोधी दल का कोई वहां जाकर ज़िंदा लौटा हो, ऐसी एक भी घटना नहीं हुई थी। उन लोगों का ही यह कहना था, 'अगर वापस ही भेजना है तो यहां लाएंगे ही क्यों!' जीवन को अब उसी कुख्यात लोहारपाड़ा में ले जाया जा रहा था।

क्या जीवन सचमुच उस दिन वहां गया था? जो वहां गया था, क्या वह जीवन था? नहीं, वह जीवन नहीं था। जीवन को इतनी आसानी से पकड़कर वहां ले जाना असंभव था। जहां मौत निश्चित थी, वहां जाने के बजाय उसने वहीं उसका विरोध किया होगा। नानू और तापस दत्ता ज़िंदगी के सबसे दुर्गम, ऊबड़-खाबड़ और कठिन पथ पर एक सुन्न, बेहोश, भूखे, अर्धमृत और पेचिश से पीड़ित शरीर को साथ घसीटकर ले जा रहे थे।

ठीक इसी तरह कंकाल गायों का झुंड कसाईखाने में जाता है। वे अपने धूल-मिट्टी से लिपटे शरीर को बड़ी मुश्किल से घसीटते हुए आगे बढ़ते हैं। हर क़दम उनका थकान से भरा होता है। हर क़दम के साथ कम होती जाती है, उनके जीने की मियाद। वे नहीं जानते कि उन्होंने कहां से चलना शुरू किया, उनकी कितनी रातें बिना सोए और कितने दिन बिना खाए गुज़रे, कितनी ऊबड़-खाबड़ सड़कों पर ठोकर खाते चले, या उन्हें कितना अधिक और

चलना है। मानो उनके कमज़ोर, थके हुए शरीर धूल-धूसरित सड़क पर लोट जाना चाहते हों। उनके पैर उनके शरीर का भार उठाने में असमर्थ थे। फिर भी कोई विकल्प नहीं था, उन्हें चलते ही रहना था। जैसे ही उनकी गति थोड़ी धीमी होती, क्रुद्ध कसाई की निर्मम छड़ी उनकी पीठ पर पड़ती, 'चल, चल, हेट, हेट!' उनकी पीड़ा उनके मुंह के झाग से निकलती। बड़ी-बड़ी मक्खियां उनकी कीचड़ से भरी आंखों को कोंचतीं। धूर्त कौवे उनके शरीर के घावों पर चोंच मारते। उनके शरीर में इतनी ताक़त नहीं रहती कि वे अपनी पूंछ उठा कर किसी को झटक कर हटा दें। और फिर भी बेचारी गायों को चलना पड़ता है। उन्हें अपने जीवित शरीर को ख़ुद बूचड़खाने तक ले जाना पड़ता है। जीवन को अब यह एहसास हुआ कि जिस दिन ईसा मसीह को मौत की सज़ा पाने के लिए, अपने कंधों पर अपना क्रॉस ढोकर गोलगोथा की पहाड़ी पर चढ़ना पड़ा था, तब उन्हें कैसा लगा होगा।

लोहारपाड़ा की पुलिया पर अब लोगों की भीड़ लग गई थी। कितने लोग होंगे? एक सौ? दो सौ? तीन सौ? अनुमान नहीं लगाया जा रहा था। शायद पांच सौ भी हो सकते थे। सूर्योदय के समय डेढ़-दो सौ गोलियों की आवाज़ ने विभिन्न इलाक़ों से उन्हें अपने मुख्य गढ़ तक वापस खींच लिया था। इतनी गोलियां क्यों चलाई गई थीं? क्या उनका प्रिय गढ़ ख़तरे में था? क्या दुश्मन ने हमला कर दिया था? उनका गढ़ न केवल जादवपुर को, बल्कि पूरे दक्षिण बंगाल को नेतृत्व प्रदान करता था। अगर यह ख़त्म हो जाए तो दक्षिण बंगाल भी ख़तरे में पड़ जाएगा। अगर ऐसा होता है तो आज आख़िरी हिसाब-किताब होगा। सभी युद्ध के लिए सशस्त्र तैयार थे।

लेकिन तभी उन तक ख़बर पहुंची। नहीं, डरने की कोई बात नहीं थी, इसमें अन्य लोग शामिल थे। वे सुरक्षित थे। नतीजतन, सब थोड़ा ढीले पड़ गए। कुछ चाय पीने लगे, कुछ सिगरेट पी रहे थे तो कुछ बातें कर रहे थे। तभी तापस दत्ता और नानू दास जीवन को घसीटते हुए पुलिया पर पहुंचे। 'साले नक्सल को पकड़ लिया है!'

सब नहीं, लेकिन कुछ लोग उसे पहचान गए। और यह और भी भयावह और ख़तरनाक बात थी। '*आरे, तुई!* अरे, तुम! आख़िरकार तुम मिल गए! बैठो, वहीं बैठो। थोड़ा आराम करो। चाय पियो। उसके बाद हम तुम्हारा ख़्याल रखेंगे!' पुलिया के पास एक छोटी-सी चाय की दुकान थी। एक कोयले का चूल्हा जल रहा था, चाय की केतली तैयार थी। चाय की दुकान के मालिक का चेहरा भावहीन, पथरीला था। वह एक समर्पित पार्टी कार्यकर्ता था। वह

प्याले धो रहा था। उसने प्रत्येक कप में एक चम्मच चीनी डाली, फिर चाय की पत्तियों पर गर्म पानी डाला। साथ ही वह चूल्हे के पास रखे थ्री-नॉट-थ्री कारतूसों को हिलाडुला कर गर्म कर रहा था। सबकुछ सामान्य दिनचर्या के अनुसार हो रहा था। पार्टी ने उसे सिखाया था कि हर काम समान रूप से महत्वपूर्ण और सम्मानजनक है। इसलिए दुकानदार ब्रेड काटने और गला काटने में फ़र्क़ नहीं करता था। दोनों कामों में वह समान रूप से माहिर था।

जो जीवन को पकड़कर लाए थे, उनका काम पूरा हो गया था। अब जो कुछ भी करना था वह लोहारपाड़ा के लोगों को करना था। यह भारतीय न्यायिक प्रणाली के पॉकेट संस्करण की तरह था। पुलिस आरोपी को गिरफ़्तार करके लाएगी, और सज़ा न्यायाधीश सुनाएगा। और इसलिए, तापस दत्ता और नानू बैठे नींबू वाली चाय पी रहे थे। अन्य लोग जो जीवन को पहचानते थे और उसके अपराधों को जानते थे, वे इस बात पर चर्चा करने के लिए इकट्ठा हुए कि पकड़े गए अपराधी का अंजाम क्या होगा। इस बात को लेकर किसी के मन में कोई दूसरी राय नहीं थी कि सज़ा मौत ही होगी। क्योंकि लोहारपाड़ा को इससे कम किसी सज़ा के बारे में नहीं पता था। सवाल यह था कि सज़ा को अंजाम देने की प्रक्रिया क्या होगी? उन्होंने आपस में चर्चा की। कुछ ने गोली मारने की वक़ालत की, कुछ ने गले की नली काटने को प्राथमिकता दी, जबकि कुछ ने कहा कि उसे बोरे में भरकर नहर में फेंक देना सबसे आसान काम होगा।

कौन क्या कह रहा है यह जीवन के सुनने की बात नहीं थी। सुनकर भी वह क्या कर सकता था? कसाई की दुकान पर बंधा बकरा देख सकता था कि उसी के जैसा दूसरा खूंटी पर लटका हुआ है। थोड़ी देर में वो भी ऐसे ही झूल रहा होगा। यह देखकर भी वो क्या कर सकता था? जीवन अब मुद्दे की बात समझ चुका था, किसी न किसी रूप में वो होकर रहेगा, जो हर व्यक्ति के साथ, किसी न किसी समय निश्चित रूप से होता है।

जीवन डर गया। भय एक बर्फ़ीली ठंड के समान चुपचाप उसके सीने को जकड़ने लगा था। अगर अब तक उसे थप्पड़ और घूंसा मारा गया होता, या उसके घुटनों पर लाठी से वार किया जाता, तो दर्द होने पर भी वह इतना नहीं डरता। यदि ये लोग अपने क्रोध का कुछ हिस्सा उन तरीक़ों से निकालते, तो उसके बचने का एक मौक़ा होता। लेकिन कोई कुछ नहीं कह रहा था। वे सभी, अभी भी क्रोध से जल रहे थे और यही सबसे भयावह था। हर प्रेशर

कुकर में एक सेफ़्टी वॉल्व होता है ताकि बहुत अधिक भाप बनने पर अतिरिक्त भाप निकल सके। यदि भाप बाहर निकलने में असमर्थ हो तो प्रेशर कुकर में विस्फोट हो जाता है।

लोहारपाड़ा के लोग विस्फोट करेंगे। और जीवन भी एक भयानक आवाज़ के साथ फट जाएगा। मारक भाप उसे लपेट लेगी। वे लोग विस्फोट कर उसके चीथड़े कर देंगे। आजकल जिन लोगों के अपराध लोगों की नज़र में नगण्य थे, उन्हें हल्की सज़ा दी जाती थी और केवल अधमरा ही छोड़ दिया जाता था। लेकिन जिन लोगों के अपराध ख़ास थे, उनके लिए सज़ा भी उसी के अनुरूप होनी चाहिए थी। चाय की दुकान पर लोग जीवन को दी जाने वाली विशेष सज़ा के बारे में बात कर रहे थे। वे एक के बाद एक आए, उसे ऊपर से नीचे तक देखा, मानो उसका निरीक्षण कर रहे हों। लेकिन कोई कुछ नहीं कह रहा था। किसी ने उसे गालियां तक नहीं दीं। वे केवल निर्दयी सांप की ठंडी, स्थिर दृष्टि से उसे घूर रहे थे।

भीड़ में पिनाकी सेन भी शामिल थे। उन्होंने एक बार जीवन को एक लैम्प-पोस्ट से बांधकर उसकी पिटाई की थी। उसके कुछ दिनों बाद ही पिनाकी सेन की वर्कशॉप पर बम फेंके गए थे। उन्हें संदेह था कि उस घटना में जीवन भी शामिल था। वहां स्वपन भी मौजूद था। वह जीवन के सामने आने में संकोच महसूस कर रहा था। वह दूर से उसे तिरछी नज़र से देखते हुए, बेचैन होकर इधर-उधर घूम रहा था। एक बार उनकी आंख मिलते ही जीवन ने उसे उंगली के इशारे से बुलाया, 'सुन स्वपन!'

स्वपन जीवन के पास पहुंचा। 'बोल, क्या कहना है?' उसने झिझकते हुए कहा।

'क्या तुझे याद है कि तूने एक दिन दीवार पर "एल" अक्षर लिखा था?'

स्वपन ने झट से जवाब दिया, 'मैंने उसी रात, उसको धो-पोंछकर पूरी तरह मिटा दिया था।'

जीवन ने कहा, 'मिटा दिया था, यह तो तुझे देखकर ही पता चल रहा है। तुम लोग पढ़े-लिखे लोग हो, लिख भी सकते हो और मिटा भी सकते हो। लेकिन हम तो न लिखना जानते हैं, न मिटाना।'

इससे पहले कि स्वपन जवाब देता, एक नेता क़िस्म के आदमी ने स्वपन को धमकाया, 'उसके साथ इतना बक-बक क्यों कर रहे हो। जाओ, वहां जाकर पहरा दो।' स्वपन को वहां से हटाकर वह जीवन के सामने खड़ा

हो गया, 'स्वपन को फुसलाकर तूने ही उसे नक्सली बनाया था न? हमारी दीवार पर क़ब्ज़ा किया था! याद है, तुझे पिनाकी-दा ने चेतावनी देकर छोड़ दिया था? उस बार बच गया, पर इस बार नहीं बचेगा। बार-बार कोई किसी को नहीं बख़्शता!'

जीवन ने कुछ नहीं कहा। उसके पास कहने के लिए क्या बचा था! ये लोग अब कोई दलील सुनने को तैयार नहीं थे। उस आदमी ने आगे जानना चाहा, 'अब तक तूने कितने सी.पी.आई.(एम) के लड़कों का मर्डर किया है?'

जीवन निरुत्तर था।

'पिनाकी-दा के कारखाने में बम फेंकते वक़्त तुम लोग कौन-कौन थे?'

जीवन ने जवाब नहीं दिया।

'सच बता। सच बोलेगा तो तुझे छोड़ देंगे। बता, संध्याबाज़ार में कानू का ख़ून क्यों किया था?'

जीवन ने सिर हिलाकर कहा, 'मुझे नहीं पता।'

आदमी को ग़ुस्सा आ गया, 'बालक-दा आ रहे हैं। अभी भी वक़्त है, सच बोलकर माफ़ी मांग ले, नहीं तो किस तरह मरना है वो सोच ले।'

वह आदमी जीवन से दूर हटकर खड़ा हो गया। उससे किसी ने पूछा, 'और कितनी देर है? अभी तक टिफ़िन नहीं किया है, भूख से बेहाल हूं।'

आदमी ने कहा, 'बालक-दा के आते ही।'

'वो कब आएंगे?'

'उन्हें काफ़ी पहले ख़बर भेज दी गई थी। आ जाएंगे। थोड़ा और इंतज़ार कर लेते हैं।'

सभी बालक-दा के आने का बेसब्री से इंतज़ार कर रहे थे। बालक-दा लोहारपाड़ा के एक्शन स्क्वॉड के नेता थे। लोग कहते थे कि उन्होंने बीस ख़ून किए थे। उनके हाथ में चाकू और खंजर ऐसे थे जैसे किसी कवि के हाथ में क़लम या किसी चित्रकार के हाथ में कूची।

जीवन का दम घुट रहा था और सांस खींचते हुए उसका सीना धौंकनी की तरह हांफ रहा था। उसकी दृष्टि धुंधली हो रही थी। उसके सिर के अंदर सांय-सांय की आवाज़ हो रही थी। मानो कहीं कोई बेसुरी बांसुरी बज रही हो। उसके आसपास के लोग, उसके सिर के ऊपर का नीला आसमान, चांद,

सूरज की रोशनी, हरियाली, चिड़ियों की चहचहाट—चलायमान जीवन और जगत—इन सब में होते हुए भी जीवन अब सबसे मुक्त था। अब उसके पास कोई नहीं था, कुछ नहीं था। सभी सांसारिक हिसाब-किताब, लेन-देन, चाहना-पाना, मित्रता और शत्रुता से परे, उसकी आत्मा बहुत ऊपर उठ गई थी और अंतरिक्ष की गोद में आश्रय ले लिया था।

एक आदमी ने डबल बैरेल राइफ़ल में 12 बोर के कारतूस को लोड कर चाय की दुकान के सामने वाले एक बंद गैराज के कोलैप्सिबिल गेट पर टिका कर रखा था। जीवन ने सोचा—तो क्या वे मुझे गोली मारने वाले हैं? आजकल एक-एक गोली और कारतूस कितने महंगे हैं! क्या वे इतने उदार होंगे? अगर हों तो वाक़ई बहुत अच्छा है। यह दोनों पक्षों के लिए गला काटने, पेट चीरने या पीट-पीटकर मारने से कहीं अधिक सुविधाजनक है। समय और मेहनत दोनों की बचत होगी।

‘ऐ छोकरे, क्या नाम है तेरा! चाय पिएगा?’ उस व्यक्ति ने बड़े नरम स्वर में उससे पूछा, ‘चाय पिएगा तो पी ले। पैसे मैं दूंगा, पिएगा?’

जीवन ने उस व्यक्ति की ओर मूढ़ दृष्टि से देखा। वह *भद्रलोक*, साफ़-सुथरी धोती-कुर्ता पहने, लगभग चालीस साल की उम्र का, गोरा-रंग और गोल चेहरे वाला था। उसकी आंखों पर सुनहरे रंग का बाई-फोकल चश्मा था। बाएं कान में एक पतली सोने की बाली। उसकी उंगलियों में माणिक, पन्ना, गोमेद पत्थर जड़ी कई अंगूठियां और गले में बाबा लोकनाथ के लॉकेट वाली सोने की चेन लटकी हुई थी। ‘क्यों चाय नहीं पिएगा? तो ठीक है, एक गिलास दूध पी ले! वो भी नहीं पिएगा? तो क्या पिएगा? क्या मैं तेरे लिए नारियल पानी ला दूं?’

कोई उस व्यक्ति को रोकना चाहता था, ‘बेनू-दा, छोड़ो न! क्यों बेकार में अपना समय बर्बाद कर रहे हो। मुझे बताओ कि तुम मुझे क्या खिलाओगे?’

बेनू-दा हंस पड़ा। उसके दांत लंबे थे। उसने कहा, ‘पागल कहीं का, क्या तुम और वो एक हो!’ अपने स्वर को और गंभीर करते हुए उसने कहा, ‘वह थोड़ी देर में मरने वाला है। मैं उसे कुछ जल-पान कराना चाहता हूं। आफ़्टर ऑल हम हिंदू हैं। हमारे धर्म में मृत्यु के मार्ग के यात्री को जलदान करना अनंत पुण्य का कार्य है। इससे बड़ा कोई और नेक कार्य नहीं है।’

'यह सब बकवास है। पाप-पुण्य, धर्म-कर्म, स्वर्ग-नर्क सब कोरी बकवास है।'

'मैं जब तुम्हारी उम्र में था तब मैं भी यही कहा करता था। थोड़ी उम्र और बढ़ जाए, ख़ून का जोश कम हो जाए, तब समझोगे।'

'लेकिन मार्क्सवाद में...'

'देखो, मुझे मार्क्सवाद का हवाला मत दो! मैं 1964 से कम्युनिस्ट पार्टी में हूं। तब तुम लोग कहां थे? मार्क्सवाद अपनी जगह है और धर्म अपनी। दोनों पूरी तरह से अलग विषय हैं।' बेनू-दा ने विराम दिया, अपने बाएं हाथ से अपनी गर्दन को खुजाया और कहना जारी रखा, 'हमारा देश ऋषि-मुनियों का देश है। भाई, मैं वैसा मूर्ख विद्वान नहीं हूं जो मार्क्सवाद के दो पन्ने पढ़कर हज़ारों सालों के प्राचीन वेद-वेदांत को ख़ारिज कर देता है। प्रत्यक्ष प्रमाण के बिना बेनू गोपाल सेन कुछ नहीं बोलता। जानते तो हो न, हमारे पास तंत्र शास्त्र नाम की भी कोई चीज़ है?'

जो लड़का बेनू गोपाल सेन से बहस कर रहा था, वह अपने आप को अज्ञानी नहीं दिखाना चाहता था। उसने कहा, 'हां, मैंने तंत्र शास्त्र के बारे में सुना है।'

'सुना है! सिर्फ़ सुना ही तो है। लेकिन तंत्र में जो शक्ति है उसे देखने के लिए तुमने उसे आज़माया तो नहीं है न! शनिवार या मंगलवार को यदि किसी की अप्राकृतिक मृत्यु हुई हो, ऐसे किसी चांडाल की बाईं ओर की पसली के बीच की हड्डी यदि तुम ला सकते हो, तो मैं तुम्हें दिखा सकता हूं कि तांत्रिक मंत्र में कितनी असीम शक्ति है।'

जीवन कांप रहा था। उसका गला सूख रहा था। आज कौन-सा दिन था? शनिवार या मंगलवार? तब तो किसी भी तरह से अप्राकृतिक मौत को टाला नहीं जा सकता था! बचने की थोड़ी-सी भी संभावना समाप्त हो जाएगी! उसकी भी पसली के बाईं ओर एक बहुत क़ीमती हड्डी थी। उसने इन बाईस वर्षों से उसे यक्ष के धन की तरह संभाल कर रखा था। आख़िर जीवन के पूर्वज ही तो "चांडाल" कहलाते थे। मात्र इकसठ साल पहले ही ब्रिटिश सरकार ने उनका नाम बदलकर अधिक सम्माननीय नाम "नमःशूद्र" दिया था। उस नाम का क्या! अब भी तो सब उन्हें अपवित्र और अछूत चांडाल मानते थे।

अब वहां मोहन बर्मन आ गए। मोहन, लोहारपाड़ा के आतंक, बालक-दा के क़रीबी सहयोगी थे। क्या वे सहयोगी थे? या फिर बीस-बाईस साल से

चलती आ रही प्रतियोगिता के भयंकर प्रतिवादी? दोनों के बीच यही होड़ रहती थी कि कौन दूसरे से आगे निकलेगा और कौन किसे हराएगा। यदि बालक-दा किसी की हत्या करने में महान कलाकार थे, तो मोहन-दा एक महान दुष्ट शल्य चिकित्सक के समान थे। यदि पहला कम से कम समय और परिश्रम से, केवल एक भयानक झटके में प्राण लेने में माहिर था, तो दूसरे का झुकाव धीरे-धीरे पीड़ा देकर, वीभत्स रूप से किसी को मारने के आनंद को भोगने की तरफ़ था।

मोहन बर्मन के हाथ में एक डेटोनेटर था। इसका इस्तेमाल बम विस्फोट करने के लिए किया जाता है। इसकी पतली तार उन्होंने गले में घुमा कर लपेट रखी थी। एक पल के लिए उन्होंने जीवन को देखा। उनकी निगाहों में कोई क्रोध नहीं था, केवल अपने कर्तव्य की कठिनाई का आभास था। दया, सहानुभूति, प्रेम और स्नेह ये सभी बहुत ही कोमल भावनाएं थीं। वे इन सबसे मीलों दूर रहते थे। किसी कमज़ोर क्षण में किसी भी कोमलता के स्पर्श से अपने को बचाने के लिए, वे ख़ुद को वीभत्सता के घेरे से घेरकर रखते थे। जिसके कारण स्थानीय लोगों के बीच एक कहानी प्रचलित थी: चाकू की ज़रूरत नहीं; हत्या करते समय मोहन बर्मन अपने दांतों से गले की नली काट सकता है।

इस वक़्त मोहन बर्मन की आंखें, कसाई इस्माइल की प्रकाश रहित, अधबुझी आंखों की तरह, क्रूर और अपलक थीं। इस्माइल की मांस की दुकान थी। वह सुबह पशुशाला खोल बकरियों को ऐसी ही नज़र से देखता था। उसके बाद वह एक को बाहर खींच, उसे अपने पैरों के बीच मज़बूती से पकड़कर अपने चाकू की तेज़ धार से उसका गला काटता था। यही उसका रोज़ का काम था। यही उसका पेशा था और यही उसका धर्म था। इसे किसी भी सूरत में हत्या नहीं कहा जा सकता था।

मोहन बर्मन जो करते थे वो भी उनका धर्म और कर्म था। जो काम मन के आनंद से न किया जाए, वो काम एक बोझ होता है। काम के बोझ बन जाने से आदमी उसे ढोना नहीं चाहता है। मोहन बर्मन ने अपने काम को आनंददायक बना लिया था। वह अब अधीर थे। बालक कब आएगा? वो न आए तो क्या ऐसे ही बैठे रहना होगा? चूंकि बालक वहां नहीं था, तो क्यों न डेटोनेटर को लड़के की गुदा में घुसाकर ब्लास्ट कर दिया जाए? एक आदमी पर इतना समय क्यों बर्बाद करना!

लेकिन जब तक बालक-दा नहीं पहुंचते...फैसला तो उन्होंने ही करना था। अगर उनकी सहमति नहीं ली...इधर मोहल्ले में तापमान बढ़ रहा था। राइफ़लें छीन ली गई थीं, पुलिसकर्मियों की हत्या कर दी गई थी—कौन जानता था कि पुलिस यहां भी छापा मारने वाली थी या नहीं। बाघाजतिन की तरफ़ का इलाक़ा अभी भी ख़ाली था। यदि उन्हें मोहल्ले से बाहर जाना पड़े तो उनके पास उस रास्ते से जाने का विकल्प था। अगर इस लड़के पर समय बर्बाद करते रहने से, उधर वो रास्ता भी बंद हो जाता है, तो उनकी स्थिति पिंजरे में बंद बाघ की तरह होनी थी।

और क्या किया जा सकता था! हताश स्वर में मोहन बर्मन ने कहा, 'चलो और पांच-दस मिनट इंतज़ार कर लेते हैं। अगर बालक-दा तब तक नहीं आए, तो हमें कुछ करना होगा...'

जीवन को सुबह आठ बजे पकड़ा गया था। अब लगभग साढ़े दस बज रहे थे। सूरज तप रहा था। उसे जहां बैठाया गया था, उस जगह पर कोई छाया नहीं थी। तीखी धूप बर्छियों की तरह उसके शरीर में चुभ रही थी। उसके शरीर के हर रोम से पसीना, पानी की तरह बह रहा था। उसके नाक, कान और मुंह से गर्म लू-सी हवा निकल रही थी। उसके आसपास का दृश्य हवा में लहराता हुआ प्रतीत हो रहा था। उसे अपने सीने में हथौड़े के वार की आवाज़ महसूस हो रही थी। ठक! ठक! ठक! जैसे कोई पत्थर तोड़ रहा हो। धीरे-धीरे उसके शरीर का निचला हिस्सा सुन्न और अनुभूति रहित लगने लगा। उसके पैरों के तलवों में झनझनाहट हो रही थी। जैसे किसी ऊंची इमारत की छत पर खड़े होकर नीचे देखने से होता है। उसकी आंखें जल रही थीं। एक सूखे पेड़ की टहनी पर बैठा एक कौवा कर्कश आवाज़ में कांय-कांय चिल्ला रहा था। कहते हैं उन्हें मौत की गंध आ जाती है। क्या इसी बीच उन तक ख़बर पहुंच गई थी कि यहां किसी महाभोज का आयोजन हुआ है!

अब जीवन की आंखों के आगे, सिनेमा के पर्दे की तरह, उसके कुछ दिवंगत मित्रों के चेहरे उभर आए। इतने नाम थे कि वह उन्हें सूचीबद्ध नहीं कर पाता। उनमें से उसका सबसे प्रिय मित्र था, मधाई मंडल। पता नहीं किसने मधाई को मारकर, उसके शरीर को बोरी में भर, हुसैनपुर के होगला-सरकंडों के दलदल में फेंक दिया था। सुबह होने तक उसके शरीर का आधा हिस्सा गीदड़ों ने खा लिया था।

बहुत समय पहले, भगत सिंह, मास्टर-दा, सूर्य सेन और विनय-बादल-दिनेश के साहस और बलिदान के क़िस्सों को सुनकर, देश की सेवा में अपने जीवन का बलिदान देने की इच्छा, जीवन के भी मन में जागी थी। दो पक्षों के बीच भयंकर युद्ध होगा। एक गोली उसके सीने के ठीक बीचोबीच लगेगी। कुछ ही क्षणों में उसकी सारी पीड़ा समाप्त हो जाएगी। तब उसके मित्र उसे अपने कंधों पर उठाकर अपने गढ़ में ले आएंगे। वे उसके मृत शरीर को छूकर प्रतिज्ञा लेंगे, "*शोहीद तोमाय भुलबो ना!* शहीद, हम तुम्हें नहीं भूलेंगे! हम तुम्हारे ख़ून का क़र्ज़ अपने ख़ून से चुकाएंगे"। किसी चौराहे के सिरे पर उसका शहीद स्मारक होगा। शहीद दिवस पर पुरुष, महिलाएं और बच्चे अपनी मुट्ठी आसमान की ओर उठा कर "*शोहीद तोमाय लाल सेलाम!* शहीद तुम्हें लाल सलाम!" का नारा लगाएंगे। लेकिन, उसने तब मौत को इतने क़रीब से नहीं देखा था। उसने कभी नहीं सोचा था कि मौत का इतना भयानक रूप हो सकता है।

मौत के भय से उसकी रीढ़ की हड्डी में शीतल लहर दौड़ रही थी। उसकी नाभि, पैर के तलवों और हाथों की हथेलियों पर एक अजीब-सी सिहरन हो रही थी। लग रहा था जैसे किसी ने उसे पचास मंज़िला इमारत की मुंडेर पर खड़ा कर दिया हो। और मुंडेर अभी टूटकर गिर जाएगी। उसके सीने में मरुभूमि की प्यास थी। वह अपने मां-बाप, भाई-बहन और दोस्तों को फिर कभी नहीं देख पाएगा। निश्चित रूप से उसके माता-पिता को इस बात का पता नहीं चलेगा। कौन उन्हें सूचित करेगा? जीवन के अलावा और कौन उनका पता जानता था? मां, मां, मुझे माफ़ कर देना! अपनी अधम संतान को क्षमा कर देना, मां! मैं तुम्हारा बहुत ऋणी हूं, मां। मैं उसमें से कोई भी ऋण नहीं चुका पाया!

कुसुम! वह इस असामयिक घड़ी में कुसुम के बारे में क्यों सोच रहा था? उसने उसे कई ख़ूबसूरत पल और दिन उपहार में दिए थे। वह उससे बहुत प्यार करती थी। क्या जीवन भी उससे उतना ही प्यार कर सका था? कौन जाने!

वह आदमी, क्या नाम था उसका...बेनू गोपाल सेन—वह फिर से उसके पास आ गया। वह जो मृत्यु की यात्रा करने वाले व्यक्ति को जलपान करा, परलोक के झोले में अपने लिए कुछ पुण्य जमा करना चाहता था। 'एई रे, अगर तुझे कुछ चाहिए तो अभी, समय रहते बता दे। बालक के आने के बाद तुझे कुछ भी कहने का मौक़ा नहीं मिलेगा।'

'बीड़ी दे सकते हैं? कभी नहीं पी, आज पीकर देखना चाहता हूं।'

'मैं भी बीड़ी नहीं पीता हूं, रे। लेकिन जब तूने कहा है, तो तुझे एक सिगरेट पिला देता हूं। नंबर टेन!' बेनू सेन ने एक सिगरेट निकाली, जीवन को दी और एक माचिस की तीली जलाकर उसके मुंह के पास ले आया। उसके बाद वह गंभीर हो गया और पूछा, 'तेरे घर में कौन-कौन है? क्या तू अपने भाई-बहनों में सबसे बड़ा है? तेरे पिता क्या करते हैं?'

जीवन का उत्तर सुनकर उसने बड़ी पीड़ा से अपना सिर हिलाया। 'छी: छी:! क्या कोई इतनी मूर्खता करता है! बड़ा बेटा होने के नाते तुझे मेहनत करके अपने मां-बाप की देखभाल करनी चाहिए थी। वो न करके तूने यह सब किया? छी: छी:! यह पार्टी फार्टी करना क्या ग़रीब लोगों का काम है? राजनीति का अर्थ है राजा की नीति। देश पर शासन करने की नीति में न जाने तेरे जैसे लोग क्यों अपना सिर खपाते हैं?'

उसने आगे कहा, 'चल जाने दे। जो कुछ होना था, वो तो हो चुका, अब निराशा में हाथ मलने से कोई फ़ायदा नहीं। आग में हाथ डालोगे तो जलना तय है। अब ज़्यादा उदास मत हो। इसलिए लोग कहते हैं, सोच-समझकर काम करना चाहिए! ले, अब मुझे अपना पता बता, मैं लिख लेता हूं। बाद में चिट्ठी लिखकर तेरे पिता को सूचित कर दूंगा।'

परम उपकारी यह व्यक्ति, न जाने क्यों सांप से भी ज़्यादा नीच, क्रूर और ज़हरीला लग रहा था। उसे घूरती हुई आंखों की सभी जोड़ियों में से, बेनू सेन की दृष्टि और दृष्टिकोण को स्पष्ट रूप से अलग पहचाना जा सकता था। वह कोई साधारण व्यक्ति नहीं था, वह असाधारण लोगों में से एक था। वह यहां आयोजित मानव बलि समारोह के प्रधान पुरोहित के समान था! काली पंथ का एक निर्दयी, अविचलित शिष्य।

थोड़ी देर बाद बेनू सेन चाय की दुकान से एक गिलास पानी ले आया और उसे जीवन के सिर पर उड़ेल दिया। उसने कहा, 'अच्छा होता अगर मैं तुझे नहला सकता, लेकिन उसके लिए अभी समय नहीं है। एक गिलास पानी से ही नियम की रक्षा कर लेता हूं!'

~

जिस तरह एक उद्घोषक राजसभा में राजा के आगमन की घोषणा करता है—"सावधान! राजाधिराज आ रहे हैं!"—उसी तरह एक आदमी ने घोषणा की, 'बालक-दा आ रहे हैं!' तुरंत ही वहां उपस्थित लोगों की भीड़ बेचैन हो

गई। उनमें जोश-सा आ गया। 'वह आ रहे हैं! बालक-दा आ रहे हैं!' उनका इंतज़ार ख़त्म हुआ। सब जिस आमिष आनंद का बेसब्री से इंतज़ार कर रहे थे, वह अब उन्हें मिलने वाला था। बालक-दा दो टूक बात करने वालों में से थे। उन्हें जो कुछ करना होता था जल्दी कर देते थे। एक दो बार ऐसा भी हुआ था कि मारे जाने वाले व्यक्ति के कुछ जानने से पहले ही, वह मुंह के बल मिट्टी पर गिरा हुआ होता था। एक पल में ही चाकू से पेट चीरकर, उसकी आंतें बाहर कर दी थीं स्वनामधन्य, बाहुबलि बालक-दा ने।

जीवन के हाथ-पांव शिथिल हो गए थे। माथे के अंदर भनभन करता कोई लट्टू घूम रहा था। उसके नाक-मुंह से आग की लपटों की तरह गर्म सांसें निकल रही थीं, जिस तरह तेज़ बुखार होने पर होता है। वह पसीने से लथपथ था। उसके पास अब कोई बोध-बुद्धि, शक्ति, साहस नहीं बचा था। मानो उसके सारे अंग एक साथ हड़ताल पर चले गए हों।

'बालक-दा आ रहे हैं!'

यह केवल एक समाचार नहीं था, बल्कि यमदूत ख़ुद जीवन की मौत का फरमान लेकर आ रहे थे। जीवन ने पहले ही अपनी कल्पना में देख लिया कि उसके ख़ून से सने शरीर के टुकड़े-टुकड़े हो चुके थे। उसके गले की नली काटते वक़्त, उसने जीवित रहने की अदम्य लालसा के साथ पृथ्वी को जकड़ लिया था, जो उसका अंतिम सहारा था। उसके दोनों हाथों के दसों नाख़ूनों के नीचे धरती की कीचड़, घास और ख़ून था। काले-से ख़ून में लथपथ पड़े उसके शरीर पर मक्खियां भिनभिना रही थीं। कौवे चोंच मार रहे थे। उसकी आंखें फटी की फटी रह गई थीं, मानो अंतिम दृश्य देखने के बाद भी, कुछ और देखने की इच्छा से टकटकी लगाकर देख रही हों।

अंत में बालक-दा आ गए। लेकिन यह बालक-दा लोहारपाड़ा के महान नायक नहीं थे, जिन्होंने बीस अविस्मरणीय हत्याएं की थीं। यह बालक-दा विजयगढ़ के रहने वाले थे, और सी.पी.आई.(एम) के वरिष्ठ कोटि के, बुद्धिजीवी नेता थे। कांग्रेस के मस्तानों द्वारा अपने ही इलाक़े से निकाले जाने के बाद उन्होंने वर्तमान में लोहारपाड़ा में शरण ली थी। न जाने किसके मुंह से जीवन ने सुना था कि यह बालक-दा लोहारपाड़ा के लौह-मानवों की तरह निर्दयी नहीं थे। वह सहानुभूति रखने वाले, कोमल हृदय के इंसान थे। कहा जाता है कि पकड़े जाने के बाद भी उन्होंने कई लोगों को छोड़ दिया था।

जीवन अंतिम प्रयास में खड़ा हो गया। वह भागा और विजयगढ़ के बालक-दा के दया के दरवाज़े पर लोट गया। 'दादा, मुझे बचाइए! ये लोग मुझे मारने के लिए यहां लाए हैं! दया करके मुझे जीने दीजिए!'

'एई, एई, तू कौन है रे?'

जीवन को अचानक याद आया कि उसके पास एक काग़ज़ का टुकड़ा था। जिस तरह से एक डूबता हुआ आदमी, सहारे के लिए बहते हुए तिनके को भी पकड़ लेता है, जीवन ने भी अपने अंतिम सहारे, गुरुमोहन बाबू के दिए फ़ॉर्म को भींचकर पकड़ लिया। 'मैं एक टी.बी. का मरीज़ हूं। मुझे क्षय रोग हुआ है—बोन टी.बी.। मैं एक्स-रे करवाने अस्पताल गया था। देखिए, ये रहा काग़ज़। लेकिन ये मुझे पकड़कर यहां ले आए।'

विजयगढ़ के बालक-दा ने जीवन की बात ध्यान से सुनी। उन्होंने उस अजीब लड़के को सिर से पांव तक देखा। उसने एक गंदी बनियान पहन रखी थी, और हाफ़ पैंट के ऊपर एक गमछा लपेटा हुआ था। उसके सिर पर रूखे बालों का जंगल था और वह नंगे पैर था। उसकी आंखों के कोनों में कीचड़ था, दांत पीले थे और कई दिनों से कुछ नहीं खाने की वजह से, तक़लीफ़ से सांस खींचती निर्जीव पसलियां थीं।

'ऐ, तू क्या काम करता है? कूड़ा बीनता है क्या?'

इस समय जीवन का रूप कूड़ा बीनने वाले जैसा ही था, केवल कंधे पर लटकता बोरा नदारद था। जीवन ने कहा, 'मैं पहले कूड़ा बीनता था, लेकिन अब नहीं कर पाता। मुझे हमेशा बुखार रहता है, और जब मैं खांसता हूं, तो ख़ून के थक्के निकलते हैं।' जीवन ने एक बार टी.बी. के एक मरीज़ से जो कुछ भी सुना था, उसे दोहरा दिया। 'डॉक्टर ने मुझे मछली, मांस, अंडे और दूध लेने को कहा है। कहां से मिलेगा? भात ही नहीं मिलता है!'

बालक-दा का मन द्रवित हो गया। लेकिन यह स्पष्ट नहीं था कि ऐसा जीवन की बीमारी या उसकी ग़रीबी या फिर उसकी बांग्लादेशी बोली के कारण था। 'कौन तुझे पकड़कर लाया है रे? एक तो टी.बी. का रोगी, ऊपर से कूड़ा बीनकर जीता है। उसे जो बीमारी है, यह तो वैसे ही कुछ दिनों में मर जाएगा। इसे यहां कौन लाया है? मरे हुए को मारने का शौक किसे है?'

नानू और तापस दत्ता आगे आए। तापस दत्ता बुदबुदाया, 'हमें क्या पता था कि यह टी.बी. का मरीज़ है और इलाज के लिए अस्पताल में आया था! इसने पहले कुछ नहीं कहा, हमारे पकड़ने पर चुपचाप हमारे साथ चला आया।

पहले तो यह बहुत घटिया क़िस्म का था। जब मैंने इसे अस्पताल के मैदान में घूमते देखा, तो मुझे लगा कि आज सुबह के हादसे में इसका भी हाथ हो सकता है। हो सकता है कि यह उस गिरोह से जुड़ा हुआ हो।'

बालक-दा ने तापस दत्ता या किसी और की कोई बात नहीं सुननी चाही। जीवन की ओर देखते हुए उन्होंने कहा, 'ऐ, चल भाग! भाग जल्दी! बालक आ गया तो तू भाग नहीं पाएगा! भाग!"

ऐसा लग रहा था जैसे मौत की सज़ा पाए क़ैदी को रिहा कर दिया गया हो। लेकिन क्या जीवन वाक़ई आज़ाद था? मन से संदेह नहीं जा रहा था। जबकि उसे यह आभास था कि लोहारपाड़ा के बालक के आने से मामला ख़तरनाक हो जाएगा, फिर भी वह बैठ गया।

'मैंने कहा न तुझसे—भाग जा!'

जीवन कैसे भागता? उसके पैरों पर सात सौ सत्ताईस मन वज़न का एक पहाड़ था। बेल्जियन कार्ट्रिज से लदी डबल बैरल राइफ़ल अपनी जगह से नहीं हिली थी। क्या होगा अगर उसके चलते ही किसी ने उसे पीछे से गोली मार दी? ऐसे कितने लोग मारे गए थे। लोगों की हत्या करने का यह एक नया फ़ैशन था। हाल-फिलहाल यह काफ़ी लोकप्रिय खेल भी बन चुका था। कौन कह सकता था कि ऐसा जीवन के साथ नहीं किया जाएगा? गारंटी कहां थी कि ऐसा नहीं होगा?

विजयगढ़ के बालक-दा ने फिर कहा, 'मैंने बालक को देखा, वह कपड़े पहन रहा था। उसके आने से पहले भाग जा।'

जीवन तो भागना ही चाहता था। लेकिन कैसे? हां, एक रास्ता था। उसके सामने स्वपन खड़ा था, जिसने 'एल' अक्षर लिखा था। केवल स्वपन ही जीवन की ढाल बन सकता था। उससे बेहतर कोई रक्षा कवच नहीं था। जीवन स्वपन से लिपट गया। एक ऑक्टोपस की तरह अपनी बाहों को उसके चारों ओर लपेटते हुए जीवन ने कहा, 'तुम्हें देखे कितने साल हो गए! मुझे पता ही नहीं कि तुम कैसे हो! तुमसे कहने की कितनी बातें मेरे दिल में जमा हैं। चलो, अकेले में बातें करते हैं!'

जीवन स्वपन को लगभग खींचते हुए चलने लगा। वह अब अधिक साहसी महसूस कर रहा था। अब और राइफ़ल नहीं चलाई जाएगी। कोई कितना ही कुशल निशानेबाज़ क्यों न हो, अपने ही किसी को घायल करने का जोख़िम नहीं उठाएगा। और स्वपन कोई साधारण कॉमरेड नहीं था। दरअसल

वह हाफ़ शहीद था। उसने सी.पी.आई.(एम) पार्टी के लिए अपने सीने पर गोलियां खाई थीं। उसके सीने और पेट पर छियासी टांके लगे थे। क्या कोई ऐसे मूल्यवान कॉमरेड को ख़तरे में डाल सकता था?

जब जीवन स्वपन के साथ पुलिया को पारकर सफ़ाई कर्मचारियों के क्वार्टर तक पहुंच गया, तो उसे इत्मीनान हुआ कि वो अब राइफ़ल की सीमा से बाहर था। वह अब स्वपन को जाने दे सकता था। तो उसने कहा, 'अब तुम जा सकते हो।'

'तुम कुछ कहना चाहते थे?'

'कहने के लिए तो बहुत कुछ था। पर आज रहने दो, फिर किसी दिन बताऊंगा।'

स्वपन वापस मुड़कर पुलिया की दिशा में चल दिया। जीवन को लगा कि अब वह अकेला जा सकता था। वह ख़तरे की सीमा से बाहर था। तभी, एक बार फिर पीछे से, दिल को जमा देने वाली आवाज़ सुनाई दी। 'रुको! जाना मत!'

अब बचने का एक ही रास्ता था। ज़िंदगी और मौत के बीच केवल पचास-साठ ग़ज़ की दूरी थी। और उसके पास कुछ ही सेकंड। इस वक़्त पूरी जान लगाकर दौड़ने से वह बच सकता था। इसके अलावा कोई और उपाय नहीं था। तापस दत्ता, जिसकी कमर में थ्री एट कैलिबर का, मेड इन चाइना रिवॉल्वर खुंसा हुआ था, तेज़ गति से आगे बढ़ रहा था। शायद उसने उसके टी.बी. से संक्रमित होने की मनगढ़ंत कहानी को पकड़ लिया था। एक बार तापस ने उसे पकड़ लिया तो वह कुछ नहीं कर पाएगा। जो कुछ करना था, अभी करना था! हालांकि जीवन दौड़ना चाहता था, लेकिन उसके पैर नहीं उठ रहे थे। पुलिस की एक बड़ी टुकड़ी उसकी ओर बढ़ रही थी। टी.बी. अस्पताल के मुख्य द्वार पर अपने वाहन को छोड़ वे पैदल ही चले आ रहे थे। उनके आगे पट्टे से बंधा एक काला, बाघ जैसा कुत्ता था। अपने मारे गए साथियों के शोक में आक्रोश से भरे पुलिसकर्मियों की राइफ़लों से गर्म सीसा निकल रहा था। वे आज भयानक रूप से ख़ून के प्यासे थे। वे शव परीक्षण विभाग के मुर्दाघर में शवों का ढेर देखना चाहते थे। कौन दोषी था और कौन नहीं, यह विचार करने का विषय नहीं था। उन्हें सिर्फ़ संख्या चाहिए थी। एक मृत सहकर्मी के बदले में दस, बीस या उससे भी अधिक।

ऐसा कहा जाता है कि जब चंगेज़ ख़ान के शव को उसकी राजधानी वापस लाया गया, तो युद्ध के मैदान से आने वाली सड़क के दोनों किनारों पर स्थित सभी बस्तियों को जला दिया गया था। वहां के सभी लोग और जानवर मारे गए। इसी तरह, आगे बढ़ रहे पुलिसवाले रास्ते में आने वाले किसी भी व्यक्ति पर गोली चला रहे थे। उन्होंने अपनी रिवॉल्वर और राइफ़लों से टी.बी. अस्पताल और उसकी कैंटीन में, बिना किसी उकसावे के दो राउंड फ़ायरिंग की थी। जीवन ने उसकी आवाज़ सुनी थी।

तापस दत्ता ने आगे आकर अपना हाथ जीवन के कंधे पर रख दिया। यह हाथ अब पहले की तरह कठिन, कठोर और आक्रामक नहीं था। यह नरम, कोमल किसी प्रिय मित्र का हाथ था। 'तू वहां क्यों जा रहा है? देख नहीं रहा है, पुलिस आ रही है।'

लोहारपाड़ा के योद्धाओं ने भी देखा कि पुलिस आ रही है। उन्हें किसी भी तरह से अपना बचाव करना था, लेकिन किसी भी परिस्थिति में वे पुलिस पर हमला नहीं कर सकते थे, पार्टी ने उन्हें ऐसा करने का निर्देश नहीं दिया था। वह नक्सलियों का काम था। वे जो करते थे, वैसा संसदीय लोकतंत्र में विश्वास रखने वाले किसी भी दल के लिए करना उचित नहीं था। लोहारपाड़ा में अनगिनत गलियां थीं और नहर के किनारे जंगल था। सभी योद्धा गलियों से होते हुए नहर के किनारे की ओर चल पड़े। जीवन, नानू, स्वपन और तापस लोहारपाड़ा के बीच से नहर के किनारे का रास्ता लेकर, रेल लाइन को पार करते हुए, राजपुर के दाहिनी ओर से बाघाजतिन रेलवे स्टेशन के उत्तरी मैदान को पार करते हुए, अंत में दासपाड़ा के प्राचीन बरगद के पेड़ तक पहुंचे। यह एक सुरक्षित जगह थी। यहां चारों ओर ख़ाली मैदान, मछलियों के तालाब और होगला-सरकंडों के जंगल थे। यहां आने-जाने वाली सड़क भी सुगम नहीं थी। इसके अलावा, किसी पेड़ पर चढ़कर, बहुत दूर तक किसी आने वाले को देखा जा सकता था। एक-एक करके वहां और पंद्रह-बीस लोग पहुंच गए। उन्होंने लगभग पूरा दिन, विपद की आशंका मन में लेकर एक साथ बिताया। न जाने कैसे, पर तब किसी को यह याद नहीं रहा कि जीवन उनकी पार्टी का कार्यकर्ता, समर्थक, मित्र या कॉमरेड, कुछ नहीं था। यह ऐसा था मानो वे सभी समुद्री तूफ़ान में घिरे एक ही नाव में सवार यात्री थे। वे सभी जिस चीज़ की कामना कर रहे थे, वह बस किनारे पर पहुंचकर फिर से धरती को छूने की थी।

जीवन उस दिन फिर जादवपुर स्टेशन या टी.बी. अस्पताल नहीं जा पाया। उसका एक्स-रे नहीं हो पाया। वह गुरुमोहन बाबू से भी नहीं मिल

पाया। राइफ़ल छीनने की घटना के एक-दो घंटे बाद, लोगों को सड़कों पर घूमते देख जीवन को लगा कि स्थिति धीरे-धीरे सामान्य हो रही है। लेकिन ऐसा नहीं था। ट्रेन की सेवाओं को रद्द नहीं किया गया था। इसलिए बंगाल के दूर-दराज़ गावों से आने वाले आम लोग, जो यहां ट्रेन से उतर रहे थे, वे कुछ भी नहीं जानते थे कि यहां क्या हुआ था। जिसे पता नहीं कि पानी में मगरमच्छ हैं, वह निडर होकर नहाने के लिए पानी में उतर सकता है। उस समय, पुलिस का तांडव थोड़ा ढीला पड़ गया था, दरअसल यह किसी बड़े हमले की तैयारी थी। यह जैसे तूफ़ान से पहले की शांति थी। एक बार तैयारी का चरण समाप्त हो जाने के बाद, पुलिस ने अपनी वाहिनी को कई टुकड़ियों में बांटकर एक विशाल क्षेत्र में अपने तांडव और तलाशी का अभियान शुरू कर दिया—राजा सुबोध चंद्र मलिक रोड को एक सीमा बनाकर, बाघाजतिन, संतोषपुर, रामबाबू बाज़ार और सलामपुर को घेर लिया। किसी भी संदिग्ध दिखने वाले को वे पीटकर पुलिस वैन में धकेल रहे थे। होगला जंगल और मछलियों के तालाबों से घिरे, बरगद के पेड़ के नीचे बैठे, जीवन और अन्य लोगों को पुलिस ऑपरेशन के बारे में जानकारी मिल रही थी। नतीजतन, वहां से किसी की भी हिलने की हिम्मत नहीं हो रही थी।

जब तक जीवन उस जगह को छोड़कर गुरुमोहन बाबू से मिलने में सक्षम हो पाया, और उन्हें अपनी विपत्तिपूर्ण स्थिति एवं एक्स-रे न करा पाने का कारण बता पाया, तब तक टी.बी. अस्पताल के पीछे के नाले से बहुत पानी बह चुका था। गुरुमोहन बाबू के रवैये में भी बदलाव आ चुका था। उन्होंने कहा, 'तू नहीं आया तो मुझे लगा कि तू काम नहीं करना चाहता है। और इसलिए, मैंने किसी और को अपनी ज़ुबान दे दी। मैं अब उसे निराश नहीं कर सकता। मेरे संपर्क में रहना। अगर बाद में लोगों की भर्ती होगी, तो मैं तुझसे वादा करता हूं कि तुझे काम पर रख लूंगा।'

तो अब जीवन क्या करता? उसने स्वपन, नानू, और तो और तापस दत्ता से भी, किसी भोजनालय में एक वक़्त के भोजन के लिए पैसे देने की भीख मांगी थी। अब वह किससे पूछ सकता था? वह और किसी के बारे में नहीं सोच पा रहा था। अंत में, उसने बालक-दा का निर्णय लिया। केवल लोहारपाड़ा के बालक-दा ही इस समय उसकी मदद कर सकते थे।

11

भोजनालय और तालाब के किनारे का डबरा

जादवपुर रेलवे स्टेशन के टिकट काउंटर के पास खड़े साइकिल रिक्शा की क़तार के अंत में, आरा ज़िले के छेचन साहू का 'पांच तारा' भोजनालय था। इसका नाम अंग्रेज़ी के 'फाइव स्टार' का बंगाली अनुवाद था। यह सम्मानीय नाम स्टेशन परिसर की दीवाल पत्रिका (वॉल मैग्ज़ीन) के संपादक, सुशोभन जाना द्वारा दिया गया था।

हर सुबह, छेचन उठकर मुंह में खैनी भर, कान पर जनेऊ लपेट, हाथ में पानी का लोटा लिए, आत्मविश्वास से भरा हुआ रेल की पटरी पर बैठकर प्रातःकर्म निबटाता था। वह इस समय किसी के आने-जाने पर ध्यान नहीं देता था। उसकी ज़रूरत ही कहां थी! अगर जाने वाले में कोई शर्म की भावना न हो तो इसमें छेचन की क्या ग़लती थी? उसके बाद वह सिग्नल रूम के बग़ल के जलकुंभी से ढके तालाब में दो-चार डुबकियां लगाता और सुर में हनुमान चालीसा पढ़ता हुआ अपने भोजनालय में लौट आता था। फिर वह एक गिलास में, अपने देश बिहार से लाए, बिना मिलावट वाले शुद्ध सत्तू को घोलकर पीता था और कंधे से ऊंची मेज़ पर चढ़कर बैठ जाता था। वहां से वह दिन भर इस बात पर नज़र रखता था कि ग्राहकों को क्या और कितना परोसा जा रहा है। वह चाहे जिस तरफ़ भी देखे, उसका एक हाथ हमेशा लकड़ी के कैश-बॉक्स पर रहता था। जैसे वह कोई कैश-बॉक्स नहीं बल्कि वह संदूक हो जिसमें उसकी जान बंद थी। जब तक भोजनालय का शटर खुला रहता था, वह वहां से हिलता नहीं था। ऐसा लगता था, अगर महाप्रलय भी आ जाए और पूरी

दुनिया पानी में डूब जाए, तो भी छेचन उस कैश-बॉक्स को पकड़े-पकड़े ही डूबेगा। इसलिए छेचन का रसोइया मधु कहता था 'मेड़ो की चूतड़ में गोंद लगा है। साला पेटी छोड़कर पेशाब तक करने नहीं जाता है भाई!' बिहारियों को 'मेड़ो' या 'खोट्टा', उड़िया लोगों को 'उड़े', पूर्वी बंगाल के लोगों को 'बांगाल', और दक्षिण बंगाल के लोगों को 'घोटी' बोलने की ऐसी आदत थी कि बहुत से विशुद्ध लोग भी इससे छुटकारा नहीं पा सके थे, तो मधु भला क्या चीज़ था?

जालीदार बांस की चटाइयों की दीवारें और ज़ंग लगी टीन की छत, अधेड़ उम्र के मालिक छेचन का यह भोजनालय इस इलाक़े के सभी कुलियों, मज़दूरों, रिक्शा-चालकों, छोटे व्यापारियों, फेरी वालों, बेरोज़गार लोगों, भिखारियों, कूड़ा बीनने वालों और अन्य ग़रीबों के लिए सुलभ था। दचके हुए टीन के टुकड़े से बने एक बड़े बोर्ड पर बांग्ला में उपलब्ध सभी खाद्य वस्तुओं का विवरण और दाम स्पष्ट रूप से लिखा हुआ था। यहां के दाम अन्य सभी खाने-पीने की जगहों की तुलना में इतने सस्ते थे कि भोजनालय हमेशा ग्राहकों से भरा रहता था। कभी-कभी तो, ख़ासकर सुबह 11 से दोपहर 2 बजे के बीच, उसके सामने लंबी लाइन लग जाती थी। जहां-जहां भी क़तारें लगती हैं, जैसे कि राशन की दुकान, या फुटबॉल स्टेडियम, या सिनेमा हॉल या फिर अस्पताल, वहां कौन आगे है और कौन पीछे, इस बात को लेकर हमेशा किचकिच, झगड़ा, मारामारी होना आम बात है। छेचन साहू का 'पांच तारा' भी कोई अपवाद नहीं था।

यह 1972 का साल था। सभी वस्तुओं की क़ीमतें बहुत तेज़ी से बढ़ रही थीं। छेचन के पास भी खाने की चीज़ों का दाम थोड़ा बढ़ाने के अलावा कोई चारा नहीं था। वर्तमान में जो संशोधित मूल्य सूची थी, वो इस प्रकार थी:

चावल, पहली थाली	... रु 1.10 (दाल मुफ़्त)
चावल, दूसरी थाली	... रु. 0.25 (ठीक उसी प्रकार)
सब्ज़ी करी	... रु. 0.25
अंडा करी	... रु. 0.50
फिश करी	... रु. 0.75

ध्यान दें: नींबू लेने पर रु. 0.10 अतिरिक्त लगेंगे।

बोर्ड पर लिखा न होने के बावजूद, छेचन ग्राहकों की संतुष्टि के लिए प्याज़, हरी मिर्च और कभी-कभी थोड़ी बहुत सब्ज़ी मुफ़्त दे देता था।

छेचन का बड़ा बेटा रामलाल पुराने अख़बार और बोतलें ख़रीदने-बेचने का धंधा करता था। सारा दिन वह एक बड़ी-सी टोकरी सिर पर उठाए विभिन्न इलाक़ों में आवाज़ लगाते हुए चक्कर काटता था, "पुराने शीशी-बोतल बेचो!" उसके पास लकड़ी के डंडे से लटकते पल्लों वाला एक अजीब-सा तराज़ू था। जैसे शकुनि मामा के पासे के खेल में सिर्फ़ उनके निर्देशानुसार दांव पड़ते थे, वैसे ही रामलाल का भी तराज़ू उसकी इच्छा के अनुसार ऊपर-नीचे होता था। अगर वह चाहता तो पांच किलो को सात और सात किलो को पांच बना देता था। वह उस तराज़ू के तौल से सुबह पुरानी किताबें, नोट बुक और अख़बार वगैरह और रात में सब्ज़ियां ख़रीदता था। रात थोड़ी बढ़ने पर वह अपनी टोकरी और तराज़ू लेकर संध्याबाज़ार चला जाता था। यह बाज़ार जादवपुर स्टेशन के दक्षिणी हिस्से में रेल की पटरी के पास लगता था, और जैसा कि इसके नाम से ही पता चलता है, यह शाम को लगता था और आख़िरी ट्रेन के जाने से थोड़ा पहले बंद हो जाता था।

दक्षिण बंगाल के गांव-बस्तियों के जो छोटे किसान और व्यापारी अपनी उपज या ख़रीदी साग-सब्ज़ियां बेचने शहर के विभिन्न बाज़ारों में आते थे, और दिन भर की मशक्कत के बाद भी उन्हें बेच नहीं पाते थे, तब वे उन सूखी, सड़ी, कीड़े लगी सब्ज़ियों को इस बाज़ार में लाते थे ताकि यहां बेचकर उन्हें दो पैसे मिल जाएं। रात जितनी बढ़ती जाती वे घर लौटने के लिए उतने ही अधीर होने लगते। वे इस बात को लेकर अधिक चिंतित रहते कि कहीं आख़िरी ट्रेन न रद्द हो जाए। ऐसे में उन्हें पूरी रात स्टेशन में गुज़ारनी होती। जो स्टेशन पर सोया हो वही जानता था कि यह कितना ख़तरनाक था। चोर, गुंडे, शराबी, पागल और पुलिसवाले—कितने झमेले थे। दो राजनीतिक दलों के बीच कभी भी एक दूसरे पर बमबारी शुरू हो जाती थी। ये मानसिक चिंताएं जब चरम पर होतीं, तभी छेचन साऊ का चतुर पुत्र, रामलाल, किसी विपदतारण की तरह प्रकट होता था। वह तब पोई-पालक का पहाड़-सा ऊंचा ढेर, मात्र दो रुपये में ख़रीद लेता था।

इस बाज़ार में दो रुपये कोई छोटी रक़म नहीं थी। आठ आने में ट्रेन से सोनारपुर से सियालदह तक जाया जा सकता था। यह बात केवल व्यापारी ही समझ सकते थे। जो नहीं समझता था, अगले दिन उसका पोई-पालक सड़कर गोबर हो जाता था। वो भी ऐसा गोबर, जिसके उपले भी न बन सकें। जैसे पोई-पालक मिल जाता था, वैसे ही सड़े हुए आलू, कीड़े लगे बैंगन, सूखी फलियाँ, गले टमाटर, पके करेले, पिचकी तोरियां—सब रामलाल को

बहुत कम पैसों में मिल जाती थीं। संध्याबाज़ार के अलावा भी छेचन के पास सब्ज़ियां ख़रीदने का एक अन्य साधन उपलब्ध था। जैसे कि रेल बस्ती के कुछ बच्चे और बूढ़े सुबह-सुबह थैला लेकर सियालदह की थोक सब्ज़ी मंडी, 'कोले मार्केट' जाते थे। लोग कहते थे कि वहां सड़कों पर सब्ज़ियां बिखरी हुई होती हैं। उन्हें वहां जो भी सब्ज़ियां मिलतीं, उन्हें इकट्ठा कर, कुछ भीख मांग कर, और कुछ चोरी कर अपने थैलों में भरकर ले आते थे। अपने लिए उन्हें जितना चाहिए होता था, उसे रख बाक़ी का सामान छेचन को बेच देते थे। इस तरह बाज़ार में उपलब्ध हर तरह की सब्ज़ियों की उपस्थिति, छेचन की अनोखी खाना पकाने की देगची में रहती थी। पोई-पालक, करेला, चुकन्दर, गाजर, यहां तक कि फूलगोभी का भी मिलना कोई असामान्य बात नहीं थी। रसोइया मधु अपनी 'बोटी' के लंबे घुमावदार ब्लेड, जो कि पतले लकड़ी के टुकड़े पर टिका होता है, पर पैर जमाकर अंधाधुंध करेला, रतालू, लौकी और कद्दू काटकर महाव्यंजन बनाने के लिए मिला देता था।

मधु द्वारा 'पांच तारा' में पकाई गई दाल वास्तव में लगभग मुफ़्त होती थी। इसे चावल के मांड़ में थोड़ा-सा नमक और हल्दी डाल, कुछ सूखी मिर्चों का तड़का लगाकर बनाया जाता था। इस मामले में छेचन का विवेक और तर्क बिल्कुल स्पष्ट था, 'भाई अगर पसंद न आए तो फेंक दो! आख़िरकार, मैं इसके लिए कोई पैसा तो ले नहीं रहा। चाहे खाओ या फेंकों, दोनों में मेरा ही नुकसान है। तो आपको परेशानी कैसी?'

जिस तरह बाज़ार से सब्ज़ियां छेचन के भोजनालय में पहुंचती थीं, उसी तरह मछली भी पहुंचा करती थी, जिसे छेचन का छोटा बेटा मणिलाल ख़रीदता था। मछली ख़रीदने का उपयुक्त समय दोपहर 12 से 1 बजे के बीच का था, जब मछली-विक्रेता बर्फ़ की लागत को बचाने के लिए बिना बिकी मछलियों को फेंकने की सोच रहे होते थे। छेचन के भोजनालय में मछली तो मिलती थी लेकिन कभी मांस नहीं मिलता था। उसने केवल एक बार ही मांस पकाया था, जिस दिन गड़िया या बाघाजतिन में किसी का बकरा ट्रेन की चपेट में आ गया था। एक कूड़ा बीनने वाले लड़के ने उसके अवशेषों को एक बोरी में भरकर ढाई रुपये में छेचन को बेच दिया था।

जीवन छेचन के भोजनालय के सामने आकर खड़ा हो गया। छेचन ने उसे पहले भी देखा था। वह साधन-दा के भाई मोना-दा से बात कर रहा था। और उसने उसे स्टेशन के चारों ओर भी घूमते देखा था। अब वह नहाकर आया था।

जीवन ने वही किया जो उसने बहुतों को करते देखा था, उसने अपना दाहिना हाथ रसोइये मधु के सामने बढ़ाया और कहा, 'भाई, ज़रा तेल की दो बूंदें देना, हाथ-पैर की चमड़ी रूखी हो गई है।'

मधु ने यह ध्यान में रखते हुए कि ज़्यादा तेल गिर जाने से छेचन उसे डांटेगा, सावधानी से एक काले, गंदे डिब्बे से सरसों के तेल की ठीक दो बूंदे जीवन की हथेली पर डाल दीं। जीवन अपने हाथों और पैरों पर तेल को मलकर, एक गंदी, मक्खियों से भरी बेंच पर जाकर बैठ गया। 'अरे सुनो, यह गंदी प्लेटें यहां से हटा दो और मुझे थोड़ा पानी दो।'

भोजनालय में सभी थालियों में परोसे जाने वाले भात की सुगंध ने जीवन को उत्तेजित कर दिया। पेट में सोई आंतें अचानक से फड़फड़ाने लगीं। जीवन के पास पैसे नहीं थे। अगर वह खाना चाहता था, तो अब उसे जिस चीज़ की ज़रूरत थी, वो थी पैसों की ताक़त या फिर शारीरिक शक्ति। इस समय जीवन के पास दोनों में से एक भी नहीं थी। वैसे भी, उसे दंडकारण्य में पेचिश हो गई थी और इसके अलावा, जब से वह कलकत्ता आया था, उसने एक दिन भी ठीक से न खाया था और न ही कहने को ठीक से आराम किया था। ऐसे शरीर में ताक़त नहीं होती। शक्तिहीन शरीर में जो मन होता है, वह भी निर्बलता और हीनता से ग्रसित हो जाता है। ऊंची आवाज़ में भात का ऑर्डर देते हुए उसका दिल घबरा रहा था।

'क्या हुआ?'

'मुझे डर लग रहा है। मैं क्या करूं?'

'डर! इतनी डर की दीवारें फांदकर आने के बाद अब भी डर रहे हो? भात की एक प्लेट जैसी सामान्य चीज़ का ऑर्डर देने में इतना डर? एक बार भात खा लेने के बाद छेचन क्या करेगा? क्या वह तुम्हारा पेट चीरकर भात वापस निकाल लेगा? तुमने बोऊदी के भोजनालय में क्या किया था! क्या उस बार की तरह दौड़ लगाकर भाग नहीं पाओगे?'

हर इंसान में दो परस्पर विरोधी सत्ता होती हैं, जिनमें से एक अच्छी और दूसरी बुरी, एक साहसी और दूसरी कायर होती है। एक मन कहता है आगे बढ़ो, जबकि दूसरा यह कहते हुए पीछे खींचता है कि मत जाओ। जीवन के भीतर भी ये दोनों मौजूद थे। जीवन के भीतर एक क्षीण शक्ति दुनिया की हर चीज़ से प्रेरित थी, जो अच्छी, सुंदर, निष्पक्ष, न्यायपूर्ण और मंगलकारी थी। दूसरी ओर जीवन का संचालक मरण था, वह बालक जो शिरोमणिपुर

में श्मशान में रहता था और जो अब बालक नहीं रह गया था। जिसने अपने हिसाब से क्या अच्छा, सुंदर, निष्पक्ष, न्यायपूर्ण और मंगलकारी है, उसे परिभाषित किया था। जो अनेकों की दृष्टि में भ्रांति, उपेक्षा और अन्याय का पथ था। अब इन दोनों ही जीवनों का आपस में वार्तालाप चल रहा था।

एक जीवन ने दूसरे जीवन से कहा, 'क्या तुझे याद है जो मैंने तुझसे कहा था?'

'क्या?' दूसरे जीवन ने जानना चाहा।

'उत्तम आहार उत्तम स्वास्थ्य देता है। उत्तम स्वास्थ्य उत्तम विचार उत्पन्न करता है। उत्तम विचार उत्तम कर्म का जनक है। उत्तम कर्म...'

'दस बार कह चुके हो।'

'ठीक है, तो फिर माछ-भात का ऑर्डर दो और चुपचाप पेट भरकर खाओ। पेट ख़ाली हो तो अच्छे विचार नहीं आते। खाओ, बाद में जो होना है वो होगा।'

दूसरे जीवन ने कातर स्वर में कहा, 'तुम कह रहे हो, लेकिन मेरे मन से तो डर नहीं जा रहा है। मेरे पास एक रुपया भी नहीं है और खाना खाने भोजनालय में आया हूं। अरे मरण, तुम मुझे यहां क्यों ले आए हो? यदि चालाकी से काम नहीं बना तो?'

'चुप। एक शब्द मत बोलना। यहां नहीं लाता तो और क्या करता! तुम्हें भूख से मर जाने देता! ऑर्डर दो और खाओ।'

'क्या होगा अगर बाद में कोई भयानक समस्या हो जाए तो?'

'अगर ऐसा होता है, तो होने दो! जीवित रहना अपने आप में एक भयानक समस्या है। इसलिए, अगर तुम जीवित रहना चाहते हो तो तुम्हें कुछ समस्याओं का तो सामना करना ही पड़ेगा। यदि ऐसा नहीं कर सकते हो, तो चलती ट्रेन के आगे कूद जाओ। फिर कल से कोई समस्या नहीं रहेगी। क्या तुम ऐसा करोगे?'

'मेरा भाई मेरी राह देख रहा है। मुझे नहीं पता कि मेरे मां-बाबा कैसे हैं। उनके लिए मैं जीवित रहना चाहता हूं।'

'फिर यह सोचना बंद कर दो कि आगे क्या होगा। बस खाना खाओ।'

भात! खाने को! गरम, भाप उगलते, लाल-लाल मोटे चावल! जिसे देखकर ही मन झूम उठता है। क्या भात की सुगंध से अधिक मीठी और मनोरम

कोई सुगंध हो सकती है! क्या कोई और सुगंध है जो किसी शानदार बाग़ीचे के हज़ारों फूलों के अहंकार को दबा सके! किसमें इतनी क्षमता है जो मृत प्राण को जीवित रहने का आश्वासन दे सकता हो! भात, यह केवल भात है जिसमें इतना घमंड करने की क्षमता है।

जिस लंबी बेंच पर जीवन बैठा था, उस पर छह और लोग भोजन करने बैठे थे। मधु एक सिरे से प्लेटों में खाना डालकर देता जा रहा था। लोग अधीर लग रहे थे। वे आलू, कद्दू और पोई साग की मिश्रित सब्ज़ी के साथ चावल मिलाकर घपाघप मुंह में भर रहे थे। ऐसा लग रहा था कि उन्होंने काफ़ी समय से कुछ नहीं खाया था। मानो उनके समूचे शरीर के हिस्सों में दुर्भिक्ष की भूख मुंह बाय खड़ी थी। ये ग्रामीण बंगाल के श्रमजीवी लोग थे जिनका सुबह का नाश्ता, पांच पाव *'पांता भात'* यानी बासी चावल का होता था, जिसके बाद वे उतनी ही मेहनत करते थे। शहर के नपे-तुले चावलों से क्या उनके पेट की राक्षसी भूख मिटती थी? इस भूख ने ही तो जन्म से उन पर धावा बोला हुआ था।

यह स्पष्ट नहीं था कि वे शहर में किस तरह का काम करते थे, लेकिन यह निश्चित था कि वे आम मज़दूर नहीं थे। भोजनालय कितना भी सस्ता क्यों न हो, दिहाड़ी मज़दूर उसमें प्रवेश करने की हिम्मत नहीं करते थे। वे चाय, डबलरोटी और दम-आलू बेचने वालों की दुकानों पर भीड़ लगाते थे। एक प्लेट दम-आलू और एक डबलरोटी, जिसका दाम अब पचास पैसे था, खाकर दोपहर का भोजन निबटा लेते थे। इसी खाने को खाकर जीवन के पिता गरीब दास के पेट में अल्सर हो गया, जिससे उसका शरीर कमज़ोर हो गया और वह मौत के मुंह में पहुंच गया था।

'मधु भाई, आज कौन-सा माछ बनाया है?'

इस तथ्य को छुपाकर कि साग-सब्ज़ियों की तरह छेचन की मछली भी बाज़ार से कूड़ा बीनने की तरह बीनकर लाई जाती थी, मधु ने कहा, 'आज अच्छी मछली है। बिल्कुल ताज़ी।'

'तो फिर माछ-भात ही दो। साथ में प्याज़ और हरी मिर्च भी देना।'

माछ और भात की पहली प्लेट एक रुपये पिच्यासी पैसे की थी। एक मज़दूर के एक वक़्त की दिहाड़ी। जबकि जीवन की जेब में पांच पैसा भी नहीं था। उसे थोड़ा डर लग रहा था। भय से भात मुंह में डालते हुए उसका हाथ कांप रहा था। पता नहीं क्या होगा! अगर उसकी चालाकी काम नहीं आई तो

पता नहीं उसे कितना अपमानित होना पड़ेगा। डर और चिंता से वह संतुष्टि के साथ भोजन नहीं कर पाया। उसे हिचकी लग गई।

'पानी! ए मधु, पानी कहां है?'

मधु के गिलास में पानी डाल देने के बाद जीवन ने पानी का घूंट भरकर फिर भात लिया। दो प्लेट। उसने हाफ़ प्लेट सब्ज़ी और थोड़ा और मछली का शोरबा भी लिया। खाने के बाद मुंह पोंछते हुए जीवन ने जानना चाहा कि उसके कितने पैसे हुए थे?

हिसाब लगाकर छेचन ने कहा, 'दो रुपया पचास पैसा।'

'लिख लो।'

जीवन की बात सुनकर छेचन का मुंह खुला रह गया। उसका मुंह और बड़ा खुल गया, जब जीवन ने कहा, 'बालक-दा के नाम पर लिख लो। बालक-दा ने कहा है वो और दो-तीन कॉमरेडों को यहां खाने के लिए भेजेंगे। देखना उनके लिए भोजन रहे। बिल का भुगतान वो ही करेंगे।'

ऐसा नहीं था कि बालक-दा, या शिब चौधरी, कभी-कभी छेचन के भोजनालय में कुछ लोगों को नहीं भेजते थे। उसका भुगतान भी वे ही करते थे। हालांकि इसमें कभी-कभार देर हो जाती थी, मगर पैसे आ जाते थे। लेकिन क्या सचमुच जीवन को बालक-दा ने भेजा था? निश्चित ही भेजा होगा, वर्ना बालक-दा के नाम पर झूठ बोलकर ऐसा करने की हिम्मत कौन कर सकता था!

भोजनालय में रखी हुई सौंफ को मुंह में डालकर चबाते-चबाते, जीवन अस्पताल की टूटी दीवार से निकलकर सौ-बेड वाले वार्ड की दिशा में चलने लगा। उसके पेट में भात था और अब उसे कुछ देर के लिए सोना था। यह निश्चित नहीं था कि वह रात को सो पाएगा या नहीं।

पश्चिम बंगाल में इस समय एक भयानक और काला समय चल रहा था। एक चुनावी प्रहसन के चलते इंदिरा गांधी की कांग्रेस पार्टी सत्ता में आई थी। मुख्यमंत्री थे, सिद्धार्थ शंकर रे। उन्होंने पुलिस को अपनी इच्छानुसार कार्य करने की खुली छूट दे रखी थी और पुलिस ऐसा कर भी रही थी। नक्सलियों के साथ फ़र्ज़ी मुठभेड़ों की कहानियां गढ़ते हुए वे रोज़ाना जिसे चाहते थे, मार देते थे। हर दिन उनके हाथों आठ-दस लोग मारे जा रहे थे। कवि, लेखक और

स्तंभकार सरोज दत्ता को उनके दोस्त के घर से उठाकर, खुले मैदान में ले जाकर, उनकी गोली मारकर हत्या कर दी गई। यह एक कठिन समय था। हर तरफ़ मौत का महासंहार चल रहा था।

जादवपुर को भी नरसंहार से नहीं बख़्शा गया था। सलामपुर के अजीत दत्ता और पालपाड़ा के तुलसी, दोनों की एक ही तरीक़े से गोली मारकर हत्या कर दी गई थी। जीवन की जान बचाने वाले विजयगढ़ के बालक-दा की भी मौत हो गई थी। उन्हें जादवपुर थाने के कुख्यात पुलिस अधिकारी पाल बाबू ने उस समय पकड़ा, जब वे एक रात अपने दोस्त के साथ, टी.बी. अस्पताल के दूसरे गेट के पास, पांच नंबर बस-स्टैंड पर बैठकर शराब पी रहे थे। उन्हें थाने ले जाने के बजाय, पाल बाबू उन्हें ललकार कर अंधेरे मैदान में ले गए और वही पुराना तरीक़ा अपनाया। इसी प्रक्रिया के डर से जीवन एक बार सिहर गया था। "जा तुझे छोड़ दिया, जा चला जा!", और फिर संदिग्ध व्यक्ति के दस क़दम आगे बढ़ते ही पीछे से गोली चला दी।

लोहारपाड़ा अब तक कांग्रेस के हमले का विरोध कर रहा था, लेकिन अब और नहीं कर पा रहा था। कलकत्ता की अलीमुद्दीन स्ट्रीट में सी.पी. आई.(एम) पार्टी मुख्यालय द्वारा सभी को अपना इलाक़ा छोड़कर छिपने का निर्देश जारी किया गया था। इनमें से नेता टाइप के सभी लोगों ने ऐसा ही किया। लेकिन जिनके पास कहीं जाने की जगह नहीं थी, वे पीछे रह गए। नानू और बबुआ उन लोगों में से ही थे जो कहीं नहीं जा सके थे। बबुआ मिस्त्रीपाड़ा का रहने वाला था, जो राजा सुबोध चंद्र मल्लिक रोड के पार, विजयगढ़ से लगा हुआ था। पहले बबुआ स्कूल जाता था, लेकिन बाद में वह मज़दूरी करने लगा। और अब वह सी.पी.आई.(एम) का सक्रिय कार्यकर्ता था। इस समय 'सक्रिय' होने का मतलब, पाइपगन और देशी-बम का उपयोग करने में माहिर होना था।

एक दिन जीवन नानू के अड्डे पर पहुंचा। शाम के झुटपुटे में जीवन, नानू और बबुआ, टी.बी. अस्पताल के पीछे के मैदान के किनारे, सफ़ाई कर्मचारियों के क्वार्टर के सामने, कूड़ा-करकट जलाने वाले यंत्र के बग़ल में, घास पर अख़बार बिछाकर *मुड़ी* (मुरमुरे) और *चनाचूर* (नमकीन) डालकर खाने लगे। बबुआ इतने लंबे समय से जिन लोगों के साथ पार्टी में काम कर रहा था, वे सभी कांग्रेस के आक्रमण की तीव्रता से मोहल्ला छोड़कर भाग गए थे। वे बबुआ को पीछे छोड़कर किसी सुरक्षित आश्रय में चले गए थे। कोई सुरक्षित जगह न होने की वजह से बबुआ अपनी जान जोख़िम में डालकर

जादवपुर में रुक गया। क्योंकि विजयगढ़ के ठीक बग़ल में स्थित मिस्त्रीपाड़ा, जहां वह रहता था, में रहना बेहद असुरक्षित था। बबुआ ने कांग्रेस का जो नुकसान किया था, उसे देखते हुए ये निश्चित था कि उसके पकड़े जाने पर वे उसे नहीं बख़्शते। इसलिए बबुआ दिन में चाहे इधर-उधर भटकता भी रहे, लेकिन अंधेरा होने से पहले ही वह अस्पताल परिसर में, इस जगह पर लौट आता था। बग़ल वाला लोहारपाड़ा अब सुनसान लग रहा था। लेकिन कितना भी सुनसान क्यों न हो, लोहारपाड़ा का नाम अभी भी एक ऐसा नाम था, जिसने विजयगढ़ के लोगों में डर पैदा किया हुआ था। हालांकि पुलिस एक-दो बार इस इलाक़े में दाख़िल हुई थी, फिर भी कांग्रेस के गुंडों में लोहारपाड़ा को क़ब्ज़े में लेने की हिम्मत नहीं थी।

अस्पताल परिसर का यह हिस्सा लोहारपाड़ा के पास था, और यहां का माहौल ऐसा था कि बाहर से हमला होना इतना आसान नहीं था। अगर ऐसा हुआ भी, तो बचने के बहुत सारे रास्ते थे। इसलिए बबुआ को यह स्थान बहुत प्रिय था। वह यहां सुरक्षित महसूस करता था। मैदान के एक तरफ़ कचरा-भट्ठी थी, जिसके पास वे अभी बैठे थे, जो कि अब उपयोग में नहीं थी। जब यह चालू थी, तब तपेदिक के मरीज़ों द्वारा इस्तेमाल किए जाने वाले तकिए, कंबल, चादरें और गद्दे सब उसी में जलाए जाते थे। उस वक़्त पूरा इलाक़ा धुएं और बदबू से भर जाता था। भट्ठी के पीछे के हिस्से में होगला, मॉर्निंग ग्लोरी, मदार और जंगल तुलसी का घना जंगल था। यह जंगल मनुष्यों और सफ़ाई कर्मचारियों के पालतू कुत्तों और सूअरों के मलमूत्र की दुर्गंध से भरा हुआ था। ज़मीन की इस लंबी पट्टी के एक ओर दीवारों से घिरी क़रीब डेढ़ बीघा ज़मीन थी। कौन जाने लोग क्यों इसे मस्जिद कहते थे। हालांकि वहां किसी मस्जिद का कोई निशान नहीं था, लेकिन कुछ ख़ूबसूरत महलनुमा इमारतें थीं, जिनमें उच्चपदों पर नौकरी करने वाले कुछ बड़े लोग रहते थे।

भट्ठी के दूसरी ओर, अस्पताल के कचरे और अपशिष्ट जल से भरा एक बहुत लंबा पंकिल, गंदा डबरा था। बीच में एक गहरा मछली पालन का तालाब था। तालाब और डबरे के बीच से पूर्व की ओर जाने वाला एक संकरा रास्ता था। कोई उस रास्ते से चलकर राजा सुबोध चंद्र मल्लिक रोड के पास, शहर के जल निकासी वाले बड़े नाले के किनारे तक पहुंच सकता था। इस नाले के पश्चिम में राजा सुबोध चंद्र मल्लिक रोड थी, लेकिन पूर्व में सफ़ाई कर्मचारियों का दो मंज़िला क्वार्टर था, जिसके बग़ल में लोहारपाड़ा की पुलिया थी। यहां के सफ़ाई कर्मचारी कमोबेश ठीक थे, लेकिन भट्ठी के पास के दस

या बारह घर, पक्के होने तो दूर, उनकी छतें भी ठीक से ढकी हुई नहीं थीं। बारिश के दौरान उनकी झोंपड़ियों में पानी और कीचड़ भर जाता था।

लोग इन इलाकों में बहुत अधिक नहीं आते थे। इसका मुख्य कारण गंदा वातावरण था। छह फ़ुट चौड़े गड्ढे और मछली के तालाब के बीच का रास्ता, जो दाहिनी ओर मुड़कर राजा सुबोध चंद्र मल्लिक रोड से मिलता था, उस सड़क पर सफ़ाई कर्मचारी दुकानों से ज़रूरत की चीज़ें ख़रीदने जाते थे। और निम्नवर्ग के कुछ शराबी वहां देसी चोलाई शराब पीने के लिए आते थे। अन्यथा दिन भर यह सड़क सुनसान रहती थी।

नानू और तापस ने तालाब में मछलियां पाली हुई थीं। गंदे, हरे पानी में तिलापिया मछलियों की भरमार थी। कुछ लोग इस पानी का इस्तेमाल दूसरे कामों के लिए भी करते थे। लेकिन दूसरी तरफ़ का बड़ा डबरा किसी काम का नहीं था। उसके हरे पानी और कीचड़ में सफ़ेद कीड़े गिजगिजाते थे। टी.बी. अस्पताल की सारी गंदगी—थूक, बलगम, मवाद, ख़ून—नाले से बहती हुई उसी डबरे में जाकर गिरती थी, तभी उसकी ऐसी हालत थी।

नानू, जीवन और बबुआ मैदान के आख़री छोर पर, तालाब के ठीक सामने बैठे हुए थे। यदि कोई अवांछित व्यक्ति नहर के किनारे चलकर, राजा सुबोध चंद्र मल्लिक रोड से इस तरफ़ आता, या लोहारपाड़ा की ओर से भी कोई आता, तो उसे दूर से देखकर आवश्यक सावधानी बरती जा सकती थी। बबुआ की आंखें उसी दिशा में टिकी थीं। बबुआ अच्छी तरह से जानता था कि सी.पी.आई.(एम) से संबंधित होने के साथ-साथ कुछ व्यक्तिगत अपराधों के कारण पुलिस उसकी तलाश कर रही थी। पुलिस उसे जीवित या मृत, कैसे भी पकड़ना चाहती थी।

बबुआ ने कॉलर वाली सफ़ेद टी-शर्ट और नीले रंग की लुंगी पहनी हुई थी। तेईस-चौबीस साल का तंदरुस्त शरीर था उसका। रोज़ी-रोटी के लिए उसके द्वारा दिन भर किए परिश्रम ने उसके शरीर को और मज़बूत कर दिया था, जो अब उसके काम आ रहा था। वह एक मंज़िल की छत से आसानी से छलांग लगा सकता था। एक ही छलांग में वह सात-आठ फ़ुट ऊंची दीवार फांद लेता था। इसी वजह से पुलिस काफ़ी कोशिशों के बावजूद उसे पकड़ नहीं पाई थी। बबुआ के सामने बैठा जीवन, अस्पताल के खेल के मैदान में, फ़ुटबॉल खेलने में मस्त बच्चों को देख रहा था। ये सभी अस्पताल कर्मचारियों के बच्चे थे। हवा में उड़ते रोग फैलाने वाले कीटाणुओं के बीच, उनके जीवित रहने और बढ़ने का संघर्ष जारी था। यही जीवन था।

नानू की निगाहें दूर जंगल के बग़ल में टूटी हुई इमारत, जो कभी मुर्दाघर के रूप में इस्तेमाल होती थी, पर टिकी हुई थीं। उसकी देसी चोलाई शराब का ठेका वहीं था। पूंजी नानू की थी और धंधा दिलीप नाम का एक सफ़ाई कर्मचारी चलाता था। लाभ को वे आपस में बराबर बांट लेते थे। हर धंधे का अपना दस्तूर होता है। शराब के धंधे में आए दिन झगड़ा और मारपीट आम बात थी। तमाम परेशानियों की ज़िम्मेदारी नानू की थी। वर्ना उस कम उम्र के लड़के दिलीप में शराब का ठेका चलाने की क्षमता नहीं थी। लोग शराब पीकर बिना पैसे दिए चले जाते थे।

अब ग्राहकों का आना शुरू हो गया था। सफ़ाई कर्मचारियों के मोहल्ले में आज कोई त्योहार था। दोपहर में एक सूअर को मारा गया था। उसका मांस एक बड़े बर्तन में पकाया जा रहा था। शराब के ठेके पर भी भीड़ बढ़ती जा रही थी। नानू उस पर नज़र रख रहा था ताकि कोई अनहोनी न हो।

बबुआ आमतौर पर काफ़ी हंसमुख रहता था, लेकिन किसी कारण से वह आज बहुत गंभीर था। लगभग आधे घंटे तक उसने एक भी शब्द नहीं कहा था। कुछ समय बाद उसने अचानक कहा, 'मान ले नानू मैं मर गया; मान ले एक गोली मेरे सीने पर आकर लग गई। आख़िर हर रोज़ कोई न कोई, जाना-अनजाना इसी तरह तो मर रहा है। इस बात की कोई गारंटी नहीं है कि मैं भी उसी तरह आज या कल नहीं मारा जाऊंगा।'

नानू ने जवाब दिया, 'हममें से किसी के पास भी इसकी गारंटी नहीं है।'

'यही कह रहा हूं, मान लो मेरे सीने में थ्री-नॉट-थ्री बुलेट लग गई, तब क्या होगा?'

'और क्या होगा? तुम मर जाओगे!' जीवन ने झट से कहा। 'भले ही यह कोई नहीं जानता कि तुम इतने लंबे समय से जीवित हो, गोली लगने पर अख़बारों में नाम आएगा। सबको पता चलेगा कि बबुआ नाम का एक बदमाश लड़का था। गोली खाकर मर गया। अच्छे लोग भूख से मरते हैं, बदमाश गोली खाकर।'

बबुआ ने कहा, 'वो बात नहीं हो रही है। अख़बारों में मेरा नाम आए या न आए, शोक सभा हो या न हो, शहीद स्मारक बने या न बने—इससे मेरा क्या भला होगा? आख़िर मेरी ज़िंदगी तो ख़त्म हो जाएगी।'

जीवन ने कहा, 'अब उसके बारे में सोचने का क्या फ़ायदा? जो होना था वो तो हो चुका है। इस लाइन में आने से पहले यह सब सोचते तो बेहतर होता।'

'तू क्यों आया?'

'क्या मैं अपनी मर्ज़ी से आया था?'

'तुझे कौन लाया?'

'किसका नाम लूं? कह सकते हो मुझे मेरा भाग्य यहां लेकर आया।'

बबुआ कुछ देर तक चुप रहा। फिर उसने कहा, 'मैं नहीं मानता कि भाग्य नाम की कोई चीज़ होती है।'

'तुम जैसे बहुत से पढ़े-लिखे लोग ऐसा ही कहते हैं। लेकिन मेरा मन कहता है कि भाग्य होता है। एक घटना घटती है और उसके बाद उससे जुड़ी दूसरी घटना घटती है। जब तक पहली घटना न घटे, अगली घटना घटने का कोई कारण नहीं होता। एक घटना जो आपको अगली घटना की ओर धकेलती है—यही भाग्य है।'

मुंह में मुरमुरे भरकर चबाते हुए जीवन बोलता रहा, 'तो मैं इस लाइन में आया हूं क्योंकि भाग्य मुझे यहां लेकर आया, और उसका मैं अफ़सोस नहीं मनाता। जिस तरह मेरा जन्म हुआ है, जिस तरह मैं बड़ा हुआ हूं, मेरे साथ कुछ भी अच्छा नहीं हो सकता था। मैंने लोगों के हाथों बहुत अत्याचार सहा है लेकिन, कम से कम अब मुझे यह पता है कि कोई और मुझे सता कर पार नहीं पा सकता है। उसके लिए अगर मुझे मरना भी पड़े तो ठीक है। रोज़-रोज़ तिल-तिल मरने से बेहतर है एक बार में मर जाना।'

बबुआ ने कहा, 'तूने जो कुछ कहा, वही मेरी भी कहानी है। कोई मुझे मारता है, मैं किसी को मारता हूं, वह मर जाता है, मैं मर जाता हूं—यह सब करने से आख़िर हमें क्या हासिल होता है?'

नानू अब बातचीत में शामिल हो गया। उसने कहा, 'यह नफा-नुकसान का हिसाब करने का समय नहीं है। जिस तरह भी जीवित रह सकते हो रहो! यदि कोई तुम्हें मारने आए, तो उसे मार डालो।'

बबुआ कुछ देर चुप रहने के बाद फिर बोला। 'पिनाकी-दा ने मुझे पार्टी में शामिल होने के लिए कहा था। मैं उनकी बात टाल नहीं सकता था। उन्होंने कहा था, "यह देश और लोगों के लिए अच्छा होगा।" मैंने दीवारों पर पोस्टर

चिपकाना और सभाओं और रैलियों में भाग लेना शुरू कर दिया। इसी के चलते, एक समय मैंने चाकू और देशी बमों को संभालना शुरू किया। तब, मुझे पता नहीं चला कि मैं मकड़ी के जाल में फंस रहा हूं। मैं कभी भी इससे बाहर नहीं निकल पाऊंगा। मेरे साथ रहने वाले सभी लोगों ने इस ख़तरे को भांप लिया और वहां से निकल गए, लेकिन मेरे पास जाने के लिए कोई जगह ही नहीं थी। मैं क्या करता? इसलिए मैं इस मोहल्ले में पड़ा हूं। मैं रोज़ मौत के साथ लुका-छिपी खेलकर ज़िंदा रहता हूं। मुझे नहीं पता कि मैं कब हार जाऊंगा।'

नानू ने जवाब दिया, 'सभी को किसी न किसी दिन मरना पड़ता है। किसी को दो दिन पहले तो किसी को दो दिन बाद। कोई बिस्तर पर लेटे-लेटे हग-मूतकर मरता है, तो कोई खड़े-खड़े या दौड़ते हुए मर जाता है।'

बबुआ कुछ देर चुपचाप मुरमुरे चबाता रहा और फिर ऐसे आत्मलीन होकर बोला जैसे कि वह बहुत दूर किसी पहाड़ की गुफ़ा में बैठा हो, 'मेरे भाई, तुम लोग जो भी सोचना चाहो सोच सकते हो, लेकिन मैं अब जीना चाहता हूं। यक़ीन मानो, जब भी मैं मौत के बारे में सोचता हूं तो उदास हो जाता हूं। यह संसार, आकाश, मिट्टी, जल और वायु सब कितने सुन्दर हैं। मैं चला जाऊंगा, लेकिन सबकुछ रहेगा! बताओ, नहीं रहेगा क्या? आसमान में तब भी बादल छाएंगे। बारिश की बूंदें तब भी टप-टप टीन की छत पर गिरेंगी। लोगों को उस संगीत को सुनते-सुनते नींद आ जाएगी। लेकिन मैं तब यहां नहीं रहूंगा। मैं वो आवाज़ नहीं सुन पाऊंगा। बाग़-बाग़ीचों में फूल खिलेंगे, फूल मुरझाएंगे, फल लगते रहेंगे, और पक्षी पेड़ों पर चहचहाते रहेंगे।'

'कलकत्ता में फूल और फलों के पेड़ कहां हैं?' जीवन ने मज़ाक़ में धीरे से कहा।

बबुआ के घर की छत टीन की थी। लेकिन हर कोई इतना भाग्यशाली नहीं होता। कुछ लोगों की छतें चूती थीं, जिससे उनके घरों में गंदा पानी भर जाता था, और उनके शरीर में खुजली होती थी। बारिश की फुहार से बचने के लिए वे फटा हुआ टाट अपने चारों ओर लपेटकर घर के किसी कोने में दुबककर बैठे रहते थे। वे डरे रहते थे कि न जाने कब बारिश से भीगी, फटी हुई दीवार अचानक उनके ऊपर टूटकर गिर जाए। इन सभी दृश्यों से जीवन भलीभांति परिचित था। लेकिन अब वह उन बातों को नहीं दोहराता था। जैसे-जैसे शाम गहराती गई, जीवन चुपचाप भावुक हुए बबुआ की बातें सुनता रहा।

ऐसा लग रहा था कि उसकी डरी हुई आत्मा की असीम गहराई से एक विलाप उभर रहा था, जो किसी मुक्त छंद के समान था।

'तो आख़िरी दिन के बारे में सोचो। सबकुछ है, सब हैं, केवल तुम वहां नहीं हो। यह सोचने पर दिल नहीं कांप उठता है?'

सूरज कुछ देर पहले डूबा था। उसके डूबने के पथ के किनारों पर छूटे अबीर-सा लाल रंग अब फीका पड़ने लगा था। सौ बेड वार्ड के सामने बैठा खांसता, बुखार से पस्त एक रोगी, उठकर धीरे-धीरे अपने बिस्तर की ओर चल पड़ा था। गहरी दुश्चिंता उसके चेहरे से साफ़ झलक रही थी। कौन जानता था यह रात कौन-सा रूप धारण करने वाली थी।

'मैं किसी से बहुत प्यार करना चाहता हूं। मन करता है, कोई मुझे बहुत प्यार करे। वह सज-धजकर मेरा इंतज़ार करेगी। वह मेरे साथ दूर किसी निर्जन नदी के किनारे घूमने जाएगी। हम एक-दूसरे का हाथ पकड़कर साथ घूमेंगे, हंसेंगे, बातें करेंगे, खेलेंगे, दौड़ेंगे।'

जीवन ने तड़का लगाया, 'शादी कर लो!'

उसकी बात पर ध्यान न देते हुए बबुआ ने कहना जारी रखा। 'अगर मैं इस हिंसा के रास्ते में नहीं आता, तो शायद मुझे वह सब मिलता जो मैं कह रहा हूं।' उसने एक गहरी आह भरी, 'अब कोई मेरे साथ दिल का लेन-देन नहीं करेगी। बताओ, कौन जान-बूझकर डूबती नाव में चढ़ेगा! इसलिए, मरने के विचार से मुझे बहुत पीड़ा होती है, जीवन। ऐसा लगता है जैसे मेरा जीवन अधूरा रह गया है।'

हालांकि बबुआ के पिता की आर्थिक स्थिति इतनी अच्छी नहीं थी, फिर भी वे बबुआ को कुछ वर्षों तक स्कूल तो भेज सके थे। पढ़ा-लिखा होने के कारण बबुआ अपनी मन की भावनाओं को किताब की भाषा में व्यक्त कर सकता था। उसकी बातों से क़रीब आती मृत्यु का शोक परिभाषित हो रहा था। 'अगर मैंने किसी से प्यार किया होता तो मैं उससे शादी भी ज़रूर करता। अगर मेरे बच्चे होते, तो मेरा पुनर्जन्म होता और मैं उनके माध्यम से जी लेता। पर अब? अब अगर मैं मर जाऊं, तो मेरे मरने के क्षण के साथ सबकुछ ख़त्म हो जाएगा। मरते ही सबकुछ ख़त्म हो जाए, तो पैदा होने का क्या फ़ायदा!'

अब जीवन ने हंसते-हंसते कहा, 'तो जहां तक मौत का सवाल है, तुम्हारी एक ही समस्या है कि तुम्हारी शादी नहीं हुई है और तुम्हारे बच्चे नहीं हैं!'

'मैं चौबीस-पच्चीस साल का हूं और मैंने अभी तक किसी लड़की को छुआ भी नहीं है। मैं उस तूफ़ान के बारे में नहीं जानता जो उसे छूने से दिल में उठता है।'

सफ़ाई कर्मचारियों के क्वार्टर, जो कुछ झुग्गियों का समूह था, से गर्म चाय आ गई। जिसके घर में उत्सव हो रहा था, यह चाय वहीं से भेजी गई थी। कुछ मिट्टी के कुल्हड़ भी भेजे थे। जीवन ने चाय पीकर कुल्हड़ को तालाब में फेंक दिया और कहा, 'मेरे लिए ज़िंदगी इस कुल्हड़ की तरह है। जब तक इसमें चाय है, इसकी क़ीमत है। चाय ख़त्म तो फेंक दो उसे! जब तक सांस चल रही है, मैं हूं। कोशिश कर रहा हूं ज़िंदा रहने की। लेकिन अगर सांस ही चली जाए, तो फिर मैं क्या कर सकता हूं? जाने दो! बहुत कुछ है जो मुझे इस जीवन में नहीं मिला। तो अब उस सूची में एक और बात जुड़ गई है!'

बबुआ ने कहा, 'मैं कहीं दूर जाने के बारे में सोच रहा हूं।'

'कहां?'

'कहीं भी। एक ऐसी जगह जहां मुझे कोई नहीं जानता। मैं अपना नाम बदल लूंगा और किसी तरह का काम शुरू कर दूंगा।'

बहुत देर बाद नानू बोला, 'तुम ऐसा नहीं कर पाओगे रे बबुआ। मैं अपने मामा के घर मेदनीपुर गया था। मामा ने डर के मारे मुझे वहां रहने नहीं दिया। आजकल पुलिस के मुख़बिर हर जगह अनजान लोगों पर नज़र रखते हैं। वे तुरंत पुलिस को जाकर ख़बर कर देते हैं। क्या तुम्हें याद नहीं है, बिशु-दा कैसे पकड़े गए थे?'

बिशु-दा उर्फ़ बिश्वनाथ रॉय, जो अपनी पहचान छुपाकर मध्य कलकत्ता में कहीं किसी रेस्तरां में वेटर का काम कर रहा था। उसे पकड़ लिया गया और अब वह जेल में था।

नानू ने आगे कहा, 'मुझे परवाह नहीं है कि मेरे साथ क्या होता है, लेकिन मैं इस इलाक़े को नहीं छोड़ूंगा। नहीं तो, यह ऐसा होगा जैसे बिन जंगल के बाघ या बिन पानी के मछली।'

चारों तरफ़ अंधेरा घना होने लगा। बच्चे खेल ख़त्म कर अपने घर वापस चले गए। सफ़ाई कर्मचारियों के क्वार्टर से हुल्लड़ की आवाज़ें आ रही थीं। साथ ही रेडियो पर फ़ुल वॉल्यूम में एक मधुर गीत बज रहा था—"जीना यहां, मरना यहां, इसके सिवा जाना कहां..."—थोड़ी देर में अस्पताल और वार्ड के गलियारों में बत्तियां जल उठीं। लेकिन रोशनी अभी तक चमचमाती हुई नहीं

थी, अंधेरा जितना गहरा होता जाता है, रोशनी उतनी ज़्यादा चमकती है। वार्ड के सामने मैदान पर टहल रहे मरीज़ धीरे-धीरे अपने बिस्तरों में वापस चले गए थे। अब वार्ड में डॉक्टर रूटीन चेकअप के लिए आ रहे थे।

नानू, जीवन और बबुआ अपने विचारों में इतना डूबे हुए थे कि युद्ध के मैदान के सैनिकों की सतर्कता में थोड़ी कमी आ गई। धुंधले अंधेरे ने भी दूर तक देखना मुश्किल कर दिया था। इसलिए, उन्होंने ध्यान नहीं दिया कि जादवपुर थाने के मशहूर पुलिस अधिकारी सुरेश पाल ने अपना वाहन अस्पताल के मुख्य द्वार पर छोड़ दिया था और अब अंधेरे की आड़ में दबे पांव उनकी ओर आ रहा था। लोग कहते थे कि रिवॉल्वर चलाते वक़्त पाल बाबू का लक्ष्य अडिग था। तर्जनी की नोंक पर रखे आठ आने के सिक्के को वे गोली से उड़ा देते थे, ऐसा अचूक निशाना था उनका।

पाल बाबू को एक स्थानीय मुख़बिर के माध्यम से यह सूचना मिली थी कि मिस्त्रीपाड़ा का एक बदमाश अस्पताल की कूड़ा जलाने की भट्ठी के सामने बैठा है। उसने सफ़ेद कॉलर वाली टी-शर्ट पहन रखी है। जैसे ही उन्हें यह सूचना मिली, वे चार सादी वर्दी वाले पुलिसवालों के साथ निकल पड़े। पांचों पुलिसवाले जीप से वहां पहुंचे थे। एक काली वैन उनका पीछा कर रही थी। अंदर बारह वर्दीधारी पुलिसवाले बैठे थे। वे मेन गेट पर इंतज़ार कर रहे थे। उन्हें पांच मिनट के बाद पाल बाबू की मदद के लिए अस्पताल परिसर में प्रवेश करना था।

पाल बाबू और उनके चार साथी, ये पांच जोड़ी पैर चुपचाप आगे बढ़ते हुए अस्पताल की कैंटीन और दाईं ओर के सौ-बेड वाले वार्ड तथा बाईं ओर के वार्ड, जहां युवा कवि सुकांत की मृत्यु हुई थी, को पार करते हुए कूड़ा जलाने वाली भट्ठी की दिशा में आ गए।

हालांकि सूरज बहुत पहले अस्त हो चुका था, फिर भी अभी पूरी तरह से अंधेरा नहीं हुआ था। यह दिन का सबसे सुस्त और बेतरतीब समय था। इस समय लोगों की आवाजाही कुछ हद तक अस्थायी थी। पांचों पुलिसवाले तितर-बितर हुई भीड़ में मिल गए और भट्ठी के ठीक सामने पहुंच गए, जहां से बबुआ के चौड़े कंधे और सफ़ेद टी-शर्ट साफ़ दिखाई दे रहे थे। नानू भट्ठी की ही दिशा में देख रहा था, लेकिन धुंधले अंधेरे ने उन्हें छुपा रखा था; और वह मृत्यु के दूतों को पहचान न सका। उन्हें तब पता चला जब पाल बाबू के हाथ की रिवॉल्वर ने गरजकर आग उगली। अचूक निशाने के साथ सुरेश पाल

के हाथ के हथियार से चली .38 बुलेट बबुआ की पीठ में धंस गई। लगातार दो बार गोली चली। 'आह!' की एक अंतिम हांफ के साथ, बबुआ गोली के प्रभाव से मछली के तालाब में उछलकर गिर पड़ा। कुछ बुलबुले सतह पर उठने के बाद, हरा पानी थोड़ा लाल हो गया, और बबुआ का शरीर नीचे डूब गया।

अचानक हुए हमले से जीवन और नानू दोनों स्तब्ध रह गए, लेकिन कुछ ही क्षणों के बाद वे दोनों अपनी बेचैनी पर क़ाबू पाकर विपरीत दिशा के दुर्गंधयुक्त, कीड़ों और विष्ठा के महासमुद्र में कूद पड़े। रेंगते, हाथ-पैर मारते हुए जलकुंभी, होगला और कीचड़ को हटा वे किसी तरह डबरे के बीच तक पहुंचने में क़ामयाब हुए। फिर वे उस दलदल में मरे हुए आदमियों की तरह डूबे रहे, केवल उनकी नाक ऊपर थी। धीरे-धीरे समय बीतता रहा। धीरे-धीरे रात बढ़ती गई। लेकिन उनमें किनारे की ओर बढ़ने की हिम्मत नहीं हुई। कौन जानता था कि उस डबरे को घेर लिया गया था या नहीं!

उस परिस्थिति में भला उन्हें कैसे पता चलता कि पुलिस एक ही दिशा से आई थी, यानी मुख्य प्रवेश द्वार से, और वे पूर्व की ओर बढ़ गए थे। बबुआ को एक अचूक निशाने से उड़ा देने के बाद, वे जितनी जल्दी हो सकता था लौट गए थे। जैसे पाल बाबू और उनके साथियों ने नानू और जीवन का पीछा नहीं किया, वैसे ही उन्होंने मछली तालाब से बबुआ के शरीर को भी निकालने का प्रयास नहीं किया। शायद वे अपने ऊपर होने वाले जवाबी हमले की आशंका में थे। आख़िर लोहारपाड़ा तो पास ही था। वे जल्दी निकल सकें, इसका इंतज़ाम उन्होंने पहले से ही किया हुआ था। गोलियां चलते ही उनकी जीप वहां आ गई और वे उसमें सवार होकर चले गए।

जीवन और नानू को यह ख़बर नहीं मिली। उन्हें कौन ख़बर देता? वे उस नर्क के कीड़ों से भरे कीचड़ के दलदल में अपने शरीर को डुबोए, हर क्षण जान जाने का आतंक दिल में लिए, उस डबरे में पड़े रहे। बिलबिलाते हुए मल कीट उनके शरीर से मांस के छोटे-छोटे क़तरे कुतरने लगे। सैकड़ों काली जोंकें उनके गर्म, तरल ख़ून को चूसने लगीं।

बहुत समय पहले जीवन एक बार सियालदह के मुर्दाघर में गया था। उसकी पहचान की एक लड़की ने अपनी मां से झगड़ाकर, अपने शरीर पर मिट्टी का तेल डाल, ख़ुद को आग लगा ली। पोस्टमार्टम के बाद वह शव लेने गया था। उस समय उसने मुर्दाघर में एक दर्जन सड़ी-गली, लावारिस लाशों को देखा था। लाखों कीड़े पूरे शरीर और विशेष रूप से उसके पेट पर

गिजगिजा रहे थे। अंतड़ियों पर लहरों की तरह सफ़ेद कीड़े परम उल्लास से, ऊपर से नीचे और नीचे से ऊपर हो रहे थे।

जीवन को लगा जैसे वह अब एक लावारिस लाश था। वह अपने हाथों को हिलाने और अपने शरीर से कीड़ों और जोंकों को दूर करने में अक्षम था। उसे भयानक डर लग रहा था। उसके हिलते ही अगर कोई गोली सीधे उसके सिर में आकर लग जाए तो! एक गोली, एक इंसान को, एक ही पल में लाश बना सकती है।

जीवन, राजा सुबोध चंद्र मल्लिक रोड पर चलने वाले वाहनों और उनके हॉर्न की आवाज़ को सुन सकता था। कलकत्ता राज्य परिवहन निगम के बाघ छाप की डबल-डेकर बसें सड़क को थरथराती हुई दौड़ रही थीं। बड़े जल निकासी वाले नाले के दूसरी तरफ़ की दीवार, जिस पर स्वपन ने एक बार 'एल' अक्षर लिखा था, वह 'एल' जो कि जीवन के जीवन में एक मील का पत्थर था, उस दीवार के बग़ल के किसी घर के रेडियो पर रवींद्र संगीत बज रहा था—'*आमी जालबो ना मोर बातायने...* मैं अपनी खिड़की पर दीया नहीं जलाऊंगा...'। दो गोलियों की आवाज़ से, और एक मामूली आदमी की मौत से माहौल में कहीं कुछ नहीं बदला था। रात-दिन कितनी ही गोलियों और बमों की आवाज़ें सुनाई देती थीं। इन दिनों ये आम बात थी। पर शाम की गोलीबारी का नतीजा ये हुआ कि नानू और जीवन, साधारण घरों के साधारण युवा, एक असाधारण स्थिति के पीड़ितों ने पूरी रात गिजगिजाते डबरे में गुज़ारी।

काफ़ी समय बाद नारियल के पतले टुकड़े जैसा पतला-सा चांद आसमान में दिखाई देने लगा। अंततः पूरा मोहल्ला सो गया और सबकुछ शांत हो गया। पास ही के स्याही के कारखाने के नेपाली पहरेदार ने बारह बार घंटा बजाया मानो घोषणा कर रहा हो कि वह जाग रहा है। कीचड़ के डबरे के होगला और जलकुंभी के पत्तों पर, मस्जिद की दीवार के बग़ल की ज़मीन की लंबी पट्टी पर और जंगली तुलसी और मदार के झुंड पर बैठे झींगुरों ने निशाचरी कोरस शुरू कर दिया था। हिसाब से गोलियां चले छह घंटे हो चुके थे। जीवन को लगा, चाहे जिस तरह भी हो, चलो वह छह घंटे और जीवित रहा। न जाने क्यों, लेकिन वह ख़ुद को सबसे भाग्यशाली मान रहा था। अगर बबुआ उसकी ढाल बनकर न बैठा होता, तो एक गोली उसके सीने के भी आर-पार हो जाती। उस स्थिति में वह इस चंद्रमा को उगते हुए नहीं देख पाता। और न ही पार्श्व संगीत की तरह तैरते झींगुरों के गुंजन को सुन पाता।

यह मुरझाया चांद, छिटकती हुई मलिन रोशनी, झींगुरों का निरर्थक गुंजन, सांपों, जोंकों और कीड़ों का कुरेदकर शरीर को खाना, उसके सीने का उठना-गिरना—सब मिलाकर ज़िंदा रह पाना ही जीवन था। किसी भी बात को नकारने का कोई उपाय नहीं था। इससे बचने का भी कोई रास्ता नहीं था। रवींद्रनाथ ठाकुर ने लिखा था, '...*के मोरे सम्मुखे ठैले? ...देखिलाम थामी, सम्मुखे ठेलिछे मोरे पॉश्चातेर आमी।* कौन मुझे आगे धकेल रहा है? मैंने रुककर देखा, मेरा अतीत मुझे आगे की ओर धकेल रहा है।' जीवन का अतीत ही उसे धकेलता हुआ आज यहां ले आया था। वह काला, शापित, कठिन क्षण जिसमें वह पैदा हुआ था। यह जन्म का अभिशाप था जिसने उसे इस नर्क का बाशिंदा बना दिया था।

लंबे समय के बाद, डबरा में होगला के एक झुंड से एक कमज़ोर फुसफुसाहट सुनाई दी, 'जीवन, ए जीवन!'

जीवन ने भी नानू की आवाज़ की दिशा में एक मृदु फुसफुसाहट उछाली, 'क्या?'

'हम यहां और कब तक ऐसे ही पड़े रहेंगे?' यह कोई सवाल नहीं, आक्षेप था।

'इसके अलावा हम क्या कर सकते हैं?'

'ऐसा लगता है कि कीड़ों ने मेरे शरीर की चमड़ी को खा लिया है!'

'जब तक शरीर है, चमड़ी वापस आ जाएगी। लेकिन प्राण चले जाने से क्या वापस मिलेगा?'

'अगर बबुआ मर गया है, तो कम से कम आज की रात वह हमसे ज़्यादा आराम से है। दो-चार मिनटों से ज़्यादा उसे तक़लीफ़ नहीं हुई होगी।'

एक बार फिर दो भयभीत युवकों ने आकाश की ओर देखा और अनंत काल तक भोर होने का इंतज़ार करने लगे। सुख की रात की आयु छोटी होती है, लेकिन कष्ट की रात की आयु बहुत लंबी लगती है। बबुआ को लेकर व्यंग करते रहने के बावजूद, उसकी मौत ने जीवन पर एक गहरा असर छोड़ा था। अब ख़ुद से भी ज़्यादा, उसका ख़्याल दिमाग़ में आ रहा था। जिस तरह से उसे गोलियां लगीं, और जिस तरह वह पानी में डूब गया। भले ही बंदूक की गोली से न मरा हो, लेकिन पानी में डूबने से वह निश्चित ही मर गया था। हालांकि, तीनों में से एक वही था जिसे जीने की सबसे ज़्यादा ख़्वाहिश थी। वह किसी से

प्यार करना चाहता था, शादी करना चाहता था, घर बसाना चाहता था। उसकी पीठ को छेदते दो सीसे के टुकड़ों ने उसके सपनों को चकनाचूर कर दिया था।

जीवन सोचने लगा, क्या होता अगर उन गोलियों में से एक ने उसके सीने को छेद दिया होता? वह फिर कहीं नहीं होता। एक लाश बन चुका होता। लाश! किसी जीवित व्यक्ति के लिए, दो अक्षरों से बना यह शब्द सबसे आतंकजनक था।

इस समय, जब एक लाश और जीवित के बीच केवल कुछ सांसों का अंतर था, जीवन को अचानक बबुआ की वो स्वप्न देखती और उसके बाद पीड़ा से भिंचती आंखों की याद आई। तभी जीवन के सीने में मूक प्राण बेक़ाबू हो रोने लगा। 'देखो बबुआ, मुझे देखो। मैं भी तुम्हारी तरह लाश बन गया हूं। एक सड़ी-गली लावारिस लाश। देखो, कीड़ों का झुंड मेरे मांस को कुरेद-कुरेदकर खा रहा है। तुम्हारी, मेरी और हम सबकी क़िस्मत में एक ही बात लिखी है—लाश बनना। इससे मुक्ति पाने का कोई रास्ता नहीं है। पहले भूख ने हमें खा लिया। और अब गीदड़, गिद्ध, और कीड़े-मकौड़े हमें खाएंगे।'

12

रिक्शा चालक और जादवपुर का वर्ग युद्ध

यदि जादवपुर अंचल के दस सबसे धनी व्यक्तियों के नाम गिने जाएं, जिनकी संपत्ति नकदी में थी, तो जिनका नाम सबसे ऊपर होता, वह थे कांति दत्ता। उनके पास एक हज़ार साइकिल-रिक्शा थे। उनके रिक्शे जादवपुर, कस्बा, बालीगंज, टालीगंज और बेहाला, और यहां तक कि बारुईपुर के इलाक़े में भी हर लाइन पर चलते थे। वे बहुत ही असहाय अवस्था में पूर्वी बंगाल के ढाका ज़िले से जादवपुर के लोहारपाड़ा आए थे। उसके बाद बीस-पच्चीस वर्षों की कड़ी मेहनत और बुद्धि से वे यहां तक पहुंचे थे।

उनके साइकिल-रिक्शा का गैराज राजा सुबोध चंद्र मल्लिक रोड पर जादवपुर बस-स्टैंड के पास था। वहां नए वाहनों का उत्पादन करने के लिए चार मिस्त्री दिन भर टूटे रिक्शों की मरम्मत किया करते थे। कांति दत्ता नियमानुसार हर महीने एक या दो नए रिक्शे सड़क पर उतारते थे। उन्होंने परमिट या लाइसेंस की कभी परवाह नहीं की, हालांकि उसके लिए उन्हें पहले सौ-दो सौ रुपये का भुगतान करना पड़ा था। लेकिन अब सभी वाहन बिना लाइसेंस के थे। केवल अधिकारियों के साथ व्यवस्था के आधार पर वे अपना व्यवसाय चला रहे थे।

रोज़ ही की तरह, आज सुबह जब वे स्नान के बाद विश्वकर्मा की पूजा और उसके बाद नाश्ता करके गैराज पहुंचे, तो उन्होंने देखा कि कोई उनका इंतज़ार कर रहा था। रोज़ ही कोई न कोई उनका ऐसे ही इंतज़ार करता था। लेकिन आज इंतज़ार करने वाला उनसे अलग था। कांति बाबू उसे पहचानते

थे। रिक्शों का किराया वसूल करने के लिए कांति बाबू को पूरे दिन रिक्शे पर इधर-उधर घूमना पड़ता था, इसलिए कौन क्या करता है, इस पर उनकी नज़र रहती थी। तभी उनसे मिलने आए व्यक्ति को देखकर उन्हें कुछ बेचैनी हुई। वे यह सोचकर बेचैन थे कि यह किसलिए आया था।

कांति बाबू ने कुर्सी पर रखे धूल झाड़ने वाले कपड़े को उठाया और अपनी धूल भरी कुर्सी को पोंछकर बैठ गए। उन्होंने कनखियों से लकड़ी की लंबी बेंच पर बैठे अजनबी को देखा और उसके प्रश्न या प्रतिक्रिया की प्रतीक्षा करने लगे। कुछ ही देर में जादवपुर स्टेशन के स्टैंड का एक रिक्शा चालक नाड़ु गैराज में घुसा। वह कांति बाबू की ओर देखकर मुस्कुराया और विनय से भरे स्वर में कहा, 'आप आ गए!'

कांति बाबू ने जवाब में मुस्कुराते हुए कहा, 'अगर यहां नहीं आता तो कहां जाता?'

'मैं आपसे मिलना चाहता था।'

'मुझसे मिलना! सिर्फ़ मिलना चाहता है? तो मिल!'

'नहीं, मेरा मतलब है...आपसे कुछ चाहिए था।'

'तो ये कह न! मुझसे मिलना है, ऐसा क्यों कह रहा है! कह कि तू कुछ मांगने आया है। वैसे तू आता ही कहां है, सिवाय तब, जब तुझे किसी चीज़ की ज़रूरत होती है। क्या चाहता है बता?'

'मुझे एक रिक्शा चाहिए।'

'ख़रीदना है?' कांति दत्ता ने नाड़ु की अक्षमता का मज़ाक़ उड़ाते हुए मुस्कुरा कर कहा।

'नहीं, नहीं, किराए पर लेना है। मैं एक रिक्शा किराए पर लेना चाहता हूं।'

'लेकिन तू तो मोती बाबू की गाड़ी चलाता है।'

'नहीं, मेरे लिए नहीं। इसके...' नाड़ु उर्फ़ नारायण ने कांति बाबू को एक व्यक्ति की ओर इशारा करके कुछ हिचकिचाते हुए कहा, 'इसके लिए।'

'किसके लिए?'

'इसके लिए। यह रिक्शा चलाएगा।'

कांति बाबू को विश्वास नहीं हुआ। इन युवकों ने जिस रास्ते को अपनाया था, उसे देखते हुए उनके लिए यह विश्वास करना मुश्किल था कि ये उन लोगों के रास्ते पर चलेंगे, जो मेहनत करके पसीना बहाते थे और फिर भी भूखे रहते थे या आधा पेट ही भर पाते थे।

यह व्यक्ति और कोई नहीं, जीवन था।

बबुआ को मरे लगभग एक महीना बीत चुका था। लोगों ने अपने दिलोदिमाग़ में दबे हुए आतंक पर सामान्य स्थिति का लबादा लपेट लिया था और वे अपने दैनिक जीवन में फिर व्यस्त हो गए थे। मनुष्य सभी परिस्थितियों में जीवित रहना चाहता है। लेकिन जीवित रहने के लिए हर तरह की प्रतिकूल परिस्थिति में भी अपने दैनिक कार्यों को किए बिना कोई उपाय नहीं।

जिस नानू ने एक बार कहा था कि मरने पर भी वह अपना इलाक़ा नहीं छोड़ेगा, उस नानू ने कीचड़ के डबरे से बाहर निकलने के बाद, अपने शरीर से जोंकों को साफ़ किया, फिर साबुन घिसकर नहाया। और अगले दिन ही एक बैग में कुछ कपड़े भरकर, जीवन को भी बताए बिना ग़ायब हो गया। जादवपुर पुलिस कैंप में राइफ़ल-स्नैचिंग की घटना के बाद से जीवन को जादवपुर रेलवे स्टेशन के बजाय नानू का अड्डा और अस्पताल का मैदान ज़्यादा सुरक्षित लगता था। नानू के साथ घूमने की वजह से वहां सब उसे पहचानने लगे थे। उसे वहां रहने में कोई बाधा नहीं थी। कहीं कुछ खाने के बाद वह शांति से मुर्दाघर की छत पर रात गुज़ारता था। लेकिन नानू के चले जाने के बाद, अस्पताल परिसर जीवन के लिए अनाथ, पराया और असुरक्षित हो गया।

तो अब जीवन कहां रहता? बस एकमात्र स्थान, जादवपुर स्टेशन पर रह सकता था। लेकिन अगर पुलिस उसे पकड़ ले तो वह क्या करता? आजकल पुलिस लगभग रोज़ रात को स्टेशन पर गश्त लगाती थी और जो भी मिल जाता, उसे पकड़कर पीटते हुए ले जाती थी। अगर उसके पास एक रिक्शा होता, तो भले ही पुलिस माने या न माने, लेकिन उसके पास कम से कम सफ़ाई देने के लिए कुछ तो होता, 'मैं खोला-दोलताला में रहता हूं, जादवपुर में रिक्शा चलाता हूं। आख़िरी ट्रेन छूट गई, इसलिए घर नहीं लौट सका—तभी स्टेशन पर सो रहा हूं। ये रहा मेरा रिक्शा, मैं कोई बदमाश नहीं, रिक्शा वाला हूं।' हालांकि, भद्र लोगों की नज़र में आजकल रिक्शा वाला और बदमाश पर्यायवाची शब्द थे।

जब नाडु ने जीवन को रिक्शा चलाने का सुझाव दिया, तब उसके मन ने विद्रोह किया था—मनुष्य होकर दूसरे मनुष्य का बोझ ढोऊंगा! मनुष्य होकर घोड़े का काम करूंगा? लेकिन फिर प्रणब चक्रवर्ती, जिन्हें वह प्रणब-दा के नाम से पुकारता था, ने कहा, 'सुनो, एक आदमी के लिए केवल ईमानदार, साहसी और संघर्षशील होना ही काफ़ी नहीं। उसे थोड़ा चालाक और बुद्धिमान होना होगा और यह भी सीखना होगा कि मौजूदा परिस्थितियों में कैसे तालमेल बिठाना है। नहीं तो वह जीवित नहीं रह पाएगा। किसी कारखाने को देखो। लोग वहां काम करते हैं। वे जानते हैं कि उन्हें उनके श्रम का उचित वेतन नहीं मिलता है। ऊपर से मालिक उनके साथ दुर्व्यवहार करता है। फिर भी वे वहां काम करते हैं। वे और क्या कर सकते हैं? क्या वे नौकरी छोड़ दें? अगर ऐसा करते हैं, तो वे भूखे मर जाएंगे। वे वर्तमान में जितना कमाते हैं, उससे भी वंचित हो जाएंगे। सारा समाज शोषक, अमानवीय और दमनकारी है। जो शक्तिशाली और बलवान हैं, वे दुर्बल और शक्तिहीन लोगों को पीड़ा देते हैं, उनका शोषण करते हैं। यह तब ख़त्म होगा जब क्रांति आएगी। लेकिन क्या कोई जानता है इसमें कितने साल लगेंगे? वियतनाम में चालीस वर्षों से युद्ध चल रहा है। अगर यहां भी चालीस साल लग गए तो क्या होगा? तुम इतने समय तक क्या करोगे? क्या तुम बिना भोजन के रह पाओगे? यह जो तुम्हें पकड़कर लोहारपाड़ा ले गए, कैसे ले जा सके? इसलिए क्योंकि तुम बीमार थे और भूखे मर रहे थे, तभी तुम विरोध नहीं कर पाए। यदि तुम स्वस्थ और सबल होते तो क्या वे तुम्हें ले जा सकते थे? सुनो, हर वक़्त ज़िद पकड़कर रखना ठीक नहीं। कभी-कभी समझौता भी करना पड़ता है। लेनिन के शब्दों में—एक क़दम आगे, दो क़दम पीछे। यह एक तरह से हार है, लेकिन लेनिन ने दो क़दम पीछे हटने की बात क्यों कही? इसे कहते हैं रणकौशल। दो क़दम पीछे हटो और थोड़ा रुको; अपने अगले क़दम की योजना बनाओ और फिर आगे बढ़ो! शक्ति संचय करो। इस समय यह तुम्हारे लिए बहुत ज़रूरी है।'

प्रणब चक्रवर्ती एक बॉय-कैचर (लड़के पकड़ने वाला) थे। उनकी पार्टी, रेवोल्यूशनरी सोशलिस्ट पार्टी या आर.एस.पी. ने उन्हें अधिक से अधिक लड़कों को पकड़ने का काम सौंपा था। वे जीवन को पकड़ना चाहते थे। और इसलिए जब भी उन्हें समय मिलता, वे जीवन को बुलाकर उससे तरह-तरह की बातें किया करते थे। जीवन भी उन्हें नापसंद नहीं करता था। उनकी सलाह पर ही जीवन ने दो क़दम पीछे हटने का फ़ैसला किया।

नाड़ु के दिए गए परिचय के परिशिष्ट के रूप में, जीवन ने कांति बाबू को देखा और सिर हिलाकर पुष्टि की कि वह वास्तव में एक रिक्शा किराए पर लेना चाहता था।

अब कांति बाबू ने जीवन से पूछा, 'तू पहले स्याही कारखाने के पास रहता था न!'

कांति बाबू तक़रीबन साठ साल के थे। उनके मुंह से 'तू' का संबोधन उतना अनुपयुक्त नहीं लगता था, जितना कि रामकृष्णपुर के हेमंत बाबू का जीवन के पिता के साथ तू-तड़ाक करना लगता था। जीवन के मन में हमेशा प्रश्न उठता था कि वे 'तू' के बजाय 'तुम' क्यों नहीं बोलते? अगर गरीब दास भी हेमंत बाबू को 'तू' कहकर संबोधित करता, तो क्या वे उसे बर्दाश्त कर पाते?

जीवन ने यह बताने के लिए अपना सिर हिलाया कि वे लोग स्याही कारखाने के पास ही रहते थे। फिर कांति बाबू ने उससे पूछा, 'तेरा नाम जीवन है न?'

जीवन ने कहा, 'हां।'

'जानता हूं, जानता हूं, मैं तुझे पहचानता हूं।'

'कैसे?'

'कहा तो जानता हूं। तूने वो सब छोड़ दिया है?'

'क्या सब?'

'मारामारी, दंगा-फ़साद।'

जीवन जवाब देने में असमर्थ था, वह चुप रहा। अंदर ही अंदर, उसने सोचा—मैंने पकड़ा ही कब था जो छोड़ता! छोड़ने से पहले तो पकड़ना पड़ता है।

कांति बाबू ने अपने चश्मे के ऊपर से जीवन को देखा और अपने ही अंदाज़ में हंस दिए। उस हंसी में उपहास छुपा था, जो केवल उन लोगों के अनुकूल था जिन्होंने शून्य से शुरू किया था और महाशून्य तक पहुंच गए थे। उन्होंने कहा, 'चूंकि तू नाड़ु के साथ आया है, मैं तुझे ना नहीं कहूंगा—तुझे रिक्शा दूंगा। लेकिन तुझे एक वचन देना होगा।'

'कैसा वचन?'

'सबसे पहली बात, तुझे रोज़ का किराया देना होगा। बकाया नहीं चलेगा। किसी तरह की गुंडागर्दी और बदमाशी नहीं करेगा! बस, मेहनत करेगा और खाएगा। ख़ुद को झंझट-झगड़ों से दूर रखेगा। अगर कहीं लड़ाई-झगड़ा करके जेल चला गया तो मेरे रिक्शे का क्या होगा? यदि तू सहमत है तो मैं कल तुझे एक रिक्शा दे दूंगा।'

नाडु ने जीवन की ओर से जवाब दिया, 'नहीं, नहीं, वो सब अब यह नहीं करेगा!'

'तेरे कहने से नहीं होगा, यह वादा उसे करना होगा।'

लेकिन इससे पहले कि वह जीवन का जवाब सुन पाते, कांति बाबू को अपना आसन छोड़कर गैराज के अंदर जाना पड़ा। एक मिस्त्री उन्हें बुला रहा था। नए रिक्शे को तैयार करने के लिए टायर, ट्यूब रिंग, बियरिंग, स्पोक और पैडल की ज़रूरत थी। गैराज एक हॉल जितना बड़ा था। एक बार में तीस-चालीस रिक्शे रखने की जगह थी। दूसरी ओर एक बड़ी अलमारी थी। इसे ऑर्डर देकर बनवाया गया था। सभी आवश्यक चीज़ें उसके अंदर थीं। जब कांति बाबू वहां ताला खोलने गए, तो जीवन ने नाडु से कहा, 'मैं रिक्शा नहीं ले सकता।'

'क्यों?' नाडु ने हैरानी से पूछा। 'क्यों नहीं ले सकता? कांति बाबू ने तो कहा है कि वे दे देंगे।'

'क्या कहा उन्होंने, तुमने सुना नहीं? उन्होंने कहा कि मुझे वादा करना होगा कि मैं मारपीट नहीं करूंगा।'

'हां, मत करना!'

'अगर कोई आकर मुझे मारे तो चुपचाप मार खाता रहूंगा?'

'बिना वजह लोग तुझे क्यों मारेंगे?'

'कुछ न करने पर भी लोग दूसरों को मारते हैं।'

'बकवास मत कर। क्या लोगों के पास कुछ और करने को नहीं है!'

'पहले मैं जो कह रहा हूं उसका जवाब दो। बिना वजह अगर कोई आकर मुझे मारता है तो क्या करूं? मार खाऊं?'

'नहीं, मत खाना।'

'तो पलटकर मारूं न!'

'हां।'

'तो यह वादा ख़िलाफ़ी नहीं होगी क्या?'

नाडु ने थोड़ी देर चुप रहने के बाद कहा, 'तुझे किसी ने सत्यवादी युधिष्ठिर होने की क़सम नहीं खिलाई है। जो वो कह रहे हैं, उसे गर्दन नीची करके सुन और रिक्शा ले ले। कांति बाबू के एक हज़ार रिक्शे हैं। उन्हें रोज़ जो किराया मिलता है, उससे वह हर दिन चार नए रिक्शे ख़रीद सकते हैं। उनके कितने रिक्शे चोरी हो गए हैं और कितने थाने में ज़ब्त पड़े हैं, उसका कोई हिसाब नहीं। मान ले तूने एक रिक्शा लिया और कहीं गया। वहां तेरी लड़ाई हो गई और तू रिक्शे को छोड़कर भाग गया। तो रिक्शे का क्या होगा? चोरी हो जाएगा। इससे कांति बाबू को कोई फ़र्क़ नहीं पड़ेगा। जो भी तुझे करना है, चुप रहकर कर। अब चुपचाप रिक्शा लेकर निकल जा।'

कांति बाबू के वापस आने पर नाडु ने कहा, 'तो बाबू हम कल सुबह आएंगे।'

'क्यों?'

'रिक्शा लेने।'

'लेकिन बात तो अभी ख़त्म नहीं हुई है। आख़िरी बात यही है कि मारामारी, झंझट-झमेला नहीं चलेगा। हां, एक और बात है। स्टेशन पर मेरे बीस-बाईस रिक्शे चलते हैं। कुछ चालक तो बहुत अच्छे हैं। लेकिन, कुछ बहुत बदमाश हैं। जीवन को इनसे किराया वसूलना होगा।'

नाडु ने कहा, 'यह सब करेगा तो वह रिक्शा कब चलाएगा? अपने रिक्शे का किराया कैसे देगा?'

कांति बाबू ने कहा, 'अगर वह यह करता है, तो दो-एक दिन का किराया न भी दे तो मैं उसे छोड़ दूंगा।'

जादवपुर रेलवे स्टेशन के उत्तरी किनारे पर लश्करपाड़ा की शुरुआत में बटोकृष्णो सेनगुप्ता का सीमेंट का गोदाम था। वे अपने परिवार के साथ गोदाम से सटे पीले रंग के दो मंज़िला मकान में रहते थे। बटो बाबू के बड़े बेटे, नौबोकेष्टो को मछली पकड़ने का बहुत शौक था। बीती रात वह एक हाथ में टॉर्च और दूसरे में मछली पकड़ने का कांटा लेकर तालाब के किनारे गया था। कभी-कभी मछलियां तालाब के जलकुंभी के गुच्छों के बीच से

अपना सिर उठाती थीं, जिससे पानी में बुलबुले बनते थे। अगर कोई ठीक से निशाना लगा कांटा फेंक सकता, तो एक ही प्रयास में दो किलो वज़न की मछली मिल सकती थी। नौबोकेष्टो मछली पकड़ने में इतना मगन था कि उसे पता ही नहीं चला कि उसके पैरों के पास एक सांप कुंडली मारे पड़ा हुआ था। जैसे ही उसका पैर सांप के शरीर पर पड़ा, सांप ने 'हिस्स' की फुफकार के साथ उसे काट लिया। नौबोकेष्टो मदद के लिए चिल्लाया, 'बाबा, जल्दी आओ!' सांप दंश मारकर तुरंत रेंगता हुआ जलकुंभी से भरे तालाब में चला गया। उसे खोज पाना असंभव था। और इसलिए यह समझ में नहीं आ रहा था कि सांप ज़हरीला था या नहीं। बटोकृष्णो बाबू तुरंत अपने बेटे को जादवपुर रेलवे स्टेशन के सामने वाले बरगद के पेड़ के पास ले आए, जहां साइकिल-रिक्शा-स्टैंड था।

उस वक़्त रात के क़रीब साढ़े बारह बज रहे थे। इस समय स्टैंड पर कोई रिक्शा नहीं होता था। समय ख़राब था। रिक्शा वालों में आजकल इतनी देर तक रुकने की हिम्मत नहीं होती थी। असहाय बटोकृष्णो भगवान से प्रार्थना कर रहे थे कि तभी बस-स्टैंड के चौराहे से एक रिक्शा चालक स्टेशन पर सोने के लिए अचानक ही आ गया। बटो बाबू ने झट से उसे पकड़ लिया। 'चल रे, जल्दी चल!'

जलील मुल्ला दिन भर की कड़ी मेहनत के बाद, छेचन के भोजनालय से बस खाना खाकर आया ही था। आलू, बैंगन और कद्दू की मिली-जुली सब्ज़ी के साथ चार प्लेट एक्स्ट्रा भात खाने के बाद वह बेहद सुस्त महसूस कर रहा था और सोने के लिए बेताब था। उसने कहा, 'मैं अभी नहीं जा सकता।'

'मेरे बेटे को सांप ने काट लिया है! मेहरबानी करके हमें ले चल।'

सांप का काटा हुआ। इसका मतलब था आसपास का कोई अस्पताल नहीं, कलकत्ता मेडिकल कॉलेज जाना था। जो कलकत्ता के अधिकार क्षेत्र में था, और कलकत्ता पुलिस के अधीन आता था। जलील मुल्ला के रिक्शा को वहां चलने की इजाज़त नहीं थी। अगर वह वहां जाता और पुलिस उसे पकड़ लेती तो उसका रिक्शा ज़ब्त हो जाता। ऐसे कई रिक्शे थाने के सामने पड़े ज़ंग खा रहे थे। उधर मालिक आंखें लाल करता और लात-घूंसे लगाता। रिक्शा की क़ीमत भी मांगता। एक छोटी-सी ग़लती से जलील मुल्ला की रोज़ी-रोटी छिन जाती। वह बहुत मुसीबत में पड़ जाता। लेकिन जलील ने यह सब नहीं कहा। उसने केवल इतना कहा कि पुलिस परेशान करेगी, इसलिए वह नहीं जा सकता।

बटोकृष्णो अभी भी शांत और अविचलित थे। 'तुम चलो, अगर कोई तुम्हें पकड़ता है तो मैं देख लूंगा।'

'जब वे मुझे पकड़ेंगे तब आप कहां होंगे! लौटना तो मुझे अकेले ही है।'

अब बटोकृष्णो अपना आपा खोने लगे। 'जो भी होगा कल मुझे आकर बताना। मेरा गोदाम तो तुम पहचानते हो।'

जलील ने कहा, 'मेरे पास रिक्शा का कोई काग़ज़ नहीं है, बाबू, मैं नहीं जा सकता।'

स्टेशन के चाय व पान की दुकान का मालिक सचींद्रनाथ दुकान बंदकर घर जाने की तैयारी कर रहा था। यह देखकर कि मोहल्ले का कोई व्यक्ति परेशान हो रहा है, वह जलील के पास गया। 'अरे, तुम जा क्यों नहीं रहे हो? यह इमरजेंसी केस है!'

'मेरे पास रिक्शा का कोई काग़ज़ नहीं है।'

'बटो-दा ने कहा तो है कि अगर पुलिस के साथ कोई झमेला हुआ तो वो संभाल लेंगे!'

'ओह, ऐसे तो हर कोई बड़ी बातें करता है। लेकिन काम ख़त्म हो जाने के बाद उनका कोई पता नहीं चलता है।'

अब बटो का माथा सचमुच गरम हो गया। जिसका बेटा दर्द से छटपटा रहा हो ऐसी परिस्थिति में ग़ुस्से में आना स्वाभाविक था, 'ज़्यादा चालाकी दिखा रहा है! काग़ज़ नहीं है तो रिक्शा क्यों चला रहा है! तुझे जाना ही होगा, तू नहीं तो तेरा बाप जाएगा, चल।'

जलील को लगा कि सबसे अच्छी बात यही होगी कि बात और आगे न बढ़ा, रिक्शे पर ताला लगाकर वह सोने चला जाए। उसने मन ही मन सोचा, मुझे क्या फ़र्क पड़ता है कि किसने किसको काटा है! वह सांप के पास गया ही क्यों था? उसकी वजह से मैं मुसीबत में क्यों पड़ूं? क्या कभी कोई मेरी मदद के लिए आगे आया है? जिस समय एक मिनी बस ने मेरे रिक्शा को टक्कर मार दी थी, तब वहां बहुत सारे बाबू लोग थे, क्या कोई मुझे अस्पताल लेकर गया था? नहीं! बल्कि उन्होंने कहा कि ग़लती मेरी ही थी और भी बहुत कुछ कहा था! मैं आज इस पर अपनी नींद क्यों ख़राब करूं?

जलील को रिक्शा में ताला लगाते देख सची या सचींद्रनाथ मित्र ने सोचा कि अब इस रिक्शा वाले को बेदम पीटा जा सकता था। सामने सांप के काटे

का शिकार था। जिस वजह से जनता का समर्थन पूरी तरह से उसके ही पक्ष में होगा। तब सची का अपराध, अपराध नहीं लगेगा। वे उसे दूसरे की दुर्दशा से पीड़ित होने वाले, सामाजिक रूप से एक जागरूक नागरिक के रूप में देखेंगे।

आख़िर में, बटोकृष्णो को और नाराज़ होने का मौक़ा दिए बिना, सची ने जलील की नाक पर एक ज़ोरदार मुक्का मारा। 'साला कटुआ, ज़्यादा चालाक बनने की कोशिश कर रहा है! तुझे मैं इतना पीटूंगा कि अपने बाप का नाम भूल जाएगा। खोल, रिक्शे का ताला खोल!'

जलील की नाक से भक-भक ख़ून बहने लगा, जिसे देखकर बटो समझ गया कि अब उसे और कहने का कोई फ़ायदा नहीं था। ऐसी हालत में उसके लिए रिक्शा चलाना असंभव था। और इसलिए, बिना समय बर्बाद किए वह अपने बेटे को लेकर आगे बढ़ गया।

अगली सुबह, जादवपुर बस-स्टैंड के रिक्शा चालकों को घटना के बारे में पता चला। पाखी, नेदो, काला, भीमे और कई अन्य एकत्र हो गए और अपने आप से ही उन्होंने सवाल किया—क्या हम रोज़ इसी तरह पिटते रहेंगे? सिर्फ़ इसलिए कि हम ग़रीब हैं, हमें देखने वाला कोई नहीं है, जिसकी मर्ज़ी हो वो हम पर ज़ुल्म करता रहेगा? सवाल उनका था और जवाब भी उन्होंने ही ढूंढ़ लिया—नहीं, हम चुपचाप नहीं बैठेंगे, मार का बदला मार से ही लेंगे। राजनीतिक रैलियों में हर किसी के होंठों पर जो नारा होता है, अब सभी रिक्शा चालक एक साथ उसे दोहराने लगे "मार का बदला मार है। ख़ून का बदला ख़ून!"

सची या बटो और जो भी रिक्शा की सवारी करते थे, वे इस मामले को अपने नज़रिए से देख रहे थे और रिक्शा चालक अपने नज़रिए से। 'अरे वो रिक्शा वाला बूढ़ा था, दिन भर तेज़ धूप में परिश्रम करने के बाद वह थक गया था और सोने जा रहा था। उसे ज़बरदस्ती रिक्शा चलाने के लिए मजबूर करना—ये अपने आप को क्या समझते हैं? अगर वह नहीं जाना चाहता था, तो इसमें ग़लत क्या था? और अगर उसने ग़लती की थी, तो यूनियन में जाकर शिकायत दर्ज करते। यूनियन विचार करके सज़ा देती। ऐसा न करके सीधा उसे मार दिया! क्या हम इंसान नहीं हैं! रिक्शा चलाते हैं तो क्या गाय-गधे बन गए हैं? चलो, आज अंतिम फैसला हो जाए!'

सची रात में देर से सोने गया था इसलिए अगले दिन उसकी दुकान देर से खुली। उसके मन में कोई डर या पछतावा नहीं था। पहली बात तो उसने जो कुछ किया उसके पीछे एक युक्ति थी। ज़िम्मेदारी और कर्तव्य का बहाना था। तो फिर अफ़सोस किस बात का होना चाहिए था? और डर? नहीं, रिक्शा वालों को मारने से डरने की कोई बात नहीं थी! आख़िर रिक्शा कौन चलाते थे? कुछ निम्न-वर्ग और निम्न-जाति के लोग। जिनकी जेब में न पैसे होते हैं और न ही उनके पीछे कोई सिर पर हाथ रखने वाला। वैसे भी ये लोग सड़कों पर कारण-अकारण अक्सर ही मार खाते रहते हैं। कौन इसके बारे में कुछ करता है! बेशक, जादवपुर स्टेशन के रिक्शा-स्टैंड से कोई होता, तो उसे थोड़ा संकोच महसूस होता। आख़िर उनके चेहरे जाने-पहचाने थे। वे उसकी दुकान से चाय और बीड़ी लेते थे। लेकिन जिस आदमी को उसने मारा था, वह बस-स्टैंड चौराहे का रिक्शा वाला था और तालदी का रहने वाला था। ज़ात का मुसलमान था। सची ने शायद ही उसे देखा था, तो फिर शर्म किसलिए आनी थी?

कुछ समय बाद सची को बहुत आश्चर्य हुआ, जब उसने हमेशा से डरपोक, कुपोषण से विकृत कुछ लोगों के समूह को अपनी दुकान के सामने खड़े देखा। उनके हाथों में साइकिल की चेन और एक्सल-रॉड थीं। उनकी आवाज़ में चिंता नहीं रौब था। उन्होंने उसे 'तू' से संबोधित करते हुए पूछा, 'ऐ सची, तूने जलील को क्यों मारा?' ऐसा लगा जैसे साहस के जिस ग़ुब्बारे को सची इतने समय से फुला रहा था, उस पर किसी ने पिन मार दी। एक सहमी-सी मुस्कान के साथ उसने कहा, 'ऐसी परिस्थिति में किसी को भी ग़ुस्सा आता! मेरी आंखों के सामने एक लड़का मर रहा था!'

'कहां मर रहा है? जाकर देख, वो अपने बाप का धंधा संभाल रहा है और परांठे खा रहा है।'

'उस समय तो पता नहीं था कि सांप ज़हरीला नहीं था। वह बुरी तरह छटपटा रहा था।'

'तो, तूने क्यों मारा? जिसका बेटा था वो मारता। तुझे क्या पड़ी थी?'

भीड़ में से एक ने गरजकर कहा, 'मारेगा नहीं! बहुत बड़ा मस्तान जो बन गया है! तेरी सारी दादागिरी निकाल देंगे! क्या सोचा है तुम लोगों ने हमें?'

एक अन्य रिक्शा वाले ने बिना कुछ कहे हाथ की रॉड को घुमाया और सची की दुकान के सामने सजे कांच के जारों पर मार दिया। कांच के टूटे टुकड़े इधर-उधर बिखर गए। जार के सारे बिस्कुट और केक धूल में गिर गए।

बस इतने की ही ज़रूरत थी। मानो सब इसी इंतज़ार में थे कि कौन पहले डर की दीवार को तोड़ेगा। अब जब वह चकनाचूर हो चुकी थी, तो फिर कैसी शंका या झिझक? जिसके पास जो हथियार था, वह उससे दुकान के शो-केस पर, पान की डलिया, कत्था-चूने के बर्तन पर वार करने लगा। एक ने सची को उसकी कमीज़ के कॉलर से पकड़कर *भद्रलोक* की ऊंचाई से नीचे, *छोटोलोक* के स्तर पर गिरा दिया। उसके बाद जैसे उसके शरीर से कोई तूफ़ान गुज़र गया था।

ऐसा नहीं था कि सची उर्फ़ सचींद्रनाथ मित्र सिर्फ़ चाय में चीनी और पान पर चूना लगाता था। वह अपने हाथों से शानदार चौके और छक्के भी लगा सकता था। वह स्थानीय क्रिकेट टीम का सबसे अच्छा खिलाड़ी था। मोहल्ले के युवा शक्ति संघ के लड़कों को जब यह ख़बर मिली कि उनके कप्तान को *छोटोलोक* रिक्शा वालों ने बुरी तरह पीटा है, तो वे अपनी पूरी टीम के साथ बल्ला और विकेट हाथ में पकड़े मैदान में उतर आए। सालों पर बहुत चर्बी चढ़ गई है। रात थोड़ी ज़्यादा हो जाए तो सवारी देखकर मुंह घुमा लेते हैं, दो बूंद बारिश की गिर जाए तो जाने से मना कर देते हैं, कोई आपात स्थिति हो तो दो-तीन गुना ज़्यादा किराया मांगते हैं। देश क्या ठगों और बदमाशों का अड्डा बन चुका है! कितनी हिम्मत आ गई है इनमें! पब्लिक पर हाथ उठाने लगे हैं! सारा दोष पूर्व और पश्चिम मोहल्लों के पार्टी वालों का है। उन्होंने ही इन्हें सिर पर चढ़ाया हुआ है। अब इन्हें उचित सबक सिखाने की ज़रूरत है, नहीं तो ये सिर से नहीं उतरेंगे।

जब वह क्रिकेट टीम लगभग एक जुलूस की तरह बटोकृष्णो की सीमेंट की दुकान के आगे से गुज़रने लगी, तो बटो को ऐसा लगा जैसे उनकी पचास की आयु पार की अंतरात्मा को बिच्छू का डंक लगा हो। मेरी वजह से सची अस्पताल में है। मेरी वजह से ही यह जन जागरण हुआ है और मैं यहां बैठा सीमेंट के बोरे बेचने में व्यस्त हूं! इतना स्वार्थी होने से लोग क्या कहेंगे? भले ही मैं आगे न चलूं, कम से कम उनके पीछे-पीछे चलने में क्या समस्या है? तो बटो बाबू ने भी एक लाठी उठाई और उनमें शामिल हो गए।

कल और आज की घटी घटनाओं में जादवपुर रेलवे स्टेशन के रिक्शा चालकों की कोई भूमिका नहीं थी। यह वारदात बस-स्टैंड के चौराहे के

रिक्शा चालकों ने की थी। यह बात केवल सची जानता था, और वो उस समय अस्पताल में था। उत्तेजित क्रिकेट टीम, मामले की गहराई तक जाने की मानसिक अवस्था में नहीं थी। उनका गणित अत्यंत सरल था। जब मसला जनता बनाम रिक्शा चालकों का था और घटनास्थल स्टेशन था, तब जो भी वहां नज़र आए वही निशाने पर था।

उन्हें सामने लोहार कार्तिक यानी लोहे का कार्तिक मिल गया। उस ग़रीब का काला चेहरा इतना भयानक था कि कोई भी देखकर सोचता कि या तो उसने किसी का ख़ून किया है या ऐसा करने वाला है। बचपन में चेचक के हमले के बाद, वह एक आंख से पूरी तरह से अंधा हो गया था, लेकिन वह आंधी की तरह रिक्शा चलाता था। कोई भी रिक्शा वाला उसके रिक्शे से आगे नहीं निकल सकता था, इसलिए उसके नाम से पहले 'लोहा' जोड़ दिया गया था, क्योंकि कार्तिक मांस और ख़ून से नहीं, लोहे से बना था।

क्रिकेट टीम ने उसे पकड़ लिया। 'बता सची को क्यों पीटा था?' दनादन बल्ले और विकेट स्टंप उसकी पीठ और रिक्शा पर पड़ने लगे। एक ने उसके रिक्शा को पलट दिया। उसके बाद निमाई, गोकुल और अभिमन्यु की बारी आई। जो बूढ़े और अधेड़ उम्र के थे, उन्हें कुछ वार के बाद रिहाई दे दी गई। जो भाग सके, वे थोड़ी मार खाकर भाग निकले। जो सवारियों को लेकर जा रहे थे, वे बच गए और जो यह कहकर गिड़गिड़ाने लगे कि 'मैंने कुछ नहीं किया, मैं कुछ नहीं जानता!' उन्हें तब तक पीटा गया जब तक वे ज़मीन पर धराशायी नहीं हो गए।

जब जलील के साथ पहली घटना घटी, तब जीवन जादवपुर रेलवे स्टेशन के ओवरब्रिज पर सो रहा था। वहां बहुत हवा चलती थी और मच्छर नहीं होते थे। चूंकि घटना स्थल ज़्यादा दूर नहीं था इसलिए उसने चीख़ने-चिल्लाने की आवाज़ सुनी थी। और तभी वह नीचे आया था। लेकिन तब तक बटो वगैरह जा चुके थे। जलील को नल पर ले जाने और उस पर पानी के छींटे मारने के अलावा कुछ और करने को नहीं था।

आज सुबह जब सची की दुकान पर यह हादसा हुआ, तब रोज़ की तरह जीवन प्रात:क्रिया निबटाकर, स्नान करने के लिए गरपा की झील में गया हुआ था। यह सब सुबह ही निबटा लेने से सारा दिन कोई चिंता नहीं रहती थी। जब वह लौटा तो उसने देखा कि सची की दुकान टूटी-फूटी पड़ी थी।

तीसरी घटना के समय जीवन अस्पताल परिसर के मैदान में था। सफ़ाई कर्मचारियों के क्वार्टर में आज सोमपाल वाल्मीकि के बेटे की सगाई थी। सूअर काटा गया था। जीवन यहां आमंत्रित था। अचानक ख़ून से लथपथ शिबू को भागते हुए आते देखकर उसने पूछा, 'क्या हुआ?'

हांफते हुए शिबू ने कहा, 'क्लब के लड़कों को जो मिल रहा है, उसे मार रहे हैं!'

जीवन तेज़ी से स्टेशन की ओर भागा। लेकिन तब तक जो होना था वो हो चुका था। रिक्शों की पूरी क़तार, युद्ध में तबाह हुए किसी सीमावर्ती गांव से मिलती-जुलती लग रही थी। चारों ओर असहाय लोगों की आजीविका का अंतिम साधन, रिक्शे, टूटे-फूटे पड़े थे। घायल रिक्शा चालकों के क्षत-विक्षत, कराहते शरीर वहीं पड़े हुए थे। कोई किसी की देखभाल या मदद करने वाला वहां नहीं था। सभी आक्रांत, आतंकग्रस्त और आहत थे। कुछ वहां से भाग गए थे।

उस दृश्य को देखकर जीवन को लगा जैसे सभी लाठी-डंडे उसी के सिर, छाती, पीठ और पेट को निशाना बनाकर मारे गए थे। लोहार कार्तिक अपने फटे सिर के खुले हिस्से के साथ धूल में पड़ा तड़प रहा था—वह दरअसल कोई नहीं, ख़ुद जीवन था। जो पूरा दिन रिक्शा चलाते थे, और फिर दिन की अल्प कमाई से चावल और आलू ख़रीदकर घर ले जाते थे ताकि उनके बूढ़े मां-बाप खा सकें। निमाई, गोकुल और अभिमन्यु जैसे सभी उसकी आत्मा के खंडित अंश थे। जैसे पश्चिम बंगाल की सीमा से लगे बिहार के किसी दूरस्थ गांव में रणवीर सेना द्वारा मारे गए दलित, दुसाद दयाराम, उसकी आत्मा का हिस्सा थे।

साइकिल-रिक्शा की टूटी हुई सीटें और उनके मुड़े हुए पहिये इस बात की गवाही दे रहे थे कि अस्थायी क्रोध में यह कुछ हठी ग़रीब लोगों को दी जाने वाली साधारण सज़ा नहीं थी। यह घटना आर्थिक अवरोध खड़ा कर रिक्शा चालकों और उनके परिवारों को जबरन भूख से मिटा देने की एक सुनियोजित साज़िश से कम नहीं थी। जीवन का मन वेदना से भर गया।

क्रिकेट टीम तब आगे बढ़ रही थी। उन्होंने अपने आंशिक क्रोध की भड़ास निकाल ली थी। जो कुछ बचा था, उसे बस-स्टैंड के चौराहे पर निकालना था। आख़िर वही असली अपराधी थे। लेकिन बस-स्टैंड क्रॉसिंग की ओर बढ़ते हुए वे अचानक छेचन साऊ के भोजनालय के पास आकर रुक

गए। एक और रिक्शा वाला उनकी हाथ की पहुंच में था। बाबुल, कालाबागान बाज़ार से लौट रहा था।

बाबुल सिर्फ़ सोलह साल का था। पिछले साल तक वह अरबिंदो विद्यापीठ का छात्र था। उसकी मां नहीं थी। वह अपने पिता और बहन के साथ रहता था। पिछले आषाढ़ में, पानी से भरी सड़क पर रिक्शा चलाते हुए उसके पिता का रिक्शा पलट गया और उनके पैर की हड्डी टूट गई। बाबुल के पास अपने परिवार का भरण-पोषण करने और अपने पिता की दवाइयां ख़रीदने के लिए रिक्शा चलाने के अलावा कोई विकल्प नहीं था। बाबुल को उम्मीद थी कि एक बार उसके पिता के ठीक हो जाने के बाद, वह स्कूल लौट सकेगा।

दूर से जीवन ने देखा कि क्रोध कितना अमानवीय, अंधा और अहितकारी होता है।

क्रिकेट क्लब के लड़कों ने बाबुल को रिक्शे की सीट से ऐसे खींचकर उतारा, जिस तरह कोई क्रूर तांत्रिक, मानव बलि देने के लिए मां की गोद से उसके बच्चे को छीन लेता है। जिसके हाथ में बल्ला था उसने चौका मारकर गेंद बाउंड्री से बाहर भेजने के अंदाज़ में पूरी ताक़त के साथ बाबुल की पीठ पर बल्ला मार दिया। कटे बकरे की तरह, *'मां गो!'* बोलता हुआ बाबुल, सड़क की धूल में गिर पड़ा। बल्लेबाज़ ने फिर अपना बल्ला उठाया। हक्का-बक्का जीवन दौड़ा और बल्ला समेत उस हाथ को पकड़ लिया। 'क्या कर रहे हो? क्या तुम पागल हो गए हो?' जीवन के प्रश्न का जवाब एक और विकेटधारी ने दिया। उसने सट से जीवन की पीठ पर विकेट मार दिया।

उस हमले से जीवन के आत्मसंयम की दीवार ढह गई। उसके सारे नेक संकल्प टूट गए। वह अपने मां-बाप, भाई-बहनों के बारे में भूल गया। वह भूल गया कि वह सभी को वनवास में छोड़कर, बड़ी आशा के साथ अकेले इस महानगर में आया था।

जीवन को लगा जैसे ये वही लोग थे जिन्होंने उसके जन्म के समय उसे शहद से वंचित किया था। ये वही लोग थे जिन्होंने उसे उसके उचित पारिश्रमिक से वंचित कर, धन का अंबार खड़ा किया था। इन्हीं लोगों ने अपने जनेऊ को पकड़कर जीवन को अछूत, अस्पृश्य घोषित किया था। इस हमले ने जीवन को यह एहसास कराया कि ये सभी लोग, अलग-अलग समय पर, अलग-अलग वेश में, उसके समुदाय का सर्वनाश कर रहे थे। जीवित रहने के लिए, निर्ममता से जवाबी हमला करना होगा और पलट वार कर उनका विनाश करना होगा। और तभी जैसे किसी ध्वस्त हवेली के मलबे में से किसी

आहत, ज़हरीले सांप ने अपना फ़न उठाया। जो उसने कभी नहीं किया था, वही कर बैठा। उसके मुंह से अश्लील गाली निकली और उसने छेचन साऊ के मछली काटने वाली धारदार *बोटी* उठा ली और आगे की ओर भागने लगा।

आत्मविश्वास से भरी क्रिकेट टीम, जीवन पर वार कर बस-स्टैंड के चौराहे की ओर बढ़ चुकी थी। उनकी निगाहें आगे सड़क पर थीं और उनकी गति अबाधित। लेकिन उनका पिछला भाग असुरक्षित था, जिसका युद्ध की रणनीति समर्थन नहीं करती है। अचानक पीछे से उन पर आक्रमण हो सकता है, यह उनकी धारणा में ही नहीं था। जब तक वे यह समझते, तब तक एक की गर्दन पर वार हुआ और वह ज़मीन पर ढह गया। दूसरा व्यक्ति, अपनी गर्दन के क़रीब उठे हुए हथियार को देखकर चिल्लाया, 'बाबा रे, मार दिया रे' और गिरता-पड़ता भाग गया। यह उनकी संख्या या क्षमता में कमी नहीं, बल्कि उनके मनोबल की कमी थी, जो अचानक हुए हमले से वे दहशत में आ गए और बिना पीछे देखे या मुड़े, वे अपनी जान बचाने के लिए आगे भागने लगे। उनका उद्‌देश्य दाईं ओर की गली में मुड़कर, रेल लाइन को पार कर अपने इलाक़े में भाग जाना था।

जीवन को *बोटी* लेकर धावा करते देख, वो रिक्शा चालक जो पहले पिटाई के डर से भाग गए थे और जो मार खाकर घायल हो गए थे और स्टेशन के कुछ कुली और हॉकर्स, जिसके हाथ में जो आया, उठा कर जीवन के पीछे भागने लगे। उन्होंने क्रिकेट टीम का रेल लाइन तक पीछा किया और फिर लौट गए। लेकिन उन्हें अब स्टेशन के पास रहना सुरक्षित नहीं लगा। ख़तरा कहीं से भी आ सकता था, या तो जवाबी हमला या पुलिस के रूप में।

उसे कहां जाना चाहिए और किस स्थान में उसका छुपना सुरक्षित होगा, इस बारे में अनजान होने के कारण, जीवन लक्ष्मीकांतपुर, डायमंड हार्बर, बारुईपुर, कैनिंग के एक निश्चित दायरे में लगातार भटकता रहा।

13

जल का साम्राज्य

एक दिन लंबे समय तक भटकने के बाद जब जीवन थक गया और आराम करने के लिए एक रेलवे स्टेशन की बेंच पर बैठा, तो उसके जैसा ही एक युवक उसके सामने आकर खड़ा हो गया, '*की रे जिबोन!* तू यहां कैसे?'

जीवन ने हैरान होते हुए कहा, 'मैंने तुम्हें पहचाना नहीं...तुम कहां रहते हो?'

लड़का हंस पड़ा। 'तेरी बातों से यह तो पता चल रहा है कि तू मुझे नहीं पहचान रहा है। अगर पहचाना होता, तो क्या तू मुझे "तुम" कहता! मैं ग़ालिब हूं। जब तू डॉ. हेम चक्रवर्ती के घर में काम करता था तो हम साथ खेलते थे—तुझे याद नहीं?'

अब जीवन को याद आया। उसने कहा, 'एक बार कंचों के ऊपर हमारी लड़ाई हुई थी!'

'तुझे लड़ाई याद है, लेकिन यह याद नहीं कि मैंने अपने घर से पैसे चुराए थे और हमने पापड़ ख़रीदकर खाए थे, ग़ाज़ी बाबा के मेले में गए थे।'

'याद आया! सब याद आ गया! मैं उन दिनों की कोई बात नहीं भूला हूं। बता तू कैसा है? हामिद, जावेद वगैरह कैसे हैं?'

ग़ालिब जीवन के पास बैठ गया। उसे देखकर जीवन ने एक बार फिर से, बरसों के खोए अपने लड़कपन के दिनों की गर्माहट को महसूस किया। ग़ालिब ने कहा, 'तू हमारे गांव में एक बार भी नहीं आया। हेम डॉक्टर ने जो भी किया हो, हमने तो तेरा कुछ नहीं बिगाड़ा था। अगर तू हमसे मिलने आता

तो देखता कि हम सब अब भी तुझे याद करते हैं। अच्छा छोड़, चल अपने बारे में बता। तू क्या करता है, कहां रहता है?'

जीवन ने फीकी हंसी हंसकर कहा, 'काम कुछ नहीं करता। करने लायक़ कोई काम ही नहीं मिलता है। रहने की भी कोई जगह नहीं है। फ़ुटपाथ, पेड़ के नीचे, स्टेशन—जहां भी रात हो जाए, सो जाता हूं।'

'बिना काम के कैसे चलता है?'

'नहीं चलता है।'

'क्या खाता है?'

'कुछ नहीं।'

'मतलब! बिना भोजन के ज़िंदा है!'

'पानी और हवा पर ज़िंदा हूं।'

ग़ालिब को लगा कि शायद जीवन मज़ाक़ कर रहा है। नाराज़ स्वर में उसने कहा, 'तब तो तुझे कोई दिक्कत ही नहीं! जो पानी और हवा पर जीवित रहना जानता है, वो तो महापुरुष है रे!'

जीवन ने कहा, 'मैं एक बार एक साधु से मिला था। उसने मुझे बताया कि वह किसी गुफ़ा में रहता था। उसने महीनों तक खाना नहीं खाया था। ऐसा महापुरुष था वह। लेकिन फिर देखा कि वह भी भीख मांगने के लिए अपने हाथ फैलाए हुए है। मैं कोई महापुरुष नहीं हूं। मैं मजबूरी में बिना भोजन के रहता हूं। वो सब बातें छोड़, अपने बारे में बता, तू क्या करता है?'

'मैं मत्स्य पालन के जलाशय की रखवाली करता हूं। खाना-पीना और दो सौ रुपये प्रति माह का वेतन मिलता है।'

'ऐसे काम में ज़िंदगी की कोई क़ीमत नहीं, हमेशा मौत का डर बना रहता है।'

'हां जानता हूं।'

जीवन झूठ नहीं बोल रहा था। वास्तव में *फ़िशरी* के जलाशय में गार्ड का काम करने में ज़िंदगी की कानी-कौड़ी क़ीमत भी नहीं रहती है। *फ़िशरी* जल का एक विशाल साम्राज्य है। इस जल साम्राज्य की स्थापना और विस्तार के साथ जुड़ा हुआ है ख़ून, आंसू और उत्पीड़न का मर्मांतक इतिहास।

ग़ालिब जिस फ़िशरी में गार्ड के रूप में काम करता था, उसके मालिक प्रताप बाबू थे। कलकत्ता में उनके दो सिनेमा हॉल और एक होटल भी था। उन्होंने किसी राष्ट्रीय राजनीतिक दल से दो चुनाव लड़े थे, लेकिन जीत नहीं पाए थे। बहुत पहले उनके पूर्वजों ने मछली उत्पादन के लिए सरकार से सात सौ बीघा ज़मीन लीज़ पर ली थी। तब वह क्षेत्र अविकसित और दूरवर्ती था। उस समय यहां छोटा नागपुर के जंगलों और पहाड़ियों से ठेका श्रमिकों के रूप में लाए गए केओड़ा और बागदी समुदायों के कुछ लोग और कुछ आदिवासी रहा करते थे। इन लोगों को 'जंगली' माना जाता था। इनकी जीविका मछली पकड़कर और थोड़ी-बहुत खेती करके चलती थी।

यहां की मिट्टी पर पैर रखने की जगह पाकर कुछ ही वर्षों में प्रताप बाबू के पूर्वज पूरे क्षेत्र के गौरवशाली अधिपति एवं दंड देने के अधिकारी बन गए। उन्होंने अपने पाले हुए बिहारी लठैतों और एक लाइसेंस प्राप्त डबल बैरल बंदूक के बल पर कुछ ही वर्षों में इस क्षेत्र पर अपना आधिपत्य स्थापित कर लिया। एक कहावत है, '*जोमी होए बापेर नोए दापेर!* ज़मीन या तो किसी के पिता की होती है या बदमाशी से जीती जाती है!' अजगर की तरह अपने शिकार को मुंह से निगलते हुए वे केओड़ा, बागदी और आसपास के अन्य ग़रीब लोगों के घरों और ज़मीनों को निगलने लगे। किसी को जान से मारने की धमकी देकर, किसी पर मछली चुराने का आरोप लगाकर, बेरहमी से पीट-पीटकर, किसी को झूठे मुक़दमे में फंसाकर तो किसी को सौ रुपये उधार देकर एक हज़ार के काग़ज़ पर अंगूठे का निशान लगवाकर—इस तरह से वे हज़ारों बीघा ज़मीन हथियाने में क़ामयाब हो गए। नतीजतन, यह सात सौ बीघे का जलाशय, आकार-प्रकार में इतना विशाल हो गया कि एक किनारे से दूसरा किनारा नहीं देखा जा सकता था।

और वो निम्न वर्ग के लोग, जिन्होंने अपनी ज़मीनें खो दी थीं, उनमें से कुछ रेल लाइन तो कुछ नहर के किनारे झोंपड़ियां बनाकर रहने लगे और अपना पेट भरने के लिए दिहाड़ी मज़दूरी या रिक्शा चलाने का काम करने लगे। अपनी बीवियों और बेटियों को उन्होंने बाबुओं के घर बर्तन धोने और साफ़-सफ़ाई का काम करने के लिए भेज दिया। वैसे उनमें से कुछ लोग, जिन्होंने आज्ञाकारिता, बाध्यता और विनम्रता की परीक्षा में पास-अंक प्राप्त किए, उन्हें फ़िशरी में वेतनभोगी कर्मचारियों के रूप में शामिल कर लिया गया। वे जाल खींचने, जलकुंभी को साफ़ करने और मछली का चारा डालने का काम करते थे। उनमें से जो अधिक साहसी थे, वे दिन-रात अपनी बर्छियों

की नोंक ऊपर किए मछलियों की रखवाली करते थे। और जिनके पास कोई दूसरा विकल्प नहीं था, वे जीवित रहने के लिए चोर बन गए। उनका काम था गार्ड की असावधानी का फ़ायदा उठाकर पानी में जाल डालना।

ऐसे मछली चोरों से मछलियों को सुरक्षित रखने के लिए, उन पूर्वजों के वर्तमान वंशज ने जिस तरह लाइसेंस के और बिना लाइसेंस के हथियारों की संख्या में वृद्धि की, उसी तरह उसने कई दक्ष रक्षकों को भी इकट्ठा किया। प्रताप बाबू ने घोषणा की थी, 'जो भैनचोद पानी में पैर रखेगा, वह फिर कभी ज़मीन पर पैर नहीं रखेगा। उसके टुकड़े-टुकड़े करके मछलियों को खिला देना। उसके बाद जो होगा, मैं देख लूंगा!'

ऐसा किया भी गया। फ़िशरी में कार्यरत लोगों में से कई जेल की सज़ा काटे अपराधी थे। ख़ून करना, मारना-पीटना उनका प्रिय खेल था। समय-समय पर उनके हाथों कोई न कोई ग़ायब हो जाता था। लेकिन अब मामला एकतरफ़ा नहीं था। अब पहरेदार भी कभी-कभी मछलियों का भोजन बन जाते थे। चोर पहले से कहीं ज़्यादा सतर्क थे। जब उनका एक दल पानी में प्रवेश करता, तो दूसरा दल देशी-बमों और बंदूकों से लैस तट पर नज़र रखता था। किसी न किसी ने उनके दिमाग़ में यह विचार डाल दिया था कि आक्रमण ही आत्मरक्षा का सर्वश्रेष्ठ उपाय है। प्रताप बाबू के पहरेदारों की टॉर्च की रोशनी उन पर पड़ते ही, वे निशाना साधकर ट्रिगर खींच देते थे।

यह अब रोज़ का मामला था। दोनों पक्षों के बीच हर रात गोलियों की लड़ाई चलती थी।

लेकिन ग़ालिब ऐसी नौकरी में क्यों था? आख़िरकार, वह चकला गांव के कमोबेश ख़ुशहाल परिवार से ताल्लुक रखता था, जो अपने खेत में उगाए धान के चावलों से पेट भरते थे। अपने गांव में सबसे ऊंची क्लास में पढ़ने वाला लड़का आख़िर इस मरने-मारने के काम में क्यों था?

जीवन ने उससे जानना चाहा, 'तुम जैसा पढ़ा-लिखा लड़का इस लाइन में क्यों आया?'

ग़ालिब ने कहा, 'मैं मजबूर था। चूंकि तू मेरे बचपन का दोस्त है इसलिए मैं तुझ पर भरोसा करके कह रहा हूं, किसी को मत बताना। छुपने के लिए फ़िशरी के जलाशय से बेहतर कोई जगह नहीं है। इसके चारों ओर पानी है,

और बीच में एक टापू है। अगर तू उस टापू पर जाकर बैठ जाए, तो किसी को तेरा कुछ पता नहीं चलेगा। मैं अपने गांव से भागकर अब वहीं छुपा हुआ हूं।'

'क्यों? तुमने ऐसा क्या किया जो तुम्हें छिपने की ज़रूरत है? बताओ!'

'तू सुनकर परेशान तो नहीं होगा न?'

'नहीं।'

'यह हेम चक्रवर्ती से संबंधित है।'

'क्या हुआ?'

'वो तेरे धर्म का है न!'

'मैं किसी धर्म को नहीं मानता। और जिस धर्म में हेम चक्रवर्ती जैसे ब्राह्मण शीर्ष पर हैं, उसे तो और अधिक नहीं मानता। मैंने सुना है कि पहले हमारी ज़ात चांडाल थी। उसी तरह जिस तरह तुम लोग मुसलमान हो। जिस तरह अंग्रेज़ ईसाई होते हैं, एक अलग धर्म के। उन्होंने हमें हिंदुओं की संख्या बढ़ाने के लिए ही हिंदू के रूप में चुना है। हम सिर्फ़ नाम के हिंदू हैं। लेकिन व्यवहार में वे हमें अछूत मानते हैं, ठीक वैसे ही जैसे वे मुसलमानों को मानते हैं। तो बताओ, तुमने हेम चक्रवर्ती के साथ क्या किया? क्या तुमने उसका ख़ून कर दिया?'

'इससे भी बुरा...तुझे हेम चक्रवर्ती की बेटी याद है? मैंने उसका बलात्कार किया।'

जीवन चौंक उठा। उसका सिर गरम हो गया। उसका पूरा शरीर कांपने लगा और पसीने की बूंदें उसकी भौंहों पर जम गईं। ग़ालिब! चकला गांव का सबसे सुंदर, शिक्षित और सुसंस्कृत लड़का एक बलात्कारी था! इससे घटिया आदमी तो कोई नहीं हो सकता था!

ग़ालिब ने कहना जारी रखा। 'मैंने जो किया या नहीं किया, उन सब बातों का अब कोई मूल्य नहीं है। कोई विश्वास भी नहीं करेगा क्योंकि गायत्री ने पुलिस में जाकर कहा कि मैं उसे जबरन उठाकर ले गया था और उसके साथ बलात्कार किया। पुलिस इस मामले में मेरी तलाश कर रही है।'

'क्या कह रहे हो? उसने तुम पर झूठा आरोप लगाया?'

'मैंने क्या ऐसा कहा? गायत्री ने झूठ नहीं बोला, लेकिन उसने सच भी नहीं कहा।'

'मैं कुछ समझा नहीं।'

'जो कुछ भी हुआ था, वह उसकी सहमति से हुआ था। मैंने कोई ज़ोर-ज़बरदस्ती नहीं की थी। लेकिन बाद में उसने अपनी धुन बदल दी।'

जीवन को अब भी गायत्री का चेहरा याद था। कमीने ब्राह्मण की सांप जैसी बेटी जब भी उसे देखती, "चांडाल, चांडाल" कहती थी। जीवन को उससे कोई हमदर्दी नहीं थी। लेकिन "बलात्कार" शब्द ने उसे निरपेक्ष या ग़ालिब के पक्ष में होने नहीं दिया।

ग़ालिब ने कहा, 'तू मेरे बचपन का दोस्त है। तू माने या न माने, जो सच है वही तुझे बता रहा हूं। मैं यह नहीं कह रहा हूं कि मैंने कोई ग़लती नहीं की, लेकिन मुझे ग़लती करने के लिए गायत्री ने ही उकसाया था। जब भी हमारी मुलाक़ात सड़क पर या तालाब के किनारे होती तो वह मुस्कुराती थी, मेरी ओर इशारे करती थी। और इस तरह हमारे बीच प्यार हो गया। फिर उसने मुझसे कहा कि चलो हम भागकर शादी कर लेते हैं। मैं इससे डर गया। कौन जानता था कि हेम बाबू किस तरह का फ़साद खड़ा करते, जब उन्हें पता चलता कि उनकी बेटी एक मुसलमान के साथ भाग गई थी। गायत्री ने मुझसे कहा, "अगर तुमने मुझसे शादी नहीं की, तो मैं ज़हर खाकर मर जाऊंगी और मरने से पहले तुम्हारा नाम चिट्ठी में लिख जाऊंगी।" तो फिर मैं क्या करता, मैं उसके साथ भाग गया। मैं उसे लेकर मातला नदी के पार अपने जीजा जी के घर गया और बक़ायदा मौलवी से कलमा पढ़वा हमने निकाह किया। हम वहां दस-बारह दिन रहे। उसके बाद हमारे गांव के कुछ लोग वहां आए और हमें वापस ले गए। हम जैसे ही लौटे, हमारी वजह से दोनों गांवों में दंगा शुरू हो गया। हेम बाबू ने जाकर पुलिस में शिकायत दर्ज करा दी। पुलिस आई और गायत्री को ले गई। मैं घर के पिछले दरवाज़े से भागकर यहां आ गया। मैंने जो किया, वो तुझे बता दिया। अब अगर तुझे लगता है कि मैंने ग़लत किया है, तो ग़लत है, और अगर नहीं तो यही है।'

जीवन ने कुछ नहीं कहा। ग़ालिब भी चुप था। दोनों दोस्त अपनी-अपनी परेशानियों में उलझे हुए, एक-दूसरे के पास चुपचाप बैठे रहे। यह ऐसा था जैसे उनकी आंखों के सामने उनके अतीत ने, किसी दुष्ट प्रेत का भीषण नृत्य शुरू कर दिया हो। एक ऑक्टोपस की तरह, उन्हें अपनी आठों भुजाओं में कसकर उनका दम घोंट रहा हो। तब तक सूरज डूब चुका था। गांव के रेलवे स्टेशन के वीराने में रात उतर रही थी। रात का मतलब था, थके हुए लोगों के लिए दिन के अंत में विश्राम करने का समय। और भागते हुए जीवन के लिए इसका

मतलब था घंटों धड़कते दिल से प्रहर गिनना। रात के समय की निगाहें बहुत संदेहजनक होती हैं। '*के रे तुई?* तुम कहां रहते हो? यहां क्यों बैठे हुए हो?' सवालों के जवाब संतोषजनक न होने पर सीधा निर्देश होता—'चलो थाने!'

आज का ग्रामीण बंगाल पहले जैसा नहीं था। पहले कोई भी व्यक्ति बिना किसी परेशानी के कहीं भी जा सकता था। लेकिन अब समय बहुत ख़राब था। कोई भी अपने क्षेत्र में किसी अपरिचित चेहरे को देखकर डर जाता था। यह आदमी कौन है? क्या कोई चोर या लुटेरा है?

एक लंबी चुप्पी के बाद जीवन ने कहा, 'हामिद, जावेद और दूसरों के बारे में कुछ बता। वे कैसे हैं?'

ग़ालिब ने व्यथित स्वर में कहा, 'ओह, वे भी मेरे जैसे ही हैं। सब ठीक हैं!'

'तुम्हारे शब्द अजीब लग रहे हैं। ठीक से बताओ, क्या वो सच में ठीक हैं?'

ग़ालिब कुछ देर तक चुप रहने के बाद बोला, 'बम विस्फोट में हामिद ने अपना एक हाथ खो दिया है। ख़ालिद जेल में है। वह दस साल की सज़ा काट रहा है। जावेद की कोई ख़बर नहीं है। वह मर चुका है या ज़िंदा है हमें नहीं पता। वह कहकर गया था कि वह मेदिनीपुर जा रहा है, फिर कभी नहीं लौटा।'

ग़ालिब ने कहा, 'तुझे ज़ुलेखा याद है? ख़ालिद ने ज़ुलेखा से शादी की और एक साल के भीतर ही उसे दस साल की सज़ा हो गई। क्या तू सोच सकता है, ज़ुलेखा की इस समय क्या हालत है?"

'ख़ालिद ने क्या किया था?'

'ख़ून।'

'कहां? किसका?'

'उसने कुदली इलाक़े में लूटपाट करते वक़्त किसी का ख़ून कर दिया था। भले ही वह यह सब शादी से पहले करता रहा हो, लेकिन शादी के बाद क्या ऐसा करना सही था?'

बहुत देर तक हुई बहुत-सी बातों के बीच से चकला गांव और वहां के लोगों की जो तस्वीर उभर कर आई, वह वाक़ई बहुत गंभीर थी। जीवन के उस जगह को छोड़ देने के कुछ महीनों बाद राजा बाज़ार, पार्क सर्कस, वाटगंज

और कलकत्ता के कई अन्य हिस्सों में जो हिंदू-मुस्लिम दंगे हुए, उसकी गूंज से घुटियारी शरीफ़ क्षेत्र में भी कुछ जगहों पर हिंसक अभिव्यक्तियां हुईं। मुसलमान बहुल इस इलाक़े में एक समय, पूर्वी पाकिस्तान से निकाले गए शरणार्थियों के एक दल को शिविर में आश्रय दिया गया था। कोई पुनर्वास नहीं होने के कारण, वे वहीं रह गए। अपनी मातृभूमि छोड़ने की पीड़ा से ग्रसित वे कभी मुसलमानों को अपने आत्मीय या दोस्त के रूप में नहीं देख पाए। अंत:सलिला फल्गु नदी की तरह इन शरणार्थियों के भीतर भी मुस्लिम समुदाय के ख़िलाफ़ शत्रुतापूर्ण क्रोध प्रवाहित होता रहा।

उस रिफ़्यूजी कैंप के पास ही एक हाउसिंग कॉलोनी बन गई थी। वहां रहने वाले लोग हालांकि पूर्वी बंगाल से आए थे, पर वे शरणार्थी नहीं थे। वे समृद्ध और उच्च जाति के लोग थे जो अपने जातिगत अभिमान से बाहर मुसलमानों और निचली जाति के शरणार्थियों, दोनों को समान अवमानना और अवहेलना की दृष्टि से देखते थे। वे चतुर थे इसलिए ज़रूरत पड़ने पर दोनों समूहों को अपने-अपने उद्देश्यों के लिए चालाकी से इस्तेमाल करते थे।

इन उच्च जाति के लोगों के केंद्रीय व्यक्ति डॉ. हेम चक्रवर्ती थे। वर्तमान में वे एक ऐसे राजनीतिक दल के स्थानीय नेता थे, जो सैद्धांतिक रूप से लोगों के बीच, भाग्य या भगवान के बीच किसी भी अंतर या विभाजन के अस्तित्व को स्वीकार नहीं करते थे। उनका कहना था कि दो वर्ग के लोग होते हैं, जिनमें से एक शोषक और दूसरा शोषित है। जिस तरह डॉ. हेम इंसानों और जानवरों, और गुप्त एवं सार्वजनिक बीमारियों के इलाज में समान रूप से कुशल थे, उसी कलात्मकता के साथ, वे ख़ुद को घर पर ब्राह्मण और पार्टी में नास्तिक के रूप में प्रस्तुत कर नेता बन गए थे।

पास के मुसलमान मोहल्ले के अधिकांश लोग ग़रीब और शिक्षा से वंचित थे। अशिक्षित लोगों के मन में सैकड़ों अंधविश्वास बसे हुए होते हैं। उनमें धार्मिक भावनाओं की जड़ें गहरी होती हैं। ऐसी ही मज़हबी भावनाओं से प्रेरित होकर उन्होंने अपने मज़हबी आदेशों के अनुसार, सूअर खाने वाले, मूर्ति पूजा करने वालों को काफ़िर का नाम दिया था। काफ़िर ऐसे दोज़ख़ का जीवन जीने वाले थे कि अल्लाह भी उन्हें नापसंद करता था। और इसलिए, वे अपने ऊपर किसी काफ़िर की छाया तक नहीं पड़ने देते थे।

नूरुल हक़, अमजद अली और रहमत मुल्ला जैसे कुछ व्यक्ति, जो इन बाधाओं को तोड़कर आगे आए थे, वे गहरी पीड़ा लेकर लौट गए। वे ही थे जो अब घोर चतुराई से इस अपमान का बदला हिन्दू समाज से लेने की इच्छा

में पागल हो गए थे। ये वही थे जो मुस्लिम युवकों के दिमाग़ में ज़हर घोल रहे थे। मार डालो! जहां भी मौक़ा मिले, काफ़िरों को मार कर मिटा दो!

अब स्थिति इतनी ख़राब हो गई थी कि अगर एक गांव की गाय अपना खूंटा तोड़कर दूसरे गांव की फ़सल खा लेती, या इस गांव की बकरी उस गांव का पालक खा लेती तो दोनों पक्षों के बीच लड़ाई शुरू हो जाती थी। कभी-कभी देशी बम और पाइपगन भी चलते थे। हालांकि, कुछ लोग इसे राजनीतिक गुटों की आपसी लड़ाई भी कहते थे, लेकिन यह असल में सांप्रदायिक नफ़रत से भड़का हुआ अंधा आक्रोश था।

जब कलकत्ता में दंगे हुए तब ऐसा कहा जा सकता है कि वहां कोई राजनीतिक दल मौजूद नहीं था। लेकिन फिर भी, वहां काफ़ी घरों को लूटा गया और आग लगा दी गई थी। एक व्यक्ति की मौत भी हुई थी। तब से दोनों पक्षों द्वारा शुरू हुए हमले और जवाबी हमले अभी भी जारी थे। बात बस इतनी-सी थी कि अब उसमें पार्टी के रंग जुड़ गए थे।

जावेद और हामिद बहुत ग़रीब थे। उनका अनदेखा भविष्य अंधेरी रात की तरह दिशाहीन था। पार्टी के दादाओं ने उस मौक़े का फ़ायदा उठाया। उन्हें सुखद, सुंदर भविष्य का भ्रम देकर उनके हाथों में बम और पाइपगन्स थमा दिए। कुछ सालों तक वे नारेबाज़ी, पार्टी सभाओं और रैलियों में बम और पाइपगनों में पूरी तरह से तल्लीन रहे। लेकिन उस मोह को कटने में देर नहीं लगी। वे देख रहे थे कि नेता अमीर और शक्तिशाली होते जा रहे थे, और वे वैसे के वैसे ही थे। तभी उन्होंने बम और पाइपगनों का रुख़ दूसरी ओर घुमा दिया। पार्टी कॉमरेड्स से वे लुटेरों में बदल गए।

बहुत देर तक यह सब बातें करने के बाद ग़ालिब ने जीवन से कहा, 'तूने सबकुछ सुन लिया। अब अपने बारे में बता। तू बिना भोजन, बिना नींद के सड़कों पर क्यों भटक रहा है?'

जीवन भी अपने बारे में एक के बाद एक बातें बताता गया। जब उसका कहना समाप्त हुआ तो उसने ग़ालिब से आख़िर में एक सवाल पूछा, 'ग़ालिब तुम तो पढ़े-लिखे हो, तुम बताओ कि हम सबका जीवन इस तरह क्यों तबाह हो गया? हम कुत्तों और बिल्लियों की तरह पैदा हुए और उन्हीं की तरह मर जाएंगे। तो फिर इंसान के रूप में पैदा होने का क्या फ़ायदा हुआ?'

'मैं नहीं जानता।'

'क्या यह किसी किताब में नहीं लिखा है?'

'हर किताब में अलग तरह से लिखा है। हर विद्वान की अलग-अलग व्याख्या है। मैं यह सब नहीं समझता।'

'तो हमें क्या करना चाहिए?'

'अपने बचाव के अलावा अभी कुछ और करने की ज़रूरत नहीं है। जैसे भी हो सके बस ज़िंदा रहो। ज़िंदा रहने के लिए भरपेट खाओ। पानी और हवा पर निर्भर मत रहो। क्या सही है और क्या ग़लत, इस पर बाद में विचार किया जा सकता है। क्या तू फ़िशरी में काम करेगा? चल, तुझे काम पर लगा देता हूं।'

ग़ालिब की बदौलत एक रात और एक दिन बिना किसी ख़तरे के बीत गया। जन जीवन से पूरी तरह कटे इस जल साम्राज्य की कोई भी ख़बर बाहरी दुनिया में आसानी से नहीं पहुंचती थी। और बाहर के समाचार भी बासी हो जाने के बाद ही यहां पहुंचते थे। पूरे परिवेश को देखकर जीवन ने महसूस किया कि वह यहां कुछ दिन आराम से बिता सकता है। आख़िर वह अकेला तो नहीं था, उसके जैसे कई अन्य लोग भी यहां छिपे हुए थे।

अगले दिन की शाम तक जीवन बेचैन हो उठा। वह बोला 'मैंने कल से चाय नहीं पी है। चल ग़ालिब, कहीं चलकर चाय पीते हैं।'

ग़ालिब ने कहा, 'मुझे नहीं जाना है। मुझे किसी पागल कुत्ते ने नहीं काटा है कि चाय पीने के लिए मैं तीन मील चलकर जाऊं। तुझे जाना है तो तू जा। और अगर तुझे भूख लगी है तो तली हुई मछली, प्याज़ और हरी मिर्च के साथ भात खा ले।'

'भोजन की भूख एक बात है और चाय की तलब बिल्कुल दूसरी। अभी मुझे चाय की तलब लगी है। चल ना भाई साथ चलते हैं, चाय पीकर वापस आ जाएंगे।'

'चल चलते हैं।'

शाम का वक़्त था। जहां तक नज़र जाती थी, सिर्फ़ पानी ही पानी था। एक के बाद एक फ़िशरीज़ थीं। प्रत्येक का मालिक अलग था। जलाशय के किनारे चलते हुए दोनों दोस्त रेलवे स्टेशन की ओर चल पड़े। यह दक्षिणी चौबीस परगना ज़िले का एक अज्ञात, छोटा-सा ग्रामीण रेलवे स्टेशन था, जो कलकत्ता

से लगभग चालीस किलोमीटर दक्षिण में था। इसके आसपास अभी तक कोई भीड़भाड़ वाली बस्ती नहीं बनी थी।

पहले इस क्षेत्र में मुसलमान बहुसंख्यक थे। अब अनुपात में बराबर थे। लेकिन, अभी तक सांप्रदायिक भेदभाव इतना नहीं बढ़ा था कि दंगे भड़काए जा सकें। बावजूद इसके, कहीं न कहीं से ऐसा करने का निरंतर प्रयास किया जा रहा था। बेशक, कुछ झगड़े और लड़ाइयां चल रही थीं। लेकिन वो सब पार्टियों का मामला था। अधिकांश मुसलमान कांग्रेस के चुनाव चिह्न पर अपने वोटों की मोहर लगाते थे। कांग्रेस को ही वे अपने पक्के दोस्त के रूप में देखते थे। बाक़ी के लोगों में से कुछ सी.पी.आई. का समर्थन करते थे, तो कुछ सी.पी.आई.(एम) का, और कुछ परिवार दक्षिणपंथी जनसंघ का भी समर्थन करते थे। जो भी हिंसा होती थी वह पहली तीन पार्टियों के बीच ही होती थी। लेकिन व्यापक रूप से कुछ भी नहीं घटा था। एक-आध हत्याओं तक ही सीमित था। लेकिन आजकल थोक में हत्याएं करने का युग था। एक-दो हत्याओं का कोई मोल नहीं था।

दोनों दोस्त एक चाय की दुकान की बांस की बेंच पर, एक-एक कप चाय और दो नमकीन बिस्कुट लिए बैठे थे। दुकान रेलवे स्टेशन से काफ़ी दूर, लेवल क्रॉसिंग के पास थी। पहुंचते ही जो भी पहली दुकान पड़ी, जीवन ने उसी को चुन लिया था। दुकान ख़ाली थी। वैसे भी इस हिस्से में बहुत कम लोग नज़र आते थे। जब ट्रेन आती थी, बस तभी थोड़ी भीड़ होती थी। जो लोग काम-काज या व्यापार के लिए शहर जाते थे, वे इसी रास्ते से घर लौटते थे।

शाम ढली ही थी, लेकिन तब तक पूरी तरह से अंधेरा नहीं हुआ था। इस अंचल में अभी बिजली नहीं पहुंची थी। एक के बाद एक दुकानों में मिट्टी के तेल की बत्तियां, लालटेनें और पेट्रोमैक्स जलने लगे। चाय की दुकान में एक बारह-तेरह साल का गहरे काले रंग का मैला और दुबला लड़का, एक मिट्टी के तेल की बत्ती जलाकर जीवन और ग़ालिब के सामने मेज़ पर रख गया और फिर वह एक पतली छड़ से कोयले के चूल्हे को खोंचने लगा। बहुत अधिक राख होने के कारण आग मर रही थी। वह अब राख को निकालकर चूल्हे में नए कोयले डालने वाला था।

जीवन ने चाय ख़त्म की और ख़ाली कप मेज़ पर रख दिया। उसने अपनी लुंगी की तह से एक बीड़ी निकाली और उसे जलाने के लिए उसे दीये के पास ले गया। जब से मौत के डर से कांपते हुए उसके प्राण ने निकोटिन के सहारे कुछ साहस जुटाना चाहा था, तभी से वह उसकी साथी बन गई थी।

लेकिन वो लड़का जो चूल्हे में कोयले डाल रहा था, इस लापरवाह हरकत को बर्दाश्त नहीं कर सका। उसके छोटे से सिर पर झट से ख़ून सवार हो गया। उसने अपने हाथ की गर्म छड़ से जीवन के हाथ पर वार किया और गरजकर कहा, 'ज़रा-सा भी दिमाग़ है या नहीं? अभी-अभी मैंने सांझ का दीया जलाया है, और तुम उससे बीड़ी जला रहे हो?'

संस्कार! जीवन ने अनजाने में ग्रामीण बंगाल के रीति-रिवाजों का उल्लंघन किया था, जिसका सभी पालन करते थे। यहां सूर्यास्त के बाद किसी भी दुकान से हल्दी ख़रीदना हो तो उसे 'बड़ा' मांगना पड़ता था—'मुझे सब्ज़ी के लिए एक आने का "बड़ा" देना'। अगर कोई चूना ख़रीदना चाहता था, तो उसे कहना पड़ता था, 'पान के लिए मुझे दही दो'। अगर कोई उस चीज़ को असल नाम से मांगता तो दुकानदार साफ़ जवाब देता था कि 'नहीं है'। इसका कारण यह था कि सूर्यास्त के बाद हल्दी, चूना और इस तरह के नामों का उच्चारण करना अशुभ और हानिकारक माना जाता था।

इसी प्रकार सूर्यास्त के समय जलाए गए दीये से बीड़ी सुलगाना भी अशुभ था। ग्राहक अब दुकान पर नहीं आएंगे। और अगर आएंगे, तो खा-पीकर बिना पैसे दिए निकल जाएंगे। अगर उन्हें पैसे देने के लिए कहा गया तो वे बहस करेंगे और लड़ेंगे। असल बात यह थी कि दुकान पर शनि देवता की दृष्टि पड़ जाएगी। शनि बहुत भयानक होते हैं। शनि के प्रकोप से राजा श्रीवत्स सड़क के भिखारी बन गए थे। यह पौराणिक कथाओं में से एक कहानी है। जीवन इस प्रथा के बारे में कुछ समय के लिए विस्मृत हो गया था। इसलिए अब उसके हाथ की चमड़ी पर गर्म छड़ का एक झुलसा निशान बन गया था।

एक बच्चे द्वारा जीवन को मार खाता देख ग़ालिब की आंखें ज़र्द हो गईं। उसका सीना ज़ोर से धड़कने लगा। वह अपनी सांस रोके मुंहतोड़ जवाब का इंतज़ार कर रहा था। उसकी आंखों के आगे अगले ही क्षण वास्तव में घटने वाला दृश्य तैर उठा। जीवन का ज़बरदस्त घूंसा लड़के की नाक पर पड़ेगा और वह दुकान के सामने सड़क की धूल पर गिर जाएगा। उसकी टूटी नाक से ख़ून का एक फव्वारा छूटेगा। अब एक झटके में उसके सिर पर ख़ून सवार हो जाएगा। और यह एक मच्छर को मारने के लिए तोप चलाने जैसा होगा। यह बात ग़ालिब को पता थी इसलिए वह किसी भयानक प्रतिशोध लिए जाने की प्रतीक्षा में था।

जीवन ने लड़के की ओर एक क़दम बढ़ाया और अपना हाथ उठाया। हरामज़ादे! तेरी इतनी हिम्मत! तू जानता है कि मैं कौन हूं? मैं जीवन हूं जिसका

रौद्र रूप देखकर लोगों का दिल डर से कांप जाता है! चांडाल जीवन! कुछ दिन पहले के अख़बार के पन्ने उलटकर देख कि मेरे बारे में क्या लिखा गया है। और तूने मेरे ऊपर हाथ उठाने की हिम्मत की? जीवन के दिमाग़ में यह सब विचार खेल रहे थे इसलिए वह एक क़दम आगे बढ़ा भी, लेकिन तुरंत ठिठक कर रुक गया। उसे वो प्रसिद्ध कहावत याद आ गई, "वन स्टेप फ़ॉरवर्ड, टू स्टेप्स बैक! एक क़दम आगे, तो दो क़दम पीछे!" इसलिए वह एक क़दम आगे बढ़ने के बाद, दो क़दम पीछे आ गया। वह चाहता तो लड़के की पिटाई कर सकता था। लेकिन उसके बाद...? उसके बाद क्या होता?

हज़ारों रेल यात्री इस वक़्त ट्रेन से उतरकर उस सड़क के किनारे से चलते घर वापस जा रहे थे। पिटाई का नज़ारा देखने के लिए वे चाय की दुकान के सामने खड़े हो जाते। उनमें से कुछ निश्चित रूप से जादवपुर आने-जाने वाले होते। शायद उनमें से कोई उस दिन की घटना के बारे में जानता भी हो। यदि अब वह जीवन को पहचान लेता तो उसका यहां छुपना व्यर्थ हो जाता। और ये हो सकता था कि जब वह अगले दिन जादवपुर जाता, तो किसी से कह देता कि 'जीवन हमारे इलाक़े में छिपा हुआ है'। और यदि लोगों के मुंह से या किसी इन्फ़ॉर्मर के मार्फ़त यह सूचना जादवपुर थाने के सुरेश पाल के कानों तक पहुंच जाती, तो वह नहीं बच सकता था। वह पकड़ा जाता और उसे लंबी अवधि की जेल हो जाती। साथ में थर्ड डिग्री का फ़्री टॉर्चर। इन सबके बजाय, जीवन का दो क़दम पीछे हटना हर तरह से बेहतर था।

पीछे हटने के बाद यह देखने के लिए कि किसी ने उसे अपमानित होते हुए देखा तो नहीं, जीवन ने अपनी आंखें चारों ओर घुमाईं। नहीं, उसे किसी ने नहीं देखा था, सिवाय ग़ालिब के और कोई इस घटना का गवाह न था।

उसने कहा, 'चल चलते हैं, ग़ालिब।'

'कहां?'

'वापस फ़िशरी में, और कहां!'

'उसे कुछ नहीं बोलेगा? उसने तुझे मारा है!'

'छोटा लड़का है, कुछ नहीं समझता है। जाने दे।'

ग़ालिब मायूस होकर जीवन के पीछे-पीछे चलने लगा और बोला, 'तुझे कुछ करना चाहिए था। बित्ते भर का लड़का और उसकी इतनी हिम्मत...! भाई, अगर उसने मुझे छुआ होता तो मैं उसके गाल तोड़ देता!'

जीवन को इस बात का कोई जवाब नहीं देते देख ग़ालिब ने फिर कहा, 'एक दूध पीते बच्चे ने तुझे मारा और तूने मार खा ली। कुछ नहीं कर सका! मन में ऐसा साहस लेकर तू फ़िशरी में कैसे काम करेगा? सब सुनेंगे तो क्या कहेंगे?'

लगभग फुसफुसाते हुए जीवन ने कहा, 'यह बात किसी को मत बताना! क्या तेरे दोस्त का अपमान तेरा अपमान नहीं है?'

ग़ालिब की सीधी-सादी, देहाती सोच के सीधे-सादे गणित के हिसाब से मार का बदला मार था। लेकिन जीवन ऐसे सरल अंकगणित पर भरोसा नहीं कर सकता था। वह अभी भी यही सोच रहा था कि उसने लड़के को न पीटकर अच्छा किया। थोड़े में समस्या टल गई, नहीं तो किसी बड़ी आपदा का ख़तरा हो सकता था। कौन जानता है कि अगर वह उसे पीटता तो क्या होता? जो लोग तमाशा देखने के लिए इकट्ठा होते हैं, क्या होता अगर उस महाशक्ति की सहानुभूति लड़के के पक्ष में चली जाती? वह बच्चा है, नासमझ है, उसने ग़लती से तुम्हें मार दिया, लेकिन तुम तो इतने बड़े हो, क्या तुम्हें उसे इस तरह पीटना चाहिए था? अगर उसने ग़लती की थी, तो उसके पिता से उसकी शिकायत कर सकते थे! या अगर उसका पिता आसपास नहीं था, तो बाज़ार की कमेटी को बताते! नहीं तो थाने जाकर शिकायत कर सकते थे। लेकिन तुमने उसे क्यों पीटा?'

तब उस जनाक्रोश से जीवन को कौन बचाता? जनता का ग़ुस्सा एक भयंकर चीज़ है। जनता के क्रोध ने बड़े-बड़े सेनानायकों को हिला दिया है। अच्छे-अच्छे राजमहल धूल में मिल चुके हैं, तो जीवन को क्यों बख़्शा जाता? कई बार लोगों के जीवन में लाचारी का ऐसा दौर आता है, जब उनके लिए करने को कुछ नहीं होता है। किसी कमज़ोर प्रतिद्वंद्वी के हाथों खड़े-खड़े मार खानी पड़ती है। चार बार के विश्व चैंपियन बॉक्सर मुहम्मद अली, जिनका पूर्व नाम कैसियस क्ले था, एक बार पाकिस्तान की सरकार के निमंत्रण पर वहां अतिथि के रूप में गए। वहां अली के लाखों फैन थे। उन्होंने फूलों की माला के साथ उनका ग़र्मजोशी से स्वागत किया और उनसे अनुरोध किया, 'हमें कुछ बॉक्सिंग दिखाएं!' उनके अनुरोध की अवहेलना करने में असमर्थ अली ने आख़िरकार दस्ताने पहने और रिंग में प्रवेश करके कहा, 'कम ऑन!' उसके बाद भीड़ के चकित होने की बारी थी। देखा गया कि देश का सबसे बेहतरीन बॉक्सर नहीं, बल्कि, महज़ आठ साल का एक लड़का बॉक्सिंग के

लिए विश्व चैंपियन से लड़ने आगे आया था। फिर अली, जो अपने घूंसे से एक भैंस को मार सकते थे, अपनी शक्ति का क्या करते? उनके पास पिटने के अलावा करने के लिए कुछ और नहीं था। अपनी असीम शक्तिशाली भुजाओं से अपना चेहरा ढंकते हुए, वे दस की गिनती तक रिंग के फ़र्श पर पड़े रहे। उन्होंने हंसते-हंसते नॉकआउट में हार मान ली।

अली की तरह नहीं, लेकिन एक और तरह की हार के साथ, जीवन मुड़कर चलने लगा। हालांकि वह पहली बार अपने प्रतिद्वंद्वी को हरा नहीं पाया था, लेकिन आज उसका मन आत्मग्लानि से नहीं भरा था। बल्कि एक तरह की विजय की भावना उसके मन के कोने-कोने को छू गई थी। यह निश्चित तौर पर उसकी जीत थी। यह उसके अपने ख़िलाफ़ लड़ाई में एक जीत थी। चूंकि वह अंतिम क्षण में अपने क्रोध को हरा सका था, तभी वह एक और नई मुसीबत से बच सका था।

लेकिन ग़ालिब! उसकी नज़रों में जीवन हार चुका था। जीवन की जो साहसी छवि उसने अपने मन में खींची थी, वह चकनाचूर हो गई थी। ऐसे कायर आदमी को फ़िशरी में, जहां हर रोज़ लोग मारे जाते थे, रखवाली करने की नौकरी दी जा सकती थी? जब थोड़ी-सी मछलियां चुराते हुए पकड़े जाने पर फ़िशरी का मालिक यह आदेश देता था, 'कमीने के टुकड़े-टुकड़े करके मछलियों को खिला दो!' तब एक बच्चे के डर से केंचुआ बना आदमी क्या करेगा जब चारों ओर से गोलियों की बौछार होगी!

नहीं, उसे यहां नहीं रखा जा सकता था। उसे यहां रखने से ग़ालिब की ही बदनामी होती। मालिक को बाघ पसंद थे, भेड़ नहीं।

अगली सुबह ग़ालिब ने जीवन से कहा, 'मैनेजर बाबू ने संदेश भेजा है कि गार्ड की ड्यूटी के लिए और लोगों की ज़रूरत नहीं है। अगर बाद में कोई ज़रूरत पड़ी, तो वह बताएंगे। तू बीच-बीच में आकर पूछ जाया करना।'

14

लंपट दुष्टों का अभयारण्य

महानगर के सीने पर स्थिर, ख़ामोश, भीषण काली रात उतर आई थी। कहीं कोई प्राणों का निशान नहीं था। ऐसा लग रहा था जैसे सब बंद दरवाज़ों के पीछे लाशों की तरह पड़े हैं। उस भयानक अंधेरे में किसी शैतान की चमकती आंखों-सी जलती दो सर्चलाइटें लगी, जाली से ढकी, एक काली पुलिस वैन राजपथ पर दौड़ी जा रही थी। वैन के पेट में ख़ून के प्यासे लकड़बग्घों की तरह बारह आदमी बैठे थे। वे कुछ लोगों की सख़्त तलाश कर रहे थे। एक बार मिल जाने पर वे उनकी छाती गोलियों से छलनी कर देते।

अभी-अभी जादवपुर विश्वविद्यालय के घंटाघर ने 'ढंग-ढंग' की आवाज़ के साथ बताया कि रात के ठीक बारह बजे थे। पहले के दिनों में कलकत्ता शहर के लिए यह गहरी रात नहीं हुआ करती थी। बस कुछ ही देर पहले आख़िरी ट्रेन निकली थी। इस समय दुकानों में, विशेषकर सड़क के किनारे के भोजनालयों में लोगों का आना-जाना रहा करता था। बस ड्राइवर, टैक्सी चालक, रिक्शा वाले सब इस समय भोजन करने आते थे। लेकिन अब समय बहुत ख़तरनाक था। शहर के हर हिस्से में विनाशकारी, प्राणनाशक डर का बुखार छाया हुआ था। और इसलिए, आजकल रातें बहुत गहरी थीं।

जैसे-जैसे रात बढ़ती जाती थी, अंजलि बाग का दिल ठंडा होता जाता था। वह एक अकेली औरत थी जो जादवपुर स्टेशन के पास तालतला में रेल लाइन के किनारे की बस्ती में रहती थी। उसकी झोंपड़ी का टूटा हुआ दरवाज़ा उसे चैन से सोने नहीं देता था। अंजलि का दोष यह था कि वह जवान और अकेली औरत थी। उसका शरीर भी आकर्षक था और इसलिए बढ़ती रात

उसकी समस्या को और गंभीर बना देती थी। न जाने कौन उसके दरवाज़े पर धक्का देता था, उसका नाम पुकारता था।

अंजलि अवैध शराब बेचती थी। उसका पति केनाराम स्टेशन पर कुली का काम करता था। एक दिन सुबह चलती ट्रेन के वेंडर डिब्बे में कूदने की कोशिश करते हुए, वह फिसलकर ट्रेन के चक्के के नीचे आ गया। अंजलि अब क्या करती? पेट पालने के लिए उसे शराब की दुकान खोलनी पड़ी। चार बोतलें शराब की बेचने पर उसे आठ रुपये का लाभ होता था। पुलिस को दो रुपये देने के बाद उन मां-बेटे का छह रुपये में गुज़ारा चलता था। कुछ लोगों की यह धारणा थी कि जो औरत शराब बेच सकती है, वह अपने शरीर को भी थोड़े अधिक दामों में बेच सकती है। यही वजह थी कि उसके दरवाज़े को खटखटाया जाता था, उसका नाम पुकारा जाता था।

अंजलि का एक बेटा था। वह उसे रायदिघी के एक मिशनरी स्कूल में पढ़ाती थी। इस साल वह कक्षा चार में आ गया था। अंजलि को बड़ी आशा थी कि वह अपने बेटे को शिक्षित कर, एक अच्छा इंसान बना पाएगी। एक बार उसका बेटा बड़ा हो गया तो उसे और कठिनाइयां नहीं झेलनी पड़ेंगी। मिशनरी के फ़ादर ने अंजलि को आश्वासन दिया था कि बड़ी क्लासों की पढ़ाई की सारी ज़िम्मेदारी मिशन लेगा। इस डर से कि कहीं वह भटक न जाए, वह उसे कभी रेलवे लाइन की बस्ती में नहीं लेकर आती थी। उसकी उम्र के सभी लड़के यहां बीड़ी पीते थे, छोटी-मोटी चोरियां करते थे, जेबें काटते थे।

उसका बेटा अब अच्छा कर रहा था, इसलिए उसके बारे में उसे कोई चिंता नहीं थी। अंजलि को चिंता ख़ुद को लेकर थी। जैसे-जैसे रात बढ़ती जाती थी, वैसे-वैसे उसकी चिंता बढ़ती जाती थी। इस वजह से वह दरवाज़े को रस्सी से कसकर बंद करके रखती थी। लेकिन अभी ऐसा लग रहा था कि उसका डर उसके दरवाज़े के पास खड़ा, उसे उसके नाम से पुकार रहा था। दरवाज़े पर हल्की दस्तक के साथ, पहले फुसफुसाकर, फिर थोड़ा ज़ोर से, "अंजू, ए अंजू!" आवाज़ आई। अंजलि को लगा कि वह आवाज़ जानी-पहचानी थी। इसलिए उसने हिम्मत करके पूछा, 'कौन है?'

'मैं।'

'मैं कौन?'

'मैं जीवन।'

'कौन जीवन?'

'मैं, चांडाल जीवन।'

अंजलि ने दरवाज़ा खोला और जीवन को देखकर डर और विस्मय से घबरा गई। 'जल्दी से अंदर आओ! किसी ने तुम्हें यहां आते देखा तो नहीं न?'

जीवन झुककर अंजलि की झोंपड़ी में प्रवेश कर ज़मीन पर बिछे फटे, मैले बिस्तर के कोने पर बैठ गया। उसने अंजलि से पूछा, 'यहां की क्या ख़बर है?'

'कैसी ख़बर?'

'क्या पुलिस यहां आई थी?'

'तो क्या आती नहीं! तुम्हें यमदूतों की तरह ढूंढ़ रहे थे। पता नहीं किस-किसको पकड़कर ले गए।'

'अब हालात कैसे हैं?'

'पहले चार-पांच दिन तक हालात काफ़ी ख़राब थे, लेकिन अब थोड़ा ठीक है।'

जीवन ने कहा, 'और कब तक तलाश जारी रखेगी! एक केस को लेकर महीनों पड़े रहने का वक़्त कहां है उनके पास। चारों ओर लाशें बिछ रही हैं।'

थोड़ा रुककर जीवन ने फिर कहा, 'अच्छा अंजू, उसकी क्या ख़बर है? ज़िंदा है या मर गया?'

'किसके बारे में बात कर रहे हो? ओह! तुम्हारा मतलब है जिसके तुमने छुरा घोंपा था? वह ज़िंदा क्यों नहीं होगा? क्या वह हमारी तरह फटे हाल वाला था? मैंने सुना है कि कलकत्ता के एक बड़े अस्पताल में उसका इलाज चल रहा है। हर दिन पांच सौ रुपये का ख़र्चा है। लेकिन इधर गोकुल की हालत बहुत ख़राब है। वह नीलरतन सरकारी अस्पताल में है। वहां उसे ठीक से दवाएं नहीं मिल रही हैं। न जाने वह ज़िंदा रहेगा या मर जाएगा। तुम गोकुल की पत्नी को जानते हो न? चार-चार बच्चे हैं। खाना-पीना नहीं जुट रहा है। पता नहीं अब वह क्या करेगी?'

व्यथित स्वर में जीवन ने कहा, 'जादवपुर स्टेशन, बस-स्टैंड क्रॉसिंग, विजयगढ़ के इलाक़ों को मिलाकर, कम से कम सात-आठ सौ रिक्शे चलते हैं। अगर सब एक साथ मिलकर किसी आपद-विपद में एक-दूसरे के साथ खड़े हो जाएं तो कितना अच्छा हो। सोचो! क्या कहते हैं उसे, फ़ंड? फ़ंड बनाकर रोज़ उसमें चार आने का चंदा जमा करें तो कितना पैसा इकट्ठा होगा।

गिरफ़्तार लोगों को ज़मानत पर छुड़ाना, अस्पताल में भर्ती लोगों का उचित इलाज कराना, मामले-मुक़दमे के ख़र्चे, उन लोगों की मदद करना जो अपने परिवार का भरण-पोषण करने में असमर्थ हैं, यह सब बड़ी आसानी से किया जा सकता है। चार आने क्या होता है? मात्र एक कप चाय की क़ीमत!'

'यह सब करने की ज़िम्मेदारी कौन लेगा?'

'हमें ऐसे किसी को ढूंढ़ना होगा। हमारे अपने फ़ायदे के लिए हमें यह करना होगा। नहीं तो जो जेल में हैं, अस्पताल में हैं, वे सब मरेंगे।'

अंजलि ने मुस्कुराते हुए कहा, 'तुम क्या अब नेतागिरी करोगे?'

'अगर करूं तो तुम्हें कोई आपत्ति है?'

थोड़ा रुककर जीवन ने कहा, 'मुझे तो लगता है इस काम के लिए मैं बिल्कुल सही आदमी हूं। अख़बारों में मेरा नाम छपा है। रिक्शा चलाने वालों में मैं हीरो हूं। बताओ, हूं कि नहीं? अगर मैं कुछ कहूं तो अधिकांश लोग उसे मानेंगे। बताओ, क्या नहीं मानेंगे?'

अंजलि ने उसकी योजनाओं पर पानी फेर दिया, 'जब पुलिस के हाथों पकड़े जाओगे तो पता चलेगा कि कितने बड़े हीरो हो। एक बार अगर उनके कानों में यह ख़बर पहुंची कि तुम जादवपुर आए हो, वे तुम्हें झपट्टा मारकर उठा ले जाएंगे। तुम क्यों यहां मरने के लिए आए हो? जहां थे वहीं कुछ महीने रहते। मेरा तो दिल कांप रहा है। अगर तुम्हें किसी ने आते देख लिया हो तो क्या होगा, बताओ?'

'कुछ नहीं होगा। बस्ती के गरीब लोगों ने देखा हो तो कोई नुकसान नहीं होगा। अगर किसी बाबू ने देखा हो तो परेशानी हो सकती है। लेकिन वे इस समय कहां देखेंगे? सब तो घरों के भीतर हैं।'

'और पुलिस?'

'पुलिस क्या मेरा चेहरा पहचानती है! कैसे जानेंगे कि कौन जीवन है?'

'कोई न कोई उन्हें ज़रूर बता देगा।'

कुछ देर के बाद जीवन ने धीरे से कहा, 'इसमें कोई क्या कर सकता है। जिस लाइन में मैं घुस चुका हूं, चाहे चित मरूं या पट, आज नहीं तो कल मरने के अलावा कोई और चारा नहीं। तो फिर बेवजह क्यों डरूं! एक फ़िशरी में गया था, सिर्फ़ दो रात रहा। क्या बताऊं तुम्हें, हर रात इस तरह गोलियां चलती हैं जैसे बॉर्डर पर युद्ध चल रहा हो। अब मैं जहां भी जाऊं, बम और

गोलियों के बीच ही रहना पड़ेगा। तो फिर मैं जादवपुर छोड़कर कहीं और जाकर क्यों मरूं?'

'तो घर चले जाओ।'

'घर कहां?'

'जहां तुम्हारे मां-बाप रहते हैं।'

'अगर वहां रह पाता तो इतनी परेशानियों के बीच यहां पश्चिम बंगाल में वापस आता क्या!'

पता नहीं क्यों, अंजलि जीवन के लिए बहुत चिंतित थी। उसने कहा, 'तो अब कहां रहोगे?'

'कहां रह सकता हूं, यहीं स्टेशन के आसपास, अस्पताल में, बस-स्टैंड के मोड़ पर।'

'तुम्हें डर नहीं लगेगा?'

आहत स्वर में जीवन ने कहा, 'हमने ज़िंदगी भर सिर्फ़ डरने के अलावा और क्या सीखा है! किसी को डरा तो सके नहीं क्योंकि डराना हमने सीखा ही नहीं। अब मैं समझ गया हूं, अगर रस्सी को सांप समझोगे तो रस्सी ही फन उठाकर सामने खड़ी हो जाएगी। और अगर सांप को रस्सी की तरह दबाकर पकड़ोगे तो डर से सांप रस्सी हो जाएगा। बताओ, उस दिन वहां कितने लोग थे? एक को गिराया तो सब दुम दबाकर भाग गए।'

जीवन कुछ देर चुप रहने के बाद फिर बोला, 'मेरी बात याद रखना, यह मैंने अपने जीवन से सीखा है कि यदि तुम मरने या मारने, दोनों से नहीं डरते, तो सब साले तुम्हें देखकर डरेंगे। बताओ क्यों? मनुष्य मात्र ही मरने से डरता है। जो ज़िंदा रहना चाहते हैं वो सब तब तुम्हें सलाम ठोकेंगे। और कुछ नहीं, बस मरने का डर त्यागकर एक बार साहस के साथ खड़ा होना ज़रूरी है।'

जीवन की बात सुनकर अंजलि कुछ देर चुप रहने के बाद बोली, 'तुम निरे मूर्ख हो।'

'क्यों?'

'तुम क्या सोचते हो, वे डरकर भाग गए थे! अब और नहीं आएंगे? देखना, जैसे ही तुम ज़रा लापरवाह हुए वैसे ही वे तुमसे बदला लेंगे।'

जीवन ने सहज भाव से कहा, 'अगर वो ऐसा कर सकते हैं तो करें, मना किसने किया है। यह तो एक खेल है।'

'खेल!'

'बाघ और शिकारी का खेल। कभी शिकारी बाघ को मारता है, तो कभी बाघ शिकारी को। यही तो नियम है।'

अंजलि ने कहा, 'तुम बाघ हो या शिकारी?'

जीवन ने हंसकर कहा, 'मैं ख़ुद को बाघ समझता हूं। बताओ तो क्यों? तुमने कभी नहीं सुना होगा कि बाघ मनुष्य का शिकार करने जंगल छोड़कर शहर में आया है। लेकिन शिकारी जंगल में अकारण बाघ का शिकार करते हैं। बाघ यदि मनुष्य को मारता भी है तो बिना कारण के नहीं मारता। मैं भी ऐसा ही हूं। अगर कोई मुझे मारने आएगा तो मैं भी उसे मार सका तो मारूंगा।'

'जो भी करोगे वो तुम्हें अकेले ही करना होगा। वो तुम्हारे रिक्शा वाले भाई-बंधु, देखना कोई साथ नहीं होगा।'

'वो मैं भी जानता हूं। बिना मेहनत-मज़दूरी के जिनके पेट में भात नहीं पड़ता है, वे किस तरह किसी के साथ खड़े होंगे!'

'तुम क्या करोगे?'

'समझा नहीं।'

'जानते हो कस्बा में क्या हुआ था? एक रिक्शा वाला, न जाने क्या नाम है, एक सवारी का उसके साथ किराए की बात पर लड़ाई-झगड़ा हो गया। दो-चार दिन बाद किसी दूसरी सवारी को वह अपने रिक्शे से राजडांगा की नहर के किनारे ले जा रहा था। उस सवारी ने उस रिक्शा वाले का ख़ून करके नहर के पानी में फेंक दिया। रिक्शा चलाओगे तो तुम्हारी भी यही दशा होगी।'

'अब और रिक्शा नहीं चला पाऊंगा।'

'तो खाओगे क्या?'

जीवन हंस पड़ा, 'तुम मुझे खिलाना।'

जीवन के मज़ाक़ का जवाब मज़ाक़ में ही देते हुए अंजलि ने कहा, 'तो फिर मुझसे शादी कर लो। लोग अपनी बीवियों को खिलाते हैं, यहां मैं शौहर को खिलाऊंगी।'

'डूबती नाव पर चढ़ोगी?'

'मैं तो पहले से ही गहरे पानी में हूं, अब जो भी मिल जाए उसे पकड़कर पार उतरना चाहती हूं।'

'लेकिन तुम्हारा बेटा? वह तो कभी मुझे बाप नहीं कहेगा। वह तो मुझे मामा कहता है। उसका क्या होगा?'

यह सब बातें पूरी तरह से हंसी-मज़ाक़ थीं। अंजलि और जीवन का रिश्ता ऐसा ही था। जैसा किसी साली और जीजा के बीच या देवर और भाभी के बीच होता है। अंजलि को स्टेशन का इलाक़ा कामुक, व्यभिचारी, बलात्कारी दुष्टों का अभयारण्य लगता था। यहां किसी पर भरोसा नहीं किया जा सकता था। कौन कब अपने चेहरे से शराफ़त का मुखौटा उतारकर हिंस्र, नारी-मांस भोगी पशु बन जाए, कहा नहीं जा सकता था। इस जंगल में एकमात्र विश्वासयोग्य पुरुष जीवन था। अगर वह किसी दिन आकर देखता कि अंजलि शराब पीकर खुले बदन पड़ी हुई है, तो वह उसके शरीर को कपड़े से ढक, दरवाज़ा बंद करके, सारी रात दरवाज़े के बाहर बैठा पहरा दिया करता था।

दूर लैंप-पोस्ट से आ रही मंद रोशनी में जीवन को एकटक देखते हुए अंजलि ने कहा, 'तुम ऐसे समय में भी कैसे मज़ाक़ कर लेते हो?'

जीवन ने कहा, 'शुरू किसने किया था?'

'तलवार मेरे सिर पर नहीं, तुम्हारे सिर पर लटक रही है।'

अंजलि का हाथ लेकर उसकी हथेली अपनी कमर पर दबाकर जीवन ने कहा, 'देखो यह क्या है। इसका नाम "वन-शॉट" है। इसके अंदर जो गोली है उसे "थ्री नॉट थ्री" कहते हैं, जो पुलिसवालों की राइफ़लों में होती है। मैं मरने से पहले, कम से कम एक को मारकर मरूंगा। साली, ख़ूनी फ़िशरी में बहुत सारी रखी थीं। एक उठाकर भाग आया हूं। दस-बारह गोलियां भी लाया हूं। इसी के ज़ोर पर मैं जादवपुर आया हूं।'

सोना जादवपुर रेलवे स्टेशन में कुली का काम करता था। एक बम विस्फोट में उसने अपना दाहिना हाथ खो दिया था और तब से वह जादवपुर में हाथ-कटा सोना के नाम से जाना जाने लगा। जब सोना कुली था तो इस इलाक़े का सबसे मशहूर मस्तान, मोना डे का बड़ा भाई साधन डे था। एक बार उसने किसी कारणवश पतले, पांच फ़ुट लंबे सोना की बेधड़क पिटाई कर दी थी। सोना बदला लेने के अवसर के इंतज़ार में था। कुछ दिनों बाद जब एक रात साधन डे नशे में चूर घर लौट रहा था तो सोना अचानक दौड़ता हुआ आया

और उसकी पीठ में छुरा घोंप दिया। यह बहुत ही साधारण-सा वार था जो तीन इंच से भी कम गहरा था, लेकिन उस वार से साधन डे का नाम और सम्मान ख्याति के शिखर से उतर गया। और ऊपर चढ़ता सोना प्रकाश में आ गया।

उसके बाद कुछ वर्षों तक हर जगह उसकी जय-जयकार होती रही। अंत में, एक दिन काना बाघा नाम के किसी ने उसकी चाकू मारकर हत्या कर दी। उसके कुछ दिनों के बाद बाघा को किसी ने मार दिया, जिसके बारे में आज तक किसी को पता नहीं चला। कुछ ने कहा कि यह पुलिस ने किया था, किसी ने कहा कि नक्सलियों ने और किसी ने कहा कि यह सी.पी.आई.(एम) का काम था। यदि अब जीवन काना बाघा के रिक्त स्थान को भर सकता तो स्टेशन के आसपास उसका दबदबा तब तक रहता, जब तक कि कोई उसे न उड़ा देता।

रेल लाइन के इस किनारे पर इतने लंबे समय तक राज करने वाले नक्सली अब जा चुके थे। और रेल लाइन की दूसरी तरफ़ राज करने वाले सी.पी.आई.(एम) भी इस क्षेत्र से भाग गए थे। विजयगढ़ में कांग्रेस की ताक़त भी राजा सुबोध चंद्र मल्लिक रोड की तरफ़ तक ही सीमित थी। उन्होंने जादवपुर स्टेशन के आसपास के इलाक़े को औपचारिक रूप से क़ब्ज़ा नहीं किया था। यहां अब केवल उम्र के भार से झुका हुआ एक शराबी था, साधन डे। एकमात्र उसे छोड़कर, उस इलाक़े में कोई और उभरता मस्तान नहीं था। इसलिए एक तरह से स्टेशन अभी अभिभावकहीन था। जीवन इस समय बिना किसी बाधा के यहां अपना आधिपत्य जमा सकता था। वह मौक़ा उसके हाथ में आ गया था। लेकिन पुलिस और पुराने दुश्मन अपना आधिपत्य जमाए रखने और ख़ुद के टिके रहने के लिए उसे निशाना बनाते रहेंगे। डर का कारण बस यही था।

कुछ देर बाद अंजलि ने कहा, 'मैं जो कह रही हूं उसे ध्यान से सुनो। एक ही सड़क पर दो बार मत जाना। जिस भी रास्ते से जाओ, लौटते समय दूसरा रास्ता लेना। एक जगह पर पांच मिनट से ज़्यादा मत बैठना। किसी को यह मत बताना कि तुम रात को कहां सोते हो। हो सके तो थोड़े-थोड़े दिनों में जगह बदल लेना। अपने आगे-पीछे, दाएं-बाएं चारों ओर अच्छे से देखते हुए सड़क पर चलना। भीड़भाड़ से दूर रहना। हमेशा अपनी पीठ दीवार से सटाकर बैठना। शराब मत पीना। नशे में लोग असावधान हो जाते हैं। हर समय सतर्क रहना।'

जादवपुर विश्वविद्यालय की घड़ी का घंटा इस बार दो बार बजा। अंजलि ने अपने कमरे में कोई रोशनी नहीं जलाई हुई थी। बाहर से आने वाली हल्की-सी रोशनी में दो छायादार आकृतियां एक-दूसरे के बग़ल में बैठी थीं। वे धीमी आवाज़ में, लगभग फुसफुसाते हुए बात कर रहे थे।

थोड़ी देर बाद जीवन ने पूछा, 'तालतला में ठेके पर शराब कहां से आती है रे अंजलि? हुसैनपुर या चरण से?'

'क्यों पूछ रहे हो?'

'वहां के सप्लायरों को मेरा नाम लेकर कहना कि जैसे वे पुलिस और आबकारी के लोगों को हफ़्ता देते हैं, वैसे ही उन्हें मुझे, कम हो या ज़्यादा, कुछ देना होगा। नहीं तो मैं उनका धंधा नहीं चलने दूंगा। उन्हें जो देना होगा तुम्हारे पास छोड़ जाएंगे।'

अंजलि की आंखें अब नींद से बंद हो रही थीं। वह ज़मीन पर बिछे फटे बिस्तर पर लेट गई। उसका तकिया थोड़ा खिसक गया और अपनी आत्मरक्षा के लिए नीचे रखा हंसिया बाहर आ गया। अंजलि ने उसे फिर से तकिए के नीचे रख दिया और कहा, 'मेरे पास इधर आकर लेट जाओ और कुछ देर सो जाओ। दिन निकलने में काफ़ी समय है। पहली ट्रेन के समय पर निकल जाना।'

'अगर नींद नहीं टूटी तो?'

'तुम्हारी नहीं भी टूटी, मेरी तो टूटेगी। तुम्हें उठा दूंगी। अब सो जाओ।'

'तुम्हें डर नहीं लगेगा?'

'किस बात का डर?'

'मान लो अगर मैं ख़ुद को नहीं संभाल पाया तो?'

'तो! उसके बाद क्या होगा?'

'मान लो मैं तुम्हें...अब तुम समझ जाओ।'

अंजलि ने ज़ोर से हंसकर सिर का तकिया हटाया, 'देख लो, ये क्या है। जड़ से काट दूंगी। हिजड़ा बन जाओगे। कोई लड़की तुम्हारे मुंह पर मूतेगी भी नहीं।'

जीवन अंजलि के बग़ल में लेट गया और धीरे से कहा, 'जिस दिन बबुआ मरा, मैं अंतिम क्षण में उसके सामने था। वह मन में बहुत दुख लेकर

मरा था। उसने कहा था, ज़िंदगी में किसी औरत के शरीर को देखे बिना, छुए बिना मरना उसके लिए बहुत तक़लीफ़देह था। मैं भी अभी यही सोच रहा हूं, अगर मैं कल मर गया तो किसी दिन नहीं जान पाऊंगा कि किसी औरत के शरीर में कितना सुख छुपा होता है।'

अंजलि ने कहा, 'बातें करना बंद करो और सो जाओ। तुम्हारी मनोकामना पूरी करने में यदि मेरे पेट में एक और शत्रु घुस जाए, तो मैं उसे क्या खिलाऊंगी? ज़िंदा कैसे रखूंगी? और तुम भला क्यों मरोगे? भगवान से मैं प्रार्थना करती हूं कि तुम सौ साल तक ज़िंदा रहो और अपने नाती-पोतों का मुंह देखो!'

घड़ी का घंटा एक बार फिर बज उठा। तीन बज गए थे। पहली ट्रेन और एक घंटे बाद आने वाली थी।

सूखा, बाढ़ या अकाल या कई अन्य कारणों से भागकर कितने हज़ारों असहाय लोग रेलवे स्टेशनों और शहर के फ़ुटपाथों पर सिर छुपाए पड़े रहते थे, इसका कोई अनुमान नहीं था। इसमें विभाजन का नया संकट जुड़ गया था। जिनके पास कभी अपना आश्रय था, वे सबकुछ खोकर स्टेशनों और फ़ुटपाथों के बाशिंदे हो गए थे। कुछ ही दिनों पहले एक नया परिवार आया था। एक विधवा महिला अपने नाबालिग बेटे और वयस्क बेटी के साथ।

शायद उन्हें नहीं पता था कि रात होने पर, उस उम्र की किसी ग़रीब लड़की का देश के किसी भी रेलवे स्टेशन में होना सुरक्षित नहीं था वरना वे इतना बड़ा जोख़िम उठाने की हिम्मत नहीं करते। वे प्लेटफ़ॉर्म नंबर 2 के ब्रिज की सीढ़ियों के नीचे खाना पकाने के बर्तन-भांडे, बिस्तर-चटाई लिए बैठे शायद अपनी क़िस्मत को कोस रहे थे।

जीवन आजकल रात का प्राणी था। वह पूरा दिन अस्पताल परिसर में सफ़ाई कर्मचारियों के क्वार्टर के पीछे एक वीरान, टूटे-फूटे ईंट के चबूतरे पर बैठे या लेटे हुए वक़्त गुज़ारता था। उसके सामने जुए की महफ़िल जमती थी और अवैध शराब भी बिकती थी। रात होने पर ही जीवन सड़क पर निकलता था। लेकिन आज उसे अपनी सुरक्षित गुफ़ा को छोड़कर दिन के उजाले में बाहर आना पड़ा। उसे 2 नंबर प्लेटफ़ॉर्म से गड़िया स्टेशन जाने के लिए ट्रेन पकड़नी थी। शिखंडा के नित्या ने आज उसे आमंत्रित किया था, "जीवन भाई, आना ज़रूर! मैं स्टेशन पर तुम्हारा इंतज़ार करूंगा"। कौन जाने क्यों, बिना

किसी वजह के नित्या जीवन को बहुत पसंद करता था। अस्पताल के गेट के सामने उसकी फलों की दुकान थी।

जीवन सीधा रास्ता पकड़कर स्टेशन नहीं जा सकता था। वह लंबा रास्ता लेकर, इधर-उधर मुड़ते हुए, घूमकर स्टेशन पर पहुंचा और पुल के नीचे थोड़ा छुपकर खड़ा हो गया। तभी उसकी नज़र उस महिला पर पड़ी और उसके शरीर में बिजली की सिहरन दौड़ गई। उसके रोंगटे खड़े हो गए। विधवा के वेश में उसके चेहरे पर घोर कष्ट की छाप होने के बावजूद, जीवन ने सुबल सुतार की पत्नी तुलसी को पहचान लिया। उसके बग़ल में कुसुम थी। और कुसुम के बग़ल में बिशशो खड़ा था।

'यह क्या काकी-मां? तुम इस हालत में यहां कैसे?'

तुलसी जीवन को देखकर गूंगी और विह्वल-सी हो गई। उसे कुछ बोलने में काफ़ी समय लग गया। अपने पास किसी अपने को पाकर उसका गला रुंध गया था। अंत में उसने कहा, 'यह सब हमारी क़िस्मत का खेल है। हमारी क़िस्मत हमें यहां ले आई है। मैंने कई बार बिशशो के पिता से कहा था कि कहीं मत जाओ, यहीं दण्डकारण्य में रहते हैं; जो सबके साथ होगा वही हमारे साथ भी होगा लेकिन उन्होंने मेरी बात नहीं मानी। वह तो मर गए और हमें भी मरने के लिए छोड़ दिया है। अब हम कहां जाएं? क्या करें? साथ में जवान लड़की को लेकर कितना ख़तरा है!'

जीवन ने जानना चाहा, 'इतने दिनों तक आप लोग कहां थे?'

तुलसी ने उत्तर दिया, 'दंडकारण्य से हम बनगांव आ गए थे। हम रेल लाइन के किनारे झुग्गी डालकर वहीं रहने लगे थे। उसके बाद कुसुम के पिता ने कहा, चलो मेरे भाई के घर बेत बाइड़ा चलते हैं। वहां जाकर हमने जो ग़लती की!' तुलसी की आंखों से फिर आंसू बहने लगे। 'कुसुम का काका हमें देखकर खुश नहीं हुआ। भाई होने के नाते वह उन्हें कुछ नहीं कह पा रहा था। हमें रहने दिया। लेकिन जैसे ही भाई की मौत हुई, उसने हमें वहां से खदेड़ दिया।'

'काका को क्या हुआ था?'

'कैसे बताऊं कि क्या हुआ था। तीन-चार बार पतले दस्त हुए और तीन-चार बार उल्टी। रात बीतने से पहले ही वो ख़त्म हो गए।'

कुसुम प्लेटफ़ॉर्म पर लगी लोहे की रेलिंग से टेक लगाए सिकुड़ी बैठी थी। हज़ारों वासना से भरी आंखें उसके खिले हुए शरीर को घूर रही थीं। जैसे

प्रबल कुंठा ने किसी शक्तिशाली अजगर की तरह उसके चारों ओर लिपटकर उसे अपने शिकंजे में कस लिया था। परिवेश और परिस्थिति ने उसे एक ऐसी असहाय अवस्था में डाल दिया था कि किसी की ओर नज़र उठाकर देखने या बात करने में उसे बहुत लज्जा महसूस हो रही थी। मानो उसकी इस शर्मनाक दुर्दशा में वह मन ही मन प्रार्थना कर रही थी, "*धौरोणी द्विधा हौओ!* हे धरती, तुम फट जाओ!"

तुलसी ने कहा, 'जिस तरह कुसुम के काका ने हमें खदेड़ दिया, उस तरह कोई किसी अजनबी को भी नहीं खदेड़ता है। देश के बंटवारे के बाद लोगों की आत्मा का भी बंटवारा हो गया है। अब किसी में दया-माया या एकता की भावना नहीं रह गई है। अगर हम वहां रहते तो उसे हमारे खाने का ख़र्चा उठाना पड़ता। लड़की सयानी है, उसकी शादी करने का भी झंझट उठाना पड़ता। हमें भगाकर उसे सब तरह के झमेलों से मुक्ति मिल गई। अब हम कहां जाएंगे और क्या करेंगे यह बस भगवान जानता है। तीन दिन हम कैनिंग में थे। फिर किसी ने कहा कि जादवपुर चले जाओ। वहां हमारे देश के लोग हैं। वहां जाने से मेहनत-मज़दूरी करके ज़िंदा रह पाओगे। उनकी बात मानकर हम यहां आ गए हैं लेकिन कोई रास्ता नज़र नहीं आ रहा है।'

कुसुम! ओह, कुसुम! मानो अभी-अभी अपनी केंचुली से बाहर आई हो। मानो हवा के छूते ही, धूप पड़ते ही वह मुरझा जाएगी। कोई छू ले तो पिघल जाएगी। मानो वह कोई कोमल, नरम, क़ीमती रत्न हो। जीवन के कानों में दूर के नक्षत्र से किसी शास्त्रीय राग की मधुर धुन तैरती आ रही थी। जैसे रजनीगंधा से भरे जंगल की महक ने उसकी सारी इंद्रियों को वश में कर लिया था। तुम आ गईं! तुम आ गईं, मेरी प्यारी कुसुम! लेकिन तुमने आने में इतनी देर क्यों कर दी!'

तुलसी के पीछे कुछ घर का सामान रखा हुआ था। वो इतना बेकार था कि चोर भी उसे नहीं उठाता। लेकिन उसकी हिफ़ाज़त में एक बहुत क़ीमती चीज़ थी। केवल चोर ही क्यों, मौक़ा मिलने पर राजा भी उसे छीन लेता। तुलसी ने कहा, 'यहां आकर हम इतनी मुसीबत में पड़ गए हैं! सबसे बड़ी मुसीबत कुसुम को लेकर है। ज़रा-सी आंख लगते ही, न जाने कौन लोग आ जाते हैं, उसे आवाज़ लगाते हैं। कितनी बुरी-बुरी बातें कहते हैं।'

जीवन ने कहा, 'यह स्टेशन है। यहां जो रहते हैं, वे सबकुछ सहकर रहते हैं। आपको भी सहना होगा। लेकिन, आप लोग अचानक से यहां क्यों आ गए?'

'हम और क्या कर सकते थे? और कितना झगड़ा, गाली-गलौज सहते? उसने तो हमें भगाकर ही दम लेने की ठानी हुई थी। हम कैसे वहां रह पाते।'

लेकिन अब जीवन क्या करता! वह उन्हें वहां छोड़कर कैसे जाता और अगर साथ ले जाता, तो कहां ले जाता!

जीवन को पाकर तुलसी को लगा जैसे मौत की राह पर चलते हुए यात्री को जीने का कोई सहारा मिल गया हो। उसने कहा, 'तुम जहां रहते हो वहां हमें कुछ दिनों के लिए रहने दो जीवन, नहीं तो कुसुम बर्बाद हो जाएगी।'

जीवन ने मन ही मन सोचा, ग़नीमत है, कम से कम अभी तक कुछ बर्बाद नहीं हुआ था। लेकिन जब आज की रात आएगी तो कौन कह सकता है कि वह अपने नुकीले दांतों और पंजों से कुसुम को फाड़कर नहीं खा जाएगी! पारुल गोविंदपुर से यहां बर्तन धोने के काम पर आती थी। एक बरसात की रात, आख़िरी ट्रेन छूट जाने के कारण उसे प्लेटफ़ॉर्म पर रुकना पड़ा। अगली सुबह वह एक मालगाड़ी के ख़ाली डिब्बे में नंगी और बेहोश मिली। सुनने में आया था कि ड्यूटी पर तैनात जीआरपी के चार सिपाही पारुल को चोर होने के शक में उठाकर ले गए थे। उसका सबकुछ लूटकर, उसे मालगाड़ी में फेंक दिया।

मजबूर जीवन आज बहुत असहाय महसूस कर रहा था। किसी की जान की अब कानी कौड़ी भी क़ीमत नहीं रह गई थी। यह अब विभाजन और भयानक सांप्रदायिक दंगों का समय नहीं था। देश पर शासन करने की ज़िम्मेदारी अब एक लोकतांत्रिक, धर्मनिरपेक्ष सत्ताधारी पार्टी के हाथों में थी। उसी सरकार द्वारा दिए गए वेतन पर पलने वाले पुलिसवालों ने बागदी बस्ती की लड़की पारुलबाला के साथ निर्ममता से बलात्कार किया और उसे मौत से भी बदतर स्थिति में छोड़ दिया। क्या सांप्रदायिक दंगा करने वाले इनसे ज़्यादा अमानवीय थे? फिर सारा दोष किसी विशेष समुदाय पर क्यों मढ़ दिया जाता है?

लेकिन अब जीवन क्या करता? वह ख़ुद बेघर था। उसकी कोई रात मुर्दाघर की छत पर, तो कुछ लोहारपाड़ा में पुलिया के नीचे और कभी-कभी किसी बड़े पाइप के अंदर बीतती थी। और यहां तुलसी उससे आश्रय मांग रही थी! कुसुम के लिए आश्रय! तुलसी का डर बेबुनियाद नहीं था। बिना किसी आश्रय के गिद्ध और सियार कुसुम को नोंचकर खा जाते, यह जीवन जानता था। लेकिन, पारुल को भी नहीं बचा पाया था जीवन। न ही गोसाबा की शिखा मंडल की रक्षा कर पाया था, जो अपनी सौतेली मां से नाराज़ होकर घर से

भाग गई थी। ट्रेन के ख़ाली डिब्बे में उसका बलात्कार हुआ। चरम हताशा में वह रेल लाइन पर कूद गई थी।

क्या होगा अगर कुसुम के साथ भी ऐसा कुछ हो गया तो?

तुलसी ने आशा भरे स्वर में फिर कहा, 'ऐसे मुसीबत के समय में तुम मुझे मिल जाओगे, यह मैंने कभी सोचा नहीं था। भगवान ने हमें मिलवा दिया!' बात ख़त्म करते ही उसने श्रद्धा से अपना माथा छुआ।

जीवन सोच रहा था कि अगर उसे कुछ बांस और चटाइयां मिल पातीं, तो वह रेल लाइन के किनारे एक झोंपड़ी खड़ी कर सकता था, जैसा कि उसने पहले सोचा था कि वह झोंपड़ी बनाकर अपने मां-बाप को ले आएगा। ऐसा कर पाता तो ये लोग फिलहाल वहां रह सकते थे। लेकिन इसके लिए उसे पैसे और समय दोनों की ज़रूरत थी। अच्छा! अगर तुलसी को अंजलि के पास दसेक दिनों के लिए रखा जा सकता तो? जीवन को उससे बात करनी होगी। आख़िर वह अकेली रहती थी। क्या वह जीवन की ख़ातिर कुछ दिनों के लिए तक़लीफ़ नहीं उठा पाएगी?

कुसुम लोहे की रेलिंग पर सिर टिकाकर आकाश की ओर देख रही थी। इस दौरान उसने एक शब्द भी नहीं कहा था। मानो उसे जो कुछ कहना था, वो मर चुका था। गिद्धों का झुंड आकाश में घूम रहा था। क्या कोई मरी गाय रेल लाइन के पास शवों के ढेर में फेंकी गई थी?

जीवन ने कुसुम को कनखियों से देखा। वह सौन्दर्य और स्वास्थ्य से भरपूर, रक्त और मांस की बनी कोई गुड़िया थी, जिसकी रक्षा करने वाला अब उसकी मां के अलावा कोई नहीं था। असुरक्षित रेलब्रिज के नीचे, एक गुड़िया अकेली बैठी हुई है, यह ख़बर फैलते ही मांस के भूखे मानव-गिद्ध वासनापूर्ण हो उठेंगे, इसमें आश्चर्य की क्या बात थी? अगर रात होने से पहले इन्हें यहां से नहीं ले जाया गया तो क्या होगा यह कोई नहीं कह सकता था।

तुलसी ने पूछा, 'जीवन, तुम यहां क्या काम करते हो?'

'काम?' जीवन ने मुस्कुराते हुए कहा, 'पागल कुत्ते जो लोगों को काटते हैं, मैं उन्हें पकड़ता हूं।'

'यह कैसा काम है? तुम्हें तनख़्वाह कितनी मिलती है?'

'अभी तक स्थाई नहीं हुआ हूं। जब-जब काम मिलता है, अच्छे पैसे मिलते हैं।'

'कुछ दिनों के लिए हमारी मदद कर दो। मैंने सुना है कि यहां बाबुओं के घरों में काम मिलता है। एक बार कुसुम और मुझे काम मिल जाए तो फिर हम तुम्हें परेशान नहीं करेंगे।'

कुसुम ने अब जीवन की ओर देखा। बहुत असहाय और आंसुओं से तर दृष्टि थी उसकी। क्या वह कुछ कहना चाहती थी? मानो उसकी निगाहों में सैकड़ों बातें छुपी हुई थीं जिन्हें वह व्यक्त करना चाहती थी, लेकिन उन्हें शब्दों में समाहित नहीं किया जा सकता था।

न जाने क्या सोचकर जीवन ने अचानक पूछा, 'तुम लोगों ने सुबह से क्या खाया है काकी मां?'

'आलू की सब्ज़ी से *मूड़ी* खाया है। क्या पकाऊं, कहां पकाऊं! तीन-चार दिनों से बस ऐसे ही चल रहा है। मुझे तो परेशानी नहीं है, लेकिन बिश्शो अब नहीं रह पा रहा है।'

बोलते-बोलते तुलसी की आंखों में एक बार फिर आंसू आ गए। जीवन के पास फूटी कौड़ी नहीं थी। वह ख़ुद दरिद्र, दो स्टेशन बाद, दूसरे दरिद्र के घर खाना खाने जा रहा था। लेकिन फिर उसने कहा, 'बिश्शो और कुसुम को मेरे साथ जाने दो। मैं उन्हें किसी भोजनालय में भात खिलाता हूं। उनके लौटने पर फिर आप जाइएगा। तब तक अपने सामान का ध्यान रखिए।'

तुलसी ने कहा, 'मेरे पास कुछ चावल हैं। तुम्हारे घर जाकर उन्हें पका लूंगी।'

'वो सब करने में बहुत झंझट होगा। उससे पहले कुछ खा लीजिए।'

मन ही मन जीवन ने हिसाब लगाया। उन तीनों के खाने में कम से कम, छह रुपये लगेंगे। उसके ऊपर पहले के छह रुपये भी बकाया थे। अब छेचन उसे साफ़-साफ़ कह देगा कि और बकाया नहीं चलेगा। वह जीवन को इस सरल भरोसे पर उधार देता था कि जब जीवन के पास पैसे होते थे, वह उधारी चुका देता था।

भात के नाम पर कुसुम के चेहरे पर कोई चमक नहीं आई। वह जैसे भाग्यजनित आपदा और आघात से और उसके आसपास के माहौल की असहनीयता के दबाव को मानसिक रूप से स्वीकार नहीं कर पा रही थी।

जीवन ने फिर कहा, 'जब जैसा, तब वैसा होना चाहिए। पहले पेट भरकर खाओ, उसके बाद दूसरी बातों के बारे में सोचेंगे। चलो बिश्शो और कुसुम, मेरे साथ आओ। काकी मां को यहीं रुकने दो।'

भात के नाम पर बिश्शो उत्सुक हो गया। उसने कुसुम का हाथ खींचा, 'चलो दीदी!'

'तुम जाओ। मैं नहीं जाऊंगी, मुझे भूख नहीं है।' कुसुम पहली बार बोली। उसके होंठों से शब्द नहीं जैसे रुक-रुककर रुलाई फूट रही थी।

तुलसी ने उससे कहा, 'कुसुम जा न! आख़िर जीवन कोई ग़ैर तो नहीं, हमारे अपने घर का लड़का है। तीन-चार दिन से तुमने कुछ नहीं खाया है। जाओ, वह तुम्हें बुला रहा है।'

कई बार कहने के बाद आख़िर में कुसुम उठी। उसने बिश्शो का हाथ पकड़ा और झिझकती हुई चलने लगी। जीवन आगे चल रहा था। वह चौकस निगाहों से चारों ओर देख रहा था। वह कई दिनों के बाद इस वक़्त, दिन के उजाले में चल रहा था। प्लेटफ़ॉर्म की ढलान वाले हिस्से से उतरते हुए भूखी, कमज़ोर कुसुम का पैर फिसल गया। जैसे ही वह मुंह के बल गिरने वाली थी, उसने जीवन को पीछे से पकड़ लिया।

अकल्पनीय घनिष्ठ आलिंगन से जीवन के पूरे शरीर में एक सिहरन दौड़ गई। अनास्वादित स्पर्श के रोमांच से उसके दिल में लहरें उठने लगीं। इतनी मज़बूती से पकड़े जाने का इतना गहरा आनंद उसने पहले कभी महसूस नहीं किया था। मानो कोई लौकी की लता, आंधी से बचने के लिए किसी मज़बूत पेड़ से लिपट गई हो।

जीवन ने कहा, 'तुम्हें चोट तो नहीं लगी कुसुम?'

'तुम सामने थे इसलिए बच गई!' कुसुम संभलकर खड़ी हो गई और चलने लगी। आगे का रास्ता भी फिसलन भरा था इसलिए जीवन ने उसका हाथ अपने हाथ में मज़बूती से पकड़ रखा था। दोनों के हाथ कांप रहे थे। मानो अपने अंतरंग साथी के आगे अपना दिल खोल कर जीवन कह रहा हो, 'मेरा मन हमेशा यही कहता था कि एक न एक दिन मैं तुमसे ज़रूर मिलूंगा। जिस दिन तुम लोग दण्डकारण्य से चले गए तो क्या कहूं, ऐसा लगा जैसे मेरी आंखों के आगे अंधेरा छा गया था। मैं ख़ालीपन से घिरा हुआ था। मैं बहुत ख़ुशक़िस्मत हूं कि मैंने तुम्हें फिर से पा लिया है! अब कभी मत खोना!'

इस समय छेचन के भोजनालय में बहुत भीड़ थी। इतना सस्ता भोजनालय इस मोहल्ले में और कोई नहीं था। सभी कुली, मज़दूर, ठेले वाले और रिक्शा वाले यहां खाते थे। जब तक भीड़ कम नहीं होती, जीवन को जगह नहीं मिलती। वे

तीनों सड़क की उल्टी तरफ़, रेलवे क्वार्टर की रेलिंग के पास एक अमरूद के पेड़ की छाया में खड़े हुए थे। बिश्शो बड़ी अधीरता से भाप उठते चावल की प्लेटों की ओर देख रहा था। जीवन ने उसे सांत्वना दी, 'ज़रा सबर कर। जैसे ही ये खाकर उठेंगे, हम बैठ जाएंगे।'

अभी दोपहर के दो बज रहे थे। सिर के ऊपर सूरज धधक रहा था। हवा आग की लहरों-सी बह रही थी। छेचन की दुकान में टीन की छत थी और वहां पंखे नहीं लगे थे। खाने के लिए बेंच पर बैठे लोग पसीने से तरबतर हो रहे थे। वे जल्दी नहीं खा पा रहे थे।

इस समय सड़कें आमतौर पर ख़ाली रहती थीं। बहुत ज़रूरत न हो तो कोई सड़क पर नहीं होता था। उस सुनसान सड़क पर बस-स्टैंड चौराहे की ओर से एक रिक्शा चालक लौट रहा था। उसका नाम जौहर था। जीवन को देखते ही उसने दबी पर तीखी आवाज़ में कहा, 'जल्दी यहां आ!'

जीवन तेज़ी से उसकी ओर बढ़ा। जौहर ने उससे कहा, 'भाग जा! अस्पताल के सामने पुलिस वैन खड़ी करके पाल बाबू इधर आ रहे हैं।' अब और सुनने का समय नहीं था! चाहे ख़बर सही हो या ग़लत, वह कोई जोख़िम नहीं उठा सकता था। लेकिन वह किस दिशा में भागता? अंजलि ने उसे किसी भी जगह ज़्यादा देर तक न रुकने की सलाह दी थी। शायद इसलिए कि वह यहां लगभग एक घंटे से खड़ा था, वह कई लोगों की नज़र में आ गया था और किसी तरह यह ख़बर सही जगह पहुंच गई। अब और समय नहीं था। वह कुसुम से भी कुछ न कह सका। वह भागकर अस्पताल की दीवार फांद, परिसर में घुस गया। और लंबी सांस भरकर दौड़ने लगा।

कुसुम और बिश्शो भात खाने की उम्मीद में चिलचिलाती धूप में इंतज़ार करते रहे। वे खड़े रहे और प्रतीक्षा करते रहे। एक दल खाना खाकर उठा तो दूसरा दल खाने बैठ गया। वह उठा तो और एक दल बैठ गया। लेकिन जीवन वापस नहीं आया।

15

स्टेशन का अधोलोक

जादवपुर रेलवे स्टेशन में सोलह से लेकर बीस-बाईस साल की उम्र तक के कुछ लड़के रहते थे, जिनके बारे में अख़बार और पत्र-पत्रिकाओं की दुकान चलाने वाले काली बाबू कहते थे, '*मां-बापेर नाम जाने ना, होटेले खाए, फूटपाथे घुमाए।* अपने मां-बाप का नाम तक नहीं जानते हैं, होटलों में खाते हैं और फ़ुटपाथ पर सोते हैं।' यह सौ प्रतिशत सच था। बस एक मामले को छोड़कर। अमल और विमल, दोनों भाई अपने पिता का नाम तो जानते थे, लेकिन अपनी मां का नाम नहीं जानते थे क्योंकि जब वे बहुत छोटे थे तब वह मर गई थी। उनका पिता जो एक दिहाड़ी मज़दूर था, एक दिन दोनों भाइयों को स्टेशन पर बिठाकर जाने कहां ग़ायब हो गया। हाथ-कटे गणेश के पिता की मौत, जब वह बहुत छोटा था, तब हुई थी। उसकी मां ने उसे छोड़ दिया और किसी और के साथ घर बसा लिया था। कुली भोला के मां-बाप कौन थे, यह कोई नहीं जानता था। वहां दो गोपाल थे, बड़ा गोपाल और छोटा गोपाल। एक तालादी का था और दूसरा लक्ष्मीकांतपुर का। लेकिन वे वहां कभी नहीं गए थे। वहां उनका कौन था, इसके बारे में वे कभी किसी से बात नहीं करते थे। जिनके साथ वे स्टेशन में रहते थे, वे कभी व्यक्तिगत मामलों की जानकारियां लेने की कोशिश नहीं किया करते थे। उन्हें ऐसे मामलों में कोई दिलचस्पी नहीं थी। बांगाल नाराण पूर्वी बंगाल के खुलना ज़िले का रहने वाला था। कहा जाता है कि रात के अंधेरे में सीमा पार करने के दौरान वह अपने परिवार से बिछड़ गया था। घोटी नाराण पश्चिम बंगाल के मेदिनीपुर का लड़का था। वह किसी चाय की दुकान पर नौकरी करने कलकत्ता आया था। वहां से उठकर अब वह जादवपुर स्टेशन के स्टैंड पर रिक्शा चालक बन गया था। कालिया के

पिता भी एक रिक्शा चालक थे और उसकी मां मानसिक रूप से बीमार थीं। इसी वजह से उसके पिता ने दूसरी शादी की थी। कालिया अपनी पागल मां के साथ रेल लाइन के किनारे की झोंपड़पट्टी में रहता था। लेकिन वह वहां केवल रात में ही रुकता था। उसका पूरा दिन स्टेशन पर बीतता था। इसी तरह, किसी न किसी अघटन के चलते, शिबो, भोला, मोटा बिशु जैसे कई अन्य लोगों ने स्टेशन में आश्रय लिया हुआ था। उनमें से लगभग सभी अब स्टेशन की पानी की टंकी के नीचे जमा हो गए थे। कुछ ऐसा जो इस स्टेशन पर पहले कभी नहीं हुआ था, कुछ ऐसा होगा जिसकी किसी ने कभी कल्पना भी नहीं की थी, आज वो घटना घटी थी। सभी का सिर शर्म से झुका हुआ था। वे इस बात पर चर्चा करने और निर्णय लेने के लिए इकट्ठा हुए थे कि कैसे इस बदनामी को मिटाया जा सकता है।

स्टेशन के पश्चिमी तरफ़ के सिग्नल पोस्ट के पास, रेलवे की ज़मीन पर एक *भागाड़* यानी मृत पशु फेंकने का स्थान था। उस इलाक़े की सभी मृत गायों को लाकर वहीं फेंका जाता था। इन मृत गायों का मालिक जलधर नायक था। उसने रेलवे से इस भागाड़ की ज़मीन को लीज़ पर लिया हुआ था। जलधर अपने आदमियों से मरी गायों की खाल उतरवाकर पार्क सर्कस ले जाकर बेचता था। इसके अलावा, जलधर के दो और व्यवसाय थे, जिनमें से एक शराब बेचना था। लेकिन वह *चोलाई* नहीं बेचता था। वह जोधपुर पार्क की सरकारी दुकान से अंग्रेज़ी शराब ख़रीदकर अपने डेरे पर छुपाकर रखता था और इलाक़े के अमीर शराबियों को ज़्यादा क़ीमत पर बेचता था। इससे वह भी दो पैसे कमा लेता था और शराबी बाबुओं का समय और श्रम भी बचता था। क्योंकि जलधर महंगी शराब बेचता था, इसलिए वह शराब विक्रेताओं के बीच एक कुलीन गोत्र का व्यक्ति और व्यवसायी माना जाता था। उसका तीसरा कारोबार सूद पर पैसे देने का था। मोहल्ले के सभी रिक्शा चालक और छोटे व्यापारी, दस प्रतिशत प्रति माह के ब्याज पर उससे पैसे उधार लेते थे।

आज जिसके पास पैसा था, वह प्रभावशाली व्यक्तियों में गिना जाता था। और इसलिए जलधर इलाक़े के सम्मानित व्यक्तियों में से एक था। संन्यासी दास जलधर का चमचा था। संन्यासी लंगड़ा था। वह सुंदरवन की दलदली भूमि से था। वह बहुत पहले नदी में मछली पकड़ने के लिए उतरा था जब एक कछुए ने उसके पैर पर अपने दांत गाड़ दिए थे और वह जीवन भर के लिए अपंग हो गया। संन्यासी, भगवान की नामावली लिखा कुर्ता पहन, अपने कंधे पर एक थैला लटकाए, माथे पर तिलक लगाकर, करताल बजाते हुए

पूरे इलाक़े में "*भौजो गोबिंदो, जौपो गोबिंदो, लौहो गोबिंदेर नाम हे, जे जोन गोबिंदो नाम भौजे शे हौय आमार प्राण रे...* भजो गोविंद, जपो गोविंद, लो गोविंद का नाम हे, जो गोविंद का नाम लेता है वो है मेरा प्राण रे..." गाता हुआ भीख मांगता था। वह बहुत धार्मिक था इसलिए जब भी उसे मौक़ा मिलता, वह हिंदू धर्म के सबसे पवित्र जीव, गाय, को पके केले खिलाता था।

जादवपुर क्षेत्र में आजकल बहुत सारी गायें न केवल मैदानों में, बल्कि सड़कों पर भी बैठी, लेटी, खड़ी, लोगों और वाहनों को रोक जुगाली करती रहती थीं। सड़कें ही उनके चरने का मैदान और रहने की गौशाला थीं। उन्हें देखकर लगता था कि वे स्वतंत्र, सर्वहारा और सर्वव्यापी थीं। इनमें से किसी ने कभी किसी मालिक की अधीनता स्वीकार नहीं की थी। लेकिन वे लावारिस नहीं थीं। यदि गाय किसी पैदल चलते यात्री को मार दे तो उसका मालिक नहीं मिलता था। लेकिन अगर कोई वाहन गाय को टक्कर मार दे तो पास की गली, चाय की दुकान, या कोई बस यात्री, कहीं से भी कोई भी एक मालिक सामने निकलकर खड़ा हो जाए, यह कहा नहीं जा सकता था।

जलधर ने भगवान कृष्ण के इन सभी प्राणियों की सेवा करने के लिए संन्यासी को नियुक्त किया हुआ था। केले जलधर के थे, और संन्यासी का कार्य था, सबकी नज़र बचाकर केलों को अबला जीव के मुंह में पेल देना। इसमें संन्यासी का कोई दोष नहीं था, केलों के भी दोषी होने की बात नहीं थी, दोष गायों के भाग्य का था। दोष उनके गाय के रूप में जन्म लेने का था। केला खाने के दस मिनट के अंदर ही गायें मर जाती थीं। पिछले एक महीने में मोहल्ले की चालीस-पचास गायों की किसी अज्ञात बीमारी से मौत हो गई थी। और हमेशा की तरह ये गायें जलधर के भागाड़ में जाती थीं। गाय की खाल बेचकर वह जो दो पैसे कमाता था, उसमें से थोड़ा, पुण्यकर्म के पुरस्कार के रूप में संन्यासी के थैले में डाल देता था।

यह धंधा चल रहा था और यह तब तक चलता रहता जब तक कि सभी गायें मर नहीं जातीं और सड़कें ख़ाली न हो जातीं। लेकिन संन्यासी का भाग्य ख़राब था, न जाने कैसे कालिया ने उसे देख लिया और पांच ज़हरीले केलों समेत उसे रंगे हाथों पकड़ लिया। संन्यासी को स्टेशन पर लाया गया और उसके हाथों को पानी की टंकी के खंभे से, उसी के नामावली वाले कुर्ते से पीछे बांध दिया गया। हर कोई एकमत था कि वह दोषी था और उसे सज़ा दी जानी चाहिए थी। बस सवाल यह था कि सज़ा क्या होनी चाहिए थी।

प्लेटफ़ॉर्म नंबर 2 पर हाथ देखने और ताबीज़ बेचने वाले जटाधारी गुरु ने घोषणा की, 'हम हिंदू हैं, गाय हमारी मां के समान है। जो गाय को ज़हर खिलाकर हत्या करता है, वह मातृहत्या का पापी है। उसके लिए एक ही उचित सज़ा है, चौराहे पर फांसी पर लटका देना। लेकिन आजकल ऐसा करना संभव नहीं है। पर उसे वो पांचों ज़हरीले केले खिलाए जाएं, ऐसा संभव है। यदि वह उन्हें स्वयं नहीं खाता, तो उसे बलपूर्वक खिलाया जा सकता है।'

छेचन के भोजनालय के बग़ल में जो रिक्शा मरम्मत की दुकान थी, उसका मालिक बिलाल मुल्ला था। वह जटाधारी गुरु की घोषणा के पहले भाग से सहमत नहीं था। गाय तो आख़िरकार एक गाय थी। वह किसी की मां कैसे हो सकती थी? गाय का मांस एक पौष्टिक आहार था। बिलाल भी खाता था। गाय को मारे बिना गाय का मांस कैसे मिल सकता था? लेकिन जटाधारी गुरु की अंतिम बात पर उसे कोई आपत्ति नहीं थी। उसने उसकी बात में अपने विचार जोड़ते हुए कहा, 'अगर संन्यासी केले खाने के लिए राज़ी न हो, तो उसके हाथ-पैर बांधकर रेल की पटरी पर लिटा देने में कोई समस्या नहीं!'

बिलाल की बात कालिया को पसंद नहीं आई। उसने कहा, 'इस कमीने संन्यासी ने जो पाप किया है, उसके लिए उसे मार देना कोई सज़ा नहीं होगी! इसके बजाय उसके दोनों हाथ काट देने चाहिए। जिन हाथों से उसने इतने निरीह जीवों को मारा है, वो हाथ न रहने से वह ऐसा फिर से नहीं कर पाएगा।'

'कालिया ने ठीक कहा है।' घोटी नाराण ने उसकी बात का समर्थन किया। 'वह फिर करताल बजाकर 'भौजो गोबिंदो' नहीं गा पाएगा। जिस मुंह से उसने गायों की खाल बेचकर ख़रीदा हुआ भात खाया है, वह उस मुंह से गोबिंदो का नाम नहीं ले पाएगा।' वैसे, चाय की दुकान का मालिक भोला यह सारी भयानक चीज़ें नहीं चाहता था। उसके विचार से, 'उसे पुलिस के हवाले कर देना चाहिए। वो जो करेंगे करें।'

'नहीं, उसे पुलिस को सौंपने का कोई फ़ायदा नहीं।' बड़े गोपाल ने कहा। 'उसे पुलिस के हवाले करने से क्या होगा? क्या जलधर के पास पैसों की कमी है? वह दो-पांच सौ रुपये देकर संन्यासी को छुड़ा लाएगा। संन्यासी उसके लिए सोने का अंडा देने वाली मुर्ग़ी था। कम गायें मारी थीं क्या उसने? उससे किसकी जेब गर्म हुई? मेरे विचार से तो जलधर को भी यहां लाकर बांध देना चाहिए।'

'कौन जलधर को पकड़कर लाएगा, तुम? पकड़ सकोगे?'

'अकेला मैं ही क्यों? हम सब मिलकर जाएंगे।'

हाथ-कटे गणेश ने कहा, 'सबका जाना ज़रूरी नहीं! मैं, कालिया, दोनों गोपाल और जीवन-दा चले जाएंगे। साला अगर मां के पेट में भी छिपा हो तो निकाल लाएंगे।'

हाथ-कटे गणेश के कहने पर सभी को एहसास हुआ कि जिसकी उपस्थिति सबसे ज़रूरी थी, वह वहां नहीं था। वह सुबह से नहीं दिखा था। वह कहां था?

'जीवन-दा कहां है रे?' हाथ-कटे गणेश ने बड़े गोपाल से पूछा। 'दिनभर में एक बार भी उसे नहीं देखा।'

'मैंने कल एक बार उसे देखा था। न जाने वह आजकल कहां रहता है! लगता है, वह पहले से बदल गया है। कभी *बांगाल* (बांग्लादेशी बंगाली) भाषा में बोलता है, तो कभी स्कूल में पढ़े बाबुओं के बेटों की तरह बोलता है। और कभी-कभी ऐसी भाषा में बात करता है जैसे वह गालियों का चैंपियन हो। सबसे भयानक बात यह है कि शाम होते ही वह भूल जाता है कि सुबह उसने क्या कहा था। एक दिन उसे नस्करपाड़ा के मोड़ पर खड़े देखा था। उसके कितने दुश्मन हैं वहां! सोचो, अगर किसी ने उसे देख लिया होता, तो!'

हाथ-कटे गणेश को थोड़ा अलग ले जाकर बड़े गोपाल ने पूछा, 'तुझे उसमें ये बदलाव नज़र नहीं आए?'

'हां आए तो,' हाथ-कटे गणेश ने कहा। 'तूने यह बात कही तो मैं भी कह रहा हूं, नहीं तो नहीं कहता। मुझे पता नहीं क्यों लगता है कि जीवन वास्तव में दो अलग इंसान है। मतलब, जिस जीवन को हम जानते हैं वह दो जीवनों में बंट गया है।'

बड़े गोपाल ने कहा, 'हां, जैसे दो काना अजीत हैं। एक बाघाजतिन में और दूसरा लाल गेट पर रहता है। एक की बाईं आंख कानी है, और दूसरे की दाहिनी आंख। दोनों ही कांग्रेस के हैं और दोनों ही मस्तान हैं। लेकिन उनका नाम और स्वभाव एक होने के बावजूद उनके चेहरे अलग-अलग हैं, देखते ही पहचाना जा सकता है। ऐसे ही तीन बालक-दा हैं और तीनों सी.पी.आई.(एम) में हैं। एक लोहारपाड़ा में, एक विजयगढ़ में और एक संतोषपुर में रहता है।'

'विजयगढ़ के बालक-दा की सुरेश पाल ने गोली मारकर हत्या कर दी है।'

'बेशक उसे मार दिया है, लेकिन वे तीन अलग-अलग लोग थे तो! इनमें सबसे ख़तरनाक लोहारपाड़ा का बालक-दा है, संतोषपुर का बालक-दा उससे थोड़ा कम ख़तरनाक है। और विजयगढ़ के बालक-दा! देख, पार्टी में होने से थोड़ा-बहुत मार-पीट, ख़ून-ख़राबा तो चलता ही है, लेकिन इसके बावजूद विजयगढ़ के बालक-दा भले इंसान थे। वे ग़रीबों का दर्द समझते थे। लेकिन जो भी हो, उनमें से सभी को अलग-अलग पहचाना जा सकता था। लेकिन हमारे जीवन-दा, यदि वह दो हैं तो उसका चेहरा एक क्यों है? तभी तो उसे अलग-अलग पहचान नहीं पाते हैं।'

'तुझे वो दो इंसान क्यों लगते हैं?'

'मुझे ऐसा लगता है।'

'मुझे भी ऐसा ही लगता है।'

हाथ-कटे गणेश ने थोड़ा रुककर, मुस्कुराते हुए कहा, 'मैंने ऐसा एक बार सिनेमा में देखा था।'

'क्या "राम और श्याम" थी?'

'नहीं रे, शायद बंगाली पिक्चर थी, "भ्रांति विलास"। उत्तम कुमार और भानु बंद्योपाध्याय का डबल रोल था। कहीं हम भी भ्रांति विलास में तो नहीं पड़ गए हैं?'

भीड़ में से काले गोपाल ने हाथ काटे गणेश और बड़े गोपाल को पुकारा, 'ऐई, तुम लोग इधर आओ! जो करना है जल्दी करो! यदि उसका हाथ काटना है तो काटो, नहीं तो उसे जाने दो। एक झंझट को लेकर पूरा दिन बर्बाद नहीं किया जा सकता है।'

हाथ-कटे गणेश ने पूछा, 'अगर उसे जाने दें तो कैसा रहेगा?'

'नहीं,' काले गोपाल ने कहा, 'हम उसे नहीं छोड़ सकते हैं। हमारे इस स्टेशन के किसी भी लड़के को कोई चोर या धोखेबाज़ नहीं कह सकता है। सब पसीना बहाकर पेट के लिए भात जुटाते हैं। अकेले संन्यासी की वजह से सबकी बदनामी हुई है। अगर उसे कोई दो नंबरी काम करना था तो वह स्टेशन छोड़कर चला जाता और फिर करता। हारा, मोन्टा और बिशा जेबकतरे हैं, भोजा और बादल घरों में चोरियां करते हैं। क्या हममें से कोई उन्हें कुछ कहता है? साला संन्यासी उनकी बस्ती में रहकर जो चाहता वो करता। लेकिन अगर हमारे स्टेशन में रहकर वह उल्टे-सीधे काम करे तो और कोई उसे छोड़ भी दे, हम नहीं छोड़ेंगे। एक तरह से हम इस स्टेशन में पैदा हुए हैं और मरेंगे भी

यहीं। यह हमारी इज़्ज़त का सवाल है, हम किसी को भी इस पर क़ब्ज़ा नहीं करने देंगे।'

'वो तो ठीक है, लेकिन जब तक जीवन-दा नहीं आते...' बड़े गोपाल ने निराशा के साथ अपनी बात समाप्त की, 'हम कुछ नहीं कर सकते हैं। उसका हाथ काटना तो दो मिनट का काम है। लेकिन उसके बाद जो स्थितियां पैदा होंगी, क्या हममें से किसी में उसे संभालने की क्षमता है? क्या तुम्हें लगता है कि जलधर चुप रहेगा? वह पुलिस, मस्तानों और कई बड़े लोगों को जानता है। किसे पता वह अभी थाने में नहीं बैठा हुआ है!'

'लेकिन जीवन-दा की कोई ख़बर नहीं है। सुना है उसे कालीघाट श्मशान में एक नई जगह मिली है। अगर वह वहां है तो आज उसके यहां आने की संभावना नहीं है।'

जिन्हें इस वक़्त जीवन की सख़्त ज़रूरत थी, वह उन्हें नहीं मिल रहा था। लेकिन जो जीवन को नहीं ढूंढ़ रहा था, उस नाडु को वह मिल गया।

टी.बी. अस्पताल की कैंटीन और हंड्रेड बेडेड वार्ड के बीच काफ़ी जगह ख़ाली थी। लेकिन, ख़ाली लगने के बावजूद वह ख़ाली नहीं थी। विभिन्न प्रकार के पेड़-पौधे, झाड़ियों, मॉर्निंग ग्लोरी फूलों के घने गुच्छों और जंगली तुलसी के झुरमुटों से घिरी यह जगह किसी जंगल-सी थी। जीवन उस जंगल के दूसरी तरफ़, थोड़ी-सी साफ़ जगह में लेटा, गहरी नींद में था।

जेबकतरा हारा, जादवपुर रेलवे स्टेशन से सटे संध्याबाज़ार के पास की बस्ती की एक झोंपड़ी में रहता था। वह सिर्फ़ एक जेबकतरा ही नहीं, बल्कि एक ज़बरदस्त मनोविज्ञानी भी था। वह अपनी अद्भुत विद्या से यह पता लगाने की क्षमता रखता था कि किसी ने अपना पैसा कहां छिपाया हुआ है। लोगों की यह कमज़ोरी होती है कि वे उस जगह को बार-बार छूते रहते हैं जहां उन्होंने कुछ छिपाया हुआ हो। इस अत्यधिक सावधानी की वजह से बहुत बड़ी असावधानी घट जाती है। जो उस पर नज़र रखे हुए है, उसे पता चल जाता है कि गुप्तधन छिपाने का स्थान कहां है।

आज, अपनी इसी बेहतरीन अवलोकन कला के चलते हारा को पता चल गया था कि एक यात्री की जांघ के पास छुपी थैली में अच्छा पैसा था। वह शायद अपनी दुकान के लिए सामान ख़रीदने बऊबाज़ार जा रहा था। जब ट्रेन गड़िया और जादवपुर के बीच में थी, हारा ने थैली को ब्लेड से काटकर

पैसे निकाल लिए। लेकिन वह बच नहीं सका। किसी ने हारा की करतूत देख ली। उसने हारा की कमीज़ का कॉलर पकड़ा और चिल्लाया, 'पॉकेटमार!' जैसे ही वह चिल्लाया, हारा के गिरोह के अन्य लोग, जिन्हें 'ठेकबाज़' कहा जाता था, हारा को छोड़कर ग़ायब हो गए।

अंधेरे जगत के कमज़ोर जीव अक्सर जनसाधारण से अपनी पहचान और पेशा छिपाकर रखने के लिए कुछ सांकेतिक शब्दों का इस्तेमाल करते हैं। उदाहरण के तौर पर, उनकी भाषा में जेबकतरा 'टिंगबाज़' था। और जो मुख्य काम करता था, यानी जेब से पैसे निकालना, उसे 'मिस्त्री' कहा जाता था। 'धुर' यानी जिसकी जेब काटी जाएगी और उसे घेरकर काम को अंजाम देने में सहयोग देने वालों को 'ठेकबाज़' कहा जाता था। जो जेब काटता था वो तब सबसे ज़्यादा ख़तरा मोल लेता था, इसलिए चोरी का आधा हिस्सा उसका अकेले का होता था। बाक़ी का आधा हिस्सा, चार-छह 'ठेकबाज़ों' में बंटता था। 'मिस्त्रियों' में से जो ब्लेड से जेब काटने और पैसे निकालने में माहिर होता था, उसे जेबकतरों में सबसे कुलीन माना जाता था। उसका बहुत सम्मान होता था। उसका एक और नाम 'घऊबाज़' था।

इसी प्रकार रात में घर का ताला तोड़कर चोरी करने वालों को 'गब्बाबाज़' कहा जाता था। ट्रेनों से सामान चुराने वालों को 'ढोलबाज़' कहा जाता था। जो ट्रेन या प्लेटफ़ॉर्म पर रात को इंतज़ार करते रहते थे, और मौक़ा मिलते ही किसी सोए हुए व्यक्ति का सबकुछ लेकर भाग जाते थे, उन्हें 'पढ़िबाज़' कहा जाता था। उसी तरह उन्होंने ट्रेन को 'लोहार चाका' और कार को 'रबड़ चाका' नाम दिया था। कुर्ते की छाती की पॉकेट को 'बुक्खाल' नीचे लटकती पॉकेट को 'निच्छाल' नाम दिया था। कलाई-घड़ी 'चोरकी' यानी चरखी थी, गले की चेन 'सूतो' यानी धागा थी। नोट 'चिट्ठा' था, सिक्के 'छेचकी' थे। दस रुपये का नोट 'दसा' था और पांच रुपया 'पांजन' था। आठ आने का सिक्का 'टाली' और चार आने का सिक्का 'माशा' था। जिस घर में चोरी होगी उसे 'गब्बा' कहा जाता था और ताले को 'फूल'। जिस नुकीले सिरे के सब्बल से ताला तोड़ा जाता था, उसे 'गमछा' कहते थे। चोरी का माल ख़रीदने वाले को 'खाऊ' कहा जाता था। पुलिस 'खोंचोड़' थी। 'अंदर' का मतलब जेल था। पकड़ा जाना 'लादान' होना था।

जैसे ही ट्रेन जादवपुर स्टेशन पर रुकी, यात्रियों की भीड़ और धक्का-मुक्की के बीच, हारा 'घऊबाज़' ने उस आदमी के 'एड़खोल' यानी कमर की जेब से ढाई हज़ार नक़द हथिया लिया था। उस वक़्त उसकी क़िस्मत ख़राब

थी, इसलिए वह 'लादान' बन गया। ख़ूंख़ार जनता हारा पर झपट पड़ी। मिनटों में उस पर प्रहारों का भयंकर तूफ़ान आ गया। दस-पंद्रह मिनट में उसके कटे होंठ से बहते ख़ून ने उसकी छाती भिगो दी, उसकी आंखें आलू की तरह सूज गई थीं। कहते हैं, 'पब्लिक की मार, दुनिया का वार'। अगर जनता वास्तव में ऐसा करती तो कोई बात नहीं थी, लेकिन वे इससे भी ज़्यादा और इससे भी ख़राब कुछ करना चाहते थे। वे उसे जीआरपी को सौंपना चाहते थे। इसका मतलब था कि पिछले दो दिनों में हारा की मेहनत की कमाई का एक बड़ा हिस्सा उसके हाथ से चला जाने वाला था। लेकिन अगर वे रिश्वत स्वीकार नहीं करें और उसे न छोड़ें, तो वे उसे अदालत भेज देते। इसका मतलब था कि वो पैसे तब कोई वक़ील क़ानूनी तौर पर उससे ले लेता। क़ानूनी ख़र्चों को उठाने के लिए हारा को और भी अधिक लोगों की जेबें काटनी पड़तीं। नतीजा यह होता कि घूम-फिरकर नुकसान जनता का ही होता।

जो लोग स्टेशन के स्थायी निवासी थे, जो अपना पेट पालने के लिए मेहनत करते थे, वे हारा को पसंद नहीं करते थे। लेकिन जीवन के विचार में, हालांकि चोरी करना बुरा काम था, परंतु जीवन रक्षक दवाओं में मिलावट करने, विदेशों में राष्ट्रीय सुरक्षा से संबंधित दस्तावेज़ बेचने, जनसेवा के नाम पर चुनाव जीतकर लाखों-करोड़ों रुपये जमा करने वालों की तुलना में उतना बुरा नहीं था। वैसे, हारा के अपराध पर विचार कर सज़ा कौन सुनाता? पुलिस, कोर्ट, जज, जेलर या जेल अधीक्षक? यदि यह कहा जाए कि हारा पर पहला पत्थर वो व्यक्ति मारता जिसने कभी कोई अपराध न किया हो, तो ऐसा एक भी व्यक्ति नहीं मिलता। आख़िर यह एक ऐसा महान देश था जहां लोग अनाथ बच्चों को विदेशों में पैसों के लिए बेच देते हैं।

न जाने किस कारण से उसी वक़्त जीवन प्लेटफ़ॉर्म नंबर 1 के पूर्वी हिस्से में पहुंचा था। तभी उसकी नज़र ख़ून की प्यासी भीड़ पर पड़ी। पास जाकर उसने हारा को देखा। जीवन को देख हारा की आंखों में मदद के लिए एक क्षीण आवेदन उतर आया था। जीवन आगे बढ़ा और हारा के ख़ून से सने, कटे और सूजे चेहरे पर दो-तीन घूंसे जड़ दिए, 'साला, सूअर का बच्चा! तू फिर हमारे स्टेशन पर जेब काटने आया है! आज तुझे कोई नहीं बचा सकता।' किसी ने कहा, 'इसे पुलिस को सौंप दो।' जीवन चिल्लाया, 'पुलिस! किसने इसे पुलिस में देने के लिए कहा? वो ज़रूर इसी के गिरोह का सदस्य होगा। जानता है कि पुलिस के हवाले करने से इसकी जान बच जाएगी! क्या रे, तेरी पुलिस के साथ कोई सांठ-गांठ है? तुझे क्या लगता है मैं तुझे पुलिस के हवाले

कर दूंगा? मैं ऐसा नहीं करूंगा! नहीं तो जिसकी जेब तूने काटी है, उसका सारा पैसा कोर्ट में ज़ब्त हो जाएगा। मैं तेरे हाथ-पैर तोड़कर तुझे जीवन भर के लिए अपाहिज कर दूंगा। तू फिर कभी किसी की जेब नहीं काट पाएगा।'

भीड़ पर नज़र दौड़ाते हुए, जीवन की आंख रघु कुली पर पड़ी। वह चिल्लाया, 'ऐ रघु, जाकर बिलाल की गैराज से एक हथौड़ा ले आ। दो ईंटें भी ले आना। स्टेशन पर तो इसके हाथ-पैर नहीं तोड़े जा सकते हैं। मैं इसे साइडिंग पर ले जा रहा हूं। तू वहीं आ।'

ट्रेन से उतरे लोगों की भीड़ के पास तरह-तरह के काम थे। आख़िर किसी चोर पर कितना समय ख़र्च किया जा सकता था? उन्होंने चोर की ज़िम्मेदारी जीवन को सौंप दी और अपने-अपने गंतव्य के लिए रवाना हो गए। जिस आदमी का पैसा ग़ायब होते-होते बच गया था, जीवन ने उससे कहा, 'आपका यहां और कोई काम नहीं। आप जाइए, अपनी ख़रीदारी करिए। इसकी तो मैं व्यवस्था करता हूं।'

जीवन हारा को खड़ा कर, उसे उसकी पतलून की कमर से मज़बूती से पकड़कर आगे धकेलते हुए रेलवे साइडिंग पर स्टोन चिप्स के पहाड़ के पीछे ले गया। वहां से पालपाड़ा के एक डॉक्टर के दवाखाने में उसकी मरहम-पट्टी करा, जीवन उसे अपने अड्डे पर ले गया। कृतज्ञता से भरे हारा ने जीवन के हाथ में एक नीला नोट रख दिया। 'मेरे पास और नहीं है जीवन भाई। इससे चाय-पानी कुछ पी लेना।'

उस समय में सौ रुपये कोई छोटी रक़म नहीं थी। अगर वह छेचन के भोजनालय में दिन में दो बार माछ और भात खाता, तो भी दस-बारह दिनों तक आराम से खा सकता था। तभी वह मटन और भात खाकर, सबकी नज़रों से छिपकर, अस्पताल परिसर के एक पेड़ के नीचे अपना गमछा फैलाकर गहरी नींद में सो रहा था।

16

श्रीमती

जीवन को जब कुछ पैसे मिल जाते थे तो आमतौर पर वह छेचन के भोजनालय में खाता था। लेकिन आज उसका मन 'पांच तारा' के वही पुराने सड़े हुए आलू, कीड़े वाले बैंगन और सूखे पोई-पालक की मिलीजुली सब्ज़ी खाने का नहीं था। हारा के दिए एक सौ रुपये की गर्मी के बल पर वह साहस कर बस-स्टैंड के चौराहे के पीछे वाले लकड़ी-यार्ड के बग़ल में हेमा मालिनी के भोजनालय में गया। यहां का खाना छेचन के भोजनालय से डेढ़-दोगुना महंगा था। फिर भी वहां भीड़ उमड़ी रहती थी। यहां का खाना अच्छा था, लेकिन हेमा उससे भी अच्छी थी। उसकी सुंदरता और उसकी मुस्कुराहट और बोलने के अंदाज़ से बढ़ा हुआ दाम वसूल हो जाता था। जब वह किसी को छूते हुए प्यार से पूछती, 'आज बहुत अच्छी पोना मछली है—एक दे दूं?' तब अगर पत्थर दिल इंसान न हो तो उसके अनुरोध को टालना किसी के लिए संभव नहीं था।

आख़िर बिज़नेस पॉलिसी नाम की भी कोई चीज़ होती है। सिर्फ़ दुकान सजाकर बैठ जाने से नहीं होता है, सामान बेचने का कौशल भी होना ज़रूरी होता है। इसलिए चौरंगी और पार्क स्ट्रीट के बड़े-बड़े होटलों में केवल लज़ीज़ खाने की चीज़ें ही नहीं परोसी जाती थीं, बल्कि वहां कम वस्त्र पहनी नर्तकियां और वेट्रेस भी होती थीं। वे सुंदर युवतियों को भी रखते थे, जो क़ीमत मिलने पर बिस्तर में रात बिताती थीं। तो क्या शहर के किनारों पर बने इन सभी छोटे-छोटे होटलों में, जिनकी छतें खपरैल की और दीवारें चटाई की थीं, छलकला में निपुण लड़कियों को नहीं रखते होंगे?

जो भी हो, हेमा मालिनी के भोजनालय में भरपेट भोजन करने के बाद, जीवन टी.बी. अस्पताल के एक पेड़ की सुरक्षित छाया में सोया, स्वप्नलोक का भ्रमण कर रहा था कि नाडु की तेज़ आवाज़ से अचानक उसकी नींद खुल गई, 'ऐ बेईमान, उठ!'

नाडु ने जीवन को प्यार से 'बेईमान' नाम दिया था। यह वही नाडु था जो जीवन को रिक्शा मालिक कांती बाबू के पास ले गया था और उनसे रिक्शा लेकर जीवन को चलाने के लिए दिया था। यह बहुत पहले की बात थी। उन दिनों, एक दिन जीवन नाडु को छोड़कर अकेले ही टॉलीगंज के प्रदीप सिनेमा हॉल से एक फ़िल्म देखकर आया था। यह नाडु को बेईमानी लगी थी। और तभी से वह उसे, उसके असली नाम के बदले 'बेईमान' कहकर बुलाता था। उसके बाद, नाडु को बहुत बार भोजन कराने और फ़िल्में दिखाने के बावजूद, जीवन अपना 'बेईमान' नाम हटवा नहीं सका था।

आंखें खोलकर नाडु को देखते ही जीवन हैरान हो गया क्योंकि वह अकेला नहीं था, उसके साथ एक अनजाना चेहरा भी था। वो चेहरा, किसी भी युवा के दिल में बिच्छू का डंक मार सकने वाली, एक पंद्रह-सोलह साल की लड़की का था।

नाडु ने कहा, 'बेवक़्त ऐसी मौत की नींद में क्या सो रहा है? कब से बुला रहा हूं तुझे। पुकारते-पुकारते मेरा गला फट गया है! उठ! देख मैं किसे साथ लाया हूं।'

जीवन मुंह फाड़े उसे देख रहा था। यह कौन थी? ऐसा लग रहा था जैसे जीवन की आंखें पलक झपकाना नहीं चाहती थीं। क्या उम्र होगी उसकी? नहीं, अंदाज़ा नहीं लग पा रहा था। उसके चेहरे पर भोर में खिला, ओस से भीगे किसी जंगली फूल का लावण्य था। उसकी बड़ी-बड़ी काली आंखों में उल्लास और आनंद की लहरें उमड़ रही थीं, जो आंखें बिना बोले बहुत कुछ बोल देती थीं। लड़की के पूरे शरीर पर ग़रीबी के छोटे-छोटे चिह्न थे। इतना होते हुए भी, मानो सभी अभावों को पार कर उसके शरीर के समुद्र में एक माणिक रंग का द्वीप उत्पन्न हुआ था। उस माणिक की तीव्र छटा ने आंखों को चौंधिया दिया था। उसके शरीर का हर मोड़ और उभार स्वयं संपूर्ण था। कहीं कुछ अधूरा, अपर्याप्त या अनुपस्थित नहीं था।

'इसका नाम श्रीमती है।' नाडु ने कहा।

'श्रीमती क्या? पूरा नाम बताओ।'

'यही इसका पूरा नाम है, श्रीमती। उसके पहले या बाद में कुछ नहीं है। यह तालबागान बस्ती में रहती है। इसकी मां गांजा बेचती है और बाप शराबी है। ये एक भाई और एक बहन हैं। इसके मां-बाप अभी जवान हैं इसलिए भाई-बहनों की संख्या बढ़ भी सकती है।'

शायद नाडु और भी कुछ कहता, लेकिन श्रीमती ने उसके मुंह पर एक तमाचा लगा दिया और वह रुकने को मजबूर हो गया। 'तूने मुझे क्यों मारा?' वह चिल्लाया।

'सही किया मैंने! अगर और बकवास की तो फिर मारूंगी।'

अब जीवन क्या कह सकता था। वह घास पर बिछे गमछे पर उठकर बैठ गया। उस लड़की ने नाडु की आंखों में शरारती चमक के साथ देखते हुए कहा, 'तो यह है "बेईमान"!'

'हां, यही वो बेईमान है,' नाडु ने कहा।

'यही वो बेईमान है कहने से तुम्हारा क्या मतलब है?' जीवन ने झूठा ग़ुस्सा दिखाते हुए पूछा।

कुछ देर रुककर नाडु फिर जीवन को भड़काने लगा। 'यह मेरी ख़राब क़िस्मत है कि मुझे सिर के बालों से लेकर पैरों के नाख़ून तक बेईमान दोस्त मिला है।'

नाडु के बात करने की भंगिमा को देख श्रीमती खिलखिला कर हंसने लगी। नाडु फिर जीवन की ओर देखते हुए बोला, 'एक आदमी, जो बिल्कुल आदमी की तरह दिखता है, आदमी की तरह चलता है, बात करता है, भोजनालय में खाता है, मैदान में सोता है, और मैदान में ही ह...'

'बस! और कहने की ज़रूरत नहीं। मुझे पता है कि तू क्या कहने वाला है।'

'क्या कहने वाला हूं?'

'मैंने कहा न, मुझे पता है।'

'तुझे नहीं पता! तूने सोचा कि मैं "हगना" कहूंगा। लेकिन मैं "हगता है" नहीं कहता। क्या किसी लड़की के सामने कोई ऐसी बातें कहता है! चल वो छोड़, असल में मेरे मुंह से तेरे बारे में इतना कुछ सुनने के बाद श्रीमती ने मुझसे कहा कि वह चिड़ियाघर जाकर बाघ, बंदर सब देख कर आई है। न जाने

कब एक भूत भी देखा था। लेकिन उसने कभी किसी बेईमान को नहीं देखा है इसलिए मैं उसे एक जीते-जागते बेईमान को दिखाने के लिए साथ लाया हूं।'

श्रीमती बोली, 'मैंने इन्हें पहले भी कई बार देखा है।'

'कहां?'

'और कहां! स्टेशन या अस्पताल परिसर के अंदर। हमारी बस्ती में भी दो बार गए हैं।' श्रीमती कुछ और कहने वाली थी, लेकिन वह रुक गई।

नाडु ज़ोर से हंसा और कहा, 'क़िस्मत अच्छी है कि तूने उसे देखा था, उसने नहीं! नहीं तो कहा नहीं जा सकता कि मैं यहां लेटा होता और यह तुझे अपने साथ मुझे दिखाने के लिए यहां लाया होता, "देखो, ये हैं नाडु गोपाल!"'

नाडु के खिजाने से जीवन थोड़ा नाराज़ हो गया, 'तो तूने दिखा दिया ना, अब जा उसे लेकर जहां जा रहा है।'

श्रीमती ने नाडु से कहा, 'लगता है तुम्हारा दोस्त नाराज़ है।'

'हां, कच्ची नींद से जगा दिया है न!'

'तो क्या इनकी रात की ड्यूटी है?'

'हां, यह रात में हमारी पहरेदारी करता है,' नाडु ने हंसकर कहा।

अब लगभग शाम होने को थी। थोड़ी देर में अस्पताल का मैदान और सड़क ऐसे उजाड़ नहीं रहते। कर्मचारी क्वार्टर के बच्चे फ़ुटबॉल खेलने आ जाते। मरीज़ों के परिजनों का इधर-उधर आना-जाना शुरू हो जाता। लेकिन अभी इस हिस्से में लोग नहीं थे। कभी भी नहीं होते थे। यहां बस कुछ गायें चरा करती थीं, कुछ उधड़ी चमड़ी वाले लावारिस कुत्ते, कुछ मोटे-तंदरुस्त सूअर और दो-एक जमादार श्रेणी के लोग घूमते थे। जीवन यहां दिन में सोने आता था, यह बात रिक्शा चालक नाडु और नानू का शराब का अड्डा चलाने वाले दिलीप के अलावा और कोई नहीं जानता था।

यह देखकर कि जीवन फिर से लेटने की कोशिश कर रहा है, नाडु ने उसे एक ज़ोरदार धक्का दिया। 'ज़्यादा भाव मत दिखा, उठकर बैठ, तुझसे कुछ बात करनी है!'

'किस बारे में?'

'बताता हूं! इतना उतावला क्यों हो रहा है?' नाड़ु जीवन को एक तरफ़ धकेलते हुए उसके गमछे पर बैठ गया। श्रीमती ने बड़े क्षोभ के साथ ऊंची आवाज़ में पूछा, 'क्या मुझे पेड़ की तरह खड़ा रहना होगा?'

'क्यों, तुम बैठ क्यों नहीं जातीं?'

'कहां बैठूं?'

'यहां कितनी अच्छी घास है, घास पर बैठो।'

नाक सिकोड़ते हुए श्रीमती ने कहा, 'हर जगह सूअर की गंदगी और गाय का गोबर है, कितनी भयानक दुर्गंध है! मुझे तो लगता है, घास में भी जोंक छिपे होंगे। क्या मरने के लिए और कोई जगह नहीं है कि मुझे यहां बैठना होगा! चलो कहीं और चलते हैं, जहां अकेले में हम कुछ देर बैठ सकें।'

जीवन ने मन ही मन सोचा: कहां जाएगी रे मूर्ख लड़की? क्या हमारे लिए एकांत में बैठने या मरने के लिए भी कोई जगह बची है। दुनिया की सारी समतल भूमि, सभी पहाड़ और नदियां, पूरा आकाश किसी न किसी ने छीनकर उस पर क़ब्ज़ा कर लिया है। किसी व्यक्ति के लिए सबसे सुरक्षित और शांतिपूर्ण जगह को घर कहा जाता है। मेरे पास कोई घर नहीं है जहां मैं तुम्हें ले जा सकूं और तुम्हें बैठने के लिए कह सकूं...

इससे पहले कि जीवन अपने मन की बात कह पाता, नाड़ु ने उसका हाथ पकड़कर उसे ज़ोर से खींचा। 'चल!'

'कहां?'

जीवन ने महसूस किया कि श्रीमती के साथ नाड़ु का परिचय हाल ही में होने के बावजूद, यह सब इतना नया भी नहीं था। जिस समय से वे एक साथ हैं, कमोबेश आपसी पसंद की अवस्था से अब आगे निकल चुके हैं। उन्हें इस समय एकांत की आवश्यकता थी।

जीवन ने कहा, 'तुम लोग जाओ, मैं तुम्हारे साथ जाकर क्या करूंगा? कहते हैं न! "कबाब में हड्डी" मैं अभी वही हूं!'

क्या जीवन के स्वर में कोई अभिमान था? किसी दर्दभरी याद की दाह? आंतरिक पीड़ा? जो पीड़ा कुसुम नाम की अध-खिली फूल की कली छोड़ गई थी? जिसका नाम जीवन के लिए दर्द के सागर के समान था?

जीवन के दिमाग़ में क्या चल रहा था, इसके बारे में श्रीमती को कुछ पता नहीं था। उसने सोचा कि उनके वहां आने से वह ग़ुस्सा था। उसने कहा, 'अगर

मुझे पता होता कि तुम मेरे आने से नाराज़ होगे, तो मैं नहीं आती। नाडु ने मुझसे कहा था, "चलो तुम्हें अपने दोस्त से मिलवाकर लाता हूं।" मैंने तुम्हारे बारे में बहुत सुना था। इसलिए मैंने सोचा कि मैं चलती हूं। अब और नहीं आऊंगी।'

नाराज़! जीवन को निश्चित रूप से थोड़ा नाराज़ होने का अधिकार था। लेकिन वह नाडु के साथ था। वे इतने लंबे समय से दोस्त थे, वे रोज़ कितनी बातें करते थे। लेकिन न जाने क्यों नाडु ने कभी ग़लती से भी श्रीमती नाम की इस लड़की का ज़िक्र नहीं किया था। उसने इतनी बड़ी उपलब्धि की ख़बर को इतने लंबे समय तक छुपाकर क्यों रखा था? अगर उसने यह जीवन को बताया होता तो क्या वह उस लड़की को निगल जाता?

श्रीमती ने आगे कहा, 'जब भी मैं नाडु से मिलती हूं, दस बातों में से पांच बातें तुम्हारे विषय में होती हैं। मेरा दोस्त जीवन ऐसा है, वह वैसा है... मैं सुनकर सोचा करती थी कि कौन है ये! मैंने जिस जीवन को एक-दो बार देखा था, वह तो तुमसे बिल्कुल मेल नहीं खाता था। मैंने नाडु से कहा था कि मेरे बारे में तुम्हें कुछ न बताए। मुझे तुमसे मिलने का और नाडु से तुम्हारे बारे में सुनी बातों में कितना सच, यह ख़ुद जांचने का कभी समय ही नहीं मिला। आज समय मिला, तो अब तुम नाराज़ हो।'

'मैं तुमसे नाराज़ नहीं हूं।'

'तो किस पर नाराज़ हो? नाडु पर? लेकिन क्यों? वह तो तुमसे बहुत प्यार करता है! मुझे लगता है कि अगर तुम नाडु की लड़कियों में से एक होते तो वह तुमसे प्रेम करने लगता और अब तक शादी भी कर लेता।'

नाडु ने उसे टोका, 'प्रेम तो ठीक है, लेकिन अगर हमारी शादी हुई होती तो यह एक सफल शादी नहीं होती। देख नहीं रहीं, हमेशा आपस में नोंक-झोंक होती रहती है? हमारी बिल्कुल नहीं बनती!'

श्रीमती ने कहा, 'हमारी बस्ती में तुम लोग जैसा एक जोड़ा है। मियां बीवी को पीटता है और बीवी मियां को। हर समय आपस में लड़ते और चिल्लाते रहते हैं। लेकिन कोई बाहर का आदमी अगर कुछ कह दे, तो दोनों मिलकर उसे धो देते हैं। कहते हैं, "हम मियां-बीवी कुछ भी करें, तेरा क्या? क्या तेरा दिया खाते-पहनते हैं जो हमारे मामले में नाक घुसाने आया है?"'

जीवन को भी ऐसा एक अनुभव था। उस समय जीवन नाम का चरित्र, तब तक उस इलाक़े में उतना व्यापक रूप से ज्ञात नहीं हुआ था, जितना वह आज था। तब तक सफ़ाई कर्मचारियों के क्वार्टर के लोगों ने उसके साथ वह

करना शुरू नहीं किया था, जो उन्हें करने की आदत थी, यानी जब भी उनका सामना किसी प्रभावशाली व्यक्ति से होता था तो वे अपने माथे पर अपना दाहिना हाथ छुआ कर 'नमस्ते भैया!' कहते थे। स्टेशन और रेल बस्ती के लोग उसे एक भरोसेमंद रक्षक के रूप में देखते हुए, उसके पास अपने झगड़े और मारपीट निपटाने के लिए दौड़े नहीं आते थे।

उस दौरान, जीवन एक दिन राजा मल्लिक रोड से नहर के किनारे का रास्ता पकड़ अस्पताल परिसर से होते हुए स्टेशन की ओर जा रहा था। सफ़ाई कर्मचारियों के क्वार्टर के सामने उसने देखा कि एक सफ़ाई कर्मचारी की पत्नी, विभिन्न घरों में काम करके अपने महीने की कमाई के पैसों को अपने पास रखने के अपराध में, अपने शराबी पति द्वारा कुदाल के हैंडल से बेरहमी से पीटी जा रही थी। महिला ज़मीन पर पड़ी रो रही थी, चिल्ला रही थी और गालियां दे रही थी। हालांकि कई लोग यह नज़ारा देख रहे थे, लेकिन कोई उन्हें रोक नहीं रहा था। जीवन यह सहन नहीं कर सका और उसने धक्का मारकर नशे में धुत्त पति को हटा दिया। पिट रही महिला ग़ुस्से में उठकर खड़ी हो गई। घायल बाघिन की तरह वह जीवन पर झपट पड़ी, 'मेरे मरद ने मुझे मारा। मैं उसकी बीवी हूं। मेरा मरद मुझे मार सकता है, काट सकता है। तूने उसे क्यों मारा? उसने तेरा क्या किया?' उस दिन अगर नानू समय पर नहीं आया होता तो वो बाघिन निश्चित रूप से जीवन के गले की नली फाड़कर निकाल लेती!

नानू पार्टी का आदमी और उभरता मस्तान था। वह अस्पताल का लड़का था और जीवन का दोस्त भी, इसलिए उस दिन जीवन बड़े ख़तरे से बच सका था।

जीवन अब उठ खड़ा हुआ। वह श्रीमती को समझाना चाहता था कि वह उससे नाराज़ नहीं था, और वह कभी किसी लड़की से नाराज़ नहीं हुआ करता था। उसने बिछे हुए गमछे को उठाकर उसकी धूल और घास झाड़ी, अपनी कमर पर बांधा और अपने कुर्ते से ढक लिया। उसने अपनी लुंगी की तहों को खींचकर सीधा किया और अपने बालों में उंगलियां फेरते हुए उन्हें ठीक किया। फिर नाड़ु से कहा, 'चल अब! कहां जाना है?'

नाड़ु ने जवाब दिया, 'चल कहीं भी चलते हैं। जहां हमें कोई पहचाना चेहरा न मिले।'

'ऐसी जगह कहां मिलेगी? स्टेशन के रिक्शा वाले सभी दिशाओं में सवारी लेकर जाते हैं। कोई न कोई तो हमें देख ही लेगा।'

'ओह! वे तो हमारे अपने लोग हैं। उनसे डरने की कोई बात नहीं। मैं केवल श्रीमती के बाप से डरता हूं। क़सम से, वो जो एक माल है न!'

'क्या कहा तुमने?' श्रीमती के पतले लाल होंठों पर क्रोध के साथ-साथ विस्मय भी था। 'तूने मेरे पिता को माल कहा! इस शब्द का अर्थ जानता है?'

'मुंह से निकल गया!'

'अगर फिर कभी ऐसा कहा तो कहे देती हूं, मैं तेरा मुंह तोड़ दूंगी!' अपनी बड़ी-बड़ी आंखों को घुमाते हुए श्रीमती ने कहा, 'जो भी हो, मेरे पिता हैं, गुरुजन हैं।'

'वाह रे! मैंने तेरे बाप को माल कह दिया तो तू तुरंत ग़ुस्से से लाल हो गई, लेकिन जब तू ख़ुद उन्हें दिन में सात सौ सत्रह बार गाली देती है तो तुझे लगता है कि इसमें कुछ ग़लत नहीं!'

'मेरे बाप को मैं गाली देती हूं, इसलिए तू भी गाली देगा?'

'नहीं, अगर तू मना करेगी तो मैं ऐसा नहीं करूंगा।'

'ऐसा नहीं करेगा!'

'कभी भी नहीं करूंगा।'

'तो मैं तुझसे कह रही हूं कि उसे कभी गाली मत देना।'

तीनों अब चुपचाप चलने लगे। वे अस्पताल की चारदीवारी से निकलकर चौड़ी सड़क पर पहुंच गए, जहां बसें चलती थीं। हर तरफ़ जाने-पहचाने चेहरे थे। उन आंखों में विनोद और कौतूहल था। हां, कुछ की निगाहों में अश्लीलता भी थी। वे श्रीमती के ताज़े खिले शरीर को खा जाना चाहते थे।

जीवन ने कहा, 'लोग कैसे घूर रहे हैं।'

'जलन,' नाडु ने कहा। 'सालों का कलेजा फट रहा है!'

श्रीमती ने चारों ओर देखते हुए कहा, 'बताओ तो कहां जाएं! हर तरफ़ लोग ही लोग हैं।'

नाडु ने पूछा, 'ढाकुरिया लेक की तरफ़ जाएगी श्रीमती? वहां इतनी भीड़ नहीं होती।'

'मरण!' श्रीमती बिफ़र पड़ी। 'क्या मुझे लेक में जाकर मरना है? अगर तुम वहां जाना चाहते हो तो जाओ, मैं नहीं जाऊंगी।'

नाड़ु ने कहा, 'क्यों, लेक में जाने से क्या होगा? कितनी सुंदर जगह है। हम वहां अकेले में बैठ सकते हैं। कितने लड़के-लड़कियां तो जाते हैं वहां।'

श्रीमती ने पहले की तरह चिड़चिड़ाकर कहा, 'मुझे पता है कि लेक बहुत सुंदर है। मुझे पता है कि लड़के और लड़कियां वहां जाते हैं, और यह भी पता है कि वहां कौन-कौन और क्यों जाते हैं। मरण है वहां!'

'ऐसा क्या! तो फिर बता लोग लेक पर क्यों जाते हैं! मरने के लिए?" नाड़ु ने ज़ोर देकर पूछा, मानो यह कोई परीक्षा हो।

'मुझे यह सिखाने की कोशिश मत कर कि लोग वहां जीने के लिए जाते हैं या मरने के लिए! मैं तालतला की लड़की हूं, लेक के बारे में तुझसे ज़्यादा जानती हूं। समझा!'

यह सब बेकार की बातें थीं। लेकिन इस उम्र में, ऐसे समय में, सारी बातें कारण से या युक्तिपूर्ण नहीं होती हैं। वह तो हिसाब रखने वालों का काम है इसलिए नाड़ु फिर से शुरू हो गया। 'जब लेक के बारे में तुझे इतना ज्ञान है तो हमें भी बता कि इतने लड़के और लड़कियां लेक पर क्यों जाते हैं?'

'वे वहां लव मैरिज करने जाते हैं,' श्रीमती ने ग़ुस्से में कहा। 'क्या तू जानता है, लव मैरिज क्या होता है? प्यार-दुलार। छी:, क्या हम ऐसा करेंगे जो हम झील पर जाएं?'

अपनी हंसी दबाते हुए नाड़ु ने गंभीर स्वर में कहा, 'तो अब हम क्या करने जा रहे हैं, श्रीमती देवी?'

'हम घूमने जा रहे हैं और क्या करने जा रहे हैं? तुम लोगों के साथ घूमना अच्छा लग रहा है। थोड़ा घूमेंगे-फिरेंगे, लोगों को देखेंगे और फिर घर लौट जाएंगे।'

'और वो जो तुमने कहा—लव मैरिज? लेक पर जाकर अगर थोड़ा कर लिया जाए, तो कैसा रहेगा? आख़िर लड़की के रूप में पैदा हुई हो, तो एक न एक दिन तुम्हें वो सब तो करना ही होगा। तो देर नहीं करनी चाहिए? आओ, आज कर ही लेते हैं!'

तालतला बस्ती की लड़की शर्म से लाल हो गई। सिर नीचे करके उसने धीरे से कहा, 'जा! क्या मेरी यह सब करने की उम्र हुई है! जब मैं बड़ी हो जाऊंगी तब वो सब करूंगी।'

'तुम कब बड़ी होगी?'

'एक-डेढ़ बरस बाक़ी है। अभी तो मैं सत्रहवें साल में हूं।'

नाडु ने लंबी सांस छोड़ते हुए कहा, 'देखना, कहीं तेरे बड़े होने तक मैं मर कर भूत न हो जाऊं।'

थोड़ा रुकने के बाद नाडु ने फिर कहा, 'पुराने दिन वाक़ई बहुत अच्छे थे। एक लड़की आठ-दस साल की उम्र तक बड़ी हो जाती थी। उसकी शादी हो जाती थी, और बीस की होने तक एक बच्चा गोद में, एक बच्चा कांख पे और एक उसके पेट में होता था। सब कामों से फ़ारिग़ हो वह पूरी गृहस्थन बन जाती थी!'

इस पर श्रीमती का कहना था, 'तुम असभ्य हो! सिर्फ इसलिए कि बोलने पर कोई टैक्स नहीं है तो जो चाहे वो कह सकते हो!'

जीवन आगे चल रहा था। नाडु और श्रीमती उसके पीछे कंधे से कंधा मिलाकर चल रहे थे। पश्चिम से सूर्य की तिरछी किरणें सीधे उनके चेहरों पर पड़ रही थीं। न जाने क्यों, दंडकारण्य की नंगी पहाड़ी की याद, बांकुड़ा का वो रनवे और बेरों का जंगल, और जादवपुर स्टेशन के उजाड़ प्लेटफ़ॉर्म की करुण स्मृति उसे सता रही थी। बांकुड़ा के साल के जंगल, दंडकारण्य की पहाड़ी और जादवपुर का स्टेशन—ये तीनों स्थान बहुत आनंदमय यादों से जुड़े हुए थे, क्योंकि उन क्षणों में कोई उसके साथ था। वे दोनों एक दिन सपनों का जाल बुनते हुए साथ-साथ चले थे। केवल कुसुम नाम की एक लड़की और जीवन नाम के लड़के को इसके बारे में पता था। और कोई नहीं जानता था।

नहीं, एक और व्यक्ति जानता था। वो था जटाधारी गुरु, जो जादवपुर रेलवे स्टेशन पर सीढ़ियों के नीचे बैठकर गांजा पीता था, लोगों के हाथ देखता था और तावीज़ें बेचता था। उसने जीवन से कहा था, 'यदि तुम अपने मन को पानी की तरह साफ़ रखोगे तो जीवन में दर्द कम होंगे। देखते नहीं, पानी पर कोई दाग़ नहीं होते हैं। पत्थर फेंको तो यह हल्का-सा कांप उठता है, कुछ लहरें उठती हैं, लेकिन अगले ही क्षण वह जस का तस हो जाता है। जो हुआ उसे भूल जाओ। यह तुम्हारी ग़लती नहीं थी। बस इसे अपना भाग्य समझो और इसके बारे में भूल जाओ।'

जीवन भी भूलना चाहता था। लेकिन ऐसा कहां हो रहा था? बार-बार एक उदास, अपमानित, कातर चेहरा उसके मन के दरवाज़े के सामने खड़ा हो जाता था। वो जो जीवन को बिना किसी दोष के अपराधी मानकर चली गई

थी, वो जैसे किसी खाई के उस पार चली गई थी, जहां से उसे वापस लाना मुश्किल था।

वे चौड़ी सड़क पर थोड़ा आगे बढ़ते हुए बस-स्टैंड के मोड़ को पारकर, बाईं ओर विजयगढ़ जाने वाली ऊबड़-खाबड़, दांतों की तरह निकलते पत्थरों वाली नुकीली सड़क पर चल रहे थे। इस सड़क पर कुछ देर चलते हुए, आगे बाईं ओर विक्रमनगर था। लेकिन वहां एकांत कहां था! जहां पैने उस्तरे-सी निगाहों से बचकर, नवीन प्राण हाथों में हाथ लिए बैठ सकते थे, अपने दिल के दरवाज़े खोलकर हंस सकते थे।

ये सभी शरणार्थी कॉलोनी के इलाक़े थे। यह मध्य कलकत्ता नहीं था। यहां चारों ओर शिकारियों की निगाहें ताक लगाए बैठी रहती थीं, जो मौक़ा पाते ही हमला करती थीं। समाज सुधारक *ज्यैठा मोशाई* (ताऊजी) के ख़ूंख़ार लड़कों ने उन्हें पहले ही देख लिया था। उनकी शक भरी निगाहों में लुंगी पहने दो *छोटोलोक* लड़के, एक बेशर्म लड़की के साथ सुनसान जगह की तलाश में थे। इसका मतलब एक ही था कि वे कुछ गंदा करने जा रहे थे। ये जो भी करेंगे, वह निश्चित रूप से बंगाली फ़िल्मों के पवित्र प्रेम जैसा कुछ नहीं होगा, और इसलिए सभी की तनी भृकुटियों का एक ही संदेश था, यहां यह सब नहीं चलेगा। भाग जाओ, नहीं तो पिटोगे।'

बैठने या खड़े होने के लिए कोई जगह न मिलने पर, वे गलियों से गुज़रते हुए मुख्य सड़क पर पहुंच गए। इस सड़क को प्रिंस अनवर शाह रोड कहा जाता था। वे अब वहां से सीधा पश्चिम की ओर चलने लगे। सड़क पर धूल उड़ाती हुई बसें, लॉरी और टैक्सियां दौड़ रही थीं। अभी शाम के क़रीब चार बजे थे। दिन की चिलचिलाती गर्मी इस समय कुछ कम थी। उन्हें चलने में कोई परेशानी नहीं हो रही थी। थोड़ी देर चलने के बाद नाड़ु ने जीवन से कहा, 'तेरे पास पैसे हैं रे बेईमान?'

'क्यों?' जीवन ने जानना चाहा, 'मेरे पैसों से तुझे क्या काम?'

'सोच रहा था कि किसी सिनेमा हॉल में छह से नौ के शो में घुस जाया जाए। और नहीं चला जा रहा है। पैर दुख रहे हैं। वहां थोड़ा आराम से बैठ भी सकेंगे और अंधेरे में कोई हमें घूरेगा भी नहीं।'

जीवन उसे गाली देने लगा, साला प्यार-मुहब्बत करेगा तू और जेब मेरी ख़ाली करवाएगा। क्या तूने मुझे इतना बड़ा मूर्ख समझा है? लेकिन, इससे पहले कि वह कुछ कहता, श्रीमती ने कहा, 'अगर सिनेमा देखकर घर पहुंचने

में देर हो गई तो मेरे बाबा के ग़ुस्से से मुझे कौन बचाएगा?' नाडु पर सवाल उछालते हुए उसने जीवन की ओर देखकर कहा, 'मेरे बाबा ने कह रखा है कि दिन में चाहे जहां भी जाओ कोई मनाही नहीं, लेकिन सांझ ढलने से पहले घर वापस आना होगा। वर्ना पिटाई होगी।'

कुछ क़दम चलने के बाद श्रीमती फिर बोली, 'अभी मेरी कच्ची उम्र है। शायद मेरे पिताजी को यह डर है कि कहीं मैं रात को किसी के साथ कहीं चली न जाऊं और लव मैरिज वगैरह न कर लूं। क्या तालतला की सोनाली के पेट में बच्चा नहीं आ गया था? उसका पेट साफ़ करवाने में उसके बाप के सात सौ रुपये ख़र्च हो गए थे!'

तालतला की लड़की जिसे 'लव मैरिज' कह रही थी, उसका असली मतलब आख़िरकार जीवन को समझ में आ गया। यह एक सुंदर शब्द था, लेकिन कौन जाने कि कैसे यह इतने बदसूरत अर्थ में बदल गया था।

लेकिन नाडु कुछ और ही सोच रहा था। जो उसके मन में था, उसने कह दिया। 'हैं रे श्रीमती! क्या तेरा बाप तुझे मारता है?'

'नहीं, मारता नहीं पूजा करता है।'

'इतनी बड़ी लड़की पर कोई हाथ उठाता है?'

'जा, जाकर बोल उन्हें।'

अपने पिता का व्यवहार याद आते ही श्रीमती की आंखों की वो चमकती हंसी बुझ गई और उसकी जगह पीड़ा ने ले ली। उसने कहा, 'शराब पीने के बाद क्या किसी आदमी को होश रहता है? क्या वह बता सकता है कि क्या अच्छा है और क्या बुरा!' न जाने किस पीड़ा में उसने अपने सिर के बालों को नोंचकर पकड़ लिया। उसकी आंखें छलछला रही थीं, 'मेरी मां बिल्कुल बुद्धू है। क्या मालूम जानबूझकर उसने ऐसे आदमी से शादी क्यों कर ली! ढूंढ़ने पर क्या उससे बेहतर कोई और नहीं मिलता? क्या मेरी मां देखने-सुनने में ख़राब है?'

नाडु को हंसी आ रही थी, लेकिन वह हंस नहीं पा रहा था। किसी के दुख में हंसना नहीं चाहिए इसलिए उसने अपनी हंसी दबाकर, अपने चेहरे पर गंभीर भाव लाकर कहा, 'इसमें तेरी मां की क्या ग़लती है मुझे बता! शादी के नाम पर अच्छे-अच्छे लोगों का दिमाग़ घूम जाता है। जो न करना हो वो कर बैठते हैं। लेकिन तुझे उन्हें रोकना चाहिए था। आख़िर तू उनकी बेटी है। वह

कोई पराई तो नहीं, तेरी अपनी मां हैं। अपनी मां को अच्छी सलाह देना किसी भी संतान का कर्तव्य है।'

श्रीमती ने कहा, 'हमने उन्हें समझाया था।'

'हम मतलब?'

'मैं और मेरे बड़े भाई ने। लेकिन हमारी बात नहीं मानी तो हम क्या कर सकते थे? दादा ग़ुस्से में वर्धमान चला गया। अब वो घर नहीं आता है।'

'जब तेरी मां की शादी हुई थी, तब तू कितने साल की थी?'

'मैं बहुत छोटी थी, शायद आठ या दस साल की। दादा मुझसे चार-पांच साल बड़ा है। दादा और मेरे बीच एक बहन थी। वह मर गई है।'

आमतौर पर माता-पिता अपने बच्चों की शादी देखते हैं। लेकिन जिस संतान ने अपनी मां की शादी देखी हो, निःसंदेह वह उसके लिए एक विरल अनुभव होगा। श्रीमती ऐसे ही अनुभव से गुज़री थी क्योंकि उसकी मां ने दूसरी शादी की थी।

उसने कहा, 'दादा और मैं उनके पहले पति से हैं। इस पति से अभी तक कोई नहीं है। दो-तीन महीने बाद होगा।' उसके चेहरे पर एक ख़ुशी की मुस्कान तैर उठी। उसने कहा, 'अबकि बार मेरा छोटा भाई आने वाला है।'

'तुझे कैसे पता कि भाई होगा? अगर बहन हुई तो?'

'यह नहीं हो सकता। अगर पेट में लड़का होता है तो वह इतना नहीं हिलता है। अगर लड़की होती है तो वह बहुत हिलती-डुलती है। मेरी मां के पेट में कोई हलचल नहीं है। देखना, मेरा भाई ही होगा।'

रेल की पटरी के किनारे की झोंपड़-पट्टी में रहने वाले लोगों की चेतना पर जीवन और समाज के मूल्य स्पष्ट दिखाई देते थे, लेकिन उस सामाजिक वर्ग की इतनी कम उम्र की लड़की के इतने गंभीर विषय पर इतने असामयिक विश्लेषण को कोई सामाजिक अधिकार प्राप्त नहीं था; यह प्रचलन में नहीं था। एक सत्रह साल की लड़की ने इतनी सहजता से जो कहा, वह पढ़े-लिखे, सभ्य, रुचिशील लोगों के कानों में चुभने वाला और विवादित था। उसकी उम्र को देखते हुए अकल्पनीय और अनुचित था। लेकिन श्रीमती का पालन-पोषण रेल लाइन के पार, तालतला नाम की एक ऐसी बस्ती के वातावरण में हुआ था, जिसमें शिक्षा या संस्कृति की रोशनी और हवा का कभी प्रवेश ही नहीं हुआ था। परिणामस्वरूप जड़हीन, निम्न आय वाले, शिक्षा से वंचित,

विभिन्न स्थानों से आए विविध मानसिकता वाले लोगों के इस निवास में कोई सामाजिक रीति-रिवाज, मानदंड, नियम या क़ानून नहीं थे; व्यक्तिगत और रिश्तेदारी में शालीनता और सम्मान की कोई संहिता नहीं देखी जा सकती थी। यहां किसी में किसी के प्रति ज़िम्मेदारी या परवाह की भावना नहीं थी। हर कोई एक आदिम, पशुवादी जीवन जीने में व्यस्त था, जहां अपने अस्तित्व की लड़ाई सर्वोपरि थी। समाज़ से च्युत, लगामहीन ये सभी लोग जिस लापरवाही के रोग से आक्रांत थे, उसका एक और नाम है—स्वेच्छाचार। यहां की झोंपड़ियों की चटाई की दीवारें इतनी पतली थीं कि दूसरी ओर हो रही बातचीत को आसानी से सुना जा सकता था। वो दीवारें इतनी टूटी-फूटी थीं कि न चाहते हुए भी बहुत-सी अवांछित चीज़ें नज़रों के सामने आ जाती थीं। ऐसे परिवेश में कोई बच्चा, बच्चा नहीं रह जाता था। जवान होने से पहले ही वे वयस्कों के बड़े-बड़े विषयों के बारे में जान जाते थे।

जब बस्ती के दो नंगे, पेट फूले, बहती नाक लिए बच्चे आपस में लड़ते थे तो अपनी गालियों में वो एक-दूसरे की मांओं के साथ बलात्कार करने की धमकी देते थे, 'मैं तेरी मां को चो...!' यह उनकी ग़लती नहीं थी। दोष उनकी मिश्रित जारज स्थिति का था। एक अस्वाभाविक जीवन प्रणाली का था।

'तेरे पहले वाले पिता कहां हैं? क्या मर गए हैं?' नाडु ने जानना चाहा।

'मुझे नहीं पता।' थोड़ा रुकने के बाद, एक भयानक आक्रोश से भरी आवाज़ में श्रीमती ने बोलना जारी रखा, 'हमारे सामने वाले घर में रहने वाली एक छिनाल, रंडी उसे साथ लेकर भाग गई। उसका आदमी उसे सुख नहीं दे पाता था। तब से जो भागे हैं, उनकी कोई ख़बर नहीं है।'

'लेकिन तेरी मां के पहले से ही दो बड़े बच्चे, यानी तू और तेरा भाई थे। उसने दोबारा शादी क्यों की?'

अब श्रीमती का मन वर्तमान से अतीत के प्राय: विस्मृत, धूसर अध्याय में चला गया। उसने नीरस स्वर में धीरे से कहा, 'तब मेरी मां देखने में बहुत सुंदर थी। वह तीन बच्चों की मां थी, लेकिन उसे देखकर यह अंदाज़ा नहीं लगाया जा सकता था। स्टेशन के सभी रिक्शा वाले, फेरी वाले और कुली उसे घूरते रहते थे।'

'तेरी मां अभी भी देखने में बहुत सुंदर है।'

'तो तू अंदाज़ा लगा सकता है कि छह-सात साल पहले वह कैसी होगी। न जाने क्यों मेरे पिता ने ऐसी पत्नी को छोड़ दिया और उस काली, मोटी

सावित्री के साथ भाग गए! यक़ीन मान, जब से मैंने होश संभाला था, मैंने अपने माता-पिता को एक बार भी झगड़ा-लड़ाई करते नहीं देखा था। न जाने क्या से क्या हो गया! उस दिन बाबा रोज़ की तरह सुबह काम पर निकले थे। उसके बाद वे कभी लौटे ही नहीं। रात में पता चला कि सावित्री भी काम से नहीं लौटी थी। मेरे बाबा राजमिस्त्री थे, सावित्री उनके साथ सहायक का काम करती थी।'

नाड़ु ने अभी कुछ कहकर श्रीमती को बीच में रोकना उचित नहीं समझा। कोई व्यक्ति ग़मगीन यादों में खोया हुआ था, ऐसे में उसके दुख का वह उपहास नहीं करना चाहता था।

श्रीमती ने आगे कहा, 'दादा और मैं तब छोटे थे। काम-काज करने लायक़ नहीं थे। मां एक अजीब स्थिति में थी। उसका पति नहीं था! अब वह कैसे खाती और अपने बच्चों को कैसे ज़िंदा रखती? उसके आसपास कोई नाते-रिश्तेदार नहीं थे जो उस मुश्किल समय में उसके साथ खड़े होते।'

श्रीमती ने बोलना बंद कर दिया और दूर देखने लगी। यह स्पष्ट नहीं था कि उसकी आंखें क्या खोज रही थीं।

'क्या हुआ? चुप क्यों हो गई? उसके बाद क्या हुआ?'

'और क्या होता? जब घर में कोई आदमी नहीं हो तो जो हो सकता था, वही हुआ। मां सारी रात सो नहीं पाती थी। रात के अंधेरे में शराबी आकर दरवाज़ा पीटते थे। मां को गंदी-गंदी बातें कहते थे। कोई रोता था, तो कोई उसके हाथ में पैसे थमाता था। अंत में एक दिन मां ने कहा, 'इस तरह और नहीं रहा जा सकता है। *"पेटे नेई भात नांगेर उत्पात!* पेट में नहीं है भात, अश्लील मर्दों का उत्पात!" बारह जनों की दया पर रहने के बजाय एक के हाथों मरना बेहतर है। जिसे जो कहना है कहे, मैं फिर से शादी करने जा रही हूं। दादा ने उन्हें बहुत मना किया था। लेकिन मां ने वही किया जो वह चाहती थी। उसकी क़ीमत वह अब चुका रही है। वह आदमी कुछ काम नहीं करता है, बस मां की कमाई पर बैठा खाता और सोता है।'

'तुम्हारी मां पैसे कैसे कमाती हैं?'

जीवन की साधारण-सी जिज्ञासा के उत्तर में नाड़ु ने उससे फुसफुसाकर कहा, 'मुझे नहीं पता कि वह पहले क्या करती थी। अब वह गांजे के पुड़िया बेचती है।'

श्रीमती ने फिर से कहना शुरू किया, 'कितनों के अच्छे पिता होते हैं। वैसे ही हों यह मैंने उम्मीद नहीं की थी। नाड़ु, क्या तू ममता को जानता है? ममता ने भी दो शादियां कीं। ममता की बेटी मेरी ही उम्र की है। वह कहती है कि उसका नया पिता पहले वाले से दस गुना ज़्यादा अच्छा है। और कुछ नहीं, अगर मेरा बाप भी थोड़ा इंसान होता!'

नाड़ु एक बार फिर अपने चंचल स्वभाव में लौट आया। 'इसका मतलब तुम्हारा यह बाप इंसान नहीं है।' उसके मज़ाक़ को न समझते हुए श्रीमती ने कहा, 'अमानुष! एक जानवर है! क्या शराबी कभी इंसान हो सकता है? जिसे जो नहीं बोलना चाहिए वो बोलता है। जहां बैठना हो, वहां जाकर सो जाता है। शराबी कुत्ते से भी बदतर है!'

शाम का आसमान साफ़, बादल रहित और चमकीला था। लेकिन अब न जाने कहां से काले बादलों ने आकर पूरे आसमान को ढक लिया था। तेज़ हवा चलने लगी। श्रीमती के बाल हवा में उड़ने लगे। उसके चेहरे पर धूल पड़ने लगी। लेकिन वह हवा ज़्यादा देर तक नहीं चली। दो-चार झोंकों के बाद शांत हो गई। श्रीमती ने फिर कहा, 'जानते हो, मेरे पिताजी ने एक दिन क्या किया था?'

'तूने बताया ही नहीं तो मुझे कैसे पता होगा!'

'एक दिन वह नशे में चूर किसी और आदमी को साथ लेकर घर आ गया। पता है उसका क्या करने का इरादा था? उस आदमी से मेरी शादी कराने का। जानता है वह आदमी कितने साल का था? मैं उसे झाड़ू से पीटकर उसके सिर से शादी का भूत उतारना चाहती थी। तुम लोग बताओ मुझे, सच-सच बताओ—क्या तुम्हें लगता है कि मेरी अभी शादी करने की उम्र है?'

'नहीं, बिल्कुल नहीं!' नाड़ु ने ज़ोर देकर कहा। 'अट्ठारह साल से पहले किसी की शादी करना देश के क़ानून के ख़िलाफ़ है।'

'मां ने भी यही कहा था।' पुरानी बातों के सूत्र को आगे बढ़ाते हुए श्रीमती ने कहा, 'लेकिन मेरा बाबा कहां मानने वाला था? न जाने कब उसने मुझे दिखाकर उस आदमी से काफ़ी पैसे ले लिए। और अब वो मेरे बाबा पर दबाव डाल रहा है कि या तो उसे बेटी दे या ब्याज़ सहित पैसे लौटाए। वह कहां से पैसे लौटाएगा? सब तो शराब पीकर उड़ा दिया है।'

इस इलाक़े में लंबे समय से लड़कियों की तस्करी का गिरोह काफ़ी सक्रिय था। गिरोह के लोग रेल लाइन और नहर के किनारे की बस्तियों पर

कड़ी नज़र रखते थे। उनका मक़सद यह देखने का होता था कि किसकी बेटी सयानी हो रही है। वे उनके ग़रीब माता-पिता, जो अपनी बेटी की शादी की ज़िम्मेदारी के बोझ तले दबे होते थे, को शब्दों के जाल से प्रलोभन देते थे। आपकी बेटी अब बड़ी हो गई है, उसकी शादी नहीं करना चाहते हैं? अगर करना चाहते हैं तो हमें बताएं। हमारे हाथ में एक अच्छा लड़का है, जिसके पास कम नहीं तो, डेढ़-दो सौ बीघा खेती की ज़मीन है! ट्रैक्टर से खेती होती है। उनके पास गन्ने के खेत, तंबाकू के बागान और चावल मिल भी हैं। दुमंज़िला पक्का मकान है, कहना चाहिए की छोटे-मोटे ज़मींदार हैं। बस एकमात्र समस्या यह है कि वे बंगाली नहीं हैं। हारान नस्कर की बेटी, पुतुल की शादी उनके गांव में किसी के साथ हुई है। जब से पुतुल पर नज़र पड़ी, इस लड़के ने ज़िद पकड़ ली है कि अगर शादी करेगा तो बंगाली लड़की से ही करेगा, वर्ना जीवन भर कुंआरा रहेगा। इसलिए अगर आप राज़ी हैं तो बात आगे चलाएं। दहेज़? अरे नहीं, वे दहेज़ नहीं मांगेंगे और मांगेंगे भी क्यों? क्या उनके पास पैसों या सोने की कमी है? लड़के ने तो यहां तक कहा है कि अच्छी लड़की मिलेगी तो वह लड़की के माता-पिता को एक-दो हज़ार रुपये नक़द देगा। आपकी बेटी विवाह योग्य है। बंगाल में आपको बिना दहेज़ के दूल्हा नहीं मिलेगा। अगर आप अपनी बेटी को दिल्ली भेजें...हम और क्या कह सकते हैं? आप ही सोच-विचार करके हमें बताइएगा।

यदि लड़की के माता-पिता पैसों का चारा निगल लेते थे, तो उन लोगों में से ही किसी के साथ दिखावे का विवाह समारोह करने के बाद वे उस अभागी लड़की को लेकर बिहार, उत्तर प्रदेश या महाराष्ट्र चले जाते थे। कुछ को और भी अधिक दूर स्थानों पर ले जाया जाता था। उन दूर देशों में, जहां वे दूर-दूर तक किसी को नहीं जानती थीं, गिद्ध और सियार जैसे मांस भोगी नराधमों के दल, लड़की के शरीर को नोंच-नोंचकर अपनी भोगवासना मिटाते थे। अंत में अघा जाने के बाद, वे उन्हें किसी वेश्यालय में बेच देते थे। कम उम्र की लड़कियों की वेश्यालयों में काफ़ी मांग थी। लोगों का मानना था कि उनके साथ सहवास करने से असाध्य यौन रोग ठीक हो जाते हैं।

कौन जानता था कि श्रीमती का सौतेला बाप जिसे पकड़कर लाया था, वह उस तस्करी रैकेट का भर्ती करने वाला या बिचौलिया नहीं था।

'उसके बाद क्या हुआ?' नाड़ु ने पूछा।

'और क्या होना था, मेरे मां-बाप के बीच झगड़ा और लड़ाई। उस बीच मैं घर से भाग आई। ट्रेन से सियालदह चली आई, मैं और कहां जा सकती

थी! मुझे इससे आगे कोई जगह पता नहीं। मैं सियालदह स्टेशन में एक बेंच पर बैठकर रोने लगी।'

नाडु ने पूछा, 'तू रोने लगी या आंसू अपने आप बहने लगे!' जीवन ने नाडु को लताड़ा, 'ऐसी बातों में खोट मत पकड़ो। उसे बोलने दो।'

'ठीक है बोल।'

'अंत में एक बूढ़ी औरत ने मुझे रोते हुए देखा और मुझे अपने साथ ले गई। मैं उसके साथ कोले बाज़ार में जाकर सब्ज़ियां बीनती थी और उन्हें बेचकर कुछ ख़रीदकर खाने के बाद हम फ़ुटपाथ पर सो जाते थे। वह मुझे बेटी की तरह प्यार करती थी। मुझ पर नज़र रखती थी। अपने बाप के डर से मैं घर से भागी थी और वहां तो मेरे बाप के भी बाप थे, लेकिन बुढ़िया बहुत सख़्त थी। उसके डर से मेरे पास किसी के बाप की आने की हिम्मत नहीं थी। मैं उसके साथ दो-तीन महीने रही। फिर न जाने किससे ख़बर पाकर मेरी मां आकर मुझे घर वापस ले आई।'

'क्या तेरा बाप अब तेरी शादी के लिए नहीं कहता?'

'ऐसा कैसे हो सकता है? आख़िर उसने पैसे लिए हैं। जिसने पैसा दिया है वो क्यों उसे छोड़ेगा? लेकिन मां के कारण वह कुछ नहीं कर पाता है। मां आजकल बाबा से बहुत लड़ती है। कहती है, 'यह कहकर तूने मेरे पेट में एक दुश्मन घुसा दिया है कि तुझे अपना बच्चा चाहिए! अब अगर यह पास में नहीं होगी तो कौन लकड़ी-कोयले लाएगा, कौन पकाएगा-खिलाएगा और कौन पानी लाने के लिए दो मील दूर जाएगा?'

जीवन ने कहा, 'तो, जब तक तुम्हारा कोई भाई या बहन नहीं होता है, तब तक तुम्हें कोई बड़ा ख़तरा नहीं है। है न?'

शायद श्रीमती ने उसकी बात नहीं सुनी। वह कुछ और ही कहती रही, 'मां कहती है लड़कियां केले और ताड़ के पेड़ की तरह तेज़ी से बढ़ती हैं। मेरे बड़े होने में और कितना समय है? एक बार मैं थोड़ी बड़ी हो गई और अपना भला-बुरा जानना सीख गई, तब देखना मैं विशाखा की तरह किसी के साथ भाग जाऊंगी।'

एक चौराहे पर आकर श्रीमती अचानक रुक गई। मानो उसके पैर ज़मीन से चिपक गए हों। सामने लड़कियों को दीवाना बना देने वाली चीज़ थी। उसने कहा, 'मैं *फुचका* (गोलगप्पे) खाऊंगी!' नाडु ने जीवन की ओर देखा और उदार लहजे में कहा, 'खा न! किसने मना किया है? साथ में जीवन

है न! वह दरिया दिल इंसान है। दस रुपये ख़र्च होने पर भी पीछे हटने वाला आदमी नहीं है।'

जीवन नाड़ु के कान में फुसफुसाया, 'तू मुझे कितना भी पंप करने की कोशिश कर, मैं एक पैसा भी नहीं देने वाला! तुझे पहले से बता रहा हूं! जो ख़र्चा होगा तू देगा।'

'छी:, छी:, छी: जीवन! इतनी घटिया बात कहने में तुझे शर्म नहीं आई? मैं पिछले सात-आठ दिनों से ठीक से रिक्शा नहीं चला पा रहा हूं। उसके ऊपर से लगातार तीन दिनों से ताश के पत्तों में हार रहा हूं। न जाने क्या बात है, पत्ते साले साथ नहीं दे रहे हैं। दो दिन में पांच-पांच रुपये और तीसरे दिन सात रुपये। कुल मिलाकर सत्रह रुपये हारकर बैठा हूं। और तू! सुबह-सुबह बिना कोई जुआ खेले, नीले रंग का पत्ता जीतकर आया है और मुझसे *फुचके* के पैसे देने को कह रहा है! छी:!'

नाड़ु के कुशल अभिनेता के हाव-भाव और स्टेशनवासियों की अपनी भाषा की बोलचाल पर ध्यान न देते हुए जीवन ने कहा, 'लड़की को तू घूमाने लाया है, मैं नहीं। मैं तो तुम लोगों के साथ ऐसे ही चला आया हूं। अब जो भी ख़र्च होगा सब तू करेगा। मैं भला क्यों करूं?'

उनके बीच की फुसफुसाहट इतनी धीमी नहीं थी कि दो-तीन फ़ुट की दूरी पर खड़ा कोई सुन न सके। यदि श्रीमती बहरी भी होती तो भी उनके हाथ और मुंह की हरकतों से, उसके लिए बात के विषय-वस्तु को समझना मुश्किल नहीं था।

उसने कहा, 'तुम लोगों को चिंता करने की ज़रूरत नहीं, मेरे पास पैसे हैं, जो भी ख़र्च होगा मैं दूंगी। अब खाओ।'

'तेरे पास पैसे हैं! कहां से मिला रे? कल तो नहीं थे!'

'सुबह माल लेने गई थी। पांच रुपये की आमदनी हुई।'

माल का अर्थ गांजा था। श्रीमती की मां गांजे का धंधा करती थी। जिसे उसने अपने पहले पति के भाग जाने के बाद अपने परिवार का पेट पालने के लिए शुरू किया था। अब वह धंधा काफ़ी अच्छा चल रहा था। वह प्रतिदिन एक रुपये क़ीमत की चालीस-पचास पुड़िया बेच लेती थी। आबकारी और स्थानीय पुलिस को उनका हिस्सा देने के बाद जो कुछ बचता था, उससे वह अपना गुज़ारा चला लेती थी। थोक में माल पार्क सर्कस में मिलता था। हर दो-एक दिन में श्रीमती को माल लाने पार्क सर्कस जाना पड़ता था। पहले उसकी

मां जाया करती थी। लेकिन अब गर्भवती होने के कारण उसके लिए इधर-उधर घूमना मुश्किल था। यह धंधा महिलाओं के बिना नहीं चलता था। उनके पास पेट के निचले हिस्से में, ब्रेसियर के अंदर माल छुपाने की कई जगहें थीं। किसी के बाप की हिम्मत नहीं थी कि उन जगहों पर हाथ डालकर माल निकाले।

श्रीमती का शरीर छोटा था लेकिन उस तुलना में उसके वक्ष काफ़ी भरे और बड़े थे, इसलिए वह वहां माल नहीं रख पाती थी। उम्र के कारण वह गर्भवती होने का नाटक भी नहीं कर सकती थी। गर्भावस्था में एक अविवाहित युवती को न केवल पुलिसवाले, बल्कि आम लोग भी संदेह की दृष्टि से देखते थे। और इसलिए वो जोख़िम न उठाकर मजबूरन किसी थैले में माल लाया करती थी। जिसके चलते हर दो-चार दिनों में उसे कुछ पैसे मिल जाया करते थे।

यह देखकर कि श्रीमती अब अपनी मेहनत की कमाई ख़र्च करने जा रही है, जीवन ने एक बैंक मैनेजर के समान उदारता दिखाते हुए ज़ोर देकर कहा, 'अरे बिल्कुल नहीं, तुम क्यों ख़र्चा करोगी? आज का सारा ख़र्चा हमारा है। आख़िरकार, आज तुम हमारी मेहमान हो!'

नाडु ने ऐसे कहा जैसे सारा ख़र्चा वो उठाने वाला था, 'यही नियम है! कोई लड़की जब लड़के के साथ बाहर जाती है तो सारा ख़र्चा लड़के की जेब से होता है। अपना पैसा तू अपने पास रख, बाद में काम में आएगा। अभी सारा ख़र्चा जीवन ही करेगा।'

एक अनुभवी और चतुर यात्री की तरह श्रीमती ने कहा, 'मुझे सभी नियमों के बारे में पता है, *मोशाई*। हमारी बस्ती की चारु, सुशीला वगैरह लड़कों के साथ घूमने जाती हैं। वे किस तरह लड़कों को टोपी पहनाकर कितना कुछ खाती हैं, ख़रीदती हैं, मुझे आकर सब बताती हैं। ना, ना करते भी चारुबाला के पास पांच नई साड़ियां हैं और सुशीला ने तो कान की बालियां तक बनवा ली हैं।' इसके बाद श्रीमती ने अपने मौलिक रक्षणशील सिद्धांत की घोषणा की, 'जिस तरह से वे लड़कों से साड़ियां और गहने निकलवा लेती हैं, मैं वैसा कभी नहीं करूंगी! मैं कभी किसी से कुछ नहीं लूंगी।' उसने गोलगप्पे वाले से कहा, 'एक रुपये का देना।'

'क्यों रे?' नाडु ने हैरानी से पूछा, 'आख़िर लड़कों के पैसों पर लड़कियों का जन्मसिद्ध अधिकार है। लड़के क्यों कमाते हैं? ताकि लड़कियों पर उड़ा सकें! तू ख़ुद को उस अधिकार से वंचित रखना चाहती है?'

श्रीमती ने जवाब दिया, 'क्या तू वो कहावत जानता है, "*जीभ जार नून खाए, मोन तार गुण गाए!* जीभ जिसका नमक खाती है, मन उसी का गुणगान करता है!" मैं किसी से आज कुछ खाऊंगी, कल कुछ और लूंगी, और बार-बार ऐसा करते रहने से पता है क्या होगा? लगाव बढ़ता जाएगा और फिर प्यार होगा। मान ले अगर लव मैरिज हो जाए तो मेरा क्या होगा?'

'क्या होगा? जो तू कह रही है, वो अगर हो भी जाए तो इसमें हर्ज क्या है? क्या वे कोई बाघ या भालू हैं जो तुझे ज़िंदा खा जाएंगे!'

'यह उससे भी बुरी स्थिति होगी।'

'क्यों?'

'क्या लोग नहीं कहेंगे कि अमृत सांपुई की बेटी कम उम्र में सयानी हो गई है? "लव" करती फिर रही है! क्या मैं अपने बाप का नाम डुबाऊंगी? वो सब शादी के बाद करूंगी। तब कोई कुछ नहीं कह पाएगा।'

जीवन बिल्कुल चुप था। उसके मन में क्या चल रहा था, वो समझ में नहीं आ रहा था। लेकिन नाड़ु अभी बहुत ख़ुश था। वह पूरी तरह से हल्का, रंगीन मिज़ाज महसूस कर रहा था। जैसे उसे आज सबसे बड़ा वरदान मिल गया हो, जो पहले कभी नहीं हुआ था। उसे लग रहा था, ऐसे एक समय के लिए अपने पूरे जीवन के संचय को उड़ा देने पर भी पछताने की कोई बात नहीं थी। किसे पता ईश्वर है या नहीं, और अगर है तो वह कहां रहता है? लेकिन अगर यह शाम उसकी दया से मिली थी तो ऐसा अकल्पनीय उपहार देने के लिए उसका धन्यवाद!

फुचके बेचने वाला बिहारी था। लगभग चालीस की उम्र का था। वे बीस साल से कलकत्ता में था। वह बोंदेल गेट के पास किराए के कमरे में रहता था। यह शायद पहली बार था कि वह एक ऐसी लड़की को देख रहा था, जो दो जवान लड़कों के साथ घूमते हुए भी अपने पैसों से *फुचका* खा रही थी। उन्होंने तीन रुपये के *फुचके* खाए और आगे बढ़ गए। दूर से नवीना सिनेमा हॉल नज़र आ रहा था। उससे भी थोड़ा आगे टीपू सुल्तान मस्जिद थी। बहुत देर तक, बिना कुछ कहे वे चुपचाप उस दिशा में चल रहे थे। थोड़ी देर बाद नाड़ु ने कहा, 'इतनी देर तक, सारा समय मैं तुम्हारे साथ मज़ाक़ करता रहा। अब मैं एक गंभीर बात पूछने जा रहा हूं। ठीक से सोच-समझकर इस बात का जवाब देना।'

'पूछो!' श्रीमती ने कहा।

'तू जब बड़ी हो जाएगी, मेरा मतलब साल-डेढ़ साल बाद। जब तू किसी से प्यार करेगी तो क्या हम दोनों दोस्तों में से किसी को चांस मिलेगा?'

नाडु की बात से श्रीमती के माथे पर सिलवटें पड़ गईं। मतलब, इस विषय को लेकर वह सचमुच कुछ सोच रहा था। वैसे यह एक गहरी चिंता का ही विषय था। हो सकता था कि नाडु हमेशा से मज़ाक़िया रहा हो, लेकिन उसका सवाल हल्का या मज़ाक़िया नहीं था। इस सवाल का जवाब बेशक उसे सोच-समझकर देना था।

श्रीमती ने यह दृढ़ निश्चय लिया था कि वह अपने पिता द्वारा पसंद किए किसी व्यक्ति से कभी शादी नहीं करेगी। यह तो तय था कि वह जिसे भी पसंद करती, उसके पिता उस व्यक्ति को नापसंद करते। ऐसे में उसे भागना ही होता। तो ये दो लड़के, जिनसे वह अब कमोबेश परिचित थी, बहुत बुरे नहीं थे। इनमें से किसी एक को निश्चित रूप से चुना जा सकता था।

उसने कहा, 'ठीक है।'

'क्या ठीक है?'

'मैं तुम दोनों से प्यार करूंगी।'

नाडु ने थोड़ा रुककर कहा, 'लेकिन अगर तू हम दोनों से प्यार करे भी, तो तुझे शादी करने के लिए हममें से एक को चुनना होगा। तू किसे चुनेगी? वो भाग्यशाली कौन होगा?'

श्रीमती ने कहा, 'तुम दोनों ही अच्छे हो।'

17

देवताओं का मंदिर

श्रीमती और नाड़ु के साथ उस दिन बेवजह भटकने और तमाम बेतुकी बातों के बाद जब जीवन वापस जादवपुर स्टेशन लौटा तो उसे ख़बर मिली कि लंबे समय तक उसका इंतज़ार करने के बाद, थके और निराश गणेश, गोपाल वगैरह ने अपने सोच-विचार से गाय के हत्यारे संन्यासी के बारे में निर्णय ले लिया था। उसे दो-चार लात-मुक्के लगाने के बाद एक तरफ़ के उसके बाल मुंड़वा दिए और उसके चेहरे पर कालिख़ पोत, उसे स्टेशन और आसपास के इलाक़े में घुमाया और फिर उसे स्टेशन की सीमा से बाहर निकाल दिया।

जादवपुर स्टेशन के दो प्लेटफ़ॉर्मों पर दो जीवन रहा करते थे। ढूंढ़ने पर एक जीवन को शाम के बाद संध्याबाज़ार या रेल बस्ती में, या फिर रेल-साइडिंग पर पाया जा सकता था; या देर रात हो तो ओवरब्रिज की सीढ़ियों के नीचे। यह सटीक रूप से कहना मुश्किल था कि वह दिन में कहां होता था। सुनने में आता था कि कालीघाट श्मशान में, कृष्ण-काली मंदिर के पास, लकड़ी के भट्ठे के बग़ल में उसका डेरा था। जल्लाद नाटा मल्लिक का भाई शंकर मल्लिक, सेंट्रल जेल का वार्डर राधेश्याम रॉय और श्मशान के कुछ डोम जीवन के संगी-साथी थे। एक साधु भी था जो कुछ ही दिनों पहले, दस साल की जेल की सज़ा काटने के बाद, अपने पुराने जीवन को त्याग संन्यास लेने का फैसला कर, श्मशान में आश्रम बना कर रहने लगा था।

जैसे पतंग पूरे आसमान में उड़ती है, लेकिन किसी न किसी समय डोर के खींचे जाने पर उसे वापस चरखे के पास लौटना पड़ता है, वैसे ही जीवन चाहे सारा दिन कहीं भी, कैसे भी गुज़ारे, रात होने पर वह प्लेटफ़ॉर्म नंबर 2

पर सीढ़ियों के नीचे, अपने स्थान पर लौट आता था। और उसके बाद गांजे के प्रभाव से उसकी आंखें लाल हो जाती थीं, या शराब के कारण उसके पैर असंयत हो जाते थे।

यह वही जीवन था जो कभी इधर-उधर भटकते हुए इस स्टेशन पर पहुंचा था। उसके बाद से वहां की मिट्टी के खिंचाव और लोगों के प्रति लगाव के कारण वह वहां से नहीं जा सका। वह स्टेशनवासियों में से एक, सबके सुख-दुख का भागीदार बनकर वहीं रह गया।

जीवन देवी-देवता, भूत-भगवान जैसे विषयों को लेकर ज़्यादा सिर नहीं खपा पाता था। "*जाके जानी ना, ताके मानी ना।* जिसे नहीं जानता, उसे नहीं मानता।", ऐसी एक भावना से उसके दिमाग़ में नास्तिकता का एक पतला पलस्तर चढ़ा हुआ था। अगर भगवान जैसा कोई है तो होता रहे, उससे मुझे क्या! जब उसने कभी मेरी खोज-ख़बर लेने की ज़रूरत नहीं समझी तो मैं भी भला उसकी ख़बर क्यों लूं?

जीवन के जानने वालों का एक मत था कि वह चाहे जितनी बार कालीघाट जाए और साधुओं का संग करे, वह ख़ुद कभी साधु नहीं बनेगा। यह उसकी राशि में नहीं था। क्योंकि अगर ऐसा होता तो उसके कुछ लक्षण निश्चित रूप से सामने आते। एक कहावत है न "*जार नोए ना होए, नोब्बोइतेओ होय ना!* जिसका नौ साल में कुछ नहीं हुआ, नब्बे में भी नहीं होगा!"

ख़ुद जीवन भी यह जानता था कि उसके लिए इस जीवन काल में धार्मिक होना संभव नहीं था। सिर पर चोट खाया पागल कुत्ता कभी महान कैसे हो सकता है? लेकिन जीवन को यह नहीं पता था कि अगर वह नहीं भी चाहता तो भी उसका भाग्य उसे कुछ ऐसा करने के लिए प्रेरित करता, जिसकी वजह से इस स्टेशन पर धार्मिक लोगों के धर्म-कर्म और नाम संकीर्तन करने का एक बड़ा केंद्र बन जाता। कहा नहीं जा सकता था कि उसके इस कृत्य के लिए सौ-दो सौ साल बाद उसका भी नाम हिंदू धर्म के लोगों द्वारा उसी सम्मान से लिया जाएगा, जिस सम्मान से राजा राजवल्लभ का नाम लिया जाता था, वो भी मीर ज़ाफ़र का साथी होने के बावजूद। कहा जाता है कि अंग्रेज़ों के मित्र इस राजा ने देश के अलग-अलग हिस्सों में नब्बे मंदिर बनवाए थे।

जादवपुर रेलवे स्टेशन से जो सड़क थोड़ी बाईं ओर मुड़कर सीधा राजा सुबोध चंद्र मल्लिक रोड पर जाकर मिलती थी, वहां प्लेटफ़ॉर्म नंबर 1 के टिकट

काउंटर के सामने बाईं ओर एक प्राचीन बरगद का पेड़ था, जिसके आगे ख़ाली रिक्शों की क़तार सवारियों के इंतज़ार में खड़ी रहती थी, क्योंकि यह एक रिक्शा-स्टैंड था। शहर के सभी रिक्शा-स्टैंडों में जो कुछ भी होता था उससे यह कुछ अलग नहीं था। ज़रा-सा ग़ौर करने पर देखा जा सकता था कि कुछ लोग रिक्शों के पीछे बैठे गांजा फूंक रहे हैं, तो कुछ गमछा बिछाकर ताश के पत्तों से जुआ खेल रहे हैं, जो अक्सर चीख़-पुकार, झगड़े और मारपीट के दृश्यों में समाप्त होता था। यहां उनके श्रम और पसीने से कमाए धन का कुशलता से छिन जाने का ललचाने वाला सट्टे का खेल भी था।

रिक्शा-स्टैंड में क़रीब पचास रिक्शों के रखने की जगह थी। लेकिन रात को छोड़कर, इतने रिक्शे वहां कभी एक साथ नहीं होते थे। कुछ स्टैंड में होते थे तो कुछ सवारियों को लेकर अपने-अपने रास्तों पर होते थे। पहले यहां रिक्शे बहुत बेतरतीब ढंग से खड़े किए जाते थे, जो जिस तरह चाहता सवारियों को आवाज़ लगाकर अपने रिक्शे पर ले जाता था और जिस अव्यवस्थित तरीक़े से रिक्शे खड़े किए जाते थे, उससे ट्रेन से उतरे यात्रियों को चलने-फिरने में बहुत असुविधा होती थी। जीवन ने नियम निर्धारित किया कि रिक्शे अब अव्यवस्थित नहीं, बल्कि व्यवस्थित तरीक़े से, एक क़तार में खड़े होंगे और सवारियों को एक-एक करके चढ़ाया जाएगा। यह सही नहीं था कि एक रिक्शा दस चक्कर लगाए, जबकि दूसरे को एक भी ट्रिप नहीं मिले। जीवन ने भावना के आवेग से भरे स्वर में कहा था, 'हम सब ग़रीब और दुखी लोग हैं, किसी के दुख-दर्द को मिटाने की क्षमता हमारे पास नहीं है। लेकिन यह देखने की कोशिश करो कि तुम्हारी वजह से दूसरे ग़रीब की कठिनाइयां न बढ़ें। यह देखो कि उस पीड़ित व्यक्ति की तक़लीफ़ को दस लोग मिलकर बांट सकें, जिससे वह जीवित रह सके।'

कुछ तो भय और कुछ स्नेह के कारण, सभी ने जीवन के प्रस्ताव को मान लिया और लाइन का अनुसरण करते हुए सवारियां बैठाने लगे। और दिन के अंत में जब उन्होंने अपनी आमदनी का हिसाब लगाया तो यह देखकर हैरान रह गए कि कमाई पहले से कम बिल्कुल नहीं हुई थी। एक दोपहर को यह देखने के लिए कि क्या उसके बनाए नियम का पालन किया जा रहा है, जीवन ने स्टेशन पर आकर पसीने से भीगे कुली रघु को *डाब* 'हरे नारियल' की एक विशाल टोकरी सिर पर लिए, ज़ोर-ज़ोर से आवाज़ लगाते देखा। लेकिन, उसके सिर का बोझ उतारने में मदद करने के लिए पहले, दूसरे और तीसरे रिक्शा के चालकों में से कोई वहां नहीं था। नारियल का बोझा बहुत भारी

था, एक क्विंटल से कम नहीं होगा। सिर पर पहाड़ जैसा बोझ ढोने वाला ही जानता था कि इस ग़र्मी में दस सेकेंड के लिए भी उस भार को उठाना कितना मुश्किल था।

यहां रिक्शा चलाने वालों में से कुछ ही जादवपुर में रहते थे। उनमें से ज़्यादातर उत्तर और दक्षिण चौबीस परगना ज़िले से थे। केदार और सीताराम बिहार के रहने वाले थे। वे वास्तव में रिक्शा चलाकर दो-चार पैसों की आमदनी कर अपने परिवार का पेट पालना चाहते थे। अपने रिक्शों को लावारिस छोड़कर इधर-उधर घूमने का उनका कोई ग़लत इरादा नहीं था। वे हमेशा अपने रिक्शों पर यात्रियों के इंतज़ार में बैठे रहते थे, लेकिन कौन जाने क्यों, एक बार जब उनका रिक्शा क़तार में आगे बढ़ा और बरगद के पेड़ तक पहुंच गया, तो वे रिक्शों के पास नहीं खड़े थे। दरअसल वे वहां खड़े ही नहीं हो पा रहे थे। वे रिक्शा लाइन में लगा छोड़ काफ़ी दूर चले गए थे। उसका क्या कारण था? वजह कोई और नहीं बल्कि दोपहर की दक्षिणी हवा थी। तेज़ हवा के साथ तैरती आती एक तीखी गंध सभी के नथुनों को जला रही थी। उस गंध को सह कर वहां खड़े रहने की हिम्मत किसी की नहीं थी।

जादवपुर स्टेशन पर दिन भर में सौ से अधिक ट्रेनों की आवाजाही थी। ये सभी लोकल ट्रेनें थीं। लोकल ट्रेनों में शौचालय की सुविधा नहीं होती है। लेकिन स्टेशन के प्लेटफ़ॉर्म नंबर 2 पर फ़ारिग़ होने की एक तरह की व्यवस्था थी। इसलिए, प्लेटफ़ॉर्म नंबर 1 पर ट्रेन से उतरने व चढ़ने वाले सभी यह काम उस बरगद के पेड़ की आड़ में करते थे। हमारी जातीय विशेषता नक़ल करने की है, और यह सद्गुणों के मामले में नहीं पर अवगुणों के मामलों में दोगुना होती है। परिणामस्वरूप, जैसे ही कोई बरगद के पेड़ के नीचे किसी को अपनी पैंट की चेन खोलकर, या लुंगी उठाकर खड़ा देखता, तो वह उसका साथ देने और उसके नक़्शेक़दम पर चलने के लिए अधीर हो जाता था। बिना किसी कारण के बरगद के पेड़ की, निरंतर और निर्विरोध सींचाई हो रही थी।

प्लेटफ़ॉर्म के टिकट काउंटर की उल्टी ओर एक टी-स्टॉल था। स्टॉल के लोगों के साथ, बरगद के पेड़ पर पानी का छिड़काव करने वालों की लगभग रोज़ ही कहा-सुनी होती थी। इस पक्ष की शिकायत थी कि मूत्र त्याग करने से उत्पन्न हुई बदबू और अश्लीलता के कारण उसकी दुकान में कस्टमर कम होते जा रहे थे। महिलाएं चाय पीना तो दूर, वहां खड़ी भी नहीं रहना चाहती थीं।

दूसरे पक्ष का तर्क अत्यंत सरल था—वे रेल यात्री थे और वह स्थान रेलवे वालों का था, किसी के बाप का नहीं। यहां यह तर्क दिया जा सकता

था कि उनके पूर्वजों को ट्रेन के यात्री होने के कारण, इस टी-स्टॉल के आने से बहुत पहले वहां पेशाब करने का मानवाधिकार दिया गया था। तो अब उन पर पानी फेंककर, उन्हें उस अधिकार से वंचित करना, न केवल अनुचित था, बल्कि बेहद अमानवीय भी। जब रेलवे अधिकारी उन्हें नहीं रोक रहे थे तो वे किसी और की क्यों सुनते?

एक समय में सी.पी.आई.(एम) पार्टी के नेता मोंटू सेन ने जादवपुर इलाक़े में सभी रिक्शा-लाइनों को संयुक्त कर एक रिक्शा यूनियन की स्थापना की थी। वह मोंटू बाबू के इस इलाक़े को छोड़ जाने के बाद टूट गया। अब सभी रिक्शा-लाइन वालों ने अपने-अपने नियम और क़ानून बना लिए थे और छोटे-छोटे स्वतंत्र यूनियन बना रिक्शा चला रहे थे। जो भी समस्याएं आती थीं, वे उनका स्थानीय स्तर पर समाधान करते थे। जादवपुर स्टेशन के रिक्शा वालों ने भी नाम के लिए अपना एक यूनियन बनाया हुआ था, जिसका सचिव टी.बी. अस्पताल का मस्तान, साधन डे का दूसरा भाई सोना डे था।

प्लेटफ़ॉर्म नंबर 2 के रमता जोगी निशाचर, जीवन को कुछ रिक्शा वाले पकड़कर अंधेरे से बाहर लाए और कहा, 'तुम्हें यूनियन का सचिव बनना है। जिस तरह तुम मुसीबत में रिक्शा वालों के साथ खड़े होते हो, हर कोई चाहता है कि तुम इस पद को संभालो।'

भले ही उनके अनुरोध को टाला जा सकता था, लेकिन उस आदेश की अवहेलना नहीं की जा सकती थी, ख़ासकर सोना-दा के आदेश की। उन्होंने कहा, 'अब और कुछ नहीं कहना है, तुझे ही सचिव बनना है। यह लोगों की मांग है। और इस मांग का सम्मान किया जाना चाहिए।'

तो उस मांग का सम्मान करने के लिए जीवन सचिव बन गया। और सचिव बनते ही, उसने अपना पहला फ़रमान जारी किया, 'आज से सबको लाइन में खड़े रहकर, एक-एक करके सवारियां लेनी होंगी। अब से यही नियम है! जो भी नियम को तोड़ेगा, उसे तीन दिन के लिए "सस्पेंड" कर दिया जाएगा।'

'देखो भाई लोग, जो भी सवारी तुम्हारे रिक्शे में चढ़ती है, उनके साथ तुम्हें एक अच्छा रिश्ता बनाना है। किसी को भी उनके साथ ग़लत व्यवहार नहीं करना है। करोगे भी क्यों? आख़िर वे हमारे अन्नदाता हैं। दुकानदार अपने ग्राहकों को लक्ष्मी मानते हैं। सवारी वास्तव में तुम सभी के लिए भी देवी लक्ष्मी के समान है और इसलिए तुम लोग उनकी यात्रा को आरामदायक बनाने के

लिए, ख़ुद को नुकसान पहुंचाए बिना जो हो सकता है वो करने की कोशिश करो। इससे तुम सबको लाभ ही होगा।'

'किसी को नुकसान पहुंचाए बिना क्या दूसरे का लाभ हो सकता है?' निमाई मास्टर ने बेमौक़े कहा।

निमाई मास्टर जात्रा दल के मास्टर थे। वह मातला नदी के उस पार, गोसाबा के रहने वाले थे। बचपन से ही उन्हें जात्रा करने का शौक़ था। उन्हें उम्मीद थी कि वह एक दिन सोनाई दिघी और स्वप्न कुमार की तरह जात्रा के बड़े अभिनेता बनेंगे। उस आशा में उन्होंने अपनी दो बीघा पैतृक ज़मीन बेच दी और मोहल्ले के लड़कों के साथ "बन बीबी ऑपेरा" की स्थापना की। उन पैसों से वे चार से ज़्यादा शो नहीं कर पाए और न ही निमाई मास्टर को उन चार शोज़ से कोई प्रसिद्धि मिली जिससे वे स्वपन कुमार को टक्कर दे सकते। अपनी जात्रा टोली पर अपनी पैतृक संपत्ति लुटा देने के बाद, अब निमाई मास्टर अपना पेट पालने के लिए जादवपुर में रिक्शा चलाते थे। हालांकि जात्रा ने उन्हें छोड़ दिया था, फिर भी उनके नाम के साथ "मास्टर", यानी वो बद-नाम, फिर भी जुड़ा रहा।

इस रिक्शा-लाइन में वही एकमात्र शिक्षित प्राणी थे, क्योंकि उनकी लिखावट मोती जैसी थी। और उसी ज्ञान के अधिकार से उन्होंने घोषणा की, 'किसी को नुकसान पहुंचाए बिना क्या दूसरे का लाभ हो सकता है!' संन्यासी गायों को ज़हर खिलाकर उन्हें मार देता था। जिसका नुकसान होना होता था, होता था, लेकिन मुनाफ़ा तो जलधर का होता था।

जीवन भड़क गया और निमाई को ज़ोर से धमकाया, 'मास्टर, अपनी जात्रा का पाठ बंद करो। यह सब पढ़े-लिखे शैतानों की बद युक्ति है। वही यह सब बदमाशी करने के लिए कहते हैं। यह किया जा सकता है, इच्छा होने से निश्चित रूप से किसी को नुकसान पहुंचाए बिना लोगों का उपकार किया जा सकता है।' कुछ देर रुककर सबकी ओर देखते हुए जीवन ने फिर कहा, 'तुम लोगों का कोई नुकसान नहीं होगा, बस या ट्रेन आने पर अपने रिक्शों के सामने खड़े रहा करो, उसी से लोगों का उपकार होगा। क्या मैं नहीं देखता, लोग ट्रेन से भारी बोझ लेकर या बाल-बच्चों के साथ बाहर धूप में रिक्शा के सामने खड़े रहते हैं और चिल्लाते रहते हैं, "कौन जाएगा?" रिक्शा तो लाइन में खड़ा होता है लेकिन चालक का कहीं पता नहीं होता है। सोचो अगर सिर पर डेढ़ मन का बोझा उठाए किसी को रिक्शा वाले का इंतज़ार करते रहना पड़े, तो कितना मुश्किल है। इसलिए आज से नया नियम यह है कि क़तार में

लगे पहले चार रिक्शा वालों को अपने रिक्शों पर बैठे रहना होगा। यदि पहला रिक्शा चालक अनुपस्थित है, तो दूसरा रिक्शा यात्री को ले जाएगा, यदि दूसरे का चालक नहीं है तो तीसरा और यदि तीसरा नहीं है तो चौथा। और वे सभी, जो यात्रियों को लेने के लिए मौजूद नहीं होंगे, उन्हें पूरे दिन के लिए "सस्पेंड" कर दिया जाएगा।

जीवन ख़ुद रिक्शा नहीं चलाता था तो वह कैसे जानता कि चीज़ें जैसी थीं, वैसी क्यों थीं। निमाई मास्टर ने उसे चुनौती दी, 'क्या तुम ऐसा कर सकते हो?'

'कैसा?'

'दोपहर में जब चिलचिलाती धूप में दक्षिण से गर्म हवा आ रही होगी, तब तुम रिक्शे पर बैठे रह सकोगे?'

'अगर रह सकूं तो?'

'पहले करके तो दिखाओ।'

यह नियम जीवन ने बनाया था। अब ख़ुद करके दिखाने के कर्तव्य में जीवन ख़ुद बंध गया था।

'कितनी देर बैठना होगा?'

'जब तक सवारी नहीं आती।'

'ठीक है, कल करूंगा।'

'कल क्यों, आज ही करते हैं।'

जीवन को अब तक यह समझ में नहीं आ रहा था कि निमाई किस बात की इतनी ज़िद कर रहा था। क्या निमाई कड़ी धूप के ताप के बारे में चिंतित था। धूप! अरे, इस पागल के शरीर ने इतनी धूप, बारिश और ठंड झेली थीं, कोई उसके शरीर का एक बाल भी बांका नहीं कर पाया था। मई का सूरज उसका क्या कर सकता था?

जीवन लाइन के पहले रिक्शा पर, चेहरे पर मुस्कान लिए चढ़कर बैठ गया। वह वहां क़रीब एक मिनट तक बैठा रहा। ऐसा इसलिए था क्योंकि हवा तब विपरीत दिशा में चल रही थी, सो ज़्यादा कठिनाई नहीं हुई। लेकिन, जैसे ही हवा ने दिशा बदली तो उसे लगा जैसे उसकी नाक, फेफड़े और पेट तीखी गंध से जल रहे हों। ऐसा लगा जैसे किसी ने अमोनिया की बोतल उसकी नाक में उड़ेल दी हो। घातक बदबू को सहन करने में असमर्थ जीवन रिक्शा-स्टैंड

के सामने, बरगद के पेड़ से दूर, दक्षिण की ओर भागा। अनजाने ही उसके मुंह से झुंझलाहट और शर्मिंदगी से वो प्रचलित, प्रिय संबोधन निकल गया, "ओ साल्ला-रे!"। भैंस के समान काले रंग का, हमेशा पान चबाता हुआ, पसीने और घमोरियों से भरे शरीर का, अनिल घोडुई, जो मोंटू सेन के रिक्शा यूनियन का पूर्व सचिव था, खिलखिलाकर हंसने लगा। 'तुम्हीं ने नियम बनाया है, अब देखो, कैसा लग रहा है!'

अब जीवन क्या करता? कहते हैं, बंदूक से गोली और मुंह से बोली एक बार निकल जाए तो वापस नहीं लौटाई जा सकती है। उसी रात को वह कुछ चुने हुए रिक्शा चालकों को लेकर प्लेटफ़ॉर्म के एक कोने में, ज़रूरी बैठक के लिए बैठ गया। 'तुम लोग मुझे बताओ, हम इस मामले में क्या और कैसे कर सकते हैं? हमें किसी भी तरह इस बदबू को ख़त्म करना होगा।' अनिल घोडुई ने कहा, 'इतने भारी वज़नदार लोग कुछ नहीं कर सके और तुम सोचते हो कि तुम कुछ कर सकते हो!'

'जो मोंटू बाबू भी नहीं कर पाए, वह हम कैसे कर सकते हैं?'

'हम कर सकते हैं, हम निश्चित रूप से कर सकते हैं।' कालीचरण, जिसका सिर उसके शरीर के अनुपात में कुछ ज़्यादा बड़ा था और जब वह बोलता था तो लार छिटकती थी, ने कहा, 'यदि मेरे कहे अनुसार कर सकते हो तो कोई बदबू नहीं रहेगी।'

'क्या करें?' सभी ने समवेत स्वर में पूछा।

'जैसे ही कोई मूतते हुए दिखे, उसके चूतड़ पर जाकर लात मारो। कुछ दिन दो-चार लोगों को लात पड़ेगी तो कोई भी डर के मारे नहीं मूतेगा।'

'कौन लात मारेगा? क्या तू मार पाएगा?'

'हां मार पाऊंगा।'

'ज़िंदगी में कभी किसी को मारा है? किसी को मारना इतना आसान नहीं। तू उसे एक लात मारेगा, जनता तुझे पकड़कर दस लात मारेगी।'

'क्या तुम लोग मेरे साथ नहीं रहोगे?'

निमाई मास्टर ने कहा, "नहीं भाई, मार-पीट में मैं साथ नहीं हूं। मैं इधर-उधर सवारियों को लेकर जाता हूं। अगर कोई मौक़ा पाकर मुझे पीटकर मेरे बाप का नाम भुला दे तो क्या होगा?'

टी-स्टॉल से दस मिट्टी के कुल्हड़ों में चाय आ गई। चाय का भुगतान यूनियन द्वारा हर महीने इकट्ठा किए गए चंदे से होना था। अभी के लिए यह उधार पर था। चाय के साथ घुटियारी शरीफ़ के कारीगरों द्वारा हाथ की बनाई लाल धागे से बंधी, उपर से चपटी, नेपाली और गुजराती मीठी-कड़क तंबाकू से बनी बीड़ी आ गई। सभी हाथों में बीड़ियां जल उठीं। बीड़ी का धुआं मस्तिष्क की जटाओं को खोलने में अत्यंत सहायक था। बीड़ी से गांजा और भी अच्छा था। इसलिए लोगों ने गांजा के चिलम को "बुद्धिमंता" का नाम दिया था। लेकिन फिलहाल "बुद्धिमंता" को एक तरफ़ अलग रख दिया गया था। प्लेटफ़ॉर्म पर गांजा पीने से जी.आर.पी. वाले नारकोटिक ड्रग्स एक्ट के तहत किसी को भी पकड़ अंदर कर देते।

अब डॉक्टर ने कहा, 'अच्छा, अगर बरगद के पेड़ के तने पर एक बोर्ड लटका दिया जाए और उस पर बड़े-बड़े अक्षरों में लिख दिया जाए, "यहां पेशाब करना मना है", तो मुझे नहीं लगता कि कोई फिर...।' यह डॉक्टर नाड़ी दबाकर रोगी देखने वाला डॉक्टर नहीं था। यह घोड़ों का डॉक्टर था। वह रेस-कोर्स के सभी घोड़ों की वास्तविक स्थिति और कुंडली के बारे में सबकुछ जानता था। कोई भी ज्ञान मुफ़्त में नहीं मिलता है। ज्ञान के इस महा भंडार को पाने में उसकी परचून की दुकान की सारी पूंजी बर्बाद हो गई थी। मजबूरन अपना व्यवसाय छोड़ अब वह रिक्शा चलाता था। रिक्शा चलाते हुए वह सपना देखता था कि किसी दिन वह अपनी गणना से उस दिन की बाज़ी के पांच नंबर जीत लेगा और उसे जैकपॉट मिल जाएगा। और फिर वह बड़ाबाज़ार से लॉरी भर सामान ख़रीदकर मदनपुर, अपने बांस की चटाई से बने घर में लौट जाएगा। वह फिर से अपनी दुकान सजाकर बैठेगा।

बैठक में उपस्थित रिक्शा चालकों ने बोर्ड लगाने के प्रस्ताव को सर्वसम्मति से स्वीकार कर लिया। इसके बाद बजट को लेकर बहस शुरू हुई। बोर्ड को तैयार करने और उस पर लिखने के लिए जितनी धनराशि की आवश्यकता होगी, वह बहुत छोटी राशि भी नहीं थी। पैसा कहां से आएगा? कौन देगा?

गोकुल नाम के एक व्यक्ति ने राय दी कि अभी रिक्शा का जो किराया था, उसे थोड़ा बढ़ाकर सवारियों से ही बोर्ड पर होने वाला ख़र्च निकाला जा सकता था।

'यह नहीं हो सकता!' एक ने कहा। 'इससे झगड़े-झमेले बढ़ेंगे। जो सवारी सुबह विजयगढ़ स्टैंड से रिक्शे को जो किराया देकर यहां पहुंचेगी, वही

सवारी शाम को जादवपुर स्टेशन स्टैंड से रिक्शा लेते वक़्त ज़्यादा किराया नहीं देना चाहेगी। इससे झगड़ा होगा। वे हमें मार भी सकते हैं।'

तो उपाय क्या था! माथा मोटा कालीचरण ने अपनी इच्छा व्यक्त की। 'जुआ खेलने वालों का जो दल रात में स्टेशन पर इकट्ठा होता है, उन्हें पीटकर पैसे छीन लेते हैं।' कालीचरण का कहना था कि वह ख़ुशी से इस काम को करने को तैयार था अगर जीवन और उसका दलबल—गोना गणेश, और गोपाल—उसके साथ हों, यदि उसे सभी रिक्शा चालकों का नैतिक समर्थन मिले, भले ही उसे उसके लिए अस्पताल जाने का जोख़िम ही क्यों न उठाना पड़े।

अंत में जीवन ने कहा, 'एक साधारण-सी बात के लिए इतने झमेलों में पड़ने की ज़रूरत नहीं है। आओ वही करें जो सरल और सीधा है। पचास रिक्शा वाले आठ-आठ आने चंदा दें। यदि आवश्यक हो, तो उस राशि को मासिक सदस्यता से काटा जा सकता है।'

'चंदा कौन इकट्ठा करेगा?' ऐसे मामलों में पूर्व अनुभव रखने वाले अनिल घोडुई ने गंभीरता से कहा, 'रिक्शा चलाने वालों से चंदा इकट्ठा करना बाघ के मुंह से खाना छीनने के समान है!'

'किसी को इकट्ठा नहीं करना है, मैं यह ख़ुद करूंगा।' जीवन ने कहा। कुछ दिनों के बाद बरगद के पेड़ पर लाल और पीले रंग का चमकता हुआ टीन बोर्ड लगा दिया गया। जिस पर अविस्मरणीय और ऐतिहासिक उक्ति लिखी थी, 'यहां पेशाब करना मना है।'

सभी दैनिक यात्री जो आदतन वहां पेशाब करते थे, बरगद के पेड़ की छाया के नीचे खड़े होकर सुंदर बोर्ड को देखकर बहुत प्रभावित हुए। उनमें से बहुत से लोग पढ़ना-लिखना नहीं जानते थे, और इसलिए वे पढ़ नहीं पाए कि उस बोर्ड पर किस महापुरुष का कौन-सा उपदेश लिखा हुआ था। लेकिन रंगों के उत्कृष्ट उपयोग को देखकर, उन्होंने मन ही मन कल्पना की कि वह कोई महान कला थी और वे कलाकार की प्रशंसा किए बिना नहीं रह सके। यह किसी और का नहीं बल्कि पंचानंतला के उन "काकू" के हाथ का काम था जो रिक्शों के पीछे पेड़, फूल और पक्षियों के चित्र बनाते थे।

पंचानंतला के महान कलाकार, जो "काकू" के नाम से जाने जाते थे, की कलाकृतियों ने जादवपुर के बहुत से रिक्शों की शोभा बढ़ाई थी। उन्होंने रिक्शों के पिछले हिस्से पर न केवल पेड़, फूल और पक्षी के चित्र बनाए थे,

बल्कि स्व-रचित कविताएं भी लिखीं थीं। "फूल है गुलाब का ख़ुशबू ले के जाइए, गाड़ी है ग़रीब की भाड़ा दे के जाइए", "नहाना है तो दरिया में जा, किनारे में क्या रखा है, प्यार करना है तो डायरेक्ट बोल, इशारे में क्या रखा है"। ये सब उनके ही काव्य छंद थे। शायद लोगों को लगा कि नए बोर्ड पर भी गुप्त भाषा में लिखी कोई आधुनिक कविता है। जिसका अर्थ साधारण लोगों की समझ से बाहर होता है।

लेकिन बदबू कम होने का नाम ही नहीं ले रही थी, बल्कि और बढ़ गई थी। आचार्य रजनीश ने कहा था, निषेध का अर्थ है निमंत्रण। किसी घर के दरवाज़े पर "झांकिए मत" लिख दो। देखना, जिसकी भी नज़र उस पर पड़ेगी, वो निश्चित रूप से तिरछी निगाहों से उस घर को देखेगा। क्योंकि निषेध का कौतुहल उसे देखने पर मजबूर कर देगा। यही मनुष्य का स्वभाव है।

बहुत से लोगों को यह पता नहीं था कि वहां पेशाब किया जाता था। अब बोर्ड लगने से उन्हें भी बोर्ड लगाने का कारण पता चल गया था। इसलिए हर कोई निषेध न मानने के भयानक खेल में मगन हो गया। कुछ दिनों बाद यह पता चला कि एक अंधेरी रात में, जब सब सो रहे थे, किसी ने, या कुछ लोगों ने अवसर का लाभ उठाकर बोर्ड से "मना" शब्द को मिटाने की साजिश रची। नतीजतन, जो पहले निषिद्ध था, अब एक लिखित अपील बन गई "यहां पेशाब करना है"। बोर्ड को देखकर पहले जो कुछ भी जड़ता पैदा हुई थी, उसे झटककर पहले की तरह सभी लोगों को उत्साह के साथ पेशाब करने का नैतिक अधिकार मिल गया।

एक रात जीवन, अभिमन्यु नाम के एक रिक्शा वाले के साथ विवेकनगर नामक एक जगह पर गया। वहां से कुछ ज़रूरी काम निबटाकर लौटने में उसे काफ़ी देर हो गई। रात के क़रीब बारह बज रहे थे। सड़कें बिल्कुल सुनसान थीं। पुलिस और पार्टी के लड़कों की वजह से रात के नौ बजे के बाद लोग बाहर नहीं रहते थे। अंधेरे में लौटते समय अचानक जीवन की नज़र विवेकनगर स्पोर्टिंग क्लब के हल्के अंधेरे फ़ुटबॉल मैदान के दक्षिण-पश्चिमी कोने की ओर पड़ी। झक सफ़ेद रेशम के कपड़े में लिपटी एक युवती वहां, पता नहीं किसके इंतज़ार में बिल्कुल अकेली बैठी थी। दूर से देखकर जीवन को लगा कि वह देखने में बुरी नहीं थी। उसका शरीर सुडौल था। अंधकार को भेदकर अज्ञात द्वीपों की तरह उभरे हुए थे उसके सुगठित दो स्तन। लेकिन वह इस तरह अकेले वहां! क्यों?

'रिक्शा तो रोक ज़रा।'

अभिमन्यु के रिक्शा रोकने के बाद, जीवन नीचे उतर गया और थोड़ी देर तक असमंजस में खड़ा रहा। वह तय नहीं कर पा रहा था कि उसे क्या करना चाहिए। सांझ ढलने के बाद उसने अक्सर कुछ महिलाओं को नेशनल हाइवे के किनारे, हांड़काटा गली और सोनागाछी में ऐसे खड़े रहते देखा था, मानो वे किसी का इंतज़ार कर रही हों। लेकिन यह उस तरह की जगह नहीं थी। यहां, इस समय एक लड़की, बिल्कुल अकेली! माजरा क्या था?

आख़िर में साहस करके जीवन उसकी ओर बढ़ा। जो भी हो, उसे पता लगाना था। ओ हरी! लड़की के पास जाकर जीवन चकित रह गया। वह अंधेरे में जिस पर बैठी थी वह एक गधा था। वह गधा जो न हिलता था, न घास खाता था और न पानी पीता था, बस वहां खड़ा था।

जीवन लॉरी चालक चौधरी के घर गया था। उसने जीवन को न केवल रात के खाने में तड़का दाल और रोटी खिलाई थीं, बल्कि उसे दो गिलास देशी चोलाई शराब भी पिलाई थी। नशे में जीवन ने ग़लत समझ लिया था। वह कोई ख़ून और मांस की युवती नहीं थी। हिन्दू धर्म में, बांग्ला में जिसे "बौसोंतो" कहा जाता है, दरअसल वह "बौसोंतो" यानी वसंत ऋतु नहीं है, जब फटे बांस से गले से भी सुर फूटते हैं, *ओरे भाई फागुन लेगेछे बोने-बोने*, ओरे भाई, फागुन लग गया है जंगलों में। यह "बौसोंतो" पूरे शरीर में आग लगा देने वाली, घातक चेचक की बीमारी थी। यह "बौसोंतो" यानी चेचक की देवी, शीतला माता थीं, जिनके पास इस बीमारी से लोगों को मारने और अंधा करने के अलावा और कोई काम नहीं था। यह एक ऐसी देवी थी जिनका पानी में विसर्जन करते समय "*दूर हौ*", चली जाओ, कहना शास्त्रों में निर्धारित नहीं था। बल्कि काली और दुर्गा की तरह "*आशछे बौछोर आबार हॉबे*, अगले साल एक बार फिर" कहकर उन्हें प्यार से बैठाना होता था।

यह एक कठिन समय था। माटी की मां की तो बात ही छोड़िए, आजकल लोग अपनी असली मां की भी बेवजह, सालोसाल देखभाल करने का बोझ नहीं उठाना चाहते थे। उस द्वापर युग में भी, जब पुण्य की नदियां पृथ्वी पर बहा करती थीं, तब धर्मपुत्र युधिष्ठर ने अपने कट्टर शत्रु दुर्योधन के माता-पिता के साथ अपनी मां को वन में भेज दिया था। जंगल में आग लगने से तीनों वृद्ध जलकर झुलस गए। उन्हें बचाने के लिए आसपास कोई नहीं था। और अब तो कलियुग था। घोर अंधकार का युग। इसलिए, एक बार जब शीतला पूजा समाप्त हो गई और प्रसाद का सेवन कर लिया गया, तो किसी ने

या कुछ लोगों ने, रात के अंधेरे में उन पूजनीय माता की मूर्ति को एक निर्जन मैदान के कोने में रख दिया, ताकि धूप और बारिश में मिट्टी की मां मिट्टी में मिल जाएं।

निर्जन रात में एक अकेली महिला को सामने पाकर नशे में धुत, नास्तिक जीवन के दिमाग़ में अचानक एक कुटिल भावना आई। उसने अपने चारों ओर देखा, और जब उसे पूरा यक़ीन हो गया कि कोई उसे देख नहीं रहा है तो किसी विकृत बलात्कारी मानसिकता के पुरुष के असीम साहस के साथ उसने उसे जाकर दबोच लिया। उसने शीतला की मूर्ति को अकेले ही उठाकर अभिमन्यु के रिक्शा में रख दिया और कहा, 'चलो चलें!'

'कहां?'

'सीधा जादवपुर स्टेशन, और कहां?'

'इसे ले जाकर क्या करोगे?'

'क्या करूंगा, वो तुझे दिख जाएगा। अब चल।'

स्टेशन पहुंचते ही जीवन ने अभिमन्यु से कहा, 'चुपचाप कहीं से चार ईंटें ले आ। बिलाल की दुकान के सामने देख, मिल जाएंगी।'

उसके बाद जीवन ने पीले पानी के दलदली कीचड़ में उन चारों ईंटों को बिछा दिया और उस पर गधे के वाहन पर बैठी मां शीतला की मूर्ति को, "*कांचा खेको देबी,* कमज़ोरों की दिव्य भक्षक देवी" के रूप में स्थापित कर दिया। उन दोनों के अलावा इस घटना का और कोई साक्षी नहीं था। उस मूर्ति की स्थापना बहुत अधिक फ़ायदेमंद रही। अगली सुबह, धुंधले उजाले में स्टेशन पर पहली ट्रेन के रुकते ही, जो लोग हमेशा की आदत के अनुसार, उनींदी आंखें मलते हुए अपनी पतलून की चेन खोल, या लुंगी उठा वहां खड़े होने लगे, वे तुरंत विपरीत दिशा में भाग गए। इसका एक ही कारण था, जो धर्म पर आस्था रखने वाले हिंदू थे, वे *कांचा खेको देबी* के शरीर पर पेशाब करके, देवी के क्रोध का शिकार होकर अपने वंश के खात्मे का ख़तरा मोल लेने के लिए मानसिक रूप से तैयार नहीं थे। जो मुसलमान थे, वे हिंदू देवी का अपमान करके सांप्रदायिक रोष का शिकार होने के लिए इस समय पूरी तरह से अनिच्छुक थे। और वे जो न हिंदू थे और न ही मुसलमान, बल्कि केवल मनुष्य, केवल पुरुष, वे सबके सामने किसी महिला के आगे अपने पुरुषांग को उजागर कर, लाज-लज्जा का विसर्जन करने जैसा असभ्य आचरण करने की संभावना से बेहद कमज़ोर और असहाय महसूस करने लगे। इन तीनों कारणों

से कुछ दिनों में वहां की मिट्टी सूख गई। बदबू ग़ायब हो गई। जो लोग शुरू में देवी की दुर्दशा पर क्रोधित थे, वे अब उस कुकर्म की प्रशंसा में मुखर थे। आवारा जीवन अब अपने ही आविष्कार पर मंत्रमुग्ध था। न कोई जान पाया और न कोई थाह पा सका कि युगांतकारी मां शीतला का परम भक्त कौन था, जो वास्तव में शीतला के नाम का महात्म्य जानता था।

कई दिनों के बाद, पैदल चल रहे एक राहगीर ने देखा कि एक आठ आने का सिक्का बड़े अनादर के साथ सड़क की धूल में पड़ा हुआ है। पचास पैसे ही थे, पचास या सौ रुपये होते तो कुछ बात भी होती। उसकी जादवपुर बाज़ार में बड़ी दुकान थी। यहां उसकी अच्छी पहचान थी। इसलिए वह इस छोटे से सिक्के को सबके सामने उठाकर अपनी जेब में डालने से हिचक रहा था। संस्कार और सभ्यता ने उसे ऐसा करने से रोक लिया। उसने दो उंगलियों से मिट्टी से उस आठ आने के सिक्के को ऐसे उठाया, मानो वह कोई सूखी चीज़ उठा रहा हो, और मानो धन के दूषित स्पर्श से उसका मन और शरीर अशुद्ध हो रहा हो। सिक्के को उठाने के बाद उसने चारों ओर देखा कि कहीं दान करने के लिए कोई ग़रीब व्यक्ति दिख जाए, लेकिन वहां कोई नहीं था। भिखारी इतनी सुबह भीख मांगने नहीं निकलते थे। तभी उसकी नज़र शीतला माता की मूर्ति पर पड़ी। यही तो योग्य स्थान था! उसके बाद उसने आठ आने का वो सिक्का मूर्ति के सामने ऐसे फेंका जैसे वह भार मुक्त हो, पाप मुक्त हो, पवित्र गंगा में डुबकी लगा रहा हो।

तभी, सट्टा पैड पर नंबर लिखने वाले सात्विक ब्राह्मण, हरिनारायण चक्रवर्ती, बरगद के पेड़ के नीचे आकर बस बैठे ही थे। वे अपने कार्यस्थल में धूप जलाने लगे। फेंके गए सिक्के की झंकार ने उनकी अंतरात्मा को हिला दिया। जैसे उस ध्वनि ने उनकी ब्राह्मण बुद्धि की जड़ पर ठोकर मारकर उन्हें सदियों की नींद से जगा दिया हो। कोई ध्वनि इतनी मीठी हो सकती थी, यह उन्होंने पहली बार महसूस किया। शायद इसलिए ध्वनि को ब्रह्म कहा जाता है। ब्रह्म-चेतना के अलौकिक स्पर्श से उनकी दिव्य आंखों ने संभावना के द्वार के खुलने का संकेत देख लिया। इस बोध और जागृति के पीछे सृष्टिकर्ता भगवान की ही इच्छा थी। परमेश्वर निश्चित रूप से उनके हाथों से ही इस कार्य को करवाना चाहते थे। हरिनारायण चक्रवर्ती ख़ुशी से झूम उठे।

उन्होंने अपने स्थान से उठकर पचास पैसे का सिक्का उठा लिया। अपनी जेब से पचास पैसे और जोड़कर वह सुगंधित धूप का एक पैकेट खरीद लाए। फूल बेचने वालों से कुछ फूल मांग कर ले आए। और रॉय बाबू के पीतल

और कांसे के बर्तनों की दुकान से उधार पर एक भेंट चढ़ाने की थाली ले आए। आख़िर, प्रणामी की भेंट तो उसी पर गिरनी थीं। स्टेशन पर भिखारिन दुली की मां रहती थी। वह लंगड़ी थी। हरिनारायण ने उसे बुलाया और बड़े प्यार से समझाया, 'देख, यह मां का काम है। मां के काम को "न" कहने से पाप होगा। जा, जाकर एक झाड़ू ले आ। एक बाल्टी पानी और थोड़ा गाय का गोबर भी लाना। मां के स्थान को ज़रा गोबर से लीप दे। जिस दिन से मां यहां प्रकट हुई हैं, वह बड़ी अनादर और उपेक्षा से पड़ी हुई हैं। वह अगर क्रोधित हो गईं तो तुम सब बर्बाद हो जाओगे!'

दुली की मां के झाड़ू लगाने और गोबर से लीप देने के बाद हरिनारायण ने धूप-अगरबत्ती जलाई, फूल सजाए और दान की थाली को मूर्ति के सामने रख दिया। उसके बाद वह सभी रिक्शा चालकों, फेरी वालों और दुकानदारों के पास गए, 'दो-पांच रुपये, मां के नाम पर जो दे सकते हो, दे दो। बहुत दिनों से मां अनादर और उपेक्षा झेल रही हैं। यह किसी के लिए भी अच्छा नहीं है। *कांचा खेको देबी* की नज़र कब, किस पर पड़ जाए, कहा जा सकता है क्या? चारों तरफ़ इतनी रोग-व्याधियां फैली हुई हैं, उनकी सेवा-जतन करना नितांत महत्वपूर्ण है। कल रात मां ने मेरे सपने में दर्शन दिए और मुझे निर्देश दिया है, "मेरी पूजा करो"।'

हरिनारायण ने बहुत दिनों के बाद मंत्रों का पाठ किया जिन्हें वे सट्टा पैड पर नंबर लिखते-लिखते लगभग भूल ही गए थे। सभी ने प्रसाद खाया। जो पैसा इकट्ठा हुआ था, वह सब ख़र्च नहीं किया गया था। जो कुछ बचा, वह हरिनारायण की दक्षिणा थी। हिसाब की दृष्टि से पूरे दिन सट्टा पैड पर लिखने से जो मिलता था, यह उससे कम नहीं था। वह तो पहले से ही था, अब यह अतिरिक्त राशि भी मिल गई, ईश्वर की असीम कृपा थी।

शीतला पूजा के साथ एक बड़ी समस्या यह थी कि वर्ष में एक बार से अधिक पूजा नहीं हो सकती थी। शायद देवी का इससे चल जाता, लेकिन सेवादारों का कैसे चलता? फिर मज़ा ही कहां था? आवश्यकता एक ऐसी पूजा की थी जो हर दिन की जा सकती हो। उसे ध्यान में रखते हुए हरिनारायण ने एक-एक करके शनि, काली, शिव, राधाकृष्ण, मनसा—सभी देवी-देवताओं की लाइन लगा दी। देखते ही देखते वहां पहले बांस की चटाइयों का और फिर ईंटों का पक्का मंदिर बन गया। प्रवेश द्वार पर कोलैप्सिबल गेट लग गया। दानपेटी का एक बड़ा बक्सा आया, जिसे ज़ंजीर से सुरक्षित किया गया।

मां काली के लिए दिया दान अब थाली में रखना मुश्किल हो रहा था। पास से गुज़र रहा कोई भी भूखा बच्चा फाटक से अपना हाथ डाल कर मुट्ठी भर के सिक्के उठा लेता था। कोई उन्हें देख ले तो दांत निकालकर कह देता, "क्या भगवान सब अकेले ही खाएंगे?" अब सांझ होने के बाद से ही भक्तों का समागम बढ़ता जाता था। और जितनी रात बढ़ती जाती थी, हवा में उतना ही गांजे का धुआं बढ़ता जाता था। धार्मिक स्थलों पर जो कुछ होता था, वह सब अब यहां भी होने लगा था।

नए दोस्त पुराने दोस्त

18

कमाके खाने वाली

देखते-देखते आम और कटहल को पकाने वाली, लेकिन लोगों के जीवन को तड़पाने वाली असहनीय गर्मी चली गई। आज शाम अचानक बाणों की बौछार की तरह बारिश हुई। दिन भर चमकती धूप के बाद शाम को आसमान में काले बादल छा गए। ऐसे बादल कुछ दिनों से जमा हो रहे थे, लेकिन रात में वे छंट जाते थे। पर आज पहले बूंदाबांदी हुई, उसी के साथ बिजली कड़कने की आवाज़, और तेज़ हवा के झोंके आए। रेलवे स्टेशन के बग़ल के बूढ़े बरगद के पेड़ की एक मोटी शाखा, जिसके नीचे रिक्शा-स्टैंड था, चरमराती हुई टूटकर गिर पड़ी। लैंप-पोस्ट से लटका बिजली का तार टूटकर सड़क पर गिर गया। एक दुकान की टीन की छत आंधी से उड़कर सुदर्शन चक्र की तरह घूमती हुई छेचन साहू के भोजनालय के सामने पछाड़ खाकर गिर पड़ी। ग़नीमत थी कि वहां कोई नहीं था, वर्ना न जाने क्या हो जाता।

हालांकि जितनी भयानक आंधी थी, बारिश उतनी तेज़ नहीं थी। तेज़ हवा के झोंकों के कारण बारिश की बूंदें छर्रों की तरह बदन पर लग रही थीं। प्लेटफ़ॉर्म पर इस समय ट्रेन पकड़ने के लिए यात्रियों की भीड़ सर्वाधिक होती थी। बारिश की कील-सी चुभन से बचने के लिए वहां इंतज़ार कर रहे लोग टिकट काउंटर के एक तरफ़ सिमटकर खड़े हो गए थे। वहां एक टी-स्टॉल, एक दीवार और थोड़ी-सी ओट थी, इसलिए बारिश की बौछार कुछ नियंत्रित थी। जीवन इस समय वहीं पर था। उसने एक कोना ढूंढ़कर आराम से एक चारमीनार सिगरेट सुलगाई। कड़े तंबाकू के धुएं से शरीर थोड़ा गर्म रहता है। बारिश बंद होने तक तो अब वह कहीं नहीं जा सकता था। हालांकि, उसे जादवपुर बस-स्टैंड चौराहे पर जाना था, लेकिन अब यह संभव नहीं था।

सिगरेट ख़त्म करके उसकी ठूंठ को बाहर बारिश में फेंककर जब उसने अपनी गर्दन घुमाई तो उसकी नज़र जेबक़तरे सलीम और बिशा पर गई, जो वहां खड़े थे। उन दोनों की आंखें चकरी के समान चारों ओर गोल-गोल घूम रही थीं। जैसे ही जीवन ने उन्हें देखा, उसके सिर पर ख़ून सवार हो गया। ये दोनों प्लेटफ़ॉर्म नंबर 1 पर क्यों घूम रहे थे? बारिश के कारण लोगों की ठसाठस भीड़ बहुत परेशान स्थिति में थी। उनमें से कोई भी अपनी जेब के प्रति सावधान नहीं था। होने की बात भी नहीं थी। और ऐसे मौक़े पर ये लोग किस-किस का सर्वनाश करके निकल जाते, किसे पता था!

जीवन भीड़ को धक्का देता हुआ उनकी ओर बढ़ा। और फिर उसने सख़्त आवाज़ में पूछा, 'तुम यहां क्या कर रहे हो?' जीवन का आक्रामक रुख़ देखकर सलीम सकपका गया। उसने डरते हुए कहा, 'कुछ नहीं, बस ऐसे ही।'

'कहे देता हूं, यदि यहां किसी की जेब पर हाथ-वाथ डाला तो मैं तुम दोनों को मारकर तुम्हारी गर्दन तोड़ दूंगा।'

सलीम ने बहुत ही सौहार्दपूर्ण स्वर में कहा, 'तुम ख़ामखां पब्लिक के सामने ऐसी बातें क्यों कह रहे हो? बारिश हो रही है इसलिए यहां खड़े हैं। हम क्या वो सब करने यहां आए हैं? ठीक है, तुम जब ऐसा कह रहे हो तो हम चले जाते हैं।' फिर वे रेल की पटरी पार करके प्लेटफ़ॉर्म नंबर 2 पर चढ़ गए। जीवन जानता था कि अब वे वहां नहीं खड़े होंगे। खड़े भी रहे तो कुछ नहीं करेंगे। तो अब उनके रुकने का क्या फ़ायदा था, जब उन्हें सब वापस ही देना पड़ता। कमीने जीवन ने जो उन्हें देख लिया था!

अपनी जगह पर लौटने के लिए जब जीवन ने अपना मुंह घुमाया, तो उसे एक पहचाना-सा चेहरा नज़र आया। लेकिन उसने उसे कहां और कब देखा था, यह उसे याद नहीं आ रहा था। वह एक लड़की थी।

जीवन लगभग एक समस्या से हमेशा परेशान रहता था। कलकत्ता की भीड़ को देखकर कुछ लोग इसकी तुलना समुद्र से करते थे, जन समुद्र। जीवन को लगता था कि लड़कियां उस गहरे समुद्र की अनजानी रुपहली ईलिश (हिल्सा) मछलियों की तरह होती हैं। लेकिन सिर्फ़ समुद्र की ईलिश ही क्यों? पोखर की पूंटी मछली या सड़े दलदल कि शिंगी और मागुर मछली, सब को अलग करना मुश्किल था। जैसे एक पूंटी को सौ बार देखने के बाद भी पूंटी मछलियों की टोकरी में उसे मिला देने पर फिर से उसे ढूंढ़ पाना बेहद मुश्किल

था, क्योंकि सभी एक जैसी दिखती हैं। इसी तरह जीवन को भी हर लड़की को देख कर लगता था कि उसने उसे पहले भी कहीं देखा है।

लेकिन लड़की उसे देखकर मुस्कुराने क्यों लगी थी? उस मुस्कान में उसके पूर्व परिचित होने की स्पष्ट स्वीकृति थी। 'दादा, तुमने मुझे पहचाना?'

जीवन ने अपना सिर हिलाया, 'तुम पहचानी-सी लग रही हो।'

'क्या कह रहे हो! तुम्हें याद नहीं?' लड़की बहुत हैरान हो गई। इतनी बड़ी घटना, जिसकी वजह से वे एक-दूसरे से परिचित हुए, कोई कैसे पूरी तरह से भूल सकता था?

शायद रेलवे स्टेशनों के प्रति विश्व विधाता की घोर उदासीनता थी। चाहे पश्चिम बंगाल, बिहार, असम या उत्तर प्रदेश, जहां कहीं के भी स्टेशन हों, हमेशा इनके आसपास असामाजिक गतिविधियों का केंद्र विकसित हो जाता है। तो जादवपुर स्टेशन अपवाद कैसे हो सकता था? यहां भीड़-भाड़ वाली ट्रेन से चढ़ते या उतरते समय किसी की भी जेब से सबकुछ छिन सकता था। रात में ख़ाली ट्रेन के डिब्बों से कान की बालियां, गले की चेन, कलाई घड़ियां छीनी जा सकती थीं। आख़िरी ट्रेन के छूट जाने के बाद अगर किसी असहाय महिला को स्टेशन पर रात गुज़ारनी पड़ जाए तो उसकी इज़्ज़त लुट सकती थी। कोई मचलता, असभ्य हाथ किसी युवती के स्तनों को मसल सकता था। उसके वहां होने के दौरान, ऐसी किसी घटना के घटने पर जीवन कभी तटस्थ, शांत, निरपेक्ष या निर्विरोध नहीं रह पाता था। किसी न किसी के पक्ष में ज़रूर खड़ा होता था। और वह पक्ष अनिवार्य रूप से असहाय और कमज़ोर का होता था। लेकिन इसका गणित असंगत-सा था। उसके गणित के अनुसार, यदि एक पॉकेटमार को पच्चीस लोग घेरकर थोक के भाव में पीट रहे हों तो जीवन उस कथित पॉकेटमार के पक्ष में खड़ा होता था। वह जैसे भी हो उसे पिटाई से बचाता था। वहीं, किसी अकेली, बेबस, डरी हुई ग़रीब लड़की को घेर कर पांच बदमाश उसके साथ बदसलूकी करने लगें तो वह उस लड़की का बड़ा भाई बनकर उसकी रक्षा करता था। बदमाशों की पिटाई करता था। अकेले संभव न हो तो गणेश, गोपाल और कालिया वगैरह को बुला लेता था।

इन्हीं कारणों से कुली, मज़दूर, रिक्शा वाले, फेरी वाले, स्थानीय बेरोज़गार युवक और रोज़ के रेल यात्री—सब जीवन को जानते थे। वे उसे कुछ अलग तरह से देखते थे और कुछ लोग उसे चाहते भी थे। एक रात, ऐसे ही किसी ख़तरनाक क्षण में, इस लड़की ने अचानक उसे एक मददगार के रूप में अपने साथ पाया था।

वो भी ऐसी ही एक तूफ़ानी रात थी। तीन-चार दिन की लगातार बारिश के बाद शहर की सभी सड़कों पर पानी भर गया था, जो लोगों के लिए नर्क था। लड़की उस दिन विजयगढ़ से घुटनों तक पानी में चलती हुई जादवपुर स्टेशन पर पहुंची थी। लेकिन वहां पहुंचकर वह बड़ी समस्या में पड़ गई। उसे जहां जाना था, वहां जाने के लिए कोई ट्रेन उपलब्ध नहीं थी। मूसलाधार बारिश के कारण कई जगहों की रेल की पटरियों पर पानी जमा हो गया था। पानी कम न होने तक, न तो अप और न ही डाउन लाइन की ट्रेनें चल सकती थीं। अब क्या उपाय था?

लड़की किसी बाबू के घर में काम करती थी। ये उन काम वालियों में से थी जिनका होना कलकत्ता शहर में बाबू संस्कृति का एक अपरिहार्य अंग था। जिनका न होना शहर की सुंदर, मध्यमवर्गीय गृहिणियों को शारीरिक एवं मानसिक, दोनों तरह के संकट में डाल सकता था। निश्चित रूप से ये उनकी आवश्यकता थीं, लेकिन ये लड़कियां उनके लिए उनकी क्रिस्टल ऐशट्रे या पोर्सेलिन की चायदानी जितनी मूल्यवान नहीं थीं, जिन्हें साफ़ करके घर के निर्दिष्ट स्थानों पर रखा जाता है। वे बहुत कुछ मिट्टी के कुल्हड़, आइसक्रीम की डंडी या साल के पत्तलों की तरह थीं, जिन्हें उपयोग के बाद कूड़े की तरह फेंक दिया जाता है। जब तक इनकी ज़रूरत हो, इन्हें गन्ने की मशीन की तरह निचोड़ा जाता था, और उसके बाद—चल जा, दूर हो!

ये सारी काम करने वालियां बिल्कुल मूर्ख नहीं थीं। बाबुओं और बीबीओं की नज़र में उनकी क्या औक़ात थी वे इससे भली-भांति परिचित थीं। इसलिए, पांच-दस-पच्चीस साल की दैनिक निकटता के बाद भी दोनों पक्षों में से किसी पर भी मानवता और सहधर्मिता की चर्बी नहीं जम पाती थी। नपे-तुले और यांत्रिक सौजन्यता का ही आदान-प्रदान रहता था।

और इसलिए उस दिन शाम को अपना काम ख़त्म करने के बाद, बाहर भयंकर बारिश को देखकर, उस कामवाली ने चिंतित होकर पूछा, 'दीदीमोनी, मैं घर कैसे जाऊंगी? सड़कों पर पानी भर गया है। बिजली चमक रही है।' तब तक गृहिणी ने हिसाब लगा लिया था कि उसे रात में रहने देने की क्या क़ीमत होगी, इसलिए वह धीरे से मुस्कुराई और कोमल स्वर में बोली, 'बिल्कुल जा पाएगी, देख कितने लोग जा रहे हैं! तेरे पास छाता है न? अगर नहीं है तो सीढ़ियों के नीचे वाले कमरे से वो पुरानी छतरी ले जा। पर याद से कल वापस ले आना।'

हालांकि उसे इस घर में काम करते हुए ज़्यादा समय नहीं हुआ था, लेकिन और दूसरे घरों में कई सालों तक काम करने का उसका अनुभव था इसलिए वह जानती थी कि महीने भर काम करवाने के बाद, पगार के रुपये फेंकने के अलावा बाबू लोगों के दिलोदिमाग़ में किसी और तरह के दया भाव की कोई जगह नहीं थी। आख़िर एक कामवाली, कामवाली ही तो थी, उसकी और क्या बात हो सकती थी? ये बाबू लोग तो अपने माता-पिता के बूढ़े होने पर उन्हें घर से बाहर निकालकर वृद्धाश्रम भेजने से भी नहीं हिचकिचाते थे, उनका सीधा हिसाब था—मैं, मेरे बच्चे और मेरे पति या पत्नी, इसके अलावा बाक़ी सबकुछ अतिरिक्त परेशानियां थीं।

ख़ुद को क़िस्मत के हवाले कर वह लड़की पानी से भरी सड़क पर उतर गई। किसी तरह तीन-चार किलोमीटर चलकर वह स्टेशन पहुंची और अपने गांव के जाने-पहचाने चेहरों को ढूंढ़ने लगी। लेकिन उसे वहां कोई नहीं दिखा। कहां थी हरिमती? पौटोल की मां, अंगा पीशी; उसके गांव के इतने सारे लोग कहां थे? वे सभी उस ट्रेन से वापस चले गए थे, जिससे वे प्रतिदिन जाते थे। इस लड़की को स्टेशन पहुंचने में देर हो गई थी।

उधर रात बढ़ती जा रही थी और वह पहचाने चेहरों को ढूंढ़ते-ढूंढ़ते परेशान हो रही थी। रात के साथ-साथ बारिश भी तेज़ होने लगी थी। चारों ओर अंधेरा और घना हो रहा था। और उधर ट्रेन के आने के कोई आसार नहीं दिख रहे थे। बेहद असहाय वह अकेली लड़की, रात बिताने के इरादे से 2 नंबर प्लेटफ़ॉर्म के बीचोबीच एक बेंच पर सिकुड़कर लेट गई। शहरतली के इस इलाक़े में, ऐसी रातें बेहद अराजक, भयानक और भय से भरी होती थीं। रात के ऐसे अंधेरे में, दिन के उजाले में दिखने वाले शांत, निरीह, बेचारे अमूमन बदल जाते थे। उनके छिपाए हुए ख़ूंख़ार नुकीले पंजे और दांत बाहर निकल आते थे। वे नुकीले नाख़ून और दांत के प्रतिरोध को अक्षम कर सतीत्व की दीवार को फाड़कर अलग कर देते थे। नष्ट कर देते थे किसी अबला, असहाय लड़की के वर्तमान और भविष्य में उसके जीने की उमंग को। उसे पीड़ा और अपमान के समुद्र में फेंक देते थे।

पिछले साल ठीक इसी तरह एक रात को पियाली गांव की एक चौदह साल की कुंआरी बच्ची को बर्बरों के एक झुंड ने मालगाड़ी के ख़ाली डिब्बे में नोंच खाया था। उस घटना से जो लोग जुड़े थे, वे कोई अपराधी नहीं थे, बल्कि स्टेशन के कुछ कुली, रिक्शा वाले और छोटा-मोटा धंधा चलाने वाले आठ-नौ जन थे।

यह लड़की उस घटना के बारे में जानती थी। इसी डर से वह प्लेटफ़ॉर्म के बीचोबीच, रोशनी वाले हिस्से में लेट गई, जहां कुछ लोग थे। हालांकि वे अत्यंत कमज़ोर और अक्षम बूढ़े लोग थे, फिर भी इस प्रचलित धारणा से कि लोग मुसीबत के समय एक-दूसरे के साथ खड़े होते हैं, वह कुछ हद तक आश्वस्त थी।

देर रात बारिश का कहर कुछ कम हुआ तो उसे नींद आने लगी। आख़िर पूरे दिन के परिश्रम के बाद रात तो लोगों के नींद के लिए ही नियत थी। यदि यह दुर्घटना न हुई होती तो वह अब तक तालदी नाम के गांव में, अपनी छोटी-सी झोंपड़ी के छप्पर के नीचे यही कर रही होती। चूंकि बारिश की फुहार और अंधेरे के डर से उसका कांपना कुछ कम हुआ, तो उसे नींद आने लगी। अचानक उसने अपने कान के पास, एक फुसफुसाता कामुक स्वर और अपने बदन पर एक असभ्य हाथ का स्पर्श महसूस किया। 'ऐई, उठ न!'

'कौन, कौन है?' लड़की ने हड़बड़ाते हुए उठकर देखा। तीन-चार धुंधली आकृतियों ने उसे घेर लिया था। उनकी सांस से देशी शराब की तेज़ गंध आ रही थी, उनकी आंखें लाल थीं, और उन्होंने धमक भरे स्वर में उससे कहा, 'एकदम चिल्लाना नहीं! चुपचाप उठकर चल। वर्ना...।' पास में लेटी बूढ़ी भिखारिन ने एक बार अपनी आंखें खोलीं और फिर बंद कर पड़ी रही। वह एक बेघर भिखारिन थी। उसके जीवन के कई साल इसी स्टेशन के प्लेटफ़ॉर्म नंबर 2 के शेड के नीचे बीते थे। एक समय उसके शरीर में भी कुछ यौवन बचा था। वह जानती थी कि अब क्या होने वाला था। इस समय आंख, कान और मुंह बंद रखना ही बुद्धि की निशानी थी। उसकी गर्दन पर घोर हानिकारक शक्ति सांस ले रही थी। ऐसे समय में गांधी के बंदरों जैसा न होना ख़तरनाक था। अब वह कोई बुरा दृश्य नहीं देखेगी, कोई बुरी बात नहीं सुनेगी, या ऐसा कुछ नहीं कहेगी जिसका परिणाम बुरा हो। वह यह व्रत लेकर गूंगी, बहरी, मृत हो गई।

लेकिन लड़की मृत नहीं हो सकती थी। उसने महसूस किया कि एक काला हाथ उसके शरीर का जायज़ा ले रहा है। उसने आतंक और भय से उस हाथ को अपने शरीर से झटककर हटा दिया। और फिर अपनी देहाती बोली में बिफ़र पड़ी, '*तोगार घौरे मां बोन नेइको? जा, शेखेने जा!* तुम्हारे घर में क्या मां-बहन नहीं हैं? जाओ, वहां जाओ!'

लड़की की बात पर हाथ के मालिक को ग़ुस्सा नहीं आया। वह विनम्रता से पिघल गया और कहा, '*लोक्खी शोना, झामेला कोरिशना!* प्यारी सोना,

परेशान मत कर। फ़ालतू परेशान करने से क्या फ़ायदा, बता? चल, हमारे साथ चल! मां क़सम खाकर कहता हूं, एक घंटे के अंदर छोड़ देंगे तुझे। ठीक है, ऐसे जाने की ज़रूरत नहीं, कितना पैसा लेगी? बता, हम तुझे दे देंगे।'

लड़की ने कहा, 'यहां से निकल जाओ! नहीं तो मैं चिल्लाऊंगी!'

'चिल्लाने से क्या होगा? कोई नहीं आएगा।'

यह सच था कि उस वक़्त कोई नहीं आता। यह एक ऐसा समय था, जिस समय कोई किसी की मुसीबत में उसके साथ खड़ा नहीं होता था। 1 नंबर प्लेटफ़ॉर्म पर एक जीआरपी की चौकी थी। लेकिन नक्सलियों ने एक बार चौकी में घुसकर छह-सात पुलिसवालों को मार दिया था, और उनकी सभी राइफ़लें और गोला-बारूद ले गए थे। अगर फिर कुछ ऐसा हुआ तो? इस डर से अब वे देर रात को चौकी से बाहर निकलने की हिम्मत नहीं करते थे। लेकिन असल सच्चाई यह थी कि इस इलाक़े में अब नक्सली नहीं थे। कुछ मर चुके थे, कुछ जेल में सड़ रहे थे, और बाक़ी इलाक़े से भाग गए थे। सी.पी.आई.(एम) के कार्यकर्ता भी कांग्रेस और पुलिस के डर से भाग गए थे।

नतीजतन, स्टेशन के आसपास कुछ बदमाश, असामाजिक तत्व और गुंडे, जो उन राजनीतिक दलों के लड़कों के डर से चुप रहने को मजबूर थे, अब सिर उठाकर खड़े हो गए थे। स्टेशन के चारों ओर कुछ छोटे-छोटे दल पैदा हो गए थे। वे जैसा चाहते थे, वैसा करते थे। यह दल भी उनमें से एक था जो चोरी, छीना-झपटी कर शराब पीते थे और लड़कियों पर झपटते थे।

लड़की ने देखा, वो घिनौना हाथ फिर उसकी ओर बढ़ रहा था। साथ में दो और सहायक हाथ बढ़ रहे थे जो उसे उठाकर ले जाना चाहते थे।

यह एक लड़की नहीं, बल्कि उनके लिए आमिष आहार थी। देशी चोलाई शराब की लहरों ने उनकी आदिम इंद्रियों को झकझोर दिया था। उन लहरों को आज के घने बादलों से घिरी निर्जन रात ने तूफ़ानी गति दे दी थी। ऐसी रात में कौन किसको बचाता?

अन्य दिनों की तुलना में आज रात बहुत कम लोग स्टेशन पर सो रहे थे। इसलिए वह लड़की आज की रात और भी असुरक्षित थी। तापमान में गिरावट के कारण सुहावने मौसम में पूरा शहर सो रहा था। इस तरह की रात में लूट, बलात्कार आदि जैसे कृत्य करने के लिए एक अनुकूल और उपयुक्त समय था। और इसलिए जैसे ही एक हाथ ने उसे ज़बरदस्ती पकड़ा, वह पूरा दम

लगाकर चिल्ला उठी, 'बचाओ!' एक चीख़ के बाद ही किसी ने उसका मुंह हाथ से दबा दिया।

चीख़-पुकार सुनकर बग़ल में सो रही बुढ़िया दूसरी ओर करवट करके सो गई—कुछ नहीं हो रहा है। कुछ नहीं होगा। सिर्फ़ एक रात की बात है। आंख, कान बंदकर, दांतों से दांत दबाकर सह ले, मां। और क्या कर सकती है बता? यह सब हमारे भाग्य का लिखा है रे, मां।

लड़की ने अपने दोनों हाथों से, मुंह को दबाने वाले हाथ को धक्का दिया और एक बार फिर चिल्लाई, 'बचाओ!' बारिश से भीगी रात के अंधेरे में उसका आर्तनाद हवा में तिर गया। इसके बाद एक और तरह की आवाज़ आई। ऐसा लग रहा था मुंह ढकने वाले हाथ की उंगलियों की दरारों से 'आह! आह!' की कराहने की आवाज़ थी। तभी एक लड़का उलटी तरफ़ के प्लेटफ़ॉर्म से नीचे कूदा और रेल की पटरी को पार कर इस तरफ़ के प्लेटफ़ॉर्म पर चढ़ गया। वह दहाड़ उठा, '*कोन शूओरेर बाच्चा रे!* कौन सूअर का बच्चा है! उसे छोड़ दे!'

'तू कौन है बे?' उनमें से एक ने कहा। 'ज़िंदा रहना चाहता है तो यहां से निकल जा! हमारे मामले में नाक मत घुसा...वर्ना मरेगा!'

जो लड़का रेल लाइन फांदकर वहां पहुंचा था, उसे एहसास हुआ कि उनसे बात करने का कोई फ़ायदा नहीं था। वह आगे बढ़ा और धमकी देने वाले के चेहरे पर एक ज़ोरदार मुक्का मार दिया। उसका संतुलन बिगड़ गया और वह ज़मीन पर गिर पड़ा। आख़िर शराबी के मन में कितनी भी शक्ति हो, उसके शरीर में कोई शक्ति नहीं होती है न! यह देखकर बाक़ी के उसके साथी भी लड़खड़ाते हुए, जिस दिशा में वे जा सकते थे, भाग गए।

उसके बाद लड़के ने उस लड़की से कहा, 'डरने की कोई बात नहीं है, सो जाओ, मैं यहां हूं। मैं जब तक यहां हूं, कोई तुम्हें नुकसान नहीं पहुंचा सकता है।'

समय के सामने मनुष्य बिल्कुल असहाय प्राणी है। समय कंगाल को बादशाह बना देता है। कल जो एक पराक्रमी सैनिक था, आज वह टूटी हड्डियां लेकर सड़क की धूल पर पड़ा है। कल जो सत्य और सौन्दर्य का पुजारी था, जिसकी वजह से सभी उसका आदर और सम्मान करते थे, वह आज विपरीत दिशा में चल रहा है। कौन जानता था, शायद समय ही उसकी चूक का कारण बना

हो और उसे उस कीचड़ में फेंक दिया हो जिस पर लोग घृणा और निंदा से थूकते थे।

ऐसे हज़ारों उदाहरण हैं। शायद इसीलिए यह लड़की, जिसने उस दिन अपने जिस सम्मान की रक्षा के लिए डरी आवाज़ में रोकर रात सराबोर कर दी थी, समय के घात-प्रतिघातों से वो सब आज उसके लिए बेहद तुच्छ, अति सामान्य, केवल नाममात्र मूल्य का विषय रह गया था। अब वह बलात्कार का शिकार होने की आशंका से डर से कांप नहीं उठती थी। अब वह स्वेच्छा से वासनापूर्ण व्यक्तियों के बिस्तर पर शारीरिक संबंध बनाने के लिए बिछ जाती थी। वह अब बाबुओं के घरों में काम करने वाली नौकरानी नहीं थी, वह अब जिस्म का सौदा करने वाली एक वेश्या थी जो ग्राहकों की तलाश में रोज़ाना ट्रेन से आया-जाया करती थी। कभी-कभी उसे जादवपुर स्टेशन पर भी उतरना पड़ता था। कुछ देर वहां रुकना पड़ता था। कहा तो नहीं जा सकता था कि कब, किसकी ज़रूरत पड़ जाए, इसलिए उसे स्टेशन के दादाओं के साथ जान-पहचान बनाए रखना पड़ता था। यह दादा उसका पूर्व परिचित था। समय ने शायद इस दादा की स्मृति पर कुछ धूल डाल दी थी। अब व्यावसायिक कारणों से उसे पुराने संपर्क को थोड़ा झाड़-पोंछकर साफ़ कर नया करना था।

उसने कहा, 'मैं पहले इस स्टेशन पर आया करती थी। तुम्हें याद नहीं, तुमने एक रात मुझे नशे में धुत्त गुंडों के चंगुल से बचाया था?'

वो हादसा कब हुआ था, जीवन को कुछ याद नहीं आ रहा था। शायद वह यह जीवन नहीं था, और दूसरे जीवन द्वारा किए गए किसी कार्य के लिए उसे प्रशंसा मिल रही थी। और इसलिए वह बातचीत को दूसरी दिशा में ले जाना चाहता था। उसने उससे पूछा कि क्या वह ठीक है? इधर उसका कैसे आना हुआ? क्या वह काम के बाद लौट रही थी?

'मैं अब बाबुओं के घरों में काम नहीं करती। मैं दूसरा काम करती हूं। ख़ुद कमाती और खाती हूं। कमाके खानेवाली! यह एक व्यंजना थी जिसका अर्थ साधारण लोगों की समझ में न भी आता हो, लेकिन जो उतने साधारण नहीं थे, वे जानते थे कि लड़की कौन थी और क्या करती थी। इसलिए जीवन भी नहीं चौंका, वह जानता था कि इसमें चौंकने की कोई बात नहीं थी। हाल के दिनों में कितने लोगों के व्यवसाय बदल गए थे। कलुआ पहले बस-स्टैंड के मोड़ पर रिक्शा चलाता था। अब उसने एक भोजनालय खोल लिया था। हरेन घोष की पहले सब्ज़ी की दुकान थी, अब वह रिक्शा चलाता था। तो इसी नियम से कल तक जो लड़की बाज़ार में फूल बेचती हुई देखी जाती थी, वह

आज अपने चेहरे पर सस्ता पाउडर और लिप्स्टिक लगा, कलाई में कांच की चूड़ियां पहने, हाड़काटा गली में खड़ी ख़ुद को बेच रही थी।

अपनी सफ़ाई देते हुए लड़की ने कहा, 'दादा रे, लड़की का जन्म लेकर पता नहीं मैंने क्या पाप किया है। साला, इस बदन पर सैंकड़ों लोगों की गिद्ध जैसी आंखें टिकी रहती हैं। जैसे लड़की नहीं शवों का भागाड़ हूं। मुझे बताओ, कहां तक ख़ुद को बचाकर जिया जा सकता है? जिधर देखो, जिधर जाओ, लोग मुंह खोले खा जाने के लिए बैठे हैं। इन सबके अलावा मैं अब ठीक हूं। आओ और ले जाओ जो तुम्हें चाहिए, मैं कहती हूं! जब तक मुझे ठीक-ठाक क़ीमत मिलती रहती है, तब तक मुझे कोई दुख या चिंता नहीं।'

यह कहकर लड़की अपना मुंह तिरछा कर व्यंग्यात्मक तरीक़े से हंस पड़ी। मानो वह अपने और अपने आसपास के लोगों को मुंह चिढ़ा रही हो।

भले ही जीवन उसे पहचानने में असमर्थ था लेकिन वह उसके जैसी बहुत-सी कमाके खानेवालियों को जानता था। उनकी वेषभूषा बहुत कुछ छोटे-छोटे कारखानों में साप्ताहिक मज़दूरी पर काम करने वाली महिला श्रमिकों की तरह की होती थी। वे जिन अंचलों के गांवों में रहती थीं, वहां उनके पेशे के बारे में कोई नहीं जानता था। वे अपने घरों से छाता, हैंडबैग और लंच-बॉक्स लेकर दोपहर को ऐसे निकलती थीं, मानो ड्यूटी पर जा रही हों। उसके बाद, वे रेलवे स्टेशनों, बस-स्टैंड, सिनेमा हॉल और अन्य भीड़-भाड़ वाली जगहों पर घूमती थीं, बैठी या खड़ी रहती थीं, बात करते हुए, मुस्कुराते हुए, आंखों के इशारों से और अपनी अंगभंगिमा से समझा देती थीं कि वे सस्ती और आसानी से उपलब्ध थीं। जैसे वे ग्राहकों की तलाश में होती थीं, उसी तरह कुछ लोग भी उन्हें सड़कों और रेलवे स्टेशनों पर ढूंढ़ते रहते थे। इनकी आंखें चार होने पर, वे दाम ठीक कर, तय की गई अवधि के लिए चले जाते थे। हाड़काटा गली, कालीघाट, घुटियारी शरीफ़, डायमंड हार्बर आदि जगहों में, किसी भी समय कमरा किराए पर मिल जाता था।

जीवन का उस लड़की के प्रति कोई आकर्षण नहीं था। लेकिन उसने सोचा कि जब तक बारिश नहीं रुकती और जब तक वे कहीं और जा नहीं पाते, मूर्ख की तरह वहां खड़े रहने के बजाय उसके साथ बातें करते हुए समय बिताने में कुछ ग़लत नहीं था। जो भी हो, जैसी भी हो, आख़िर वह एक लड़की थी! दिखने में भी बहुत बुरी नहीं थी। इसके अलावा, चूंकि इस पेशे में महिलाएं दूसरों की तुलना में पुरुषों से कम डरती थीं, इसलिए वे ज़्यादा सहज, साहसी और अंतरंगता पसंद करने वाली थीं। ऐसा साथी इस समय किसी को बुरा

नहीं लगना चाहिए और विशेष रूप से उसके लिए, जिसके भीतर हार्मोन का ज्वार उठ रहा हो।

जीवन ने उससे पूछा, 'तेरा नाम क्या है रे?'

मुस्कुराते हुए और लगभग उसके ऊपर गिरते हुए लड़की ने जवाब दिया, 'नाम जानकर क्या करोगे? कुछ काम है तो बताओ!'

'फिर भी। तुझे कुछ तो कहकर पुकारना होगा।'

'जो भी तुम्हें पसंद हो, वो नाम दे दो।'

'तो तू अपना नाम नहीं बताएगी?'

'मैं जो भी नाम बताऊं, तुम्हें कैसे पता चलेगा कि वो असली है या झूठा?'

'तू बता तो। बाक़ी के बारे में बाद में सोचूंगा।'

'ठीक है, तो फिर मुझे गोलापी-गुलाबी कहकर बुलाना।'

19

गुरुपद का शराब का अड्डा

अभी बारिश हो रही थी और भयानक गड़गड़ाहट के साथ आसपास के क्षेत्र में बिजली गिर रही थी, जिसकी कौंध अंधा कर रही थी। प्रचंड हवा से बारिश की बूंदें शरीर पर शूल की तरह चुभ रही थीं। थोड़ी ठंड-सी भी हो गई थी। स्टेशन पर मौजूद सभी लोगों के चेहरों पर चिंता की काली छाया साफ़ नज़र आ रही थी। पता नहीं आज कोई घर लौट पाएगा या नहीं!

थोड़ी देर बाद जिस लड़की ने जीवन को अपना नाम गोलापी बताया था, बोली, 'मैं पूरी तरह से भीग गई हूं। बारिश कम होते ही घर भागूंगी। मुझे नहीं लगता कि आज कोई ग्राहक मिलेगा। धंधा बिल्कुल चौपट हो गया है। लगातार तीसरे दिन से ख़ाली हाथ लौटना होगा। थोड़ी चाय पिला दो न, दादा!'

'तेरा घर कहां है?'

'तालदी।'

'तालदी का कौन-सा गांव?'

'वो मैं नहीं बताऊंगी। कभी किसी को नहीं बताया है। बाप रे!' गोलापी सिहर उठी, 'जानते हो एक बार क्या हुआ था? मैं तब इस धंधे में नई थी। किसे क्या कहना चाहिए क्या नहीं, यह नहीं समझती थी। चार-छह दिन मिलने के बाद किसी पर दिल आ गया और बातों-बातों में उसे अपने गांव का नाम बता दिया। वो बदमाश दो-चार दिन मुझे न पाकर, ताड़ी पीकर मेरे गांव में हाज़िर हो गया। तुम ही बताओ, जैसी मैं यहां हूं, वैसी क्या गांव में भी हूं! जो करती हूं, उसके बारे में गांव वालों को पता चल जाए तो वे मुझे पीटेंगे नहीं क्या? इसलिए किसी को मैं अपना सही पता नहीं बताती हूं। सड़क की पहचान, बस

सड़क तक। अगर अपनी बिरादरी में नाम ख़राब हो जाए तो क्या किसी दिन मेरी शादी होगी?'

चाहे लड़की का धंधा जो भी हो, लेकिन उसके आचरण और बोलचाल में अभी भी गांव वालों की-सी सरलता थी। उसकी बातों में कोई जटिलता या छल-कपट न होने के कारण, मूल विषय को समझने में ज़्यादा सिर खपाने की आवश्यकता नहीं थी। न जाने क्यों, जीवन को वो लड़की अच्छी लगी। अच्छे लोगों से मिलने से जिस तरह मन अच्छा हो जाता है, जीवन को ऐसा ही हल्का महसूस हो रहा था।

जीवन ने कहा, 'अच्छा तो तू शादी करना चाहती है। तुझे अब तक शादी का शौक़ है?'

'ओ मां, शौक़ नहीं होगा? यह क्या बात हुई! लड़की होकर जन्म लिया है, ज़िंदगी भर क्या धंधा करती रहूंगी! पता है न, लड़की अगर कुंआरी मर जाए तो उसे नर्क में भी जगह नहीं मिलती है! शादी तो करनी ही होगी चाहे जिसके साथ हो, चाहे वो कैसा भी हो।'

'तो तू अभी किसी को देखकर शादी क्यों नहीं कर लेती है? जो करती है वो सब न कर और किसी से ब्याह करके घर-गृहस्थी बसा ले। मुझे लगता है वो इससे कहीं बेहतर होगा।'

गोलापी ने कहा, 'तुम्हारी बात सुनकर रोऊं या हंसूं कुछ समझ में नहीं आ रहा है।'

गोलापी की बात सुनकर जीवन भावहीन-सा उसे देखता रह गया। क्या उसने कुछ ग़लत कह दिया था? नहीं, तो गोलापी ने उसकी बात पर तवज्जो क्यों नहीं दी?

'दादा रे! तुम किस मिट्टी के बने हो? पैसे न हों तो आजकल लड़कियों की शादी नहीं होती है। जितना अच्छा लड़का, उतनी अच्छी उसकी क़ीमत—साइकिल, घड़ी, सोना-चांदी, नक़द, और भी न जाने किस-किस चीज़ की मांग! उतना पैसा मेरा ग़रीब बाप और भाई कहां से जुगाड़ करेंगे, बताओ? इतना परिश्रम से जो कमाते हैं, उससे भरपेट भात भी नहीं जुटता है।'

अपनी आंखें सिकोड़ती हुई, अर्थपूर्ण मुस्कान बिखेरते हुए उसने आगे कहा, 'इसलिए तो इस धंधे में उतरी हूं। पैसा जमा कर रही हूं। बस दो-तीन साल और। डेढ़ हज़ार रुपये जमा कर चुकी हूं, डेढ़ हज़ार और जमा हो जाएं, फिर बस। धंधा छोड़ दूंगी और शादी कर लूंगी।'

विस्मित जीवन के न चाहते हुए भी, उसके होंठों पर व्यंग से भरी मुस्कान खेल गई। उसने कहा, 'जिस तरह तू पैसे जमा कर रही है, उस पैसे से ख़रीदे पति का नसीब जला होगा रे, इसमें कोई संदेह नहीं।'

'अगर उसका नसीब जला हो तो उसमें मैं क्या कर सकती हूं, बताओ?' आक्षेप से भरे स्वर में गोलापी ने कहा, 'देखने-सुनने में मैं ख़राब तो नहीं हूं न, बताओ, हूं क्या? लेकिन ख़ाली हाथ होने की वजह से कोई मुझसे शादी करने को तैयार नहीं। सब रंडी की औलादें! रुपये भी चाहिए और खरा माल भी, ऐसा होता है क्या! खाती कम हो और दूध ज़्यादा देती हो, ऐसी गाय किसको मिलती है, बताओ! तो लो फिर, झूठी पत्तल चाटो! और क्या करोगे?'

जीवन का दिल उस लड़की की आत्मा के असहाय संताप से दुखी हो गया। वह जो कुछ भी कह रही थी, उसमें एक गहरी पीड़ा थी, द्रोह था, एक तरह की अक्षमता थी। और नित्य अपमान का मानसिक कष्ट था।

जीवन ने बहुत नरम स्वर में कहा, 'देख, एक बात कहता हूं, अगर मानेगी तो तेरा ही भला होगा। तू इस धंधे को छोड़ दे। तेरे जैसी कितनी ग़रीब लड़कियां अपना मान-सम्मान बचाकर छोटी-छोटी फैक्ट्रियों में काम कर रही हैं। कोई बाबुओं के घर में काम करती हैं, तो कोई मछली और सब्ज़ियां बेचती हैं। थोड़े पैसे कमाकर भी वे संतुष्ट हैं। मैं कहता हूं, तू भी ऐसा कुछ कर। मैं तेरी मदद करूंगा। इससे तेरा ही भला होगा।'

'मेरे लिए ख़ाक़ अच्छा होगा!' गोलापी ने ग़ुस्से से जवाब दिया। 'क्या मैं पहले बाबुओं के घर में काम नहीं करती थी? क्या तुम भूल गए हो? मैंने काम क्यों छोड़ा? सब कमीने ऊपर-ऊपर से सभ्य हैं, असल में तो चोदने वाले, रंडियों की औलादें हैं।'

'उफ़! गाली मत दो।'

'गाली क्या मैं शौक़ से देती हूं! यह अंदर की पीड़ा से आती है। सबसे पहले तो *भद्रलोक* बाबू ने ही मुझे नष्ट किया था। फिर सोचकर देखा, बाबुओं के घर काम पर जाओ तो ख़ाली घर पाते ही कपड़े खींच लेते हैं। ट्रेन, स्टेशन, मैदान-घाट, खेत जहां भी जाओ, कोई न कोई झपट पड़ता है। कहीं भी रिहाई नहीं है। लड़कियों का शरीर ही उनका सबसे बड़ा दुश्मन है। पराए तो दूर की बात हैं, अपने रिश्तेदार भी मौक़ा मिलने पर नहीं चूकते हैं। दादा रे, इतनी उम्र हो गई कोई भी ऐसा पुरुष नहीं देखा जिसने हाथ में पाकर छोड़ दिया हो। तो और किस-किस के हाथ से ख़ुद को रात-दिन बचाती रहूंगी। तभी मुझे एहसास

हुआ कि इज़्ज़त बचाने की जद्दोजहद करना बेकार है। और हर समय डर में जीने का भी कोई फ़ायदा नहीं। इसलिए मैं इस धंधे में आ गई। अब मैं किसी की इच्छा पर, किसी के ज़ोर-ज़बरदस्ती करने पर अपने कपड़े नहीं उतारूंगी। नंगी होऊंगी अपनी मर्ज़ी से, अपनी ज़रूरत से। यह शरीर मेरा है, मैं इसकी मालकिन हूं, तो कोई और मेरा शरीर क्यों छीनेगा? मैं अपना शरीर अपनी मर्ज़ी से दूंगी।'

गोलापी की आंखें अब एक सूखे समुद्र की तरह थीं, जिसमें कोई लहर, तरंग या हलचल नहीं थी। एक विशाल शांत, मलिन, नमकीन आईना, वह आईना जिसमें कोई छाया या प्रतिबिम्ब नहीं ठहरता था। अतीत और वर्तमान दोनों ही बिना किसी सपने के खो गए थे। अब जो रह गया था, वह एक मुंह चिढ़ाती हुई कड़वी सच्चाई थी। काफ़ी देर तक गुम रहने के बाद वह अचानक हंसने लगी। दिल खोलकर नहीं, बल्कि कड़वी हंसी जैसा कुछ। उसने कहा, 'यह सब बातें छोड़ो! मेरे बारे में जानकर क्या होगा और तुम कर भी क्या सकते हो? क्या तुम मुझे चाय पिलाओगे?'

बग़ल में ही टी-स्टॉल था। वे वहां जाकर खड़े हो गए और तसल्ली से चाय पीते रहे। बारिश के रुकने का तब भी कोई आसार नज़र नहीं आ रहा था। पानी की बड़ी-बड़ी बूंदें स्टेशन की टीन की छत पर पटाख़ों की तरह ज़ोरदार आवाज़ करती हुई गिर रही थीं। समय-समय पर हवा के झोंकों के साथ पानी की बौछार आ रही थी, जिससे वहां मौजूद लोग भीग रहे थे। जहां जीवन और गोलापी खड़े थे, उसके पीछे एक दीवार थी। उनके बाईं ओर टी-स्टॉल का शोकेस था। और उनके सामने, दाईं ओर मानव दीवार थी इसलिए बारिश की बौछार उन पर नहीं पड़ रही थी।

उनके सामने, बस-स्टैंड चौराहे के फ़ुटपाथ पर बाल काटने वाला नाई, जगाई चाय पी रहा था। वह अपनी आंखें सिकोड़े कुछ देर एकटक गोलापी और जीवन को एक साथ चाय पीते, बातें करते और हंसते हुए देखता रहा। उसके दिल में ईर्ष्या के बिच्छू ने ढंक मारा। ईश्श, क्या यह वही माल नहीं थी जो विजयगढ़ में काम करने जाती थी? क्या साले जीवन ने इस पर क़ब्ज़ा किया है? कुछ समय बाद उसने अपने हाथ के इशारे से जीवन को बुलाया और उसे कुछ दूर ले जाकर अपनी फ़ुटपाथ की भाषा में उससे कहा, 'मां कसम आज बहुत ज़बरदस्त दिन है। माल को आज रगड़ेगा क्या?'

जगाई की भाषा, हावभाव और उसकी नज़र से जीवन का शरीर जल उठा। उसने ग़ुस्से से कहा, 'तुझे कोई परेशानी है?'

'क्या?'

'अगर मैं उसके साथ सोऊं तो तुझे कोई परेशानी है? अगर है तो बता!'

जगाई को एहसास हुआ कि जीवन नाराज़ था। उसने कहा, 'अरे, मुझे क्यों परेशानी होगी। वो मेरी कौन है?'

'तो फिर क्यों कह रहा है?'

'तेरे ही भले के लिए! नहीं तो मुझे क्या ज़रूरत पड़ी?'

'मेरे भले के लिए?'

'मैं उसे जानता हूं। उसे सिफ़िलिस है। उसके साथ सोएगा तो तुझे भी हो जाएगी।'

'तुझे उसके रोग के बारे में कैसे पता? तुझे हुआ है क्या? कब उसके साथ सोया था? तुझसे कहीं तेरी बीवी को तो नहीं हो गया है?'

जगाई ने महसूस किया कि बातचीत ग़लत दिशा में मुड़ रही है। जिसके बाद अमूमन मारपीट होती है। परंतु, जीवन जैसों से लड़ाई-झगड़े में जीतना मुश्किल था क्योंकि वे हमेशा इसके लिए तैयार रहते थे। उनके पास चाक़ू होना कोई असामान्य बात नहीं, रिवॉल्वर भी हो सकता था। मार खाने से पहले सम्मान के साथ पीछे हट जाना ज़रूरी था। और इसलिए, कुछ प्रयास के साथ अपनी आवाज़ में थोड़ा तेज लाते हुए उसने कहा, 'मैं ऐसी बेकार लड़कियों के पीछे नहीं भागता। मेरी बीवी इससे दस गुना ज़्यादा सुंदर है।'

'तो मुझे बुलाकर इतना ज्ञान देने की क्या ज़रूरत आन पड़ी? ख़ुद को बहुत सयाना समझता है? बाक़ी सारे मूर्ख हैं?'

'सयाने या मूर्ख की क्या बात है?'

'अभी मेरे तीन गिनने से पहले यहां से रफ़ा-दफ़ा हो जा। वर्ना...!'

जगाई ने झिझकते हुए कहा, 'मतलब! मैंने तो तुझे दोस्त समझकर यह सब कहा, नहीं तो मुझे क्या ज़रूरत थी? बेकार में तू मेरे ऊपर...'

'तू जाएगा यहां से, एक बार फिर पूछ रहा हूं, जाएगा?'

जगाई समझ गया कि वहां से चले जाना ही उसकी सेहत के लिए बेहतर था। जैसे कुछ हुआ ही न हो, उसने कहा, 'लगता नहीं कि बारिश रुकने वाली है, यहां फ़ालतू खड़े रहने से क्या होगा।' और वह भीगता हुआ बस-स्टैंड चौराहे की ओर भागा।

जैसे ही जीवन गोलापी के पास लौटा, उसने न जाने क्यों कहा, 'तो, क्या मैं जा सकती हूं?'

'क्या तू मुझसे इजाज़त मांग रही है? पगली, कहां जाएगी? जैसी बारिश हो रही है, और ट्रेन के आने पर जैसी भीड़ होगी, क्या तू उस ठेलमठेल में ट्रेन पर चढ़ पाएगी?'

'तो अब मैं क्या करूं?' यह सवाल नहीं, हताशा की अभिव्यक्ति थी।

जगाई की बातों और अश्लील इशारों से वह ग़ुस्से से जल रहा था। उसके सिर की नसें फड़क रही थीं। दबा ग़ुस्सा फूटकर बाहर आना चाहता था। और इसलिए अपने आसपास के जाने-अनजाने लोग, चिरकालिक मूल्य बोध, अनुशासन, समाज, संस्कृति, विधि-विधान जैसे सबकुछ को अस्वीकार करते हुए जीवन ने विद्रुपता से कर्कश स्वर में कहा, 'आज तेरा जाना नहीं होगा। तेरे लिए कोई व्यवस्था करनी होगी।'

'इस आंधी-तूफ़ान में कहां रहूंगी?'

'जहां मैं तुझे रखूंगा। यह मेरा विषय है। क्यों, नहीं रहेगी?'

'रहूंगी क्यों नहीं!' गोलापी ने चिंतित होते हुए कहा, 'लेकिन तुम मुझे क्यों रखना चाहते हो?'

जीवन ने पहले की ही तरह ग़ुस्से से कहा, 'मुझे देखकर तुझे क्या लगता है, मैं ब्रह्मचारी हूं?'

'नहीं, ऐसा नहीं है, पर...'

'हिजड़ा?'

'धत्।'

'अगर नहीं रहना चाहती है तो बता?'

गोलापी ने सिर हिलाकर बताया कि वह रहेगी। इस पेशे में किसी भी लड़की के मुंह से "ना" शब्द का उच्चारण नहीं होना चाहिए। कोई व्यक्तिगत पसंद या नापसंद नहीं होनी चाहिए। यहां किसी को "ना" कहकर लौटा देना, सीधा अन्न को लात मारना है। अपने घमंड में जो ऐसा करता है, वो मां अन्नपूर्णा, मां लक्ष्मी और बाबा गणेश के क्रोध को आमंत्रित करता है। पूरे दिन उसे कोई ग्राहक नहीं मिलता है, बोहनी नहीं होती है। उसे दिन के अंत में ख़ाली हाथ और टूटे दिल के साथ घर लौटना पड़ता है। पुरुष का मतलब है सोना। जिसके टेढ़े या सीधे होने से उसके दाम में कोई बदलाव नहीं होता।

उस दृष्टि से देखा जाए तो गोलापी के लिए जीवन हीरे का टुकड़ा था। उसकी सांसों में शराब की दुर्गंध नहीं थी। उसका व्यवहार भी मानवीय था। इसके अलावा, एक दिन वह निःस्वार्थ भाव से उसके मुश्किल समय में उसकी मदद के लिए कूद पड़ा था। वो ऋण आज तक उसने नहीं चुकाया था। शायद आज कुछ चुकाया जा सकता था।

मूसलाधार बारिश का सिलसिला जारी था। उसके थमने के आसार नहीं थे और साथ में बिजली गिरने की कानफोड़ू गड़गड़ाहट। अगर रात भर इसी तरह बारिश होती रही तो पूरा शहर जलमग्न हो जाएगा। बाप रे! कैसी प्रलयंकारी बरसात थी! पिछले बीस वर्षों में ऐसी बारिश कभी किसी ने नहीं देखी थी। ऐसा लग रहा था कि यह महाप्रलय आने की सूचना थी।

अभी कहीं रोशनी नहीं थी। बिजली के तार टूटकर पूरी तरह अस्त-व्यस्त हो गए थे। पेड़ उखड़ गए थे और उन्होंने सड़कों को अवरुद्ध कर दिया था। जन-वाहन सब अचल हो गए थे और सड़कों पर पानी में खड़े थे। अब कोई ट्रेनें नहीं चल रही थीं। रेल की पटरियां पानी में डूब गई थीं। पानी न उतरने तक ट्रेन सेवा ठप थी। चारों ओर सिर्फ़ पानी और पानी का सैलाब था। नालियां और सड़कें एक हो गई थीं। सारी गंदगी और कचरा बाढ़ के पानी की धारा में बह रहा था। पर उस समय अंधेरा इतना घना नहीं था। ऐसा लग रहा था जैसे बादलों के पीछे बड़ा-सा चांद छिपा हो। इसलिए बादलों का रंग काला नहीं था, बल्कि सारस के पंखों की तरह सफ़ेद था। यही डर का कारण था। एक देहाती कहावत है, *हांशा मेघे फांशाय,* हंस के रंग के बादल फंसा लेते हैं, इसलिए ऐसा लग रहा था कि आज यह शहर बह जाने वाला था। बारिश शाम को शुरू हुई थी और अब रात हो चुकी थी। जैसे-जैसे रात बढ़ती जा रही थी, वैसे-वैसे बारिश का कहर भी बढ़ता जा रहा था। स्टेशन के सभी बेघर लोगों को आज सोना तो दूर, खड़े रहने के लिए भी सूखी जगह मिलती, इसमें संदेह था। स्टेशन हज़ारों रेल यात्रियों से खचाखच भरा हुआ था, जो घर नहीं लौट पाए थे। बारिश की बौछारों से सभी भीग गए थे। टिकट काउंटर के सामने की छोटी-सी जगह में सबसे ज़्यादा भीड़ थी। क्योंकि वहां बारिश की बौछार कुछ कम पड़ रही थी। अगर बारिश कम नहीं हुई और ट्रेन सेवा बहाल नहीं हुई तो सारी रात यह भीड़ कम नहीं होती। शाम को कुछ ट्रेनें, देर से ही सही, पर चली थीं। लेकिन अब वे पूरी तरह बंद थीं। उन्हें निश्चित रूप से सुबह

तक तो इंतज़ार करना पड़ता, लेकिन अगर पानी कम नहीं हुआ तो यह कहना मुश्किल था कि ट्रेन सेवा कब तक निलंबित रहती।

जीवन और गोलापी बहुत देर तक वहीं खड़े रहे। जब उन्हें यह समझ में आया कि मनमौजी प्रकृति की लापरवाही यूं ही चलती रहेगी, तो जीवन ने कड़वाहट भरी आवाज़ में कहा, 'मैंने ग़ुस्से में जो कहा था, लगता है वह सच हो गया है, गोलापी! आज रात मेरे साथ रहने के अलावा तेरे पास और कोई चारा नहीं है!'

गोलापी ने अपने पेशेदार ढंग से मुंह टेढ़ाकर, सिर झटकते हुए जवाब दिया, 'मैं चार घंटे से खड़ी हूं। ज़रा देर भी बैठने के लिए जगह नहीं मिली। मेरे पैरों में बहुत दर्द हो रहा है। अगर यह सारी रात ऐसा ही रहने वाला है तो यहां खड़े रहने का क्या मतलब है?'

जीवन ने सिर खुजाते हुए कहा, 'यहां से थोड़ी दूर रुकने लायक़ एक कमरा है। खिड़की-दरवाज़ा कुछ नहीं है, लेकिन छत पक्की है। तो चल, वहीं चलते हैं। एक रात की ही बात है, सिकुड़-सिकुड़ाकर रात कट जाएगी। बारिश को थोड़ा और रुक जाने दे।'

'बारिश रुकने की उम्मीद में मत रहो। चलना है तो चलो। मैं और खड़ी नहीं रह पा रही हूं।'

'बस थोड़ी देर और देख लेते हैं।'

बारिश कम नहीं हुई, इंतज़ार में रात और बढ़ गई। उन्होंने टी-स्टॉल से कुछ केक-बिस्कुट खा लिए। यही आज की रात का खाना था। आंधी के कहर से छेचन के भोजनालय में चूल्हा नहीं जला था। उसे चिंता थी कि भोजनालय के कर्मचारी क्या खाएंगे। छत की खपरैल हट जाने से पानी अंदर आ गया था और फ़र्श पर कीचड़ हो गया था। चूल्हा भीगकर बुझ गया था। ऐसी हालत में भोजन की आशा न करना ही ठीक था। जीवन को इससे कोई समस्या नहीं थी। खाने का थोड़ा-बहुत कुछ होने से ही उसका चल जाता था, न होने से भी उसे कोई अफ़सोस नहीं था।

थोड़ी देर बाद जीवन न जाने कहां से एक प्लास्टिक की चादर लेकर आ गया, जिसे बारिश से बचाने के लिए रिक्शे के ऊपर बांधा जाता है। उस प्लास्टिक की चादर के नीचे किसी तरह अपना शरीर और माथा ढककर, वे पानी की टंकी के बग़ल के मैदान को पार करते हुए, स्टेशन मास्टर के क्वार्टर के पीछे से लोहारपाड़ा जाने वाली गली से चलते हुए टी.बी. अस्पताल की

टूटी दीवार तक पहुंचे। दोनों टूटी दीवार को पार कर अस्पताल परिसर में घुस गए। घुटनों तक बहते नाली के गंदे पानी में छपछप चलते हुए वे गुरुपद के शराब के ठेके पर पहुंचे। अन्य दिनों में रात के दस-साढ़े दस बजे तक ठेका चलता रहता था। आज शाम से हो रही बारिश को देखते हुए गुरुपद शायद जल्दी दुकान बंद करके चला गया था। अस्पताल के इस अव्यवहृत कमरे में अब गुरुपद के तरह-तरह के निशान बिखरे हुए थे। एक कोने में शराब की कुछ ख़ाली बोतलें पड़ी थीं। उसके बग़ल में पानी रखने का एक बर्तन था। उस पानी से जूठे गिलास धोए जाते थे। उसके बग़ल में नारियल के खोल पड़े थे, जिनमें ग्राहकों को नमक के साथ अदरक के टुकड़े दिए जाते थे। उसके पास कुछ ईंटें रखी हुई थीं। ग्राहक उन्हीं पर बैठकर शराब पीते थे। कौन जानता था कि अस्पताल के मुख्य भवन के दक्षिण में, काफ़ी दूरी पर चौड़ी सीवेज नाली के बीच की लंबी घास, फूलों की झाड़ियों और पेड़ों के जंगल में, किसी बिंदु पर यह कमरा किस उद्देश्य से बनाया गया था! वैसे अब इस पर गुरुपद का क़ब्ज़ा था। वह अस्पताल में वार्ड बॉय था। जितना वेतन उसे मिलता था उससे वह अपने परिवार का भरण-पोषण नहीं कर पाता था। इस शराब के ठेके से उसे कुछ अतिरिक्त आमदनी होती थी। उसके शराब बेचने के बाद कमरा ख़ाली पड़ा रहता था। नहीं, यह हर रात ख़ाली नहीं रहता था। कुछ लोग यहां छुप-छुपाकर रहते भी थे। इस वजह से गुरुपद ने इसका नाम "प्रेम भवन" रखा था। आसपास कोई घर नहीं था। और वहां आने-जाने के लिए केवल एक अंधेरी गली थी।

यहां आकर सिर छुपाने लायक़ जगह पाकर वे सहज महसूस करने लगे। बारिश की रफ़्तार अभी भी पहले की तरह ही थी, लेकिन कमरे का फ़र्श सूखा था क्योंकि जिस तरफ़ से बारिश की बौछारें आतीं, उस तरफ़ एक दीवार थी। लेकिन, दिन में ढेरों लोग वहां चलकर आए थे, इसलिए फ़र्श धूल से भरा हुआ था। जीवन को कमरे में ढूंढ़कर एक फटी बोरी का टुकड़ा मिल गया। उसने उससे फ़र्श पर पड़ी धूल को पोंछा। उसके बाद ख़ुशी-ख़ुशी उसने कहा, 'चलो, कम से कम हमें रात में रुकने की जगह तो मिल गई। मालगाड़ी के ख़ाली डिब्बे से यह काफ़ी बेहतर है, है न?'

हालांकि यह कहने की कोई ज़रूरत नहीं थी, फिर भी गोलापी ने कहा, 'हां, सो तो है। अगर जी.आर.पी. मुझे ख़ाली डिब्बे में पकड़ लेती तो मेरा मांस और हड्डियां पीस देती। तुम ही बताओ, क्या इस शरीर पर एक साथ चार-छह *मेड़ो* और *खोट्टों* को झेला जा सकता है? साले सदियों तक अपनी पत्नियों के

चेहरे नहीं देखते हैं। वे यम की तरह दबोच लेते हैं। उन्हें इस बात की परवाह नहीं होती है कि दूसरा इंसान मर गया या जीवित है। जब मैं इस धंधे में नई-नई थी, जानते हो तब एक बार मेरे साथ क्या हुआ था?'

जीवन ने सफ़ाई ख़त्म कर, सीधे खड़े होकर कहा, 'चुप! मेरे सामने उन सब बातों का ब्यौरा बिल्कुल मत देना! मुझे यह सब सुनना अच्छा नहीं लगता।' गोलापी ने हैरानी से जीवन की ओर देखा। वह समझ नहीं पाई कि वह इतना बिफ़र क्यों गया था। ऐसी कोई विशेष रूप से बुरी बात नहीं कही जा रही थी। उसे एक बार जी.आर.पी. ने पकड़ लिया था। सभी जानते हैं कि अंधेरे में उन्हें कोई अकेली लड़की मिल जाए तो वे क्या करते हैं। तो यह कहने में क्या बुराई थी? आख़िर बात तो सच थी। और फिर जीवन उसके दादा, भाई, काका, मामा या गांव-मोहल्ले का तो कोई था नहीं। तो यह प्रतिक्रिया क्यों?

कमरे के एक अंधेरे कोने में कुछ देर चुप बैठे रहने के बाद आख़िर में जीवन ने कहा, 'जो हो गया, सो हो गया है। अब तू यह सोच कि चाहे स्वेच्छा से या अनिच्छा से, या जाने-अनजाने में तूने कभी किसी के साथ कोई बुरा काम नहीं किया है।'

'क्या ऐसा सोचने का कोई मतलब है?'

'हां, है। ऐसा सोचने का मतलब है। मन ही तो असली चीज़ है। यह सोच कि तू कुंआरी है, बिल्कुल निष्पाप और पवित्र। आज तक किसी ने तेरे शरीर को नहीं छुआ है।'

गोलापी हंस पड़ी। मगर वह कुछ बोली नहीं। जीवन ने पास आकर गोलापी के दाहिने कंधे पर बेहद कोमलता और आत्मीयता के साथ हाथ रखा। यह हाथ मज़बूत और भरोसेमंद था। गोलापी ने महसूस किया कि ऐसे किसी हाथ को पकड़कर बहुत दूर तक का रास्ता तय किया जा सकता है।

जीवन ने पूछा, 'तूने कभी सपना देखा है गोलापी?'

जवाब में गोलापी ने कहा, 'हर इंसान सपने देखता है। लड़कियां लड़कों से ज़्यादा सपने देखती हैं।'

'वो तो सुख के स्वप्न होते हैं। मैं उनके बारे में नहीं कह रहा हूं। बुरा सपना देखा है कभी? सोच ले कि तेरे जीवन में अब तक जो कुछ भी हुआ, वह केवल एक भयानक सपना था। उनमें से कोई भी सच नहीं था।'

'फिर सच क्या है?'

'सच ये है!' जीवन ने गोलापी की बांह पर चिकोटी काटी। 'बता, क्या तुझे चोट नहीं लगी? इसका मतलब है कि यह जो तू और मैं अभी एक साथ हैं, यही सच्चाई है। बाक़ी जो कुछ भी था वह बकवास था, दोहराव था, झूठ था, बुरा सपना था।'

बारिश से भीगती इस रात में मानो दुनिया से कटे हुए एक निर्जन द्वीप पर बैठा, ज़िंदगी से प्यार करने वाला जीवन, जीवन के अमृत की प्यास लिए रो रहा था। केवल एक प्यासा ही उस रोने के अर्थ को समझ सकता था। ऐसा कोई, जिसके हाथ से शराब का प्याला छूट गया हो। जिसके पास उस ख़ाली प्याले के भरे होने की कल्पना कर प्रतीक्षा करने के अलावा और कुछ करने को नहीं था।

'गोलापी रे, तेरे-मेरे और हम जैसे सभी लोगों के लिए सही पथ पर चलते हुए अच्छा रहने के रास्ते में हज़ारों बाधाएं हैं। चाहे तू कितनी भी कोशिश कर ले, कोई तुझे अच्छे से रहने नहीं देगा। और ग़लत तरीक़े से भी जिया नहीं जा सकता है। ज़िंदा रहने और अच्छे से रहने का केवल एक ही तरीक़ा है—कैसे भी हो बुरा नहीं रहना है। जो बुरा है, जो अच्छा नहीं है, उसे स्वीकार नहीं करना चाहिए। हमेशा सोच कि कोई भी बुरी चीज़ तुझे कभी नहीं छू सकती है। तुझे क्या लगता है, तेरे जीवन में जो कुछ घटा है वह किसी और के जीवन में नहीं घटा है? घर-घर जाकर पता करके देख, अगर वे बात करें तो तुझे पता चलेगा कि हज़ारों लड़कियों के जीवन में कितना अपमान और अत्याचार हुआ है।'

थोड़ा रुककर जीवन ने कहना जारी रखा, 'मैं आज ही तुझे सब नहीं बता सकता। वैसे जान ले, मेरे जीवन में भी तुझसे कम कुछ नहीं घटा है। क्या कर सकता था। मैं छोटा था, कमज़ोर था। बलवान हमेशा से निर्बल पर अत्याचार करता आया है। या तो बलवान बनो, या फिर अत्याचार सहो।'

थोड़ी देर बाद उसने फिर कहा, 'मैंने सब पुरानी बातें भुला दी हैं। कभी याद भी नहीं करना चाहता। वो बातें याद आने से किसी कुत्ते के जैसा होने का एहसास होता है। वैसा कुत्तापन अब फिर कभी नहीं करूंगा रे गोलापी! यदि कोई मुझे कुत्ता बनाने की कोशिश करेगा तो उसका जो हाल करूंगा, वो वही समझेगा।'

वह कमरा देशी शराब का अड्डा था। पूरे कमरे में शराब की मादक गंध थी। उसी गंध से क्या जीवन को नशा हो गया था? उसने कहा, 'मेरे साथ शादी करेगी गोलापी? मेरे साथ घर बसाएगी?'

अचानक इस बात से गोलापी सकपका गई। उसने कहा, 'तुम क्या कह रहे हो, मुझे ठीक से समझ में नहीं आ रहा है...तो क्या जवाब दूं तुम्हें...'

जीवन ने धीरे से कहा, 'काफ़ी समय से मुझे किसी साथी की ज़रूरत महसूस हो रही है, वर्ना मेरे लिए चलना मुश्किल है। तुझे बता रहा हूं, बुरा मत मानना। सारा दिन और रात मानो मेरे शरीर में रावण की चिता जलती है। मुझे अंदर से बहुत ख़ालीपन महसूस होता है जिसे मैं सह नहीं पाता हूं। इसके अलावा, शहर में कोई भी मकान मालिक मेरे जैसे अकेले व्यक्ति को किराए पर घर नहीं देना चाहता है, इसलिए मुझे स्टेशन या फ़ुटपाथ पर रहना पड़ता है। इस वजह से मुझे एक साथी की ज़रूरत है। मुझसे शादी करेगी?'

बातें हमेशा सिर्फ़ कहने के लिए नहीं होती हैं। कभी यह एक पाठ होता है, कभी मंत्र या स्तुति, और कभी-कभी यह प्रलाप हो सकता है। या फिर कभी गपशप या बकवास। गोलापी समझ नहीं पा रही थी कि यह क्या था। जीवन ने कहा, 'तू मेरे लिए घर में बैठी मन से खाना बनाएगी। तू मुझे प्यार से खाना परोसेगी। अगर मुझे घर लौटने में देर हो जाए तो तू मेरी राह देखेगी। और तू मेरे साथ कहानियां सुनती-सुनाती पूरी रात जागेगी। मेरे कुछ दुखों और तक़लीफ़ों को साझा करेगी। मैं तेरे दुख-तक़लीफ़ों को साझा करूंगा। जब मैं इन सबके बारे में सोचता हूं तो मुझे अपना घर बसाने का मन करने लगता है। बता, मेरे साथ ज़िंदगी बिताएगी?'

गोलापी बेवक़ूफ़ों की तरह कुछ देर जीवन के धूसर चेहरे की ओर ताकती रही फिर उसने पूछा, 'भांग या गांजा तो नहीं खाया है न तुमने?'

'क्यों?'

'नशे में लोग कुछ भी बकवास करते हैं। नशा उतरने के बाद फिर उन्हें कुछ याद नहीं रहता। कितने पुरुषों को रात में न जाने क्या-क्या कहते सुना है। सुबह होते ही जान छुड़ाकर भागने वाली स्थिति होती है।'

जीवन ने कहा, 'मैं भांग या गांजा नहीं लेता।'

'शराब?'

'कभी-कभार ही लेता हूं। लेकिन आज शराब न पीने के बावजूद मुझे नशा हो गया है। यह मोहब्बत का नशा है। घर बसाने का नशा। पता नहीं क्यों, पर तुझे बहुत प्यार करने का मन हो रहा है। अगर तू तैयार है तो बता।'

'तुम्हें मेरी सारी बातें पता हैं। कोई जान-बूझकर आग में हाथ डालता है क्या?'

'फिर वही बात!' जीवन ने गोलापी का मुंह हाथ से दबा दिया और कहा, 'कहा न पुरानी सारी बातें भूल जा! तूने कभी कोई ग़लत काम नहीं किया है तो फिर तू कैसे बुरी लड़की हो गई? तेरे जीवन का पहला मर्द मैं हूं। मैंने आज तुझे पहली बार छुआ है। और यह अगर ख़राब है तो यह सबके जीवन में घटता है। जिसके साथ नहीं घटता है उसका नसीब जला है, वह बदक़िस्मत है।'

'नहीं रे!' गोलापी ने निराशा से टूटे, रुंधे गले से कहा, 'बिना जाने सांप का ज़हर भी पी लो तो हज़म हो जाता है। जान-बूझकर कोई ज़हर हज़म नहीं कर सकता।'

'मैं कर सकता हूं।'

थोड़ी देर के बाद जीवन ने फिर कहा, 'तूने खुले मन से अपनी सारी बातें मुझे बोल दीं, तभी तो मैं तेरे रहस्यों के बारे में जान सका। अगर न कहती तो क्या मैं यह सब जान पाता? नहीं जान पाता। तू कहती है कि तू बुरी है तो मैं कौन-सा धुला तुलसी का पत्ता हूं? कौन आजकल पवित्र है?'

जीवन की बातें सुनकर गोलापी अंधेरे में वज्राहत वृक्ष की तरह बैठी रही। उसके पास अवाक होने का कारण था लेकिन उत्तेजित होने लायक़ आवेग नहीं था। इससे पहले उसने बहुत बार, बहुत रातों को, इस तरह का बड़बड़ाना सुना था। इस तरह के कई मोहक वादों की झड़ी लग जाती थी। विशेष-विशेष क्षणों में उठकर उन्मादी व्यक्ति, इस तरह की बहुत-सी बातें कहते थे। लेकिन बाद में वे उन बातों का अर्थ नहीं खोज पाते थे। और तब अपने आप पर शर्मिंदा होते थे।

यह सच था कि भले ही उन सभी लोगों ने साड़ी, गहने, नक़द, दीघा घुमाने का प्रलोभन दिया हो, लेकिन उनमें से किसी ने भी उससे शादी करने का दावा नहीं किया था। भले ही वे नशे की हालत में लड़खड़ा रहे हों, लेकिन किसी ने भी यह नहीं कहा था, 'मैं तुझे अपनी पत्नी बनाकर घर ले जाऊंगा।' भले ही वे ज़ात के पियक्कड़ हों, लेकिन असली बात आने पर वे ठीक रहते थे। उनका मन विचलित नहीं होता था। वे जानते थे कि ऐसी लड़कियों के साथ घर के बाहर मौज-मस्ती की जा सकती है लेकिन उनके साथ घर नहीं बसाया जा सकता है, वर्ना लोग क्या कहेंगे!

तो, उस अर्थ में जीवन ने जो कहा, उसमें निश्चित रूप से कुछ नया था।

जीवन जैसे अब एक गहरी भाव समाधि में चला गया था। वहां से वह पगलाई-सी आवाज़ में कह रहा था, 'अपने पूरे जीवन में मैं कभी किसी के

काम नहीं आ सका। इतने साल यूं ही बर्बाद हो गए। आज अगर मैं तेरे किसी काम आ सकता हूं तो मुझे इस बात की तसल्ली होगी कि मैंने कुछ सार्थक काम किया है। मेरा जीवन बिल्कुल बेकार नहीं गया।'

गोलापी एक वेश्या थी। पुरुषों के मुख से इतनी प्यारी बातें सुन-सुनकर उसके कान पक चुके थे। फिर भी वह सुनती थी, क्योंकि सुनना अच्छा लगता था। यह कौन नहीं जानता है कि जात्रा, सिनेमा, या नाटक में जो कुछ भी होता है, वह सब झूठ है; केवल अभिनय है, जिसकी अवधि केवल ढाई घंटे की होती है। फिर भी लोग उन झूठे संवादों से मोहित हो जाते हैं, नायक-नायिका के दुख पर रोते और सुख में हंसते हैं। क्योंकि वे वर्तमान की कठोर वास्तविकता से दूर, कुछ समय के लिए, उन्हें एक ऐसी दुनिया में ले जाते थे जहां उनकी काल्पनिक इच्छाओं की पूर्ति होती थी।

शायद जीवन के इन विलापों की समय सीमा केवल एक रात थी, लेकिन अभी, इस बारिश से भीगे अंधेरे में, उन शब्दों के कानों में जाते ही, गोलापी का दिल मरोड़ खाने लगा। वह उस पर विश्वास करना चाहती थी। मानवता में विश्वास खोना पाप माना जाता है। वह यह विश्वास करना चाहती थी कि जीवन एक ऐसा व्यक्ति था जिसके पास दिल था।

एक नन्ही-सी कली, जिसके माता-पिता ने उसका नाम एक फूल के नाम पर रखा था। वह फूल जो किसी मंदिर में, किसी देवता की पूजा के लिए चढ़ाने के लिए नहीं चुना गया था। वह अपनी पंखुड़ियों को फैलाकर पूरी तरह खिलने से पहले ही, पुरुषों की कामोत्तेजक सांसों में झुलस गया था। उसके उस झुलसे मन के कोनों में संदेह और अविश्वास जमा था। पुरुष का मतलब ही कोई बर्बर जीव था। हां, अपने पेशे की ख़ातिर उसने पुरुषों के आलिंगन में आत्मसमर्पण किया था। लेकिन अतीत के कड़वे अनुभव उसे रोके थे, इसलिए उसके भीतर मोह, लगाव या प्रेम नहीं जागा, जिसके जगने से गहरे विश्वास के साथ किसी विषधर सांप को भी गले में माला की तरह पहना जा सकता था। और जब इसका उल्टा होता, तो रस्सी भी सांप का भ्रम पैदा कर सकती थी।

फिर भी उसने जीवन को नहीं रोका। उसे बोलने दिया, जब तक उसके अंदर मादक नशे की उत्तेजना थी। और कितनी देर तक ये चल सकता था? एक बार रात ख़त्म हुई तो बात भी ख़त्म हो जाएगी। ख़त्म होने से पहले तक वह जलकर बिखरता रहे, फुलझड़ी की बहुरंगी चमकती चिंगारियों की तरह। इसी तरह चलता रहे, रात को थोड़ा और रोशन, थोड़ा और मधुर होने दिया।

जब कोई अभिनेता, अभिनय के दौरान रोता है तो आंसू तो उसकी ही आंखों से छलकते हैं। उस समय के लिए तो वह पानी झूठा नहीं होता है।

जीवन अभी तक अपनी ख़ुमारी से नहीं निकला था। उसने कहा, 'बोल गोलापी, चुप मत रह! मुझे बता, क्या तू मेरे साथ घर बसाएगी? आख़िर तुझे भी तो घर चाहिए, खेती-बाड़ी चाहिए, पति चाहिए। मैं तुझे सब देना चाहता हूं। बता, लेगी?'

जीवन की बातों में, स्पर्श में, झपटने वाले पुरुष की आक्रामकता नहीं थी, जो भावनाओं की क़दर न कर शरीर को दख़ल करते हैं। मानो दी हुई क़ीमत को निर्ममता के साथ वसूल करना हो। लेकिन, यह दूसरी तरह का आदमी था, मानो उसकी मोम की तरह पिघलने की घातक इच्छा हो। और वह उस घातक इच्छा को गोलापी के मन में भी संचारित करना चाहता था। एक कठोर वास्तविकता को पूरी तरह से नकारकर, गोलापी के मृतप्राय मन को एक नए अनुभव में सराबोर होने का आमंत्रण दे रहा था। इस आमंत्रण ने उसके मन और शरीर को अनास्वादित रोमांच का स्पर्श दिया। एक वेश्या के कठोर जीवन के नीचे कुचली जा रही शाश्वत नारी सत्ता बहुत व्यथित थी। वह नारी सत्ता अपने नारीत्व के लिए चरम अपमान और असम्मान की थी। आज वो अनमोल ख़ज़ाना, बिन मांगे आकर दरवाज़े पर दस्तक दे रहा था—दरवाज़ा खोलो! देखो मैं आ गया हूं! गोलापी बंद दरवाज़े पर हाथ रखकर खड़ी हो गई। एक झटके से इसे खोला जा सकता था लेकिन वह दरवाज़ा कहां खोल पा रही थी? एक संशय का कांटा बुरी तरह चुभ रहा था। वह कांटा क्या था?

गोलापी ने सोचा, यह आदमी जो मुझ पर उपकार करने की बात कह रहा है, वह एक बार भी यह नहीं कह रहा था, मेरे जीवन में तुम्हारे आने से मेरा फ़ायदा होगा, मैं धन्य हो जाऊंगा, मैं पूरा हो जाऊंगा! वह मेरे जीवन को पूरा करना चाहता है। लेकिन क्या उपकार, दया और उदारता के नीचे ख़ालीपन को देखकर दिल में निराशा, थकान और विरक्ति नहीं आती है? जब तक दो व्यक्तियों के बीच प्यार, आपस में दान-प्रतिदान, सम्मान और निर्भरता का एक ठोस आधार नहीं गढ़ता है, तब तक क्या देने वाले और लेने वाले का रिश्ता स्थाई रूप से टिक सकता है?

गोलापी ने कुछ और इंतज़ार करने के बारे में सोचा, वह उससे और विश्वस्तता का प्रमाण चाहती थी। अंत देखे बिना कोई राय देना बेमानी था। यह अप्रिय, अपमानजनक और उपहास का भी विषय था। कौन कह सकता था कि दूसरे आदमियों की तरह, वह भी लोगों को बुला-बुलाकर यह नहीं

कहेगा—वही है वो *माल* जिसे झूठ बोलकर मैंने पूरी रात अपनी धुन पर नचाया था!

बाहर पानी बिना रुके बरस रहा था। उजाड़ और अंधेरे कमरे के एक कोने में, दो दिलों पर परिवर्तित प्रकृति का दो अलग-अलग तरह का प्रभाव पड़ा। एक अपने आप को टुकड़े-टुकड़े कर बिखेर देना चाहता था, जबकि दूसरा बिखरे हुए टुकड़ों को एक साथ करना चाहता था। अब, गोलापी के कंधे पर रखा जीवन का हाथ धीरे-धीरे नरम, कोमल भूमिका को त्यागकर मज़बूत और साहसी होने लगा था। पानी में डूबे निर्जन मैदान के एक अंधेरे कमरे में वो हाथ कुछ बटोरना चाहता था। यह एक युवक का दृढ़, उत्साही हाथ था। हाथ के दबाव ने संतुलन, नियम और संयम की दीवार को तोड़ दिया।

20

अंतरंगता और दूरी

'कुछ तो बोल गोलापी, अच्छा या बुरा कुछ भी।'

गोलापी ने अपने शरीर का सारा भार जीवन के कांपते, गर्म सीने पर रख दिया और पीड़ा से भरे स्वर में कहा, 'पागल मत बनो, रे! और मुझे भी पागल मत बनाओ। मैं जैसी हूं, वैसी ही रहने दो मुझे। मेरा सर्वनाश मत करो, रे। तुम कहते हो कि तुम मेरे साथ घर बसाओगे, तुम मुझे प्यार करोगे—इतना बड़ा लालच मत दो मुझे, रे। मुझ जैसी लड़कियों को बाबू चाहिए। वो जो मुझे अपनी पत्नी नहीं बनाना चाहता हो। कुछ दिन मेरे साथ रहकर, एक बार जब तुम्हारा जुनून ठंडा पड़ जाएगा तो देखना, तुम्हें मुझसे घिन आने लगेगी। और इस ग़लती के लिए उस दिन तुम अपना हाथ ख़ुद ही काटोगे।'

जीवन गोलापी जैसी लड़की के इतने क़रीब कभी नहीं आया था। दोनों के शरीर का हर अंग एक-दूसरे के गर्म स्पर्श से रोमांचित था। शायद महिला का शरीर जीवन के लिए पूरी तरह से अज्ञात नहीं था। लेकिन, किसी अजीब कारण से उस विषम पहचान में, न्याय और अन्याय का एक द्वंद्व छुपा हुआ था, जो मानसिक संतुष्टि में बाधा डालता था। गोलापी के मामले में ऐसा कुछ नहीं था। और इसलिए अब जीवन के मन में शांति, आनंद और संतोष की बयार चल रही थी। वह अब यह सुनने और जानने के लिए उत्सुक नहीं था कि गोलापी क्या कह रही या सोच रही थी। वह कल क्या करेगी, यह सोचना उसका काम था। लेकिन यह रात जीवन की थी। जीवन, आज जीवन को कुछ बताने की कोशिश कर रहा था, जो अगर अनकहा रह जाए तो जीवन व्यर्थ हो जाता, यौवन व्यर्थ हो जाता, जन्म व्यर्थ हो जाता।

लेकिन उस बात को कहते हुए उसका गला कांप रहा था, दिल कांप रहा था।

अब जीवन ने महसूस किया कि कभी-कभी बहुत कुछ कहने से कुछ नहीं कहना, ज़्यादा कह देना होता है। समय नीरवता के माध्यम से बहुत कुछ बोलता है।

और इसलिए गोलापी को अपनी बांहों में भरकर उसे सीने से लगा, जीवन चुपचाप बैठा बाहर बारिश की आवाज़ सुनता रहा। आसमान से बरस रही बारिश की बूंदें धरती के कानों में कुछ फुसफुसा रही थीं। क्या कह रही थीं वे? इस पानी को पाकर मिट्टी कोमल और संभावनापूर्ण होगी। उसके शरीर में जाग उठेगी हरे-भरे होने की, बलवान होने की प्रतिज्ञा। वार्षिक अवरोध के बाद जागृत होगा लहराती फसलों का आनंद, अहंकार।

बहुत समय बीत जाने के बाद जीवन को लगा कि उसे गोलापी को कुछ कहना चाहिए। अतीत के दिनों की ग्लानि और अपराधबोध निश्चित ही उसके सीने की पसलियों में दंश मार रहा होगा। वो ज़हरीले दंश उसके भविष्य की आशाओं, इच्छाओं और सपनों के चिर आकांक्षित विवाह कक्ष की दहलीज़ पर पड़े होंगे। अब उसे किसी आस्था के केंद्र, यानी किसी भरोसेमंद आदमी के सहानुभूतिपूर्ण हृदय के स्पर्श की ज़रूरत थी।

बहुत सोच-विचार के बाद, धीरे-धीरे, दर्द भरी आवाज़ में उसने कहा, 'सुन गोलापी, जिसे प्यार किया जाता है, उससे घृणा नहीं की जाती है। मुझे तुझसे बहुत प्यार हो गया है रे गोलापी। जितना अधिक मैं तुझे देख रहा हूं, उतना ही प्यार बढ़ता जा रहा है।'

'ऐसे अचानक कैसे प्यार हो सकता है?'

'नहीं, नहीं...' जीवन ने तेज़ आवाज़ में कहा। 'इतने हिसाब-किताब से जो किया जाता है, वह चाहे कुछ भी हो, प्यार नहीं हो सकता है। समझदार लोग कहते हैं, प्यार अंधा होता है। जिसे प्यार होना होता है, अचानक ही हो जाता है। और जिसे नहीं होना होता है, उसे ज़िंदगी भर कोशिश करते रहने पर भी नहीं होता है।'

'तुमने यह सब कहां से सीखा?'

'क्यों?'

'यह मास्टरों वाली बात है! मैं एक मास्टर के घर में काम करती थी। वह ऐसी बातें करता था।'

'तुझसे कहता था?'

'मुझसे क्यों कहता? अपने छात्रों से कहता था।'

जीवन ने हंसकर कहा, 'मैंने किसी से कुछ नहीं सीखा है। जो कुछ सीखा, सब ख़ुद से ही सीखा है। मेरा जीवन ही मास्टर है।'

कमरे के बाहर लगातार बारिश की वही आवाज़ थी। ऐसा लग रहा था कि दुनिया और सारी सृष्टि लाखों जल-प्रेतों के उन्मादी जल-नृत्य में डूब गई थी। प्रलय की प्रचंड तरंग माला के बीच एक छोटी-सी डोंगी पर दो दिशाहीन मन बहे जा रहे थे। बिना खेवट के एक मननशील पोत, लहरों में हिंडोले खा रहा था।

गोलापी की आंखों में सुस्ती छाने लगी। शरीर के हर रोम में मौत की तरह ठंडी नींद उतर रही थी। उसकी धमनियों की लाल कणिकाएं बर्फ़-सी जम रही थीं। उसके पैर उसे सहारा नहीं दे पा रहे थे। वह बैठी हुई किसी जड़ से कटे पेड़ के समान धूल से ढके फर्श पर लुढ़क गई। उसने कहा, 'एक बार, एक बार और कहो, एक बार फिर से कहो कि तुम मुझसे प्यार करते हो!'

'करता हूं रे, गोलापी। मैं तुझसे बहुत प्यार करता हूं। मैं तुझे बता नहीं सकता कि मैं तुझसे कितना प्यार करता हूं।'

गोलापी की रुलाई फूट पड़ी, 'मुझसे कभी किसी ने प्यार की बात नहीं की! इतने सारे लोगों ने मेरे स्तन, पेट, जांघें, नितंब, और मेरे शरीर के बारे में न जाने कितना कुछ कहा है। लेकिन कभी इन सबसे बने इंसान का दिल ख़रीदना नहीं चाहा। फिर से कहो कि तुम मुझसे प्यार करते हो! बार-बार कहते रहो, प्यार की बात सुनते-सुनते मैं मर जाऊं।'

कहीं विकट आवाज़ के साथ कड़कड़ाती हुई बिजली गिरी। तेज़ रोशनी से दसों दिशाएं चमक उठीं। छोटा-सा कमरा थर्रा उठा। ऐसा लगा मानो एक टुकड़ा आसमान घर की छत पर टूटकर गिर पड़ा था। जीवन का पूरा शरीर और मन कांप उठा। कोई कहीं नहीं था। मानो महाप्रलय के बाद पृथ्वी की आदिम गुफ़ा में केवल दो प्राणी जीवित थे। जिसमें एक नर था और एक नारी। उस नारी के पास क्या नहीं था? उसके पास सब था जो अन्य औरतों के पास होता है। जो पुरुष के लिए कामना, वासना और संतुष्टी प्रदान करने वाला था। दूसरी सभी औरतें, शायद अभी, इस रात में, अपने प्रियतम के साथ सोते हुए सहवास के मधुर छंद में डूबी हुई थीं। यदि अंधेरी रात उन्हें बारिश और बिजली से डराना चाहती तो वे जिसे कसकर जकड़, मन में साहस पा सकती

थीं, वह आदमी ठीक उनके बग़ल में था। और यह लड़की, उसी संपदा के साथ, अनादर और अवहेलना में, एक देशी शराब के अड्डे पर, टखनों तक धूल में पड़ी हुई थी।

जीवन उसके और क़रीब बैठ गया। उसने बादलों की परतों को भेद कर कमरे में आने वाली रोशनी में गोलापी को क़रीब से देखने की कोशिश की। लेकिन उसकी नज़र नाकाम रही। कमरे में इतनी रोशनी नहीं थी कि उसे कुछ भी स्पष्ट दिखाई देता। इसलिए अंधेरे में, एक अंधे आदमी की तरह, अपने हाथ के स्पर्श से, जीवन ने गोलापी को पूरा देख लेने की कोशिश की। यह उसका सिर था, यह उसके सिर के बाल थे। लंबे बालों से बंधा जूड़ा था। बालों को फीते से बांधा हुआ था। जीवन ने फीते को खोल दिया। गोलापी के बाल बारिश से भीगे हुए थे। उसके खुले बालों में से सस्ते नारियल के तेल की महक आ रही थी। जीवन का हाथ अब गोलापी का माथा सहला रहा था। उसके माथे पर बिंदी थी, कौन जाने किस रंग की थी। यह उसकी भौहें थीं, और ये उसकी पलकें। जीवन को याद आया कि शाम को उसकी आंखों में काजल लगा था। अब उसकी आंखें बंद थीं। वह समझ सकता था कि यह नींद से बंद नहीं थी, नींद और उनींदेपन के बीच, ख़ुशी की ख़ुमारी थी, जो उसकी आंखों से लिपटी हुई थी।

जीवन का हाथ उसकी नाक से फिसलता हुआ उसके होंठों पर उतर गया। वे संतरे के छिलकों की तरह पतले नहीं थे। थोड़े मोटे, थोड़े रूखे और खुरदुरे थे। जैसे अपमान से फूले हुए हों। इन होंठों को कभी किसी ने प्यार भरा चुंबन नहीं दिया था। जो दिया था, वह केवल वासना की लार में लिपटी कुरूपता थी। वह उस अपमान की भावना को समझ सकता था।

उसके बाद जीवन ने गोलापी के गालों पर हाथ फेरा। चार उंगलियों से दबा-दबाकर मांस की कोमलता को परखा। यह वे गाल थे जिन्होंने रात के अंधेरे में न जाने कितने वासनापूर्ण चुंबनों को सहा होगा और नुकीले दांतों से काटे गए होंगे। लेकिन प्यार का एक भी निशान ऐसा नहीं था जो स्थायी रूप से बना रहता। शायद उस न मिलने की वेदना ने उसका चेहरा भारी कर दिया था। और अपमान से होंठ बाहर निकले हुए थे।

उसके हाथ उसकी गर्दन पर उतर आए। उसके गले में पतली-सी नक़ली सोने की चेन थी। और कानों में भी इसी तरह के नक़ली गहने थे। दरअसल एक लड़की को इन सभी नक़ली आभूषणों से सजकर, रात में नक़ली भेंट में जागना होता है। हाय रे, नसीब की मारी!

जीवन की सांस अब तेज़ हो गई। उसके मुंह और नाक से गर्म भाप निकल रही थी। उसका गला सूख गया था। घड़ी के कांटें की तरह उसकी धड़कन बिना रुके, टिक...टिक...टिक कर रही थी। मानो उसका पूरा शरीर और मन आग की तपिश में जल रहा था। उसने अपने गर्म होंठों को गोलापी के रूखे होंठों पर रख दिया। केवल एक चुंबन से उसने वह बता दिया जो नपुंसक वात्स्यायन अपनी हज़ार पन्नों की किताब में नहीं बता पाया था।

'ओह गोलापी रे! तूने मिट्टी की गुड़िया देखी है, क्या तू नहीं जानती कि मिट्टी की मूरत क्या होती है? तूने कामातुर कुत्ते देखे हैं, लेकिन तू नहीं जानती कि एक जीवंत पुरुष, जिसे प्रेमी कहते हैं, कैसा होता है। तूने बहुत चीख़-पुकार सुनी है, प्रलाप सुने हैं, कई लालची, स्वार्थी, धोखेबाज़ राक्षसों को देखा है, लेकिन तूने अधीनता की मूक मधुर धुन नहीं सुनी है। एक भी प्यार में पागल, मोहित आदमी का मन नहीं खोज पाई! नहीं जान पाई कि बलात्कार और संभोग में कितना अंतर है। मैं आज तुझे, तेरी पहचानी दुनिया से बहुत दूर, उस अनजानी दुनिया में ले जाऊंगा। आज मैं सारी रात जागता रहूंगा और तुझे भी जगाए रखूंगा।

उसका हाथ और नीचे उतरा और उसके स्तनों को ढांपे हुए भीगे कपड़े को हटा दिया। उसके नीचे उसकी चोली थी। अब, इस अंधेरे में, जीवन उन सभी बंधनों को हटाना चाहता था। उसका हाथ थोड़ा कांप उठा। मानो वह उस वर्जित फल को छूने वाला पृथ्वी का पहला पुरुष था। एक ऐसा व्यक्ति, जिसे कोई अनुभव नहीं था। ब्लाउज़ पर लगी सेफ़्टी पिन उसकी उंगली में चुभ गई, 'आह!'

'क्या हुआ!'

'उंगली में पिन चुभ गई।'

गोलापी एक वेश्या थी। उसे पता था कि कब, क्या करना चाहिए। उसने जीवन का हाथ हटाकर ख़ुद ही ब्लाउज़ खोलकर अपनी छुपी संपदा को उजागर कर दिया। उसके बाद उसने फुसफुसाकर कहा, 'तुम्हें एक बात बताऊं?'

'बता!'

'यक़ीन करोगे?'

'मुझे पता है कि तू मुझसे झूठ नहीं बोलेगी।'

'मैंने इन दोनों को कभी भी किसी को छूने नहीं दिया है।'

'क्या बोल रही है!' जीवन हैरान था, 'राक्षसों के हाथ से कैसे इनकी रक्षा कर सकी तू?'

'सच कह रही हूं। तुम जिसके नाम से कहो क़सम खा सकती हूं। इसी वजह से मेरा एक अच्छा ग्राहक हाथ से निकल गया। वह एक रात का बीस रुपये देता था।'

'इन्हें क्यों बचाए रखा?'

अंधेरे में गोलापी की आंखें चमकने लगीं। गहरे आवेग से भरे स्वर में उसने कहा, 'एक न एक दिन तो मेरे पेट में बच्चा आएगा। बताओ, आएगा न? क्या मैं इतने मर्दों के छुए गंदे स्तनों को उसके मुंह में दे पाऊंगी? मन ख़राब नहीं होगा? इसलिए मैंने इन्हें संभालकर रखा है। किसी के छूने से इन्हें अपवित्र नहीं होने दिया है। सारे शरीर पर गंदगी, कीचड़ मलने पर भी, इन दोनों को बचाए रखा है।'

जीवन ने चमककर गोलापी के वक्षों से अपना हाथ हटा लिया। 'क्या हुआ? हाथ क्यों हटा लिया? नाराज़ हो गए क्या?'

'नहीं, नहीं।'

'फिर!'

'तेरे बच्चों के लिए रखी चीज़ है।'

गोलापी हंस दी और जीवन का हाथ खींचकर अपने स्तनों पर रख दिया, 'तुम्हारी बात औरों से अलग है। तुम मेरे ग्राहक नहीं हो।' उसका गला आवेग से कांप रहा था। 'तुमने तो कहा कि तुम मुझसे प्यार करते हो! शादी करके घर बसाओगे। पत्नी का जो कुछ भी है, उसे पति को देने में कोई दोष या पाप नहीं होता है।'

युद्ध जीतने से, एक औरत का मन जीतना ज़्यादा कठिन काम था। आज जीवन ने एक औरत का दिल जीत लिया था। इससे बड़ी विजय और कुछ नहीं थी।

जीवन का हाथ गोलापी की छातियों से फिसलकर उसके पेट पर आ गया, और फिर थोड़ा और नीचे। गहरी नाभि के चारों ओर चक्कर लगाने के बाद, उसकी उंगलियों ने नरम मांस के एक पिंड को पकड़ लिया, फिर छोड़ दिया और फिर पकड़ लिया। उसके बाद उसके हाथ ने ऊपर की ओर उठकर उसके स्तनों को छुआ और फिर से नीचे की ओर खिसक गया। उस पुरुष के

हाथ के मंथन से गोलापी का शरीर कांप रहा था। शायद इसे ही सिहरन कहते हैं। उसके स्त्री शरीर के प्रत्येक तंतु में फन फैलाती एक विध्वंसी यौनक्षुदा जाग उठी थी।

कुछ समय बाद, अपने हाथ के खेल में जीवन ने गोलापी के शरीर से सारे कपड़े उतार दिए। एक धागा तक नहीं छूटा था उसकी देह पर। उसने उसकी कलाई की चूड़ियां, बालों का फीता, कानों के झुमके और गले का हार, सब हटा दिया। उसे नक़ली आभूषण और नक़ली साज-सज्जा से मुक्त कर दिया। गांव की झोंपड़ी के सामने खेल रही नंग-धड़ंग बच्चियों की तरह, उसे जीवन ने पूरा नग्न कर दिया। उसके बाद उसकी दसों उंगलियां, उस निर्वस्त्र देह के प्रत्येक मोड़ और घुमाव की चिकनी उष्णता में फिसलती रहीं। नहीं, कहीं कोई ख़ामी नहीं थी, कहीं कोई दाग़ नहीं था। वह अपने आप में बेदाग़, सुगढ़ और संपूर्ण थी। जीवन अपने हाथों से बार-बार उसके चेहरे, उसके स्तनों, पेट, जांघों और नितंबों को सहला रहा था। 'यह सब मेरा है, किसी और का नहीं। आज से यह सिर्फ़ मेरा है।'

जीवन के मज़बूत हाथों की छुअन से, हवा के स्पर्श से कांपती लता की तरह गोलापी कांपने लगी। उसके पूरे शरीर में बिजली की कौंध-सी कंपन थी। उसके शरीर के हर कण में एक अद्भुत सिहरन थी। जैसे वर्षा से उफ़नती नदी के तटों पर बेक़ाबू लहरें पछाड़ खा रही हों। वह अब स्थिर नहीं रह पा रही थी। भयंकर आवेश में वह अपने दोनों हाथों से जीवन को अपने उभरे स्तनों पर खींचकर पागलों की तरह उसके गालों और होंठों को चूमती रही। बिना लज्जा के उसने कातर याचना की, 'आज मुझे मर जाने का मन कर रहा है, रे। अगर मैं आज मर जाऊं तो मुझे कोई दुख नहीं रहेगा। आज मुझे मार दो!'

क्या जीवन को भी मरने का मन नहीं कर रहा था? ऐसा निपुण, सुगढ़, पंखुड़ियों-सा खिला शरीर उसने पहले कभी नहीं देखा था। किसी के स्पर्श से तन और मन में ऐसी उत्तेजना पैदा हो जाती है, इससे पहले उसे यह जानने का अवसर कभी नहीं मिला था। आज प्रकृति और परिवेश, सब जैसे उसका साथ दे रहे थे। बारिश से भीगा हुआ ये अंधेरा, पानी गिरने की झमाझम आवाज़ और ये निर्जनता सब उसके पक्ष में थे। नारी की तुलना फूलों से की जाती है। गोलापी अब वह फूल नहीं थी। वह अब आग का शोला थी जो जलकर दावानल में बदलने का इंतज़ार कर रही थी। वह जैसे शहद और शराब, आग और बारूद के मिश्रण से, कई कलाकारों द्वारा श्रम से गढ़ी गई एक जीवित मूर्ति थी। जिसे उर्वशी या तिलोत्तमा जैसी अप्सराओं के अंश से बनाया गया

था, वयस्क बच्चों के खेल का साथी बनने के लिए। क्या जीवन अब शरीर के खेल में अपना कौशल दिखा पाएगा? किसी ने कहा था, सही समय, अवसर और मन का साथी मिलने पर कोई भी आदमी ब्रह्मचारी नहीं रह सकता। ये तीनों अब जीवन की पहुंच में थे। लेकिन अब—यह समय ख़ुद को परखने का भी था। जिस प्रकार आमंत्रण स्वीकार करने का आनंद था, उसी प्रकार अस्वीकृति में भी कभी-कभी प्रसन्नता छिपी होती है।

गोलापी अभी अधलेटी थी। उसने जीवन के चेहरे को अपने मुंह पर दबा रखा था। उसकी गर्म सांसें जीवन की गर्दन को झुलसा रही थीं। जीवन के शरीर के मर्दाने पसीने की गंध से गोलापी के शरीर की हर कोशिका, तंतु, अणु नशे में डूब रहे थे। मिलन के आनंद की तीव्र लालसा में, मन और प्राण के सभी बंधनों से उनमुक्त हो वह अपने प्रिय पुरुष का आह्वान कर रही थी। आओ, और पास आओ। अपने सभी हथियारों से मुझ पर वार करो और मेरा सबकुछ ले लो। अधिकार कर लो तथाकथित अजय दुर्ग पर। लेकिन जीवन अब भी इतना संयमित क्यों था? गोलापी यह समझ नहीं पा रही थी। वह कब ज़ंजीर तोड़कर जंगली भैंस की तरह, सींग उठाए दौड़ता हुआ आएगा? कितनी देर के बाद? कब वह शरीर को खंगालकर अमृत की तलाश करेगा?

गोलापी इंतज़ार करते-करते थक गई। वह उदास थी, हताश थी। कुछ देर बाद उसकी अधीर, थकी हुई बांहों का बंधन ढीला पड़ गया। चांद के आकर्षण में आया नदी का ज्वार अपनी वापसी की यात्रा पर चल पड़ा। मन उदास हो गया। उसका हारा हुआ, कुंठित शरीर एक बार फिर धूल के बिस्तर पर ढलक गया। व्यर्थता की एक आह उसके होंठों से निकली और हवा में मिल गई। उसकी आंखों से विस्मय और वेदना के आंसुओं की बूंदें गालों पर बह निकलीं। उन आंसुओं का कोई गवाह नहीं था। कमरे के फ़र्श पर पड़ी धूल ने एक ही बार में उन आंसुओं को सोख लिया।

जीवन की धधकती आंखें तब गोलापी के शरीर में कुछ खोज रही थीं। उस दृष्टि के आगे गोलापी जैसे सिकुड़ गई। पहली बार उसे बहुत शर्म आने लगी। अब वह ख़ुद को उघड़ा हुआ या बिना कपड़ों के नहीं, बल्कि नंगा महसूस कर रही थी। उसे नग्नता का एहसास तब हुआ था, जब किशोरावस्था में एक बार खेत से जाते हुए वह उसके पिता की उम्र के एक व्यक्ति के हाथों बलात्कार का शिकार हुई थी। उसे नंगेपन का एहसास एक सुनसान दोपहर को एक बाबू के घर के स्नानघर में हुआ था। अब वह अपनी नग्नता को सहन नहीं कर पा रही थी। अंधेरे में टटोलते हुए, अपने कपड़े ढूंढ़कर उसने अपने

शरीर को ढक लिया। ठीक उसी तरह, जैसे किसी शव पर कफ़न ढका जाता है। उसके बाद वह करवट लेकर लेट गई।

गोलापी के अंदर हुई उथल-पुथल के बारे में जीवन को पता नहीं था। उसने पूछा, 'क्या हुआ रे, गोलापी?'

'कुछ नहीं!'

'लगता है तू नाराज़ है!'

'किस पर नाराज़ होऊं?'

अब जीवन ने महसूस किया कि शायद गोलापी को उसके आचरण से दुख पहुंचा है। उसे संभालने के लिए जीवन एक बार फिर प्यार से बोला, 'मुझे ग़लत मत समझ।' उसके कहे ये शब्द अब गोलापी के कानों में परिहास की तरह लग रहे थे। जैसे उसने किसी पराजित, धरती पर गिरे शत्रु के सीने पर अंतिम लात मारी हो। गोलापी पीड़ा और क्षोभ में फूट-फूटकर रोने लगी, 'क्या तुम मेरा इस तरह मज़ाक़ बनाने के लिए यहां लाए थे?'

'ऐसा क्यों कह रही है? मैंने कब तेरे साथ मज़ाक़ किया?'

'क्या किया है और क्या नहीं, अगर तुम लड़की होते तो समझते।'

जैसे ही जीवन ने कुछ कहने की कोशिश की, गोलापी ने कहा, 'रहने दो। और कुछ कहने की ज़रूरत नहीं। जो समझना था वो मैं समझ चुकी हूं। जैसे डॉक्टर किसी मरीज़ को छूकर बता सकता है कि बुखार तेज़ है या कम, हम भी मर्दों के व्यवहार से उनके मन के भाव समझ जाती हैं। वैसे भी कोई कम दिन तो हुए नहीं हैं इस धंधे में आए। हज़ारों पुरुषों को मना करते देखा है। मुझे मूर्ख मत समझो।'

जीवन अब गोलापी के शब्दों के बाणों का शिकार हो घायल हो गया था। जो रात उसे छंद, गंध, रंग और रूप में रंगीन, सर्पिल और अविस्मरणीय लग रही थी, उसकी सारी मिठास को एक ग़लतफ़हमी का अवांछित सैलाब धो देना चाहता था। उसके सपनों के विशाल महल को धूसर और नष्ट करना चाहता था।

जिस आर्थिक, सामाजिक, सांस्कृतिक ढांचे और वातावरण में एक व्यक्ति रहता है, पलता-बढ़ता है, वह उसकी सोच, चिंतन और मूल्यांकन के हर स्तर को प्रभावित करता है, जिसे जाने-अनजाने व्यक्ति अपने मन में धारण करके जीवन भर घूमता है। यह एक ऐसा वायरस है जिसे नष्ट नहीं किया जा

सकता है। वे दोनों अपनी-अपनी भावनाओं और फैसलों पर क़ायम रहकर एक-दूसरे के मन को जांच नहीं पा रहे थे। इसी से ग़लतफ़हमी पैदा हो गई थी।

गोलापी अब चित लेटी छत की ओर देख रही थी। उसके उभरे वक्ष असहनीय अपमान की दाह से उठ-गिर रहे थे। उसके हृदय के छिपे कोने में हारने की असहनीय जलन थी। इतनी बड़ी हार का सामना उसे कभी नहीं करना पड़ा था। ये हार कितनी बड़ी थी, ये सिर्फ़ एक औरत ही समझ सकती थी।

इस तरह बहुत लंबा समय भीषण नीरवता में व्यतीत हो जाने के बाद, गोलापी उनके बीच कुछ दूरी रखते हुए, जीवन की ओर मुड़ गई। उसने उससे पूछा, 'क्या तुम मुझे सच बताओगे? तुम्हें मुझसे घिन आ रही है, है न?'

'नहीं तो!' जीवन ने चौंकते हुए कहा। 'घिन क्यों आएगी?'

गोलापी ने इस दौरान अपने स्वाभाविक, नरम, कोमल स्त्री के ढांचे को झटककर फेंक दिया। क्योंकि प्रेम नामक जिस पारस पत्थर के छूने से लोहा, सोना हो जाता है, वह अब स्वधर्म में नहीं था। फ़िर गोलापी अपनी कोमलता को कैसे जकड़कर रख सकती थी? और इसलिए वह अब एक चोट खाई बाघिन थी। जिसमें न कुछ पाने की इच्छा थी और न कुछ खोने का डर। केवल ख़ूनी प्रतिशोध लेने की इच्छा थी। उसने कहा, 'उस रंडी की औलाद ने तुमसे क्या कहा था तब? तुमने सोचा कि मैंने सुना नहीं था! कि मुझे सिफ़िलिस है! एक बार वह मुझे दिख जाए, उसके मुंह पर चप्पल नहीं मारी तो कहना।'

जीवन बुदबुदाया, 'लेकिन मैंने तो उसकी बात पर विश्वास नहीं किया। नहीं तो क्या तुझे यहां लेकर आता?'

'फिर तुमने ख़ुद को इस तरह क्यों समेट लिया?'

जीवन ने एक बार फिर गोलापी की ओर देखा। उसके चेहरे पर अंधेरा ठहरा हुआ था। अंधेरे में वह क़ीमती पत्थर से बने किसी महान महल के ध्वस्त स्तूप-सी प्रतीत हो रही थी। जिस स्तूप के नीचे, सुख से सजाई हुई शादी की सेज दबी पड़ी थी। इसके लिए जीवन ज़िम्मेदार था। उसने अनजाने में घोर अपराध किया था। अब ऐसे समय में वह उसके अपमान की आंतरिक पीड़ा को मिटा सकता था?

जब जीवन गोलापी को यहां लाया था तो उसका वास्तव में कोई विशेष उद्देश्य या योजना नहीं थी। दुर्योग की इस रात में लड़की कहां रहेगी, इसलिए उसे साथ ले आया था। वह जानता था कि नारी मात्र ही मोहनी माया होती है।

नारी का अर्थ ही उस असाधारण शक्ति की अधिकारिणी होना है जो पत्थर को गलाकर पानी बना देती है। आज रात के विशेष परिवेश में गोलापी के साथ बात करते-करते जो कुछ होना था वो हुआ। जीवन को वह अच्छी लगने लगी। जो बदलते क्षणों के साथ प्रेम में परिणत हो गया। तब जीवन के सीने के भीतर बैठा, बिना साथी का मन, रोकर कह उठा—यही तो है वो! वो जिसे मैं पूरी दुनिया की सड़कों पर भटकते हुए ढूंढ़ रहा था। मैं इसे ही बचे हुए जीवन के लिए, छाया संगिनी के रूप में चाहता हूं।

अब तक जीवन की सोच में कोई ग़लती नहीं थी। भ्रांति इसके बाद पैदा हुई। जब मैं इसे ही अपनी पत्नी के रूप में पाना चाहता हूं तो आज इस समय उसकी दरिद्रता, असहायता का लाभ उठाकर, सब पुरुषों की तरह मैं भी वही क्यों करूं? अंतरंगता के चरम क्षण में यह विचार एकदम से जीवन के मन में आया। फिर मुझमें और उन सभी पुरुषों में क्या फ़र्क़ रह जाएगा, जिन्होंने रात के अंधेरे में गोलापी के कोमल शरीर को कुत्तों की तरह नोंचा-खंसोटा और काटा था?

जीवन बोला, 'देख गोलापी, मैं कुत्ता नहीं बनने जा रहा हूं, और न ही तुझे कुतिया बना रहा हूं। जब दो दिल एक हो गए हैं तो शरीर को एक होने में कितना समय लग सकता है? केवल एक दिन, मात्र चौबीस घंटे। मैं कल तुझे कालीघाट ले जाकर तेरी मांग में सिंदूर भर दूंगा।'

लेकिन गोलापी कैसे समझती कि जीवन क्यों पीछे हट गया था? कौन उसे बताता कि उसका एक क़दम पीछे हटना, दो क़दम आगे बढ़ने के लिए था?

जीवन समझ गया कि गोलापी को असली कारण समझने में कुछ समय लगेगा। और अब जिस तरह से स्थिति बदल गई थी, इस समय उसकी मृत आशाओं को जीवित करना एक अलग काम होगा। अब और कोई बात नहीं। रात को गुज़रने देना होगा। इस छोटी-सी ग़लती को मिटाने के लिए कल सारा दिन बहुत समय होगा।

गोलापी मुड़कर पेट के बल लेट गई। उसने अपना सिर, रेगिस्तान की आंधी के ऊंट की तरह, फ़र्श की धूल में छुपा लिया। वह चुपचाप रो रही थी। उसके आंसुओं की दो-चार बूंदें बारिश के पानी की लाखों बूंदों के बीच खो गईं। जिनका कहीं कोई निशान नहीं बचा। जीवन अब और कुछ नहीं कर सकता

था। अंदर ही अंदर उसने कहा, मुझे एहसास है कि तू मेरे व्यवहार से आहत है। लेकिन मेरा विश्वास कर, मैंने उस बेवक़ूफ़ जगाई की बात पर ज़रा भी ध्यान नहीं दिया था। मैं सिर्फ़ अपने इस फैसले की वजह से तेरे साथ शरीर के इस खेल में नहीं रमा। अपनी ख़्वाहिश का गला घोंटकर, बस एक दिन के लिए उसे स्थगित किया है।

गोलापी ने एक गहरी आह भरी। न जाने उस आह का क्या मतलब था। हो सकता था कि आह भरकर उसने इतनी देर से बुने अपने सारे सपनों और उम्मीदों को उड़ा दिया हो और अपने दिल का बोझ उतारकर मुक्त हो गई हो। अब उसको सोना था। बहुत-सी रातों की तरह, एक और बर्बाद रात के बाद, उसे थोड़ी नींद की ज़रूरत थी।

जीवन को पता ही नहीं चला कि वह कब सो गया। जब उसकी आंख खुली तो आंधी और बरसात थम चुकी थी। और सुबह के विशाल सूरज का प्रतिबिंब पानी पर सोने के थाल-सा तैर रहा था। कमरे के चारों ओर पानी ही पानी था। उसने गोलापी को देखने के लिए अपनी आंखें घुमाईं। वह कहीं नज़र नहीं आ रही थी। कमरा ख़ाली था। जहां वह लेटी हुई थी वहां कांच की एक टूटी हुई चूड़ी पड़ी थी। चारों ओर पानी के सैलाब के बीच, वह कमरा अब एक टापू जैसा लग रहा था। सभी रास्ते पानी में डूबे हुए थे। पानी के नीचे समाए उन रास्तों से कहां चली गई थी वो आहत लड़की? ऐसा लगा कि हर कोई इसी तरह, कोई निशान छोड़े बग़ैर ही जीवन की ज़िंदगी से ग़ायब हो जाएगा। क्यों? आख़िर क्यों? जीवन ने पानी की ओर देखा। हवा के कोमल झोंकों से उसमें नन्ही-नन्ही लहरें बन रही थीं। लेकिन कोई दूसरा निशान नहीं था। पानी पर कभी निशान नहीं पड़ते। जीवन ने सोचा, क्या गोलापी जैसी लड़कियों के दिल भी पानी की तरह बेदाग़ होते हैं!

21

मुर्दाघर

जिस व्यक्ति के जीवन में युद्ध, यात्रा, यंत्रणा और अनुभव का समावेश घटा था, घटना चक्र में उसका नाम भी जीवन था। जिसे कुछ लोग चांडाल जीवन, तो कुछ लोग बांगाल (पूर्वी बंगाल का बांग्ला भाषी) जीवन कहते थे। चांडाल वह दो कारणों से था। पहला कारण यह था कि वह बहुत ग़ुस्सैल था। और एक बार अगर वह क्रोधित होता था तो अपने होश खो बैठता था। वह ज़्यादातर ग़ुस्से में रहता था। मामूली बात पर भी उसका सिर गर्म हो जाता था। एक बार रवीन्द्र सदन से जादवपुर आ रही लगभग ख़ाली मिनिबस में, चेक की लुंगी पहने एक अधेड़ उम्र का आदमी, जिसके मुंह से शराब की बू आ रही थी, लगातार एक लड़की से टकरा रहा था। सभी यात्रियों की तरह उसे भी अपनी आंखें बंद कर, "कुछ नहीं देखा" की मुद्रा में बैठे रहना चाहिए था, लेकिन वह ऐसा नहीं कर पाया। वह उस आदमी के पास गया और उसे एक तरफ़ धकेल दिया, 'चल हट, नहीं तो एक थप्पड़ में तेरा नशा उतार दूंगा।' लुंगी पहने उस हिंदी भाषी को उतरने के लिए मजबूर होना पड़ा। लेकिन वह दूर नहीं गया। वहीं फ़ुटपाथ पर खड़ा, उस्तरा दिखाते हुए जीवन को गालियां देने लगा। यह सुनकर चांडाल जीवन और क्रोधित हो गया और उसे मारने के इरादे से बस से उतरने लगा। लेकिन उस लड़की ने उसे रोक लिया। 'मत जाइए! यह लोग बदमाश हैं, आप इनसे नहीं लड़ सकते हैं!'

जीवन की ज़िंदगी में ऐसी अनगिनत घटनाएं घटी थीं, जो कि ग़ुस्सैल, मोटे दिमाग़ वाले मूर्खों के काम होते हैं। शास्त्रों में क्रोध को "चांडाल" कहा गया है। तभी उसका यह नाम पड़ा था।

दूसरा कारण यह था कि हिंदू धर्म और समाज की जाति व्यवस्था के हिसाब से जीवन, चतुरवर्णों में से जिस संप्रदाय का था, वो शूद्रों से भी एक पायदान नीचे, नमःशूद्र समुदाय था। सन् 1911 तक कोई नहीं जानता कि ऊंची जाति के लोग उन्हें "चांडाल" क्यों कहते थे। अधिकांश नमःशूद्रों को यदि याद दिलाया जाए कि उन्हें कभी चांडाल कहा जाता था तो उन्हें बहुत पीड़ा होती थी, वे सिमट जाते थे, अपमानित महसूस करते थे। एकमात्र अपवाद जीवन था, जिसे ख़ुद को चांडाल कहने पर गर्व था—'मैं जीवन हूं जिसे लोग पहले चांडाल कहते हैं! जो भी अन्याय करता है, मुझे उस पर ज़रा भी दया नहीं आती है!'

इस जीवन की तरह का दूसरा जीवन जादवपुर स्टेशन के इलाक़े में रहता था, जिसे डमी, डुप्लीकेट, क्लोन, डबल, जुड़वां कहना असंगत नहीं था। हालांकि दोनों एक जैसे दिखते थे, लेकिन दोनों अलग-अलग व्यक्ति थे, और कुछ मामलों में अलग-अलग सोच और सिद्धांत के थे। भले ही दोनों जीवन एक स्टेशन पर ही रहते हों, और भले ही कभी-कभी उनके बीच मतभेद हो, लेकिन अब तक वे एक-दूसरे के इतने विरोधी नहीं थे कि उनमें से एक, दूसरे को बर्बाद करना चाहे। जैसे लोहारपाड़ा के बालक-दा और संतोषपुर के बालक-दा के बीच कभी ऐसा नहीं हुआ था। या बाघाजतिन के काना अजीत और कायस्थ पाड़ा के काना अजीत के बीच। या विजयगढ़ का जोगा और लकड़ी गोदाम का जोगा। जिस तरह दो बालक, दो जोगा और दो काना अजीत एक ही विचारधारा के और एक ही पथ के पथिक होने के बावजूद एक नहीं थे, उसी तरह दोनों जीवन अपने व्यक्तिगत निर्णयों में, सोच, मानसिकता, दृष्टिकोण और रुची में भिन्न होने के बावजूद, कमोबेश शांतिपूर्ण सह-अस्तित्व में, स्टेशन पर रह रहे थे। दोनों जीवन एक ही भौतिक शरीर के भीतर मौजूद थे।

आज दोपहर एक बार फिर से बांगाल भाषा में बोलने वाला और अपने नाम के आगे चांडाल लगाने वाला जीवन आया और टी.बी. अस्पताल के हंड्रेड बेड वार्ड और कैंटीन के पास के छायादार जंगल में आकर बैठ गया। वह अकेला नहीं था, साथ में नाडु भी था, क्योंकि श्रीमती आने वाली थी। पिछले दिन घूमने-फिरने के बाद वे तीनों अपने-अपने पते पर तो लौट गए थे। लौट कर, न जाने किसने क्या सोचा हो, पर जीवन को लगा था कि उसका बिना कारण के जाना व्यर्थ था। पर अगले ही दिन वह फिर उनके साथ अकारण घूमने निकल गया। उसके अगले दिन फिर। जैसे उसे बिना वजह

समय बर्बाद करने की लत लग गई हो। कोई कहानी नहीं, निर्दिष्ट पक्ष नहीं, बैठने की कोई जगह नहीं, खड़े होने की कोई ज़मीन नहीं! केवल चलना, और हंसना, और आगे बढ़ते जाना। जो जीवन के लिए अकारण ही था। नाडु को श्रीमती पसंद थी। कारण या कार्य सब उसका था। जीवन वहां केवल तीसरा व्यक्ति था।

इसी तरह एक दिन वे घूमते हुए श्रीनाथ कॉलोनी के पास के मैदान में लगे "भूतों का कार्निवाल" मेले में गए। वहां उन्होंने जायंट व्हील की सवारी की, पापड़ खाया और लौटते समय जब वे लालू काका के खेत के ठीक बीच में थे, नाडु ने श्रीमती से पूछा, 'आज बता श्रीमती, तुझे हम दोनों में से कौन पसंद है? देख, मैं तुझे ख़ुश देखना चाहता हूं। अगर तुझे जीवन पसंद है तो भी मुझे बता दे! मुझे बिल्कुल भी ऐतराज़ नहीं होगा। लेकिन आज तुझे हममें से किसी एक को चुनना होगा। तो बता मुझे, तू किसे पसंद करती है!'

जैसे ही नाडु ने बोलना समाप्त किया, जीवन ने कहा, 'लेकिन मुझे कुछ कहना है...'

नाडु जानता था कि जीवन क्या कह सकता था। उसने उसे रोककर कहा, 'तुझे कुछ नहीं कहना है। जो कहना है वो अब श्रीमती को कहना है। क्या तूने उस दिन नहीं कहा था, जिसमें श्रीमती की भलाई है, वह तू पूरे दिल से करेगा? तो फिर अब तेरे पास कहने के लिए और क्या है? श्रीमती को तुझसे बेहतर पता है कि उसके लिए क्या अच्छा है। श्रीमती, तू बोल!'

श्रीमती को अंतिम निर्णय लेना था। लेकिन, डेढ़ साल की मुलाक़ात के बाद भी वह आज अपना मन नहीं बना पा रही थी। डेढ़ साल बाद वह किसके साथ भागेगी? जीवन स्वास्थ्य से भरपूर था, साहसी था और उसकी जेब में सौ रुपये के नोट भी होते थे, और नाडु काफ़ी मेहनती, ईमानदार और बेहद ख़ुशमिज़ाज था। कहा जाए तो उसकी हंसी की क़ीमत हज़ार रुपये की थी। लेकिन वह बहुत जुआ खेलता था। उसी में उसकी सारी कमाई उड़ जाती थी। जीवन जुआ नहीं खेलता था, लेकिन कभी-कभार शराब पीता था। हर बात को नज़र में रखते हुए, अच्छे और बुरे के पैमाने पर दोनों लगभग एक जैसे ही थे। और वे दोनों श्रीमती को बहुत प्यार करते थे। अब वह किसे छोड़कर किसे पकड़े? दोनों हाथों में से एक भी कट जाए, दर्द तो एक-सा होता है। अपने मन की परीक्षा से गुज़रने के बाद श्रीमती ने महसूस किया कि वह उन दोनों के प्रति समान रूप से दुर्बल थी। यह एक ऐसी समस्या थी जिसका कोई

समाधान नहीं था। और इसलिए, लंबे समय तक सोचने के बाद उसने कहा, 'मुझे तुम दोनों ही पसंद हो!'

'यह कहने से नहीं चलेगा। शादी करके घर बसाने के लिए तुझे एक को ही चुनना होगा। या तो मैं या जीवन।'

'शादी नहीं करूंगी।'

'तो फिर क्या करेगी?'

'तीनों मिल-जुलकर एक साथ रहेंगे। तुम दोनों काम पर जाना, बाज़ार-हाट से ख़रीदारी करके लाना। मैं घर में रहकर खाना पकाऊंगी। तुम्हारे घर लौटने पर खाना परोसकर खिलाऊंगी। बताओ, आएगा न मज़ा?'

'हां ज़रूर मज़ा आएगा। पब्लिक मज़ा चखाएगी। इस तरह नहीं रहा जा सकता है।'

'क्यों? क्यों नहीं रहा जा सकता है?'

'वो तुझे नहीं समझाया जा सकता। जो भी हो, तुझे एक की ही पत्नी बनना पड़ेगा। यही समाज का नियम है।'

श्रीमती ने कहा, 'लेकिन ऐसा कैसे होगा! मैं तो तुम दोनों को चाहती हूं, तुम दोनों को ही पसंद करती हूं। एक को हंसाकर दूसरे को रुला नहीं सकती।'

नाड़ु इसी एक प्रश्न का उत्तर न दे पाने की वजह से बेचैन था। जैसे उसका जीना-मरना इसी एक प्रश्न पर टिका था। लेकिन जीवन स्थिर था। वह इस विषय पर ज़्यादा नहीं सोच रहा था। एक बार पहले, कोई कातर होकर जीवन के साथ अपना जीवन जोड़ना चाहता था। उसके चेहरे और आंखों में कितना मर्मांतिक आवेदन था। उसके दिल और आत्मा में, बिना किसी शर्त के अपने आप को पूरी तरह सौंप देने की आतुरता थी। लेकिन इंतज़ार में राह देखती वह अंत में ख़ाली हाथ चली गई। उसकी याद आज भी बहुत पीड़ा देती थी। कभी नहीं भूलने देती थी अपमान से काले पड़े उसके कोमल चेहरे को। अब वह कभी नहीं मिल सकती थी। किसी दिन वह लौट आएगी, ऐसी कोई आशा या भरोसा नहीं था। वह किसी कठिन परीक्षा के परे चली गई थी। सूरज उगने से पहले आसमान लाल हो जाता है, लेकिन जीवन के आकाश में सिर्फ़ घना अंधेरा था। एक बार फिर दर्द के बंधन में ख़ुद को बांधने के लिए उसका मन तैयार नहीं था। लेकिन नाड़ु का मन एक कोरे काग़ज़ की तरह था। जिस पर कोई दाग़, ख़रोंच, ज़ख़्म या ख़ून के धब्बे नहीं थे। वह श्रीमती को ख़ुश देखना चाहता था। इसलिए वह बार-बार उससे जानना चाहता था,

'बता तुझे कौन पसंद है! तू किसके साथ ख़ुश और प्रसन्न रहेगी?' जैसे नाडु का जीना-मरना, उसके जीवन की सार्थकता, उसके एक उत्तर में छुपी हुई थी। वह श्रीमती के मुंह से उस स्पष्ट उच्चारण को सुनना चाहता था। अगर वह उसे अपना पति चुनती है तो नाडु ख़ुद को धन्य समझेगा। और यदि उसने जीवन को चुना, तो भी उसे कोई तक़लीफ़ नहीं होगी, और न ही वह क्रोधित होगा। क्यों होगा? वह श्रीमती से प्यार करता था। नाडु की अपनी ख़ुशी उसकी भलाई में और उसके ख़ुश रहने में थी। लेकिन श्रीमती को ख़ुद से यह कहना होगा। इस पर पर्दा डाले रहने से नहीं चलेगा।

बहुत देर तक अपनी हंसी को दबाए रखने के बाद, श्रीमती खिलखिलाकर हंस पड़ी और अंत में बोली, 'अगर मुझे शादी करनी ही पड़ी तो मैं तुम दोनों से शादी करूंगी। नहीं तो मैं किसी से शादी नहीं करूंगी।'

नाडु ने कहा, 'पागल लड़की ऐसा नहीं होता है।'

'क्यों नहीं होता है?' श्रीमती ने जानना चाहा, 'तो फिर, द्रौपदी *माशी* की कैसे हुई?'

आतंकित होकर नाडु ने उल्टा प्रश्न किया, 'द्रौपदी तेरी मौसी लगती है?'

सरलता के साथ श्रीमती ने जवाब दिया, 'एक ही बस्ती में रहते हैं, कुछ तो कहकर बुलाना होगा न! इसलिए मैं *माशी* कहकर बुलाती हूं। पता है द्रौपदी *माशी* के कितने पति हैं?' दो उंगलियां उठाकर दिखाते हुए उसने फिर कहा, 'रामपाल *मेशो* बिहारी और धरणीधर *मेशो* उड़िया हैं। दोनों नरेंद्रपुर के किसी कारखाने में चौकीदार हैं। जब एक काम पर जाता है तो दूसरा घर पर रहता है। दोनों की आपस में बहुत अच्छी बनती है। छुट्टी के दिन *माशी* उन दोनों के बीच रिक्शे पर बैठती है, और वे तीनों सिनेमा देखने जाते हैं। जो भी उन्हें देखता है, कहता है—सौत के साथ सौत मिलकर नहीं रहती, देखो ये तीनों कैसे मिल-जुलकर रहते हैं।'

'तेरी उस *माशी* के बच्चे किसे क्या कहकर बुलाते हैं? दोनों को ही बाबा बुलाते हैं?'

'*माशी* का तो ऑपरेशन हुआ है। गांव में उनके पहले पति से उनके दो बेटे हैं। वे कभी कलकत्ता नहीं आते। *माशी* उन्हें नहीं लाती है। बीच-बीच में वह गांव जाकर उनसे मिल आती है।'

'बस्ती में कोई कुछ नहीं कहता?'

'कौन क्या कहेगा? किसी में कुछ कहने का दम है? एक बार हमारी बस्ती के पोंचा ने अपना मुंह खोला था। *माशी* ने उसके कान बजा दिए। उन्होंने कहा, 'क्या रे, पोंचा! बहुत लायक़ हो गया है? किसे क्या कहता है? तेरी अपनी बहन क्या करती है? हर महीने एक नया आदमी पकड़ती है! मैंने जिसे पकड़ा है, चाहे मेड़ो हो या खोट्टा, उसे छोड़ा तो नहीं है ना? और तेरी अपनी कितनी रंडियां हैं? मर्द हो तो चाहे कुछ भी कर सकते हो, चाहो तो पांच-सात औरतें रख सकते हो, लेकिन अगर कोई औरत दो मर्द रख ले तो तुम लोगों की आंखें सिर पर चढ़ जाती हैं! क्यों रे? पहले अपने को सुधार, अपने घर को सुधार, उसके बाद दूसरों का दोष देखना!'

श्रीमती ने थोड़ा रुककर फिर कहा, 'बस्ती में सभी के चूतड़ों में गू है, कोई दूध का धुला नहीं है। इसलिए, कोई किसी को कुछ नहीं कह सकता।'

नाडु ने आख़िरी बार श्रीमती को समझाकर पटरी पर वापस लाने की कोशिश की, 'तेरी *माशी* का तो ऑपरेशन हो गया, इसलिए बच्चे नहीं हो सकते, लेकिन तेरे तो होंगे! तब क्या होगा?'

'क्या होगा?'

'किसे बाप बुलाएंगे?'

'दोनों को!'

'कैसे?'

'बड़े बाबा, छोटे बाबा।'

'कौन बड़ा और कौन छोटा?'

श्रीमती ने हंसकर कहा, 'अभी बहुत समय है। सोचकर कुछ दिनों बाद बताऊंगी।'

नाडु निराश हो गया। उसने कहा, 'बताऊंगी करते-करते दिन बीते जा रहे हैं। कब बताएगी, बता? लगता है तेरे मुंह से तेरा फैसला सुनने से पहले मैं मर-खप कर राख बन जाऊंगा।'

'ऐसी अशुभ बातें मत बोल। तू क्यों मरेगा? मरेंगे तेरे दुश्मन। तू किसका क़र्ज़दार है कि...'

श्रीमती बीच में ही रुक गई। लालू काका के मैदान के ठीक बीच में, घने अंधेरे में खड़े प्राचीन पेड़ के कोटर में किसी पक्षी के शांतिपूर्ण, सुखी घोंसले पर, किसी निशाचर शिकारी पक्षी या प्राणी ने झपट्टा मारा था। भयभीत, त्रस्त

मां आतंक में चिल्ला रही थी, शायद उसके चूज़े को नोंचकर खा लिया गया था। चिड़िया की उदास, भयानक चीख़ों से रात की हवा भारी हो गई थी।

अब रात के कम से कम साढ़े दस बज रहे थे। लालू काका के मैदान में उतनी रोशनी नहीं थी। इतनी रात में इस मैदान में आम लोगों के आने की इतनी हिम्मत नहीं थी। लेकिन वे, और विशेष रूप से जीवन, बिल्कुल भी आम नहीं थे। अंधेरा होने के बाद जो लोग मैदान पर क़ब्ज़ा कर लेते थे, टोनाई, अंजन और किशन, वो सब उसके दोस्त थे। जीवन क्या चीज़ है, यह वे जानते थे।

वे धीरे-धीरे मैदान को पार करते हुए राजा सुबोध चंद्र मल्लिक रोड पर पहुंचे और थोड़ा सामने आकर टी.बी. अस्पताल के पीछे, नहर के किनारे की सड़क पर चलते हुए वे तालतला की रेल लाइन के किनारे की बस्ती में पहुंच गए।

जिस तालाब में गोली खाकर बबुआ डूब गया था, उसके किनारे आकर, इतनी देर के बाद बांगाल जीवन ने कहा, 'श्रीमती तुम्हारा बाप तुम्हें मारेगा तो नहीं, तुम इतनी रात में घर जा रही हो?'

'मेरे बाबा आज घर पर नहीं हैं। नहीं तो क्या...ओह बाप रे!' अचानक एक चीख़ के साथ वह बीच में ही रुक गई और मुड़कर नाडु की बांहों में झपट गई।

'क्या हुआ?'

'क्या हुआ?'

सांप! एक बिना ज़हर का सांप बड़ी निश्चिंतता से सड़क पर सोया पड़ा था। इंसान के क़दमों की आहट से, और ज़मीन के कंपन से नाराज़ होकर वह सरसराता हुआ बग़ल के सड़े तालाब में उतर गया।

उस साल के तीनों महीने जून, जुलाई और अगस्त, बहुत जल्दी बीत गए। असल में जल्दी नहीं बीते थे, लेकिन जब समय अच्छा होता है तो जल्दी बीत जाता है। बुरा समय सीने पर एक अचल पहाड़ की तरह बोझ बना रहता है।

दस जून को, असहनीय तपती गर्मी के अंत में, शहर में भारी बारिश हुई। ऐसा लग रहा था कि बारिश के कहर से पूरा शहर बह जाएगा। शहर की जल निकासी व्यवस्था ठीक नहीं होने के कारण सड़कों पर पानी भर गया था। उस पानी को चीरते हुए गुज़रने वाले वाहन जलयान से लग रहे थे। एक सुबह,

बारिश के पानी में औंधे मुंह पड़े पांच युवकों की लाशें तैरती मिलीं। उनका गला रेत दिया गया था और हाथ-पैर बंधे हुए थे।

इस शहर में मौत कोई बड़ी बात नहीं थी। आजकल तो यह रोज़ का मामला था। लोगों को अब इसकी चिंता नहीं थी, वे विचलित या भयभीत नहीं होते थे। बस फ़र्क़ इतना था कि पहले जहां एक-दो ख़ून होते थे, वहीं अब दर्जनों के हिसाब से लोगों की मौत हो रही थी, और यही क्रोध का विषय था।

कल सारी रात पूरे शहर में न जाने कौन लोग दौड़ रहे थे, हुंकारा भर रहे थे और कुछ लोग दहशत में चिल्ला रहे थे, और अपनी जान बचाकर पानी में छप-छप करते हुए भाग रहे थे। सुबह उनमें से ही पांच लोगों की लाशों को, शहर में भरे गंदे पानी में तैरते देखा गया। चाकू के एक ही वार से, जो बारह घंटे पहले इंसान थे, जिनके नाम भी थे, उनके पास कुछ नहीं बचा था, वे लाश बन गए थे। वे संख्या बन गए थे। हज़ार चौरासी, हज़ार पिच्यासी...

सरकारी नियमों के अनुसार सभी लावारिस लाशों के दाह संस्कार से पहले पोस्टमॉर्टम किया जाता था। थाना, अस्पताल से घूमती हुई लाशें मोमिनपुर के मुर्दाघर के फ़र्श पर जाकर ढेर होती थीं। यहीं उनकी चिराई, कटाई और सिलाई होती थी।

ऐसे कई मृत व्यक्तियों में—नहीं, उन्हें व्यक्ति नहीं कहा जा सकता था, सड़ी-गली लाशों के टुकड़े-टुकड़े हुए अंगों के बीच, मुर्दाघर के फ़र्श पर चित नाडु लगभग नग्न पड़ा हुआ था। उसने कल जो लुंगी और कमीज़ पहनी हुई थी, डोम ने वो सब हटा लिया था, उसके बदन पर सिर्फ़ अंडरवियर था।

जीवन ने मृत्यु का ऐसा बदसूरत रूप पहले कभी नहीं देखा था। हर तरफ़ फैली, फूली हुई सड़ी-गली लाशें इतनी दुर्गंधयुक्त थीं कि जीवित लोगों को उल्टी आ जाए। किसी की आंखें निकली हुई थीं, किसी का पेट चिरा हुआ था, किसी के चेहरे को किसी भारी चीज़ से कुचला गया था, किसी का पूरा शरीर इतनी बुरी तरह जल गया था कि उसके प्रियजन भी उसे पहचान पाएंगे या नहीं, इसमें संदेह था। किसी के बदन पर कपड़े के नाम पर चिंदी थी तो किसी पर वो भी नहीं था। पुरुष और महिलाएं—कुल मिलाकर, बीस-बाईस लाशें थीं, जिन्हें एक के ऊपर एक रखकर अश्लील ढंग से ढेर लगाया हुआ था। कुछ शवों पर सफ़ेद कीड़े गिजगिजा रहे थे। कौन जानता था कि कितने पहले से उन्हें ढेर में फेंका गया था। इससे निकलने वाली बदबू ने पूरे मोहल्ले को नर्क की याद दिला रखी थी।

निश्चित ही नाड़ु सड़ा-गला शव नहीं था, वह तो ताज़ा मरा था। रात दस-साढ़े दस बजे अस्पताल में भर्ती होने के बाद, सुबह क़रीब चार बजे उसकी मौत हो गई थी और सुबह दस बजे से उसका शव मुर्दाघर के सीमेंट के फ़र्श पर पड़ा हुआ था। अभी कुछ और घंटों तक ऐसे ही पड़ा रहने वाला था, क्योंकि डॉक्टर अभी तक नहीं आया था और शवों को संभालने वाले डोम द्वारा मांगे गए जलपान के लिए डेढ़ सौ रुपये देने में देरी होने के कारण, उसे श्मशान घाट ले जाने में अभी कुछ समय लगने वाला था। जादवपुर बस-स्टैंड चौराहे से, जहां नाड़ु हर रात जुआ खेलता था और रिक्शा चलाता था, बीस-पच्चीस शवयात्री उसके अंतिम संस्कार में भाग लेने के लिए आए थे। नाड़ु के परिवार से कोई नहीं था। उन्हें नाड़ु की मौत के बारे में नहीं पता था। पता चलता भी कैसे? ख़ुद नाड़ु को उनका ठिकाना नहीं पता था। कोई उन्हें कैसे सूचना दे सकता था? सिर्फ़ नाड़ु की मुंह बोली एक दीदी आई थी। वह फूट-फूटकर रो रही थी और वहां सभी से पूछताछ कर रही थी कि क्या नाड़ु के पास कोई जमा किया पैसा था? यदि था तो किसके पास था, और उसे कैसे प्राप्त किया जा सकता था?

उन बीस-पच्चीस लोगों में बाओवा और भुट्टो नाम के दो आदमी भी थे। वैसे, वे कभी नाड़ु के दोस्त नहीं थे। शत्रु का मित्र हमारा भी शत्रु है की चाणक्य नीति के हिसाब से नाड़ु उनका दुश्मन ही था। फिर भी वे इसलिए आए थे क्योंकि उनकी धारणा थी कि नाड़ु की मौत स्वाभाविक मौत नहीं थी। यह निश्चित रूप से एक पूर्व नियोजित हत्या थी। उस धारणा, आशंका, संदेह के केंद्र में बेईमान जीवन का नाम था। जीवन ने ही नाड़ु को मारा था, और यह प्रेम त्रिकोण का परिणाम था। जीवन उनका कट्टर दुश्मन था। और यह अवसर आंखों के सामने उस दुश्मन का विनाश होते देखने का था। वे उस आनंद से अपने आप को वंचित नहीं रखना चाहते थे। और इसलिए उनमें से एक अपनी चोलाई शराब के अड्डे को छोड़, और दूसरा अपने चोरी का माल ख़रीदने की दुकान "कबाड़खाना" को बंद करके, मोमिनपुर के मुर्दाघर में भागते हुए आए थे।

नाड़ु की मौत किसी के लिए भी ऐसा दुख का विषय नहीं था कि वे शोक में स्तब्ध रह जाते। या उसके लिए बैठकर रोते। ये लोग सब ज़ोर-ज़ोर से बातें कर रहे थे और हंस रहे थे। नाड़ु ने कब क्या बेवक़ूफ़ी की थी, उसे लेकर मज़ाक़-मसखरी कर रहे थे। बेचारा बदक़िस्मत नाड़ु! उसके लिए सचमुच का

आंसू बहाने वाला अपना कोई नहीं था। बिना दोस्तों की ज़िंदगी के दयनीय अंत ने बहुत अनादर से उसके शव को मुर्दाघर के गंदे फ़र्श पर फेंक रखा था।

जीवन दूर एक कोने में अकेला खड़ा था। कोई उसके साथ बात नहीं कर रहा था। सब उससे दूर-दूर थे। सब जैसे नुकीले भाले की तरह अदृश्य उंगली उठाए उसकी ओर ताक लगाए हुए थे। तू! नाड़ु की इस दुर्दशा के लिए तू ज़िम्मेदार है! तूने ही उसे मारा है!

बांगुर अस्पताल के बड़े गेट के सामने, पहली गंदी उंगली, जिसके नाख़ून में मैल भरा हुआ था, उसकी ओर उठाने वाला, अवैध शराब बेचने वाला बाओवा था। 'मैं जानता हूं नाड़ु को क्यों मारा गया है। मुझे पता है उसे किसने मारा है। लेकिन मैं अभी किसी से कुछ नहीं कहूंगा...पहले पोस्टमॉर्टम की रिपोर्ट आने दो, फिर मुझे जो बताना है, मैं पुलिस के सामने बताऊंगा!'

सुबह के आठ बज रहे थे। बस-स्टैंड चौराहे पर भोजनालय चलाने वाला कलुआ, रात में नाड़ु के साथ एक-दो दांव 'अंदर-बाहर' जुए का खेल खेलने के लिए रुकता था। उसे अचानक सिगरेट की तलब लगी। उसने व्यस्त होने का दिखावा करते हुए कहा, 'डेड बॉडी छोड़ने में अभी देर है। नौ बजे से पहले डॉक्टर नहीं आएगा। जब तक डॉक्टर डेथ सर्टिफिकेट नहीं देता, तब तक हमें बॉडी नहीं मिलेगी। चल बाओवा, बेकार इधर-उधर घूमने के बजाय चाय-सिगरेट पीकर आते हैं!'

बाओवा मूर्ख नहीं था। कलुआ का मतलब वह अच्छी तरह से जानता था। वह कलुआ के पीछे-पीछे, मुख्य सड़क को पार कर, पानी की सुराहियों और गिलासों की दुकान के बग़ल की एक चाय की दुकान की आड़ में खड़ा हो गया। कलुआ ने कहा, 'बता तो बाओवा, सच में क्या हुआ था? एक स्वस्थ, हट्टा-कट्टा नौजवान अचानक इस तरह मर कैसे गया? नाड़ु मेरे छोटे भाई जैसा था। जो कुछ भी तू जानता है मुझे बता।'

बाओवा ने चाय का एक घूंट लिया और नंबर 10 सिगरेट का गहरा कश खींचकर, धुआं छोड़ते हुए धीरे-धीरे बोला, 'कलुआ-दा, मैं तुम्हें बताता हूं। लेकिन तुम किसी और को मत बताना। अगर साले को पता चल गया कि हम सब जान चुके हैं तो वह भाग जाएगा। एक बार भाग गया तो उसे ढूंढ़ना मुश्किल होगा? हमारा तो घर, परिवार, पत्नी और बच्चे हैं। उसका जादवपुर में क्या है, कुछ नहीं, जहां रात होती है वहीं सो जाता है।'

'अरे नहीं, कुछ नहीं बोलूंगा। तू बेख़ौफ़ मुझे बता।' कलुआ ने बाओवा को आश्वस्त किया।

'तुम बेसपति को जानते हो ना? अरे, वही जो जादवपुर बाज़ार में सब्ज़ी बेचती है। जानते हो, मैं बहुत दिनों से उस मछली को पकड़ने के लिए चारा डाल रहा था। साली चारा नहीं निगल रही थी। वही पुराना नखरा, "तेरी बीवी को पता चल गया तो मुझे पीटेगी।" काफ़ी मशक्कत के बाद, कल मैं उसे जाल में फंसा पाया था। फंस तो गई लेकिन माल को साथ कहां लेकर जाता? कहां उसे लिटाकर रगड़ता? तो मैं अंत में उसे ढाकुरिया झील ले गया। गोविंदपुर की रेल लाइन के किनारे काफ़ी सन्नाटा रहता है। वहां जंगल-सा भी है, और ऊपर से अंधेरा था। तो मैं वहीं बैठा और मैंने हाथ-वात फेरते हुए माल को गरम करना शुरू किया ही था। तभी अचानक मैंने नाड़ु और जीवन को झील के पास घूमते हुए देखा।'

'उन्होंने तुम्हें नहीं देखा?'

'वे कैसे देखते? हम जंगल के पास अंधेरे में बैठे थे। वे सड़क पर एक लैम्प-पोस्ट के नीचे थे। हम उन्हें देख सकते थे लेकिन वे हमें नहीं देख सकते थे।'

'तब रात के कितने बजे थे?'

'आठ-नौ तो बजे ही होंगे। मैंने अपनी घड़ी तो नहीं देखी थी, बस अंदाज़े से कह रहा हूं।'

कलुआ, जो पहले रिक्शा चलाता था और अब एक भोजनालय का मालिक था, ने मन ही मन हिसाब लगाया। अगर आठ-नौ बजे जीवन और नाड़ु झील के किनारे टहल रहे थे और नाड़ु को रात के साढ़े दस-ग्यारह बजे अस्पताल ले जाया गया था, तो उस डेढ़ घंटे में क्या ऐसा घटा कि एक जीता-जागता नौजवान लाश में बदल गया?

कलुआ ने पूछा, 'उसके बाद क्या हुआ? और क्या देखा तूने?'

'और तो कुछ नहीं देखा था। वे चलते हुए निकल गए। रात में स्टेशन पर जाकर सुना...अच्छा कलुआ-दा, तुम ही बताओ, दो घंटे पहले तक जो इंसान घूम-फिर रहा था, जिसे कोई बीमारी नहीं थी, बिल्कुल तंदुरुस्त था, वह अचानक से कैसे मर सकता है? पता है मुझे क्या लगता है? लगता नहीं पक्का है कि जीवन ने ही नाड़ु का मर्डर किया है।'

यह संदेह क्या केवल कलुआ के मन में नहीं आया था! वह अकेला ही क्यों, सभी के मन में यही शक था। लेकिन वो जीवन था, जिसके नाम के आगे "चांडाल" लिखा था, इसलिए कोई मुंह खोलने का साहस नहीं कर पा रहा था। बाओवा आज ये कह रहा था, उसमें साहस था।

बाओवा के सामने अपने मन के भावों को व्यक्त न कर, सब बातों को सुनकर चौंकने का अभिनय करते हुए कलुआ ने कहा, 'क्या कह रहा है तू?'

'मैंने तुम पर भरोसा करके यह सब कहा है, तुम किसी से...'

'वो सब ठीक है, नहीं कहूंगा...लेकिन!'

'मैं जो कह रहा हूं, वो सही कह रहा हूं। पोस्टमॉर्टम की रिपोर्ट आने दो, तब तुम जानोगे कि मैंने सही कहा था।'

'धत्, तेरी बातें सब बकवास हैं। जीवन उसे क्यों मारेगा? दोनों में बहुत अच्छी दोस्ती थी। मेरे भोजनालय में जीवन ने, कम नहीं तो पचास बार नाड़ु को खाना खिलाया है।'

'यह सब ऊपर-ऊपर की बातें हैं, समझे कलुआ-दा! ऊपर से देखकर तुम्हें ग़लतफ़हमी हुई है। तुम लोग कोई कुछ नहीं जानते। अंदर ही अंदर वे एक-दूसरे के जानी दुश्मन थे। मुझे सब पता है। मिल-जुलकर रहना, एक साथ खाना सब लोगों को दिखाने के लिए था।'

'लेकिन क्यों?'

'क्या क्यों?'

'नाड़ु को मार देना!'

'और नहीं तो क्या! सब लड़की का चक्कर था, कोई नई घटना है क्या? यह तो रामायण-महाभारत के काल से चलता आ रहा है। क्या औरतों के चक्कर में हुए ख़ून-ख़राबे की कोई गिनती है?'

नंबर 10 का आख़िरी कश खींचकर बाओवा ने सिगरेट के टुकड़े को दूर फेंक दिया और कहा, 'तालतला बस्ती के अमृत की बेटी श्रीमती को जानते हो? उसके साथ बहुत दिनों से इन दोनों का लल्लो-चप्पो चल रहा था। लड़की देखने में झक्कास है। साली हेलन की छोटी बहन जैसी दिखती है। कौन किसको टपकाकर माल को अपने क़ब्ज़े में कर सके, दोनों में इस बात को लेकर मारामारी थी। "एक फूल दो माली", गड़बड़ी का कारण यही था।'

कुछ देर खीसें निपोरने के बाद उसने फिर कहा, 'एक फूल दो माली होने से बवाल तो होना ही था।'

कलुआ इस विषय के बारे में विस्तार से जानने के लिए उत्सुक था, 'कल जब वे लेक के पास घूम रहे थे, तब वो लड़की, क्या नाम बताया तुमने? साथ में नहीं थी?'

'मैंने उतने ध्यान से नहीं देखा था। शायद नहीं थी। जीवन क्या इतना बेवक़ूफ़ है कि गवाह साथ में रखकर मर्डर करेगा?' लगता है वह मर्डर करने के प्लान से ही नाड़ु को अकेले लेक पर लाया था। आजकल शाम के बाद सड़कों पर लोग वैसे भी बहुत कम होते हैं और लेक पर तो और नहीं होते हैं। उसने निर्जनता में काम को अंजाम दे दिया। पहले जीवन पालपाड़ा के नक्सलियों के साथ नहीं रहता था क्या? ख़ून करना तो उसके लिए बच्चों का खेल है!'

कलुआ का रंग भैंस-सा था, और वह मोटा था, लेकिन उसका दिमाग़ काफ़ी तेज़ था। वह बाओवा की बातों पर बहुत देर तक सोचता रहा। अगर उसका कहा सच था, तो यह नाड़ु की आकस्मिक मृत्यु के लिए एक सरल, तर्कसंगत और पर्याप्त स्पष्टीकरण था। नहीं तो सबकुछ अस्पष्ट था और इसलिए केवल संदेह के आधार पर नहीं, बल्कि आसपास के तथ्यों के आधार पर मामला सच साबित हो जाता, और तब अदालत को भी बाध्य होकर बाओवा की गवाही माननी पड़ती।

ऐसा होता है, ऐसा अक्सर होता है। नारी देह को भोगने, उस पर अधिकार करने के लिए युगों-युगों से कितने युद्ध लड़े गए हैं, कितना रक्तपात हुआ है, कितना विनाश हुआ है, मृत्यु और आपदाएं आई हैं। यह सब तो जात्रा और फ़िल्में देखने, और अख़बार पढ़ने से भी जाना जा सकता है। कलुआ जात्रा और सिनेमा का दीवाना था। उसने "सोनाई दिघी" तीन बार और "नया दौर" फ़िल्म दो बार देखी थी। बाप रे! कैसी विपत्तियां, एक लड़की की वजह से!

बाओवा ने आगे कहा, 'अस्पताल से लाते समय नाड़ु के सिर के पीछे का हिस्सा देखा था कलुआ-दा? फट गया था। मुझे लगता है, अचानक से पीछे से किसी भारी चीज़ से मारा गया था, मतलब कोई रॉड, सब्बल या फिर हथौड़े जैसा कुछ—हां, हथौड़ा ही रहा होगा। अगर वह रॉड या सब्बल लिए होता तो ख़तरा था कि नाड़ु उसे देख लेता। हथौड़ा छोटा होता है, उसे छुपाना आसान है। उसने उसी से नाड़ु के सिर पर पीछे से ज़ोरदार वार किया होगा। आख़िर सिर ही था, बस एक झटके में ही...तुम्हें क्या लगता है?'

कलुआ ने एक और सिगरेट सुलगा ली। उसका सिर घूम रहा था। उसके दिमाग़ में चिंता की आंधी चल रही थी। दुनिया क्या से क्या हो गई थी। चारों ओर लोग कुत्ते-बिल्लियों की तरह मर रहे थे। भाई भाई को, बेटा बाप को, बाप बेटे को, दोस्त दोस्त को, एक राजनैतिक दल दूसरे दल को मार रहा था। सिर्फ़ लाशें ही लाशें। यह बहुत कठिन समय था। इस समय किसी पर भरोसा नहीं किया जा सकता था। न! इस दुनिया में विश्वास करने लायक़ कोई इंसान नहीं रह गया था। सब बेईमान, ख़ूनी, कसाई और जल्लाद थे। यह जीवन! हाय जीवन! कल तक जो तेरा सबसे जिगरी दोस्त था, आज उसी की जान तूने इतनी आसानी से ले ली। क्यों किया ऐसा? सिर्फ़ एक लड़की की ख़ातिर? लड़की, जो रुपये में चार मिल जाती हैं और साथ में एक मुफ़्त भी। ज़रा सोचो!

दूर खड़े होकर, चारों ओर की आबोहवा को देखते हुए, जीवन ने अनुमान लगाया कि ये लोग नाडु की मौत को सामान्य मृत्यु के रूप में स्वीकार करने को तैयार नहीं थे। जिस तरह से वो घटना घटी, किसी के लिए भी यह मानना आसान नहीं था। यह एक जानलेवा, विनाशकारी समय था। संदेह अति स्वाभाविक था। क्या जीवन ख़ुद नाडु की मौत को सहज मान पा रहा था? यह कैसे हो सकता था कि कल तक जो हट्टा-कट्टा था, जिसने इतनी योजनाएं बनाईं और इतने सारे सपनों के जाल बुने, वह अब नहीं था?

जीवन ने एक बार फिर याद करने की कोशिश की कि कल वास्तव में क्या हुआ था—वह कौन-सी घटना थी जिसने एक और घटना को आमंत्रित किया था, कौन-सी घटना न घटने से, बाद की घटना के घटने की संभावना नहीं थी।

पिछला दिन। तब दोपहर थी। कुछ देर पहले बारिश हुई थी। जीवन और नाडु ने टी.बी. अस्पताल के तालाब में अपनी लुंगी और कुर्ते को 501 साबुन से धोया और फिर नहाकर छेचन के भोजनालय में भरपेट अंडा करी और चावल खाया। उसके बाद वे हंड्रेड बेडेड वार्ड के बरामदे में जाकर बैठ गए। वहां काफ़ी शांति थी। इस समय वहां लोगों का आना-जाना नहीं होता था। सभी मरीज़ अपने बिस्तर पर सो रहे होते थे। जीवन और नाडु को नींद नहीं आ रही थी। वे इंतज़ार कर रहे थे। चिड़ियों की तरह उड़ती आती उस पागल लड़की का। आजकल यह जगह सारा दिन ख़ाली रहती थी। पेड़ों की डालियों पर चिड़ियां ऊंघती रहती थीं और थकी हुई गायें पेड़ों के नीचे बैठकर जुगाली करती रहती थीं। श्रीमती रोज़ ठीक इसी समय, अपने शैतान बाप की नज़र

बचाकर, नाड़ु और जीवन से मिलने आती थी। वह अपने बचकाने शब्दों से वयस्क विचारों की माला पिरोती थी। कुछ दिन पहले उसने बताया था कि उसकी एक बहन हुई है। ठीक उसी की तरह दिखती है।

नाड़ु ने अपने स्वभाव के अनुरूप उसे यह कहकर चिढ़ाया था, 'तब तो तेरे बाप का, वो क्या कहते हैं, *आंगुल फूले कौलागाछ*, अंगूठा फूलकर केले का पेड़ हो गया होगा, है ना, श्रीमती? तुझे बेचकर जो लेना था वो तो ले ही लिया है, अब दूसरी को बेचकर कुछ और दिनों तक मुफ़्त में शराब पीने का इंतज़ाम हो गया।'

'नहीं रे, वह ऐसा नहीं करेगा। आख़िर उसी ने उसे जन्म दिया है।' श्रीमती ने अपना होंठ टेढ़ा करके कहा, 'वो तो अपनी बेटी के लिए हॉर्लिक्स ख़रीद रहा है। और अगर मैं एक रुपया भी मांगूं, तो कहता है, "क्या पैसे पेड़ पर उगते हैं?"'

उस दिन श्रीमती कुछ देर से आई थी। वह चुप थी, उसके चेहरे पर कोई मुस्कान नहीं थी। उसने दबी हुई आवाज़ में, रुंधे गले से कहा, 'मैं अब तुम लोगों के पास और नहीं आ पाऊंगी।'

'क्या हुआ?' नाड़ु ने अधीरता से पूछा। 'तेरी ऐसी हालत क्यों है? क्या तेरे बाप ने तुझे पीटा है?'

श्रीमती रोने लगी। उसने कहा, 'वह मुझे लगभग रोज़ ही पीटता है। मैं तुम लोगों को नहीं बताती हूं। अपना क़र्ज़ा चुकाने के लिए मुझे बेचना चाहता है। अगर वह अभी मेरी शादी कर देता है तो वे उसे और एक हज़ार रुपये देने के लिए तैयार हैं। मैं मान नहीं रही हूं, इसलिए वैसे भी मेरा बाप मुझसे नाराज़ है, ऊपर से किसी ने उसके कान में यह डाल दिया है कि मैं तुम दोनों के साथ घूमती हूं। इन्हीं दो कारणों से...'

'उसने तुझे मारा?'

जीवन का दिल मसोस उठा, उसकी सांसें फूलने लगीं। उसकी हथेलियां पसीने से तर हो गईं। उसके मन में एक जंगली भैंसा गरज उठा। ग़ुस्से में उसकी पसीजी मुट्ठियां भिंच गईं। यह किस तरह का बाप था? बाप था या कसाई? सूअर के बच्चे को काटकर रेल की पटरी पर फेंकने में कोई पाप नहीं था।

नाड़ु ने जीवन को शांत करने की कोशिश की। 'बेईमान, तू अपना माथा ठंडा रख!'

'किस तरह माथा ठंडा रखूं?' जीवन ने गुस्से में कहा। 'कसाई भी अपने बच्चे को नहीं काटता है।'

'क्या मैं उसकी संतान हूं?' आक्षेप के साथ श्रीमती ने कहा। 'अब उसका अपना बच्चा भी तो है, देखती हूं उसके साथ क्या करता है!'

हालांकि जीवन यह नहीं चाहता था, लेकिन उसके क्रोध का बारूद फट गया। 'नाडु बस तू एक बार बोल, मैं उस कमीने के बच्चे को काटकर जेल चला जाता हूं! वैसे भी जटाधारी गुरु ने कहा है कि मेरे हाथ में जेल जाने की लक़ीर है। चला जाता हूं, कुछ साल वहां रहकर आता हूं!'

'उससे कोई फ़ायदा नहीं होगा।' नाडु ने कहा, 'ऐसा रास्ता निकाल कि सांप भी मर जाए और लाठी भी न टूटे।'

इसके बाद श्रीमती की ओर देखकर नाडु ने कहा, 'अब तू बता, तू क्या करना चाहती है?'

दुखी और निराश आवाज़ में श्रीमती ने कहा, 'मेरे पास कोई और रास्ता नहीं है। या तो मुझे अपने बाप की मर्ज़ी से शादी करनी होगी, नहीं तो रेल लाइन पर कूदकर अपनी जान देनी होगी।'

'नहीं! मरने की बात बिल्कुल मत कर!' नाडु ने कहा, 'भला तू क्यों मरेगी?'

'कोई दूसरा नहीं, मेरा अपना बाप ही मेरा दुश्मन है। बता, कैसे ज़िंदा रह सकती हूं? न जाने बिहार न कहां मुझे भेज देगा। वो तो मरने से भी बदतर है।'

पेड़ की छाया थोड़ा सरक गई। पत्तों के बीच से एक रोशनी की किरण श्रीमती के चेहर पर आ गिरी। उसके गाल पर उसके शराबी बाप की पांचों उंगलियों के निशान छपे हुए थे।

थोड़ी देर बाद नाडु ने कहा, 'तू ज़रा भी मत डरना श्रीमती। हम दोनों हैं न! अब घर वापस जाकर चुपचाप रह। कल इसी समय आना, जैसे भी हो कल तक कुछ इंतज़ाम कर लेंगे।'

'क्या करेगा?'

'तुझको लेकर चला जाऊंगा।'

'कहां? तुम लोग मुझे कहां ले जाकर रखोगे? जहां भी ले जाओगे, मेरे बाप को पता चल गया तो मेरे बाल पकड़कर खींचते हुए वापस ले आएगा। थाना-पुलिस हुआ तो तुम लोग मुसीबत में पड़ जाओगे।'

'वो चिंता हमारी है। तुझे इस बारे में सोचने की ज़रूरत नहीं। कल बिल्कुल तैयारी से आना।'

'तू सच कह रहा है?'

'सच नहीं तो क्या झूठ बोल रहा हूं?'

'तो फिर मैं कल आऊंगी।'

श्रीमती के जाने के बाद नाडु ने जीवन से कहा, 'बर्बाद करने के लिए समय नहीं है। चल जल्दी चल।'

'कहां?'

'कहां क्या, कोई घर ढूंढ़ने। कल श्रीमती आ जाएगी न! आज ही कोई न कोई घर ढूंढ़कर, किराए पर लेना होगा।'

'इतने कम समय में घर मिलेगा क्या?'

'ढूंढ़ना ही होगा! लोग कहते हैं कि ढूंढ़ने पर तो भूसे के ढेर में गिरी सूई भी मिल जाती है।'

22

दुर्घटना

इसके बाद जीवन और नाड़ु टूटा-फूटा ही सही पर किसी सस्ते किराए के कमरे की तलाश में निकल गए। लेकिन ऐसे कमरे कहां मिलते थे? मिलते भी तो नहर या रेल लाइन के किनारे की ग़रीब बस्ती में मिलते। लेकिन नाड़ु को उम्मीद थी कि वह आसानी से किसी बस्ती में सस्ता किराए का कमरा ढूंढ़ लेगा, पर यह इतना आसान काम नहीं था। ऐसा कमरा न मिलने के कई कारण थे। इनमें मुख्य कारण था, दो युवक कमरा किराए पर लेना चाहते थे, जो पहली नज़र में बहुत सभ्य नहीं लगते थे और जो रिक्शा चलाते थे। चलो वो ले भी लें, लेकिन दिक़्क़त ये थी कि उनके साथ कोई और भी रहने वाला था। और वह एक लड़की थी। जो उनकी मां, बहन, मौसी या बुआ नहीं थी। आजकल समय ख़राब था। ऐसे समय में जहां हर क़दम पर ख़तरा मंडरा रहा था, क्या जानबूझकर कोई अपने सिर मुसीबत लेता? मोहल्ले के बढ़ते मस्तान, थाना, पुलिस, और लड़की का पिता, भाई—कौन कह सकता था कि ख़तरा कहां से आता! 'ना बाबा माफ़ करो। भाड़ा जाए भाड़ में, हमें कोई मुसीबत नहीं चाहिए। नहीं, कमरा ख़ाली नहीं है!'

इसलिए राजडांगा में नहर के किनारे बीस रुपये महीने में कमरा मिलते-मिलते भी नहीं मिला। हालांकि यह नहर के किनारे पर था और ज़मीन पश्चिम बंगाल सरकार की थी, फिर भी, यहां जबरदख़ल करने वालों में प्रत्येक के पास दो-तीन कमरे थे। उन कमरों को किराए पर देकर मालिकों की अच्छी कमाई थी। वे अपने परिवार के साथ एक में रहते और बाक़ी के कमरे, बीस रुपये महीने के हिसाब से किराए पर चढ़ा देते थे। एक पहचान के रिक्शा वाले

से उस जगह के बारे में सुनकर वे दोनों वहां मकान मालिक से मिलने पहुंचे थे। 'सुना है आपके पास एक कमरा ख़ाली है?'

'हां है।' मकान मालिक के बाल लंबे थे और उसकी आंखें लाल थीं। 'दो खाट पर, और दो नीचे—पूरे चार लोगों के रहने लायक़ बड़ा कमरा है। किराया केवल पच्चीस रुपये है। लेकिन, महीने की दस तारीख़ तक किराया नहीं देने से दरवाज़े पर ताला लग जाएगा। जमा के तौर पर एक महीने का किराया देना होगा। और यहां किसी रिश्तेदार, दोस्त या परिचित को नहीं ला सकते हो। चाहे तो शराब पी सकते हो, उस पर कोई पाबंदी नहीं, लेकिन पीकर चीख़ना-चिल्लाना या हंगामा करने पर अगले दिन ही घर छोड़ना होगा। क्या कुछ और जानना चाहते हो?'

'नहीं, हम कुछ और नहीं जानना चाहते हैं।' नाडु ने ख़ुशी से कहा, 'हम आपका कमरा ले रहे हैं।'

'कब आओगे?'

'कल शाम को।'

'छह दिन के पांच रुपये और एक महीने का पच्चीस रुपये किराया। अभी दोगे या कल?'

थोड़ा सोचकर नाडु ने कहा, 'ठीक है, कल सुबह आकर दे जाऊंगा।'

'सुबह कब? कितने बजे?'

'यही कोई आठ बजे तक। तभी आकर चूल्हा-वूल्हा, और कुछ सामान रख जाऊंगा।'

'तुमने बताया नहीं, तुम लोग कितने जन रहोगे?'

'तीन। मैं, मेरा यह दोस्त और एक लड़की।'

'लड़की!' मकान मालिक की आंखें चौड़ी हो गईं। 'तुम लोगों के साथ एक लड़की रहेगी? तुम में से किसी की बीवी है?'

'नहीं, मतलब, अब तक बीवी नहीं बनी है। शादी होते ही बन जाएगी। कमरा नहीं मिल रहा था इसलिए शादी नहीं हो पाई। अब जब कमरा मिल गया है, तो एक दिन कालीघाट में जाकर...'

'शादी किसके साथ होगी?'

यहीं आकर हड़बड़ी में उनसे एक बहुत बड़ी ग़लती हो गई। नाडु ने जीवन की ओर उंगली उठाई और जीवन ने नाडु की ओर उंगली उठाकर कहा, 'यह करेगा।' यह देखकर, न जाने मकान मालिक ने क्या समझा और क्या नहीं, वह भड़क उठा। 'कमरा नहीं है।'

'अरे, हमारी बात तो सुनिए! समझने की कोशिश कीजिए, हम दोनों दोस्त एक ही लड़की से प्यार करते हैं। वह भी हम दोनों से प्यार करती है। हममें से कोई भी उसकी मांग में सिंदूर भर देगा। फिर कोई समस्या नहीं होगी। आप क्या कहते हैं?'

मकान मालिक ने कहा, 'मुझे और कुछ समझाने की ज़रूरत नहीं। यहां उन सब कामों के लिए कमरा नहीं मिलता है। यह घुटियारी शरीफ़, डायमंड हार्बर या हावड़ा नहीं है। यह गृहस्थों का मोहल्ला है, समझे!'

राजडांगा से विफल होकर वे पैदल चलकर घर ढूंढ़ते-ढूंढ़ते कस्बा से होते हुए गोविंदपुर पहुंचे। उनके पास कोई अच्छा घर किराए पर लेने का सामर्थ्य तो था नहीं। एकमात्र सस्ता कमरा जो उन्हें मिल सकता था, वह टूटा-फूटा चटाई की दीवारों का, नहर या रेलवे लाइन के किनारे किसी बस्ती में मिल सकता था। लेकिन अब वे पागल हो रहे थे क्योंकि उन्हें किसी भी तरह, आज ही कमरा खोजना था। श्रीमती कल दोपहर में आने वाली थी। उन्हें एक जगह ढूंढ़नी थी जहां वे रह सकें।

नाडु और जीवन नाम के दो अभागों की कठिन और ठगी-सी ज़िंदगी के द्वार पर, अपने सीने में आकाश भर आशा लिए, एक लड़की जीवित रहने के लिए भागकर आ रही थी। उसकी हंसी, उसकी बातें, उसका मान-अभिमान सब ताज़ा हवा के झोंके की तरह था, जो कि अब दो अभागे युवकों के भरोसे और सांसों के बीच, ज़िंदगी और मौत के बीच टिकी हुई थी। उसे छोड़ देने और मुक्त कर देने से, आजीवन एक शून्यता और कष्ट पैदा होता, और कुछ भी ऐसा नहीं रहता जिससे उस अंतर या दरार को भरा जा सके। इसलिए वे उसे खो नहीं सकते थे। बिल्कुल भी नहीं। उस अनमोल ख़ज़ाने को किसी भी क़ीमत या शर्त पर संभालकर रखना उनका सबसे ज़रूरी कर्तव्य था।

वे गोविंदपुर रेल लाइन के किनारे की बस्ती में पागलों की तरह किराए का सस्ता, छोटा-सा कमरा ढूंढ़ते रहे। लेकिन उनकी चाल-ढाल, बातचीत की असंगति, अनुभवी आंखों से नहीं बची। इसलिए उन्हें कमरा नहीं मिल सका। दोपहर से शाम हो गई, वे इधर-उधर भटकते रहे। हताश स्वर में नाडु ने कहा,

'आज अब और खोजने का कोई मतलब नहीं। कल गड़िया और सोनारपुर की तरफ़ जाकर देखेंगे। वहां बहुत कमरे हैं। हमारी पहचान के कई रिक्शा वाले वहां रहते हैं।'

'चाहे कमरे कितने भी हों, नतीजा एक ही होगा! हमें कोई जगह नहीं देगा!' जीवन ने झुंझलाहट के साथ कहा, 'बाबुओं के आसपास या वेश्याओं के मोहल्ले में, पैसा देते ही घर मिल जाता है। कौन किसके साथ रह रहा है, इससे उन्हें कोई फ़र्क़ नहीं पड़ता। लेकिन हमारे ग़रीब मोहल्लों में घर को लेकर सौ समस्याएं हैं।'

जीवन की बात का सार समझते हुए नाडु ने चिंतित स्वर में कहा, 'लेकिन अब उपाय क्या है? घर बिना तो...'

'एक उपाय है।'

'क्या?'

'शादी करके श्रीमती को बीवी बना लेना। तब कोई झमेला नहीं होगा।'

अब जीवन और नाडु दोनों चिंता में पड़ गए। श्रीमती को पत्नी बनाने के लिए उन दोनों में से किसी एक को उसका पति बनना पड़ेगा। उसका पति कौन बनेगा? एक लड़की के दो पति तो नहीं हो सकते थे। श्रीमती किसे पसंद करती है, ये बात वह किसी तरह भी नहीं बता रही थी। घुमाफिरा कर जितनी बार उससे पूछा गया, उसका जवाब एक ही था, "मुझे दोनों पसंद हो"। इतने दिनों तक यह कोई समस्या नहीं थी, लेकिन अब महा समस्या बन गई थी। हाथ में और समय नहीं था।

थोड़ी देर बाद थके स्वर में जीवन ने कहा, 'यदि श्रीमती तुझे पसंद कर ले तो हर तरह से सही रहेगा, कोई समस्या नहीं होगी। लेकिन अगर मेरे साथ शादी की ज़िद करे तो बहुत मुश्किल हो जाएगी।'

'क्यों, मुश्किल क्यों? लड़की क्या तेरे लिए ख़राब है?'

'ख़राब की बात नहीं, लेकिन...'

'लेकिन क्या?'

कुछ सोचने के बाद जीवन ने कहा, 'मेरी जो स्थिति है, उसे देखते हुए मुझे अपने कंधों पर ऐसा बोझ नहीं उठाना चाहिए। एक तो मेरे पास नियमित रोज़गार नहीं है। चारों ओर मेरे दुश्मन हैं। चाहकर भी मैं तेरी तरह रिक्शा नहीं

चला सकता हूं। इसके अलावा, मैं कब जेल चला जाऊं या मारा जाऊं, इसकी भी तो कोई गारंटी नहीं है।'

नाड़ु ने जीवन की बात सुनकर अंत में कहा, 'इसके बारे में तुझे अभी कुछ चिंता करने की ज़रूरत नहीं। उसे कल आने दे, सबकुछ समझाएंगे। अगर सब सुनने के बाद भी वह तुझे अपना पति बनाना चाहे? मुझे नहीं लगता कि वह चाहेगी। वैसे भी, मैं उसे तुझसे ज़्यादा प्यार करता हूं। प्यार से लड़कियां पिघल जाती हैं। चल देखते हैं क्या होता है। कल आने तो दे।'

कल का मतलब था समय, कल का मतलब था मौत, कल का मतलब था भयानक अंधेरे के दूसरी ओर एक अनजान, अनदेखी, अकल्पनीय दुनिया। उनमें से कोई नहीं जानता था कि कल उनके लिए क्या ख़बर लेकर आने वाला था।

अब उनके जादवपुर स्टेशन वापस लौटने का समय था। निराश, उदास और पराजित पैरों के दो जोड़े उस दिशा में आगे बढ़ने लगे। इतने दिनों से उनके दिल में जो उम्मीदें और योजनाएं अंकुरित हुई थीं, वे सब ग़ायब हो गई थीं। कल उन्हें सबकुछ नए सिरे से, नए तरीक़े से शुरू करना था।

जीवन रेलवे लाइन के साथ-साथ चलते हुए, सीधा ढाकुरिया पुल पार कर, मुख्य सड़क पकड़कर स्टेशन पहुंचना चाहता था। लेकिन नाड़ु ने कहा, 'ओ जीवन, मुझे बिल्कुल अच्छा नहीं लग रहा है यार। चल कुछ देर लेक पर जाकर बैठते हैं। शायद खुली हवा में थोड़ा अच्छा लगे। अभी हमारे पास कोई और ख़ास काम नहीं है। एक-आध घंटे में निकल जाएंगे।'

ढाकुरिया लेक। इसके मैदान की घासों में हज़ारों-लाखों दिलों के टूटने और जुड़ने का इतिहास बिखरा पड़ा था। अभी हरी घास पर हाथ में हाथ डाले, आपस में शरीर सटाए, बहुत सारे जोड़े बैठे हुए थे। उनके सुनहरे सपनों के बुनने की गुंजन के बीच, मूंगफली के सूखे छिलके चटक रहे थे। मिट्टी के ख़ाली कुल्हड़ों का स्तूप जमता जा रहा था। जो आनंद था, वही अमृत था। वे दोनों उस आनंद मेले के एक कोने में सुरक्षित, स्थिर मूर्तियों की तरह बैठे हुए थे। उनके पास बात करने के लिए कुछ नहीं था, सपने देखने के लिए भी कुछ नहीं था, हंसने का भी कोई कारण नहीं था। उनके चारों ओर एक रहस्यमयी काली रात का कुटिल अंधेरा था। लंबे समय के बाद, मानो जीवन के दूसरे छोर से भारी, भावनात्मक और रहस्यमय आवाज़ में नाड़ु ने कहा, 'अब चलते हैं।'

जीवन को महसूस हो रहा था कि नाडु की इस अभिव्यक्ति "अब चलते हैं" में एक गूढ़, उद्देश्यपूर्ण व्याख्या थी। कोई नहीं जानता था कि "अब चलते हैं" कह कर आगे बढ़ने वाले नाडु के पैर, उसे किस परिणति की ओर ले जा रहे थे। शायद इसका आभास अंधेरे में, पेड़ की डाली पर घोंसला बनाए किसी बेनाम पंछी को हो गया था। वह उसी वक़्त भयानक आवाज़ में चैं-चैं कर चीख़ने लगा।

वे दोनों लेक के पास से चलते हुए पंचाननतला के बस-स्टॉप पर पहुंचे। उन्होंने सोचा था कि वहां से कोई बस लेकर जादवपुर के मोड़ पर आकर उतरेंगे। उसके बाद पैदल स्टेशन पहुंचकर, छेचन के भोजनालय में खाकर, सोने जाएंगे। लेकिन वो हो नहीं पाया।

उस वक़्त का हर दृश्य जीवन को स्पष्ट रूप से याद था। एक के बाद एक खचाखच भीड़ से भरी बसें आ रही थीं। बस के पायदान तक पर पैर रखने की जगह नहीं थी। बहुत देर तक कई बसों पर चढ़ने की कोशिश करने के बाद, न जाने क्यों नाडु अधीर हो उठा। अंत में वह दौड़कर एक भीड़ भरी, चलती बस के सामने के गेट की रॉड पकड़कर लटक गया और जीवन को चीख़कर कहा, 'जल्दी चढ़ जा।'

जीवन को चलती बस में चढ़ना आता था। वह पीछे के गेट के पास की खिड़की की रॉड को पकड़कर चढ़ गया, या कहा जाए तो लटक गया। उसके हाथ की पकड़ बहुत मज़बूत थी। भीड़ में इतना दम नहीं था कि उसकी पकड़ को ढीला कर उसे धक्का देकर गिरा सके। लेकिन नाडु हार गया, वह रॉड पकड़कर नहीं रख सका। उसी को अपने गंतव्य पर पहुंचने की ज़्यादा जल्दी थी। उसका पसीने से तर हाथ फिसल गया और वह चलती बस से नीचे सख़्त ज़मीन पर गिर पड़ा। ढाकुरिया पुल के फ़ुटपाथ के किनारे निकले कंक्रीट से उसका सिर टकरा गया। साथ ही मिट्टी की हंडिया के फटने की-सी आवाज़ आई। कराहता हुआ नाडु बेहोश होकर सड़क पर ढेर हो गया।

'ऐई, बस रोको!' लेकिन जब तक तेज़ रफ़्तार बस रुकती, तब तक वह अगले बस-स्टॉप पर पहुंच चुकी थी। जीवन बस से छलांग लगाकर नाडु के पास पहुंचा। उसे उठाकर किसी पैदल यात्री की पानी की बोतल से उसके चेहरे और सिर पर पानी के छींटे मारे। लेकिन नाडु को होश नहीं आया।

जो हुआ उसके बारे में जीवन किसी को कुछ नहीं बता पाया। उसे यह कहने का मौक़ा ही कहां मिला? वह अकेले ही एक रिक्शे में नाडु को उठाकर, टॉलीगंज के बांगुर अस्पताल के इमरजेंसी विभाग में पहुंचा। जीवन सारी रात वहीं बैठा रहा। लेकिन बुरी ख़बर कभी दबी नहीं रहती है। हवा में उड़ती है। बांगुर अस्पताल से ख़बर फैलती हुई जादवपुर पहुंच गई। स्टेशन के बस-स्टॉप चौराहे से लोग दल बनाकर वहां पहुंच गए। उनमें से कुछ नाडु को लेकर व्यथित थे और कुछ जीवन को गहरे संकट में देखने के लिए उत्सुक थे।

अब सबकी शंका से भरी, कुटिल नज़रें जैसे जीवन को भेद रही थीं। उन्हें लग रहा था कि यह सिर्फ़ एक सड़क दुर्घटना नहीं थी। यह रास्ते का कांटा दूर करने के लिए, चांडाल जीवन द्वारा बनाई गई धूर्त योजना का परिणाम था। जो एक प्रेम त्रिकोण की अनिवार्य परिणति थी।

छोटे-छोटे समूहों में बंटे सभी शवयात्री आपस में फुसफुसाकर बातें कर रहे थे। उनके मन में यह डर था कि ज़ोर से बोलने से अगर जीवन ने सुन लिया तो पता नहीं वे किस मुसीबत में फंस जाएं? आख़िर उसे सभ्य आदमी तो बिल्कुल नहीं कहा जा सकता था। सुनने में आता था कि उसने पहले भी कुछ लोगों का ख़ून किया था।

दुविधाग्रस्त एक व्यक्ति बोला, 'तुम लोगों की बात सुनकर जो समझ में आ रहा है, वह यह है कि उस लड़की, क्या नाम है उसका, को पाने के लिए जीवन नाडु को फुसलाकर लेक पर किसी अंधेरी जगह में ले गया और उसके सिर पर किसी रॉड, या पत्थर, या फिर किसी और चीज़ से वार कर उसे मार डाला। अगर ऐसा हुआ था तो उसे लाश को वहीं छोड़कर भाग जाना चाहिए था। लेकिन ऐसा करने के बजाय जीवन नाडु को अस्पताल क्यों ले गया? भाई, मुझे तो ये बात समझ में नहीं आ रही है।'

एक आदमी ने उसे जवाब दिया, 'कैसा बंदर है रे तू? इतनी फिल्में देखता है और यह नहीं जानता, क्या कहानी बनाई है जीवन ने? नाडु बस से गिर गया। उसके बाद वह उसे अस्पताल ले गया, शायद दस-बीस रुपये दवा ख़रीदने में ख़र्च किए, उदास चेहरे के साथ वहीं बैठा रहा, ज़रूरत पड़ने पर थोड़ा रोया-धोया। तो क्या कोई उस पर शक करेगा कि उसने ही नाडु का ख़ून किया है?'

दूसरा आदमी बोला, 'जिस तरह से वह नाडु के बस से गिरने की बात कह रहा है, उस तरह गिरने से कोई नहीं मरता है। सिर के ऊपर से चक्का-

वक्का गुज़रा होता, तो बात अलग थी। कहीं कुछ कटा-पिटा, टूटा-फूटा नहीं है, केवल सिर पर सूजन है। मुझे तो लगता है, सब्बल-वब्बल कुछ नहीं, बल्कि खाने में कुछ ज़हर मिलाया होगा। उसकी उल्टी की जांच करने से पता चल जाता।'

जीवन वहां खड़ा नहीं रह सका। उसके चारों ओर अदृश्य संदेह का विस्तार था। हालांकि कोई उसके मुंह पर कुछ नहीं कह रहा था, लेकिन सभी की नज़रों में संदेह, अविश्वास, घृणा और आतंक के कीड़ों से कुलबुलाती लहरें मचल रही थीं। मजबूर होकर जीवन ने उनसे अपनी दूरी और बढ़ा ली। वह चाय पीने के बहाने से वहां से चला गया। क़रीब-क़रीब उसी समय कलुआ ने बाओवा को देखकर आंख मारी और कहा, 'उसके पीछे रहो। देखो कहीं हमें चकमा देकर भाग न जाए।'

चाय का गिलास मांगने के बाद जब जीवन मुड़ा तो उसने देखा कि उसके पास अमल खड़ा था। यह वही अमल था जिसे लश्करपाड़ा के लोगों ने बिना किसी ग़लती के, क्रिकेट के बल्लों और स्टंप से बेहिसाब पीटा था और जीवन ही वह अकेला व्यक्ति था, जो छेचन साहू की मछली काटने वाली बोटी उठाकर, अपनी जान जोख़िम में डाल उसकी रक्षा के लिए दौड़ा था। यह बहुत पहले की बात थी। समय अब बहुत बदल चुका था। न जाने क्यों, जीवन को लगा कि शायद अमल भी आज उल्टा ही सोच रहा होगा और वह विरोधी दल में शामिल होगा। हो सकता था कि जीवन की गतिविधियों पर नज़र रखने के लिए वह उसके पास आकर खड़ा हुआ था।

जीवन ने बेरुख़ी से कहा, 'क्या बात है अमल? तुम मेरे आसपास क्यों मंडरा रहे हो?'

अमल ने कहा, 'मैं तुम पर नज़र रख रहा हूं।'

'क्यों?'

अमल अब पंद्रह-सोलह साल का लड़का नहीं था, वह अब सत्रह साल का युवक था। उसने कहा, 'इस समय तुम्हारे साथ किसी को खड़े होने की ज़रूरत है। तुम किस मुसीबत में फंसे हो, उसका मुझे कुछ अंदाज़ा है। न गणेश-दा और न ही गोपाल-दा यहां हैं, लेकिन मैं तो हूं। एक दिन तुम मेरे लिए आग में कूद पड़े थे। ज़रूरत पड़ी तो आज मैं कूद जाऊंगा!'

युवा अमल की बातों से जीवन का दिल भर आया। जीवन ने कहीं किसी से सुना था कि जो राजद्वार में, श्मशान में और मुसीबत के समय किसी के साथ खड़े होते हैं, वही सच्चे दोस्त होते हैं। अब जीवन की जान ख़तरे में थी। पोस्टमॉर्टम रिपोर्ट—डॉक्टर की एक छोटी-सी ग़लती उसे तबाह कर सकती थी। और उस समय जो भी जीवन का पक्ष लेता, वह भी ख़तरे में पड़ जाता।

थोड़ी देर बाद अमल ने कहा, 'हालांकि मेरा कहना उचित नहीं, फिर भी तुमसे एक बात कहूं जीवन-दा?'

'कहो।'

'तुम्हें बुरा तो नहीं लगेगा?'

'अगर बुरी लगने वाली नहीं होगी तो क्यों बुरा लगेगा?'

एक बार चारों ओर देखते हुए अमल ने धीमी आवाज़ में कहा, 'मैं जानता हूं कि तुम नाडु से कितना प्यार करते थे। बाओवा लोगों को भड़का रहा है। वह तुमसे अपनी पुरानी दुश्मनी का बदला लेना चाहता है। आजकल लोग पागल कुत्तों की तरह हो गए हैं। कब क्या कर बैठें, कुछ पता नहीं। इसलिए मैं तुम्हारे भले के लिए कह रहा हूं कि तुम, अभी के लिए यहां से चले जाओ। मैं यहां हूं न, मैं शव का ठीक से अंतिम संस्कार वगैरह करवा दूंगा।'

'क्या कह रहे हो अमल! झूठी बदनामी के डर से मैं अंतिम क्षण में नाडु को छोड़कर भाग जाऊं?'

अमल ने जीवन को समझाने की आख़री कोशिश की, 'इंसान ही ग़लतियां करता है। पोस्टमॉर्टम करने वाला भी तो आख़िर इंसान ही है। मान लो अगर किसी वजह से वह ग़लत रिपोर्ट दे देता है? तब तो तुम पर बड़ी मुसीबत आ जाएगी। सेलिमपुर की घटना याद नहीं तुम्हें?'

सेलिमपुर में एक बाबू के घर में एक लड़की काम करती थी। घर के लोगों ने गला घोंटकर उसकी हत्या कर दी और उसे पंखे से साड़ी बांधकर लटका दिया था। पोस्टमॉर्टम की रिपोर्ट में उस हत्या को आत्महत्या बताया गया था।

अमल ने कहा, "अगर हत्या को आत्महत्या बनाया जा सकता है, तो दुर्घटना को हत्या बनाना मुश्किल नहीं है।'

जीवन ने जवाब दिया, 'जो होगा सो होगा। मैं भी तो देखूं आख़िर अंत में क्या होता है। अगर ऐसा कुछ होता है तो तुम भी लपेटे जाओगे क्योंकि तुम मेरा साथ दे रहे हो।'

अमल ने अपनी आवाज़ में दृढ़ता लाते हुए कहा, 'एक दिन मेरी जान तुम्हारे कारण बची थी, आज अगर तुम्हारे लिए जाती है तो जाए।' थोड़ी देर बाद जीवन ने देखा कि अमल ने सत्रह-अठारह-उन्नीस-बीस साल के लड़कों को इकट्ठा कर लिया था, जिन्हें लोग—मां के खदेड़े, बाप के भगाए, भोजनालयों में खाने वाले और फ़ुटपाथों पर सोने वाले कहते थे और जिनका नाम मतदाता सूची में, राशन कार्ड में या जनगणना की सूची में कहीं दर्ज नहीं था। नागरिक अधिकारों से वंचित, खर-पतवार की तरह पैदा हुए—गोना, गणेश, कालिया, बड़ा गोपाल, काला गोपाल, भीम, कालाचांद—सब आकर जीवन को घेरकर खड़े हो गए। जीवन ने महसूस किया कि इस मानव कवच को भेदकर अब बाओवा, कलुआ आदि की कोई साज़िश उस तक नहीं पहुंच सकती थी। वे किसी भी ख़तरे के ख़िलाफ़ खड़े होकर अपने जीवन-दा की रक्षा करने के लिए तैयार खड़े थे।

जीवन ने पूछा, 'क्या तुम लोगों के पास कुछ पैसे हैं? जिसके पास जितने हैं, मुझे दो। नाडु का काम करने के लिए डोम को बीस रुपये देने होंगे। मेरे पास इतने पैसे नहीं हैं।'

गोना ने जवाब दिया, 'हमें जैसे ही ख़बर मिली, हमने चंदा इकट्ठा कर लिया। एक सौ अस्सी रुपये जमा हुए हैं।'

गणेश और बड़े गोपाल की ओर मुड़ते हुए जीवन ने कहा, 'अगर डॉक्टर आ गए हों तो जाकर देखो कि क्या वे अब नाडु की लाश दे देंगे। क्या पता लाश काटने वाले डोम को कितना देना पड़ता है। जितना भी होगा, वो हम ही देंगे। ध्यान रखना कि बाओवा और कलुआ को दया दिखाने का मौक़ा न मिले।'

उसके बाद, नाडु की लाश को तीन पहिये वाली वैन में अस्पताल से कांटा पुकुर के मुर्दाघर में ले जाया गया, जहां लाश को चीरने-फाड़ने और सिलाई करने में पांच से छह घंटे लग गए। उत्सुक शवयात्री तब तक काफ़ी विरक्त हो गए थे। सारी औपचारिकताएं पूरी होने तक शाम हो चुकी थी।

अपनी बांह के नीचे एक रजिस्टर दबाए, पोस्टमॉर्टम करने वाले डॉक्टर के पास जाकर कलुआ ने पूछा, 'लड़के की मौत कैसे हुई है, सर? बिल्कुल स्वस्थ था। कुछ पता लगा क्या?'

डॉक्टर ने जवाब दिया, 'ब्रेन हैमरेज, सिर में चोट लगने से मौत हुई है।'

कलुआ की ओर देखते हुए बाओवा ने आंखें सिकोड़ीं, 'तो क्या समझे, क्या मतलब है इसका? मैंने तुम्हें कहा था न, रॉड-वॉड ऐसा ही कुछ रहा होगा। अब यक़ीन आया? लेकिन पुलिस क्यों नहीं आई? उन्होंने जीवन को गिरफ़्तार क्यों नहीं किया? कमबख़्त पुलिस ने कोई शिकायत ही दर्ज नहीं की है। यह साफ़ है कि उन्होंने जीवन से अच्छी रक़म ऐंठ ली होगी। लगता है कल रात ही वह थाने जाकर पैसे दे आया होगा। पुलिस किसी की सगी नहीं होती। जिधर से नोट आते हैं, वहीं वोट जाते हैं। दे दिया है जीवन को वोट। बेचारे नाडु का तो अपना कोई है नहीं, जो मामले की तफ़्तीश करता। ऐसा कोई होता तो क्या आज जीवन आज़ाद होता? साथ के साथ गिरफ़्तार हो जाता, फिर या तो फांसी या उम्रक़ैद की सज़ा होती। और यह बिल्कुल भी ग़लत नहीं होता। हरामी ख़ूब बच गया!'

'अब और यहां बेकार में बैठे रहने का क्या मतलब है? जो हुआ है, सब समझ में आ गया है।' बाओवा ने आवाज़ लगाई, 'अरे भुट्टो चल, फ़ालतू में दिन बर्बाद हो गया। कलुआ-दा, हम जा रहे हैं।'

'रुको, मैं भी आ रहा हूं।'

कलुआ के जाने के बाद सभी एक-एक कर चले गए। शवदाह करने का उनका सारा आनंद मिट्टी में मिल गया था। केवल जीवन और उसके एक दल आवारा साथी पीछे रह गए।

जब वे कालीघाट के विद्युत शवदाह गृह में नाडु के शव का अंतिम संस्कार कर जादवपुर स्टेशन वापस पहुंचे, तब रात के तक़रीबन साढ़े नौ बज रहे थे। किसी ने भी पूरा दिन न स्नान किया था और न ही कुछ खाया था। जीवन गरफ़ा की झील में साबुन रगड़कर काफ़ी देर तक नहाया। फिर उदास मन से वह रेलवे स्टेशन के बाहर रिक्शा-स्टैंड पर, बरगद के पेड़ के नीचे बने चबूतरे पर बैठ गया। उसे चारों ओर वीरान-सा लग रहा था।

आनंदविहीन और अकेले जीवन के अंदर एक ख़ालीपन था जिसे कोई और नहीं भर सकता था। जिसने भरा था, वह बिना किसी पूर्वाभास के अचानक चला गया था। उन्होंने कितने दिन एक साथ बिताए थे, कितनी बातें, कितने गीत, हंसी, झगड़े, मज़ाक़, सब बस अब यादें बनकर रह गई थीं। किसी संकटग्रस्त समय में, घनघोर अंधेरी, अमावस्या की रात के तूफ़ान की तरह नाड़ु ने जीवन के जीवन में प्रवेश किया था। मानो, एक चिड़िया के बच्चे के सीने की उष्णता से उसने भयावह काले समय को पार करने में उसकी मदद की थी। और रात बीतने के बाद वह बिना कुछ कहे ग़ायब हो गया था। अब उसका कोई निशान नहीं बचा था। जीवन बहुत अभागा था। जिस किसी के साथ भी उसकी गहरी और घनिष्ठ मित्रता होती थी, वह जीवन की राह के किसी मोड़ पर क्यों खो जाता था? मरण, राजा, नाड़ु, एक-एक करके सब उसके सीने में गहरे ज़ख़्मों के निशान छोड़ते हुए चले गए थे।

इस समय जीवन बिल्कुल अकेला था। गोना, गणेश, कालिया, बड़ा गोपाल, काला गोपाल, जटाधारी गुरु—कोई भी उसके पास नहीं था। लेकिन जब वे वहां होते थे, तब भी क्या वे वास्तव में उसके साथ होते थे? सबका अपना एक अलग जीवन, अलग समस्याएं, अलग वास्तविकताएं, बोध, भावनाएं, विचार और अभिव्यक्तियां थीं। भले ही वे एक ही जगह एक साथ रहते हों, लेकिन हर एक का स्वभाव अलग था। यहां तक कि आवारा जीवन, जो बांगाल जीवन का प्रतिरूप था, वो भी अभिन्न और अविभाजित नहीं था। और इसलिए, कोई भी ऐसा नहीं था जो जीवन की पीड़ा को बांट पाता। वह अब अपनी आंतरिक पीड़ा के साथ एक कोने में, आकाश भर बारिश की तरह दिल में आंसुओं का बोझ लिए बैठा हुआ था।

उसे पता नहीं था कि वह कब तक ऐसे ही बैठा रहा। अचानक उसे श्रीमती आती दिखाई दी। वह अब मांस और रक्त की मानव आकृति नहीं थी, दुःख की एक बदहवास, चिंतित प्रतिमा जैसी थी। रोने से उसकी लाल हुई आंखें सूजी हुई थीं। उसके हवा में बिखरे बाल बेतहाशा उड़ रहे थे। उसका पूरा शरीर असहनीय पीड़ा से कांप रहा था। जीवन के सामने आकर उसने कुछ पल उसे देखा और फिर फूट-फूटकर रोने लगी। 'यह क्या कर डाला तुमने? तुम्हारे मन में यह सब चल रहा था? तुमने नाड़ु को मार दिया?'

जीवन को लगा जैसे उसके पैरों तले धरती किसी परमाणु विस्फोट से फट गई हो और वह गर्म लावा की अतल गहराई में गिरता जा रहा हो। जहां न कोई रोशनी थी, न हवा, न बचाव, और न जीवन था।

श्रीमती जैसे किसी ज़हर खाए रोगी की तरह व्यथा से विकृत स्वर में कह रही थी, 'बाओवा-दा ने मुझे सबकुछ बताया है। मुझे पता चल गया है कि यह सब कैसे हुआ। तुमने क्या सोचा? नाडु को मारकर तुम मुझ पर अकेले क़ब्ज़ा कर लोगे? ग़लत, तुमने ग़लत सोचा था रे बेईमान! जो अंधा हो उसके लिए दर्पण का क्या मूल्य और क्या ज़रूरत है? तुम्हें तो मैं नाडु की वजह से प्यार करती थी। नाडु के बिना मेरे लिए तुम्हारी क़ीमत एक कानी कौड़ी के बराबर भी नहीं है। तुम्हारे जैसे ख़ूनी, कसाई का हाथ थामने के बजाय गले में फंदा डालकर लटक जाना लाख गुना बेहतर है।'

जीवन अब कांप रहा था। उसकी सांसें जैसे बंद हो रही थीं। मौत के फंदे में फंसी एक आत्मा आर्तनाद कर उठी, 'तुम भी! अंत में, तुम भी यही सोच...?'

क्या जीवन ने तोप से छूटे गोलों की तरह उन अप्रिय शब्दों से अपना बचाव करने के लिए अपने कानों को अपनी उंगलियों से बंद कर लिया था? उस भयंकर दृश्य को देखने से बचने के लिए, क्या उसने कौवे की तरह अपनी आंखें बंद कर ली थीं? या वह कुछ देर के लिए अपना होशो-हवास खो बैठा था? जब उसकी दृष्टि सक्षम हुई और उसकी सुनने की क्षमता सक्रिय हुई तो उसने देखा कि वह बिल्कुल अकेला था। उसके आसपास कहीं कोई प्राणी नहीं था। केवल एक तारकोल-सा घना सर्वव्यापी अंधेरा था। जो अंधकार सूर्य के जन्म से भी लाखों-करोड़ों वर्ष पहले, पूरे ब्रह्मांड पर छा गया था! उस अंधकार के महा समुद्र की थिरकती प्रचंड लहरों में, जन्म के क्षण से ही एक जीवन, अपने अभिशापों को बटोरते हुए बहे जा रहा था।

अगले दिन अमल ख़बर लेकर आया। 'कल रात श्रीमती दीदी की शादी हो गई। दूल्हा बिहारी है और देखने में बहुत सुंदर है। सुना है, उसके पास गांव में डेढ़ सौ बीघा खेती की ज़मीन है। दुमंज़िला पक्का घर है। वे अभी जा रहे हैं। हावड़ा से बिहार की ट्रेन पकड़ेंगे।'

अमल ने सोचा था कि जीवन-दा उससे श्रीमती दीदी की शादी के बारे में कुछ और पूछेंगे। लेकिन इसके बजाय उसने पूछा, 'बाओवा अभी कहां है? वह कहां मिलेगा?'

सुबह क़रीब आठ बजे अमल ने जीवन को श्रीमती के बारे में बताया था। अब रात के आठ बजे, उसे पता चला कि पुलिस जीवन-दा की तलाश कर रही थी। और बाओवा का भाई बुल्टन भी उसे ढूंढ़ रहा था। अमल के पास अब और करने को क्या था!

जैसे-तैसे जीवन के छह असहनीय महीने बीते। इस समय न केवल जादवपुर या कलकत्ता में, बल्कि समूचे पश्चिम बंगाल के सभी छोटे-बड़े शहरों में, गांवों और कस्बों में, तिरंगा वाहिनी के योद्धा अपनी पूरी ताक़त के साथ उतर आए थे। उनकी सहायता के लिए दिल्ली से हज़ारों की संख्या में केंद्रीय अर्धसैनिक बलों के जवान वहां पहुंचे थे जिनकी हिंसा की तुलना हिटलर की गेस्टापो फ़ौज से की जा सकती थी। अहिंसक तिरंगा पार्टी और सशस्त्र केंद्रीय बलों की साझेदारी और संयुक्त हमलों के आयोजित कार्यक्रम से पूरा देश, विनाश के तांडव की भीषण लपटों में झुलस रहा था। पश्चिम बंगाल की स्थिति सबसे भयावह थी। घर, सड़क, दफ़्तर, स्कूल या कॉलेज में अब कहीं कोई सुरक्षित नहीं था। पुलिस और पार्टी के क्रूर संयुक्त बलों के सदस्य जब चाहें, जहां चाहें, जिस भी तरह चाहें, लोगों पर हमला कर रहे थे। आतंक के दमन के नाम पर पतियों के सामने पत्नियों का, मां के सामने बेटियों का और बच्चों के सामने मांओं का बलात्कार हो रहा था। महिला राजनीतिक कार्यकर्ताओं को थाने ले जाकर उनके गुप्तांगों में उबले अंडे, ग्रीस लगे फुट्टे डाले जा रहे थे। जलते हुए सिगार से उन्हें जलाया जा रहा था। गोलियों से छलनी हुई युवकों की लाशें खेतों, मैदानों, गलियों और फ़ुटपाथों पर पड़ी हुई थीं। आजकल सिर्फ़ एक या दो नहीं, बल्कि बड़े पैमाने पर हत्याएं हो रही थीं। एक बार में एक दर्जन लाशें, तो कहीं लॉरी भरके लाशें। डायमंड हार्बर में हाथ-पैर बंधे बारह क्षत-विक्षत शव बोरियों में भरे पाए गए थे। काशीपुर-बारानगर में एक रात और एक दिन तक, सांप्रदायिक दंगे की तरह हत्याएं होती रहीं और शवों को टेंपो, ठेलों और रिक्शों पर लादकर नदी में फेंक दिया गया था। मारे गए लोगों की सही संख्या का कभी पता चल पाएगा, ऐसा लगता नहीं था। कुछ ने दो सौ कहा, तो कुछ ने चार-पांच सौ कहा।

इस भीषण हमले का सामना करने में असमर्थ बालक, मोहन और उनके दल बल बहुत पहले ही लोहारपाड़ा से भागकर भूमिगत हो गए थे। पालपाड़ा के लड़के तो उससे भी पहले मोहल्ले से चले गए थे। लेकिन कांग्रेस का मुख्य

गढ़ विजयगढ़, जादवपुर से काफ़ी दूर होने की वजह से स्टेशन के आसपास का इलाक़ा उनके नियंत्रण में नहीं आया था। इन सभी इलाक़ों पर अब किसी राजनैतिक दल का नहीं, बल्कि उभरते हुए कुछ अराजनैतिक मस्तानों का क़ब्ज़ा था।

प्रकृति का यह अजीब नियम है कि जहां भी कोई बड़ा पेड़ होता है, उसके नीचे कोई घास या खरपतवार नहीं उगती। लोहारपाड़ा और पालपाड़ा के बड़े-बड़े पेड़ों के उखड़ते ही स्टेशन के आसपास छोटे मस्तानों का उदय होना शुरू हो गया। तालतला बस्ती में शिबुआ, टी.बी. अस्पताल में छोटू, पालपाड़ा में हाथ-कटे काटू का छोटा भाई मिंटू। यह कहता मैं लेटेस्ट हूं, वह कहता मैं ग्रेटेस्ट हूं।

इस परिदृश्य में जीवन अपनी एक अलग पहचान बनाने में क़ामयाब रहा। हालांकि उसकी पहचान ने व्यापक तौर पर जन मानस में इतना गहरा प्रभाव नहीं डाला था, लेकिन स्टेशन के कुछ लोगों के लिए, जैसे रिक्शा वाले, ठेले वाले, कुली, मज़दूर, और ट्रेन में दैनिक सफ़र करने वाले आम यात्रियों के लिए, वह एक बड़ा आश्वासन था। इसी वजह से अलग-अलग स्टेशनों पर ग्राहकों की तलाश करने वाली लड़की, जादवपुर पहुंचने पर जीवन से कहती थी, 'दादा, मैं समय-समय पर तुम्हारे स्टेशन पर आती हूं। अपना शरीर बेचकर अपना पेट भरती हूं। मेरा ध्यान रखना दादा।'

जीवन उसका ध्यान रखता था। जब जादवपुर बाज़ार का एक मछली बेचने वाला मालगाड़ी के ख़ाली डिब्बे में उस लड़की के साथ रात बिता, उसे पैसे दिए बिना भाग गया, तो अगले दिन जीवन ने उसकी मछली के तौल को पकड़, उससे बीस रुपये निकलवा लिए। उस पैसे को ले जाते हुए वह लड़की, उसके हाथ में राखी बांध कर कह गई, 'आज से तुम मेरे अपने सगे दादा हो।' उसे सियालदह की एक दुकान के कर्मचारी को भी देखना था। उसने आकर याचना की, 'मैं बहुत परेशानी में पड़ गया हूं दादा! मैं अपनी शर्ट की जेब में महीने की पगार लेकर ट्रेन से आ रहा था। पूरे सफ़र में पैसा मेरी जेब में ही था। जादवपुर में ट्रेन से उतरते ही मुझे दरवाज़े पर धक्का लगा और मैं नीचे गिर गया। देखा कि जेब में पैसे नहीं थे। अब मैं क्या करूं? पूरा महीना बीवी और बच्चे को क्या खिलाऊंगा?'

जीवन बहुत अच्छी तरह से जानता था कि भोजन के बिना रहना कितना कठिन और कष्टदायक था। उस आदमी को कष्ट से मुक्त करने के लिए,

जीवन को हारा, मोंटा और बिशा के डेरे पर जाना पड़ा। पहले उनका अड्डा बोंदेल रेल गेट पर था। लोगों ने उन्हें पीट कर वहां से भगा दिया। जीआरपी के साथ सांठ-गांठ करके वे अब ढाकुरिया से जादवपुर, गढ़िया तक की ट्रेन लाइन पर अपना काम किया करते थे। हारा और मोंटा जीवन की बात मानते थे। हालांकि वे पूरा पैसा वापस करने में असमर्थ थे, फिर भी उन्होंने उसे ख़ाली हाथ नहीं लौटाया। उन्होंने जीवन से माफ़ी मांगी और शराब वगैरह पर ख़र्च हो जाने के बाद उनके पास जो कुछ बचा था, वो जीवन को लौटा दिया।

जीवन अब अकेला नहीं था, उसका अपना एक दल था। अमल, बिमल, बड़ा गोपाल, काला गोपाल, गोना, गणेश, घोटी, नारान, कालिया— इनमें से कुछ रिक्शा चलाते थे, कुछ बाज़ार में मछलियां साफ़ करते थे, कुछ शराब के अड्डों में काम करते थे या स्टेशन में कुली थे, और कुछ ट्रेन के नीचे चावलों की तस्करी करते थे।

23

सेठ बागान लेन

मनुष्य के अब केवल दो ही परिचय थे—घातक अथवा घायल। इस समय बस वो ही बच सकते थे जो हत्यारों की हत्या करना जानते थे। आंसू या बुज़दिली नहीं, प्रबल प्रतिशोध। इस समय प्रतिशोध का कोई विकल्प नहीं था। इस सत्य को जीवन ने अपने ही जीवन से सीखा था। पागल कुत्तों के आगे हाथ जोड़कर दया की भीख मांगना व्यर्थ था।

एक समय पूरी पृथ्वी पर विशालकाय डायनासोर विचरते थे। वे कहां गए? उनका विनाश हो गया, वे विलुप्त हो गए। वे अब केवल किंवदंती थे, क्योंकि उनमें पलटवार करने की क्षमता नहीं थी। इसी तरह, हाथी भी प्रतिकार करने में असफल रहे। तभी तो पांच फुट का महावत उसकी पीठ पर बैठता है और अपने पैर उसके सिर पर रखता है। इसी कारण से लोग बैलों का उपयोग ज़मीन की जुताई और गाड़ियां खींचने के लिए करते हैं, और गधों का उपयोग भार ढोने के लिए करते हैं। भोजन के लिए बकरियों और भेड़ों का क़त्ल करते हैं। लेकिन छोटी चींटियां, ततैये और मधुमक्खियां किसी के अधीन नहीं होतीं। उन्हें कोई वश में नहीं कर पाता है। अवसर पाते ही वे पलटवार करती हैं। इसलिए वे डायनासोर की तरह नष्ट नहीं हुईं और आज भी स्वतंत्र रूप से, साहस के साथ जीवित हैं।

इन्हीं विचारों में डूबा जीवन ख़ाली पड़े मुर्दाघर की ओर चलता जा रहा था, ताकि वह तपेदिक के रोगियों के परित्यक्त फटे कंबल, रज़ाई और गद्दों के पहाड़ के पीछे, चूहों और तिलचट्टों के साथ छुपकर रात बिता सके। अस्पताल परिसर हमेशा काफ़ी सुनसान रहता था। रात होने पर यह निर्जनता

और ज़्यादा पता चलती थी। इस समय विशाल सफ़ेद इमारतें भीमकाय मक़बरों की तरह लग रही थीं। सबकुछ ख़ामोश और स्थिर था। बस चारों ओर उधड़ी चमड़ी के कुछ आवारा कुत्ते घूम रहे थे। बहुत पहले इन कुत्तों के एक पूर्वज ने जीवन के पैर में काटकर, मांस का एक टुकड़ा नोंच लिया था, और फिर सिर पर रॉड के वार से मर गया था। कौन जानता था, शायद उस दुखद पारिवारिक इतिहास को याद करते हुए, उनमें से कोई उस पर धावा न करे या उस पर न भौंकने लगे।

गुरुमोहन बाबू और मोना डे के क्वार्टर के सामने की सड़क पकड़कर, दक्षिण की ओर थोड़ा आगे बढ़ते हुए जो मैदान आता था, उससे पूर्व की ओर चलते हुए, दाहिनी ओर हंड्रेड बेड वार्ड और उसके बाद कवि सुकांत के वार्ड को पार कर, ख़ाली मैदान में चलते हुए जीवन कचरा जलाने वाली भट्ठी के पास आकर खड़ा हो गया। उसने सावधानी से चारों ओर देखा, और जब उसे यक़ीन हो गया कि कोई उसका पीछा नहीं कर रहा है तो वह भट्ठी के पीछे, गंदगी और पेशाब से भरे मॉर्निंग ग्लोरी फूलों के जंगल में घुस गया। लोगों के निरंतर आने-जाने से उस जंगल में एक संकरी-सी पगडंडी बन गई थी। उस पर चलते हुए जीवन मुर्दाघर के सामने पहुंच गया और उसके बाद, अंधेरे में बिल्ली की तरह नि:शब्द तत्परता के साथ अंदर घुस गया। यहां कोई दरवाज़ा नहीं था। जब मुर्दाघर चालू था, तब दरवाज़ा हुआ करता था। उस समय चौकीदार भी हुआ करते थे। लाशों का यहां आना बंद होने और चौकीदारों का पहरा ख़त्म होने के दो महीने बाद ही कोई या कुछ लोग इसका दरवाज़ा खोलकर ले गए।

लेकिन अभी मुर्दाघर में प्रवेश करते ही जीवन चकित रह गया। शायद अस्पताल के कर्मचारी इस अंधेरे में, बग़ैर दरवाज़े और बिना पहरे के मुर्दाघर में एक लाश रखकर चले गए थे। एक मृत व्यक्ति की ऐसी अवहेलना से जीवन का मन ख़राब हो गया। वे ऐसा कैसे कर सकते थे? इस तरह लाश के पड़े रहने से गीदड़ उसे खा जाते! शव दक्षिणी दीवार के साथ सटे कंक्रीट की ताक पर चादर में लिपटा पड़ा हुआ था। जीवित जीवन भी इसी तरह सिर से पांव तक चादर ढककर सोता था। यहां बहुत मच्छर थे।

अब जीवन क्या करता? जिस कमरे में लाश पड़ी थी, उस कमरे में वह चैन से कैसे सो सकता था? जब उसे कोई रास्ता नहीं सूझ रहा था, तभी लाश हिल उठी! जीवन ने साफ़ देखा कि मृत व्यक्ति अपनी पीठ खुजा रहा था। तो यह मृत देह मृत नहीं थी, कोई जीवित था। तड़ाक से जीवन का हाथ अपनी

कमर में खोंसे थ्री नॉट थ्री वन-शॉटर पर चला गया। अगर कोई दोस्त निकला, तब तो कोई बात नहीं थी। लेकिन अगर दुश्मन निकला तो! कौन जानता था कि वह शायद जीवन का ही इंतज़ार कर रहा था।

जीवन ने मज़बूती से पकड़ी वन-शॉटर की नली को सोए हुए आदमी की पसलियों में धीरे से खोंचा, 'एई, कौन है रे तू?'

सोए हुए व्यक्ति की आवाज़ जीवन पहचान गया। हिले बग़ैर, लेटे-लेटे ही उसने जवाब दिया, 'शॉटर हटा रे जीवन, मैं नानू हूं।'

'नानू!' जीवन चौंक गया। 'तू यहां, इस तरह क्यों सोया हुआ है?'

नानू ने कहा, 'मैं शाम को अपने मोहल्ले में गया था, कुछ लोगों ने मुझे देख लिया। उनमें से कोई जाकर सही जगह ख़बर पहुंचा दे तो? घर में सोने से मारा जाऊंगा।'

'तू यहां अचानक कैसे आ गया?'

'मैं अचानक नहीं आया, मुझे आना पड़ा। क्या तूने मेरे बड़े भाई के बारे में नहीं सुना है?'

'नहीं तो! देबू-दा को क्या हुआ है?'

नानू उठकर बैठ गया। 'तू मेरा दोस्त है। तुझसे छुपाकर क्या करूंगा? मेरे भाई की बुरी आदत है। उसके हाथ में पैसा आते ही वह पीता है और अपना सारा समय रंडीखाने में बिताता है। देखभाल कर एक लड़की से उसकी शादी इस उम्मीद में की गई थी कि वह बदल जाएगा। मेरी *बोऊदी*, भाभी को देखा है ना? बता, मां दुर्गा-सी नहीं दिखती है क्या? लेकिन ऐसी पत्नी को छोड़कर वह फिर से अपने पुराने ढर्रे पर आ गया है। मैं ही हूं जिससे दादा थोड़ा डरते हैं। लेकिन एक दिन उसने मेरे पीछे संदूक़ खोलकर *बोऊदी* के सारे गहने निकाल लिए और किसी रंडी के पास भाग गया। इस बात को दस-बारह दिन हो चुके हैं। अब जैसे भी हो दादा को वापस लाना है।'

'देबू-दा कहां गए हैं? सोनागाछी?'

'नहीं-नहीं, सेठ बागान। गणेश टॉकीज़ जानता है न? उस तरफ़।'

'तो कल ही चल। मैं भी तेरे साथ चलता हूं। देबू-दा को समझा-बुझाकर वापस ले आएंगे।'

'समझाकर नहीं उसे ज़ोर-ज़बरदस्ती पकड़कर लाना होगा। क्या तुझे इस धंधे की रंडियों के बारे में पता नहीं? सांप जिस तरह मेंढ़क को निगलता

है, ठीक उसी तरह वे मर्दों को पकड़कर निगल जाती हैं। दादा नहीं समझ रहा है। जब तक उसके पास पैसा है, तब तक उसकी ख़ातिरदारी है। पैसा ख़त्म होते ही चूतड़ पर लात मारकर सड़क पर फेंक देंगी।'

थोड़ा रुककर नानू ने फिर कहा, 'वहां पूरी तैयारी के साथ जाना होगा। वो रंडियां जो कमाती हैं, उसमें पुलिस, मोहल्ले के गुंडे, मकान मालिक सबका हिस्सा होता है। उसने एक मालदार पार्टी को फंसाया है, दादा के पास पांच-छह तोले सोने के गहने हैं, इतनी आसानी से क्या वह उसे छोड़ेगी? क्या तेरे पास कोई देसी बम-वम है? शॉटर गन से उन्हें धमकाया जा सकता है, लेकिन उसे चलाया तो जा नहीं सकता है न! चलाने से अगर मर्डर-वर्डर हो जाए! देसी बम ही ठीक है, बस थोड़ी आवाज़ ज़्यादा करता है। तेरे पास है क्या?'

'अगर कोई और होता तो मैं "नहीं है" कह देता। तुझसे नहीं कहूंगा। चार से काम चल जाएगा?'

'चार बम और एक शूटर गन, मेरे पास एक ख़ंजर भी है।'

'तेरे उस सिक्स-शूटर का क्या हुआ?'

'कौन-सा सिक्स-शूटर?'

'जो तूने मेरे पेट पर रखी थी?'

'वो तो पार्टी की थी, वापस कर दी।'

थोड़ा सोचकर नानू ने कहा, 'जो है उसी से काम चल जाएगा। अब बस एक गाड़ी और दो और लड़कों की ज़रूरत है। चार जनों से कम में नहीं चलेगा। मेरे पास दिलीप है। हालांकि वह अभी बच्चा है लेकिन काफ़ी हिम्मत वाला है, कम से कम डर के भागेगा नहीं। मदन-दा को बोलने से मीटर वाली टैक्सी भी मिल जाएगी। नंबर प्लेट के एक नंबर को कीचड़ मारकर ढक देने से फिर कोई दिक़्क़त नहीं होगी। लेकिन बता तो, एक जन और कहां से मिलेगा? कोई और मोहल्ले में नहीं है।'

'उसका जुगाड़ मैं करूंगा।'

'कौन?'

'स्टेशन से गणेश या कालिया। लेकिन साथ ले जाने से पहले उन्हें थोड़ी ट्रेनिंग देनी पड़ेगी।'

'तो ठीक है, बात पक्की रही। तू तैयार रहना। मदन-दा से बात करके तुझे बताऊंगा कि हमें कब जाना है।'

कुछ दिनों बाद, सोमवार के दिन, सुबह सात बजे, टैक्सी चालक मदन अपनी टैक्सी के साथ अस्पताल की कैंटीन के पीछे की झाड़ियों के सामने इंतज़ार कर रहा था। गाड़ी उसकी अपनी नहीं थी, वह उसे किराए पर चलाता था। वह दो सौ रुपये लेगा। उसने नंबर प्लेट पर नंबर छुपाया नहीं था, बल्कि बड़ी कुशलता से उसे ग्रीस से बदल दिया था। जहां नानू का बड़ा भाई था, उस मोहल्ले की गलियां शाम के बाद लोगों की भीड़ से भरी होती थीं और सुबह कोई भी दस या ग्यारह बजे से पहले नहीं उठता था। इसलिए उन्हें दिन-दिन में, जब जगह के ख़ाली रहने की संभावना थी, अपना काम पूरा करके आना था।

नानू, जीवन, कालिया और दिलीप, चारों उस गाड़ी में सवार हो गए। टैक्सी चालक मदन अपनी इस गाड़ी से कलकत्ता के विभिन्न हिस्सों में अवैध चोलाई देशी शराब की खेपें पहुंचाता था। शहर के सारे रास्ते उसकी उंगलियों की नोंक पर थे। और इसलिए, शहर के भीड़-भाड़ वाले हिस्सों से बचते हुए, गलियों से गुज़रते हुए, अनुभवी मदन ड्राइवर ने उन्हें सुरक्षित सेठ बागान लेन की गली के सामने पहुंचा दिया। उन्हें नीचे उतारकर मदन ने कहा, 'मैं गाड़ी घुमाकर गिरीश पार्क के पास जाकर खड़ा होता हूं। तुम लोग देबू-दा को लेकर आओ।'

सेठ बागान लेन की गली आठ-दस फुट चौड़ी थी। गली के नुक्कड़ पर ही एक पान-बीड़ी की दुकान थी। दुकान की शेल्फ़ पर बीड़ी-सिगरेट से ज़्यादा कंडोम के पैकेट रखे हुए थे। कंडोम के पैकेटों पर पुरुष और महिला के नग्न, अर्ध-नग्न, रतिक्रिया में लिप्त शरीर के चित्र थे। तारसप्तक में टेप-रिकॉर्डर पर भड़कीला गाना "एक आंख मारूं तो छोरी पट जाए" बज रहा था। अभी गाना सुनने का समय नहीं था। सामने युद्ध का मैदान था। उनकी सांसें तेज़ हो रही थीं। सीने के भीतर जंगली भैंसा गरजने लगा था। वे चारों सैनिकों की दृढ़ता के साथ आगे बढ़ रहे थे। नानू सबसे आगे और उसके पीछे जीवन था। नानू यहां पहले भी एक-दो बार आ चुका था। इसलिए उसे ठिकाने का पता था। वे गली में दाख़िल हुए, दाहिनी ओर पहले दो घरों को छोड़, पुराने समय के बने एक गंदे से दुमंज़िले घर के आगे खड़े हो गए। उनका शिकार यहीं था। नानू का बड़ा भाई, देबू।

पहली मंज़िल तक मकान पक्का था। उसके ऊपर एक और मंज़िल थी, जिसे टीन से बनाया गया था और जिस पर लकड़ी की सीढ़ियों से चढ़कर जाना पड़ता था। घर के दरवाज़े से अंदर जाने पर दाहिनी ओर एक लंबा बरामदा था। जिसमें दस बाई दस के छह कमरे थे। तीन कमरों के बाद, पहली मंजिल पर जाने के लिए संकरी सीढ़ियां थीं। सीढ़ियों से आगे बढ़ते हुए नानू, जीवन और अन्य साथी लंबे बरामदे के सबसे आख़िरी कमरे की ओर चल पड़े। कमरे के सामने बरामदे में लकड़ी की एक छोटी चौकी रखी थी। उस चौकी पर नानू का बड़ा भाई देबू बैठा हुआ था।

अभी सुबह के क़रीब नौ बज रहे थे। इतनी सुबह-सुबह देबू इत्मीनान से बैठा शराब पी रहा था। सबकुछ उसके सामने रखा था, शराब की एक गोल बोतल, गिलास, कुछ मूंगफली और खीरे के टुकड़े और सिगरेट का पैकेट। शराब पीने का एक भयानक रिवाज है, जिसे सभी पीने वाले जानते हैं। यदि रात में बहुत पी जाए तो सुबह जब तक फिर से नहीं पिया जाए, तो आप ख़ुमारी से नहीं निकल सकते हैं। शरीर में अजीब-सी टूटन रहती है और सिर भारी रहता है।

चौकी से तीन-चार फुट की दूरी पर तीन फुट ऊंची दीवार की एक आड़ बनी हुई थी। छह कमरों में रहने वाले और उनसे मिलने आए बाबू उस जगह को शौचालय और स्नानघर के रूप में इस्तेमाल करते थे। वहां एक बड़ी बाल्टी और प्लास्टिक का मग रखा था। एक महिला बाल्टी में से उस मग से पानी निकाल अपने सिर और शरीर पर डाल रही थी। उसके छोटे बाल थे और उसकी त्वचा का रंग छपाई की स्याही की तरह गहरा काला था। उसकी नाक चपटी थी और दांत चौड़े और बड़े थे, जिनमें से एक आधा टूटा हुआ था, शायद कभी नल पर फिसल जाने से या चेहरे पर मुक्का पड़ने से टूटा होगा। वह लगभग पौने पांच फुट लंबी और लगभग उतनी ही चौड़ी थी। उम्र पैंतीस-छत्तीस साल की लग रही थी। नहाते हुए उसने अपने शरीर पर जो गमछा लपेटा हुआ था, वह उसके शरीर की तुलना में बहुत छोटा था। देबू शराब पीते-पीते, सेठ बागान के घर में बैठे-बैठे जैसे गोवा के समुद्र तट पर नहाती हुई लड़की का आकर्षक सौंदर्य स्नान देख रहा था। यह कोई होटल नहीं था, वेश्यालय के उस छोटे से स्नानघर में ही उसकी आंखों के आगे किसी पांच सितारा के स्विमिंग पूल की सुंदरी नहा रही थी।

नानू ने चौकी के पास जाकर एक बार उसे अच्छे से देखा। यह दादा ही था ना! हां, वही था। वह शराब के गिलास से एक घूंट लेने ही वाला था

कि उसका हाथ बीच में ही रुक गया। इस असामयिक घड़ी में अजनबियों के दल को देखकर देबू का मिज़ाज बिगड़ गया। मानो वह इस घर का स्वामी हो, वह भयानक क्रोध से गरज उठा, 'तुम लोगों को यहां क्या चाहिए! चलो बाहर निकलो!'

'तुम!' नानू ने आगे बढ़ते हुए कहा, 'कोई बवाल किए बिना दादा, चुपचाप हमारे साथ चलो। मां और *बोऊदी* तुम्हारे लिए बहुत चिंतित हैं। वे रोना-धोना कर रही हैं। चलो, हमारे साथ।'

कौन जाने, *बोऊदी* शब्द से उसके मन-मस्तिष्क में ऐसी कुछ प्रतिक्रिया हुई कि देबू ग़ुस्से में चीख़ने लगा, 'चले जाओ! बाहर निकलो, तुम सब! मैं कहीं नहीं जाऊंगा! कोई मुझे सोनका से दूर नहीं कर सकता! चले जाओ तुम लोग! गेट आऊट!'

जीवन ने हस्तक्षेप किया, 'अरे देबू-दा, यह क्या है? तुम घर में देवी जैसी पत्नी को छोड़ यहां इस डायन के साथ पड़े हुए हो! छी:!'

'छी: मत कहना! सोनका को डायन मत कहना! हां, उसके पास रूप नहीं है। मुझे उसकी परवाह नहीं! क्या मैं रूप धोकर पीयूंगा! सोनका के पास जो है, उसे तुम करोड़ रुपयों से भी नहीं ख़रीद सकते!'

'उसके पास क्या है?'

'उसके पास क्या है, यह मैं तुम्हें कैसे बताऊं! अगर मेरी आंखें खोलकर अपनी आंखों से बदल लेते तो शायद तुम देख पाते। वह भले ही धंधे वाली लड़की हो, लेकिन उसके जैसा मन और उसके जैसा प्यार करने वाला दिल, किसी के पास नहीं है। तुम्हारी *बोऊदी* में क्या है? माकाल फल की तरह अखाद्य, दिखने में सुंदर लेकिन भीतर से बेकार है। अपने रूप और चढ़े दिमाग़ के आगे वो मुझे इंसान भी नहीं समझती है!'

'फिर तुमने उससे शादी क्यों की?'

'मैंने नहीं की। बाबा और इस नानू ने जबरन मेरी शादी कर दी।'

'गहने कहां हैं?'

'कौन से गहने?'

'*बोऊदी* के गहने, जो तुम ले आए हो!'

'मैं कोई गहने-वहने लेकर नहीं आया हूं।'

नानू ने डाकुओं के गिरोह के सरदार की तरह, दिलीप और कालिया को आदेश दिया, 'वो बक्सा, बिस्तर, अलमारी सब देखो। कहीं नहीं गया, सब यहीं इसी कमरे में है!'

'अरे नानू, कमरा मत फैलाओ, यहां पर कुछ नहीं है।'

देबू की तेज़ आवाज़ से आसपास के कमरों से कुछ डरे, चिड़चिड़े और जिज्ञासु चेहरे बाहर झांकने लगे। नानू ने देबू को उसकी पतलून की कमर से मज़बूती से पकड़ चौकी से नीचे खींच लिया। और दूसरे हाथ से अपनी कमर से ख़ंजर निकालकर कहा, '*बोऊदी* के आंसू और नहीं देखे जा रहे हैं। अगर तुम चुपचाप हमारे साथ नहीं आए तो मैं तुम्हें यहीं काटकर चला जाऊंगा। तुम्हारे जैसे भाई की मुझे ज़रूरत नहीं है!'

जीवन ने आगे बढ़कर देबू की कमीज़ पीछे से पकड़ ली, 'देखते हैं कैसे नहीं आते हैं! मैं *बोऊदी* को वचन देकर आया हूं कि देबू-दा को वापस ज़रूर लाऊंगा। अगर वापस नहीं ले गया तो मैं उन्हें क्या मुंह दिखाऊंगा? उठो देबू-दा, चलना शुरू करो!'

दिलीप ने जूट के थैले से एक बम निकालकर कालिया को दे दिया और एक अपने हाथ में ले लिया। जीवन के हाथ में वह भद्दा वन-शॉटर था जिसे देखकर, यह सच है कि देशी कारीगरों पर भरोसा रखना मुश्किल था, फिर भी इस यंत्र से डरे बिना भी नहीं रहा जा सकता था। इसकी एक गोली से इंसान तो क्या बाघ भी मर जाता था। यह सब देखकर देबू समझ गया कि वे उसे ले जाने के लिए पूरी तैयारी से आए थे। अब जाने से इंकार करने का कोई मतलब नहीं था, उसी का नुकसान हो सकता था। भाई यदि मित्र हो तो कैसा होता है, इसका उदाहरण लक्ष्मण थे, और अगर दुश्मन हो तो वह क्या कर सकता है, उसका नमूना विभीषण था। एक सिक्के के दो पहलू।

असहाय देबू ने आत्मसमर्पण कर दिया और जीवन की ओर मुड़ते हुए कातर स्वर में कहा, 'मेरी बात सुनो, भाई। मुझे फिर से उस नर्क में मत ले जाओ। मैं फिर भाग आऊंगा। उस घर में कोई मेरा अपना नहीं है। एक राक्षसी है जो मेरा हाड़-मांस खाती है। मुझे छोड़ दो! मुझे यहां शांति से रहने दो!'

जीवन वापस चिल्लाया, 'मैं यह कैसे कर सकता हूं? मैं अपनी ज़ुबान देकर आया हूं?'

शराब अब तक देबू के सिर चढ़ चुकी थी। उसने उदास होकर रोना शुरू कर दिया, 'मेरे जाने के बाद बेचारी सोनका का क्या होगा! मेरे अलावा पूरे

ब्रह्मांड में उसका कोई नहीं है। कौन उसकी देखभाल करेगा, कौन उसे मेरी तरह प्यार करेगा? उसके पास रूप नहीं है, वह उम्र में बड़ी है, कोई उसके कमरे में नहीं आता। उसके दिन कैसे कटेंगे? वह क्या खाएगी, कैसे कमरे का किराया देगी? क्या वह जीवित रह पाएगी?'

'नाटक मत करो! चलो मेरे साथ आओ!'

जीवन और नानू वहां एक शराबी की बकवास सुनने नहीं आए थे। वे रेड लाइट क्षेत्र की ख़तरनाक सीमा के अंदर थे। सरासर ख़ून कर देना, ज़ख़्मी करना, हिंसा करना यहां की दिनचर्या का हिस्सा था। हंगामा सुनकर मकान के दरवाज़े के सामने गली में भीड़ जमा हो गई। अब यहां बातें सुनने या बोलने और समय बर्बाद करने से उनके लिए वहां से बाहर निकलना मुश्किल और जटिल हो सकता था। नानू ने पहले ही देबू को चौकी के नीचे उतार लिया था। अब जीवन उसे पीछे से धक्का देता हुआ दरवाज़े की ओर बढ़ने लगा।

नानू ने दिलीप और कालिया से पूछा, 'गहने मिले?'

'नहीं!'

'तुमने हर जगह ढूंढ़ा है न? उस बैग को नीचे उतारो। देखो उसमें क्या है।'

सोनका नाम की जो महिला नहा रही थी, पहले तो वह उन घुसपैठियों को देखकर घबरा गई, पर फिर उसमें कुछ हिम्मत लौट आई। जैसे ही उसने जान से भी ज़्यादा हिफ़ाज़त से रखे उसके काले बैग को ले जाते देखा, वह घातक आवाज़ में चीख़ी, 'अरे बाबा रे! मार डाला रे! चोर! चोर! अरे भुट्टो, चंदू, गब्बर, कहां गए तुम? जल्दी यहां आओ!'

भुट्टो, चंदू, और गब्बर उस गली के गुंडे थे। वे गली के यौनकर्मियों के रक्षक भी थे और भक्षक भी। नानू और जीवन समझ गए कि प्रतिरोध अब निकट था। दिलीप हाथ में बमों का थैला लेकर सबसे आगे बढ़ गया। भीड़ को तितर-बितर करने के लिए बम से बेहतर कुछ नहीं था। जीवन ने एक हाथ से देबू को धक्का देते हुए, दूसरे हाथ में वन-शॉटर तानकर लोगों को चेतावनी दी, 'दरवाज़े से हट जाओ!'

सोनका अब अकेली नहीं थी। उसकी चीख़ों के साथ नीचे के पांच और कमरों की पांच महिलाएं और उनके कुछ छोटे बच्चों ने अपनी चीख़ें भी जोड़ दीं। 'चोर! चोर! बचाओ! मार दिया!' न जाने कहां से अन्य लोग भी उस समूह में शामिल होते जा रहे थे। चीख़ें और भी तेज़ होती जा रही थीं। उनके आते वक़्त केवल घरों के मुख्य दरवाज़ों के सामने, नहा-धोकर, सजी-धजी

वेश्याओं की अकारण भीड़ को छोड़कर, पूरी गली ख़ाली-सी थी। लेकिन अब वे पूरी गली में डर और दहशत से चिल्ला रही थीं। 'भुट्टो, गब्बर, चंदू! जल्दी आओ! सोनका के घर में चोर घुस आए हैं!' पहली मंज़िल पर जाने वाली सीढ़ियों के दोनों ओर तीन कमरे थे। उन सीढ़ियों से अब अलग-अलग उम्र की लड़कियां पहली और दूसरी मंज़िल से पिलपिलाती हुई नीचे उतरने लगीं। मानो मकान में आग लग गई हो और उन्हें जान बचाने के लिए घर से भागना पड़ रहा हो। वे अस्त-व्यस्त, बेतरतीबी से कपड़े पहने, यह जानने के लिए उत्सुक थीं कि बाहर चीख़-पुकार का क्या कारण था। यह देर रात नहीं थी, दिन का उजाला था। इस वक़्त किसके कमरे में क्या हुआ? चोरी-डकैती, ख़ून, लड़ाई-झगड़े, ये सब तो रात का मामला था। तो फिर क्या हुआ?

अचानक, जैसे ही जीवन की नज़र सीढ़ियों पर गई, वह डरी, चकित आंखों के एक जोड़े को देखकर चौंक गया। वे आंखें और उनकी व्यथित दृष्टि उससे बहुत परिचित थी। कौन? कौन? कौन थी उन बड़ी काली, मायावी आंखों की मालकिन?

देबू एक बार फिर पीछे मुड़कर चिल्लाया, 'जीवन, मुझे छोड़ दे! मुझ पर दया कर!'

दया! ऐसे समय में कौन किसी पर दया करता है! धैर्य खोते हुए जीवन ने देबू को अपने वन-शॉटर की नली से पीठ में मारा, 'एक शब्द नहीं! बस चलो!' उसके बाद उसे बरामदे से धकेलते हुए दरवाज़े से बाहर गली में ले आया।

कुछ आवारा, आलसी लड़के मकान के सामने, ऊंचे लाल रंग के चबूतरे पर बैठे ताश खेल रहे थे। औरतों की चीख़-पुकार सुनकर वे अपने हाथ के पत्ते फेंककर मदद के लिए दौड़ पड़े। यह उनका मोहल्ला था। वे इसी गली में पैदा हुए थे और मरते भी यहीं। यहां की अच्छी या बुरी, हर चीज़ की देखभाल की ज़िम्मेदारी उन्हीं की थी। तभी तो लड़कियां अपने शरीर के धंधे से होने वाली कमाई का एक हिस्सा उन्हें देती थीं। वे दूसरे इलाक़े के लड़कों का यहां आकर दादागिरी दिखाना कैसे बर्दाश्त करते? तब तो उनका मान-सम्मान कुछ नहीं रह जाता? नहीं, रोकना तो ज़रूरी था। आसपास जो भी उनके हाथ लगा, ऐसी चीज़ें जो ऐसी परिस्थितियों के लिए पहले से ही जुगाड़ करके रखी हुई थीं—लाठी, रॉड, तलवार वगैरह—उन्हें उठाकर वे भागे। इस मोहल्ले में आए दिन झगड़े होते रहते थे। हथियार तैयार रखने के अलावा कोई और चारा नहीं था।

जीवन ने वन-शॉटर आगे कर हुंकार भरी, 'कोई आगे नहीं बढ़ेगा! नहीं तो गोली मार दूंगा!' दिलीप ने एक के बाद एक दो बम फेंके। भयानक धमाके के साथ धुएं और बारूद की गंध गली में भर गई। आगे बढ़ रहे लड़कों का दल डर से पीछे हट गया। आतंकित लड़कियां वापस अपने कमरों में चली गईं और दरवाज़े बंद कर लिए। गली ख़ाली हो गई। गली के नुक्कड़ पर पान की दुकान का शटर ज़ोरदार आवाज़ के साथ नीचे गिर गया। कुछ ही मिनटों में उन्होंने देबू को घसीटकर मदन की टैक्सी में बिठा दिया। मदन ने इंजन चालू रखा हुआ था। उनके बैठते ही गाड़ी आगे बढ़ गई।

तभी, अचानक जीवन को याद आया। उन बड़ी, काली, बेबस आंखों की मालकिन कौन थी? वो कुसुम की आंखें थीं! वो कोई और नहीं, कुसुम ही थी!

जीवन सही था। वो आंखें कुसुम की ही थीं। जिस दिन जीवन उसे छेचन के भोजनालय के सामने खड़ा करके, कुख्यात पुलिस अधिकारी, पाल बाबू के डर से भाग गया था, उसके बाद वह सारा दिन स्टेशन नहीं लौट पाया था। चारों ओर तरह-तरह की अफ़वाहें फैली हुई थीं—मसलन, सादी वर्दी पहने पुलिसवाले स्टेशन और उसके आसपास के इलाक़े में छाए हुए हैं। इसलिए जीवन डरा हुआ था। और उधर कुसुम, बहुत देर तक छेचन की दुकान के सामने भूखे खड़े रहने के बाद, आख़िर में निराश हो, जीवन द्वारा बहुत अपमानित महसूस करते हुए, अपने भाई के साथ वापस स्टेशन लौट आई। वे नहीं जानते थे कि जीवन क्यों भाग गया था।

बाद में जब जीवन स्टेशन पर आया तो उसने देखा कि कुसुम, उसकी मां और भाई, जहां बैठे हुए थे, अब वहां नहीं थे। उनका कोई पता नहीं था, उन्हें ढूंढ़ने का कोई सुराग भी नहीं था। और इसलिए, एक बार फिर, तीसरी और अंतिम बार, जीवन ने कुसुम को पाकर फिर से खो दिया था। उसके बाद उसका समय तमाम घात-प्रतिघातों के बीच बीतता गया। कठिन समय के दबाव में वह बहुत-सी चीज़ें याद नहीं रख सका। लेकिन वह कुसुम की मायावी, बेबस, काली आंखों को कभी नहीं भूल पाया था, जो उसे अपराधी मानती थीं। जिस भूल की सुधार का कोई उपाय नहीं था।

उसी दिन शाम को बासोना ने कुसुम को देखा। बासोना पहले सलामपुर रेल लाइन के किनारे की बस्ती में रहती थी। बस्ती के उठ जाने के बाद अब उसने पियाली टाऊन में ज़मीन ख़रीदकर अपना घर बना लिया था। वह तुलसी

के पास आकर बातचीत करने लगी, 'तुम्हारा घर कहां है दीदी? यहां क्यों आना पड़ा तुम्हें?' थोड़ी देर इधर-उधर की बातें करने के बाद वह असल मुद्दे पर आ गई।

उसने कहा, 'इतनी बड़ी बेटी के साथ स्टेशन पर रहना ठीक नहीं है दीदी। यह कितने तरह के ख़राब लोगों का अड्डा है। गुंडे हैं, पुलिस है। यदि इनमें से किसी के चंगुल में आपकी बेटी पड़ जाए तो इसकी इज़्ज़त तो जाएगी ही, जान भी जा सकती है।' उसके बाद बासोना ने तुलसी को बाबू के घरों में काम करने वाली पारुल और बेहुला के बारे में बताया। कैसे आख़िरी ट्रेन छूट जाने के बाद स्टेशन पर रुकने को मजबूर, एक के साथ पुलिसवाले ने, और दूसरी के साथ गुंडों ने, निर्ममता से बलात्कार किया था। 'कुछ नहीं हुआ। किसी को कुछ नहीं हुआ, दीदी। ग़रीबों का कौन है? सभी ने उल्टे लड़कियों को ही दोषी ठहराया। वे स्टेशन पर क्यों थीं? ज़रूर गिरी हुई औरतें थीं, नहीं तो कोई स्टेशन पर रहता है? बताओ दीदी, क्या स्टेशन किसी के बाप का ख़रीदा हुआ है कि ट्रेन छूटने पर लोग वहां नहीं रुक सकते हैं? और अगर रुकें, तो जिसकी जो मर्ज़ी हो, वो कर सकता है उनके साथ?'

'तो अब हम क्या करें?'

तुलसी के मन में क़िस्से-कहानियां सुनाकर कुछ डर पैदा करने के बाद, और अपने कुछ पैसे ख़र्चकर उन्हें मुरमुरे और घुगनी खिलाकर, उनका थोड़ा विश्वास जीतने के बाद बासोना ने कहा, 'आख़िरकार मैं भी एक लड़की हूं, दीदी। एक लड़की होने के नाते मैं दूसरी लड़की को मुसीबत में कैसे पड़ने दे सकती हूं? हालांकि हम अजनबी हैं, फिर भी एक ही देश के हैं। तुम लोग बरिशाल से हो और मैं खुलना से हूं—नदी के इस पार और उस पार। अगर अपने ही देश के इंसान के साथ, उसके मुसीबत के समय कोई नहीं खड़ा हो तो वो इंसान कैसा? तुम लोग मेरे घर चलो। मेरे घर में तीन कमरे ख़ाली हैं। जब तक तुम्हें सिर छुपाने के लिए कोई सही आश्रय नहीं मिल जाता, तब तक मेरे घर में रह सकते हो। मैं महीने का दस रुपये किराया लूंगी। वो तुम्हें अभी नहीं देना है। जिस दिन दे पाओगे, दे देना। न दे सको, तो मत देना।'

ऐसी बातें कहकर बासोना तुलसी, कुसुम और उसके भाई को अपने घर ले आई। सीधी-सरल तुलसी समझ भी नहीं पाई कि परिस्थितियों के दबाव में वह गरम कड़ाही से सीधे आग में कूद पड़ी थी।

तुलसी बासोना को नहीं जानती थी, लेकिन सलामपुर में हर कोई जानता था कि वह एक महिला-तस्कर गिरोह की सदस्य थी। उसने देश के कई प्रांतों

में असंख्य लड़कियों की तस्करी की थी। वह महिला-तस्करी की चालें, क़ायदे, युक्तियों से अच्छी तरह वाक़िफ़ थी।

बासोना सबसे पहले विवाह योग्य ग़रीब लड़कियों के माता-पिता से संबंध बनाती थी। विभिन्न तरीक़ों से उनका विश्वास हासिल करती थी। विश्वास जीत लेने के बाद, वह उन्हें एक दिन बताती थी कि उसके हाथ में एक अच्छा लड़का है। 'उसके कम से कम पांच व्यवसाय हैं। पक्का घर है, और वह अपने माता-पिता का इकलौता बेटा है। लेकिन उसमें एक ही दोष है कि वह बंगाली नहीं, हिंदुस्तानी यानी ग़ैर बंगाली है। वह दिल्ली में रहता है। अगर उसके इस दोष को नज़रअंदाज़ कर सकते हैं तो आपकी बेटी की शादी की सारी ज़िम्मेदारी मेरी है। दहेज के लिए आपको एक पैसा भी नहीं देना होगा। अगर आप चाहें तो मैं आपको उनसे एक-दो हज़ार रुपये दिलवा सकती हूं। जैसे दहेज देकर दामाद पाने का रिवाज है, वैसे ही उन लोगों में पैसे देकर दुल्हन लाने का रिवाज है। तो फिर आपका क्या कहना है? आप राज़ी हैं?'

लड़की के माता-पिता की सहमति के बाद तारीख़ तय की जाती थी। दूल्हा दिखाया जाता था। जो कि देखने में काफ़ी सुंदर होता था। पंडित बुलाकर बक़ायदा मंत्रोच्चार के साथ विवाह समारोह भी किया जाता था। जिसके बाद दूल्हा दुल्हन को लेकर चला जाता था। चाहें तो लड़की के पिता या भाई भी उनके साथ जा सकते थे। लड़की कहां जा रही है, यह देखकर आ सकते थे। लेकिन फिर, लड़की के रिश्तेदारों के लौटने के कुछ दिनों बाद, वह लड़की कहां जाती थी, यह एकमात्र वो क़िस्मत की मारी ही जानती थी। उसका आश्रय वेश्यालय में होता था। नाते-रिश्तेदारों से दूर किसी प्रांत के रात के अंधेरे में, दिनोदिन वासनापूर्ण पुरुषों के हाथों, उसका मन, शरीर और आत्मा छिन्न-भिन्न होती रहती थी। आंसुओं से तकिया गीला होने पर भी कोई उस बदनसीब के आंसू पोंछने नहीं आता था।

यहां पहुंचने का सिर्फ़ यही एक रास्ता नहीं था, बल्कि बहुत सारे और रास्ते थे। कुछ लड़कियों की शादी करके उन्हें लाया जाता था, जबकि कुछ को अच्छी तनख़्वाह पर आया की नौकरी का प्रस्ताव देकर लुभाया जाता था। कुछ को नाच के कार्यक्रमों का प्रलोभन दिया जाता था। लेकिन वापस कोई नहीं जा पाता था। लौटने के रास्ते में चार विशाल पहाड़ खड़े होते थे। राजनेता, पुलिस, गुंडे-मस्तान और मकान मालिक। ये सब मिलकर लड़की का मांस, ख़ून और योनि स्राव खाते थे।

देबू एक पुरुष था। उसे उस गली से निकालकर लाना थोड़ा आसान था। लेकिन अगर किसी लड़की को निकालना होता तो यह आसान नहीं था। पुरुष वहां स्वेच्छा से, प्रसन्नतापूर्वक जाते थे, लेकिन लड़कियों को वहां छल से लाया जाता था। वहां लाने के लिए मोटे पैसों का लेन-देन, हिसाब-किताब जुड़ा हुआ था। थाना पुलिस, गुंडे और मस्तान, दलाल, एजेंट, भर्ती करने वाले, मैडम, राजनेता—लड़की को घेर कर तमाम तरह के लोगों के तमाम तरह के स्वार्थ निहित थे। वे उसे जाने नहीं देते थे। और अगर वह चली भी जाए तो उसे चैन से नहीं रहने देते थे।

लेकिन अभी, यह एक बड़ा रहस्य था कि बासोना ने कुसुम को दिल्ली, बम्बई या दुबई न भेजकर, उसे कलकत्ता के बीचोबीच, सेठ बागान लेन में एक छोटे से कमरे में कैसे रोक रखा था? क्या उसे बासोना ने रोका था या फिर एक मुट्ठी भात की लालसा में कुसुम स्वेच्छा से इस मौत के जाल में आकर फंसी थी? जीवन कुछ समझ नहीं पा रहा था कि ऐसी स्थिति कैसे और क्यों हुई?

लेकिन उसे सच जानना था। किसी ने कहा है, "तुम सत्य को जानो। सत्य ही तुम्हें मुक्ति देगा"। जीवन अब जिस तीव्र वेदना में जल रहा था, सत्य को जाने बिना किसी भी तरह उस वेदना से मुक्त नहीं हो सकता था। उसे सच जानना था और उसे सच बताना भी था। उसे कहना था, "मेरा विश्वास करो, मैं उस दिन तुम्हें छोड़कर जान-बूझकर नहीं भागा था!"

जीवन ने सोचा, उसकी बात सुनने के बाद, अगर कुसुम उस नर्क से मुक्त होना चाहती हो तो वह अपनी पूरी शक्ति के साथ, ज़रूरत पड़ने पर रक्तपात के माध्यम से भी, उसे मुक्त करवाएगा और वो भी अभी! एक दिन का मतलब चौबीस घंटे था। उन चौबीस घंटों में, न जाने कितना अपमान सहना पड़ेगा और कितनी बार बलात्कार का शिकार होना पड़ेगा कुसुम को।

जीवन ने कुसुम को एक वर्जित मोहल्ले में, एक वर्जित घर में देखा था। बस इतना ही। उसने उसके कमरे में किसी आदमी को नहीं देखा था। उसे किसी पुरुष के साथ किसी आपत्तिजनक स्थिति में भी नहीं देखा था। संतों के वचन हैं—जो अपनी आंखों से नहीं देखा हो, उस पर विश्वास मत करो। जीवन ने अपनी आंखों से कुछ नहीं देखा था। अभी भी जीवन को विश्वास नहीं था कि किसी ने कुसुम को छुआ होगा। जीवन के लिए वह अब भी पहले की तरह साफ़, शुद्ध, निष्पाप और पवित्र थी। लेकिन, अगर और देरी हुई तो शायद कोई दुर्घटना हो सकती थी। कुसुम का सर्वनाश हो सकता था।

मदन की गाड़ी तब किसी गली में घुस रही थी। जीवन के भीतर, बाधा-बंधन, मृत्यु के भय से रहित, एक और जीवन जन्म ले रहा था। एक भयंकर जीवन, जिसका न कोई अतीत था और न कोई भविष्य। उसके पास सिर्फ़ वर्तमान था। छिन्न-भिन्न, टूटा, चूर-चूर हुआ, फिसलन से भरा मायावी वर्तमान! उस वर्तमान की फिसलन भरी ज़मीन पर खड़े होकर जीवन विकट आवाज़ में गरज उठा, 'मदन-दा, गाड़ी रोको! मुझे उतरना है!'

नानू ने विस्मित होकर पूछा, 'क्यों रे?'

'मुझे उस गली में एक बार फिर जाना होगा।'

'क्यों?'

'मैं वहां जल्दी में एक बहुत ही क़ीमती चीज़ छोड़ आया हूं रे नानू!' यह बोलने के साथ-साथ, जीवन की आंखों में आंसू छलक आए। उसकी आवाज़ रुंध गई। उसने कहा, 'मैं जाऊंगा और उसे साथ ले आऊंगा। मैं तेरी ज़रूरत के समय तेरी मदद करने आया था, अगर मेरी ज़रूरत में तू साथ आ सकता है तो आ, वर्ना चला जा। मैं उसे लिए बिना वापस नहीं जाऊंगा!'

जीवन ने दरवाज़ा खोला, टैक्सी से उतरा और दिलीप के हाथ से बमों का थैला छीन लिया। 'यह मुझे दे!' चार बमों में से दो ख़र्च हो चुके थे।

नानू भी नीचे उतर गया और उसने जीवन का हाथ मज़बूती से पकड़ लिया। 'क्या तू पागल हो गया है? हम जो अग्निकुंड जलता छोड़ आए हैं, तू उसमें वापस कूदने जा रहा है? वहां क्या है? तू क्यों जाना चाहता है, मुझे बता!'

'बताने का समय नहीं है, चलेगा तो चल। इतना कहते ही जीवन मुड़ा और गली में अपनी ही लगाई आग की ओर भागने लगा। नानू उसके पीछे दौड़ा। 'सुन, सुन तो!' लेकिन जीवन ने नहीं सुना। वह दौड़कर फिर से उस गली में घुस गया। नानू तब काफ़ी पीछे था। अचानक नानू ने बम फटने की ज़ोरदार आवाज़ सुनी। गली धुएं से भर गई। इसलिए नानू ठीक से समझ नहीं पाया कि वास्तव में क्या हुआ। उसका मन विचलित था और वह बहुत उत्तेजित और विक्षिप्त था। तो क्या जीवन बम का थैला लिए दौड़ते हुए, पांव में लुंगी फंसने के कारण पछाड़ खाकर गिर गया था? या दूसरी तरफ़ से किसी ने उसे निशाना बनाकर बम फेंका था? क्या हुआ था, कुछ समझ न पाने के कारण, नानू गली की शुरुआत में ठिठककर रुक गया। घने धुएं से ढकी गली के अंदर जाने की उसकी हिम्मत नहीं हुई। जब धुआं थोड़ा छंटा तो उसने देखा जीवन का वहां कोई निशान नहीं था। नानू मुड़ा और गाड़ी की ओर भागने लगा।